PURPURNE RACHE

JEAN-CHRISTOPHE GRANGÉ

THRILLER

Übersetzung aus dem Französischen von
Ulrike Werner

BASTEI
LÜBBE
TASCHENBUCH

BASTEI LÜBBE TASCHENBUCH
Band 17672

Dieser Titel ist auch als Hörbuch und E-Book erschienen

MIX
Papier aus verantwortungsvollen Quellen
FSC® C083411

Vollständige Taschenbuchausgabe
der bei Lübbe Ehrenwirth erschienenen Hardcoverausgabe

Titel der französischen Originalausgabe: „Lontano“
Originalverlag: Éditions Albin Michel, Paris

Titelillustration: © Arcangel/David & Myrtille;
© shutterstsock / FINDEEP / Gimas / Bildagentur Zoonar GmbH / aiym /
marla dawn studio / Ensuper / Moises Fernandez Acosta
Umschlaggestaltung: Kirstin Osenau
Satz: Dörlemann Satz, Lemförde
Gesetzt aus der Goudy Oldstyle
Druck und Verarbeitung: CPI books GmbH, Leck – Germany
Printed in Germany
ISBN 978-3-404-17672-4

2 4 5 3 1

Sie finden uns im Internet unter www.luebbe.de
Bitte beachten Sie auch: www.lesejury.de

Für Ysé und Kaïto

PROLOG

Weiß glühend stand die Sonne über dem roten Staub.
In der Leichenhalle herrschten mehr als vierzig Grad Celsius.
Politiker, Offiziere, Honoratioren und Geschäftsleute setzten langsam einen Fuß vor den anderen, hielten einige Sekunden inne und schritten schließlich weiter, geblendet vom gleißenden Mittagslicht und dem Blitzlichtgewitter der Kameras. Den Würdenträgern folgten die Repräsentanten des Volkes, von den Soldaten der kongolesischen Armee in Schach gehalten. Mehr oder weniger schlecht gekleidet, winkten sie dem Bildnis des Verstorbenen mit kleinen Plastikfähnchen zu.

Erwan Morvan fragte sich, was er hier eigentlich tat. Er war zwar hier geboren, hatte aber nichts mit dem Kongo zu tun und erinnerte sich auch an nichts aus seinem Leben, das er hier verbracht hatte, bevor er im Alter von zwei Jahren nach Frankreich gekommen war. Aber sein Vater Grégoire hatte auf seiner Begleitung zur Beerdigung von General Philippe Sese Nseko bestanden, einem »alten Freund« aus Lubumbashi, der Hauptstadt der Provinz Katanga. Erwan hatte zugestimmt, nicht allein aus Gehorsam, sondern auch von einer unerklärlichen Neugier getrieben.

Vater und Sohn Morvan warteten in der nächsten Gruppe der Trauergäste zusammen mit den anderen Weißen darauf, an die Reihe zu kommen. Der Baldachin, unter dem der Sarg stand, erinnerte mit seinen purpurnen Draperien und den vielen Blumen an die Loge einer Diva. Ein Porträt Nsekos im goldenen Rahmen hing über dem Sarg, der mit der Flagge der Demokratischen Republik Kongo bedeckt war – blauer Hintergrund mit einem diagonal verlaufenden roten, goldumrandeten Streifen und einem goldenen Stern links oben. Die Bestatter und die Mitglieder der Blaskapelle trugen eine zinnoberrote Livree. Alles vom Feinsten.

Bei näherer Betrachtung offenbarten sich allerdings ein paar Schwachstellen. Die Uniformen waren schlecht gearbeitet und staubig. Der Baldachin war falsch herum montiert. Die Kapelle traf nicht jeden Ton und beendete jedes Stück mit einem jämmerlichen Quietschen. Als Zimbeln fungierten einfache Blechdeckel.

Das Schlimmste aber war die Hitze. Sie verbrannte jedes noch so kleine Molekül Leben, ließ es brutzeln wie ein Stück Speck in der Pfanne.

Erwan lockerte seine Krawatte. Das Hemd klebte an seiner Haut, und er hatte einen erdigen Geschmack im Mund. Wenn er die Lider schloss, tanzten violette Flecken vor seinen Augen. Zum ersten Mal im Leben fürchtete er, in Ohnmacht zu fallen.

Grégoire neben ihm, einen Meter neunzig groß, die hundertzwanzig Kilo in einen Maßanzug von Ermenegildo Zegna gezwängt, schien die Backofenhitze hingegen nichts auszumachen. Er hielt einen Kranz unter dem Arm, schüttelte Hände, lächelte und schien sogar Tränen zurückzuhalten. Er spulte seine Nummer ohne den geringsten Anflug von Unwohlsein ab.

Erwan betrachtete ihn von der Seite. Sein Vater sah mit seinem markanten, wie von sprühender Gischt geröteten Gesicht wie ein bretonischer Seemann aus. Seine Züge glichen einem Büffel, und er hatte eine griechische Nase. Um seinen Schädel schmiegte sich ein Büschel krauses graues Haar wie eine Kugel aus galvanisiertem Stahl. Erwan ähnelte ihm, war aber eine weniger wuchtige und weniger wilde Version.

»Ali Bongo, der Sohn von Omar«, murmelte Grégoire, als sich ein kleiner Mann dem Sarg näherte.

Erwan kannte sich in afrikanischer Politik nicht gut aus, wusste aber, dass Omar Bongo über vierzig Jahre Präsident in Gabun gewesen war. Ein Diktator, der sich als »unerschütterlicher

Freund Frankreichs« bezeichnete und das europäische Land mit Rohöl überschüttete. Sein Sohn Ali war in seine Fußstapfen getreten.

»Der nächste ist Moïse Katumbi Chapwe, Gouverneur der Provinz Katanga.«

Erwan fand, dass sie irgendwie alle gleich aussahen. Dieser da war allerdings Mulatte und trug einen Stetson wie ein Texaner. Nach allem, was man ihm erzählt hatte, war Katumbi ein Paradiesvogel – Millionär, Philanthrop, Präsident eines Fußballvereins und eines der populärsten Mitglieder der Regierung Kabila.

»Richard Muyej, kongolesischer Innenminister. Sehr gefährlich.«

Während des Dinners am Vorabend hatte Grégoire über die neuere Geschichte des Landes gesprochen. Erwan hatte nicht alles verstanden, einige Fakten aber doch behalten. Nach dem Völkermord in Ruanda hatten die Tutsi die Hutu-Milizen bis in den Kongo verfolgt. Sie nutzten die Gelegenheit, stürzten gleich auch Mobutu und sprengten Laurent-Désiré Kabila in die Luft, der sich gegen seine Alliierten gewendet und damit den zweiten Kongokrieg ausgelöst hatte. Kabila kam bei dem Attentat 2001 ums Leben, sein Sohn Joseph übernahm die Macht. Zehn Jahre später herrschte im Osten immer noch Krieg, und der Kongo belegte auf dem Index für humane Entwicklung der Vereinten Nationen den letzten Platz. Einer der schlechtesten Orte, an dem man geboren werden konnte.

»Der da ist …«

Erwan hörte nicht mehr zu. Er hatte sich seit seiner Ankunft auf das Empfinden verlegt. Gerüche, Farben, Hitze. Am Tag zuvor waren sie um fünf Uhr morgens in Kinshasa gelandet. Beim Verlassen des Flugzeugs hatte er die Farbtöne geschmolzenen Bleis und den Geruch des frühen Morgens wahrgenommen. Während ihrer Fahrt in Richtung Hauptstadt über die »Autobahn«, eine einfache Piste, war die Sonne aufgegangen, und sofort wurde die Trockenheit der Atmosphäre spürbar. Es roch nach Ziegeln und schlecht verarbeitetem Benzin. Die Stadt Kinshasa, früher als »die Schöne« bezeichnet, erinnerte heute an eine umgekippte Mülltonne, die vor Schwarzen in bunten Tuniken nur so wimmelte.

Im Hotel war Erwan sofort in sein Zimmer gestürmt, hatte die Klimaanlage so kalt wie möglich eingestellt und erst einmal geduscht. Nach ein paar Stunden Atempause musste er zurück in den Backofen, zum Aperitif und Mittagessen mit seinem Vater am Pool, dann ging es mit einem Inlandsflug weiter. Auf dem Weg zum Flughafen hatte es angefangen zu regnen. Der Staub verwandelte sich in Matsch, alle Farben lösten sich in einem purpurnen Fluss auf, der Straßen überschwemmte, von den Dächern triefte und die Wände bespritzte. »Die Regenzeit kommt zu früh«, hatte Morvan im Tonfall eines Arztes erklärt, der einen Krebs diagnostiziert.

Vier Stunden später, noch immer im strömenden Regen, hatten sie Lubumbashi erreicht, die »Hauptstadt des Kupfers«. Erwan hatte gemeint, im Fruchtwasser der ganzen Welt zu schwimmen. Sein Vater hatte ihm auf die Schulter geklopft und ohne die geringste Spur von Ironie gerufen: »Das ist die Wiege unserer Familie, mein Junge!« Der Ausdruck war ein wenig bizarr, denn unter normalen Umständen rühmte sich Morvan der Abstammung von einem Zweig bretonischer Aristokraten, den Morvan-Coätquen. Im Hotel ging es im gleichen Rhythmus weiter: Aperitif, Abendessen, Pool. Der Abend war Sese Nseko gewidmet, dem werten Verstorbenen. Der Mann hatte die von Morvan gegründete Montangesellschaft Coltano geleitet.

Erwan hatte sich treiben lassen. Hatte gehört, wie Mücken auf den Insektenlampen zischend verglühten. Beunruhigende Geräusche drangen durch die Nacht. Der beleuchtete Pool war mit welken Blättern und Blutegeln verschmutzt. Inzwischen hatte er verstanden, dass das Leben der Weißen in Afrika dem von Kröten glich – man versammelte sich immer um eine Wasserstelle.

Am folgenden Morgen brannte die Luft wieder. Die Klimaanlage hatte den Geist aufgegeben. Erwan blieb nach dem Erwachen gerade noch Zeit, den schwarzen Anzug anzuziehen und seinen Vater zu treffen, der den Kranz, den er noch am Morgen bei einem örtlichen Blumenladen bestellt hatte, unter den Arm geklemmt hielt wie einen Rettungsring.

»… Kengo Buluji …«

»Und Kabila?«, unterbrach Erwan. »Kommt er nicht?«

Sein Vater schüttelte missmutig den Kopf.

»Du hast mir gestern offenbar nicht zugehört. Kabila und Nseko gehören nicht der gleichen Ethnie an. Es wäre ungefähr so, als würde man den Papst zu einem Stripperinnenkongress einladen.«

Nun waren die Weißen an der Reihe, dem Toten die letzte Ehre zu erweisen.

»Hilf mir«, befahl Grégoire.

Sie nahmen den Kranz zwischen sich und stellten sich in die Reihe. Morvan fuhr mit seinen geflüsterten Erklärungen fort, die jetzt den anwesenden Franzosen und Belgiern galten.

»Der dort ist ein Freimaurer Er war mal Minister für wirtschaftliche Zusammenarbeit …«

Erwan sah nur fleckige oder kahle Schädel, Doppelkinne und buschige Augenbrauen. Der Altersdurchschnitt lag zwischen siebzig und achtzig Jahren – sterbende Elefanten, die angereist waren, um sicherzustellen, dass die Geschäfte weiterliefen. Chinesen und Inder beschlossen die Reihe der Raubtiere. Die Ablösung.

Als sie vor den Sarg traten, landete eine riesige Pranke auf Morvans Schulter.

»Wie geht's, Kleiner?«

Hinter ihnen stand ein Afrikaner, der fast ebenso groß war wie Erwans Vater. Erwan wich einen Schritt zurück. Das Lachen des Schwarzen übertönte die Blaskapelle, zwei Reihen strahlender Zähne blitzten in seinem dunklen Gesicht. Auch Grégoire lachte. Die beiden Männer umarmten sich.

»Jetzt erzähl mir bloß nicht, dass du nur wegen dem alten Knacker hergekommen bist!«

»Das war ich ihm schuldig.«

»Himmel noch mal! Jeder weiß doch, dass du hier der einzige Boss bist!«

»Nseko hat uns immerhin durch den Sturm gesteuert.«

»Klar, als Wachhund. Friede seiner Seele.« Der Schwarze bewegte seine rotgeäderten Augen in Richtung Erwan. »Willst du uns nicht vorstellen?«

»Mein Sohn Erwan. General Trésor Mumbanza.«

Der Riese zerquetschte beinahe Erwans Hand.

»Schön, dich kennenzulernen!« Er fuhr mit der Hand über Erwans rasierten Schädel. »Soldat?«

»Bulle. Immer schön einen kühlen Kopf behalten.«

»Dann bist du hier genau richtig. Aber setz besser einen Hut auf.«

Wieder lachte er.

Mumbanza stand mit dem Rücken zur Sonne, und Erwan sah nichts von ihm als die großen schwarz-weißen Augen mit den roten Äderchen. Er musste unwillkürlich an die *Schlangenbeschwörerin* von Henri Rousseau denken.

»Unser Freund hier hat den Oberbefehl über das Militär von Katanga«, erklärte Morvan. »Er ist sozusagen unser örtlicher Pinochet.«

»Keine Schmeicheleien.«

»Ohne ihn hätte der Kivu-Krieg Lubumbashi längst erreicht.«

Der General, der einen dunklen Anzug ohne militärische Abzeichen trug, zeigte auf den Sarg und fuhr in vertraulichem Tonfall fort:

»Weißt du, woran er gestorben ist?«

»Mir wurde gesagt, es war ein Herzanfall.«

»Ein Herzanfall afrikanischer Art. Man hat ihm das Herz herausgerissen!«

»Wer?«

»Die Tutsi. Die Hutu. Die Mai-Mai. Such dir was aus. Vielleicht sogar die Banyamulenge. Oder ihr Weißen über Strohmänner? Wer weiß?«

»Wo?«

»In seiner Villa. Man hat seinen Oberkörper mit der Stichsäge aufgeschnitten und sich dann bedient. Ich bin sicher, dass die Täter mit dem Fressen nicht einmal gewartet haben, bis sie draußen waren.« Mumbanza schnaufte wie eine Dampflok und blickte Erwan an. »Weißt du, Junge, das hier ist wirklich Afrika!«

»Hör auf mit dem Quatsch«, knurrte Morvan. »Du machst ihm nur Angst.«

Hinter ihnen wurde es allmählich unruhig, sie blockierten den Zugang, und so beeilte sich Erwan, den Kranz niederzulegen. Zum Gebet würden sie später noch einmal zurückkommen müssen.

»Wer wird Nsekos Nachfolger?«, fragte Grégoire auf dem Weg zu dem Zelt, in dem das Büfett serviert wurde.

»Nach dem Essen stimmt die Hauptversammlung darüber ab.«

»Du hast gute Chancen!«

Mumbanza winkte müde ab.

»Ich kann doch nicht jede Aufgabe übernehmen. Aber wenn man mich freundlich bittet ...« Er wandte sich um und entdeckte jemanden in der Menge. »Wir sehen uns später. Ich muss noch ein paar Hände schütteln.«

Die Morvans betraten das Zelt. Hier standen lange Reihen weiß gedeckter Tische, es gab alkoholische Getränke, Fruchtsäfte, Rindfleischspieße und frittierten Fisch. Unter der Zeltplane hing der Duft nach Gegrilltem.

»Dieser Mord«, meinte Erwan und nahm sich einen lauwarmen Orangensaft, »bist du deswegen gekommen?«

»Absolut nicht. Ich wusste ja nicht einmal davon.«

»Aber du wirst dem nachgehen?«

Grégoire spuckte aus. Er wurde spürbar wieder zum Afrikaner.

»Damit will ich nichts zu tun haben. Das sind Negergeschichten.«

»Und er?«, fragte Erwan und blickte zu Mumbanza hinüber.

»Er wird der Nachfolger von Nseko. Es gibt Schlechtere. Er ist scharf auf guten Wein und weiße Kätzchen.«

Erwan war nie sicher, ob sein Vater scherzte oder es ihm ernst war.

»Weißt du eigentlich, was Frankreich im Mai 1968 aus dem Chaos gerettet hat?«, fuhr Morvan fort und nahm sich einen Pastis vom Tablett.

»Nein«, log Erwan. Er kannte die Geschichte in- und auswendig.

Sein Vater hielt das Glas gegen das Sonnenlicht.

»Der Ricard. Als Frankreich in die Hände der Linken abzugleiten drohte, wurde der inoffizielle Sicherheitsdienst der Gaullisten aktiv: Pasqua und seine Leute vom SAC organisierten eine Demonstration zugunsten de Gaulles. Das weiß jedes Kind. Zweihunderttausend Typen auf den Champs-Élysées und eine im Keim erstickte Revolution. Weniger bekannt ist, dass der Korse Ricards Netzwerk nutzte, um Demonstranten aus allen Ecken Frankreichs zusammenzutreiben. Damals vertrat er die Firma. Alle Händler machten mit und mieteten Busse, und bei ihrer Ankunft in Paris bekamen alle ein Glas Pastis und ein Stück Wurst. Dann ging es los.« Er hob sein Glas auf die Erinnerung. »Gegen Pastis konnte Mao in Frankreich nichts ausrichten.«

Er stellte das Glas auf einem anderen Tablett wieder ab – er trank niemals Alkohol – und beantwortete die Frage, die Erwan nicht gestellt hatte.

»Ich kann dir sagen, warum wir hier sind.« Er zwinkerte seinem Sohn zu. »Um über unser Erbe zu wachen.«

I

MORVAN
VATER UND SOHN

1

Hollande ist ein Spinner, eine Schwuchtel, ein Warmduscher!«, polterte Morvan. »Lieber Himmel, wann bekommen wir in Frankreich endlich mal einen Präsidenten, der Eier in der Hose hat?«

Drei Tage später saß Erwan mit seinen Eltern in deren riesiger, von Mobilier National eingerichteten Wohnung in der Avenue de Messine beim Mittagessen. Das berühmt-berüchtigte Sonntagsessen, das kein Mitglied der Familie je versäumen würde, weniger aus Vergnügen als vielmehr aus Pflichtbewusstsein.

»Er war nicht einmal Manns genug, die Parti Socialiste auf Trab zu bringen, und trotzdem drücken sie ihm die Schlüssel zu diesem Land in die Hand. Was haben die denn erwartet? Die Franzosen sind bescheuert! Aber im Grunde haben sie jetzt genau das, was sie verdienen!«

Erwan seufzte. Der sakrosankte Zorn seines Vaters war Teil der sonntäglichen Pflichtübungen, ebenso wie die Gerichte, die seine Mutter Maggie aus Tofu und Quinoa zubereitete.

In Wirklichkeit war dieser Ausbruch nur Fassade. Seit mehr als vierzig Jahren diente der Alte der amtierenden Macht, ganz gleich welcher, frei von jeglichen Befindlichkeiten. Einer seiner Lieblingssprüche lautete: »Was schert es ein Schloss, was sich hinter der Tür befindet?«

»Möchtest du noch etwas Taboulé?«, erkundigte sich Maggie und beugte sich über ihren Sohn.

»Nein, danke.«

Solange der Alte gegen die Regierung wetterte, beleidigte er zumindest die Mutter nicht. Und solange sich seine Wut nicht gegen seine Frau richtete, waren alle zufrieden. Erwan hatte schon erlebt, wie Grégoire seine Dienstwaffe auf den Tisch legte, ehe er ein Gericht kostete, oder wie er drohte, seine Frau aus dem Fenster zu werfen, wenn sie nicht schleunigst einen anderen Gesichtsausdruck aufsetzte.

Er beobachtete seine Tischgenossen. Der Clan war vollständig versammelt. Gaëlle, das Nesthäkchen, neunundzwanzig Jahre alt, war ganz in das Studium ihrer SMS vertieft. Loïc, sein jüngerer Bruder, sechsunddreißig Jahre alt, döste über seinem Teller. Loïcs Kinder Milla und Lorenzo, fünf und sieben Jahre alt, saßen stumm und brav am Ende der Tafel. Der leere Stuhl gehörte Maggie, die ihren Stamm unterwürfig bediente.

Die Illusion war perfekt: Hier hatte sich eine ehrenwerte Bürgerfamilie zu ihrem wöchentlichen Sonntagsessen versammelt. Hinter den Kulissen jedoch sah es weniger glänzend aus. Loïc war trockener Alkoholiker, millionenschwerer Banker, kokainsüchtig und suchte sein Seelenheil im Buddhismus. Gaëlle wollte um jeden Preis der Welt Schauspielerin werden und schlief sich durch sämtliche Betten, um ihre Karriere voranzutreiben. Maggie, vom ehemaligen Hippiemädchen zur Helikoptermutter mutiert, hatte ihr Leben damit verbracht, die Schläge ihres Ehemannes zu erdulden, ohne je zu klagen oder an Scheidung zu denken.

»Und was ist mit der angeblichen Wiederbelebung des Landes?«, schwadronierte Morvan weiter, ohne seinen Teller anzurühren. »Wo bleiben denn die Maßnahmen, die Frankreich wieder auf Vordermann bringen sollen? Es gibt keine! Heiße Luft! Immer dieselben Versprechungen, immer derselbe Mist!«

Erwan nickte. Er hoffte, dass diese Tirade bis zum Nachtisch dauern würde. Morvan war die Schlüsselfigur dieser Versammlung. Dieser Koloss von siebenundsechzig Jahren, mit den Kräften eines Stiers und eiserner Gesundheit gesegnet, galt in einschlägigen Kreisen als einflussreichster Polizist Frankreichs. Und auch als diskretester.

Nach den Ereignissen von 1968 hatte man den Autodidakten und überzeugten Linken nach Afrika ins Exil geschickt. Seine

Karriere schien am Ende, bis er eines Tages in Zaïre allein und ohne nennenswerte Ausrüstung den sogenannten »Nagelmann« festsetzte, einen Serienkiller, der unter der weißen Bevölkerung einer Minenstadt in der Provinz Katanga sein Unwesen trieb. Morvan war ruhmreich nach Frankreich zurückgekehrt, hatte es unter Giscard weit gebracht und unter Mitterrand triumphiert. Er hatte als Kommissar im Pariser Polizeipräsidium am Quai de Orfèvres 36 mehrere geheimdienstliche Aufgaben für Mitterrand so diskret und gut erledigt, dass er zunehmend als unantastbar galt. »Ich habe weder Freunde noch Verwandte«, pflegte er zu sagen, »ich habe lediglich Akten.«

Erwan hatte nie Erkundigungen über seinen Vater eingeholt, gab sich aber keinen Illusionen hin, was dessen geheime Aktivitäten betraf. Morvan hatte getötet, gestohlen, gemauschelt, spioniert und Leute zum Auspacken gebracht – selbstverständlich immer im Interesse der Republik. Und genau das war es, was ihn von einem normalen Bösewicht unterschied.

Als Chirac an die Macht kam, wurde Morvan zum Präfekten ohne Region ernannt. Er setzte die Überwachung fort, jetzt allerdings im Innenministerium. Ein funktionierendes System soll man nicht verändern. Sarkozy behielt ihn, und obwohl er das Rentenalter längst erreicht hatte, blieb er auch unter Hollande dem Innenminister als Berater erhalten, ohne in irgendeinem Organisationsschema aufzutauchen. Lange trug er den Spitznamen Pasqua der Linken. Heute war er mit einer jener vergrabenen Granaten zu vergleichen, die man auf keinen Fall berühren sollte, weil sie sonst zu explodieren drohen.

Plötzlich ertönte das gefürchtete Alarmsignal.

»Du blöde Kuh, diesen Fraß hier nennst du Essen?«

Sofort lief Erwan kalter Schweiß den Rücken hinunter. Die Ausbrüche seines Vaters vermochten ihn unversehens in seine Kindheit zurückzuversetzen. Schon begann er zu zittern, und das Herz schlug ihm bis zum Hals.

»Sei still, Papa!«

Morvan knurrte über seinem Teller. Erwan blickte sich um,

doch die anderen hatten offenbar nichts bemerkt. Loïc döste vor sich hin, Gaëlle daddelte auf ihrem Smartphone, die beiden Kinder beugten die Köpfe über ihre Teller. Selbst Maggie bediente gleichgültig weiter.

»Leg endlich das Telefon weg«, schimpfte der Patriarch. »Wir sitzen am Tisch!«

Gaëlle hob nicht einmal den Kopf. Im Profil sah sie aus wie eine brave Schülerin unter einer Wolke blonder, fast weißer Haare. Ovales Gesicht, hohe Wangenknochen. Ihr Teint war außergewöhnlich hell. Wie Loïc hatte sie die frühere Schönheit ihrer Mutter geerbt. Sie trug sündhaft teure Markenkleidung, aber auf eine nachlässige Art, als gehe sie das alles gar nichts an.

»He, ich rede mit dir!«

»Was?«

»Du könntest zumindest respektieren, dass wir gemeinsam am Tisch sitzen und …«

»Es hat mit der Arbeit zu tun.«

»Am Sonntag?«

»Du hast doch keine Ahnung, was ich mache.«

»Was das Showbusiness betrifft, habe ich mit Sicherheit mehr Ahnung als du.«

Ihre Stimme troff vor Verachtung, als sie das altmodische Wort wiederholte: »Showbusiness.«

»Schauspieler und Produzenten haben doch allesamt nichts als Sex im Kopf und …«

»Liebling, bitte nicht vor den Kindern!«

Sichtlich schockiert bearbeitete Maggie das Tischtuch mit dem Krümelbesen.

»Ich bin satt«, erklärte Gaëlle und schob ihren Stuhl zurück.

»Du bleibst sitzen!«

Gaëlle stand wortlos auf. Sie hatte nichts zu befürchten, gegen seine Kinder hatte Morvan noch nie die Hand erhoben. Beleidigungen und Schläge waren ihrer Mutter vorbehalten.

»Gaëlle, ich warne dich …«

Sie zeigte ihm den Mittelfinger und verschwand. Loïc lachte

mit halb geschlossenen Augen still in sich hinein, wie hinter einer Rauchglasscheibe. Maggie ging in die Küche. Die beiden immer noch schweigenden Kleinen schienen ausgesprochen interessiert an der geheimnisvollen Geste.

Erwans Finger hatten sich unwillkürlich um die Armlehne seines Stuhls gekrallt. Nichts hatte sich verändert. Er war als Einziger auf der Hut und auch der Einzige, der Angst hatte. Immer bereit, dazwischenzugehen und gegen die Kraft des Bösen in seinem eigenen Clan anzukämpfen. Er war Zerberus, der Höllenhund.

Wie zur Bestätigung befahl Morvan:

»Erwan, komm mit in mein Arbeitszimmer!«

2

Der Rückzugsort des Alten war vollgestopft mit exotischem Mobiliar und beunruhigenden Objekten, zumeist aus dem Kongo, darunter konvexe Schemel, Rückenlehnen aus geflochtenem Leder und aus Lanzen gefertigte Öllampen. Die Masken, Skulpturen und Amulette auf den Regalen entstammten alle dem gleichen Albtraum. Köpfe mit Augen hinter Gittern, Münder voll spitzer Zähne, Frauen mit mörderischen Schößen …

Das Prachtstück der Sammlung waren die *minkondi* aus dem Mayombewald im südlichen Kongo. Diese mit Nägeln und Scherben gespickten Statuen waren mit Ketten und blutverkrusteten Federn bedeckt und dienten als Waffen gegen Zauberer und ihre Verwünschungen. Oft schon hatte Morvan seinem Sohn das Prinzip erklärt: Der *nganga*, der Heiler, aktivierte die Figuren, indem er einen weiteren Nagel oder eine Glasscherbe hineinschlug.

Die *minkondi* standen noch für eine weitere Tatsache: Sie hatten den Serienmörder inspiriert, den Grégoire 1971 dingfest gemacht hatte. Der Mörder hatte seine Opfer in Votivstatuen verwandelt, gespickt mit Hunderten Nägeln, Spiegelstücken und Eisensplittern. Erwan war überzeugt, dass sein Vater die Skulpturen aus dem Unterschlupf des Verbrechers gestohlen hatte.

Grégoire zog sein Jackett aus. Selbst an Sonntagen trug er die für ihn übliche Kleidung: himmelblaues Charvet-Hemd mit weißem Kragen, schwarze Krawatte und altmodische Hosenträger in Form eines umgekehrten Y. Er setzte sich in seinen hochlehnigen, von zwei Antilopenköpfen überragten Sessel hinter dem Schreibtisch.

»Kaerverec, sagt dir das was?«

»Nicht dass ich wüsste.«

»Ein Dorf in der Nähe von Brest.«

»Eine weitere Wiege der Familie?«

»Quatsch keinen Blödsinn. In dem Ort gibt es eine Flugschule. Morgen fährst du da hin. Es geht um eine Mutprobe.«

»Willst du mich verarschen?«

»Eine Mutprobe mit Todesfolge.«

Erwan ließ sich auf einen Stuhl fallen. Sein Vater öffnete eine Schublade und holte ein Telex heraus.

»Einer der Schüler hat sich auf einer Insel in einem Bunker versteckt, um bei den Mutproben nicht mitmachen zu müssen. Er verbrachte die Nacht von Freitag auf Samstag dort. Leider hatte er Pech, denn am nächsten Morgen war der Bunker Ziel einer Raketenübung. Das ganze Ding wurde kurz und klein geballert.«

»Soll das heißen, dass der Junge die Rakete abgekriegt hat?«

Der Alte reichte ihm das Blatt.

»Das ist alles, was wir bisher wissen.«

Erwan überflog den Text. Er misstraute den Geschichten seines Vaters, und diese hier klang fast noch unwahrscheinlicher als gewöhnlich.

»Ich habe nichts davon gehört.«

»Nicht einmal die nationale Nachrichtenagentur weiß davon. Wir haben Stillschweigen vereinbart, bis wir eine vernünftige Geschichte präsentieren können.«

»Und du willst, dass ich sie schreibe?«

»Du hast es erfasst!«

»Und warum nicht die Kriminalpolizei in Brest?«

»Weil die Sache ziemlich delikat ist. Eine missglückte Mutprobe. Ein Rekrut wird von einer Rakete eliminiert. Das Innen- und das Verteidigungsministerium verlangen eine objektive Untersuchung durch die oberste Kriminalbehörde. Es darf auf keinen Fall so aussehen, als sollte etwas vertuscht werden.«

»Und ich soll das Ganze abfedern?«

»Hör zu, du fährst dorthin, sammelst die Fakten und schreibst deinen Bericht. Basta!«

»Und mit welcher Legitimation?«

»Sonderauftrag. Ich regle das mit den zentralen Behörden, lass mich nur machen. Du fährst morgen hin und bist spätestens am Mittwoch zurück. Für diese Sache brauchen wir einen zuverlässigen Mann, deswegen habe ich dich ausgesucht. Wenn die Militärs deine Akte sehen, meckern sie bestimmt nicht.«

Letzteres war eine deutliche Anspielung auf Erwans Vergangenheit als Mann der Tat. Während seiner Zeit bei der Eliteeinheit BRI hatte er drei Feuerproben bestanden. Er hatte getötet. Und er war verwundet worden. Ein solcher Lebenslauf beeindruckte Soldaten.

»Bist du wenigstens sicher, dass die Sache so abgelaufen ist?«

»Nicht in allen Einzelheiten. Laut Oberst Vincq, dem Schulleiter, war es ein Unfall. Ein ziemlich blöder zwar, aber nichtsdestotrotz ein Unfall. Was nicht unbedingt die beste Nachricht ist. Das Ganze riecht nach Chaos und kann ordentlich in die Hose gehen. Dein Bericht wird es uns hoffentlich ermöglichen, die wahren Verantwortlichen zu finden.«

Erwan betrachtete eine mit Nägeln gespickte Statue mit einem breiten, abgeflachten Kopf und extrem langen Armen. Sein Vater behauptete, ihre Anwendung durch Zauberer führe entweder zu Krämpfen oder zur Abmagerung bis in den Tod. Schon immer hatte Erwan sich gefragt, ob die Skulptur vielleicht für Gaëlles Magersucht verantwortlich war.

»Und die Gendarmen?«

»Wir arbeiten zwar mit den Ermittlern in Brest zusammen, aber niemand außer dir ist weisungsbefugt. Das hat die Staatsanwaltschaft mir zugesichert.«

Ein Summen ertönte. Das Telexgerät. Erwan kannte das: Sein Vater bekam eine Nachricht vom Führungsstab. Als Kind hatte er ihn immer als eine Art Bahnhofsvorsteher betrachtet, der Züge und Fahrpläne überwachte, nur dass es sich hier nicht um Transporte, sondern um Morde, Vergewaltigungen und andere Verbrechen handelte.

Morvan nahm das Blatt, setzte seine Brille auf, überflog den Text und sagte:

»Ich schicke dir die Akte heute Abend zu. Du fährst morgen ganz früh. Nimm einen von deinen Leuten mit und mach eine Spesenabrechnung.«

Erwan deutete diesen Satz als: »Du kannst jetzt gehen« und stand auf, da öffnete sein Vater die Schublade ein zweites Mal.

»Warte. Ich wollte noch etwas anderes mit dir besprechen.«

Er breitete einige Zettel von der Größe eines Post-it vor sich auf den Schreibtisch aus. Erwan erkannte sofort, worum es sich handelte: Anonyme Informationen des Inlandsnachrichtendienstes, ohne Verfassername oder Herkunftsmerkmal. Wenn sein Vater seiner poetischen Ader freien Lauf ließ, pflegte er zu sagen: »Es sind die kleinen Quellen, aus denen große Flüsse entspringen.« Mit wenigen Worten auf einem Stück Papier hatte er tatsächlich schon einige Regierungen das Fürchten gelehrt.

Erwan setzte sich und griff nach den Zetteln. Sie enthielten Namen, Adressen in Paris, Daten und Uhrzeiten.

»Was ist das?«

»Die Unternehmungen deiner Schwester während der vergangenen Tage.«

»Du lässt sie beschatten?«

Grégoire winkte irritiert ab und zitierte die Daten aus dem Gedächtnis.

»Freitag, 17 Uhr, eine Stunde bei einem Unternehmen in der

Rue Lincoln, am gleichen Tag um 20 Uhr bei Patrick Blanc in der Rue Dauphine 3, ebenfalls eine Stunde. Am nächsten Tag um 16 Uhr bei Hervé Leroy, Rue Spontini 22. Am Abend erst im Plaza Athénée und dann im Fouquet's Barrière.«

»Ja und?«

»Wie, ja und? Deine Schwester geht auf den Strich.«

»Vielleicht handelt es sich um Arbeitstreffen.«

Morvan lehnte sich über den Schreibtisch. Erwan meinte, seinen Stuhl ächzen zu hören, während ihm eine Wolke Eau d'Orange Verte von Hermès in die Nase stieg.

»Bis du blöd oder was? Blanc und Leroy sind Produzenten.«

»Ja eben.«

»Manchmal frage ich mich, ob du ganz richtig im Kopf bist. Der eine organisiert Gruppensex-Orgien in Versailles, der andere ist verrückt nach Escort-Girls.« Er schlug heftig mit der Faust auf den Tisch. »Deine Schwester ist eine Nutte, verdammt! Und eine ziemlich aktive noch dazu!«

Erwan wich zurück, als hätte man ihm ins Gesicht gespuckt. Die Brutalität seines Vaters war ihm bekannt, es war etwas anderes, das ihn weitaus mehr schockierte.

»Du lässt deine eigene Tochter vom Inlandsnachrichtendienst beschatten? Auf Staatskosten?«

»Ich muss meine Familie schützen.«

»Gaëlle ist neunundzwanzig. Sie kann machen, was sie will.«

Grégoire zuckte die Schultern und sank auf seinen Stuhl.

»Ich kann mich nicht damit abfinden, dass deine Schwester, der ich die besten Schulen und die schönsten Reisen finanziert habe und für die ich meine Beziehungen habe spielen lassen, damit sie Arbeit findet, zum Callgirl wird und den Produzenten einen bläst.«

»Sag doch sowas nicht! Sie will Schauspielerin werden und braucht Kontakte …«

»Im Moment ist sie hauptsächlich splitterfasernackt in Pornozeitschriften zu bewundern.«

»Quatsch Porno. Sex, nicht mehr und nicht weniger. Es ist

eben ihre Art, von sich reden zu machen, und das solltest du respektieren. Du tust so, als wäre das ein Verbrechen.«

»Du bist ja geradezu durchtränkt vom Zeitgeist. Der Hintergrund hat jegliche Bedeutung verloren, was zählt, ist die Art und Weise, wie man es sagt. Zum Teufel mit eurer *political correctness*!« Erneut schlug er mit der Faust auf den Tisch. »Diese Scheißalternativen!«

Für Grégoire gab es kaum eine schlimmere Beleidigung. Als echter Linker der ganz großen Zeiten hasste er die konsensträchtigen Sozialisten, Ökos und Globalisierungsgegner aus tiefstem Herzen und sah sich dabei immer im Recht. Für ihn verkörperten die Verfechter von Einigkeit das Übel überhaupt: Bürger, die sich ihrer Gegenkultur angepasst und ihren eigenen Feind, die Revolution, für sich adaptiert hatten. Irgendwann einmal hatte er alternativ denkende Wohlstandsbürger mit Ratten verglichen, die das zu ihrer Vernichtung bestimmte Gift überlebt hatten und nun immun dagegen waren. Und das war sein voller Ernst.

Er stand auf und stellte sich mit den Händen auf dem Rücken vor das Fenster, wie ein Befehlshaber.

»Ich will, dass du mit ihr redest.«

»Ich habe schon mit ihr gesprochen. Je mehr Einwände man vorbringt, desto sturer wird sie. Und wenn es nur dazu dient, uns auf den Zeiger zu gehen.«

»Gut, dann lass sie ins Leere laufen. Üb Druck auf ihre Freier aus. Ich gebe dir eine Liste.«

»Das ist doch Blödsinn. Ich werde wohl kaum hingehen und den Kerlen drohen ...«

Sein Vater kehrte zum Schreibtisch zurück, sichtlich ruhiger.

»So viele sind es nun auch wieder nicht. Gaëlle ist Gelegenheitstäterin. Eine Art Pausenclown, wenn du so willst. Wenn sie nicht mehr angerufen wird, beruhigt sie sich bestimmt wieder.«

»Oder sucht sich andere Freier.«

»Dann wäre sie wirklich eine Nutte, und dann würde ohnehin nichts mehr helfen.«

Auch wenn Erwan versuchte, seine Schwester zu verteidigen,

verspürte er ihr gegenüber ebenfalls Zorn, wie sein Vater. Sie war eine verzogene Göre, die sich im Dreck suhlte. Er stand auf.

»Was hat denn nun Vorrang? Produzenten terrorisieren oder die Fetzen eines Soldaten zusammenklauben?«

»Die Bretagne ist wichtiger. Den Rest kannst du nach deiner Rückkehr regeln.«

Erwan verließ das Arbeitszimmer ohne ein weiteres Wort. Er empfand eine ungewohnte Zärtlichkeit für den alten Haudegen. Für diesen Mann, der trotz der Gewalt gegen seine Frau und trotz seiner Killer-Vergangenheit seine Kinder bedingungslos liebte.

»Was wollte er denn von dir?«

Erwan schrak zusammen. Im dunklen Flur stand seine Mutter.

»Was wollte er von dir?«, wiederholte sie leise mit verängstigtem Blick. Sie trug noch immer ihre Küchenschürze.

»Nichts Besonderes«, wich Erwan aus. »Es ging um die Arbeit.«

»Könntest du die Kleinen zu ihrer Mutter bringen?«

»Was ist mit Loïc?«

»Er ist auf der Couch eingeschlafen.«

Es war jeden Sonntag das Gleiche.

»Ist Sofia zu Hause?«

»Ruf sie an. Sie wird sich freuen, dich zu sehen.«

Milla und Lorenzo standen bereits fertig angezogen im Flur. Beide trugen kleine Rucksäcke – die übliche Bürde von Kindern getrennt lebender Paare. Maggie öffnete die Tür, dabei glitt ihr Ärmel zurück und enthüllte ihren Unterarm. Er war übersät mit blauen Flecken.

»Was ist denn das?«

»Nichts weiter. Ich bin gefallen.«

Das kurze Wohlwollen, das Erwan für seinen Vater empfunden hatte, verwandelte sich augenblicklich in Hass. Ein allzu bekanntes, vertrautes Gefühl. Er wunderte sich nicht einmal mehr, dass der fast siebzigjährige Alte seine Frau noch immer verprügelte. Dafür ertappte er sich bei der viel offensichtlicheren Feststellung, dass es seiner Mutter mit zunehmendem Alter leichter anzumerken war. Die Hämatome wurden inzwischen fast so dunkel wie Leberflecke.

Er verließ die Wohnung und rief den Kindern fröhlich zu:

»Wer ist zuerst am Aufzug?«

Die beiden stürmten los und vergaßen darüber sogar, sich von ihrer Großmutter zu verabschieden.

Erwan wollte sie zurückrufen, aber Maggie sagte nur:

»Lass sie. Das ist doch nicht schlimm.«

»Bis nächsten Sonntag.«

Die Kinder warteten ungeduldig vor der Fahrstuhltür. Erwan lächelte sie an, versank aber sofort wieder in Gedanken. Er konnte sich nicht an die geringste Leichtigkeit in seiner Kindheit erinnern. Während der Prügeleien seiner Eltern hatte er immer in Angst, Furcht und Schrecken gelebt.

Die Türen des Aufzugs glitten auf, und er revidierte die Überlegungen, die er während des Mittagessens angestellt hatte: Loïc und Gaëlle hatten sich ebenfalls nicht befreien können. Die Antworten auf die Traumata ihrer Kindheit waren bei seinem Bruder die Drogen und bei seiner Schwester der bezahlte Sex.

Eine Erinnerung blitzte in seinem Kopf auf. Ein kleines Mädchen von vier und ein Junge von elf Jahren, die sich in den Armen ihres ältesten Bruders verkrochen. Alle drei hatten sich unter dem Küchentisch versteckt, während ihre Eltern sich prügelten. Noch heute spürte Erwan tief in seinem Innern die Kälte der Fliesen, während die Wände unter den Schlägen des »Pasqua der Linken« vibrierten.

Er betrat den Aufzug mit dem fast tröstlichen Gefühl, doch nicht ganz allein zu sein. Loïc und Gaëlle würden immer seine Nähe suchen, wie damals unter dem Tisch, verstört und verängstigt.

3

Jedes Mal wenn sie bei ihren Eltern gewesen war, musste Gaëlle sich übergeben.

Sie huschte in ein Café an der Ecke der Rue de Monceau, dessen Toiletten nicht allzu ekelerregend waren, und entleerte sich. Als Jugendliche hatte sie verschiedene Techniken ausprobiert, vom Salzwasser bis zur tief in den Hals gesteckten Zahnbürste, inzwischen übergab sie sich auf Kommando. Der Gedanke an das ekelhafte Essen, das ihre Mutter auf den Tisch brachte, genügte als Auslöser.

Anschließend fühlte sie sich schon viel besser. Der September gab sich heute richtig Mühe, auch wenn ein paar sonnige Nachmittage nach einem mittelmäßigen Sommer und einem verfrühten Herbst nicht gerade als Luxus bezeichnet werden konnten. Gaëlle ging die Avenue de Messine hinunter und genoss das Schauspiel, das sich ihr bot. Die Schatten der Giebel zitterten auf dem Asphalt. Lichtstrahlen blitzten zwischen den Blättern auf. Die Avenue war ein Paradebeispiel für das von Haussmann konzipierte Paris. Über dem üppigen Laub der Platanen fanden sich Balkone, Atlanten und Karyatiden, auf allen Etagen. Gaëlle fühlte sich wie eine Königin in den Alleen von Versailles.

Nach der Rue de Miromesnil bog sie nach links in die Rue de Penthièvre und ging bis zu dem Haus, in dem sie wohnte. Trotz der Sonne wirkten diese schmalen Straßen düster. Die Straße war menschenleer. Gaëlle hatte lange gezögert, ehe sie das Studio mietete, das sich nur wenige Meter von der Place Beauvau entfernt befand – in der Nähe des Innenministeriums und damit dem Arbeitsplatz des Monsters. Schließlich hatte sie beschlossen, ihren Vater einfach zu ignorieren. Man besiegte den Feind, indem man ihn aus seinen Gedanken strich.

Die Wohnung hatte große Fenster und ein Holzparkett, dessen Glätte unter ihren nackten Füßen Gaëlle liebte. Die Wände waren kahl, weil sie ihre Räume so haben wollte wie ihre Existenz – als leere Seite, die noch beschrieben werden musste. Das

Einzige, das ihr am Herzen lag, war ihre Bibliothek. Ihre Bücher waren so vielfältig wie ihre Leidenschaften. Sie verschlang Nietzsche und Wittgenstein, interessierte sich aber ebenso für die Lebensgeschichten von Shakira, Mylène Farmer oder Annette Vadim. Sie fühlte sich als Revolutionärin und zum Objekt degradierte Frau zugleich, als Intellektuelle und kleines Mädchen. Nichts in ihrem Leben war wirklich eindeutig.

Matcha-Tee, Moormaske auf das Gesicht, Schreibtisch. Neben dem sonntäglichen Mittagessen und dem Erbrechen gab es für Gaëlle noch ein drittes Ritual: die Durchsicht ihrer beruflichen Unterlagen. Sie surfte durch die sozialen Netzwerke, las ihre Mails und twitterte. Für eine Schauspielerin war es unerlässlich, den Kontakt zu ihren Fans aufrechtzuerhalten, selbst wenn sie ihr nicht unbedingt die Türen einrannten. Sie schrieb eine SMS an ihre Agentin, um ihr mitzuteilen, dass sie morgen im Verlauf des Nachmittags vorbeikäme. Die Frau hatte ihr schon seit Wochen kein Casting mehr besorgt.

Anschließend kümmerte sich Gaëlle um ihr Waffenarsenal: Lebenslauf, Shootingmappe, Zeitungsartikel. Sie liebte diese Arbeiten am Schreibtisch, verlieh ihrer Biografie den letzten Schliff, bearbeitete ihre Fotos, kopierte ihre Demo-CDs, schrieb Regisseure an. Ihre bisherige Karriere umfasste nur wenige Zeilen: Sie hatte Pokersendungen im Internet moderiert und ein paar Nebenrollen in Fernsehproduktionen gespielt. Einmal hatte sie die Rolle eines Modepüppchens in einem Spielfilm angenommen, aber die Szene war dem Schnitt zum Opfer gefallen.

Es war nicht viel, schon gar nicht, wenn man die Mühen betrachtete, die sie investiert hatte – Hunderte Castings, Abendessen und Nächte in Clubs mit angeblich angesagten Produzenten. Ihren Lebensunterhalt konnte sie mit ihrem Job nicht bestreiten, und noch viel weniger war sie in der Lage, in die Nähe des Heiligen Grals aller Schauspieler zu gelangen: jene fünfhundertsieben Stunden Arbeitszeit pro Jahr, welche den Anspruch auf Arbeitslosengeld gestatteten. Folglich musste sie sich anders über Wasser halten.

Wenn Gaëlle mit diesem Thema provoziert wurde, antwortete sie stets: »Der Feminismus mag was für Lesben und bürgerliche Damen sein. Aber Frauen, wirkliche Frauen, solche, die keinen Cent in der Tasche haben, tun alles, um rauszukommen. Denen ist die Frauenquote in Unternehmen egal, und es juckt sie auch nicht, ob an irgendwelche Substantive die Nachsilbe ›-innen‹ angehängt wird.« Und wenn sie auf ihre Herkunft aus einem reichen Elternhaus angesprochen wurde, fügte sie hinzu: »Ich bin genau die, die ich sein will. Ich habe bei null angefangen.«

Was der Wahrheit entsprach. Sie hatte seit ihrer Volljährigkeit keinen Euro mehr von ihrem Vater angenommen und sogar ihr Bankkonto aufgelöst und ein anderes unter dem Namen einer Freundin eröffnet, damit der Mistkerl ihr kein Geld mehr überweisen konnte.

Sie ging auf den Strich, klar, aber nur um ihrer Integrität willen.

Im Übrigen war sie nicht der Meinung, dass diese Art von Geschäft ihre Reinheit befleckte. Ihre künstlerische Berufung nahm keinen Schaden. Brigitte Bardot, Marilyn Monroe und Scarlett Johansson, das waren ihre Vorbilder, allesamt sinnliche Darstellerinnen und großartige Schauspielerinnen *zugleich*. Ihre Stärke waren ihre Körper – na und? Gaëlle stellte sich vor, wie sie sich als Camille in *Die Verachtung* auf der Terrasse der Villa Malaparte aalte, oder wie sie als Sugar in *Manche mögen's heiß* Tony Curtis auf der Yacht verführte. Das war Kunst, ja, und zwar Kunst mit Formen.

Auf der Agenda stand heute zudem ihr Antrag auf ein Arbeitsvisum für die Vereinigten Staaten. Jede Schauspielerin dachte früher oder später darüber nach, dass ihr das Glück jenseits des Atlantiks vielleicht eher hold war, und auch wenn Gaëlle sich keinerlei Illusionen hingab, wollte sie doch daran glauben und es vor allen Dingen versuchen. Sie hätte nichts zu bereuen, falls es schiefging.

Sie zog die Akte hervor und blätterte die Dokumente durch, die sie für ihre Vorstellung beim Konsulat brauchte. Alles in Ordnung. Die Zeugnisse, die ihr Tüchtigkeit, Seriosität und Glaubwürdigkeit in ihrem Beruf attestierten, hatte sie beisammen. Allesamt Empfehlungsschreiben, die sie dank Blow-Jobs und kostenlosem Beischlaf erhalten hatte. Darüber hinaus verfügte sie über Beschäftigungszusagen in den Vereinigten Staaten, was nicht schwierig war, da die Produzenten, die sie hier kannte, alle auch Gesellschaften in den USA besaßen. Es handelte sich um die gleichen Herren, die ihr auch die Bescheinigungen ausgestellt hatten.

In Anbetracht der Zeugnisse und fiktiven Verträge überkam Gaëlle ein Hauch von Traurigkeit. Die Akte entsprach einem Abbild ihres Lebens: der reinste Schwindel. Trotzdem zog sie diese Lüge dem Abgrund vor, der sich vor ihr auftun würde, sollte sie auch nur eine Zehntelsekunde an ihren Plänen zweifeln. Auf ihren Traum zu verzichten wäre gleichbedeutend damit, auf ihr Leben zu verzichten.

Sie warf einen Blick auf die Wanduhr in Form einer Filmklappe, mit Zifferblatt und Zeigern, einem Souvenir von ihrer einzigen Reise nach L.A. Viertel vor vier. Sie zuckte zusammen. Fast hätte sie ihren »Casting«-Termin um sechzehn Uhr vergessen. So nannte sie ihre Verabredungen zu achthundert Euro die Stunde.

Sie huschte ins Bad, nahm die Maske aus Totes-Meer-Schlamm ab und erinnerte sich, dass der Kerl ein chinesischer Banker war. Ein Date, das ihr von einer Pseudo-Zuhälterin aus der Avenue Hoche zugeschustert worden war. Gaëlle musterte sich im Spiegel. Beim Anblick ihres ovalen Gesichts, ihrer hohen Wangenknochen und ihrer Husky-Augen fing sie sich wieder. Sie ballte die Fäuste über dem Waschbecken.

Ein Chinese. Das passte genau zu dem, was sie vorhatte.

4

Sofia hatte den Jardin de Luxembourg als Treffpunkt vorgeschlagen.

Erwan parkte in der Rue Bonaparte, nahm den Eingang in der Rue Vaugirard und passierte, mit einem Kind an jeder Hand, die Bouleplätze und Tenniscourts. Sie waren auf einem Spielplatz ein Stück entfernt verabredet. Bei der Vorstellung, die Italienerin zu sehen, zitterte Erwan vor Aufregung.

Bei ihrem ersten Treffen hatte er innerlich gebebt. Beim zweiten hatte er geschmollt, beim dritten kein vernünftiges Wort herausgebracht. Erst nach vier oder fünf Treffen war es ihm gelungen, sich ihr gegenüber einigermaßen natürlich zu verhalten. Und erst dann war er in der Lage gewesen, sie zu beobachten. Sofia war nicht einfach nur schön, sie war perfekt. Ihre Schönheit wäre jedes Hochglanzmagazins und jeder Kinoleinwand würdig gewesen, ihre Grazie aber war unverkäuflich. Sofia besaß Millionen, und allein diese Ausnahmestellung zog eine souveräne Haltung nach sich.

Als Loïc sie 2003 aus New York mitbrachte, hatte Erwan nicht verstanden, wie dieser drogensüchtige Armleuchter eine solche Göttin für sich hatte begeistern können. Sein Vater hatte sich die gleiche Frage gestellt. Als eingefleischte Polizisten hatten sie sogar ermittelt und erstaunt festgestellt, dass Sofia viel mehr Geld besaß als Loïc. Ihr Vater, Schrotthändler in einem Vorort von Florenz, war zu Reichtum gelangt und hatte sich eine Comtesse Balducci zur Frau genommen, die zwar keinen Cent, dafür aber eine weitläufige Verwandtschaft mit der ruhmreichen Familie Aldobrandeschi vorzuweisen hatte. Sofia hatte die Schönheit ihres Vaters geerbt, der wie ein Grandseigneur aussah, dazu die Eleganz ihrer Mutter sowie die Verachtung der einen und die Härte des anderen. Den Rest hatte ihre Erziehung erledigt. Ihre Kindheit verbrachte sie in Sankt Moritz mit einer deutschen Hauslehrerin, anschließend besuchte sie teure Privatschulen in Mailand und danach die Universität Luigi Bocconi und die Università di Lingue e Communicazione, IULM. Ihren letzten Schliff holte sie sich an der Wall Street, bevor sie schließlich in Loïcs Armen die Liebe entdeckte.

Den Morvans war das ein Rätsel. Sie waren echte Kerle, dazu noch Polizisten. Die Anziehungskraft eines Typen wie Loïc auf Frauen war ihnen ein Rätsel. Sein hübsches Gesicht, die zierlichen Hände und sein entwaffnendes Lächeln entgingen ihnen. Ebenso die geheimnisvolle Ausstrahlung, die Drogenabhängige in den Augen junger Frauen oft haben. Sie sind fasziniert vom Laster, weil sie mit ihrem weiblichen Einfühlungsvermögen spüren, dass die andere Attraktion immer die Stärkere sein wird. Abgesehen vom fesselnden Charme des Heißsporns, der mit seinem Leben spielt.

Wenige Monate später liefen die Hochzeitsvorbereitungen auf Hochtouren. Erwan genoss die unterschwellige Rivalität der beiden Väter. Auf der einen Seite der afrikanische Fuchs, der durchtriebene Superbulle, umgeben von seinem im Kongo erworbenen Geheimnis, auf der anderen Giovanni Montefiori, von allen »Condottiere« genannt, dem Berlusconi-Clan nahestehend und mit Sicherheit in unzählige Mafia-Aktivitäten verwickelt. Zwei Raubtiere, die sich instinktiv verabscheuten, weil sie zwei Gesichter des gleichen Verderbens darstellten.

Die jungen Leute heirateten in Zermatt. Im Schnee und mit Schlitten. Der übliche Prunk bei reichen Sprösslingen. Montefiori hatte sämtliche verfügbaren Chalets angemietet, Morvan hatte das Bankett in einem der Paläste des Skiressorts bezahlt.

Erwan war in einem Wärterhäuschen untergekommen und hatte in dieser Nacht beschlossen, diese beiden des Lebens unkundigen Kinder unter seine Fittiche zu nehmen. Nach und nach übernahm er die Position eines Leibwächters, ein Diener neben vielen anderen. Er liebte seine Rolle als Muskelpaket im billigen Anzug, als Grobian ohne jegliches Talent zu Konversation und Eleganz, dem sich die Prinzessin aber anvertraute, um den »Kleinen« zu beschützen.

Denn von diesem Tag an waren sie Verbündete. Sofia überwachte ihren Ehemann und beschränkte seinen Kokainkonsum – Heroin und Alkohol rührte er gar mehr an. Erwan suchte und fand Loïc, wenn er wieder einmal eine ganze Nacht oder auch eine komplette Woche lang verschwand.

Im Lauf der Jahre lernte er, die Italienerin besser einzuschätzen, so dachte er zumindest. Nach vielen schicken Abendessen, Wochenenden in Portofino und Kreuzfahrten auf prächtigen Segelschiffen glaubte er, die Grenzen der jungen Frau ausgelotet zu haben. Sie liebte Loïc, aber ihre Gefühle blieben innerhalb der Grenzen ihrer sozialen Klasse. Die Hochzeit war nur eine von vielen Etappen in ihrem leichten Leben gewesen. Letztendlich war sie weder hochmütig noch gönnerhaft, sie war lediglich ein Produkt der italienischen Bourgeoisie, angebunden an die Privilegien und Konventionen ihrer Welt – eine perfekt programmierte, charmante Maschine, deren wichtigstes Kernstück zu installieren man vergessen hatte: das Herz.

Doch er irrte sich. Mit Lorenzos Geburt trat Sofias wahres Gesicht zutage. Ihre große Liebe waren ihre Kinder. Loïc war nur das Vorspiel gewesen, das Pflichtprogramm sozusagen. Warum aber hatte sie sich einen Drogenabhängigen als Erzeuger ausgesucht? Wegen seiner Schönheit? Seiner Intelligenz? Seines Lächelns? Eine Weile später, als Sofia mit Milla schwanger war, hatte sie ihre Maske endgültig fallen lassen. Das Verhältnis zu Loïc war zerrüttet, aber das störte sie nicht. Er hatte seine Aufgabe erfüllt. Wenn er es nicht fertigbrachte, den Fortgang zu sichern, würde sie ihn eben abservieren. Oder vernichten. Wie bei den Spinnen, die nach der Begattung die Männchen auffressen.

»Da drüben ist Maman!«

Sofia wartete auf einer Bank vor dem Spielplatz. Milla und Lorenzo ließen die jeweilige Hand ihres Onkels los und rannten auf ihre Mutter zu. Sofia stand auf, um sie in die Arme zu nehmen, und suchte dabei Erwans Blick. Sie nickte ihm kurz zu, bezahlte den Eintritt für den Spielplatz und wandte sich dann ihm zu.

Mit einem Schlag wurden der Lärm der Umgebung, das Hin und Her der Spaziergänger und die herumwirbelnden welken

Blätter in den Hintergrund gedrängt. Sofia erschien Erwan wie in einem Film, in dem Moment, in dem der Fokus auf die Hauptdarstellerin schwenkt und alles ringsum unscharf wird.

Ihr Gesicht wirkte in jedem Detail, als hätte dessen Schöpfer auf den Goldenen Schnitt geachtet. Stirn, Augenbrauen, Wangen – alles war wie aus einem Guss und strahlte im gleichen bewundernswerten Glanz. Sofias weiße Haut erinnerte an die perfekte Glätte von Kieseln. Man fragte sich unwillkürlich, wie dieses Fleisch atmen konnte. Ihre leicht geröteten Lippen waren die einzige Verwerfung auf diesem Stein. Sofia lag es fern, ihre Blässe zu korrigieren, sie trug keinerlei Make-up und stellte ihre natürlichen Züge ungezwungen zur Schau. Wie zur Verstärkung dieses Eindrucks trug sie ihr langes schwarzes Haar lediglich in der Mitte gescheitelt, wie auf alten Fotos von David Hamilton. Sie erinnerte eher an eine Amish-Bäuerin als an ein italienisches Modepüppchen.

Zwei Details allerdings milderten diese Strenge: Zum einen die Sommersprossen auf ihren Wangen, die ihr ein jugendlich vorwitziges Flair gaben. Zum anderen ihre schweren, fast eurasisch anmutenden Lider, die ihr einen verschleierten Blick und einen Hauch von Schwermut verliehen, der den Betrachter in der Seele schmerzte.

»Alles klar?«

»Alles klar«, erwiderte er. In ihrem Beisein fiel ihm meist nichts Geistreiches ein.

»Hast du fünf Minuten Zeit?«

Er bejahte, wie ein Soldat beim Rapport.

»Dann komm. Ich will die Kinder im Blick behalten.«

Nachdem der Kassierer ihm einen Stempel auf die Hand gedrückt hatte, folgte Erwan Sofia auf den Spielplatz. Seine Ohren summten, sein Puls raste. Auf dem Spielplatz schien der Boden zu schwanken. Er schob das auf den Aufruhr seiner Gefühle, bis er bemerkte, dass der Untergrund aus einer Art Schaumstoff bestand, als Schutz vor Verletzungen der Kinder bei Stürzen.

»Lieber Himmel, entspann dich«, sagte Sofia leise.

5

Sofia setzte sich auf eine freie Bank.
»Konnte Loïc nicht kommen?«
Sie stellte die Frage nur, um das Fehlverhalten ihres Ex zu betonen.

»Er hatte zu tun.«

»Klar, er musste seinen Koksrausch ausschlafen.«

Toller Einstieg. Erwan setzte sich neben sie, ohne auf ihren Einwurf einzugehen.

Bestürzt beobachtete Sofia den Trubel auf dem Spielplatz.

»Ich habe keine Ahnung, wer diese Sonntagnachmittage im Park erfunden hat, aber meiner Ansicht nach wären sie ein guter Grund für ein kinderloses Dasein.«

Sofia, die Bilderbuchmutter, liebte die Provokation. Und sie hatte einen Tick der Pariserinnen übernommen: Die blühten erst richtig auf, wenn sie sich indigniert gaben und ständig das Gegenteil von dem behaupten konnten, was sie eigentlich dachten – nur um des Vergnügens eines Bonmots oder der unverständlichen Befriedigung willen, bösartig zu wirken.

»Eine Scheidung hat zumindest ein Gutes«, fuhr sie fort. »Man muss sich die Unannehmlichkeiten teilen.«

Ihre Stimme war dünn und passte nicht zu ihrem Madonnengesicht.

»Und? Wie geht es dir so?«, erkundigte sie sich kameradschaftlich.

Er gab ein paar Banalitäten von seiner Reise nach Afrika zum Besten. Sie nickte, ohne ihm wirklich zuzuhören. Und nicht einmal er selbst interessierte für das, was er erzählte. In einem Winkel seines Gehirns regte sich immer die Frage, ob sie seine Gefühle nicht schon längst erraten hatte.

Solange sie mit Loïc zusammen gewesen war, hatte er Sofia auf Abstand gehalten. Seit sich das Paar aber getrennt hatte, gönnte er sich den Luxus, in sie zu verliebt zu sein. Obwohl seine Chancen bei ihr jetzt nicht größer waren als zuvor, im Gegenteil.

Aber er liebte diese hoffnungslose Leidenschaft, die ihn zu nichts verpflichtete.

»Weißt du eigentlich, dass ich auch einmal in Afrika gelebt habe?«, fragte sie lässig.

Ihr schwarzes Haar glänzte unter den grünen Kastanienblättern.

»Nein, ich hatte keine Ahnung.«

»Mein Vater hatte dort geschäftlich zu tun.«

»Was für Geschäfte?«

»Irgendetwas mit Metall, wie immer.«

»In welchem Land?«

»In den ehemaligen italienischen Kolonien. Äthiopien, Somalia, Eritrea …«

Er versuchte, sie sich als kleines Mädchen vorzustellen, das unter Frangipanibäumen über rote Lateritböden hüpfte, rief sich aber schnell zur Räson. Sie erzählte einfach nur, was ihr gerade durch den Kopf ging, und er wusste sehr genau, wo sie aufgewachsen und zur Schule gegangen war.

Erneut lächelte sie ihm kameradschaftlich zu.

»Ich lasse nur meiner Fantasie freien Lauf«, erklärte sie. »Ich habe noch nie einen Fuß in diese Länder gesetzt. Du hast doch sicher eine Akte über mich, oder?«

Er lächelte, blieb die Antwort aber schuldig. Sobald sie in seiner Nähe war, geriet er unwiderbringlich ins Schmachten. Er hatte weder die Kraft noch eine geeignete Methode zur Gegenwehr, ungeachtet der nervösen Anspannung, die unter seiner Haut vibrierte.

Plötzlich unterbrachen Milla und Lorenzo ihr Spiel und forderten einen kleinen Imbiss ein. Erwan kramte nach Münzen für ein Eis, aber Sofia zauberte aus ihrer Handtasche – einem Vintage-Teil von Balenciaga – in Windeseile Kekse und Actimel hervor, was die Kinder hastig verschlangen, ehe sie erneut davonsprangen. Sie lebten nach dem düsteren Mittagessen bei ihren Großeltern sichtlich auf.

Sofia folgte ihnen mit dem Blick.

»Während der Schwangerschaft«, fuhr sie fort, »ging es mir wie vielen anderen schönen Frauen. Ich wollte, dass es endlich vorbei ist und ich wieder so bin wie vorher. Ich wollte kein Kilo zu viel zunehmen und keine Abendveranstaltung versäumen. Vor allem aber wollte ich alles unter Kontrolle haben. Aber das Kind in deinem Bauch trifft die Entscheidungen für dich. Wahrscheinlich sogar die, zur Welt zu kommen, oder?«

Sie zündete sich eine Zigarette an. Ausgerechnet auf dem Spielplatz. Aber genau das liebte Erwan an ihr – diese sorglose, völlig natürliche Art, anderen ihren Willen aufzuzwingen.

Sofort begann eine andere Mutter, mit geballten Fäusten und verkniffenem Gesicht zu keifen.

»Sagen Sie mal, haben Sie noch alle Tassen im Schrank?«

Erwan zückte seinen Dienstausweis und sagte ruhig und ohne auch nur mit der Wimper zu zucken:

»Polizei. Lassen Sie uns bitte allein.«

Die Frau blieb wie vom Donner gerührt stehen und verstummte.

»Lassen Sie uns allein, oder ich lasse jeden Einzelnen auf diesem Spielplatz überprüfen.«

Die Furie wurde knallrot und wandte sich wortlos um.

»Der Gesichtsausdruck war unbezahlbar«, prustete Sofia.

Erwan lächelte. Er war zwar zufrieden mit seiner kleinen Heldentat, hätte es aber vorgezogen, Sofia mit seiner Konversation zu amüsieren. Wenn es darum ging, Bardamen oder Verkäuferinnen anzubaggern, war er unschlagbar, aber mit Sofia als Gegenüber war sein Kopf wie leergefegt.

»Wann stellst du uns denn endlich deine Verlobte vor?«, fragte sie, als hätte sie seine Gedanken gelesen.

»Ich bin im Moment solo.«

»Manchmal frage ich mich, ob du Bulle oder Pfarrer bist.«

Wieder fiel ihm keine Antwort ein. Stattdessen beobachtete er die Horde von Kindern, die in einem wilden Durcheinander herumtobten. Milla und Lorenzo hingen an einer Seilrutsche.

Als Sofia bemerkte, dass Erwan nicht auf ihre Sticheleien reagierte, sprach sie von ihren Ferien in der Toskana und ihren zahlreichen Reisen von Paris nach Mailand. Sie plante die Gründung eines Unternehmens, das italienische Designer-Möbel entwarf und vertrieb. Erwan wusste, dass sie früher oder später das einzige Thema ansprechen würde, das sie interessierte: der Krieg, den sie gegen Loïc führte, um endlich die Scheidung und das Sorgerecht für die Kinder zu bekommen. Aus irgendeinem unerklärlichen Grund lehnte sein Bruder es ab, die Trennung offiziell zu machen.

»Ich habe dir etwas mitgebracht.«

Sie zog einen A4-Umschlag aus der Tasche und öffnete ihn. Er enthielt Fotos, die Loïc in trautem Gespräch mit einigen zwielichtigen Typen zeigten. Auf den ersten Blick war klar, worum es ging: Loïc kaufte Stoff von ein paar zweitklassigen Dealern. Auf jedem Abzug waren in einer Ecke Datum und Uhrzeit vermerkt.

»Lässt du ihn beschatten?«

»Nur, wenn meine Kinder bei ihm sind.«

»Spinnst du?«

»Er spinnt. Nach meinen Berechnungen dürfte sein Konsum inzwischen bei etwa fünf Gramm am Tag liegen.« Sie nahm ihm eines der Fotos aus der Hand und hielt es ihm unter die Nase. »Siehst du das hier? Der Deal ist um elf Uhr abends im Parking des Halles über die Bühne gegangen. Wenn du genau hinschaust, siehst du die Kleinen, die im Auto schlafen.«

Erwan gab ihr die Fotos zurück. Sofia zündete sich eine weitere Zigarette an und klemmte sie zwischen die Lippen. Nervös schob sie die Fotos in den Umschlag zurück und drückte ihn Erwan in die Hand.

»Was soll ich damit?«

»Eröffne ein Ermittlungsverfahren gegen Loïc.«

»Ich bin bei der Kriminalpolizei«, gab er eisig zurück.

»Dann frag deine Kollegen vom Drogendezernat. Fünf Gramm sind mehr als der normale Eigenbedarf, das legt dann den Verdacht des Dealens nahe. Er könnte unter …«

»Du sprichst von meinem Bruder!«

»Aber auch vom Vater meiner Kinder. Von einem Kerl, der

drogenabhängig ist, angeblich aber eine über die andere Woche auf die Kinder aufpassen, sie zur Schule bringen, ihnen Essen machen und sich in allen Belangen um sie kümmern kann, obwohl er …«

Erwan stand abrupt auf.

»Ohne mich.«

»Ihr haltet vermutlich immer zusammen, oder?«

»Loïc mag Fehler haben, aber …«

»Fehler? Der Mann ist ein Wrack. Ich kann nicht schlafen, wenn die Kinder bei ihm sind. Himmel noch mal, dafür braucht es doch nicht mehr als gesunden Menschenverstand!«

Auf dem Gesicht seiner Schwägerin zeichnete sich Angst ab. Unmerklich hatte sich das Licht verändert. Silbrige Schatten tanzten zwischen dem Laub. Ein Gewitter zog auf. Der Boden unter Erwans Füßen schien mehr denn je zu schwanken.

Er bemühte sich um eine feste Stimme.

»Mach, was du willst«, erklärte er. »Du hast deine Fotos und sicher auch Zeugen. Übergib das deiner Anwältin. Sie wird schon wissen, was sie damit machen kann.«

»Ach ja, der Clan der Morvans! Fest vereint, auch in schlechten Zeiten.«

»Deine Kinder sind ebenfalls Morvans. Ich sage es dir noch einmal: In dieser Sache kannst du nicht auf mich zählen.«

Nun stand auch Sofia auf. Wütend stopfte sie den Umschlag in ihre Balenciaga. In diesem Moment krachte es so laut, dass die Eingangstore erzitterten. Die Kinder schrien auf. Einige liefen zu ihren Müttern.

Erwan suchte mit dem Blick nach seinem Neffen und seiner Nichte, um sich zu verabschieden, konnte sie aber nicht entdecken. Auch gut. Und mit einem Mal öffnete der Himmel seine Schleusen. Ein unglaublicher Regenguss prasselte nieder.

»Ruf mich an, wenn du mich brauchst«, sagte er zu Sofia. »Aber nicht wegen so einem Mist.«

Sie schnippte ihre Zigarette fort und blickte ihn starr an. Wenn sie sich konzentrierte, schien es, als schiele sie unter ihren schweren Lidern ein ganz klein wenig. Für einige Sekunden sah er sie so, wie sie wirklich war, ohne Fantasie und Ausschmückung. Als Tochter eines reichen Vaters, die in einer Umgebung voller Liebe, Komfort und Sorglosigkeit aufgewachsen war und die jetzt unversehens mit der harten Realität konfrontiert wurde.

Nach wenigen Schritten war Erwan bis auf die Haut durchnässt. Umso besser. Sollte der Regen ihn doch von diesem Mist reinwaschen. Erst sein Vater, der seine eigene Tochter beschatten ließ, um die Quantität ihrer bezahlten sexuellen Kontakte herauszufinden, dann seine Schwägerin, die seinen Bruder ausspionierte, um dessen Kokainkonsum einschätzen zu können.

Auf dem Weg zu seinem Auto kam ihm der Gedanke, dass die Bretagne ihm vermutlich guttun würde.

Luft! Jodluft!

6

Hier war er gern.

Hier, unter dieser vergammelten Brücke, wo es nach Pisse und verbranntem Fett roch.

Er, Loïc Morvan, das Wunderkind des Finanzwesens, Direktor eines der bekanntesten Hedgefonds von Paris, der maßgeschneiderte Anzüge zu fünftausend Euro trug, einen mehr als dreihunderttausend Euro teuren Aston Martin V 12 Vanquish fuhr – er fühlte sich am wohlsten in einer Kloake, dem Zufluchtsort von Süchtigen und Fixern.

Eine Rückkehr zu den Ursprüngen. Für ihn gab es nur eine einzige Abstammung: den Trip. Auch wenn er die Sucht inzwischen so gut wie unter Kontrolle hatte – die Betonung lag auf »so gut wie«, weil er gerade jetzt unter einer Eisenbahnbrücke an der Ecke der Rue de Crimée und der Rue d'Aubervilliers auf seinen Dealer wartete –, die Düsternis seiner Jugend hingegen hatte er nie vergessen.

Als er im Anschluss an das Mittagessen bei seinen Eltern aus der Apathie erwacht war, hatte er eine seiner Panikattacken bekommen. Seine Brust fühlte sich an, wie in einen Schraubstock gequetscht, seine Stirn glühte vor Fieber, und seine Hände waren eiskalt. Er wusste nicht, wo Milla und Lorenzo waren, hatte sich hastig von seinen Eltern verabschiedet und war geflüchtet.

Sofort verabredete er telefonisch ein Treffen. In derartigen Augenblicken kannte er nur eine einzige Angst: nicht genügend Vorrat zu haben. Sein Psychiater betrachtete das bereits als Fortschritt. Loïc litt nur noch unter einer einzigen Angst, und für diese Angst – auch wenn sie unbegründet war, denn er hatte immer Koks in den Taschen, im Handschuhfach seines Wagens und jede Menge zu Hause – gab es eine sofortige Lösung und damit Linderung.

Noch immer war niemand außer ihm unter der Brücke.

Er verriegelte die Türen und verkroch sich im Innenraum seines Wagens. Der Regen hatte nachgelassen, aber das Wasser tropfte noch von den Gleisen über ihm, wie eine riesige Infusion. Er stellte die Klimaanlage auf volle Kühlung, er wollte es kalt haben, und ließ seinen Erinnerungen freien Lauf. Was ihm in dieser Umgebung leichtfiel.

Grégoire Morvan hatte Wert darauf gelegt, dass aus seinen Söhnen echte Bretonen und damit Segler wurden. Bereits mit sechs Jahren meldete er sie bei der Segelschule auf den Glénan-Inseln an, und fortan mussten sie jedes Jahr einen Intensivkurs absolvieren. Erwan hatte sich dickköpfig gesperrt. Loïc jedoch, der Mustersohn, war bald der Beste in jeder Kategorie. Jollen, Segelboote mit Schwert, Katamarane. Im Verlauf der Jahre sammelten sich mehr und mehr Pokale an.

Der Alte frohlockte: Endlich ein Familienmitglied, das den Kurs zu halten wusste! Ein Bretone, der durch die Wogen pflügte! Loïc selbst triumphierte eher moderat. Er gewann seine Regatten mit zerstreutem Lächeln, nahm die jeweilige Trophäe bescheiden entgegen und ergab sich schüchtern den Avancen der Töchter aus reichem Hause, die sich um ihn scharten. Die ernstzunehmenden Dinge spielten sich anderswo ab.

Wer seine Tage am Steuer eines Bootes verbringt, findet sich abends nicht selten in Bars wieder. Schon sehr bald vereinte Loïc weitere Superlative auf sich: als jüngster Säufer der Küste (mit zwölf Jahren), als Säufer, der im gesamten Finistère den meisten Alkohol vertrug (mit dreizehn) und schließlich als derjenige, der in Le Conquet am längsten besoffen war (zweiundsiebzig Stunden, mit fünfzehn Jahren) …

Er nahm sein Laster mit nach Paris. Es ging bergab, und Langeweile stellte sich ein. Kurze, Flaschen und Magnums ließen ihn innerhalb weniger Minuten abstumpfen. Ein Abend war nur noch ein langes, von Erbrechen unterbrochenes Alkoholkoma. In diesem Zustand entdeckte er das Kokain, die Wunderdroge, welche die unerwünschten Folgen des Alkoholkonsums auslöschen konnte. Das Pulver, das es ihm gestattete, die in einer Nacht konsumierte Menge zu vervielfachen und sich trotzdem bis zum Morgen aufrecht zu halten und die trunkenen Stunden zu genießen.

Wie durch ein Wunder bestand er mit siebzehn das Abitur und schrieb sich in Wirtschaftswissenschaften ein. Sein Vater hätte es lieber gesehen, wenn er Politikwissenschaften studiert und vielleicht sogar die Nationale Hochschule für Verwaltung besucht hätte. Aber Loïc wollte Geld verdienen, und zwar schnell. Er brauchte damals mehrere Liter am Tag, was der Dosis mancher Penner entsprach, allerdings nicht Wein, sondern Wodka. In seiner Gesellschaft befanden sich mehrere junge Männer, die so waren wie er – menschliche Wracks mit Studentenausweis, die mit kaputter Leber und schwammigem Gehirn vor sich hin werkelten.

In der Bretagne war er inzwischen für seine alkoholischen Heldentaten bekannter als für seine Segelkünste. Er gab vor, nüchtern zu sein, wenn er segelte, aber das stimmte nicht. Er versteckte seine Flaschen und sein Koks im Laderaum und segelte einhändig, ohne nachzudenken und ohne wirklichen Überblick. Natürlich wurden die Siege seltener, die Sponsoren wandten sich von ihm ab. Irgendwann saß er auf dem Trockenen, auch im übertragenen Sinn.

Ihm war das egal. Er war zwanzig Jahre alt und schwelgte in der Faszination der Drogen. Crack, Hasch, Stechapfel, Poppers, Buprenorphin, Trichlorethylen … alles wollte erkundet werden. Er fühlte sich immer noch als Forscher. Als Jäger nach künstlichen Paradiesen.

Auf Technopartys kam er in Kontakt mit Ecstasy und lernte damit auch eine neue Art von Katzenjammer kennen. Nach zwei Tagen in Trance erwies es sich als schwierig, nüchtern zu werden, er befand sich in einem Zustand irgendwo zwischen schwerem Kater und Selbstmordgedanken. Aber auch hier fand er ein Gegenmittel: den Heroinschuss am Montagmorgen. Mit H schaffte er es, das Wochenende hinter sich zu lassen und neu durchzustarten. Aber Hero ist keine harmlose Geliebte. Innerhalb weniger Wochen wurde Loïc abhängig, und nach ein paar Monaten war er dem Tod näher als dem Leben.

Kein Gedanke mehr an Studium oder Arbeit. Sein Bankkonto war geplündert, sein Vater zahlte die Miete für seine Wohnung nicht mehr. Loïc begann, sich zu prostituieren. Dabei war ihm egal, ob seine Kunden Frauen oder Männer waren – Hauptsache, er bekam das Geld für seine Dosis zusammen.

Doch eines Tages verkaufte ihm plötzlich unerklärlicherweise niemand mehr Stoff. Nicht einmal Brown Sugar. Er fühlte sich beinahe wie Ray Milland in dem Film *Das verlorene Wochenende*, der verzweifelt nach dem nächsten Drink sucht, aber nur geschlossene Läden findet. Bis ihm schließlich aufgeht, dass Jom Kippur ist und die Juden an diesem hohen Feiertag nicht arbeiten. Für Loïc war mit einem Mal jeder Tag Jom Kippur, aber er verstand den Grund für diese Katastrophe nicht. Erst viel später erhielt er die Erklärung aus dem Mund seines Vaters.

Für einen Polizisten, der die Attentäter auf das Kaufhaus Tati in der Rue de Rennes dingfest gemacht und Mitglieder der Terrororganisation Action Directe verhaftet hatte, war die Überwachung der Exzesse seines Sohnes keine große Herausforderung.

In den ersten Jahren hatte er den Dingen ihren Lauf gelassen, Jugendliche müssen sich schließlich die Hörner abstoßen. Als jedoch klar war, dass Loïc im Drogensumpf zu versinken drohte, ließ er den Dealern eine Warnung zukommen. Wer auch immer seinem Sohn auch nur eine Unze Pulver verkaufte, würde sich im Knast wiederfinden. Oder auf dem Friedhof.

Loïc war ganz unten angekommen. Endlose Qualen, Craving, Gier nach Drogen, Alkohol, Medikamente – er warf ein, was er bekommen konnte. Eines Tages traf er einen Leidensgenossen, im gleichen Zustand wie er selbst. Der andere wurde nicht müde, zu wiederholen: »Es gibt eine Lösung.« In der großen Wohnung der Familie des Junkies in der Nähe des Trocadéro erfuhr Loïc, welche Lösung der junge Mann meinte. Der Vater des Süchtigen weigerte sich, seinem Sohn allen Flehens und Drohens zum Trotz auch nur einen Cent zu geben – schließlich holte der Sohn einen Hammer, schlug dem Vater den Schädel ein, leerte seine Taschen und brach einen Sekretär auf, auf der Suche nach weiterem Geld.

Zitternd und von Krämpfen geschüttelt wohnte Loïc der Szene bei, ohne einen Finger zu rühren. Blut, wohin er auch schaute, das Parkett mit Hirnmasse besudelt, an den Wänden klebten Knochensplitter. Der Mörder verschwand, und Loïc verschanzte sich im Zimmer der kleinen Schwester, die während der Schulferien verreist war. Schließlich kam der andere mit dem Stoff zurück. Sie setzten sich zwischen Barbies und Puppenwagen einen Schuss und schliefen auf dem blassrosa Teppich ein.

Als Loïc aufwachte, stand Morvan neben ihm.

»Alles in Ordnung, mein Kleiner.«

Männer in weißen Overalls kümmerten sich um den Teppich, wischten sämtliche Flächen ab und saugten selbst die kleinsten Partikel fort. Andere waren damit beschäftigt, Loïcs reglos daliegendem Kumpel einen Schuss zu setzen. Kurz bevor er das Bewusstsein verlor, ging Loïc auf, dass sie ihn töteten.

»Alles in Ordnung …«

Am folgenden Morgen schlug Morvan ihm einen Deal vor. Er

hatte das Verbrechen ausgelöscht und alle Spuren verwischt, im wahrsten Wortsinn. Als Gegenleistung forderte er einen Entzug mit anschließendem Genesungsaufenthalt auf den Antillen. Loïc stimmte zu, ohne Bedingungen zu stellen.

In diesem Fall allerdings erwiesen sich die Vorstellungen des sonst so gewitzten Bullen als naiv. Morvan assoziierte die tropischen Paradiese mit einer gesunden und nüchternen Lebensweise, in Wirklichkeit aber waren die Yachthäfen längst wahre Drogenumschlagplätze. Als gewiefter Skipper und hübscher, zudem bisexueller junger Mann war Loïc der ideale Kandidat für eine ganz bestimmte Art von Kreuzfahrt: Drücken, Sniefen, Party …

Erneut glitt er in die Hölle hinab, dieses Mal außerhalb der Reichweite seines Vaters. Seine Sucht führte ihn bis auf die Andamanen und schließlich in den Golf von Bengalen. Er strandete in Kalkutta, wieder einmal völlig am Ende und bereit, alles zu tun, um wenigstens an der Watte riechen zu dürfen, durch die ein Schuss aufgezogen wurde.

Dann aber kam ihm ein anderer Mann zu Hilfe …

Jemand klopfte an die Scheibe. Loïc, ganz in seine Gedanken vertieft, zuckte zusammen. Ein Typ mit Mardergesicht blickte ins Wageninnere. Dreadlocks, gelbe, pickelige Haut und Zähne im Verfallsstadium. In Anbetracht seiner finanziellen Mittel und Kontakte hätte Loïc durchaus präsentablere Dealer finden können, aber er wollte seine Geschäfte unbedingt mit den schlimmsten Freaks machen. Die Droge ist gemein, genau das macht sie im Wesentlichen aus. Loïc lehnte es ab, ihr einen ehrenwerten Anstrich zu verleihen.

Er öffnete das Fenster und hielt dem Mann eine Rolle hin, dreihundert Euro in kleinen Scheinen. Der Typ reichte ihm ein Plastiksäckchen. Loïc wollte die Scheibe hochfahren, doch der Kerl blockierte sie.

»Geile Karre.«

»Lass mich in Ruhe.«

»Wie wär's mit 'ner kleinen Runde?«

Loïc war ein fürchterlicher Angsthase, aber da er sich, geschützt von Stahl und Blech, in Sicherheit fühlte, gab er sich aggressiv.

»Zieh Leine.«

Der Typ packte ihn am Kragen und zückte ein Teppichmesser. Loïc hatte das Gefühl, sich wie mit schweren Durchfall auf das Leder seines Sitzes zu entleeren, aber sein linker Fuß trat die Kupplung, und er legte reflexartig den zweiten Gang ein und gab Gas. Der Motor röhrte auf, von den Tunnelwänden verstärkt, und der Wagen schoss vorwärts. Der Dealer sprang brüllend beiseite.

Auf dem Boulevard Macdonald steckte Loïc den Kopf aus dem Fenster und sog erleichtert die vom Regenguss erfrischte Luft ein. Porte de Clichy. Porte d'Asnières. Er fuhr bis zum Boulevard Malesherbes und parkte auf der verwaisten Place Wagram.

Dann holte er das Dope aus dem Gefrierbeutel und legte es, wie immer, wenn er in Eile war, auf dem Handrücken als Line. Bemerkte, dass das Pulver kompakt und trocken war und nach Urin roch. Gute Zeichen …

Er inhalierte. Einmal. Zweimal. »Das wahre Leben findet durch die Nase statt«, hatte ihm ein Regisseur für pornografische Gonzofilme einmal in einem Nachtklub erklärt. »Alles andere ist sentimentale Träumerei.«

Sofort fühlte er sich besser. Seine Muskeln entspannten, sein Brustkorb weitete sich. Sein gesamter Körper hyperventilierte. Die immer noch eiskalte Luft aus der Klimaanlage drang in jede Pore seiner Haut wie ein unmittelbar vom Nordpol stammender Hauch. Er schauderte und zog sich eine weitere Line. Sein Hemd klebte schweißnass auf seiner Brust. Er öffnete den Kragen und lockerte es. Der Geruch von Schweiß, Eau de Toilette und Koks drang in seine Nase.

Erst in dem Moment stellte er fest, dass er dicke Tränen weinte. Auch seine Nase lief und schwemmte das Pulver, das er gerade gesnieft hatte, wieder aus. Scheiße. Er wischte sich über die Lider und betupfte seine Nasenlöcher. Seine Finger waren rot. Hastig drehte er den Innenspiegel so, dass er sich sehen konnte, und sein Blick traf auf das bleiche Gesicht eines mit weißem Pulver, Blut und Tränen verschmierten Clowns.

Er wollte die Aluminiumoberfläche des Armaturenbretts nicht beschmutzen, also öffnete er das Handschuhfach mit dem Ellbogen, griff nach einem Päckchen Taschentücher, riss eines heraus und verstopfte seine Nasenlöcher. Dann lehnte er den Kopf an die Kopfstütze und wartete mehrere Minuten.

Nachdem die Blutung gestillt war, kramte er in seinen Taschen nach einem Desinfektionsspray, besprühte seine Hände und wischte altmodisch sein Gesicht ab, wie damals, als er klein war und seine Mutter ihn auf ein Taschentuch spucken ließ, um sein Gesicht zu reinigen.

Schließlich zog er sich noch eine Line für den Weg und legte den ersten Gang ein.

Das wahre Leben findet durch die Nase statt …

Wie lange würde er diesen Rhythmus noch durchhalten?

7

Erwan bewohnte eine Zweizimmerwohnung im zweiten Stock eines modernen Mietshauses in der Rue de Bellefond im 9. Arrondissement. Das Viertel interessierte ihn nicht. Weder die Rue des Martyrs noch die Place Saint-Georges rissen ihn vom Hocker, sie waren ihm ebenso gleichgültig wie die düsteren Straßen rings um den Bahnhof Saint-Lazare oder die Place Clichy. Wichtig war ihm lediglich, dass die Straße ruhig war, über eine Parkmöglichkeit verfügte und dass man die Nachbarn nicht zu Gesicht bekam.

Siebzig auf Polizistenart organisierte Quadratmeter. Sein Wohnzimmer war ein Büro, das Schlafzimmer spartanisch eingerichtet, in der offenen amerikanischen Küche aß er im Stehen. Wenige Möbel, nichts an den Wänden, keine Deko. Seine einzige Leidenschaft war die Sauberkeit. Er zahlte einer Zugehfrau einen fürstlichen Preis, die zweimal in der Woche kam, und an den Wochenenden legte er selbst Hand an. Er wohnte seit fünf Jahren hier, hatte die Wohnung aber schon zweimal gestrichen. Weiß. Er liebte den Geruch der Farbe, der monatelang anhielt – der Duft von Neuheit und Wiedergeburt.

Als er nun den Schlüssel ins Schloss steckte, hatte er Sofia bereits vergessen. Er dachte darüber nach, was die wahren Gründe für seine Mission in der Bretagne sein mochten. Warum schickte der Alte ihn dort hin? Ging es wirklich darum, eine »akzeptable Version« eines Unfalls bei einer Mutprobe hervorzuzaubern? Oder wollte sein Vater ihn einfach zwingen, wieder einmal die Luft des Finistère zu schnuppern, der angeblichen Wiege der Familie? Oder ihn vielleicht nur für einige Zeit von Paris fernhalten?

Laut Morvans Aussage waren die Bretonen bereit zur Kooperation, die ganze Angelegenheit sei binnen zweier Tage vom Tisch. Schön wär's. Die Militärs der Luftstreitkräfte der französischen Marine würden mit Sicherheit verschlossen wie Austern sein, die Gendarmen ihn als Rivalen betrachten, und der Staatsanwalt würde jede noch so kleine Entdeckung sofort abwiegeln. Wenn er dieser feindlichen Welt entgegentreten wollte, brauchte er einen echten Paragraphenreiter. Philippe Kriesler, genannt Kripo, sein Stellvertreter bei der Truppe, war dafür genau der richtige Mann. Er galt als der Pedant im Team, war derjenige, der sämtliche Beweisaufnahmen und die Niederschriften der Anhörungen redigierte, und kannte sich mit Erhebungen, Kostenabrechnungen und Verfahren aus. Dieser Schreibkram erforderte eine Begabung, die Kripo zweifellos besaß.

Erwan rief ihn an, erreichte aber nur den Anrufbeantworter. Er bat um einen Rückruf, als ihm einfiel, dass heute der letzte Urlaubstag seines Stellvertreters war. Hoffentlich hörte er die Nachricht rechtzeitig ab. Er beschloss, ein paar Stunden zu warten, ehe er einen anderen Mitarbeiter kontaktierte.

Ein Kaffee. In der Stille seiner Wohnung kehrten die Unannehmlichkeiten des Tages bruchstückhaft zurück. Die blauen Flecken seiner Mutter, die Lücken im Auftrag seines Vaters, Sofias Fotos … Sie waren eine Familie von Verrückten.

Sich selbst betrachtete er als einzig vernünftiges Mitglied des Clans. Zumindest als das am wenigsten bescheuerte. Er war Single, verdiente viertausend Euro im Monat und hatte einen geregelten Tagesablauf. Seine Anzüge waren von Celio, er las *L'Equipe*, und sein einziges Laster war, ab und zu ein Bier zu trinken. Er hatte andere, sehr viel anspruchsvollere Leidenschaften, wie zum Beispiel klassische Musik, Malerei und Philosophie, sah sich aber außerstande, darüber im Beisein anderer zu sprechen. Im Übrigen legte er auch gar keinen Wert darauf, denn das war seine Privatangelegenheit. Großen Wert allerdings legte er auf das Bild, das er der Öffentlichkeit bot: bester Teamchef der Kriminalpolizei, Rekordzahlen bei der Aufklärung von Fällen und mehrere Auszeichnungen als Sportschütze auf Landesebene.

Wie konnte er sich anmaßen, von Sofia Montefiori zu träumen?

Für Erwan stand weibliche Schönheit immer im Zusammenhang mit viel Geld, und der Alltag seines Lebens als Polizist bestätigte die Weisheit von Frédéric Beigbeder: »Frauen sind keine Nutten, aber ich kenne keine einzige Schönheit, die sich mit einem armen Mann zusammengetan hat.« In Filmen schlief die Frau des Milliardärs mit dem heldenhaften Polizisten, der gerade einmal den Mindestlohn verdiente, aber im wahren Leben entspannte sie lieber an ihrem Pool.

Er selbst gab sich mit einer weniger strahlenden, dafür aber sympathischen Beute zufrieden: Bedienungen, Verkäuferinnen, Kosmetikerinnen. Er hegte für diese Auswahl keineswegs Verachtung und verhielt sich grundsätzlich freundlich und respektvoll, als wolle er die Frauen für die Herablassung entschädigen, die sie im täglichen Leben erduldeten. Schon der Ausdruck »niedere Tätigkeiten« brachte ihn zum Schäumen, und er sah sich durchaus als Verteidiger dieser Damen.

Leider waren seine Beziehungen nie von langer Dauer. Es war wie in dem Lied von Maurice Chevalier: »Wenn eine Marquise eine andere Marquise trifft, worüber reden sie?« Die Kassiererinnen erzählten ihm von anderen Kassiererinnen, was ihn kaum begeistern konnte. Er hingegen versuchte, sie mit Polizeianekdoten zu unterhalten, die zwar interessanter, aber dafür oft ziemlich verrückt und beängstigend waren. Es funkte nie wirklich.

Aber das war nicht schlimm. Er zog ohnehin seine Träume vor. Er zog Sofia vor. Tief im Innern war er der Ansicht, dass die wirkliche, die wahre Liebe unerreichbar bleiben musste; und Sex war für ihn zweitrangig.

Diese Gleichgültigkeit hatte er von seinem Vater. Der alte Wilde, der Mann, dessen Leben aus Manipulation bestand, war ein Puritaner. Dessen wahre Liebe galt ausschließlich sehr jungen Frauen, und zwar auf rein platonische Art. Die wenigen Male, die Erwan ihn erregt erlebt hatte, waren immer junge Nymphchen zugegen gewesen, fast noch Kinder. Sie faszinierten ihn. Es lag etwas Monströses darin, zuzusehen, wie sich der grobschlächtige Koloss in einen aufmerksamen, gutmütigen Weihnachtsmann verwandelte. Der Zuhälter, der Nutten in die Betten der meisten Politiker brachte und Abhängige mit Koks versorgte, der Erpresser, der bei der Sitte, der Spezialeinheit BRI und der Kriminalpolizei gearbeitet hatte, trank ohne Hintergedanken aus dieser Quelle der Reinheit.

Das aber hinderte weder ihn noch seinen Sohn daran, an die Allmacht des Sex in dieser unteren Welt zu glauben. Das erste Gebot der Arbeit bei der Polizei lautete: Es geht immer und jederzeit um Muschis. Unter dem Lack von Kultur, schönen Reden, Religion und Uniformen findet sich immer lebendiges Fleisch mit dem Bedürfnis, Brüste zu berühren und seinen Stachel in einer feuchten, heißen Spalte zu versenken. Der Rest existierte nur in der Literatur.

Erwan beendete seine Überlegungen, setzte sich mit seinem Kaffee an den Schreibtisch und fuhr den Computer hoch. Der Alte hatte ihm ein paar E-Mails geschickt. In der ersten ging es um den Luftstützpunkt der Marine und den »Unfalltod« eines Soldaten, der sich dort zur Ausbildung befand. Es handelte sich um eine Flugschule mit dem Namen Kaerverec 76, kurz »K76«, benannt nach dem nächstgelegenen Dorf an der Westküste des Finistère, am äußersten Zipfel von Frankreich. Die Zahl im Namen verwies auf das Eröffnungsjahr der Institution.

Sein Vater hatte den Link zur Internetseite der Schule eingefügt. Demnach wurden die Flugschüler im Rang von Offizieren dort zwei Jahre lang unterrichtet, bevor sie für ein weiteres Jahr in die USA gingen, um dort ihre Ausbildung zum Jagdflieger zu komplettieren. Nach dem Abschluss waren sie in der Lage, die Rafale-Kampfflugzeuge zu steuern, die vom Flugzeugträger *Charles de Gaulle* aus starteten. Der jüngste Jahrgang an der Schule nannte sich »Condor 2012«.

Jedes Jahr fanden sich Anfang August etwa zwanzig handverlesene Kandidaten auf dem Luftwaffenstützpunkt ein. Einen Monat lang wurden sie genau beobachtet, mussten Prüfungen in Theorie ablegen, absolvierten Übungsflüge als Co-Piloten, ließen psychologische Tests über sich ergehen und nahmen an Flugsimulationen teil. Übrig blieb zum Schluss lediglich ein Dutzend Soldaten, die schließlich am ersten Septemberwochenende eine Mutprobe bestehen mussten.

Erwan las zum wiederholten Mal das Telex, das Morvan vom Führungsstab erhalten hatte und in dem Jean-Pierre Verny, ein hohes Tier bei der Gendarmerie in Brest, die Ereignisse in wenigen Zeilen zusammengefasst hatte.

Am Freitag, den 7. September, hatten die Schüler den Stützpunkt für Besucher geschlossen, alle höheren Chargen sowie die Lehrer ausgesperrt und das Areal zu einem gigantischen Spielfeld umfunktioniert. Die Aktion hatte nur ein Ziel: den neuen Schülern das Leben so schwer wie möglich zu machen. Um 17 Uhr mussten die zwölf neuen Flugschüler auf dem Rollfeld zum Appell antreten. Bis 20 Uhr wurden sie eingesaut, körperlich herausgefordert, beleidigt und misshandelt. Anschließend wurden die Jungen nackt und verdreckt in der Botanik verteilt, woraufhin eine Menschenjagd stattfand, deren genauer Ablauf nicht ganz geklärt war. Am folgenden Morgen fehlte einer der Probanden beim Appell: Wissa Sawiris aus Le Mans, zweiundzwanzig Jahre alt. Einige Stunden zuvor waren im Zuge eines Manövers Raketen auf die wenige Kilometer vor der Küste gelegene Insel Sirling abgefeuert und ein sogenannter Tobruk-Bunker getroffen worden. Gegen Mittag hatten Ballistikexperten die Ruine untersucht und dabei zwischen den Trümmern eine menschliche Leiche gefunden. Es hatte nicht lange gedauert, diese als die Überreste des verschwundenen Flugschülers zu identifizieren. Sein abgerissener Kopf war, trotz schwerster Verbrennungen, das entscheidende Indiz gewesen.

Erwan trank einen Schluck Kaffee und rieb sich die Augen. Eine schier unglaubliche Geschichte. Es war ja schon überraschend, dass nur wenige Kilometer von einem Luftwaffenstützpunkt entfernt Raketen abgeschossen wurden, während auf dem Gelände im Rahmen einer Mutprobe Jagd auf Flugschüler gemacht wurde, aber besonders unbegreiflich war der Umstand, dass die Rakete ausgerechnet den Bunker traf, in dem einer der Probanden sich versteckt hatte. Ob dahinter eine andere Wahrheit steckte?

Sein Telefon vibrierte. Kripo.

»Na, gut aus dem Urlaub zurück?«

»Gerade reingekommen. Ich habe mich im Elsass erholt. Warum hast du angerufen?«

»Gleich morgen früh geht es los.«

»Wohin?«

»Ins Finistère. Eine missglückte Mutprobe.«

»Kann sich nicht die Gendarmerie darum kümmern?«

»Es ist auf einem Stützpunkt der Streitkräfte passiert, deshalb ist die Anwesenheit der Kriminalpolizei erforderlich.«

»Sind die Militärs einverstanden?«

»Anscheinend ja.«

»Was ist mit den Medien?«

»Die wissen noch nichts. Wir sollen uns um eine offizielle Version kümmern.«

Erwan konnte sich die Kommentare der Journalisten lebhaft vorstellen. »Erneutes Fehlverhalten in der Armee«; »Mutprobe: Die Plage ist nicht zu stoppen«. Die Nationalversammlung würde sich zu Wort melden, man würde Gesetzesentwürfe aus den Schubladen holen und unzählige Talkshows zu dem Thema veranstalten. Der übliche Zirkus.

Kripo seufzte.

»Ich wäre gern mit dir gefahren, aber ich habe am Dienstagmittag einen wichtigen Termin.«

»Kannst du den nicht verschieben?«

»Ich habe ihn bereits zweimal verschoben.«

»Mit wem?«

»Bei der Dienstaufsichtsbehörde.«

Erwan konnte sich nicht vorstellen, dass sein Stellvertreter Ärger mit der Polizei der Polizisten hatte. Und noch viel weniger, dass er gegen einen Kollegen aussagen könnte. Kripo war einundfünfzig Jahre alt, stand nur wenige Jahre vor der Pensionierung und war eigentlich Amateur. Man konnte ihn vielleicht sogar als überqualifiziert bezeichnen, trotzdem war er nie über den Dienstgrad eines Lieutenant hinausgekommen. Er betrachtete seinen Beruf als Zeitvertreib und entwickelte wahre Leidenschaft nur für Dinge, die Hobby sein sollten: Er spielte Laute, sang in einem Renaissancechor und studierte die Dynastien des Hochmittelalters.

»Worum geht es?«

»Um meinen kleiner Ärger mit der Pistole.«

Sechs Monate zuvor hatte Kripo seine Dienstwaffe verlegt. Die halbe Mordkommission war in Panik verfallen, bis die Waffe schließlich wieder aufgetaucht war, im Lautenkoffer. Die Sache hatte so viel Staub aufgewirbelt, dass ein Aktenvermerk geschrieben und ganz offensichtlich auch an die Dienstaufsichtsbehörde weitergeleitet worden war. In Anbetracht der Terminkollision wäre es für Erwan sinnvoller gewesen, einen anderen

Kollegen anzurufen, aber er hielt große Stücke auf »seinen« Pedanten.

»Dann fliegst du eben am Dienstag mit dem Flugzeug zurück.«

»Auf Firmenkosten?«

»Ich kümmere mich darum. Wir müssen sicher das eine oder andere hier in Paris analysieren lassen.«

»Wie du willst. Um wie viel Uhr fahren wir?«

»Früh. Wir müssen mittags dort sein.«

»Dein Auto oder meins?«

»Meins. Ich hole dich um fünf vor deiner Haustür ab. Bis dahin schicke ich dir alles, was ich über die Angelegenheit habe.«

Erwan kochte sich noch einen Kaffee und beschloss, das Internet nach Informationen zu dieser Art von Mutprobe zu durchforsten. Von draußen drangen gedämpfte Verkehrsgeräusche und das Peitschen des Regens gegen die Scheiben zu ihm. Er schauderte – vor Vergnügen.

Ihm fiel auf, dass er seinen eigenen Urlaub schon fast wieder vergessen hatte. Er hatte sich geweigert, zu den Eltern auf die Île de Bréhat zu fahren, aber gezögert, ein Last-Minute-Ticket für die Türkei zu buchen. Schließlich hatte er zwei Wochen mit Büchern und DVDs im Gepäck in einem kleinen Hotel im Baskenland verbracht. Einziger Höhepunkt war die junge Frau gewesen, die am Strand von Bidart Surfbretter vermietete. An ihren Vornamen erinnerte er sich schon nicht mehr. So viel zum Thema Respekt …

Er gab nur das Wort »Mutprobe« ein und landete schon viele Tausend Treffer. Die allgemeinen Definitionen hatten einen gemeinsamen Nenner: Es handelte sich um die Tradition, Neuankömmlinge an einer Schule oder in einer Gruppe die Eintrittskarte sehr teuer bezahlen zu lassen. Mit Schikanen, Beschämungen, Beleidigungen, Folterungen und Belästigungen, und all das unter dem Deckmantel des Spaßes. Die Praktiken setzten eine Kettenreaktion in Gang, waren die Opfer im folgenden Jahr doch ausgesprochen scharf darauf, selbst zu Henkern zu werden – und so weiter.

Der Brauch hatte eine lange Tradition. Historikern zufolge entstammte er primitiven Initiationsriten und Übergangszeremonien aus der Antike. Zudem existierte er weltweit unter verschiedenen Namen: In englischen Colleges nannte man ihn *fagging*, in den Vereinigten Staaten *hazing*, in Italien *nonnismo* … Dummheit kennt eben keine Grenzen.

Er suchte weiter und entdeckte überrascht die große Anzahl von Unfällen bei diesen Spielchen. Im September 2011 war in Bordeaux ein »Integrationswochenende«, wie man heute sagte, außer Kontrolle geraten: Nackte Frauen wurden erniedrigt, und man brannte ihnen Kreuze auf die Haut … Zwei Monate später hatte man an der Universität Paris-Dauphine die Initialen der veranstaltenden Gruppe in die Haut eines Erstsemesters geätzt. Ein Jahr zuvor war es am Institut Commercial in Nancy zu einer Vergewaltigung gekommen. Im Jahr 2009 hatte es an einem Gymnasium in Poitiers sexuelle Übergriffe gegeben, 2009 wurde an der Medizinischen Fakultät von Amiens »Beleidigung mit sexuellem Hintergrund« aktenkundig … Offenbar brach jeden Herbst die Hölle los.

Das Schlimmste daran war, dass die Gewalt den Segen des Personals der jeweiligen Einrichtung hatte. Erwan stellte sich vor, wie Schulleiter, Professoren und andere Aufsichtspersonen die Türen der Gebäude verrammelten, sobald die Monster im Innern losgelassen waren, ähnlich dem Bandenmitglied, das Wache schiebt, während die anderen eine Frau vergewaltigen.

Erwan, der noch nicht abgestumpft war, fühlte sich angewidert. Und damit stand er nicht allein. Seit einiger Zeit waren die Praktiken verpönt, ein Gesetz aus dem Jahr 1998 verbot die Mutproben, Gesellschaften und Komitees liefen Sturm. Rundschreiben aus dem Erziehungsministerium erinnerten jedes Jahr an das Verbot, deren einziges Resultat eine neue Mode bei den Mutproben war: Die Neuhinzugekommenen mussten diese Dokumente essen. *No comment.*

Erwan fuhr den Rechner herunter und beschloss, einige Stunden zu schlafen. Er legte Hemden, Socken und Unterhosen in eine Reisetasche. Während er geschäftig hin und her eilte, hatte er immer das gleiche Bild vor Augen: nackte junge Männer auf einem Rollfeld, die unter einem Bombardement mit faulen Eiern, Mehl und Scheiße zitterten und sich von maskierten Männern Beleidigungen anhören mussten.

Er fragte sich, ob diese Ermittlung ihm tatsächlich zu der erhofften frischen Luft verhelfen würde.

8

Grégoire Morvan lief unter einem Himmel aus schwarzem Marmor über einen Strand voll dunkler Kiesel. In Wirklichkeit waren die Kiesel rugbyballgroße Eier, die zweifelsohne irgendeine abstoßende Lebensform beinhalteten. Vielleicht Reptilien. Vorsichtig ging er weiter, um keines der Eier zu zerbrechen. Doch dann bemerkte er, dass er sich geirrt hatte: Es waren keine Eier, sondern Köpfe. Rasierte menschliche Köpfe. Er kniete nieder (er war noch jung) und versuchte, sie aus dem vulkanischen Sand auszugraben.

Sie lebten. Diese rasierten, bis zum Hals eingegrabenen Frauen, deren Stirn mit einem Hakenkreuz gekennzeichnet worden war, lebten. Einige hatten große weiße Augen ohne Iris oder Pupille, andere Lidfalten, wie Menschen mit Down-Syndrom. Wiederum andere zeigten unzählige winzige Zähne, die eine aschfarbene Zunge säumten.

Die Frauen seines Lebens.

Die Frauen seines Todes.

Als eine von ihnen versuchte, ihn zu beißen, schreckte Morvan aus dem Schlaf hoch und stand sofort auf, wie um sich von einem nächtlichen Wadenkrampf zu befreien. Mehrere Sekunden schwankte er und musste sich schließlich an der Wand des Schlafzimmers abstützen. In seinem Kopf drehte sich alles. Seine Kehle war trocken. Er hatte immer gedacht, dass sich das Unterbewusstsein im Schlaf rächte, wegen der Zensur, die ihm tagsüber auferlegt war. Aber diese Theorie traf auf ihn nicht zu. Sein Albtraum war kein Traum, sondern eine Erinnerung.

Er sah auf die Uhr. Es war sechs Uhr morgens, er würde also nicht mehr einschlafen. Er tastete nach seinen Antidepressiva. Pille. Evian. Großer Schluck. Er wusste nicht, ob es der Wirkstoff war, der ihn durchhalten ließ, oder einfach nur die vertraute Prozedur des Hinunterschluckens.

Im Dunkeln ging er noch ein paar Schritte hin und her. Er schlief schon so lange allein, dass er sich nicht mehr daran erinnerte, wie es war, zu zweit zu schlafen. Bad. Feuchtigkeitscreme. Lange massierte er sie in die Haut ein und knipste schließlich das Licht an. Hätte ihm jemand gesagt, dass er sich eines Tages dieses Zeug ins Gesicht schmieren würde …

Er stellte sich ans Fenster und schob den Vorhang ein Stück zur Seite. Zu dieser Tageszeit gab es nichts Trostloseres als die Avenue de Messine. Er betrachtete sein Spiegelbild in der Scheibe. Wie ein Bild von Hopper. Blaue Septembernacht. Der Schein der Straßenlaternen. Die harten Kanten des Gehsteigs. Und er selbst stand in einem Jogginganzug von Calvin Klein, der seinen Hängebauch nur unzureichend in Schach hielt, auf der rechten Bildseite.

Seine nächtlichen Kumpel, die Müllmänner, waren bereits bei der Arbeit. Die meist schwarzhäutigen Männer entsorgten den Abfall der Stadt wortlos und ohne überflüssige Bewegungen. Lediglich das Seufzen des Müllwagens und das Knirschen der Bremsen unter den Platanen war zu hören. Jedes Jahr aufs Neue forderten die Anwohner, den Müll ein wenig später am Morgen einzusammeln, und jedes Jahr sorgte er dafür, dass das nicht geschah. Damit sie nicht vergaßen, dass sie es waren, die den Müll produzierten, und dass Menschen dafür bezahlt wurden, ihn zu entfernen.

Zu Beginn seiner Karriere hatte man ihn »den Säuberer« getauft, und dieser Spitzname war ihm lange erhalten geblieben. Er hatte vor der Tür der Republik gefegt. Er hatte dieser Saubande den Arsch gewischt. Und das alles immer heimlich, still und leise. Heute bereute er das. Er hätte so viel Lärm wie möglich machen sollen, um Skandale öffentlich zu machen und Würdenträger, Politiker und die Mächtigen zu zwingen, sich in die Augen zu schauen. Aus diesem Grund durften die Geister der Morgendämmerung, die er als seinesgleichen ansah, in seinem Viertel so viel Lärm machen, wie sie wollten.

Er setzte sich an seinen Schreibtisch, ein von Jean Prouvé designtes Möbel, das er vom Tatort eines Verbrechens abgezweigt hatte, und fuhr den Computer hoch, um seine Mails zu lesen. Keine Neuigkeiten bezüglich Kaerverec. Aber solange sein Sohn sich noch nicht dahintergeklemmt hatte, erwartete er auch keinen Durchbruch.

In dieser Angelegenheit sah er noch nicht wirklich klar. Entweder wurde die offizielle Version bestätigt, oder sie stachen in ein Wespennest. In beiden Fällen kam eine Menge Ärger auf sie zu. Vor allem der Ursprung dieser Sache beunruhigte ihn. Er hatte Erwan nicht die ganze Wahrheit gesagt. Vor dem Telex hatte er einen Anruf bekommen: von Admiral di Greco, dessen Stimme in seinen Ohren bereits wie der Nachhall seiner schlimmsten Erinnerungen geklungen hatte.

Morvan hätte diese Ermittlung niemals seinem eigenen Sohn zuschustern dürfen, aber wie immer war er seinem Instinkt gefolgt. Seit vierzig Jahren sagte man ihm nach, dass er genau kalkulierte und nach ausklügelten Strategien vorging, aber das stimmte nicht. Er hatte seine Entscheidungen immer aus dem Bauch heraus und ohne das geringste Zögern gefällt. Im Übrigen schuldete er dem alten Offizier, dass er ihm seinen besten Mann schickte – Erwan, sein eigen Fleisch und Blut.

Grégoire ging zu den wichtigen Dingen über: seinen geheimen Nachrichten. In seinen besten Zeiten hatte es genügt, den Hörer seines roten Telefons abzuheben oder ein paar anonyme Zeilen zu lesen, die ein Informant ihm brachte. Heute musste er sich über Skype mit einem verschlüsselten Netzwerk verbinden, dessen IP-Adresse in Tschechien lokalisiert war, danach tippte er einige Codes ein, die der Computer nach der Eingabe des ersten Passworts generierte. Innerhalb weniger Jahre war seine Arbeit zu einem kaum noch verständlichen Teilbereich der Informatik und Elektronik mutiert. Die Leute von den Nachrichtendiensten verbrachten den größten Teil ihrer Zeit mit Fortbildungskursen oder in Telefonshops.

Endlich hatte er Zugang zu seiner Black Box, in der er nur eine einzige, aber erwartete Nachricht vorfand: »Erledigt.« Ein lakonischer Ausdruck als Signal, dass die Mission vollendet war.

Seit einem Monat hatte ein ihm schon seit Langem bekannter Schmierfink namens Jean-Philippe Marot die ehemaligen französischen Kolonien in Afrika im Allgemeinen und ihn persönlich im Besonderen im Visier. Also hatte er Anweisungen erteilt. Die Wohnung des Journalisten war durchsucht, sein Computer gehackt und sämtliche für ihn interessanten Personen »gebrieft«, denn Marot war auf dem besten Weg, alte Leichen auszugraben. Morvan hätte ihn einschüchtern können, doch das hätte ihn nur ermuntert. Er hätte auch versuchen können, ihn zu kaufen, aber da hätte er vermutlich auf Granit gebissen, denn Marot ging es weder um Geld noch um die Wahrheit, sondern einzig um den Ruhm und die Anerkennung seiner Kollegen. Grégoire hätte zudem versuchen können, ihn zu diskreditieren, aber auch das hätte nichts genutzt. Wer wäre wohl besser zur Demaskierung eines Mistkerls geeignet als ein Artgenosse?

Schließlich hatte er sich entschlossen, das Problem »mit allen notwendigen Mitteln« zu lösen. Er liebte diesen Spruch von Malcolm X, auch wenn er einen anderen noch lieber mochte: »Immer mit der Ruhe, Leute«, genau das hatte der schwarze Bürgerrechtler zu seinen Mördern gesagt, die mehr als zwanzig Mal auf ihn schossen.

»Erledigt« bedeutete, dass die Gefahr vorüber war. Entweder ein bedauerlicher Unfall oder ein Freitod mit Abschiedsbrief – auf jeden Fall handelte es sich um eine endgültige Lösung. Pernaud, sein Verrichtungsgehilfe bei derlei Arbeiten, hatte sicher auch Notizen und Manuskripte vernichtet und sämtliche Spuren aus dem Computer getilgt. Selbst wenn ein Verleger, Verwandter oder Anwalt von dem Projekt gewusst hätte, würde niemand mehr etwas beweisen können. Abgesehen davon wären sie vermutlich wie gelähmt vor Angst.

Morvan würde seinem Vollstrecker keine weiteren Fragen stellen. Über das Alter der Einzelheiten war er hinaus. Aber er verstand plötzlich einen der unbewussten Gründe dafür, Erwan in die Bretagne geschickt zu haben: So war sein Sohn zumindest nicht vor Ort, um im Tod eines Journalisten herumzuschnüffeln …

Grégoire legte sich wieder auf sein Bett und schloss die Augen. Seine Lider brannten, und im Hinterkopf bahnte sich eine Migräne an, zusätzlich zu den Rückenschmerzen, die ihn plagten. Der Gedanke, dass jemand versucht hatte, etwas über sein Leben herauszufinden, verursachte ihm Unbehagen. Er ertappte sich bei der Vorstellung des Kapitels, das er selbst über seine frühen Jahre hätte schreiben können.

Das Ganze hatte mit der Gewalt angefangen. Natürlich mit der Gewalt der Linken.

1966. Grégoire Morvan ist einundzwanzig und überzeugter Maoist, und zwar ein blutroter. Er übernimmt bei Treffen den Ordnungsdienst, verteilt Flugblätter und verprügelt alle, die nicht seiner Meinung sind. Morvan ist kein Revolutionär mit utopischen Fantasien, und er zieht jeder langen Rede eine Keilerei vor. In Wahrheit verabscheut er schon jetzt alle und jeden. Die Arschlöcher von Faschisten. Die Gaullisten, die nach dem alten Frankreich stinken. Die Spießbürger, die mit ihrem Geld alles zersetzen. Die Proleten, die nichts begreifen. Und selbst seine linken Genossen, die zwar das Maul aufreißen, aber keinen Mumm haben.

Vor allem aber hasst er sich selbst. Er war als einfacher Schutzmann in den Polizeidienst eingetreten, völlig mittellos und aus dem Nichts gekommen. Ein Revolutionär mit Käppi, Pfeife und Pelerine, das wollte so gar nicht passen …

Im Mai 1968 bekommt er seine Chance. Seine Vorgesetzten, die von seinen linken Neigungen wissen, schlagen ihm vor, sich in die Reihen der Trotzkisten und Maoisten einschleusen zu lassen. Auch wenn er sich nicht darauf einlässt, bringt der Vorschlag ihn auf eine Idee. Er schreibt sich beim SAC ein, einer Art Parallelpolizei der Gaullisten. Die Gruppe besteht aus einer Ansammlung von Muskelprotzen, ehemaligen Soldaten und Ganoven, die über einen Dienstausweis verfügen.

Die Aufnahme ist kein Problem. Dass er tatsächlich Bulle ist, ist die beste Empfehlung. Innerhalb weniger Tage weiß er, wie es läuft: Maßregelungen mit Fäusten, getürkte Krankenwagentransporte (die Büttel von SAC sammeln verletzte Studenten ein und verprügeln sie an ihrem Hauptsitz in der Rue de Solférino), Infiltrationen (die gleichen Büttel steigen als Studenten verkleidet auf die Barrikaden und provozieren die Polizei, um die Situation eskalieren zu lassen).

Nach einer Woche in diesem erlauchten Kreis sucht er Benny Lévy auf, den Anführer der Proletarischen Linken, und bietet ihm seine Informationen an. Levy ist begeistert, aber Morvan will Bares sehen. Sein Gegenüber ist enttäuscht, doch Morvan zitiert Mao: »Ein Dogma ist weniger wert als ein Kuhfladen. Mit Mist kann man wenigstens düngen.« Levy ist wütend, bietet aber eine bestimmte Summe an. Deal.

Mehrere Wochen lang geht Morvan seiner Beschäftigung nach, vor dem Hintergrund brennender Autos und seltsamer Slogans, wie zum Beispiel: »Die Gesellschaft ist eine fleischfressende Pflanze«, »Liebt euch, einer auf dem anderen«, oder »Ich gehe der Gesellschaft auf die Nerven und sie zahlt es mir mit gleicher Münze heim«. Tagsüber läuft er uniformiert Streife im 5. Arrondissement, abends geht er als Hippie verkleidet zur Universität, und noch etwas später zieht er sich abermals um, trägt dann ein weißes Hemd zu starken Nerven. Im Morgengrauen verkauft er seine Informationen an die Maoisten und fängt von vorne an.

Er schläft nicht mehr. Die Männer aus Katanga, Streitsüchtige, die ihre Zelte an der Sorbonne aufgeschlagen haben, versorgen ihn mit Amphetaminen. Eines nachts wird in aller Eile ein Team der SAC losgeschickt, um die Büros von General de Gaulle zu verlegen. Morvan ist dabei. Er leert Schubladen, trägt Kisten, füllt Lieferwagen und schafft bei dieser Gelegenheit ein paar Akten beiseite.

In einer anderen Nacht gerät sein Team in eine Straßenschlacht. Anhänger der rechtsgerichteten Occident haben einen Spruch auf eine Mauer geschmiert: »Tötet die Kommunisten, wo ihr sie findet.« Die Linken sind zufällig nicht weit und gehen auf die Rechten los. Gewalt, die Leute vom SAC rennen los, und Morvan verliert die Nerven. Als er beobachtet, wie sich einer der Faschisten einen linken Studenten zur Brust nimmt, geht er dazwischen und prügelt mit einer Kette auf den Aggressor ein. Seine Mitstreiter vom SAC verstehen die Welt nicht mehr. Man hält ihn fest, er wehrt sich, man verdrischt ihn, er flieht.

Auf der Wache hält er sich bedeckt, trotzdem kommt die Angelegenheit seinen Vorgesetzten zu Ohren. Alles wird noch schlimmer, als sich herausstellt, dass der von ihm zusammengeschlagene Extremist ausgerechnet Pierre-Philippe Pasqua ist, Sohn von Charles Pasqua, dem Vizepräsidenten des SAC. Der Korse fordert den Kopf des Verräters, erreicht aber das Gegenteil. Die Polizisten, die zu großen Teilen Mitglieder der französischen Sektion der Arbeiter-Internationale SFIO sind, weigern sich, Befehle vom SAC anzunehmen. Morvan kann letztendlich seine Haut retten, wird aber aufgefordert, den Polizeidienst zu quittieren.

In diesem Moment kommen ihm die bei de Gaulles Umzug entwendeten Akten in den Sinn, in denen es vor Details zu bevorstehenden Operationen nur so wimmelt. Er verhandelt, darf bei der Polizei bleiben, wird aber nach Gabun geschickt, um bei der Ausbildung der Leibgarde von Präsident Bongo zu helfen. Er soll in Vergessenheit geraten.

Grégoire stand auf, ging ins Bad und schaltete das Licht ein. Aus dem Spiegel starrte ihm immer noch der gleiche alte Sturkopf entgegen. Er hatte kaum die Kraft, sich an die Ereignisse nach seiner Verbannung zu erinnern. Wie er sich in Afrika mit seinen

Feinden von früher verbündete. Wie das rechte Gesindel – Ehemalige der Untergrundbewegung OAS, Spione im Exil und Flegel, die zu viel wussten – ihn sein Handwerk lehrte. Wie er den Nagelmann verhaftet und den Teufel höchstpersönlich kennengelernt hatte …

Er stellte sich unter die Dusche. Seit seiner Rückkehr nach Paris hatte er nie wieder aus politischen Gründen gehandelt. Er agierte lediglich im Namen der Ordnung, was gleichbedeutend war damit, mitten im Trubel zumindest eine Art von Beständigkeit aufrechtzuerhalten.

Hemd. Hosenträger. Anzug. Wie jeden Morgen gab ihm der Kontakt mit dem feinen Stoff insgeheim das Gefühl, unverwundbar zu sein. Lag es am Geld? An der Macht? Oder nur an der Gewohnheit? Er empfand das, was vermutlich jeder General morgens beim Anziehen seiner Uniform spürte.

Seine Gedanken wanderten zu dem Kurztrip in den Kongo mit seinem Sohn. Wie immer hatte er Erwan nur einen Bruchteil der Wahrheit verraten. Nsekos Tod, der zweifelsohne die Folge einer Rivalität unter Schwarzen war, berührte ihn nicht, und auch dessen potenzieller Nachfolger Mumbanza war ihm egal. Morvan hatte die Reise lediglich angetreten, um sicherzugehen, dass seine Projekte nicht aufgedeckt worden waren. Schließlich konnte er nicht wissen, ob Nseko vor seinem Tod gefoltert wurde und Informationen preisgegeben hatte, um seine Haut zu retten. Aber nach allem, was er in Erfahrung bringen konnte, hatte bisher niemand seinen Trick entlarvt. Alles lief gut, und letztendlich kam ihm der Tod des Afrikaners sogar entgegen: ein Eingeweihter weniger. Zudem hatte er in Lubumbashi einige Telefonate mit den Teams vor Ort geführt, und dem Anschein nach ging alles so gut voran, wie er es im fernen Norden hoffte.

Er schaltete das Radio ein, France Info, ein Nachrichtensender, während er seine Krawatte band. François Hollande hatte einen Rückgang der Arbeitslosigkeit innerhalb eines Jahres und schwerwiegende Einschnitte in den Haushalt verkündet. Auf Aleppo fielen Bomben. Die siebenjährige Zainab, die das Massaker in Chevaline überlebt hatte, war aus dem Koma erwacht. Bernard Arnault befand sich auf dem Weg nach Belgien, versicherte aber noch immer, seine Steuern in Frankreich zahlen zu wollen. Ein freier Journalist namens Jean-Philippe Marot hatte den Freitod gesucht, indem er sich aus dem Fenster seiner Wohnung in der neunten Etage stürzte …

Morvan schaltete das Radio aus und zog sein Sakko an. Zwei gute Nachrichten. Kein Wort über Kaerverec. Und nur wenige Worte über den Tod eines Journalisten.

Er steckte sein Macbook ein und schloss die chromglänzenden Verschlüsse der Aktentasche. Noch auf der Schwelle seines Schlafzimmers suchte er nach einer großartigen Phrase, mit der er die Heraufbeschwörung seiner Vergangenheit beenden konnte.

Ihm fiel keine ein.

Er musste weitermachen, das war alles.

9

»Wo sind wir?«

»Kurz hinter Saint-Brieuc. Noch hundertfünfzig Kilometer.«

»Scheiße …«

Das Ende der Reise erschien Erwan noch in weiter Ferne. Von fünf bis sieben war er selbst gefahren, dann hatte er sich von Kripo ablösen lassen und ein wenig gedöst, ohne wirklich schlafen zu können. Neun Uhr. Der Elsässer lauschte Cisterstücken von Anthony Holborne, einem englischen Komponisten des 16. Jahrhunderts. Die Musik war zum Einschlafen nicht unangenehm, aber auf Dauer doch ein wenig nervtötend.

Mit einem Mal überkam ihn eine flüchtige Erinnerung. Finistère, von *Finis terrae*, bedeutete »das Ende der Welt«. Besser hätte man es nicht ausdrücken können. Er hatte das Gefühl, seit einer halben Ewigkeit unterwegs zu sein.

»Da ist eine Raststätte. Halt an.«

Kripo nahm die Ausfahrt und hielt an den Zapfsäulen. Während er den Volvo volltankte, ging Erwan in den Verkaufsraum, bestellte einen Kaffee und ließ die traurige Atmosphäre auf sich wirken. Fettausdünstungen auf den Deckenlampen. Trucker, die vom Klo kamen und noch ihren Reißverschluss hochzogen. Am Tresen lümmelten sich Betrunkene, die schon ordentlich getankt hatten. Trotz des deprimierenden Anblicks trank er seinen Kaffee mit Genuss. Eine angenehme Wärme breitete sich in ihm aus. Mit dem Geschmack von Espresso auf der Zunge konnte es wieder an die Arbeit gehen.

Kripo gesellte sich zu ihm und bestellte einen Milchkaffee. Er legte eine Akte auf den Tresen und begann ohne Vorwarnung, über den Atlantikwall zu sprechen.

»Nach 1942 begannen die Deutschen, die großen bretonischen Hafenstädte in Festungen zu verwandeln, um sich gegen die englische Bedrohung zu wappnen. Saint-Malo, Brest, Lorient, Saint-Nazaire …«

Erwan kramte in seinem Gedächtnis und erinnerte sich daran, dass das Opfer, beziehungsweise das, was von ihm übriggeblieben war, in einem Bunker gefunden wurde. Kripos Monolog erinnerte ihn auch an etwas ganz anderes, nämlich an die Herkunft von dessen Spitznamen. Als bei der Kriminaldirektion bekannt wurde, dass Philippe Kriesler Elsässer war, taufte man ihn, in Anlehnung an die deutsche Kriminalpolizei, sofort Kripo. Dieser Spitzname war dem Elsässer bis heute geblieben, und in der Folge hatten alle den richtigen Namen des Troubadours vergessen.

»Es war wie zu der Zeit, als man Kathedralen baute«, fuhr Kripo begeistert fort. »Architekten, Ingenieure und Handwerker der Organisation Todt zogen die Küste entlang und bauten massenhaft …«

Aufgrund eines unerklärlichen Atavismus hegte der Elsässer einen irrationalen Hass auf alle Deutschen, war aber gleichzeitig unschlagbar, was die Geschichte des Dritten Reichs betraf. Dafür war nicht zuletzt sein morgendlicher Vortrag Beweis, den er aus dem Gedächtnis hielt. In der Nacht hatte er keine Zeit gehabt, Fakten zu büffeln.

»Schau mal, was ich bei mir zu Hause aufgetrieben habe.«

Er faltete eine Karte auseinander. »Die Topografie der Gebäude auf Sirling.«

Die oberhalb von Ouessant einsam gelegene Insel Sirling befand sich etwa fünf Kilometer von der Küste entfernt genau gegenüber dem Dorf Kaerverec. Auf diesem kleinen Fleckchen Erde kennzeichneten Kürzel die Bauwerke der Kollegen des Herrn Todt, insgesamt nicht weniger als dreißig. Jede Abkürzung stand für einen Gebäudetyp: Kasematte, Bunker, Kuppelbau, Panzersperre, Wachturm … Die Karte war mit Fotos bestückt, die zum Teil äußerst seltsame Objekte zeigten: Sterne aus Stahlträgern, die sich »Tschechenigel« nannten, oder mit Eisendeckeln geschützte, im Gestrüpp verborgene kleine Bunker namens »Tobruk« …

»Diese Fotos zeigen nicht den ursprünglichen Zustand. Damals war alles getarnt, man hat diese Sachen zum Beispiel mit kleinen weißen Zäunen oder sogar Fenstern bemalt oder dem Beton mit grauem Putz das Aussehen von Felsen gegeben.«

Die Anzahl der Bauten auf der Insel hob den verrückten Zufall hervor, dass die Rakete ausgerechnet den einzigen Unterschlupf getroffen hatte, in dem sich ein Mensch verbarg.

»Gut«, meine Erwan zerstreut und stellte seine Tasse ab. »Gehen wir?«

»Warte, ich brauche noch einen Beleg.«

Kripo war eine ausgesprochen originelle Erscheinung. Er war sehr groß und stämmig und trug sein graues Haar zu einem Pferdeschwanz gebunden. Sein pflaumenfarbenes Samtjackett hatte er mit einem orangen Tuch und abgetragenen Cowboystiefeln kombiniert, die Fusseln trugen wie ein alter Sessel. Er wirkte wie ein Mittelding aus abgehalftertem Biker und einem Professor für bildende Künste kurz vor der Pensionierung.

Er ließ sich von der armen Kassiererin eine vollständige Quittung als Beleg ausstellen. Erwan musste grinsen. Der Elsässer war sowohl ein Sparfuchs als auch ein Träumer. Ein Intellektueller mit Aversion gegen hektische Tätigkeiten. Die Art Polizist, der fünf Minuten vor einem Blutspritzer verharrt und ihn zu entziffern versucht wie einen Rorschachtest.

Erwan setzte sich auf den Beifahrersitz und rief seine Mails ab. Der Chef der Gendarmerie in Brest, Verny, hatte ihm einen neuen Bericht geschickt. Die Identität des Opfers stand nun zweifelsfrei fest, bestätigt durch einen Vergleich des einigermaßen gut erhaltenen Unterkiefers der Leiche mit den zahnärztlichen Unterlagen von Wissa Sawiris. Verny hatte zudem einige Bewerbungsunterlagen des jungen Mannes angehängt. Erwan betrachtete des Foto: dunkler Teint, harmonische Züge, Pfirsichwangen. Wissa wirkte auf den ersten Blick eher sanft, mit fast weiblichen Zügen.

Erwan hatte immer gedacht, man müsste ein Mathegenie sein, um Jagdpilot zu werden. Wissa Sawiris hatte ein Abitur mit dem Schwerpunkt Naturwissenschaften und eine Ausbildung in Aeronautik. Er hatte sich in Kaerverec beworben, weil er sich für einen Beruf bei der Marine interessierte. Bereits im Juli war er in die engere Wahl gekommen und nach den letzten Flugübungen im August angenommen worden. Erst damit war er Berufssoldat geworden.

»Wir sind gleich da.«

Erwan öffnete die Augen, er war über der Lektüre des Lebenslaufs eingeschlafen. Eigentlich hatte er eine sattgrüne, mit Granitbrocken übersäte Landschaft erwartet, doch er sah nur bebaute Felder, Bauernhöfe, die Einfamilienhäusern in Vororten glichen, und Industriegebiete in schreienden Farben. Wie an jedem beliebigen Ort in Frankreich.

Er war enttäuscht, obwohl er die Bretagne eigentlich immer gehasst hatte. Seit den Segelkursen auf den Glénan-Inseln, bei denen er sich als Achtjähriger gezwungen hatte, nichts zu verstehen, nichts zu tun und nichts zu mögen, hatte er die Region gemieden, obwohl sein Vater in den 1980er-Jahren ein Haus auf der

Île de Bréhat gekauft hatte. Das, was er jetzt sah, zeigte ihm, dass er nichts versäumt hatte. Eine banale, landwirtschaftlich geprägte Gegend, mit Pestiziden belastet und den Forderungen industrieller Erträge unterworfen.

Und natürlich regnete es. Der Nieselregen verwandelte das Bild vor ihm in eine verschwommene Kulisse, die ihn frösteln ließ. Das einzige Anzeichen für keltische Kultur waren die zweisprachigen Wegweiser. Brest war nur noch wenige Kilometer entfernt.

»Das erinnert mich an meine Jugend«, bemerkte Kripo.

»Wieso?«

»Früher im Elsass war ich Mitglied einer Gruppe, die keltische Musik machte, *Les Armoricains*. Wir hatten viel Spaß. Und die Laute und die keltische Harfe haben zahlreiche Gemeinsamkeiten, die …«

Erwan schaltete auf Durchzug und überlegte, was er hier in Gesellschaft eines alternden Barden zu suchen hatte. Warum nur hatte sein Vater ihn auf diesen beschissenen Fall angesetzt?

10

Nach den Bombardierungen während des letzten Krieges war das zerstörte Brest dem Erdboden gleichgemacht und nach modernen und hygienebewussten Gesichtspunkten neu aufgebaut worden. Das Resultat war eine Stadt im Stile New Yorks, mit rechtwinklig aufeinandertreffenden Straßen, durch die der Seewind fegte, ohne je auf ein Hindernis zu stoßen. Was die Architektur betraf, so entsprach ihr Stil den Vorstellungen der 1950er-Jahre: glatte Fassaden, Terrassendächer, abgerundete Ecken … Zur damaligen Zeit mochte das Aussehen eine gute Idee gewesen sein, heute aber galt Brest als hässlichste Stadt der Bretagne, wenn nicht sogar ganz Frankreichs.

Während ihrer Fahrt durch die Stadt stach Erwan eine betrübliche Besonderheit ins Auge: An fast jeder Ecke standen sich Wegweiser zum Krankenhaus Hôpital Morvan. Die Tatsache, seinen eigenen Namen immer wieder in Verbindung mit einem roten Kreuz zu sehen, erschien ihm wie ein schlechtes Omen.

Das Leichenschauhaus befand sich im Cavale Blanche, dem zweiten großen Krankenhaus von Brest, auf bretonisch Ar Gazeg Wenn. Nachdem sie sich ein paarmal verfahren hatten, weil Kripo den Gebrauch des Navis ablehnte, erreichten sie schließlich den auf einer Anhöhe oberhalb einiger Sozialwohnungen gelegenen Komplex. Das Anwesen sah mit seinen flachen, auf Pylonen errichteten Blocks inmitten weiter Rasenflächen aus wie eine schlafende Stadt. Man hätte meinen können, dass die Krankheiten der Stadt in den jeweiligen Würfeln, alle mit einer hohen Nummer gekennzeichnet, nach ihren speziellen Symptomen behandelt wurden.

Der Treffpunkt befand sich in Nummer eins, am Ende der Eingangshalle in der Cafeteria La Brioche Dorée, wo sie von drei Gestalten in schwarzen Regenmänteln erwartet wurden. Hände schütteln, Vorstellungsrunde: Jean-Pierre Verny von der Gendarmerie Brest, der die Mails geschickt hatte; Simon Le Guen, Hauptmann und Ausbilder im Führungsstab von K76; Luc Archambault, Oberleutnant bei den Luftstreitkräften, zuständig für die Sicherheit des Stützpunktes. Ihre dunklen Regenmäntel, von denen das Wasser abperlte, verliehen ihnen das Aussehen finsterer Leichenbitter, die Särgen selbst im heftigsten Sturm noch Geleitschutz gaben.

Alle bestellten Kaffee. Die Gastgeber rutschten unruhig auf ihren Stühlen herum. Erwan beobachtete sie. Das hohe Tier von der Gendarmerie, Verny, war ein wenig einsilbig. Er war kurzbeinig, bewegte sich ruckartig, wie beim Umsetzen im Gewichtheben und schien düstere Gedanken zu wälzen. Simon Le Guen, der Ausbilder, war offenbar von ähnlichem Naturell, nur in rot. Aus seinem dunkelroten Gesicht spähten zwei blaue Augen unter faltigen Geflügellidern hervor. Eine glatte Kappe aus blondem Haar verlieh ihm das Aussehen eines Albinos. Er wirkte ebenso verkrampft wie sein Kollege, allerdings wie am Spieß geröstet. Archambault war das genaue Gegenteil. Er war lang und schmal, sein Gesicht wurde von einer Brille mit kleinen Gläsern bestimmt, ähnlich einer altmodischen Fliegerbrille. Auf den ersten Blick wirkte er harmlos, bei genauerer Betrachtung jedoch war in seinem Blick eine Spur von Nervosität, um nicht zu sagen Wahnsinn zu entdecken. Er erinnerte an einen jener Lehrer vergangener Zeiten, die sich letztendlich als Anarchisten entpuppten, mit der Fähigkeit, Bomben unter Autos zu deponieren.

Der Kaffee kam. Erwan hatte eine Mauer aus Feindseligkeit erwartet, aber die drei Männer schienen im Gegenteil erleichtert, dass die Kriminalpolizei der Hauptstadt den Fall übernahm. Offenbar hatten sie keine Ahnung, wie sie die Sache anpacken sollten.

»Haben Sie meine Mails bekommen?«, erkundigte sich Verny.

»Ja, vielen Dank.«

»Ich dachte, die Informationen wären ganz nützlich, ehe Sie den Eltern gegenübertreten.«

»Den Eltern?«

»Den Eltern des Opfers. Sie müssten jede Minute eintreffen.«

»Bin ich jetzt etwa derjenige, der sich mit ihnen rumschlagen muss?«

»Nun, wenn Sie den Fall schon übernehmen …«

»Zum Zeitpunkt seines Todes war die Marine für Wissa Sawiris verantwortlich.«

»Die Ermittlungen wurden in die Hände der Kriminalpolizei von Paris gelegt, daher obliegt Ihnen auch die Verantwortung für …«

Erwan kapitulierte mit einer Geste.

»Ich wüsste gerne mehr über die Mutproben an dieser Schule«, sagte er.

»Man spricht hier in aller Regel lieber von ›Integrationswochenende‹«, erklärte Le Guen.

»Wie Sie wollen. Wie sah der Spaß denn in diesem Jahr aus?«

Archambault rutschte unruhig auf seinem Stuhl hin und her.

»Ein bisschen Einsiffen, ein paar Turnübungen, Verfolgungsjagden …«

»Und wann sollte das enden?«

»Samstagabend.«

»Was würden Sie sagen: Ist die Grundtendenz der Schule eher soft oder eher hart?«

»Hart.«

Erwan bohrte nicht weiter. Er würde noch ausreichend Gelegenheit haben, sich mit den Einzelheiten zu beschäftigen.

»Die Mutprobe begann am Freitag um 17 Uhr auf dem Rollfeld. War Wissa zu diesem Zeitpunkt dort?«

»Definitiv. Alle haben ihn gesehen.«

»Nach 20 Uhr waren die Flugschüler überall auf dem Gelände verteilt. Richtig?«

»Richtig. Die Ratten …«

»Wer?«

»So nennen wir die Neuen hier. Eine Stunde später begannen die Füchse, also die Schüler im zweiten Jahr, mit der Verfolgung …«

Ratten und Füchse. Erwan würde gut daran tun, sich anzupassen.

»Mit welchem Ziel?«

»Das weiß ich nicht genau. Ich glaube, wenn sie einen auftreiben, versuchen sie, ihm Angst zu machen. Mit Taschenlampen, Stadiontröten und Ähnlichem. Nichts wirklich Gemeines …«

»Und während dieser Jagd hat niemand Wissa gesehen?«

»Niemand.«

»Dann muss er also im Verlauf dieser Nacht geflohen sein.«

»Mit Sicherheit.«

»Hätte er zur Insel Sirling schwimmen können?«

»Unmöglich«, mischte sich der krebsrote Le Guen ein. »Sie liegt drei Seemeilen entfernt, und während der Septembertiden ist die Strömung oft sehr stark.«

»Dann muss er also ein Boot benutzt haben?«

»Richtig.«

»Wo hätte er das hernehmen können?«

Archambault antwortete.

»Der Stützpunkt verfügt über eine Flotte von Zodiac-Schlauchbooten, die an einer Anlegestelle etwa einen Kilometer von der Schule entfernt vertäut liegen. Die meisten sind vom Typ Hurricane und haben starke Motoren mit mehr als dreihundert PS. Wir bezeichnen sie als Schnelleinsatzboote.«

Fast jeder Satz enthielt ein für Erwan neues Wort. Das konnte ja heiter werden.

»Werden diese Boote nicht bewacht?«

»Nein. Niemand hier in der Umgebung käme auf die Idee, das Eigentum der Armee anzutasten.«

»Aber zum Starten braucht man doch sicher einen Schlüssel, oder?«

»Wissa war Aeronautiker mit Leib und Seele«, warf Verny ein. »Sein Vater arbeitet in einem Luftsportclub. Er konnte vermutlich jeden beliebigen Motor starten.«

»Fehlt denn ein Zodiac?«

»Nein«, musste der Gendarm zugeben.

»Haben Sie auf oder in der Nähe der Insel ein Boot gefunden?«

»Noch nicht, aber wir werden es auftreiben. Es ist nur eine Frage der Zeit.«

Erwan betrachtet die drei Männer der Reihe nach.

»Obwohl kein Zodiac fehlt und kein Wasserfahrzeug gefunden wurde, gehen Sie davon aus, dass Wissa mit einem Boot geflüchtet ist, um sich vor den Schikanen zu verstecken?«

»Ob wir davon ausgehen?«, wiederholte Le Guen. »Es ist doch die Wahrheit, verdammt nochmal!«

Er klang wirklich wütend, seine runzligen Augenlider flatterten.

Erwan beschloss, das Thema zu wechseln.

»Wer wusste über die Luftübung am Samstagmorgen Bescheid?«

»Niemand.«

»Auch nicht Ihre Vorgesetzten?«

Verny stand auf und kramte in seinen Taschen.

»Noch einen Kaffee?«

Die Militärs nickten, schon jetzt war eine Pause nötig, niemand hatte mit einer derart ausführlichen Befragung gerechnet. Kripo begleitete Verny zum Tresen.

»Wir dürfen nichts über diese Manöver wissen«, erklärte Archambault leise. »Sie sind geheim und werden auf höchster Ebene beschlossen.«

Er hatte seinen Regenmantel geöffnet, und seine langen Beine zuckten ununterbrochen unter dem Sitz.

»Woher kamen die Flugzeuge, die die Raketen abgeschossen haben?«

»Es gab nur einen einzigen Raketenabschuss. Die Rafale-Kampfflugzeuge sind vom Flugzeugträger *Charles de Gaulle* gestartet.«

»Wo befindet sich dieser Flugzeugträger?«

»Im Augenblick liegt er ungefähr zehn Seemeilen nördlich der Küste vor Anker.«

»Haben Kaerverec und der Flugzeugträger etwas miteinander zu tun?«

»Es gibt nur eine einzige Verbindung: Admiral di Greco.«

»Wer ist das?«

»Der Generalstabschef von K76. Er hat aber auch Funktionen auf der *Charles de Gaulle* inne. Er wechselt zwischen diesen beiden Aufgabengebieten.«

»Wo befindet er sich jetzt?«

»An Bord.«

Erwan würde also eines der mächtigsten Kriegsschiffe der Welt betreten. Noch konnte er sich nicht entscheiden, ob diese Aussicht ihn begeisterte oder zu Tode langweilte. Erneut wechselte er das Thema.

»Ist es nicht gefährlich, solche großen Manöver vor einer touristisch erschlossenen Küste durchzuführen?«

»Der Zutritt zur Insel Sirling ist verboten. Sie ist der letzte militärische Übungsbereich der Bretagne. Wir haben alles unter Kontrolle, Herr Kommandant.«

»Tun Sie mir einen Gefallen und nennen mich nicht so? Denn erstens bin ich nicht Ihr Kommandant, und zweitens habe ich keinerlei Verbindung zur Armee.«

»Einverstanden, Herr …« Archambault schluckte den zweiten Teil des Satzes hinunter.

»Alle Sicherheitsbedingungen waren erfüllt. Sonst hätte es keinen Abschuss gegeben.«

»Wurde das kurz vor der Durchführung wirklich alles kontrolliert?«

»Natürlich. Vor der Übung überprüft ein Hubschrauber das Gelände.«

»Berichten Sie mir vom Tatort.«

Das Wort ließ die Männer zusammenzucken.

Erwan korrigierte sich.

»Vom Unglücksort.«

»Wie ich Ihnen schon geschrieben habe«, sagte Verny, »war es das ballistische Team, das die … Überreste fand. Zwei Stunden später waren die Leute vom Bestattungsinstitut vor Ort und haben eingesammelt, was noch einzusammeln war. Ich habe von fünf oder sechs … Teilen gehört.«

»Wurde ein Verzeichnis erstellt?«

»Selbstverständlich.«

»War die Spurensicherung vor Ort?«

»Das war nicht nötig. Unsere Experten von der Armee haben alles genauestens registriert. Das ist ihr Job.«

»Ihr Job ist es, den Schutt zu messen, nicht die menschlichen Überreste.«

Der Gendarm gab sich nicht geschlagen. Er griff nach seiner Aktentasche und holte einige Fotos heraus.

»Schauen Sie sich das an. Sie müssen zugeben, dass sie gute Arbeit geleistet haben.«

Der Einschlagsort der Rakete stellte sich als wassergefülltes Loch von etwa fünf Metern Durchmesser dar. Von dem Bunker war nichts mehr übrig. Die Trümmer waren mehrere Meter weit in die Umgebung katapultiert worden, von den Technikern mit gelben Markierungen gekennzeichnet. Außerdem gab es noch blaue Markierungen, die weit über das verbrannte Gras verteilt standen – vermutlich für die menschlichen Überreste. Aber kein einziges Foto zeigte tatsächlich Leichenteile.

»Sind Sie ganz sicher, dass es nur eine Leiche gab?«

»Wie meinen Sie das?«

»Könnten diese Fragmente nicht zu zwei unterschiedlichen Menschen gehören?«

Le Guen lachte auf. Es war ein nervöses, geringschätziges Lachen, das zu sagen schien: »Auf eine solche Idee kann auch nur ein Bulle kommen.«

»Woran denken Sie genau?«, erkundigte er sich unwirsch.

»An gar nichts. Es ist mein Job, alle Möglichkeiten in Erwägung zu ziehen.«

»Wenn Sie gekommen sind, um hier nicht existente Scheiße aufzumischen, dann können wir Ihnen nicht weiterhelfen.«

Erwan hielt seinem Blick stand. Das Schweigen zog sich in die Länge.

»Der Gerichtsmediziner hat nichts in dieser Richtung durchblicken lassen«, sagte Verny abwiegelnd. »Aber Sie können ihn das selbst fragen.«

»Kommen wir noch mal auf die Unglücksnacht zurück: Wissa ist nicht mehr in sein Zimmer zurückgekehrt?«

»Es gibt nichts, was darauf schließen lässt.«

»Haben Sie sein Handy, seine Kreditkarte und seinen Computer überprüft?«

»Damit haben wir auf Sie gewartet. Aber wir haben alles so gelassen, wie es war.«

Endlich einmal eine gute Nachricht: Zumindest um die elektronischen und digitalen Medien konnten sie sich selbst kümmern.

Ein Krankenpfleger erschien.

»Die Eltern sind jetzt da.«

Die drei Bretonen erhoben sich gleichzeitig. Ihre Regenmäntel raschelten.

»Ich glaube, man sollte ihnen den Anblick der – Sie wissen schon – ersparen.«

»Ich weiß durchaus, was ich zu tun habe. Kripo, du wartest im Wagen auf mich. Ich rufe dich an, sobald ich mit den Eltern fertig bin.«

Sein Stellvertreter durfte unter keinen Umständen mit den drei Musketieren quasseln.

»Und Sie«, fügte er hinzu, »bewegen sich nicht vom Fleck. Zum Gerichtsmediziner gehen wir alle zusammen.«

»Aber …«

»Schließlich übernehme ich schon die Eltern. Ein bisschen was müssen Sie auch tun.«

11

In Leichenschauhäusern kannte Erwan sich aus. Sie gehörten zu den Orten, an denen man sich selten um besondere Ästhetik scherte. In den meisten Fällen bestanden die Flure aus gestrichenem Zement und waren von Kanalisationsrohren durchzogen. So auch im Cavale Blanche, aber hier machte eine Besonderheit die ganze Sache noch hässlicher, denn im zweiten Untergeschoss hatte ein Künstler die Wände mit einfarbigen Fresken versehen. Das erste war rot und erinnerte an Blutspuren. Nicht gerade glücklich. Im Wartezimmer ein Stück weiter standen ein Sofa und Sessel mit kleinen Motiven, die an Paul Klee erinnerten, außerdem gab es ein Aquarium und eine Kaffeemaschine. Die Eltern von Wissa Sawiris warteten gleich neben den Goldfischen. Erwan ging mit ausgestreckter Hand auf sie zu. Sollte er lächeln? Oder lieber nicht? Wie oft hatte er diese Art von Gespräch schon führen müssen? Wie oft schon versucht, Worte zu finden, die nutzlos waren? Wie oft schon Mitleid vorgetäuscht? Scheiße.

Wissas dunkle Hautfarbe hatte Erwan vermuten lassen, dass der junge Mann nordafrikanischer Abstammung war. Außerdem wusste er noch, dass der Vater bei einem Luftsportclub arbeitete, er erwartete also kurz und gut einen maghrebinischen Mechaniker in schlecht geschnittenem Anzug mit verschleierter Ehefrau. Vater Sawiris erwies sich jedoch als hochgewachsen und elegant. Er trug ein dunkles Sakko zu einem königsblauen Polohemd von Lacoste. Mit seinem gebräunten Gesicht und dem eindringlichen Blick war er sofort als das zu erkennen, was er wirklich war: ein Luftfahrtingenieur in Trauer. Seine Frau war ebenso groß wie er. Sie hatte ausgeprägte Augenbrauen, einen kupferfarbenen Teint und langes rotes Haar, das sich bis auf die Schultern wellte. Sie war keine Schönheit, aber sie hatte Rasse und Eleganz. Und so zerstreute sich rasch auch Erwans letztes Vorurteil: Er hatte gedacht, dass die Frau eine Abaya trug und mehr als hundert Kilo wog.

Erwan stellte sich vor und sprach sein Beileid aus. Die Eltern schüttelten ihm die Hand und blickten ihn unverwandt an. Wer sich in unmittelbarer Nähe einer Explosion aufgehalten hat, der ist für einen Moment nicht Herr seiner Sinne, und in genau einem solchen schwarzen Loch befanden sich die Sawiris. Sie irrten durch ein Niemandsland, aus dem sie erst langsam zurückkehren mussten, um die Qual zu erfahren, die sich tief in ihr Herz schneiden würde – einen Schmerz, der von diesem Moment an zu ihnen gehören würde: Ihr Sohn lebte nicht mehr.

Erwan versuchte, sich die Bräuche eines muslimischen Begräbnisses in Erinnerung zu rufen. Die Bestattung musste innerhalb von vierundzwanzig Stunden nach dem Tod erfolgen. Da der Tod als Übergang galt, waren Feuerbestattung und Thanatopraxie ebenso verboten wie eine Organspende. Der Sarg musste nach Mekka ausgerichtet sein …

Im Fall Wissa allerdings erwiesen sich diese Überlegungen als unnötig.

»Normalerweise werden die Verwandten gebeten, den Verstorbenen zu identifizieren«, begann Erwan. »Im vorliegenden Fall möchten wir allerdings lieber darauf verzichten. Ein zahntechnischer Vergleich hat eindeutig erwiesen, dass ...«

»Aber wenn wir ihn sehen möchten?«, unterbrach die Mutter mit tiefer, feierlicher Stimme, ohne jeglichen nordafrikanischen Akzent.

»Das ist im Moment unmöglich«, erwiderte Erwan. »Die Obduktion hat noch nicht stattgefunden. Und wir müssen zunächst die genauen Umstände des Unfalls ermitteln.«

Würden sie diese Version akzeptieren? Würden sie den Sarg geschlossen halten, ohne zu murren? Würden sie Rechtsmittel einlegen? Im Augenblick reagierten sie überhaupt nicht. Vielleicht hörten sie nicht einmal, was er sagte.

»Wir haben am Telefon mit einem Herrn Verny von der Gendarmerie gesprochen. Er sagte etwas von einem ›Integrationswochenende‹. Geht es dabei um eine Art Mutprobe?«

Erwan gab einige verworrene Erklärungen von sich und verschanzte sich hinter laufenden Ermittlungen, Vorsicht und dem Verhör von Zeugen. Innerlich verfluchte er die Militärs, die ihn zwangen, diese blödsinnigen Riten zu verteidigen. Um davon abzulenken, konzentrierte er sich auf den praktischen Ablauf in Bezug auf die Beerdigung.

»Sobald die Obduktion erfolgt ist, gibt die Staatsanwaltschaft in Rennes den Leichnam frei. Dann können Sie den Imam informieren und ...«

»Wir sind keine Muslims.«

»Entschuldigen Sie, ich bin davon ausgegangen ...«

»Wir sind ägyptischer Abstammung. Und Kopten.«

Die Frau hatte jede Silbe deutlich betont. Erwan biss sich auf die Lippen. Bei diesen Leuten trat er wirklich von einem Fettnäpfchen ins nächste. Hastig wechselte er das Thema.

»Wenn Sie wollen, kümmern wir uns um einen Anwalt. Für die versicherungstechnischen Belange und ...«

»Ich bin selbst Anwältin«, unterbrach die Frau. »Mein Spezialgebiet ist Arbeitsrecht und ich bin Mitglied des Schiedsausschusses für arbeitsrechtliche Streitfälle im Departement Sarthe. Mit Arbeitsunfällen kenne ich mich aus.«

Der Luftwaffenstützpunkt Kaerverec und mit ihm das Verteidigungsministerium würden sich warm anziehen müssen, denn Madame Sawiris war vermutlich unerbittlich. Und auch er selbst tat gut daran, untadelig zu arbeiten.

»Die Streitkräfte haben wir bereits verklagt«, fuhr sie fort. »Rechtlich war die Armee für unseren Sohn verantwortlich, seit er auf dem Stützpunkt wohnte. Umso mehr, als Wissa eine Woche zuvor Berufssoldat geworden war.«

»Niemand wird sich aus der Verantwortung stehlen, Madame. Aus diesem Grund bin ich hier. Wir wollen diese Tragödie lückenlos aufklären.«

»Haben Sie Kinder?«, erkundigte sich der Vater.

»Nein.«

Der Ingenieur schüttelte den Kopf, als wolle er andeuten, dass Erwan seiner Aufgabe damit sicher nicht gewachsen war.

»Er hatte gehofft, Frankreich dienen zu dürfen«, lächelte er traurig, während er die Fische beobachtete.

»Was für ein Mensch war Wissa?«

»Ein Held«, flüsterte seine Mutter.

»Bitte?«

»Sagen wir, er war auf dem besten Weg, ein Held zu werden. Er hatte keinerlei finanziellen, nicht einmal beruflichen Ehrgeiz. Wichtig war ihm einzig die Tapferkeit. Er las gern Bücher über den französischen Widerstand oder die Guerillakriege im 20. Jahrhundert. Immer wieder stellte er sich die Frage, wie er selbst unter diesen Umständen gehandelt hätte. Hätte er zur Waffe gegriffen? Hätte er Mut bewiesen?«

Plötzlich empfand Erwan das Mitgefühl, auf das er seit Beginn des Gesprächs vergeblich gewartet hatte. Auch ihm selbst hatten der Zweifel und die Fragen des jungen Soldaten zu schaffen gemacht. Mit dem Unterschied, dass sein Polizeiberuf ihm die Antworten bereits geliefert hatte. Mehr als einmal war er durchs Feuer gegangen.

»Manchmal genügt das Leben eben nicht«, entfuhr es ihm spontan. »Ich meine das banale Leben, das nur darin besteht, zu atmen und das größtmögliche Maß an Bequemlichkeit auf Erden zu suchen. Für manche Menschen muss der Stoff schöner, reiner und heroischer sein.«

Er bereute seine empathische Tirade sofort. Es war wirklich nicht das richtige Thema angesichts von Eltern, die gerade ihren Sohn bei einer Mutprobe verloren hatten.

Sie antworteten nicht. Erwan machte sich eine Gedächtnisnotiz: »Ein Junge, dem Mut wichtig ist, haut nicht ab, sobald das erste faule Ei auf seinem Schädel landet.«

Er wechselte das Thema.

»Hatte er Freunde? Vielleicht eine Freundin?«

»Nein«, sagte die Mutter mit düsterer Stimme. »Er wollte zuerst seine Zukunft absichern.«

»Auch keinen richtig guten Freund?«

Zu spät fiel Erwan auf, das die Frage zweideutig ausgelegt werden konnte, aber nun stand sie im Raum. Madame Sawiris trat einen Schritt auf ihn zu. Ihr Gesicht erinnerte an das großer Tragödinnen, die griechische Sagen auf Bühne oder Leinwand so grandios darzustellen vermochten. Maria Callas. Irene Papas. Silvia Monfort.

»Sagen Sie ruhig, was Sie denken.«

»Ich denke gar nichts, Madame, ganz bestimmt nicht …«

Er log. Trotz allem empfand er Wissas Gesicht als weiblich, und dass im Umkreis der Insel kein Boot gefunden worden war, zeugte ganz klar davon, dass er nicht allein dorthin gefahren war. Zwei Männer in einem Bunker? Ein Liebespaar?

Madame Sawiris stand jetzt dicht vor ihm. Er konnte den Duft ihrer Haare spüren wie den Hauch der Flammen in einem Kamin.

»Verschwinden Sie, ehe ich auch Sie wegen Diffamierung und Mobbing anzeige«, zischte sie.

Erwan verabschiedete sich hastig und stammelte ein paar Floskeln, ehe er wie ein verängstigter Gerichtsvollzieher den Rückzug antrat.

Blass und erschöpft kehrte er in die Eingangshalle zurück. Plötzlich lastete die ganze Müdigkeit der zu kurzen Nacht auf ihm. Er war wütend auf die Militärs und schwankte zwischen dem Wunsch, ihnen das Gesicht einzuschlagen, und dem, sich an Ort und Stelle auf dem Boden zusammenzurollen und in den Schlaf zu flüchten. Als er die drei Krähen erblickte, wusste er, dass die erste Option zwar die richtige wäre, dass er sich aber leider damit begnügen müssen würde, sich die Szene auszumalen.

Le Guen hatte sich in der Zwischenzeit einen Fotoapparat umgehängt.

»Was haben Sie denn damit vor?«

Der Krebs antwortete, als würde er Auswendiggelerntes vortragen.

»Die Obduktion hat in Anwesenheit eines Beamten der Kriminalpolizei und eines Forensiktechnikers zu erfolgen. Da wir keinen Techniker haben, werde ich die Fotos selbst machen.«

Erwan zog sein Handy aus der Tasche und rief Kripo an.

»Du kannst antanzen. Das Kühlfleisch wartet auf uns.«

12

Was hatten Sie denn erwartet?«, fragte Michel Clemente verwundert. »Mehr kann ich Ihnen nicht bieten. Einzelteile eben. Eigentlich sogar eher so etwas wie Hackfleisch.«

Der Gerichtsmediziner hatte das Laken vom ersten Untersuchungstisch zurückgeschlagen – für die Überbleibsel von Wissa waren zwei nötig. Im grellen Licht der Operationslampen waren eine Hand und ein Stück entweder des Torsos oder einer Gliedmaße zu erkennen, deren Ränder abgerissen und verbrannt waren.

Erwan überwand seine Abneigung und zwang sich, genauer hinzusehen. Der Bunker war bei der Explosion buchstäblich mit dem Körper des jungen Mannes verschmolzen. Einige Fragmente waren mit Eisensplittern durchsetzt, andere mit Kies verkrustet. Ein Detail entsetzte ihn besonders: In die Innenseite des abgetrennten Handgelenks war ein Kreuz tätowiert, das Erkennungszeichen orthodoxer Kopten. Wissas Eltern trugen mit Sicherheit das gleiche …

»Eigentlich haben wir so gut wie alle Teile«, erklärte Clemente. »Allerdings können wir die Stücke nicht mehr aneinanderfügen. Zu viel Gewebe ist verbrannt, vernichtet oder von Krebsen und Seevögeln gefressen worden.«

Der Arzt genoss es sichtlich, den Zyniker zu geben. Sein Äußeres entsprach diesem Eindruck: ansprechendes Gesicht, hoheitsvolle Falten, ergrauendes Haar. Er trug seinen Kittel offen über eleganter Kleidung und hätte in seiner Samthose, dem Pullover mit V-Ausschnitt von Ralph Lauren und einem himmelblau gestreiften Hemd jederzeit den attraktiven Klinikchef in einem Fernsehfilm spielen können – *what else*?

»Meiner Meinung nach muss die Rakete im Innern des Bunkers explodiert sein. Die Stoßwelle wurde durch den geschlossenen Raum noch verstärkt.«

Niemand ging darauf ein. Alle standen wie erstarrt da, in ihren Kitteln, Chirurgenhandschuhen, eine Papierhaube auf dem Kopf. Lediglich Le Guen bewegte sich für seine Fotos um den Tisch. Er schien am wenigsten befangen und so mit den unterschiedlichen Blickwinkeln beschäftigt, dass er darüber vergaß, was er vor Augen hatte.

»Die einzelnen Teile wurden bereits vor Ort nummeriert«, fuhr Clemente fort. Er streckte den Arm zu einem auf einer Konsole stehenden Computer aus und tippte auf die Leertaste. Auf dem Bildschirm erschien ein Plan, auf dem das von der Rakete hinterlassene Loch umgeben von Ziffern zu sehen war. Die Verteilung der sterblichen Überreste von Wissa auf dem Inselboden. Ein weiterer Klick rief die Skizze eines menschlichen Körpers hervor, aufrecht von vorn und hinten. Bisher waren nur einige wenige Nummern einzelnen Partien zugeordnet.

»Wir haben zwölf Einzelteile eingesammelt, die kleineren Stücke, die mit Trümmerteilen verschmolzen sind, nicht mitgerechnet. Ich bin gerade dabei, sie im Computer auf diesem Schema zu platzieren. Danach gucke ich, was ich mit den realen Relikten mache. Ich habe vor ungefähr zehn Jahren zweimal Erfahrungen mit dieser Art von Vorfall gesammelt. Einmal bei der Explosion der Düngemittelfabrik AZF in Toulouse, und einmal bei dem Brand im Mont-Blanc-Tunnel. Wir müssen unter allen Umständen verhindern, dass die Eltern das hier zu Gesicht bekommen.«

Erwan griff seine Idee erneut auf.

»Können wir ganz sicher sein, dass es sich um nur eine Leiche handelt?«

»Wie bitte?«

»Könnten unter diesen Überbleibseln nicht auch die eines zweiten Opfers sein?«

»Das müsste dann aber ziemlich verkrüppelt gewesen sein, denn ich habe hier genau die passende Anzahl an Händen und Füßen.«

Erwan nickte. Eine weitere Dummheit. Ein Polizist sollte nie voreilig Schlüsse ziehen. Aber das Gehirn preschte immer schneller vorwärts als die Ermittlungen.

Der Arzt deckte den Tisch ab, und Erwan konnte die Erleichterung im Raum fast körperlich spüren.

»Was kann man in einem solchen Fall mit einer Autopsie überhaupt erreichen?«

»Nicht viel. Ich kann, wie gesagt, nur versuchen, die Teile einigermaßen zusammenzubringen, bevor er beerdigt wird.«

»Kann man etwas über die Todesursache herausfinden?«

»Wenn Sie Details wollen, müssen Sie bloß die Betriebsanleitung für die Rakete lesen.«

»Todeszeitpunkt?«

Der Mediziner blickte Erwan irritiert an.

»Wir kennen den genauen Zeitpunkt des Raketenabschusses. Was brauchen Sie noch?«

»Ich will ganz genau wissen, ob Wissa Sawiris zum Zeitpunkt

der Explosion noch lebte. Haben Sie ein toxikologisches Gutachten in Auftrag gegeben?«

»Das ist doch absurd. Was glauben Sie denn? Dass er möglicherweise vergiftet wurde? Im Übrigen würde ich dafür einen Magen benötigen, aber die meisten Organe sind verbrannt.«

»Wie sieht es mit Untersuchungen zur pathologischen Anatomie aus?«

»Die würden etwa drei Wochen dauern.«

»Haben Sie die Möglichkeit, den genauen Todeszeitpunkt zu bestimmen?«

»Nein. Der Zustand der Gliedmaßen lässt keine Aussage über die Leichenstarre zu. Das Gleiche gilt übrigens auch für Totenflecke.«

Erwan konzentrierte sich auf ein anderes Thema. Seine Entschlossenheit siegte über sein Unbehagen.

»Da sind viel zu viele Metallfragmente.«

»Gut gesehen, Herr Ermittler«, spöttelte Clemente. »Es ist nicht nur Betonschutt. Vermutlich enthielt die Rakete kleine Kugeln oder andere Metallteile, ähnlich einem Schrapnell. Eigentlich müssten die metallischen Rückstände untersucht werden, aber dazu habe ich keinerlei Befugnis.«

Der Gerichtsmediziner machte eine Kopfbewegung hin zu den Militärs, als wolle er ihnen den Ball zuspielen.

»Militärgeheimnis«, sagte Archambault. »Die Befehle sind hier eindeutig.«

»Mein Bericht darf keinen einzigen Fakt zu dem Lenkflugkörper enthalten«, bestätigte Clemente.

»Was ist denn das für ein Quatsch?«, explodierte Erwan. »Ich habe das Recht auf Zugang zu jeder Art von Information. Das Gesetz ist schließlich für alle gleich.«

»Unmöglich«, versetzte der Spargeltarzan. »Im Übrigen wird der Bericht vor allem Militärexperten zugänglich gemacht werden, die dann über den Grad der Vertraulichkeit entscheiden.«

»Dadurch verlieren wir aber mehrere Tage.«

Archambault setzte einen entschuldigenden Gesichtsausdruck

auf, und Erwan bohrte nicht weiter. Immer schön ein Problem nach dem anderen.

»Jedenfalls bitte ich Sie, die Obduktion so gründlich wie eben möglich vorzunehmen.«

»Schon klar. Ich tue mein Bestes.«

»Außerdem müssen Sie auf unsere Forensiker warten.«

Clemente sah Verny an. Verny sah Erwan an.

»Wir schicken Ihnen eine Truppe von Technikern, die unter anderem auch untersuchen werden, was sich unter seinen Fingernägeln befindet.«

»Was ist das denn für ein Zirkus?«

Erwan machte sich nicht die Mühe, ihm zu antworten.

»Herr Oberleutnant«, wandte er sich an Archambault. »Sie bleiben bei der Obduktion dabei. Als Sicherheitsoffizier sind Sie prädestiniert für die Aufgabe.«

»Aber … und die Fotos?«

»Le Guen wird Ihnen seine Kamera leihen. Darüber hinaus werden Sie die Situation auch den Eltern erklären. Ich hielte es übrigens für sinnvoll, wenn sich die Sawiris in einem Hotel in der Nähe einquartierten.«

Der Krebs trennte sich nur ungern von seiner Kamera, erklärte Archambault aber sämtliche Funktionen. Man verabschiedete sich mit Handschlag, ohne die Chirurgenhandschuhe abzulegen. Erwan hätte nicht sagen können, warum es so war, aber die ineinander verschlungenen Latexfinger erinnerten ihn an eine Rektaluntersuchung.

13

Gaëlle hatte ihre Agentin doch nicht anrufen müssen, um an ein Casting zu kommen. Das Fernsehquiz hieß *Wer verliert, gewinnt*. Die Regeln verstand sie nicht wirklich. Es gab ein Rad und Quizfragen, und am Ende wurde der Kandidat, der die wenigsten Punkte hatte, zum Sieger erklärt. Gesucht wurde nach einem Mädchen, welches das Rad drehte. Natürlich im Bikini.

Eine weitere dieser blöden Fernsehshows. Egal. Wichtig war nur, dass sie gesehen wurde, koste es, was es wolle. Frauen wie Gaëlle hatten den Kopf voller Namen und Anekdoten, mit denen sie sich motivierten – Geschichten von inzwischen berühmten Schauspielerinnen, die in schwachsinnigen Wettbewerben oder kleinen Nebenrollen in dümmlichen Sendungen entdeckt worden waren. Louise Bourgoin zum Beispiel, die ehemalige Wetterfee von Canal+. Oder Helena Noguerra, ehemals Moderatorin bei M6. Aishwarya Rai Bachchan, Ex-Miss-World. Claudia Cardinale, seinerzeit die schönste Frau von Tunis. Sophia Loren, ehemalige Miss Elegance …

Gaëlle blickte sich um. Klappstühle, Wasserspender, abgewetzter Teppichboden. Ihre Konkurrentinnen waren keine Überraschung, die älteren unter ihnen kannte sie. Es waren Frauen, die sich bei Castel, im VIP und an der Bar des Plaza herumtrieben. Die anderen kamen frisch aus der Provinz. Sie hatten zwar noch nicht den richtigen Look, dafür aber etwas viel Besseres: Jugend.

In dem Zusammenhang fiel ihr ein, dass sie in Kürze dreißig wurde, ihre Zeit war also bald abgelaufen. Aber auch zu diesem Thema hatte sie hilfreiche Anekdoten im Kopf. Cate Blanchett war erst mit über dreißig zum Star geworden, ebenso wie Naomi Watts und Monica Bellucci. Nicht zu vergessen die Königin von allen: Sharon Stone, die bereits vierunddreißig war, als sie mit *Basic Instinct* so richtig durchstartete. *Die Hoffnung stirbt zuletzt*.

Eigentlich war es verrückt: Gaëlles einziges Kapital war ihre Jugend, und trotzdem führte sie ein Leben, in dem die Jahre doppelt oder vielleicht sogar dreifach zählten. Party. Alkohol. Drogen. Ablehnen war unmöglich, sie hatte sich den Regeln der Nacht zu unterwerfen. An diesem Morgen war sie erst um sechs Uhr ins Bett gekommen. Im VIP war es ihr gelungen, einen Platz am Tisch eines wichtigen Regisseurs zu ergattern, der laut sprach und soff wie ein Loch. Als sie sich endlich auf den Stuhl neben ihm setzen konnte, war er mit geschlossenen Fäusten und dem Kopf auf den Sitzkissen eingeschlafen.

Sie nahm ihren Spiegel hervor und inspizierte ihr Gesicht. Zwar bereute sie diesen Anfall von Schwäche in Anwesenheit der anderen sofort, aber was sie sah, gefiel ihr. Ungeachtet der dunklen Ringe unter den Augen hatte sie immer noch das süße Gesicht einer slawischen Puppe.

Mit sechzehn hätte sie sich nicht vorstellen können, mit dreißig ein solches Gesicht zu haben. Tatsächlich hätte sie sich nicht einmal vorstellen können, dieses Alter überhaupt je zu erreichen. Damals wog sie gerade einmal zweiunddreißig Kilo.

Erst in der Pubertät war sich Gaëlle ihres Körpers bewusst geworden, und dann auch nur, um ihn zu zerstören. Sie hatte aufgehört zu essen und sich in eine völlige Negation des Lebens geflüchtet. Dabei hatte sie die Lust am Hungern entdeckt. Dieses nagende Hungergefühl, das immer mit einem leichten Schwindel einherging. Sie erinnerte sich noch gut an die Ohnmachten und das trunkene Gefühl, sich inmitten all der anderen zu verlieren. Doch die Illusion war vergänglich, und sobald sie aufwachte, fand sie sich in ihrem Körper wieder, in dieser Ansammlung von ekelhaftem Fleisch, diesem abstoßenden Organpaket.

Ihr Hauptquartier war die Toilette. Erbrechen, Stuhlgang, Erbrechen … Sie lebte mit einem Brennen im Mund und in den Eingeweiden. Die Haare fielen ihr aus. Ihr Blutdruck sank. Der Kreislauf brach zusammen. Jeder noch so kleine Stoß zog Hämatome in seltsam violetten Schattierungen nach sich. Sie schlief bei offenem Fenster, setzte sich in jeden Durchzug und regelte die Temperatur der Klimaanlage so weit wie möglich nach unten. Kälte verbrennt Kalorien, diesen Trick kannten alle Magersüchtigen (und alle Models). Ihre einzige Freude war, dass sie immer dünner wurde, wenn sie sich bewegte und atmete …

Eines Tages hatte sie Abführmittel genommen und auf der Toilette gemerkt, dass es ihre eigenen Eingeweide waren, die aus dem Körper kamen. Sie musste ins Krankenhaus – es war der erste einer langen Serie von Krankenhausaufenthalten.

In der Abteilung für Essstörungen lernte sie ihresgleichen kennen, verhungert, jung und halbtot. Sie bewunderte die großen, intensiven Augen und die ausgemergelten Gestalten. Es war, als ob sie strahlten wie Leuchtkäfer, die ebenfalls am schönsten schimmern, bevor sie für immer erlöschen.

Bei ihrer Rückkehr nach Hause weinte ihre Mutter und ihr Vater schimpfte. Gaëlle entschuldigte sich und versprach, in Zukunft zu essen, mied ihre Teller aber weiterhin wie der Teufel das Weihwasser.

Mit neunzehn fiel sie ins Koma. Sie wurde reanimiert und an den Tropf gehängt, um sie aufzupäppeln. In der Klinik gelang es ihr, sich von ihrem Bett bis zum Schrank zu schleppen und den Spiegel zu holen, der ihr abgenommen worden war. Spiegel waren nämlich verboten, da unterschied sich das Krankenhaus nicht von einer Vampirgruft. Mit dessen Hilfe zählte sie ihre blauen Flecken. Sie liebkoste die Knochen, die unter ihrer Haut hervorsprangen. Und ganz plötzlich kam sie zur Vernunft. Zumindest annähernd. Sie verfiel ins Gegenteil und hörte fortan nicht mehr auf zu essen.

Sie begann, die Supermärkte zu plündern, stapelte Steaks in ihrem Einkaufswagen oder deckte sich mit Knuspermüsli im Sonderangebot ein, zwölf Pakete zum Preis von sechs. Der Kühlschrank wurde zu ihrem besten Freund. Sie aß, sie stopfte sich voll, sie wurde dicker. Sie fühlte sich ganz allein auf hoher See, der Zeiger der Waage diente ihr als Kompass.

Irgendwann hatte sie ihr Ursprungsgewicht erreicht. Mollige Schultern, runde Pobacken, ansprechende Brüste. Ihr Körper war zum Anbeißen. Sie bekam wieder ihre Regel. Männer begannen, sich für sie zu interessieren, was sie als Mischung aus schmeichelnder Aufmerksamkeit und feindseliger Bedrohung erlebte.

Zunächst hatte sie es nicht verstanden. Gaëlle hatte ihre Pubertät in Krankenhäusern verbracht. Die Entdeckung ihrer Sexualität und das Erwachen der Lust waren ihrem besessenen Kampf gegen das Gewicht zum Opfer gefallen. Jetzt aber wurde sie sich ihres weiblichen Körpers bewusst – und seiner Wirkung auf Männer. Den Wirt in der Bar, in der sie am Wochenende arbeitete, der sie auf einen Küchentisch drückte und ihr schnaufend unter die Röcke griff. Den Freund ihres Vaters, Präfekt oder Abgeordneter, der ihr bei einer Festlichkeit bis auf die Toilette folgte, um dort vor ihrer Nase seinen Schwanz aus der Hose zu holen. Außerdem der verheiratete Schauspieler, der drei Kinder hatte und sie mit SMS belästigte, von denen schon eine einzige genügt hätte, um ihn damit zu erpressen.

Irgendwann aber erkannte sie, dass sie keine Angst zu haben brauchte. Im Gegenteil: Sie übte Macht aus. Sie konnte die Männer verrückt machen und deren Wahnsinn kontrollieren. Sie begann, sich entsprechend zu kleiden und ihre Bewegungen und ihr Make-up zu verfeinern. Zu Beginn passierte ihr die eine und andere Ungeschicklichkeit, wie bei einem Superhelden, kurz nachdem er seine Kräfte entdeckt hat, aber nach und nach entwickelte sie das Geschick, ihre Magnetwirkung zu beherrschen und einzusetzen. Wenn sie heute ein Restaurant betrat, konnte sie das Beben und die sexuelle Anziehungskraft geradezu spüren, die sie auslöste.

Sie war Beute und Jäger zugleich. Der Körper, den sie so sehr gehasst hatte, wurde zu ihrer Waffe.

»Wie wärs mit nem Flüppchen?«

Vor ihr stand ein rachitischer Typ in einem fragwürdigen T-Shirt, in dem er fast versank. Er hielt ihr ein Päckchen Marlboro vor die Nase, als wäre es das Event des Jahrhunderts.

Gaëlle taxierte ihn: halb Schwuler, halb Zuhälter.

»Ich rauche nicht.«

Immer noch lächelnd setzte sich der Kerl neben sie. Er war höchstens fünfundzwanzig, wirkte mit seinen schlecht rasierten Zügen aber bereits leicht ranzig.

»Wir hätten über einen Job reden können.«

»Welche Art von Job?«

»Du bist vielleicht ein Scherzkeks.« Er senkte die Stimme.

»Ich arbeite in der Produktion. Ich könnte dir einen Geheimtipp geben, was genau gesucht wird.«

»Das liegt doch eigentlich auf der Hand, oder?«, sagte sie mit Blick in Richtung der anderen Frauen.

Der Typ lachte und hielt ihr seine ausgemergelte Hand hin. »Kevin.«

Gaëlle hatte das Gefühl, ein Hühnerbein zu berühren. Sie betrachtete die Stühle, die sich einer nach dem anderen leerten: Noch zwei Kandidatinnen, dann war sie an der Reihe.

»Musst du zum Rauchen nicht rausgehen?«, seufzte sie.

»Ich versuche lieber mein Glück bei dir.«

»Okay, erledigt. Du kannst jetzt getrost den Raum verlassen.«

Wieder lachte er. Es klang wie ein Furz.

»Nein, ehrlich, ich kann dir helfen. Ich kann dich bis zum Produzenten bringen und …«

»Dieses Casting ist mir doch so was von egal!«

»Du bist echt Spitze.« Er lachte erneut. »Ich habe genau das, was du brauchst.«

14

Ich kann nichts unterschreiben, bevor ich nicht genau weiß, worum es bei den Ermittlungen geht«, argumentierte Muriel Damasse am Telefon.

»Was halten Sie von ›fahrlässiger Tötung‹ und ›grober Fahrlässigkeit‹?«

»Hoppla, von Tötung war bisher nie die Rede. Immerhin geht es um die Armee, und …«

»Aber ohne den Begriff bekommen wir keine Forensiker.«

»Sie brauchen Forensiker? Wozu?«

»Um die sterblichen Überreste zu überprüfen und den Tatort auf der Insel Sirling bis in den letzten Winkel zu durchsuchen.«

»Den Tatort? Sie haben aber wirklich was vor …«

Erwan sprach diese Worte nicht nur zur Stellvertreterin des Staatsanwalts, ihre Botschaft war auch für Le Guen und Verny gedacht, die ihren Wagen Archambault überlassen hatten und nun hinten im Auto saßen. Kripo saß am Steuer und schien sich königlich zu amüsieren.

»Die Situation ist ohnehin schon kompliziert genug«, jammerte Muriel Damasse. »Mir wurde gesagt, dass Sie lediglich Fakten zusammentragen.«

»Mit der größtmöglichen Genauigkeit. Im Übrigen müssen wir auch noch die Einzelheiten des Verfahrens besprechen …«

Auf der administrativen Ebene schien sie sich wohler zu fühlen. Was folgte, war eine schwer verständliche Unterhaltung, in der es um Anrufung des Gerichts, Voraussetzungen, Hausdurchsuchungen und ähnliche Dinge ging. Jeder brachte seine Argumente vor, und schließlich fanden sie einen arbeitstechnischen Konsens, zumindest ansatzweise.

»Für alles andere muss ich erst mit meinen Vorgesetzten sprechen«, schloss sie. »Ich rufe zurück.«

Im Auto herrschte Stille. Sie befanden sich auf der Landstraße nach Kaerverec. Der Regen hing wie durchsichtige Nadeln in der Luft, und die moderne Landwirtschaft huschte in ihrer deprimierenden Banalität an ihnen vorbei.

Irgendwann hielt Verny es nicht mehr aus.

»Wenn Sie wollen, dass ich Kontakt zu Technikern und Sachverständigen aufnehme, können wir …«

»Später«, unterbrach Erwan. »Um wie viel Uhr kann ich den Piloten treffen, der die Rakete abgeschossen hat?«

»Philippe Ferniot. Er ist um 16 Uhr in Kaerverec.«

Le Guens rotes Gesicht tauchte zwischen den Kopfstützen auf.

»Der Mann ist eine Berühmtheit. Einer der besten Piloten seiner Generation. Er war im Irak und in Afghanistan. Sie sollten ihn besser nicht wie einen Verdächtigen behandeln.«

Erwan antwortete nicht. Le Guen zögerte kurz und lehnte sich an die Seitentür.

»Und die Schüler?«

»Welche?«, erkundigte sich Verny.

»Sowohl diejenigen, die die Mutprobe über sich ergehen lassen mussten, als auch die Herausforderer. Ich möchte noch vor dem Abend mit ihnen sprechen. Wie viele sind es?«

»Ungefähr zwanzig alteingesessene und zwölf neue. Also ... jetzt nur noch elf.«

»Ich brauche zwei Räume. Mein Stellvertreter und ich werden sie nacheinander verhören.«

»Wie Sie meinen. Obwohl ich nicht verstehe, was ...«

»Hat man ihnen Stubenarrest erteilt?«

»Nein. Wieso?«

»Sie können also miteinander kommunizieren?«

Erneutes Schweigen. Niemand hatte den Flugschülern ein Redeverbot erteilt.

»Aber zumindest die Vorlesungen finden doch noch nicht wieder statt?«

»Nein, für heute wurde alles abgesagt. Aber wir können nicht auf unbegrenzte Zeit ...«

Erneut näherte sich Le Guen mit raschelndem Regenmantel. Als sein Kopf zwischen den Kopfstützen auftauchte, musste Erwan an ein Eigelb auf Ketchup denken.

»Ich habe ja keine Ahnung, wonach Sie suchen, aber ich glaube, Sie vertauschen gerade die Rollen. Wissa Sawiris ist geflohen. Er war es, der seine Pflicht nicht erfüllt hat. Jetzt ist er tot. Das ist zwar traurig, aber Sie dürfen seinen Fehler nicht den anderen anlasten.«

»Ich stehe grundsätzlich auf Seiten des Toten«, fauchte Erwan. »Und bei einer Ermittlung dürfen die Zeugen keinen Kontakt zueinander haben.«

»Zeugen wofür?«

Erwan gab keine Antwort.

»Rechts abbiegen«, knurrte das Krustentier. »Noch zwei Kilometer, dann sind wir da.«

Kripo bremste. Mit einem Mal lag das Meer vor ihnen, dieses schwärzliche Pulsieren mit grauen Gischtfransen, das sich an einer Schweißnaht aus Felsen in den düsteren Himmel schmiegte. Endlich offenbarte sich die wahre Bretagne: tief eingeschnittene, grünlich-weiße Klippen, wie riesige Tiere, die mit phosphoreszierendem Fell und weit geöffneten, unermesslichen Mäulern an der Quelle der Welt zu saufen schienen.

In dieser ursprünglichen Landschaft standen auch endlich die traditionellen Häuser, mit ihren Schieferdächern und blauen Fensterläden. Noch waren Touristen da, in praktischen Chic gekleidete Gestalten unter Regenschirmen, gestreifte Bermudas und um die Schultern geknotete Pullis. Die Nachbarschaftsbefragung würde heiter werden.

Auf der Rückbank murmelte Le Guen Befehle in sein Telefon. Es waren nur Fetzen wie »alle Männer auf ihre Zimmer« und »geänderte Frühstückszeiten« zu hören.

Kripo stellte die Scheibenwischer auf die höchste Stufe. Beinahe hätte er eine scharfe Rechtskurve übersehen, hinter der es nur noch das Meer, den Horizont und den Himmel gab. Es war eine Bestätigung: Sie hatten das Ende der Welt erreicht. Finistère.

»Könnte ich den Arzt des Stützpunkts sprechen?«, fragte Erwan die beiden Männer.

Le Guen antwortete, jetzt deutlich ruhiger.

»Wir haben schon seit einiger Zeit keinen mehr. Budgetkürzung.«

»Und was machen Sie, wenn einmal jemand ein Problem hat?«

»Wir fahren ins Krankenhaus Morvan oder ins Cavale Blanche, wie alle anderen auch.«

»Und während der Mutprobe?«

»Im Notfall rufen wir den Arzt von Kaerverec, einen gewissen Doktor Almeida.«

»Ich möchte ihn treffen.«

»Aber ich verstehe nicht. Wir …«

Der Rest seines Satzes ging unter, weil Kripo mit voller Geschwindigkeit durch eine Pfütze fuhr. Braunes Wasser klatschte gegen die Scheiben. Le Guen verzichtete auf eine Wiederholung.

Endlich verkündete ein Schild »Kaerverec 76«. Wenige Hundert Meter weiter kam das Tor der Schulungseinrichtung in Sicht. Eine weiß-rote Schranke, wie bei einem Bahnübergang, und Wappen kennzeichneten den Eingang.

»Als Erstes werden Sie Oberst Vincq kennenlernen«, verkündete Verny.

Erwan kam der Name bekannt vor, er wusste aber nicht, woher. »Wer ist das?«

»Der Verantwortliche für den Luftwaffenstützpunkt.«

»Ich dachte, das wäre di Greco.«

»Der Admiral ist der Generalstabschef, aber auf dem Gelände hat der Oberst die Befehlsgewalt.«

Ein Wachsoldat im Regenmantel öffnete die Schranke. Endlich würden sie sich vor dem Regen in Sicherheit bringen können, doch Erwan empfand es eher umgekehrt. Sie verließen die vertraute Welt dort draußen und betraten ein geschlossenes Universum, das einen Hauch von Gefängnis verströmte.

15

Erwan hatte einen bedeutenden Luftwaffenstützpunkt erwartet, aber Kaerverec mit seinem rechteckigen Hof und den darum gruppierten hässlichen Flachdachbauten ähnelte eher einer Grundschule. Jedes Gebäude verfügte über einen überdachten Laufgang, fast wie in einer Westernstadt.

Sie stellten ihren Wagen auf dem Parkplatz ab und retteten sich unter das rechts gelegene Vordach. Le Guen machte sich sofort auf den Weg, Oberst Vincq zu informieren. Erwan schüttelte sich. Ihm war längst klar, dass die Feuchtigkeit hier sein ständiger Begleiter sein würde.

»Am anderen Ende des Hofes«, erklärte Verny, um die Wartezeit zu verkürzen, »befinden sich die Besprechungsräume, wo nach Einsätzen die Manöverkritik stattfindet. Außerdem die Büros. Genau gegenüber von uns liegen die Kursräume, die Zimmer der Soldaten und die Sanitäranlagen. Hinter uns dann die Mensa, die Sporthalle und der Freizeitraum.«

»Groß ist es ja nicht gerade.«

»In Kaerverec leben nur ungefähr dreißig Schüler. Hinzu kommen Ausbilder, Tutoren, der Führungsstab und ein Kontingent Soldaten zur Bewachung des Materials – insgesamt weniger als hundert Personen. Wirklich groß ist dagegen das Gelände. Vom Meer trennt uns ein drei Kilometer langer und ein Kilometer breiter Streifen Land. In Anbetracht der Grundstückspreise hier an der Küste ist das ein unglaublicher Luxus.«

»Wurden die Neulinge auf diesem Terrain losgelassen?«

Verny tat, als hätte er die Frage nicht gehört.

»Wenn Sie möchten, können Sie gerne die Hangars und das Übungsgelände besichtigen. Auf dem Stützpunkt gibt es zehn Flugzeuge und …«

Erwan hörte nicht mehr zu. Die Flaggen hingen auf Halbmast, vermutlich wegen Wissa. Es waren vier: die französische, die europäische, die bretonische und eine, die Erwan nicht kannte. Sie zeigte einen Schwan, ein Schwert und ein Schiff – vermutlich das Wappen der Schule.

Seine natürliche Aversion gegen Uniformen erwachte. Er hasste militärisches Gehabe und alle äußeren Symbole, die damit einhergingen. Die wenigen Male, zu denen er selbst Uniform hatte tragen müssen, zum Beispiel bei öffentlichen Veranstaltungen der Polizeihochschule und Ordensverleihungen, waren ihm eine Qual gewesen. Hinzu kam, dass ihn seine einzige Uniform immer daran erinnerte, dass er nicht mehr so schlank war wie früher.

»Wo bleibt er denn?« Verny wurde plötzlich unruhig. »Ich gehe mal nachschauen.«

Der Gendarm verschwand. Kripo lehnte sich an eine Säule und drehte sich in bester Cowboy-Manier eine Zigarette.

In diesem Moment überquerten zwei Piloten den Hof. Über ihren Overalls trugen sie eine Art Überhose, die aufblasbar zu sein schien.

»Wie Michelinmännchen«, grinste Erwan.

»Das ist wegen der Schwerkraft«, entgegnete Kripo und zündete die Zigarette an.

»Was?«

»Es sind Druckanzüge. In Düsenjägern kann die Gravitation innerhalb weniger Sekunden bis zu acht G erreichen, also die Schwere vom Achtfachen deines Körpergewichts. Damit sackt dein Blut vom Kopf in die Füße, dein Gehirn wird nicht mehr durchblutet und du verlierst das Bewusstsein. Deshalb tragen sie diese Hosen. Darin ist eine Flüssigkeit, die den Druck ausgleicht, die Beine einschnürt und das Blut daran hindert, abzusacken.«

»Woher weißt du das alles?«

»Persönliches Interesse.«

Der Regen prasselte noch immer mit Maschinengewehrsound auf den Asphalt und die Dächer nieder. Nur manchmal war das Knattern einer Fahne oder der Schrei einer Möwe zu hören. Endlich kehrten Le Guen und Verny zurück. In ihrer Gesellschaft befand sich ein etwa fünfzigjähriger Mann mittlerer Größe in einem Kampfanzug mit Camouflagedruck, der perfekt zu seinem kurz geschnittenen silbernen Haar passte.

Sie begrüßten sich. Der Mann wirkte auf Anhieb sympathisch, und mit ihm blitzte im bretonischen Einheitsgrau plötzlich die Sonne des Südens auf: gebräunte, fast goldene Haut und blaue Augen, die an die Côte d'Azur erinnerten.

»Tut mir sehr leid«, erklärte er, »aber ich kann Sie nicht in meinem Büro empfangen. Eigentlich hätten die Renovierungsarbeiten bis Semesterbeginn abgeschlossen sein sollen, aber das ist leider nicht der Fall.«

»Macht nichts.«

Erwan fragte sich, ob er es darauf anlegte, sie zu verunsichern oder sie spüren zu lassen, dass sie nicht willkommen waren. Der Offizier erging sich in einem langen Monolog aus nichts als

Floskeln, beklagte den »bedauerlichen Unfall«, diese »Tragödie«, kam aber immer wieder darauf zurück, dass die Ermittlungen so schnell wie möglich abgeschlossen werden mussten, um zur Tagesordnung übergehen und mit den Kursen beginnen zu können. Er sprach abgehackt, fast stenografisch, verschluckte Silben und würzte seine Sätze mit Ausdrücken wie »Sterne auf den Schulterstücken«, »Frischlinge«, »Offizierslehrgang« oder mit rätselhaften Ausdrücken wie »Gasmann«, *»boost«* und *»over-Shooter«*.

Erwan brauchte keine Übersetzung, er hatte die Botschaft dahinter durchaus verstanden: »Macht eure Arbeit und verschwindet.« Hervorgebracht mit einem beständigen Lächeln. Ein gut aussehender Typ, der sich seiner Verführungskünste gewiss war. Noch immer der Flieger, von dem junge Frauen träumten.

»Wie lange werden Sie in etwa brauchen, um die Fakten zu sammeln und die Ermittlungen abzuschließen?«, fragte er schließlich.

»Das hängt von den Fakten ab.«

»Was wollen Sie damit sagen?«

»Dass es noch zu früh ist für eine Antwort. Wir können nicht über Entdeckungen urteilen, die wir noch gar nicht gemacht haben.«

Zum ersten Mal erlosch das Lächeln.

»Es gibt nichts zu entdecken. Der Soldat wollte sich vor der Mutprobe drücken und hat sich versteckt …«

»Das ist lediglich eine Hypothese. Bisher wissen wir konkret nur, dass nach der Explosion einer Rakete in einem Bunker eine Leiche gefunden wurde. Das ist lediglich ein Anfang, kein Schluss.«

Der Oberst warf Le Guen und Verny einen verwirrten Blick zu, verschränkte die Hände auf dem Rücken und begann, unruhig und mit gesenktem Kopf auf und ab zu gehen. Der Regen prasselte wie ein Trommelwirbel im Zirkus im Moment der größten Spannung.

»Nun gut. Tun Sie, was Sie nicht lassen können«, sagte er schließlich mit einem Blick auf die Uhr. »Aber die Zeit drängt.

Der Presse- und Informationsdienst der Streitkräfte ruft schon jetzt alle fünf Minuten an und will wissen, was an die Öffentlichkeit darf und was nicht.«

Seltsam, dass Vincq als Erstes ausgerechnet diese Institution nannte.

»Ganz zu schweigen vom Führungsstab der Marine und der Presseabteilung des Verteidigungsministeriums. Heutzutage ist alle Welt wie besessen von den Medien.« Er hob den Zeigefinger.

»Denken Sie um Himmels willen daran, das Wort ›Mutprobe‹ in ihrem Berichten unbedingt zu vermeiden. Sie sollten von ›Vermittlung von Traditionen‹, einem ›Integrationswochenende‹ oder ›pädagogischem Training‹ sprechen. Umschreiben Sie es, sonst fallen diese Scheißorganisationen gegen die Durchführung von Mutproben über uns her, sobald sie Wind von der Sache bekommen.«

»Verstehe.«

»Sie verstehen gar nichts. Legen Sie mir morgen Ihren Bericht vor, mehr verlange ich nicht. Ein Unfall ist und bleibt ein Unfall. Wir wollen uns schließlich nicht den ganzen Herbst damit herumschlagen.«

Er grüßte mit einem Nicken und wandte sich zum Gehen.

»Herr Oberst, eine Kleinigkeit noch, bitte. Der Unterricht ist heute doch noch ausgefallen, oder?«

»Ja. Warum?«

»Weil wir gerade zwei Piloten in voller Montur gesehen haben.«

»Das sind nur Übungsflüge. Unsere Termine sind sehr eng getaktet, wir können keine Flüge ausfallen lassen.« Er stieß ein heiseres Lachen aus.

»In zweitausend Metern Höhe werden meine Männer Sie wohl kaum bei Ihren Ermittlungen stören.«

Aus der Ferne war das Dröhnen von Motoren zu hören. Der Oberst verschwand. Le Guen und Verny entspannten sich, ihnen war die Befriedigung darüber, dass Erwan in die Schranken gewiesen worden war, deutlich anzumerken.

»Wissas Zimmer«, beschied Erwan knapp, um das Heft wieder in die Hand zu nehmen.

»Wollen Sie nicht lieber zunächst ihr Gepäck abstellen?«

»Nicht nötig.«

Die vier Männer überquerten den Hof in Richtung der Stuben.

»Wurde der Müll schon geleert?«

»Welcher Müll?«, wollte Le Guen wissen.

»Der von Freitag, Samstag und Sonntag. Der Mutproben-Müll.«

»Ja, heute Morgen. Was soll die Frage?«

Erwan antwortete nicht.

Die Eingangshalle hielt keine Überraschungen bereit. Nur eine Kaffeemaschine, eine Tafel mit Kleinanzeigen und Regale mit alten Zeitschriften. Der Flur in der ersten Etage war vollkommen schmucklos. Erwan gefielen die asketischen Formen, auch wenn die Wände wie aus Pappe wirkten und der lose Bodenbelag sich nach jedem Schritt unter ihren Füßen hob. Hinter den Türen der zu Stubenarrest verdonnerten Piloten waren Radio- und Fernsehgeräusche zu hören. Erwan und Kripo tauschten einen Blick. Sie waren hier die Miesmacher. Verny blieb vor einem aus gelbem Absperrband geformten Kreuz stehen, das den Zutritt zu einem der Zimmer verwehrte.

»Haben Sie die richterliche Erlaubnis, die Siegel zu brechen?«

»Kein Problem.«

Erwan stellte seine Tasche ab und zerriss die Bänder. Kripo warf ihm ein Paar Latexhandschuhe zu, die er überzog, ehe er den von Verny gereichten Schlüssel annahm.

Der Raum umfasste etwa zwölf Quadratmeter. In einer Ecke gab es ein Waschbecken, und rechts und links des Fensters, genau gegenüber der Tür, standen zwei Betten. Zwei Blechspinde, wie in Umkleidekabinen einer Turnhalle, dienten als Schränke. Neben jedem Bett befand sich ein Schreibtisch. Auf einem davon standen ein Laptop und ein Wecker. Daneben lag ein Handy. Die persönliche Habe von Wissa.

»Wir haben alles so gelassen, wie es war«, sagte Verny. »Der Zimmergenosse schläft woanders und hat seine Sachen mitgenommen.«

»Packen Sie das alles in Asservatenbeutel, bis die Forensiker hier sind.«

Erwan bemerkte den blitzsauberen Boden und die geleerten Papierkörbe.

»Hier ist geputzt worden.«

»Die Schüler haben einen Umlaufplan«, erklärte Le Guen. »Jeden Morgen sind zwei von ihnen an der Reihe, die Zimmer zu reinigen. Auch samstags. Da wussten wir noch nicht, dass Wissa verschwunden war.«

»Handelte es sich bei den beiden um Alteingesessene?«

»Natürlich. Die Ratten … ich meine natürlich: Die Neuen haben achtundvierzig Stunden lang keinen Zutritt zu den Gebäuden.«

»Holen Sie mir die Typen, die hier saubergemacht haben.«

»Sie haben offenbar ein Müllproblem«, spöttelte der Soldat.

Erwan überhörte die Bemerkung.

»Du besorgst dir zwei Zeugen und fängst mit der Durchsuchung an«, sagte er zu Kripo. »Aber keine Studenten und keine Ausbilder, sondern Sekretäre oder Personal aus dem Büro. Und sei so umsichtig wie möglich. Ich weiß nicht, ob es was bringt, aber wir werden die Techniker bitten, auch das Bett minuziös zu durchsuchen.«

»Also, ich weiß nicht«, mischte Verny sich ein. »Das ist so gar nicht das, womit wir gerechnet haben …«

Erwan drehte sich um.

»Herr Oberleutnant, ich habe den Eindruck, dass Sie die Situation nicht richtig begreifen, und weiß nicht, wie ich es Ihnen rücksichtsvoll beibringen soll. Also klipp und klar: Wir fangen hier noch mal ganz von vorne an.«

16

Das Zimmer, das man ihnen zugewiesen hatte, war identisch mit dem von Wissa, bis auf die Tatsache, dass es zusätzlich ein Bad gab.

»Setzen Sie sich.«

Erwan hatte Le Guen und Verny gebeten, sie zu begleiten. Die beiden Krähen schnappten sich die Stühle hinter dem Schreibtisch und setzten sich mit wütenden Gesichtern nebeneinander. Immer noch prasselte der Regen gegen die Scheiben und zerteilte die Zeit in winzige Einheiten.

»Ich habe Ihre Berichte noch nicht gelesen, bin aber sicher, dass sie einwandfrei sind. Trotzdem: Ein Mensch ist gestorben. Entweder durch einen Unfall, oder es gibt einen anderen Grund dafür. Wir dürfen nichts ausschließen, nicht einmal einen geplanten Mord.«

Le Guen richtete sich auf seinem Stuhl auf.

»Wie kommen sie auf einen solchen Blödsinn?«

»Das ist mein Beruf. Wissa war vielleicht schon tot, als er in den Bunker gebracht wurde. Vielleicht wusste jemand, dass der Jagdbomber genau auf dieses Gebäude zielen würde. Zumindest wäre es eine hervorragende Möglichkeit, jede Art von Spur zu verwischen.«

»Aber niemand kennt vor dem Manöver die Ziele«, wandte der Gendarm ein.

»Nun, das werden wir herausfinden. Was wir jetzt vor allem brauchen, ist Verstärkung. Wo sitzen Ihre Forensiker?«

»In Rennes«, antwortete Verny. »Ich denke, sie könnten morgen hier sein.«

»Ich brauche sie schon heute Abend. Wichtig ist mir vor allem ein Spezialist, der sich auf Gussabdrucke von Spuren versteht.«

»Wir haben eine spezielle erkennungsdienstliche Software.«

»Ausgezeichnet. Wir werden auch Gewebeproben entnehmen. Die Leute sollen sich noch heute Nacht an die Arbeit machen.

Zunächst in Wissas Zimmer, morgen dann auf Sirling. Haben Sie Experten für feuchten Boden oder auch Arbeiten im Wasser?«

»Ja, wir haben Unterwassertechniker.«

»Sie sollen eine Pumpe mitbringen. Ich will das Loch untersuchen, das die Rakete gerissen hat.«

Der Gendarm wurde nervös. Erwan ging nun mit den Händen auf dem Rücken im Zimmer auf und ab und ahmte damit, ohne es zu bemerken, Oberst Vincq nach.

»Was Wissa angeht, kümmert sich Kripo um die Telefonate von seinem Anschluss, aber dabei braucht er Unterstützung. Wie viele Gendarmen können Sie vor morgen früh abstellen?«

»Ungefähr zehn.«

»Perfekt. Ich lasse zudem alle Verbindungen in der Region überprüfen. Alles, was über die Funkmasten gegangen ist.«

Verny stieß unwillkürlich einen Pfiff aus. Erwan schüttelte den Kopf.

»Hier auf dem platten Land wird das nicht gerade extrem viel sein.«

»Und was ist mit der Genehmigung? Wegen der Telefongesellschaften?«

»Die stellt die Staatsanwaltschaft aus. Im Übrigen haben wir freie Hand, was die Fristen angeht. Wie sieht es mit dem Computer aus? Haben Sie jemanden, der sich da gut auskennt?«

»Ja, einen IT-Spezialisten. Den besten in der Bretagne. Er hat sein Büro in Brest. Wenn er nicht in Urlaub ist, kann er noch heute Abend hier sein.«

»Wenn er Urlaub hat, müssen Sie einen anderen auftreiben. Wir sollten wenn möglich innerhalb der nächsten Stunden mit dem Computer anfangen. Alle Daten müssen entschlüsselt, erfasst und ausgewertet werden. Von Bedeutung ist alles über Wissas Beziehungen, seine sexuellen Vorlieben und was ihn sonst noch umgetrieben hat.«

»Wieso sexuelle Vorlieben?«, wunderte sich Le Guen.

»Weil das Internet die großartigste Vorlage zur Onanie bietet, die der Mensch je erfunden hat. Zufrieden?«

»Ich sehe da aber keinen Zusammenhang zu seiner Fahnenflucht.«

»Das Thema können wir abhaken, dieser Vorwurf ist völlig haltlos. Es gibt nicht den geringsten Grund zu der Annahme, dass ausgerechnet Wissa, der unbedingt Pilot werden wollte und definitiv kein Angsthase war, abgehauen ist, um keine Liegestütze machen oder Hundefutter essen zu müssen. Abgesehen von all den anderen konkreten Einzelheiten, die hier nicht passen.«

Die beiden Männer nickten. Das Thema Fahnenflucht war vom Tisch.

Erwan beugte sich mit den Händen auf den Knien zu ihnen hinunter, wie ein Trainer.

»Jetzt zu Ihren Aufgaben. Verny, Sie schicken ein Team zum Anlegesteg und klären die Sache mit dem Boot. Wohnen dort in der Nähe Menschen?«

»Nur Touristen. Auch ein paar Fischer, aber die sind jetzt auf See.«

»Dann holen Sie sie zurück. Haben die Fischer Frauen und Kinder?«

»Die meisten schon.«

»Ich brauche die Berichte vor morgen Abend. Rufen Sie auch bei der Hafenmeisterei von Kaerverec an. Vielleicht wissen die, ob in dieser Nacht jemand hinausgefahren ist.«

»Da wäre ich mir nicht so sicher.«

»Versuchen Sie es einfach. Außerdem will ich wissen, wie das Wetter war und ob ein Boot problemlos auf Sirling anlegen konnte. Le Guen, Sie schnappen sich zwei Männer und überprüfen die Überwachungsvideos des Stützpunkts, angefangen am Freitag.«

Der Gesichtsausdruck des Bretonen veränderte sich. Er warf einen unauffälligen Blick in Richtung Verny.

»Gibt es damit ein Problem?«

»Nun ja … die Tradition verlangt, dass die Kameras während der Mutprobe abgeschaltet sind.«

»Ich fasse es nicht!«, stöhnte Erwan. »Achtundvierzig Stunden ohne Überwachung? Und das auf einem Gelände, auf dem Kampfflugzeuge stehen?«

»Die Maschinen stehen in verschlossenen Hangars, und das Semester hat offiziell noch nicht angefangen. Es ist eine Frage der Toleranz und …«

»Sie haben Angst, die Schweinereien Ihrer Füchse aufzuzeichnen?«

»Ganz im Gegenteil«, ereiferte sich Le Guen. »Wir wollen die Ehre unserer Neulinge schützen. Falls einer einknickt, gibt es zumindest keinen Nachweis dafür.«

Erwan hob erschöpft die Hände.

»Gut, dann kümmern Sie sich um Wissa. Wühlen Sie in seinen Sachen. Graben Sie in seiner Vergangenheit. Familie, Gesundheit, Schule, Freunde, was er in Le Mans getrieben hat, seine Wurzeln in Ägypten, seine Persönlichkeit …«

»Ja aber … wen soll ich da anrufen?«

»Lassen Sie sich was einfallen. Seine Eltern beschreiben ihn als begeisterungsfähigen Einzelgänger, aber die wissen sicher auch nicht alles über ihn. Finden Sie heraus, ob er eine Freundin hatte, Hobbys, Laster, Feinde. Außerdem möchte ich wissen, ob er Erfahrung im Führen von Booten hat.«

»Ich dachte, Sie glauben nicht an diese Version.«

»Wie oft muss ich es noch sagen: Ich glaube gar nichts. Ich bin hier, um die Wahrheit ans Licht zu bringen. Sobald Archambault von der Obduktion zurück ist, briefen Sie ihn. Er soll die Herkunft der Schüler unter die Lupe nehmen. Ich brauche einen Steckbrief von jedem Einzelnen, der in dieser Scheißnacht dabei war.«

»Und was ist mit den Kosten?«, erkundigte sich Verny.

»Sie machen eine Aufstellung für die Gendarmerie, wir machen eine für die Kriminalpolizei. Da wir gemeinsam agieren, wird das Bezirksgericht in Rennes alle Kosten übernehmen. Haben Sie irgendwo ein Büro für uns?«

»Nun ja …«

»Kein Problem«, unterbrach ihn Erwan, öffnete seine Tasche und stellte sein Laptop auf einen der Tische.

»Wir machen es einfach hier. Was wir brauchen, sind Bretter, Böcke und Mehrfachstecker. Ihre Leute können die Klassenräume belegen. Alle übernachten auf dem Stützpunkt, bis wir mit den Ermittlungen durch sind. Wir gehen hier nicht raus, bevor wir nicht die ganze Wahrheit kennen. So weit alles verstanden?«

Sie standen auf, ohne zu antworten. Ihre verschlossenen Mienen konnten als Ja durchgehen.

»Es ist jetzt 16 Uhr«, sagte Erwan mit einem Blick auf die Uhr. »Der Pilot müsste doch inzwischen da sein, oder?«

17

Den Informationen zufolge, die er über Philippe Ferniot erhalten hatte, war der Pilot achtunddreißig Jahre alt, seit 2009 Leader bei Formationsflügen, derzeit Chef des Jagdgeschwaders Gascogne und hatte fünfundzwanzig Kriegseinsätze sowie tausendachthundert Flugstunden absolviert, davon tausendeinhundert auf Rafale-Kampfjets. Der Held wartete in dem Raum, den man den aus Paris angereisten Ermittlern zugewiesen hatte, ein unpersönliches Refektorium mit langen Tischen, vor denen ein Flipchart mit zerknittertem Papier stand.

Ferniot saß am Ende des Raums, eine Tasse Kaffee vor sich. Unter seinem Marineanorak trug er noch die mit bunten Aufnähern versehene Fliegerkombi, die ihm das Aussehen eines alten, weitgereisten Koffers verlieh. Erwan begrüßte ihn, setzte sich ihm gegenüber, klappte sein Laptop auf und begann schweigend, Notizen einzutippen, als wäre er allein im Raum. Schließlich erkundigte er sich nach der Sicht des Piloten auf die Ereignisse.

Schon während der ersten Antworten ging ihm auf, dass er es mit einer Art Android zu tun hatte, völlig frei von Gefühlen. Ferniot zeigte weder Bedauern noch Trauer über den Tod eines jungen Mannes von zweiundzwanzig Jahren, dessen Körper durch eine von ihm abgeschossene Rakete zerfetzt worden war. Es schien sogar, als hätte er nicht einmal eine eigene Meinung zu diesem Unfall.

Sein Bericht umfasste nur wenige Worte. Samstag, 8. September, 7:10 Uhr Start vom Flugzeugträger *Charles de Gaulle*. Ziel: die Insel Sirling. Gemeinsam mit zwei anderen Rafale-Jägern hatte Ferniot einige Runden über der Insel gedreht, in Erwartung weiterer Befehle. Nach der Identifizierung des Ziels hatte er lediglich ein voreingestelltes Programm starten müssen, jeder Abschuss hatte eine eigene Sequenz. Die Rakete war im Ziel eingeschlagen und das Flugzeug in den Nachbrennerbetrieb geschaltet worden. Wenn Erwan es richtig verstanden hatte, handelte es sich dabei um einen zusätzlichen Schub. Um 7:38 Uhr waren alle drei Jets wieder auf der *CDG* gelandet. Laut Computer, Radar und Vorgesetzten war die Übung ein voller Erfolg.

»Mehr habe ich dazu nicht zu sagen«, schloss der Pilot. »In dieser ganzen Geschichte bin ich nur ein Kettenglied. Meine Begleiter haben mich von hinten überwacht, der Kontrolleur am Radar hat die Abstände in der Luft und am Boden berechnet und die Ingenieure haben jeden Parameter genau analysiert. Hinzu kommen meine Vorgesetzten, die den Flug jede Sekunde überwacht haben.«

Er stand auf und zog den Reißverschluss seiner Jacke zu.

»Wenn jemand für diesen Unfall verantwortlich ist, muss man ihn sicher eher am Boden suchen. Bei den Spinnern, die den armen Frischling auf die Insel haben fliehen lassen.«

»Bleiben Sie bitte sitzen.«

»Wir verlieren hier alle nur wertvolle Zeit.«

»Könnte sein, dass Sie noch viel mehr verlieren.«

Der Pilot beugte sich zu Erwan hinunter. Sein Äußeres passte zu seiner Art zu reden: rasierte Schläfen, eckiges Kinn, ausdrucksloses Gesicht.

»Was wollen Sie damit andeuten?«, murmelte er.

»Ich deute gar nichts an. Im Augenblick sind Sie für mich ein Verdächtiger in einer Untersuchung von fahrlässiger Tötung eines Soldaten. Ich könnte Sie hier und jetzt in Gewahrsam nehmen lassen, bis die Vorermittlungen abgeschlossen sind. Also setzen Sie sich, ehe ich einen anderen Ton anschlage.«

Der Pilot öffnete den Mund, um ihn anzubrüllen, besann sich dann aber und lächelte. Erwan konnte genau beobachten, wie die Kaltblütigkeit in sein Gesicht zurückkehrte.

»Also gut«, meinte Ferniot gehorsam, »dann schießen Sie mal los mit Ihren Fragen.«

»In welchem offiziellen Rahmen haben Sie die Übung absolviert?«

»Jeder Pilot muss einmal im Jahr eine Luft-Boden-Qualifikation ablegen, die gleichzeitig Test- und Übungsflug ist. Als Chef des Geschwaders habe auch ich mich dieser Regel zu unterwerfen.«

»Das, was während dieser Übung geschehen ist, scheint Sie nicht sonderlich zu berühren.«

»Weil ich, wie schon gesagt, nichts dafür kann. Ich habe nur meinen Befehlen im Zusammenhang mit der Übung Folge geleistet. Wenn die mir gelieferten Informationen nicht mit den Gegebenheiten übereinstimmen, ist das nicht mein Bier. Ich kann mich nicht gleichzeitig hinter dem Steuerknüppel und am Boden aufhalten, um herauszufinden, ob das Übungsgebiet abgesichert ist. Jeder macht seinen Job.«

Natürlich hatte Ferniot hundertprozentig recht, aber Erwan verspürte Lust, ihn ein bisschen zu piesaken.

»Sie tun also immer, was man Ihnen sagt.«

»Genau wie Sie. Wer Freischärler werden will, geht weder zur Armee noch sollte er ein öffentliches Amt bekleiden.«

»Waren Sie es, der auf den Bunker geschossen hat – ja oder nein?«

»Nein. Hören Sie mir überhaupt zu? Ich habe Ihnen doch erklärt, dass alles vollautomatisch abläuft. Und das gilt sowohl für den Flug als auch für den Abschuss. Sobald die Basis das Ziel freigibt, übernehmen die Computer alles weitere.«

»Wer entscheidet über das zu zerstörende Ziel?«

»Niemand. Ein Zufallsgenerator lost das Target sozusagen aus. Die Information kommt erst im letzten Moment.«

»Wenn man irgendwie bemerkt hätte, dass sich in dem Bunker ein Mensch aufhielt, hätte man die Ausführung noch stoppen können?«

»Aber sicher. Es gibt einen Knopf, der alles anhält. *Immediate Exit*. Man kann übrigens auch den Autopiloten abschalten.«

»Was für eine Art Rakete hat den Bunker zerstört?«

»Sagen Sie nicht immer Bunker! Mein Ziel war ein Tobruk.«

»Und welcher Raketentyp wurde abgeschossen?«

»Haben Sie nicht mit meinen Vorgesetzten gesprochen?«

»Bisher nicht.«

»Vielleicht hätten Sie mit denen anfangen sollen. Ich darf Ihnen dazu nichts sagen. Militärgeheimnis. Im Übrigen weiß ich darüber ohnehin nichts, wir kennen die genauen Eigenschaften der Waffe nicht.«

Erinnerungen tauchten auf. Erwan hatte einmal in Frankreichs Überseegebieten Ermittlungen zu verdächtigen Todesfällen durchgeführt. Dabei hatte er mehrere Elitesoldaten kennengelernt und verblüfft den erschreckenden Kontrast zwischen ihrer strategischen Intelligenz, ihrem Sachverstand in punkto Waffen und ihrer unglaublichen Dummheit im zivilen Leben registriert. Diese Leute mit der Lizenz zum Töten, die kaltblütig einen Menschen foltern oder sich selbst eine Gliedmaße abtrennen konnten, um ihre Haut zu retten, waren dieselben, die in die Shampooflasche ihrer Kameraden pinkelten und über die blödesten Witze lachten.

Plötzlich schlug Ferniot sich auf die Schenkel und stand wieder auf.

»Gut. Mir reicht es mit den Spielchen. Im Übrigen steht alles Wissenswerte in meinem Flugprotokoll. Ich kann Ihnen versichern, dass für uns alles klar war, sonst hätte es keinen Abschuss gegeben.«

Auch Erwan stand auf. Plötzlich kam ihm eine Idee.

»Wenn ein Mensch im letzten Moment in diesem Bunker Schutz gesucht hätte, wäre es Ihnen dann möglich gewesen, ihn zu entdecken?«

»Selbstverständlich. Sobald das Ziel feststeht, wird es vom Radar in den Fokus genommen.«

»Was für ein Radar?«

»Ein Radar, das sowohl Bewegung als auch Wärme registriert. Wir bekommen unmittelbar vor dem Einschlag eine Information, ob sich im Innern des Ziels etwas bewegt oder ob Wärme abgestrahlt wird.«

Noch während er die Worte aussprach, veränderte sich Ferniots Gesichtsausdruck, als ihm plötzlich eines klar wurde: Wenn die Instrumente nichts angezeigt hatten, konnte das nur bedeuten, dass Wissa bereits tot gewesen war.

Erwan ging nicht weiter darauf ein. Die wichtigste Regel lautete, dem Zeugen die Bedeutung der Information vorzuenthalten, die ihm entschlüpft war, und die zweitwichtigste, keine Überraschung zu zeigen.

»Kannten Sie Wissa Sawiris?«

»Nein.«

»Und die anderen Flugschüler von Kaerverec?«

»Keinen einzigen. Ich bin noch nie hier gewesen. Mein derzeitiger Einsatzort ist die *CDG*. Mein Heimatstützpunkt ist Carcassonne.«

»Werden Sie zur Beerdigung gehen?«

»Selbstverständlich, wie alle anderen auch. Wir bekennen uns sozusagen schuldig.«

»Das scheint Ihnen nicht gerade in den Kram zu passen.«

»Es tut mir wirklich leid um den Kleinen, aber die Zeremonie gibt ihm das Leben nicht zurück. Schuld an dem ganzen Mist sind nur die Leute am Boden. Das, was da passiert ist, halte ich für absolut unprofessionell, und ich bin keinesfalls bereit, für die Fehler dieser Deppen geradezustehen.«

Zum ersten Mal zeigte Ferniot ein Gefühl, und dieses Gefühl war Wut.

Erwan entschied sich, die Befragung auf neutralerem Terrain zu beenden.

»Mussten Sie selbst auch an einer Mutprobe teilnehmen?«

»Natürlich.«

»Und wo?«

»Auf einem Flugstützpunkt in Salon-de-Provence.«

»Wie ist das abgelaufen?«

Der Pilot musste unwillkürlich lachen. Wie ein Computer konnte er von einem auf ein anderes Programm umschalten: Neutralität, Wut, Fröhlichkeit …

»Ein paar Scherze. Nichts wirklich Schlimmes.«

Erwan begleitete Ferniot zur Tür und murmelte währenddessen ein paar administrative Floskeln von zu unterschreibenden Akten und zu informierenden Vorgesetzten.

Als er wieder allein war, schaltete er sein Handy ein. Während des Verhörs hatte Michel Clemente angerufen, der Gerichtsmediziner im Cavale Blanche.

18

Sie hatten recht«, begann der Mediziner. Seine Stimme klang anders als noch zuletzt. »Wissa Sawiris war schon vor der Explosion tot. Ich habe mir die Leiche genauer angesehen und dabei mehrere Auffälligkeiten entdeckt. Zunächst die Leichenstarre. Die Überprüfung der Bruchwinkel der Gliedmaßen hat gezeigt, dass das Opfer zum Zeitpunkt der Explosion schon starr gewesen sein muss. Bei einem beweglichen Körper sehen die Bruchstellen anders aus, selbst bei einer derart heftigen Explosion. Außerdem habe ich mir die Fotos der Körperfragmente auf der Insel angeschaut. Zwischen den Verbrennungen, den Rußspuren und den Eisenstücken sind deutlich rötliche Flecken zu erkennen, die jedoch verschwunden waren, als die Überreste bei uns ankamen. Totenflecke. Sie kennen das sicher: Bei Verstorbenen zirkuliert das Blut nicht mehr und sammelt sich unter der Haut.«

»Und das heißt?«

»Die Fotos wurden am Samstagmittag gemacht. Zu diesem Zeitpunkt hatten die Totenflecke ihre deutlichste Ausprägung erreicht, was ungefähr zwölf Stunden nach Eintritt des Todes der Fall ist. Sie können selbst nachrechnen: Der Junge muss am Tag zuvor gegen Mitternacht gestorben sein.«

Sofort kam Erwan eine erste Hypothese in den Sinn. Vielleicht hatten die Füchse den jungen Mann während der Menschenjagd zu hart rangenommen und dabei seinen Tod verursacht. In diesem Fall wäre es fahrlässige Tötung. Vielleicht ein unglücklicher Sturz auf einen Stein? Oder ein Herzanfall? Jedenfalls hatten die Kameraden es mit der Angst zu tun bekommen, ein Zodiac geklaut und waren nach Sirling gefahren. Die Leiche in einem Tobruk zu verstecken war eine gute Idee, denn so musste man sie nicht eingraben. Sie wäre erst nach langer Zeit gefunden worden – es sei denn, sie wurde gleich am nächsten Tag durch eine Rakete exhumiert.

»Es gibt da noch etwas anderes«, fuhr Clement fort, ganz ohne Hochmut. »Ich habe zwei verschiedene Arten von Verletzungen festgestellt. Verletzungen, die nicht geblutet haben, weil sie ihm erst nach seinem Tod zugefügt wurden, und Wunden, die geblutet haben. Wissa muss bei lebendigem Leib gefoltert und verstümmelt worden sein.«

Damit war die Hypothese vom Unfall vom Tisch. Erwan wandte sich sofort einer sehr viel bösartigeren Variante zu: Die Füchse hatten es ganz besonders auf ihr Opfer abgesehen.

»Was glauben Sie, woran er gestorben ist?«

»Schwer zu sagen, aber er hat entsetzliche Gewalt über sich ergehen lassen müssen. Schnittwunden, tiefe Einschnitte, Verstümmelungen.«

Letztendlich hatte sein Vater doch recht gehabt: Erwan war der richtige Mann für solche Situationen. Selbst bei den schlimmsten Mordfällen gelang es ihm, Dinge ans Tageslicht zu bringen, die man unter den Teppich zu kehren versuchte. Plötzlich musste er an die Eltern des Jungen denken. Wer würde ihnen die neue Schreckensnachricht überbringen?

»Können Sie mir schon irgendetwas über die Methoden des oder der Mörder sagen?«

»Bisher noch nicht, aber ich werde mir jede Verletzung einzeln vornehmen und versuchen, ihre Geschichte zu ergründen. Aber wer auch immer ihm das angetan hat, war ein wahrer Metzger. Ich habe außerdem ein toxikologisches Gutachten in Auftrag gegeben. Und eine pathologische Untersuchung dessen, was von den Organen noch übrig ist. Man kann ja nie wissen.«

Clemente erschien deutlich motivierter als bei der ersten Zusammenkunft.

Erwan wollte gerade auflegen, als Clemente hinzufügte:

»Es gibt da noch eine seltsame Besonderheit. Ich glaube, man hat ihm den Schädel rasiert.«

»Sind Sie ganz sicher?«

»So gut wie.«

»Und es kann nicht eine Folge der Explosion oder des Feuers sein?«

»Nein, denn man sieht Spuren des Haarschneidegeräts. Vielleicht gehörte es zum Ritual.«

»Wieso Ritual?«

»Das habe ich nur so dahingesagt.«

Erwan hingegen dachte sofort an eine Prüfung bei der Mutprobe. Er würde sich umhören müssen.

»Gut«, schloss er. »Sie melden sich, sobald es etwas Neues gibt.«

»Und was soll ich mit den anderen machen?«

»Welchen anderen?

»Na, mit den Offizieren vom Stützpunkt und den Experten von der Armee, die mich alle zwei Stunden anrufen und wissen wollen, wie weit ich bin.«

»Haben die eine detaillierte Autopsie in Auftrag gegeben?«

»Das nicht, aber ich muss ihnen meinen Bericht zukommen lassen. So lautet die Vorschrift.«

»Sie brauchen doch sicher noch bis morgen, um alles aufzuschreiben, oder?«

»Das wäre aber auf den allerletzten Drücker.«

»Gut, dann reden wir morgen noch mal.«

Erwan beendete das Gespräch. Er fühlte sich aufgewühlt und erregt zugleich, wusste aber weder, wie er diesen Knüller einsetzen, noch, wie er die wenigen Stunden Vorsprung nutzen sollte. Er rief Kripo an. Die Durchsuchung des Zimmers hatte nichts ergeben.

Erwan teilte Kripo die Neuigkeiten mit. Sein Assistent zeigte keine Reaktion. Selbst Lautenspieler bekamen nach fünfundzwanzig Jahren im Metier ein dickes Fell.

»Was sagen wir den Landsern?«

»Erst mal gar nichts. Wir verhören sie, als wäre nichts geschehen.«

»Hast du schon eine Idee?«

»Entweder ist Wissa gelyncht worden und in der Folge gestorben, oder die Exekution hat überhaupt nichts mit der Mutprobe zu tun. Vielleicht hat man ihn aus anderen Gründen gefoltert, und dieses besondere Wochenende hat einfach nur die Spuren beseitigt.«

Während er sprach, trat er an die Wand, an der Bilder von Rafale-Jets und Porträts von Flugschülern hingen, die sich ihre »Flügel« bereits verdient hatten. Auf einem Regal standen zahlreiche Pokale.

»Aber wenn Archambault an der Obduktion teilgenommen hat, dann weiß er doch Bescheid«, meinte Kripo.

»Oh Mann, den habe ich ganz vergessen. Ruf ihn an und sag ihm, er soll die Schnauze halten.«

»War's das?«

Erwan betrachtete die Gesichter der ausgezeichneten Piloten. Das Lächeln der Träume in Reichweite des Himmels.

»Nein. Ruf Verny an. Er soll seine Archive und die der bretonischen Kriminalpolizei nach gewaltsamen Todesfällen mit Verstümmelungen durchsuchen.«

»Das wird er nicht verstehen. Er glaubt an die Version der Mutprobe.«

»Bleib möglichst unbestimmt. Er soll die Gefängnisse und Irrenhäuser im Westen Frankreichs durchgehen. Vielleicht sitzt da ja ein Psychopath ein, dem so was Spaß macht.«

»Eine Art Werwolf?«

»Red keinen Mist. Clemente wird einen Bericht schreiben, wie wir noch selten einen gelesen haben. Und jetzt machen wir uns an die Befragung der Jung-Offiziere. Du stellst einen Mix aus Ratten und Füchsen zusammen. Zuerst die Lehrlinge, dann die Älteren. Ich erwarte meine in dem Raum, in dem ich den Piloten verhört habe.«

»Hast du irgendetwas herausgefunden?«

»Ja. Was ist dümmer als ein Soldat, der marschiert? Ein Soldat, der fliegt.«

19

Wir haben uns alle um 17 Uhr auf dem Rollfeld versammelt.«

»Angezogen?«

»Nein, im Slip.«

»Wer war noch da?«

»Die Füchse. Also, ich meine den vorigen Jahrgang.«

»In Uniform?«

»Sie trugen geschwärzte Overalls.«

»Konntet ihr die einzelnen Kameraden erkennen?«

»Nein. Sie trugen weiße Masken.«

»Beschreiben Sie sie.«

»Es waren völlig ausdruckslose Masken. Wie in einem Horrorfilm.«

»Wurden Sie mit Ihren Namen angesprochen?«

»Um Himmels willen, nein.«

»Wie dann? Nummern? Spottnamen?«

»Nur mit Beleidigungen.«

»Welcher Art?«

Der Soldat antwortete, ohne zu zögern.

»›Stück Scheiße‹, ›Arschloch‹, ›Schwanzlutscher‹, ›Arschgesicht‹ … Einer war dabei, der ständig sagte: ›Ihr besteht doch alle nur aus Scheiße! Ihr seid Abschaum … ihr besteht alle aus Scheiße!‹«

»Hatten die Füchse Spitznamen?«

»Eher so etwas wie Dienstgrade. Es gab einen BP, den ›Beispiellosen Peiniger‹, einen MP ›Meister-Prahler‹ und einen KA ›Kick in the Ass‹ …«

Der junge Soldat gluckste. Trotz des toten Kameraden fand er die Erinnerung geradezu köstlich. Die Ratte trug eine tadellose Uniform: weißes Hemd, schwarze, mit einem silbernen Anker verzierte Epauletten, mustergültige Hose. An seiner Brusttasche hing ein Namensschild mit Rangangabe. Er sah aus, als wäre er geradewegs dem Film *Top Gun* entstiegen.

»Was passierte auf dem Rollfeld?«

»Uns wurden die Augen verbunden und man hat uns mit allerlei Zeug beworfen, das richtig schmutzig macht: faule Eier, Käse, Gülle, Motoröl, Exkremente … Danach mussten wir über den Asphalt kriechen.«

»Mit verbundenen Augen?«

»Immer noch, ja.«

»Wie weit?«

»Kann ich nicht sagen.«

»Und danach?«

»Wurden wir im Laufschritt zu einem der Hangars gescheucht.«

Erwan entfaltete eine Karte des Luftwaffenstützpunkts, die Verny ihm besorgt hatte. Neben jeder Rollbahn standen Gebäude. Die Anzahl der darin eingeschlossenen Flugzeuge war genau aufgeführt, ebenso wie deren Modell und Kennzeichen.

»Welcher davon war es?«

»Keine Ahnung. Wir trugen immer noch die Augenbinde.«

»Wann wurde sie Ihnen abgenommen?«

»Drinnen. Es war schrecklich. Sie hatten die Fenster mit schwarzen Planen verhängt. Alles war mit Fackeln erleuchtet. Auf den Wänden waren Graffiti. Schimpfworte und Hakenkreuze. Auch Gerippe hingen dort, und sie hatten Schweins- und Schafsköpfe aufgespießt. Es stank bestialisch.«

Erwan konnte sich die Frage sparen, ob sie Zeit gehabt hatten, alles wieder zu reinigen. Er wusste, dass es so war.

»Welche Befehle mussten Sie ausführen?«

»Am Anfang haben wir erst einmal gar nichts verstanden, weil uns alle gleichzeitig anschnauzten. Wie schon vorher mussten wir Liegestütze machen, aber dabei setzten sie sich auf uns. Dann sollten wir kriechen, aber währenddessen haben sie uns getreten und Müll über unseren Köpfen ausgekippt. Sie nannten es den ›Höllenkreis des Schweißes‹.«

Eine Anlehnung an die Höllenkreise in der *Göttlichen Komödie*. Diese Füchse schienen erstaunlich kultiviert zu sein.

»Wie lange dauerte das?«

»Ich weiß es nicht. Wir hatten keine Uhr. Aber es kam uns endlos vor.«

»Hat niemand aufbegehrt oder sich bei einer der Übungen geweigert?«

»Wir hatten doch keine Wahl.«

Punkt. Absatz.

»Zum Schluss ging es wieder nach draußen. Wir mussten durch ein mit Gekröse gefülltes Becken rutschen – auf den Knien und mit hinter dem Kopf verschränkten Händen, wie Häftlinge. Und dann mussten wir uns in Reih und Glied zum bengalischen Feuer aufstellen.«

»Was ist das bengalische Feuer?«

»Mit Gips gefüllte Handgranaten, die sie vor unseren Füßen explodieren ließen.«

»Gab es Verletzte?«

»Nein, wir waren nur über und über voller Staub, zusätzlich zu der ganzen Scheiße und dem anderen.«

»Und dann?«

»Kamen wir zum zweiten Teil: dem so genannten ›Höllenkreis der Jagd‹ …«

Erwan machte sich eine kleine Notiz, noch einmal Dante zu lesen.

»Wie lauteten die Regeln?«

»Wir hatten eine Stunde, um uns in der Heide zu verstecken. Dann würden sie uns mit Paintball-Gewehren folgen …«

»Wie spät war es da?«

»Ich sagte doch schon, dass ich es nicht weiß. Es war auf jeden Fall schon dunkel. Wir sind natürlich sofort losgerannt.« Er lachte. »Dadurch wurde uns wenigstens warm.«

»Sind Sie allein losgegangen?«

»Wir wurden vor dem Abmarsch getrennt.«

»Wo haben Sie sich versteckt?«

»Ich bin runter zum Strand gelaufen, habe eine kleine Bucht entdeckt und mich einigermaßen windgeschützt zwischen zwei Felsen verkrochen. Aber irgendwann haben sie mich gefunden. Sie hatten Glocken und Stadiontröten dabei. Ich bin losgerannt, habe mir aber auf dem Kiesstrand den Knöchel verstaucht und bin hingefallen. Daraufhin haben sie mit den Paintball-Gewehren auf mich geschossen.« Er öffnete den Kragen seines makellos weißen Hemdes: Seine Halspartie und die rechte Schlüsselbeingegend waren mit blauen und roten Flecken bedeckt.

»Diese Scheißfarbe will einfach nicht abgehen.«

Von Farbflecken auf Wissas Leiche hatte der Gerichtsmediziner nichts gesagt.

»Hatten Sie irgendwelche Hilfsmittel, um sich in der Dunkelheit zurechtzufinden?«

»Nichts.«

»Wie haben Sie dann zum Wasser gefunden?«

»Der Wind kam vom Meer, ich konnte es hören.«

»Als Sie sich im Gelände verteilten, war Wissa da noch unter Ihnen?«

»Ich denke ja, aber wir konnten einander kaum erkennen. Schließlich waren wir voller Scheiße.«

»Als die Verfolger Sie fanden, trugen sie da noch immer ihre Masken?«

»Nein, aber starke Scheinwerfer.«

»Wo hatten sie die denn her?«

»Vermutlich aus dem Arsenal.«

Sollte K76 tatsächlich die Ausrüstung für dieses dümmliche Treiben zur Verfügung gestellt haben und nachgewiesen werden, dass die so ausgestatteten Soldaten Wissa getötet hatten, wäre die Armee indirekt ein Komplize. Noch eine tolle Nachricht für Oberst Vincq.

»Abgesehen von der Farbe – wurden Sie geschlagen?«

»Nein. Sobald ich markiert war, wurde ich in einen Hangar gesperrt, wo ich bis zum Tagesanbruch warten musste.«

»Allein?«

»Nein. Sie schleppten nach und nach alle Ratten an und warfen sie ins Lager wie einen Sack Kartoffeln.«

»Und dann?«

»Im Morgengrauen haben sie uns Frühstück gemacht.«

»Ich nehme an, dabei handelte es sich nicht um Kaffee und Croissants, oder?«

Wieder lachte der junge Mann. Der unabänderliche Nachhall der Dummheiten.

»Es gab Hunde-Trockenfutter und Katzenfutter aus der Dose. Und Pfefferschoten. Aber kein Wasser. Unsere Kehlen haben ganz schön gebrannt …«

»Um welche Uhrzeit wussten alle von Wissas Verschwinden?«

»Irgendwann entstand Unruhe. Die Füchse kamen und gingen, kamen und gingen und flüsterten ständig miteinander. Wir merkten schnell, dass irgendetwas nicht stimmte. Jemand fehlte.«

»Hatten Sie das vorher nicht bemerkt?«

»Nein. Wir waren am Ende unserer Kräfte.«

Die folgenden Informationen waren Erwan bereits bekannt. Das gesamte Gelände wurde minuziös abgesucht, ehe man sich an die Schulleitung und schließlich an die Gendarmerie wandte. Im Lauf des Morgens meldete sich der Führungsstab der *Charles de Gaulle*, weil deren Experten auf der Insel Sirling eine menschliche Leiche entdeckt hatten. In Einzelteile zerlegt.

Erwan kehrte zu seinem Bildschirm zurück und dachte nach. Falls seine Hypothese stimmte und es sich wirklich um Lynchjustiz handelte, musste das Verbrechen zwischen 22 Uhr und 2 Uhr verübt worden sein. Anschließend mussten die Soldaten, die Wissa getötet hatten, mit dem Boot nach Sirling gefahren sein, um den Leichnam dort zu entsorgen. Selbst wenn sie rechtzeitig zum Morgenappell zurück gewesen wären, hätten die anderen Füchse ihre Abwesenheit bemerkt – es sei denn, sie waren Komplizen.

Ein Detail interessierte ihn besonders.

»Wurde einigen von Ihnen während der Prüfungen die Köpfe rasiert?«

»Nein.«

Erwan kehrte auf eine allgemeinere Ebene zurück.

»Wie würden Sie diese Mutprobe bewerten?«

»Keine große Sache. Schließlich wurde sie nicht beendet.«

»Hätten Sie gern weitergemacht?«

»Sicher. Dieses Wochenende hätte für uns alle die Feuertaufe sein sollen.«

»Denken Sie dabei auch an Wissa?«

»Aber natürlich.« Der Soldat senkte die Stimme.

»Aber das hat damit nichts zu tun. Er hatte einfach kein Glück.«

»Was hat man Ihnen über seinen Tod erzählt?«

»Dass er auf eine Insel geflüchtet ist und dort eine Rakete abbekommen hat.«

»Erscheint Ihnen das plausibel?«

»Nein.«

Neuer Absatz.

»Wie, glauben Sie, wird das Ausbildungsjahr nach den Ereignissen weitergehen?«

»Wir müssen uns unserer Aufgabe stellen. Natürlich werden wir uns immer an Wissa erinnern, aber unser Jahrgang muss über diesen schweren Schlag hinwegkommen.«

»Halten Sie es für normal, vor Ausbildungsbeginn derartige Dummheiten ertragen zu müssen?«

»Das sind keine Dummheiten. Außerdem tut es uns gut.«

»Insbesondere Wissa.«

»Das habe ich nicht gemeint …«

»Was meinten Sie denn sonst?«, hakte Erwan unsanft nach.

»Integration ist wichtig für einen Soldaten. Eine wesentliche Phase. Sie ist …«

»Wissen Sie, was als weitere Prüfung vorgesehen war?«

»Nein.«

»Sie können gehen.«

Erwan begann bereits wie ein Soldat zu reden. Der Frischling erhob sich, griff nach seiner Jacke und ging, wobei er versuchte, einen möglichst martialischen Schritt vorzulegen. Aber mit dem Herzen war er nicht dabei.

20

Die Verhöre der anderen waren vertane Liebesmüh. Zwei der Flugschüler waren schüchtern, der dritte aggressiv und der vierte bekam die Zähne nicht auseinander. Alle befanden sich im Schockzustand, wie Schlafwandler, die aus ihrem Traum geweckt worden waren. Man hatte ihre Initiation mittendrin abgebrochen, und sie wussten weder, wo sie wirklich standen, noch, wer sie wirklich waren.

Die Hypothese, einer von ihnen könnte verdächtig sein, hielt der Befragung nicht stand. Trotzdem erkundigte sich Erwan bei jedem Einzelnen, ob er über Kenntnisse in der Seefahrt verfügte. Was die Angaben zu den Peinigern mit ihren Masken und ihre Beleidigungen anging, schienen sie alle aus dem gleichen Holz geschnitzt. Bis auf den einen, der ständig wiederholt hatte: »Ihr besteht doch alle nur aus Scheiße!« In Bezug auf Wissa waren alle derselben Meinung: Ein mutiger Kamerad, der die Mutprobe nur als erste einer langen Serie von Prüfungen sah. Sozusagen als Vorgeschmack auf den Krieg. Allerdings konnte niemand eine

Aussage treffen, in welche Richtung er beim Höllenkreis der Jagd gelaufen war.

Um 19 Uhr entließ Erwan den letzten Flugschüler und trat auf die Veranda. Es regnete noch immer, aber die Bretagne hielt eine hübsche Überraschung für ihn bereit: Über dem Hof lag trotz des Nieselregens ein silbriger Schimmer, und jenseits der Dächer glühte ein goldener Schein mit perlmuttfarben irisierenden Konturen am Abendhimmel.

»Nicht schlecht, was?«

Erwan drehte sich um. Hinter ihm stand Kripo und drehte sich mit zwei Fingern eine Zigarette. Kleiner Trick eines Lautenspielers.

»Hat deine Befragung der Leute irgendetwas gebracht?«, erkundigte sich Erwan.

»Nichts Besonderes. Alle berichten das Gleiche, mal lächelnd, mal mit Tränen in den Augen, aber keiner scheint den Füchsen oder der Armee irgendwie böse zu sein. Und keiner scheint einen Zusammenhang zwischen diesen Dummheiten und dem Tod des Jungen zu erkennen.«

Erwan sah es ähnlich: Man hatte diese Typen offenbar einer Gehirnwäsche unterzogen.

»Die Techniker sind übrigens da«, verkündete Kripo.

»Wo denn?«

»Der IT-Typ wartet bei Verny, die Forensiker arbeiten schon in Wissas Zimmer.«

»Fangen wir mit dem Informatiker an«, sagte Erwan und verließ die Galerie.

Sie betraten ein Klassenzimmer, das noch mit den berühmten Mullca-Stühlen mit dem typischen Stahlrohrrahmen ausgestattet war. Neben dem Gendarmen saß ein kleiner Mann mit Krötengesicht. Obwohl er ordnungsgemäß den Pullover mit Schulterstücken trug, war ihm die Gegenkultur aus meilenweiter Entfernung anzusehen. Er war spindeldürr, von gebeugter Haltung, schlecht rasiert, und seine Augen traten aus den Höhlen, als hätte er einen Joint zu viel geraucht.

»Mein Name ist Branellec.« Mit den Händen in den Hosentaschen wiederholte er etwas lauter:

»Bra-nel-lec. Im Bretonischen heißt das: der mit Krücken geht.«

Kein wirklich gutes Omen.

»Macht euch nichts draus«, feixte er, als er Erwans Gesichtsausdruck sah. »Euren Rechner schaffe ich mit links.«

»Wie lange wirst du brauchen, um ihn komplett zu durchforsten?«

»Kommt drauf an, wie der Inhalt aussieht. In vierundzwanzig Stunden wissen wir mehr.«

»Ich gebe dir zwölf, von jetzt an.«

Branellec lachte laut auf.

»Muss ich hier arbeiten?«

»Niemand verlässt den Stützpunkt.«

»Kann ich wenigstens Werkzeug besorgen?«

»Sprich das mit Verny ab. Und keinen Kontakt zu den anderen Soldaten! Ich erwarte deinen ersten Bericht noch diese Nacht.«

Der Typ salutierte spöttisch und verzog sich mit Wissas Computer in eine Ecke des Raums.

»Wir gehen in der Zwischenzeit zu den Forensikern«, sagte Erwan zu Kripo.

Erste Etage. Unter dem abgenutzten Linoleum knarrten die Dielen. Regen prasselte gegen die Scheiben. Fast hätte man meinen können, irgendwo weit draußen auf dem Meer zu sein.

In Wissas Zimmer waren in weiße Papieroveralls gehüllte, behandschuhte und maskierte Männer am Werk. Ein vertrauter Anblick. Obwohl das Zimmer eigentlich schon seit Tagen kontaminiert war, durfte niemand mehr hinein.

Einer der Männer richtete sich auf und kam an die Tür.

»Thierry Neveux«, stellte er sich vor und nahm seine Maske ab. »Ich bin der Chef des Teams Spurensicherung.«

»Schon was gefunden?«, wollte Erwan wissen, nachdem er sich vorgestellt hatte.

»Nichts. Die Bude hier ist kälter als ein Kühlraum. Es ist zu viel Zeit vergangen, und zu viele Leute waren hier. Meiner Ansicht nach muss dieses Bett hier eine Zweigstelle des Kasinos gewesen sein. Wir haben jede Menge Cannabis-Partikel gefunden. Hier wurden wahrscheinlich jeden Abend Joints geraucht.«

»Tolle Piloten«, sagte Erwan zu Verny.

Der Gewichtheber blickte bedrückt drein.

»Ich … wir werden seinen Zimmerkameraden dazu befragen.«

Neveux fuhr mit starrem Gesichtsausdruck und in neutralem Ton fort:

»Das Gleiche gilt für organische Partikel. Wir brauchen die DNA sämtlicher Flugschüler, ebenso wie die der Offiziere, Soldaten, Hausmeister und sonstigen Bewohner des Stützpunkts. Sind Sie sich Ihrer Sache ganz sicher?«

»Klar, ich will das volle Programm. Haben Sie ein unabhängiges Labor an der Hand?«

»Ich kenne Leute in Quimper, die gut und schnell arbeiten.«

»Na, dann mal los.«

»Und wer zahlt?«

Die Frage war Verny entschlüpft. Offenbar war er von Rechnungen geradezu besessen. Wie gut, dass Erwan Kripo bei sich hatte, den besten Schatzmeister der Kriminalpolizei.

»Das ist kein Problem.«

»Um die Fingerabdrücke kümmern wir uns heute noch, die genetischen Spuren nehmen wir morgen früh auf.«

Erwan fühlte sich wohler, seit die Spurensicherung da war. Natürlich waren auch sie nur Gendarmen, aber sie machten Jagd auf Mörder, so wie er.

»Wonach genau suchen wir eigentlich?«

»Das wissen wir erst, wenn wir es gefunden haben.«

Neveux bedeutete ihm mit einer Geste »Sie haben hier das Sagen« und setzte Kapuze und Maske wieder auf.

»Lagebesprechung um Mitternacht. Wenn ich sage: ›Es brennt!‹ bedeutet das, dass mir einfach nur die Worte fehlen.«

Sie verließen das Spurensicherungsteam und gingen zurück

in ihr provisorisches Büro. Kripo hatte bereits die Computer aufgestellt, die Dokumentationen ausgebreitet und Karten an die Wand gepinnt. Wissas Porträtaufnahme nahm den Ehrenplatz ein, damit sich jeder daran erinnerte, dass das Puzzle einmal ein junger Mann mit Pfirsichhaut und eisernem Willen gewesen war.

Kurze Lagebesprechung mit Verny. Der Gendarm hatte weder etwas über die Vergangenheit der Jungen noch über Gefangene in der Gegend mit einer entsprechenden Vorgeschichte in Erfahrung bringen können.

»Was ist mit den psychiatrischen Kliniken?«

»Es gibt etwa vierzig Kilometer entfernt eine Maßregelvollzugsklinik …«

Maßregelvollzugskliniken waren Psychiatrische Kliniken für Verbrecher – 50 % Krankenhaus, 50 % Gefängnis, 100 % furchteinflößend. In Erwans Gehirn keimte eine neue Hypothese: Was, wenn es sich um einen Mörder handelte, der in der Umgebung sein Unwesen trieb und keinerlei Verbindung zur Flugschule hatte?

»Ich habe bereits Kontakt aufgenommen, aber dort gibt es keine Unregelmäßigkeiten«, fügte Verny hinzu.

»Und wie heißt die Klinik?«

»Institut Charcot.«

»Bleiben Sie auch in dieser Richtung am Ball.«

Der Beamte bewegte ruckartig seine Schultern, als kratze sein Pullover.

»In welche Richtung? Mir muss da etwas entgangen sein, denn zuletzt haben wir noch wegen eines Flugschülers ermittelt, der sich auf einer Insel …«

»Ich habe mit dem Gerichtsmediziner telefoniert. Wissa war bereits tot, als die Rakete explodierte.«

»Bereits tot? Wie das?«

»Wie es aussieht, wurde er gefoltert und verstümmelt.«

Verny schob einen Finger unter den Kragen seines Pullovers. Er starrte die beiden Kriminalbeamten ungläubig an.

»Aber im Augenblick behalten wir diese Information noch für uns«, stellte Erwan sachlich fest.

»Gefoltert und verstümmelt …«

»Gibt es etwas Neues von der Anlegestelle?«

»Wie bitte? Nein. Wir haben alle Nachbarn befragt und die Anlegestelle akribisch untersucht. Auch an der Küste haben wir uns umgehört und die Hafenmeisterei eingeschaltet. Niemand weiß etwas.«

Er sprach mit hohler Stimme und wirkte fast benommen.

»Le Guen?«

»Kümmert sich um die Vergangenheit und das Umfeld von Wissa. Wir werden sicher gleich mehr erfahren.«

»Archambault?«

»Ist gerade auf dem Rückweg. Gefoltert und verstümmelt. Wir müssen unbedingt den Führungsstab informieren.«

»Nein, der Obduktionsbericht ist noch nicht geschrieben. Wir haben noch die ganze Nacht, um voranzukommen.«

»Aber … was nützt uns das?«

»Es verhindert Einschränkungen. Ich will nicht, dass mir jemand im Weg steht, schon gar nicht irgendwelche unteren Chargen, die mir Ratschläge erteilen und zum Gähnen langweilige Reden schwingen. Suchen Sie weiter nach jedem Hinweis, der mit einer solchen Gewalttat zu tun haben könnte. Und finden Sie die Spur zu dem Boot, das nach Sirling gefahren ist.«

Verny ging ohne ein Wort. Auf der Schwelle blieb er stehen, drehte sich um und gönnte ihnen einen militärischen Gruß. Vielleicht, um sich zu beruhigen.

Erwan ließ ihn unbeantwortet. Die Steifheit der Leute begann ihn zu belasten. Der Stützpunkt war zu klein, die Uniformen zu eng, die Gehirne zu unflexibel … Und er hatte seit dem Morgen hier nicht eine einzige Frau zu Gesicht bekommen. Selbst im Hauptquartier der Kriminalpolizei, das sicher nicht gerade ein Frisiersalon war, konnte man dann und wann einen Blick auf einen hübschen, kleinen Hintern werfen.

Er sah auf die Uhr und sagte zu Kripo:

»Wir machen mit den Verhören weiter.«

21

Von den Füchsen erfuhr er auch nicht mehr. Sie waren trotz allem nicht die unsympathischen Faschisten, die Erwan erwartet hatte. Ebenso niedergeschlagen wie die Erstsemester klammerten sie sich an die Wertvorstellungen ihrer Schule und der Armee im Allgemeinen. Sie bildeten eine Einheit, aber nicht aus Solidarität oder Schuldbewusstsein, sondern um ihre Identität zu bewahren.

Es war schlicht unmöglich, unter ihnen einen oder mehrere Peiniger auszumachen, die fähig waren, einen jungen Mann bis zum Tod zu foltern. Auch die klassischen Tatmotive wie Diebstahl, Rassismus, Rivalität in Liebesdingen oder abartige Sexualpraktiken konnte Erwan getrost über Bord werfen. Ohne das Gefühl erklären zu können, spürte er, dass dieser Mord etwas mit tiefster Qual zu tun haben musste – und mit dem Geist der Flugschule.

Die einzige Information, die er den Kandidaten entlocken konnte, war die Abfolge der Prüfungen, die stattgefunden hätten, wenn Wissas Tod dem Ablauf nicht ein vorzeitiges Ende beschert hätte. Angesichts ihres Sadismus und ihrer unnötigen Grausamkeit konnte man durchaus von einem gehobenen Standard sprechen. Nach dem Höllenkreis der Jagd (in Abhängigkeit der Anzahl der Farbmarkierungen würde auf die Frischlinge im Lauf des Semesters noch einiges zukommen) hätte es am Morgen mit dem sogenannten »Höllenkreis des Meeres« weitergehen sollen, bei dem die Ratten mit Steinen beschwert und mit Algen und Quallen behängt einen Kilometer um die Wette schwimmen mussten. Erwan hatte die jungen Soldaten nur allzu gut vor Augen, wie sie erschöpft, mit wunder Haut, Steinen auf dem Rücken und gepeitscht von schmerzhaften Quallententakeln versuchten, die Strecke zu bewältigen.

Der Nachmittag hätte schließlich mit einer mysteriösen Prüfung namens »No Limit« beendet werden sollen, auch »Höllenkreis des Blutes« genannt. Sehr vielversprechend. Bei diesem

Thema allerdings hatten die Füchse ausweichend geantwortet. Manche sagten, es handele sich um eine freiwillige Prüfung, andere behaupteten, die Ratten könnten selbst bestimmen, wie weit sie bei dieser Prüfung gehen wollten. Erwan vermutete eine Art Skala der Schmerzen, auf der ein Frischling seine Grenzen austesten konnte. In einem aber waren die Füchse sich einig: Der Höllenkreis des Blutes war vom BP (Beispiellosen Peiniger) geplant und vorbereitet worden, einem gewissen Bruno Gorce, dem Anführer der Füchse dieses Jahrgangs. Er sei von allen der Energischste (sprich: der Gemeinste) und der Autoritärste (sprich: der Grausamste). Erwan ging auf, dass es dieser nette Mensch gewesen sein musste, der so aufgeregt »Ihr besteht doch alle nur aus Scheiße!« gerufen hatte. Es war reiner Zufall, dass er der letzte auf Erwans Liste war.

Als Polizist sollte man sich vor voreiligen Urteilen hüten, aber Gorce schien wirklich wie gemacht für seinen Job. Er hatte die gleichen Muskelpakete wie die anderen, den gleichen Bürstenhaarschnitt und das gleiche ausdruckslose Gesicht, aber im Blick unter seinen zusammengewachsenen Augenbrauen leuchtete zusätzlich ein Funke. Im tarnfarbenen Kampfanzug und mit orangem Halstuch trat er stocksteif an Erwans Tisch, knallte die Hacken zusammen und legte die Hand an die Schläfe.

»Leutnant Bruno Gorce, Auszubildender im zweiten Jahr auf dem Luftwaffenstützpunkt der Marine Kaerverec 76, verantwortlich für das Schülerbüro und die Vereinigung der Berufsoffiziere der …«

»Setz dich.«

Gorce zuckte zusammen, als Erwan ihn duzte. Nach zwei Stunden voller Bürstenschnitte und schräger Vorstellungen war Erwan bereit für ein Verhör der harten Art. Und dafür war der Oberfuchs der ideale Kandidat. Er setzte sich auf den Stuhl, hielt sich aber so gerade wie im Stehen. Er schien in ein Korsett aus Selbstsicherheit eingeschnürt zu sein.

»Du bist also der berühmte BP?«

»Was meinen Sie?«

»Nun, ich meine: der Beispiellose Peiniger. Ich meine: der Brillante Pavianarsch.«

Gorce hustete verunsichert.

»Der bin ich.«

»Erzähl mir vom No Limit.«

Gorce warf Erwan einen schrägen Blick zu. Er erwartete zweifelsohne ein förmlicheres Verhör rund um das Thema Wissa Sawiris und seinen »Unfall«.

»Darüber brauche ich nicht zu sprechen.«

»Warum?«

»Weil es in diesem Jahr kein No Limit gegeben hat.«

»Du könntest mir sagen, was vorgesehen war.«

»Für diese Prüfung gibt es keine festen Regeln«, begann Gorce in gestresstem Ton. »Wir schlagen etwas vor und die Ratte arrangiert sich. Der Kandidat darf die Latte so hoch hängen wie er will.«

»Die Latte des Schmerzes?«

Schweigen.

»Wo hätte das No Limit stattgefunden?«

»Auf der *Narval*.«

»Was ist das?«

»Das Wrack eines Kreuzers. Es liegt am Rand der Heide.«

»Habt ihr darin irgendetwas umgebaut?«

»Nicht nötig. Das Ding ist perfekt.«

Erwan stellte sich einen verrosteten Rumpf vor, in dem Ketten und Haken hingen … und Peitschen, Schraubstöcke und Bretter mit Nägeln … Er schüttelte diese Horrorfilmvision ab und kehrte in die Wirklichkeit zurück.

»Wann hätten die Ratten die Entscheidung treffen müssen, das No Limit zu absolvieren oder nicht?«

»Nach dem Höllenkreis des Meeres.«

»Entscheiden sie sich normalerweise dafür?«

Ein Lächeln umspielte Gorces Lippen.

»Die meisten schon.«

»Hast du es gemacht?«

»Natürlich.«

»Und die Latte hing hoch?«

»Sehr hoch.«

»Glaubst du, dass Wissa mitgemacht hätte?«

»Keine Ahnung.«

»Wenn ein Frischling die Teilnahme am No Limit akzeptiert, trägt er dann ein besonderes Kennzeichen?«

»Nein.«

»Wird ihm nicht der Kopf rasiert?«

»Nein. Warum?«

Rückwärtsgang.

»Wenn ich richtig verstanden habe, gehört die Mutprobe im K76 zu den schwierigsten in ganz Frankreich.«

»Korrekt.«

»Wie erklärst du das?«

Gorce atmete ein. Seine Worte wie auch seine Gedanken schienen aus seinem Brustkorb zu strömen – genau von der Stelle, die eines Tages wahrscheinlich von seinen Orden geziert würde.

»Wir sind eine Militärschule. Wir werden darauf vorbereitet, Jagdflugzeuge zu fliegen und Vernichtungswaffen abzuwerfen. Unser Beruf ist es, zu töten, zu zerstören und zu siegen. Aber dazu gehört auch, gefangen, gefoltert und besiegt zu werden. An dem Tag, an dem wir von irgendwelchen Schiiten als Geiseln genommen oder von den Taliban gefangen werden, ist es ein bisschen zu spät, nach seiner Mami zu rufen. Wenn die Neuen schon heute nicht in der Lage sind, ein paar Prüfungen zu meistern, können sie auch gleich zu Hause bleiben.«

Jetzt war er in seinem Element.

»Die Mutproben hier haben nichts mit den Integrationsspielchen an zivilen Schulen zu tun. Die beiden Tage sind eine Art Test. Und natürlich auch eine Art Initiation. Bei der Ankunft hier halten sich die meisten Piloten für tolle Hechte. Aber sie kennen nur ihre Mathematik, ihre Diplome und die Zivilluftfahrt. Wir sorgen dafür, dass sie landen. Sie müssen sterben, um wiedergeboren zu werden. Erst dann sind sie bereit, echte Jagdflieger zu werden.«

Gorce war ein Poet. Aus seinem Mund bekam das etwas verdrehte Glaubensbekenntnis der Schule eine geradezu mystische, ja fast schamanische Dimension.

»Von wem lassen Sie sich inspirieren?«, erkundigte sich Erwan aus einem Instinkt heraus.

Der Flugschüler nickte langsam, als wolle er sagen: »Endlich wenden wir uns den ernsthaften Dingen zu.«

»Wir haben hier nur einen einzigen Meister: Admiral di Greco.«

Es war das zweite Mal, dass Erwan von diesem Offizier hörte, und offenbar hatte die Wahrheit nichts mit dem zu tun, was man ihn hatte glauben lassen. Oberst Vincq war der Mann für die breite Masse und alle logistischen Probleme. Der wahre Chef aber war der unsichtbare Admiral, der Demiurg, der kilometerweit entfernt auf der *Charles de Gaulle* über dem Wasser schwebte.

»Dann deckt di Greco also diesen ganzen Mist?«

»Passen Sie auf, was Sie sagen.«

»Er ist damit einverstanden, dass die Neuankömmlinge gequält und erniedrigt werden?«

»Sie haben wirklich nichts verstanden.«

»Du bist derjenige, der nichts verstanden hat. Bei deinen kleinkarierten Soldatenideen geht dir einer ab. Aber dieses Mal ist ein Mensch gestorben.«

»Das habe ich durchaus nicht vergessen, aber Wissas Tod hat nichts mit unserem Wochenende zu tun.«

»Woher willst du das wissen?«

»Wissa ist abgehauen. Das Feuer hat ihn eingeholt. So ist nun einmal das Gesetz des Krieges. Er hat es nicht verdient, Pilot zu sein.«

Diese offizielle Version erschien Erwan längst völlig überholt, und Gorce war mit Sicherheit gewitzt genug, ebenfalls nicht daran zu glauben. Vor allem, falls er selbst in den Tod des Jungen verwickelt war.

»Laut Zeugenaussagen passt diese Haltung aber absolut nicht zu Wissas Profil.«

»Welche Zeugenaussagen? Man kann nicht über den Mut eines Kameraden urteilen, bevor man nicht an der Front war.«

In diesem Punkt stimmte Erwan ausnahmsweise mit ihm überein. Er war kurz versucht, ihm die Neuigkeit unter die Nase zu reiben, einfach nur, um sein Gesicht zu sehen. Trotzdem zog er es vor, auf die Umstände von Wissas Verschwinden zurückzukommen.

»Erzähl mir mehr über den Höllenkreis der Jagd. Die Jäger waren in fünf Gruppen aufgeteilt. Welche davon hast du angeführt?«

»Die zweite.«

»Gab es in der Nacht besondere Vorfälle?«

»Nichts. Die Ratten verstecken sich immer an denselben Stellen.«

»Und keine der Gruppen war über mehrere Stunden verschwunden?«

»Was sollen diese Fragen?«

»Antwort.«

»Keine. Jedes Team hat in regelmäßigen Abständen eine oder zwei Ratten aufgetrieben.«

Ohne Vorwarnung griff Erwan nun über die Flanke an.

»Hast du Erfahrung mit Wassersport?«

Gorce sprang auf. Erwan zuckte unwillkürlich zurück.

»Verdächtigen Sie mich etwa, Wissa mit einem Boot weggebracht zu haben?«

»Setz dich und antworte«, sagte Erwan, der zu seiner Kaltblütigkeit zurückgefunden hatte.

»Ich besitze Bootsführerscheine für sämtliche Klassen. Ich bin in der Vendée geboren und betreibe seit dem Alter von sechs Jahren Wassersport. Ich war Skipper auf den berühmtesten Seglern und habe mehrere Regatten gewonnen. Passt Ihnen das in den Kram?«

Erwan tippte ein paar Notizen in seinen Computer und ließ zu, dass sich ein langes Schweigen ausbreitete.

»Worauf wollen Sie hinaus?«, krächzte Gorce schließlich.

»Du und deine Jungs, ihr hättet euch Wissa in dieser Nacht für ein kleines, vorgezogenes No Limit schnappen können.«

»Schwachsinn!«

»Ihr hättet ein bisschen übertreiben können, bis er daran krepierte.«

»Totaler Schwachsinn. Wissa ist im Tobruk gestorben.«

»Ihr hättet, immer schön von den anderen gedeckt, die Leiche auf die Insel transportieren können.«

Wieder sprang Gorce auf. Er schrie:

»SO EIN SCHWACHSINN!«

Erwan zuckte erneut unwillkürlich zurück. Der Fuchs strahlte eine übersteigerte, ungesunde Gewaltbereitschaft aus. Erwan zwang sich, dem jungen Mann mit fester Stimme direkt ins Gesicht zu sagen:

»Wir wissen inzwischen, dass Wissa bereits tot war, als ihm die Rakete auf den Kopf fiel. Wir wissen auch, dass er gefoltert und verstümmelt wurde. Außerdem wurde ihm der Schädel rasiert, wahrscheinlich, um ihn noch mehr zu demütigen. Seine Qualen haben einen guten Teil der Nacht angedauert, und er ist vermutlich daran gestorben.«

Der junge Leutnant verharrte regungslos halb über Erwan gebeugt. Auf seiner Stirn bildeten sich Schweißperlen. Seine Kaumuskeln mahlten unter der Haut. Erwan nahm seinen heißen, leicht nach Menthol duftenden Atem wahr. Falls Gorce die Überraschung nur mimte, gelang ihm das äußerst überzeugend.

»Und? Hast du mir dazu etwas zu sagen?«, erkundigte er sich auf die Gefahr hin, eine Faust ins Gesicht zu bekommen.

»Fick dich doch!«

Gorce verließ den Raum und knallte die Tür hinter sich so fest zu, dass die Wände wackelten. Dann hörte Erwan ein vertrautes Geräusch: Er knirschte mit den Zähnen. Einer seiner nervösen Ticks, dessentwegen er nachts sogar eine Aufbissschiene tragen musste.

Er stand auf, ging zum Waschbecken in der Ecke und hielt

seinen Kopf unter das kalte Wasser. Als er den Wasserhahn zudrehte, bemerkte er, dass es wieder regnete. Das Prasseln an den Scheiben als Symbol für das Fortschreiten der Nacht.

Er griff zu seinem Handy und tippte Vernys Nummer ein:

»Können Sie mir einen Besuch auf der *Charles de Gaulle* organisieren?«

»Wollen Sie die Leute treffen, die für den Abschuss verantwortlich zeichnen?«

»Der Abschuss interessiert mich nicht. Ich möchte Admiral di Greco verhören.«

22

Sessel mit rotem Samt und eine goldfarbene Zimmerdecke. Grégoire Morvan saß im Außenministerium direkt unter einem riesenhaften Lüster, der viel zu helles Licht ausstrahlte, und wartete geduldig. Éric Deplezains, Staatssekretär der Regierung Hollande, hatte ihn für 18 Uhr dringend zum Gespräch bestellt.

Zunächst hatte Morvan befürchtet, dass die Einbestellung mit dem Suizid des Journalisten Jean-Philippe Marot zu tun haben könnte, aber damit konnte Deplezains eigentlich nichts zu tun haben – der Quai d'Orsay war weit entfernt vom Ministerium. Im Übrigen gab es keinen Grund, ihn mit diesem Tod in Verbindung zu bringen, wenn alle Vorsichtsmaßnahmen beachtet worden waren. Vermutlich wollte Deplezains ihn eher wegen eines afrikanischen Problems konsultieren, eines von Morvans Fachgebieten.

In jedem Fall schien die Dringlichkeit viel Zeit zu haben.

Man ließ ihn bereits seit mehr als einer halben Stunde schmoren. Natürlich hätte er die Amtsdiener anschnauzen können, aber diesen Triumph wollte er Deplezains nicht gönnen. Er hatte ihn schon in jungen Jahren gekannt, als lambertistischen Trotzkisten, der mit Eisenstangen auf die Rechten einprügelte. Später hatte er miterlebt, wie er immer bürgerlicher und schließlich Chef der MNEF wurde, einer Sozialversicherung für Studenten. Als es zum Skandal kam, weil die Sozialisten vom Geld der Studenten auf großem Fuß lebten, hatte Deplezains die Affäre unter den Teppich gekehrt und die Ärsche der Gauner gerettet.

Indem Deplezains ihn zum Warten verdonnerte, zeigte er, dass heute er derjenige war, der das Heft in der Hand hielt. Aber das machte nichts. Morvan hatte es nicht besonders eilig, Deplezains geschniegelte Fresse zu sehen – in seinem Team wurde der Mann nur »der Lackmeier« genannt.

Geduldig blätterte Morvan in seinem Notizbuch, in dem er Ideen zu einem Buchprojekt sammelte, das eine Art Inventur der absurdesten oder ungerechtesten Todesfälle der Geschichte werden sollte. »Ein umfangreiches Vorhaben«, wie de Gaulle gesagt hätte. Sobald Morvan fünf Minuten Zeit hatte, notierte er Beispiele, die ihm gerade in den Sinn kamen, oder las das bereits Geschriebene noch einmal durch. Die Sammlung war seine Art und Weise, die Eitelkeit des Schicksals zu messen. Jetzt überflog er die Anmerkungen zur Beerdigung von Guillaume Apollinaire im November 1918, auf der die Leute riefen, als der Sarg vorübergetragen wurde: »Nieder mit Guillaume!« In Wahrheit aber galten ihre Worte dem deutschen Kaiser Wilhelm II. (Guillaume gleich Wilhelm), der just an diesem Tag abgedankt hatte. Oder 1958, da wurde Ruben Um Nyobe, der kamerunische Revolutionsführer, nach langer Verfolgung von französischen Soldaten im Dschungel erschossen und bis zur Unkenntlichkeit verstümmelt. Neben seiner Leiche fand man anschließend eine Aktentasche mit einem Heft, in das er seine Träume zu schreiben pflegte … Morvan liebte auch die Geschichte von Sid Vicious, dem Bassisten der Sex Pistols, der verdächtig war, seine Verlobte getötet zu haben, und der mit einundzwanzig an einer Überdosis starb. Einer Legende zufolge ließ seine ordentlich angeheiterte Mutter, nachdem sie seine Asche in Heathrow abgeholt hatte, die Urne in einer Bar des Flughafens fallen. Die Überreste des berühmten

Punks wurden mit Wischmop und Desinfektionsmittel entfernt. *Such a life, such a death …* Andere Beispiele: Nach Gandhis Einäscherung fand man die Kugel, die ihn getötet hatte, in seiner Asche; Rinaldo di Capua, Opernkomponist im 18. Jahrhundert, hütete seine Partituren sein Leben lang wie seinen Augapfel, aber nach seinem Tod verkaufte sein Sohn die Noten als Makulatur; Einsteins Gehirn wurde von dem mit der Autopsie beauftragten Arzt gestohlen; das Gehirn von Walt Whitman entglitt im Leichenschauhaus den Händen eines Assistenten, zerplatzte auf dem Boden und landete schließlich im Mülleimer.

Morvan klappte das Heft zu und warf einen Blick an die Decke: Gold, Zierleisten, Malereien. Nach zwei Jahrhunderten Demokratie und Streikrecht hatte sich nichts geändert, den aufgeplusterten Prunk der Könige gab es noch immer. Das erinnerte ihn an Mitterrand, der gegen das Gepränge des Präsidentenamts wetterte, seit seiner Wahl aber ein Flugzeug nur bestieg, wenn die Ehrengarde Spalier stand.

Beim Gedanken an Mitterrand fiel ihm Marot wieder ein, der seine Vergangenheit hatte ausgraben wollen. Was mochte er entdeckt haben? Ob es sich gelohnt hatte, dafür zu sterben? Wieder kam ihm ein Abschnitt seines eigenen Lebens in den Sinn. Der zweite Teil, das, was auf seine ausschweifende Jugend und seine afrikanischen Großtaten gefolgt war.

Nach seiner Rückkehr nach Frankreich war Morvan ein berühmter Kriminalbeamter und effizienter Geheimpolizist geworden. Die beiden Jobs waren durchaus nicht inkompatibel. Im Gegenteil. Häufig wagte er sich ganz nach vorn, um seine eigenen Spuren zu verwischen.

Unter Giscard hatte er seinem Brötchengeber häufig einen Gefallen getan. So hatte er einen Architekten aus dem Departement Var eliminiert, der so unvorsichtig gewesen war, mit der Ehefrau eines afrikanischen Präsidenten zu schlafen. Er hatte den Skandal wegen Bokassas Diamanten erstickt oder zumindest in Grenzen gehalten. Diese Affäre hatte Giscard zwar die zweite Amtszeit gekostet, die schlimmsten Folgen aber waren abgewendet: Die wahren Geschäfte Frankreichs in Zentralafrika blieben im Dunkeln.

Als Mitterrand an die Macht kam, sorgte Morvan dafür, dass niemand wegen der unehelichen Tochter des Präsidenten am Quai Branly herumschnüffelte. 1985 »überzeugte« er Charles Hernu, den damaligen Verteidigungsminister, die Verantwortung für das Fiasko mit der *Rainbow Warrior* zu übernehmen. 1994 eilte er in die Wohnung von Grossouvre, um nach dessen Freitod der Geliebten in aller Hast zu helfen, die Koffer zu packen. Darüber hinaus organisierte er die gesamte Telefonüberwachung des Elysée-Palastes, die während der beiden Amtszeiten Mitterrands weiß Gott auf vollen Touren lief … Nach Chiracs Wahlsieg musste er riesige Verbrennungsöfen anmieten, um sämtliche Dokumente, Akten und andere geheime Unterlagen zu vernichten, ehe die Schlüssel an den neuen Präsidenten übergeben werden konnten. Morvan hatte zugesehen, wie der Rauch in den Himmel stieg und dabei an die Papstwahl im Vatikan gedacht. Das Prinzip war das gleiche, ganz im Gegensatz zur Gesinnung …

Unter Chirac hatte er weitergemacht. In sein Aufgabengebiet fiel die Beseitigung der beweislastigen Méry-Kassette, und so sorgte er dafür, dass die Medien nur eine einzige Frage stellten: Wo ist das Band? Mit der Zeit gerieten die Enthüllungen über die Finanzierung des RPR in Vergessenheit. Als Chirac ihn zur gelungenen Verwischung der Spuren gratulierte, zitierte Morvan aus *Der Geizige* von Molière: »Meine Schatulle? Wer hat meine Schatulle gestohlen?«, was beim Präsidenten ein leicht verkrampftes Lächeln hervorrief.

Es hatte noch andere und deutlich blutigere Affären gegeben. Morvan zählte die Glutnester, die er ausgetreten, und die sickernden Stellen, die er abgedichtet hatte, schon längst nicht mehr. Seine schönsten Siege waren die, von denen niemand sprach.

Und bei alledem war er immer unbestechlich geblieben. Er ging nicht zur Wahl und hatte weder je ein offizielles Mandat noch die geringste Geldzuwendung einer Regierung für eine politische Funktion angenommen. Wie sein Vorbild Jacques Foccart hatte er sich seine Unabhängigkeit bewahrt, indem er sich ausschließlich seine Polizistendienste und seine Vergütungen für die Zeit in Afrika bezahlen ließ.

Eine Sache allerdings war ihm nie gelungen: Er wäre gern kalt und desinteressiert gewesen und hätte sich am liebsten eine unbefleckte Neutralität bewahrt, sah sich aber außerstande, seinen Zorn und seinen Hass auszublenden. So war es seit seinen Anfängen im Jahr 1968, und es hatte nie aufgehört. Sein Antrieb waren weder Patriotismus noch Gleichgültigkeit, sondern seine Wut.

Er verabscheute die hohen Beamten, die Absolventen der Hochschule für Verwaltung, die Angestellten – all diejenigen, die vergaßen, dass Geschichte, bevor sie zu Kapiteln in Schulbüchern wurde, aus Hitzigkeit, Streitereien auf der Straße und Grabenkämpfen bestanden hatte.

Er verabscheute Gruppierungen, Clans und Zünfte – all diejenigen, die mehrere andere brauchten, um jemand zu sein. Sein Zorn galt allen politischen Parteien, den Freimaurern, Rassisten, Antirassisten, Ökofreaks, Gewerkschaftern, Lobbyisten, Richtern, Polizisten, Soldaten und, nicht zu vergessen, den Juden, Katholiken, Muslimen und Schwulen. Alle für einen, alle aufgeschmissen.

Desgleichen hegte er eine Antipathie gegen Erben, diese Leute, die nichts hatten tun müssen, um ihre Stellung zu erreichen. Und noch unangenehmer waren ihm Emporkömmlinge, die viel zu schnell eine viel zu hohe Position erreicht hatten. Ganz zu schweigen von denen, die überhaupt nichts erreichten, sondern ausschließlich auf Kosten anderer lebten: Höflinge, Drückeberger und Arschkriecher aller Art.

Vor allem aber verabscheute er Journalisten. Die waren noch viel schlimmer als all die anderen, weil sie sich nicht involvierten. Sie machten Irrtümer der Politiker öffentlich, ohne eine Entscheidung zu treffen. Sie zeigten mit dem Finger auf korrupte Mitmenschen, würden aber ihre eigenen Mütter für eine Spesenabrechnung verkaufen. Sie denunzierten die, die ihre Partei verrieten, änderten aber selbst jeden Morgen ihre Meinung, auf der Titelseite ihres Blattes. Keiner dieser Schleimer durfte in Morvans Nähe kommen – und das wussten sie. Es war schon vorgekommen, dass jemand versucht hatte, etwas über ihn herauszufinden oder ihn in den Dreck zu ziehen. Einige der ganz Mächtigen, die sich Kommunikationsberater schimpften, hatten auch schon versucht, seinen Kopf rollen zu lassen. Chorknaben! Was Lobby, Einfluss und Lynch-Spielchen betraf, war er der unangefochtene Meister.

Vor allen Dingen aber wurde er gefürchtet, und zwar *physisch*. Er verfügte nicht über den sprichwörtlich langen Arm, sondern über eine konkret harte Faust. Es ist eine Sache, die Steuerfahndung auf den Hals gehetzt zu bekommen, eine ganz andere, ein Auge oder ein Bein zu verlieren.

Heute allerdings hatte Morvan es nicht mehr nötig, zum Angriff überzugehen oder auch nur damit zu drohen. Die Ära hatte ihn abserviert wie eine unnötige, altmodische Kopiermaschine. Seine Wut und seine Brutalität waren längst überholt. Er war der Sohn einer schrofferen und kühneren Epoche, in der de Gaulle Attentatsversuchen entging und Pompidou die Liste von Leuten in seiner Tasche bei sich trug, die ihm weismachen wollten, dass seine Frau an Sexorgien teilnahm. Seine Zeit war die der zusammengebissenen Zähne gewesen, der schnellen Methoden und der gewalttätigen Zusammenstöße. Inzwischen aßen die Präsidenten Quark und versammelten das gesamte Kabinett, um ein einfaches Wort auszusuchen.

»Monsieur Morvan?«

Vor ihm stand ein Amtsdiener in Frack und falschem Kragen.

»Der Herr Staatssekretär wird Sie jetzt empfangen.«

Morvan erhob sich mit Mühe aus seinem Brokatsessel. Der Rummel ging weiter.

23

Éric Deplezains war schmal und fett zugleich.

Er bot einen ziemlich seltsamen Anblick. Groß, von schlanker Statur, schien er bisweilen von einer Aspikschicht umhüllt, wie kaltes Fleisch beim Metzger. Sein Gesicht mit den regelmäßigen Zügen und der hohen Stirn war immer gebräunt und sein Haar mit Gel nach hinten gekleistert – noch mehr Fett. Ein echtes Ohrfeigengesicht.

»Grégoire!«, rief er und breitete die Arme aus. »Mein Bruder! Mein Mentor!«

Der alte Polizist akzeptierte die Lobhudelei mit einem Nicken, wich der Umarmung aber aus.

»Setz dich. Du bist hier zu Hause.«

»Mal den Teufel nicht an die Wand. Was willst du?«

Deplezains antwortete nicht sofort. Er blieb stehen, sein Lächeln hing an seinen Lippen wie alte Klamotten an einem Kleiderständer. Morvan setzte sich. Er beobachtete ihn aus dem Augenwinkel und beglückwünschte sich dazu, niemals karierte Anzüge zu tragen, denn in dem Outfit von Hugo Boss glich sein Gastgeber einem gigantischen Origami.

Endlich setzte sich auch der Staatssekretär. Er stützte die Ellbogen auf den Schreibtisch und faltete die Hände – eine Geste, die er vermutlich vor dem Spiegel geübt hatte, um sich den Anschein von mehr Autorität zu verleihen.

»Ich wollte mit dir über Coltano reden.«

»Wieso Coltano?«

»Meine Agenten haben mir zugetragen, dass der Geschäftsführer vor Ort ermordet wurde.«

Morvan stieß einen ironischen Pfiff aus.

»Du hast jetzt Agenten?«

»Hör auf mit dem Quatsch. Wurde er ermordet oder nicht?«

»Das sind Ammenmärchen. Ich habe darüber keine Informationen.«

»Du warst bei seiner Beerdigung.«

»Aber nur, weil Coltano sozusagen mein Zuhause ist.«

»Es war auch von Kannibalismus die Rede.«

»Ammenmärchen, wie ich schon sagte. Nseko hatte viele Feinde. Unmöglich, sich da durchzuwursteln, und unnötig noch dazu.«

»Und mit den Bergwerken hat es nichts zu tun?«

»Die Minen unterstehen mir. Nseko wird ersetzt, das war's.«

»Durch wen?«

»Wie es aussieht, durch General Mumbanza.«

Deplezains öffnete einen Kasten aus edlem Holz und entnahm ihm eine Zigarre. Er legte die Manieren eines Parvenüs an den Tag, Relikte aus seiner Zeit beim MNEF.

»Kennst du ihn?«

»Sehr gut.«

»Ist er vertrauenswürdig?«, erkundigte sich der Staatssekretär, während er nach einem Cutter mit zwei Klingen griff.

»Wie alle anderen auch: Solange man zahlt …«

Deplezains kappte das Ende der dicken Zigarre mit einem Schnitt.

»Dann bleibt die Situation also stabil?«

»Über die Zukunft des Kongo kann man keine Wette abschließen.«

»Der Präsident wünscht keinen Ärger von dieser Seite. Wir haben diesbezüglich schon viel zu viel um die Ohren.«

»Was du nicht sagst.« Morvan schmunzelte.

Deplezains nahm ein langes Streichholz, zündete damit seine Zigarre an und paffte dicke Rauchwolken.

»Wie du weißt«, fuhr er nach einigen Sekunden fort, »hat der französische Staat in Coltano investiert …«

»Deplezains, du redest von meiner Firma. Ich war es, der sie an die Börse gebracht hat. Und ich war es, der euch Anteile verkauft hat.«

»Wir wollen in keine Mauschelei hineingezogen werden, auch nicht in eine kleine. Die Zeit Kolonialafrikas ist vorbei.«

»Dann steigt aus und vergesst es.«

Das Unternehmen Coltano baute Coltan ab, ein seltenes Erz, das für die Produktion von Mobiltelefonen und anderen elektronischen Geräten genutzt wurde. Frankreichs Präsenz in diesem Geschäft war weder eine politische Wahl noch eine wirtschaftliche Option, sondern ausschließlich ein naturwissenschaftlicher und geografischer Zwang.

»Kannst du mir garantieren, dass dein Mumbanza nicht irgendwann über die Stränge schlägt und sich mit den Tutsi verbündet?« Deplezains schnaufte wie eine marode Dampfmaschine. »Sonst verdächtigt man uns eines Tages noch, den Krieg in Kivu mitzufinanzieren.«

Er war irgendwie ins Außenministerium katapultiert worden, aber der Lackmeier hatte keine Ahnung von Außenpolitik. Im Osten der Demokratischen Republik Kongo herrschte ein heilloses Durcheinander, es tobte ein endloser Krieg zwischen der Armee, den Tutsi, den Hutu und Rebellenmilizen. Die meisten Umstürzler finanzierten sich zwar durch Ausbeutung der Bodenschätze, aber die Bergwerke des Unternehmens Coltano lagen zwischen Kolwezi und dem Upembasee und damit nicht auf deren Territorium.

»Wirf doch erst einmal einen Blick auf eine Karte. Kivu ist mehr als tausend Kilometer von Katanga entfernt. Ich habe dir doch gesagt, dass die Situation unter Kontrolle ist!

»Schon gut, schon gut«, murmelte Deplezains, immer noch schwer atmend.

Morvan beobachtete die Mimik seines Gegenübers. Er konnte weder Deplezains noch die Lambertisten leiden, eine trotzkistische Strömung, die den direkten Kampf scheute und andere Parteien lieber durch langsame Infiltration ihrer Doktrin beeinflusste. So etwas hieß »Entrismus«, aber Morvan kannte ein paar andere Namen dafür, die alle etwas mit Sodomie zu tun hatten.

»Wie wäre es, wenn du endlich einmal mit dem wahren Grund für deine Eile, mich zu treffen, herausrücken würdest?«

»Wie ich schon sagte: Unsere Regierung hat eine Ethik und wird den Teufel tun, deine Mauscheleien zu decken.«

»Welche Mauscheleien?«

»Sollten wir herausfinden, dass du mit den bewaffneten Fronten oder irgendwelchen korrupten Schurken gemeinsame Sache machst, werden wir dich unter keinen Umständen decken.«

»Ich bin es doch, der *euch* deckt, Blödmann.«

Deplezains deutete mit seiner Zigarre in Morvans Richtung.

»Dein Problem ist, dass du dich über alle Gesetze erhaben glaubst, Grégoire.«

Morvan stand auf und ging um den Schreibtisch herum. Der Staatssekretär wich auf seinem Rollensessel nach hinten.

»Dann werde ich deinen Erinnerungen mal auf die Sprünge helfen, Arschloch. Wer hat euch vor dem Knast bewahrt, als ihr noch nichts anderes konntet, als anderen Leuten in der Rue d'Assas die Fresse zu polieren? Wer hat euch die MNEF mitsamt Schlüssel zur Schatztruhe zugeschustert und euch gestattet, euch wie Weihnachtsgänse vollzufressen? Wer hat euch 1995 den Arsch gerettet, dir, Cambadélis, Dominique Strauss-Kahn und den anderen, als man euch auf die Schliche kam?«

Der Beamte drückte sich zitternd in seinen Sessel. Die Zigarre entglitt seinen Fingern, rollte über seinen Anzug und landete auf dem Parkett in der Nähe der Vorhänge.

»Scheiße … Wenn das Feuer fängt …«

Morvan trat die Montecristo mit dem Absatz aus und stützte sich mit beiden Händen auf die Armlehnen von Deplezains' Sessel.

»Dass du heute hier sitzen darfst, hast du mir zu verdanken, du Trotzkistenarsch!«

»Verdammt, jetzt beruhig dich mal«, antwortete Deplezains und rückte seine Krawatte zurecht. »Ich wollte dich doch nur warnen, sonst nichts.«

Grégoire begann, mit großen Schritten im Zimmer auf und ab zu gehen. Er schnaubte wie ein Ochse in seinem Charvet-Hemd, weil er schon viel zu viel Zeit vertan hatte.

»Mich warnen? Vor was genau? Du hast mich doch nicht kommen lassen, weil ein Neger einen anderen Neger ersetzt, und auch nicht, um mir deine kleine Lektion in Sachen Moral zu erteilen. Also spuck es endlich aus.«

»Wie du wahrscheinlich weißt, haben wir als Staatsfonds Zugang zu bestimmten vertraulichen Börseninformationen ... Wir erfahren detaillierter von Bewegungen am Aktienmarkt als ...«

»Ist klar.«

»In Bezug auf Coltano fallen uns merkwürdige Bewegungen auf.«

Das brachte Morvan aus dem Konzept. Hätte der Markt auch nur den geringsten Ausschlag gezeigt, hätte Loïc ihn sofort informiert.

»Es ist ganz normal, dass Nsekos Tod ein paar Schwankungen nach sich zieht«, sagte er aufs Geratewohl.

»Die Bewegungen, von denen ich spreche, sind nicht nur ›ein paar Schwankungen‹. Es sieht ganz nach einer konzertierten Aktion aus.«

»Will heißen?«

»Bisher haben wir weder Namen noch genaue Zahlen, aber es scheint, als hätten ziemlich beeindruckende Aktienpakete den Besitzer gewechselt.«

»Du meinst, uns könnte eine feindlichen Übernahme drohen?«

»Genau das befürchten wir.«

Morvan ließ sich in seinen Sessel fallen.

»Das ist doch absurd«, keuchte er.

Er kam aus der Übung. War dabei, das zu verlieren, was immer seine Stärke gewesen war: seine Wachsamkeit.

»Nicht wirklich. Der Kurs steigt und die Positionen wechseln. Du weißt ebenso wie ich, dass eure Achillesferse die breit gestreuten Aktien sind. Dadurch könnte Coltano an eine andere Gesellschaft fallen. Oder an ein anderes Land. Vielleicht kommt die Bedrohung sogar von innen: Vielleicht versuchen deine Neger, wie du sie nennst, den Spieß umzudrehen.«

Morvan schluckte. Vielleicht hatte Deplezains ja recht. Irgendetwas schien sich zusammenzubrauen, und zwar auf einem Gebiet, das er nie in Betracht gezogen hatte: an der Börse.

»Das war es, was ich dir sagen wollte«, erklärte der Beamte, nun wieder mit fester Stimme. »Wenn Coltano in andere Hände fällt, stoßen wir ab. Wir tun uns unter keinen Umständen mit Chinesen oder irgendwelchen Kannibalen zusammen.«

»Und woher bekommt ihr dann euer Coltan?«

»Australien oder Venezuela.«

»Dort ist es aber teurer.«

»Aber auch sauberer. Wenn wir auf die Ökoschiene wollen, hat das eben seinen Preis.«

Morvan stand auf.

»Ich werde Erkundigungen einholen.«

»Richtig. Und gib mir Bescheid.«

Morvan verließ das Büro im Rückwärtsgang. Draußen angelangt, war sein Schweiß mit einem Mal eiskalt. Jetzt war er der Ochse in Aspik.

Sein Chauffeur erwartete ihn an der Ecke der Avenue du Maréchal-Gallieni. Er gab ihm ein Zeichen, dass er sich noch einen Moment die Füße vertreten wolle, überquerte die Uferstraße und versank in die Betrachtung der Seine.

Bei allen schweren Schlägen war Paris immer da gewesen. Die Stadt war das Einzige, worauf er immer zählen konnte. Er stützte sich auf die Steinmauer. Seine eigenen Anteile an Coltano waren immer minoritär gewesen: Er besaß lediglich 16 % der Aktien. Die Generäle, die heute den Staat Kongo repräsentierten, konnten sich in dieser Konstellation tatsächlich mit anderen zusammentun und ihn hinauswerfen – ihn, der eine gänzlich andere Epoche verkörperte: die von Mobutu und dessen Diktatur.

Im schlimmsten Fall würde er alles verkaufen und sich aufs Land zurückziehen, doch das war es nicht, was ihn beunruhigte. Inzwischen fragte er sich, ob Nseko vor seinem Tod nicht doch geredet hatte. Eine Information über weitere Erzvorkommen könnte eine Erklärung für die Aktienkäufe sein. Aber wenn das nicht der Fall war, könnte die Kurssteigerung der Coltano-Aktien ein Stich ins Wespennest werden. Es würden Fragen aufkommen, warum Coltano plötzlich so interessant war, und Morvan würde sich von seinen bisher geheim gehaltenen Plänen verabschieden müssen.

Er zog sein Handy aus der Tasche und wählte die Nummer von Loïc. Er musste seinen Frust an jemandem auslassen.

24

An Bord des Hubschraubers Dauphin SA 365N, den alle Welt, warum auch immer, nur *Pedro* nannte, saß Erwan neben Le Guen, mit dem Kopf voller Klischees, Mythen und geradezu dantesken Visionen. Er stellte sich vor, wie die *Charles de Gaulle* als eine schwimmende, in ein Lichtermeer getauchte Stadt aus der Dunkelheit auftauchen würde, ähnlich einer jener futuristischen Anlagen in arabischen Emiraten, die im Dunkeln wie Millionen Sterne blitzten.

In der Zwischenzeit versuchte er, eine Bilanz der bisherigen Ermittlungsergebnisse zu ziehen, was recht schnell erledigt war. Die Anlegestelle hatte keine weiteren Erkenntnisse gebracht. Weder gab es Zeugen noch fehlte ein Boot. Die Gendarmen, die ihr Handwerk verstanden, hatten auch die Benzinuhren der Zodiacs der Flugschule kontrolliert und den Verbrauch mit den von der Verwaltung geführten Listen abgeglichen: Alle Daten stimmten überein. In der Nacht von Freitag auf Samstag war kein Flugschüler hinausgefahren.

Die persönliche Habe und die Klamotten von Wissa hatten nichts preisgegeben, und seine Freunde und die Lehrer in Le Mans hatten ebenfalls nichts beizusteuern. Der Kopte war gläubig, nüchtern und Single. Kein Laster, keine verborgenen Ecken und Kanten. Er hatte seine ganze Kraft in das Auswahlverfahren der Flugschule der Marine investiert und Erfolg gehabt. Punkt. Das einzig Bemerkenswerte war, dass er über keinerlei Kenntnisse in der Seefahrt verfügte, also hätte er niemals bei Nacht allein nach Sirling fahren können. Nach Ansicht der Spezialisten musste man für eine solche Fahrt in der Lage sein, bestimmten Fahrrinnen zu folgen, eine Seekarte zu lesen und zudem die Riffe in diesem Gebiet kennen.

Immer wieder kamen die Ermittler zu der gleichen Vermutung zurück: wilde Lynchjustiz, Panik der Verantwortlichen, Entsorgung der Leiche auf der Insel … Aber mit welchem Boot?

Die Fingerabdrücke im Zimmer waren identifiziert worden und ausschließlich den Erstsemestern zuzuordnen. Der Zimmerkamerad hatte gestanden, der Jointkönig von Kaerverec zu sein. Was die organischen Partikel betraf, so war die Untersuchung noch nicht abgeschlossen, aber Erwan erhoffte sich auch von ihnen keine durchschlagenden Erkenntnisse.

Die Telefonate aller Soldaten des Stützpunktes sowie die Erfassung sämtlicher Daten der Relaisstationen der Umgebung von Freitagmorgen bis Sonntagabend wurden noch überprüft. Viele waren es nicht: Die Bretonen schienen nicht gerade wild auf das Telefonieren zu sein, und in Kaerverec hatten während der Mutprobe alle Telefone ausgeschaltet zu sein.

Für jeden Schüler war eine Karteikarte angelegt worden – alle Piloten hatten ein ähnliches Profil, das drastische Auswahlverfahren von K76 war verbindlich. Erwan hatte Kripo diskret gebeten, die Vergangenheit von Bruno Gorce etwas genauer unter die Lupe zu nehmen, aber auch da hatten sie keine Auffälligkeiten entdeckt.

Gerne hätte Erwan auch das Kommen und Gehen der einzelnen Schüler während der Tage zuvor verfolgt, aber ohne Sicherheitskamera waren die einzigen Zeugen die Verdächtigen selbst. Der Luftwaffenstützpunkt schien immer mehr einem Schwarzen Loch zu ähneln, das alles Licht und sämtliche Informationen absorbierte.

»Wir sind da!«, schrie Le Guen und deutete auf die Scheibe.

Erwan mühte sich redlich, sah aber nichts als sanft fluoreszierende Wellen. So weit das Auge reichte, schienen unmittelbar über dem Wasser Tausende silbriger Zähne zu lachen. In seine Schwimmweste gezwängt, beugte er sich vor und erkannte einen gigantischen schwarzen Fleck, der sich auf dem Meer abzeichnete. Die *Charles de Gaulle*.

Kein Licht, kein Signal. Ein blindes Tankschiff. Ein Geisterschiff von den Ausmaßen eines Öltankers. Die Umrisse des Monsters waren nur erkennbar, weil sie dunkler waren als Meer und Himmel.

Das Schiff brach mit jeder von Menschen gemachten Skala. Ein sechzig Stockwerke hoher Turm, der auf dem Wasser lag, wie durch ein Wunder schwimmfähig. Eine einzige vertikale, mit Antennen und Radars gespickte Konstruktion war erkennbar. Erwan erinnerte sich, dass dieser Teil »Kommandobrücke« genannt wurde. Auch hier war kein Lebenszeichen zu sehen.

»Beeindruckend, nicht wahr?«

Archambault, der neben dem Piloten saß, wandte sich zu ihm um. Erwan lächelte aus Höflichkeit, aber durch die Nacht, den Lärm der Rotoren und die Riesenhaftigkeit des Schiffes hatte er eher das Gefühl, sich in einem Albtraum zu bewegen.

»Wir werden gleich von einem Kommando Infanteristen abgeholt«, fügte der Spargeltarzan hinzu, ehe er sich wieder umdrehte.

Erwan nickte. Der Helm zog ein Pfeifen in seinen Ohren nach sich. Sie befanden sich nur noch wenige Meter vom Schiffsdeck entfernt. Die Rollbahn war von blutrotem Licht überflutet. Sie landeten in einer gigantischen Blutlache.

»Nach der Sperrstunde gibt es hier nur noch rotes Licht«, erklärte Le Guen. »Selbst in Friedenszeiten darf ein Flugzeugträger kein einziges sichtbares weißes Licht haben.«

Männer in gelben Wachsjacken, orangefarbenen Westen und blauen Helmen duckten sich unter den Rotoren, einer von ihnen öffnete die Tür des Hubschraubers. Erwan löste den Sicherheitsgurt und sprang auf das Schiff.

Obwohl der Regen seine Sicht trübte, ließ er einen Blick über das Deck gleiten, das sich in der Dunkelheit verlor. Nicht ein einziges Flugzeug war zu sehen. Ein wenig enttäuscht wandte er sich ab. Zu gerne hätte er zugesehen, wie die Rafales mit dem Katapult in ihre Flugbahn geschleudert oder mit dem Fangseil abgebremst wurden und wie die gelb gekleideten Einweiser um die Maschinen tänzelten wie die Coachs zwischen zwei Boxrunden.

Ein Bootsmann trat auf sie zu, Begrüßung, Vorstellung, Salutieren. Gesichter verschwanden unter Kapuzen. Erwan verstand fast kein Wort, jedes zweite wurde entweder vom Wind fortgerissen oder von einem Klicken oder Klappern übertönt.

Sie entledigten sich ihrer Rettungswesten und machten sich auf dem Weg zur Kommandobrücke. Metalltüren öffneten sich mit dem Geräusch von Nagelstiefeln. Erwan hatte eine Art riesigen Hangar voller Flugzeuge und Hubschrauber erwartet, vor ihm aber lag ein Labyrinth aus engen Korridoren, Laufgängen und Treppen. Alles war rot. Nicht nur das Licht, auch die Beschilderung und die Notfallausrüstung.

Sie nahmen erst einen, dann einen zweiten Aufzug.

»Das Schiff hat mehr als zehn Stockwerke«, erklärte der Unteroffizier.

Keiner sagte ein Wort. Ihr kleiner Tross hatte etwas düster Feierliches. Auch die nächste Metalltür machte Nagelstiefelgeräusche. Die purpurfarben ausgeleuchtete Umgebung erweckte den Eindruck, die gesamte Konstruktion käme gerade erst aus dem Hochofen und glühe noch.

Weitere Flure, Röhren und Türen. Männer in Uniform, die sich über UKW-Mikrofone per »Papa, Charlie, Foxtrott« verständigten.

Der Unteroffizier blieb vor einer nicht gesondert gekennzeichneten Tür stehen.

»Admiral di Greco hat dreißig Minuten Zeit für Sie.«

25

Jean-Patrick di Greco war fast zwei Meter groß. In der winzigen Kabine wirkte er wie ein in einen Zeisigkäfig gequetschter Adler. Er war nicht nur groß, der ganze Mann schien vertikal zu sein. Schmale Schultern, endlose Arme, Beine wie Stelzen. Mit seinen etwa sechzig Jahren und dem leicht gebeugten Rücken vermittelte er einen verbrauchten, ja sogar erschöpften Eindruck, dessen Anblick trotz seiner noch dichten schwarzen, indianisch anmutenden Haare fast schmerzte.

Wortlos musterte der Admiral sekundenlang seinen Besucher, was Erwan gestattete, eigene Beobachtungen anzustellen. Das Gesicht des Offiziers bestand aus Haut und Knochen. Kaum Muskeln, wenig Fleisch. Vorspringende Wangenknochen, Adlernase, tiefe Schatten unter den Augen. Das Ganze umhüllt von einer gelblichen Haut, wie altes Pergament.

Die Vorstellung war schnell erledigt. Erwan hängte seinen Wachsmantel an den Mantelhaken und stieß sich dabei an einem Eisenschrank. Einzige Lichtquelle im Raum war eine einzelne abgeschirmte Lampe auf dem Schreibtisch. Diskretion verpflichtet: Die Kabine verfügte über ein Bullauge nach draußen, aber ein Verstoß gegen die Regel der Verdunkelung stand außer Frage.

»Sie sind also gekommen, um mit mir über den bedauerlichen Unfall zu sprechen.«

Offenbar hatte di Greco einen Sinn für Euphemismen.

»Bitte, setzen Sie sich«, fügte er hinzu und gestikulierte mit seiner langen Hand.

Erwan nahm in der Besucherecke Platz: wenige Quadratmeter, die mit einer Art Couch, die eher einem Klappstuhl ähnelte, und einem Tisch von den Ausmaßen eines Skateboards bestückt war. Umgeben war das Ganze von Aktenbergen, Ordnern und Kartons. Man hätte sich in einer Rumpelkammer wähnen können.

Di Greco schien Erwans Überraschung zu spüren.

»Auf einem Schiff steht nicht viel Raum zur Verfügung.«

»Ich wage kaum, mir die Kabinen der einfachen Soldaten vorzustellen.«

»Sie haben die gleiche Größe, aber die Männer müssen sie sich teilen. Und vor allem haben sie dieses Privileg hier nicht!« Er zeigte mit seinem knochigen Finger auf das Bullauge. »Das Äquivalent eines Balkons oder einer Terrasse … Tut mir wirklich leid, aber ich kann Ihnen nichts zu trinken anbieten.«

»Schon gut, ich bin schließlich nicht aus gesellschaftlichen Gründen hier.«

Di Greco kehrte hinter seinen Schreibtisch zurück, wo er sichtlich Probleme hatte, seine Beine unterzubringen. Erwan fragte sich, ob der Mann früher einmal Jagdpilot gewesen war, denn er konnte sich kaum vorstellen, dass dieser Doppelmeter in das Cockpit einer Rafale passte.

Der Admiral erging sich in einem mit Stereotypen gespickten Monolog, ähnlich dem von Vincq, nur noch feierlicher. Er sprach mit tiefer Stimme, recht langsam, und seine Worte entstammten nicht dem Militärjargon. Im Grunde aber äußerte er nichts Neues: Es war immer die gleiche belanglose und hohle Botschaft.

Erwan hingen die Floskeln allmählich zum Hals heraus, und so unterbrach er ihn schließlich mit einer Handbewegung. Er berichtete dem Admiral von seinen bisherigen Erkenntnissen im Rahmen der Ermittlungen. Davon, dass ein Neuling auf dem Stützpunkt sadistisch ermordet worden war. Von der grausamen und schwachsinnigen Mutprobe. Von dem absoluten Mangel an Kommunikation zwischen der Flugschule und einem nur wenige Kilometer entfernt stationierten Flugzeugträger. Und von der Gleichgültigkeit gegenüber dem tragischen Tod eines jungen Mannes, der sich entschlossen hatte, sein Leben in den Dienst der Armee zu stellen.

Di Greco schien von der Nachricht, dass der junge Soldat ermordet worden war, nicht sonderlich überrascht zu sein. Er war darüber mit Sicherheit bereits informiert. Auch die angesprochenen Mängel in der Organisation der Schule schienen ihm kein Kopfzerbrechen zu bereiten.

»Gibt es schon Indizien?«

»Darüber darf ich nicht mit Ihnen sprechen.«

Der Admiral nickte. Die Schreibtischlampe beleuchtete ihn von unten wie in einem Gruselfilm.

»Sie denken sicher an Lynchjustiz. Oder an eine Prüfung, die schiefgegangen ist.«

»Das ist das Mindeste, was man darüber sagen kann.«

»Und die Schule soll einen Freibrief dafür gegeben haben?«

Erwan beschloss, die Angelegenheit zu beschleunigen.

»Die Institution hat diese Kriminellen nicht nur gedeckt, sondern sie sogar zu ihren Taten inspiriert.«

»Ich verstehe nicht.«

»In Kaerverec herrscht eine Atmosphäre von Gewalt und Grausamkeit, die der ohnehin schon sadistischen Grundtendenz der Schüler Vorschub geleistet hat.«

»Haben Sie dafür Beweise?«

»Nein. Nur ein Gespür.«

»Und wer hat Ihrer Meinung nach dieses Gift versprüht?«

»Sie.«

»Ich bin nur der Generalstabschef von Kaerverec. Kommandiert wird der Stützpunkt von Oberst Vincq.«

»Vincq organisiert die Flugpläne. Sie aber verkörpern den Geist der Schule.«

»Dann bin ich also der Teufel?«, lächelte di Greco.

Erwan hätte am liebsten geantwortet, dass er die zugehörige Fratze ja schon habe, zog es aber vor, zu schweigen. Die hängenden Augen mit den schwarzen Schatten seines Gegenübers faszinierten ihn. Irgendwoher kenne ich dieses Gesicht, dachte er. Wo war er dem Mann schon einmal begegnet? Oder lag es nur an seiner Ähnlichkeit mit Zombies aus Horrorfilmen?

»Hat es in Ihrer Schule schon früher Unfälle dieser Art gegeben?«

»Nein.«

»Prügeleien? Gewaltausbrüche?«

»Nie.«

»Nicht einmal während der Mutproben?«

»Da schon gar nicht. Während dieser Wochenenden wird alles eingeschränkt, überprüft und kontrolliert.«

»Das habe ich jetzt schon öfter gehört, und man sieht ja das Resultat.«

»Es mag Nachlässigkeiten gegeben haben, und der Schuldige wird dafür bestraft. Aber Sie können sich sicher vorstellen, dass wir die Risiken auf ein Minimum beschränken.«

Die Kabine war überheizt. Erwan hatte das Gefühl, zu ersticken. Schweiß lief an seinem Hals herunter und mischte sich mit den Regentropfen, die noch an seinem Kragen hingen.

»Stehen Sie für jeden Ihrer Soldaten ein?«

»Natürlich.«

»Für die Ausbilder? Die Studenten? Die Wehrpflichtigen? Das Wartungspersonal?«

»Jeder muss einen psychologischen Test absolvieren und Gespräche führen. Noch mal: Wir können es uns hier noch viel weniger als anderswo leisten, die Bewerbung unserer Soldaten auf die leichte Schulter zu nehmen.«

Di Greco sprach ruhig. Sein Blick und seine Stimme drückten eine seltsame Unerbittlichkeit aus. Selbst seine Gestalt in der dunkelblauen Uniformjacke ohne jegliches Abzeichen zeugte von einer gewissen Askese.

»Was halten Sie von Bruno Gorce?«

»Ist er Ihr Verdächtiger?«

»Beantworten Sie meine Frage.«

»Guter Soldat. Ausgezeichneter Pilot.«

»Und sadistisch veranlagt. Gorce leitet das Schülerbüro«, stellte Erwan fest. »Er hat dieses Jahr die Mutprobe bis ins kleinste Detail überwacht. Im Gelände hat er die Rolle des BP, des Beispiellosen Peinigers übernommen.«

Der Offizier kreuzte seine langen Finger. Die Fingerglieder glichen Seemannsknoten.

»Mag sein, dass der Leutnant eine besondere Art von Humor hat. Aber das macht ihn noch nicht zum Mörder.«

»Auf einen bestimmten Punkt hat er empfindlich reagiert – als es um das No Limit ging.«

»Diese Prüfung gibt es nicht.«

»Das behaupten alle. Aber alle machen sich ins Hemd, sobald ich den Namen erwähne.«

»Gut, die Prüfung existiert für die Leitung von Kaerverec nicht. Die Füchse brauchen sie uns gegenüber nicht zu erwähnen, wenn sie uns ihr Programm vorstellen.«

»Dann geben Sie also zu, nicht alles über den Ablauf der Feierlichkeiten zu wissen?«

»Dieses Jahr gab es kein No Limit. Wonach genau suchen Sie?«

Erwan stand auf und trat vor den Schreibtisch.

»Das No Limit gestattet den Neulingen, ihren Mut und ihre Ausdauer unter Beweis zu stellen. Es ist die Krönung einer Art Kreuzweg. Ich bin der Meinung, dass Sie bei der Beurteilung Ihrer Auszubildenden insgeheim die Ergebnisse dieser Prüfung berücksichtigen.«

Nun stand auch di Greco auf. Erwan kehrte an seinen Platz zurück. Sie bewegten sich wie in einem seltsamen Ballett. Ihre Schatten glitten über die Wand wie beim Spiel balinesischer Marionetten.

»Ich werde Ihnen etwas anvertrauen«, murmelte der Admiral. »Sie haben recht. Während dieses Wochenendes unterziehen wir die Grenzen unserer Schüler einem Test. Aber nicht so, wie Sie denken. Wir brauchen keine Mutprobe, um zu wissen, dass unsere zukünftigen Jagdpiloten mutig sind und bereit, auch einmal einzustecken. Wir wollen vielmehr erfahren, wie es um die Grenzen der anderen bestellt ist.«

»Welcher anderen?«

»Der Füchse. Derjenigen, die die Mutprobe veranstalten.«

Eine Pause trat ein. Erwan spürte – er spürte es tatsächlich körperlich –, dass sich alle Zeichen, die er bisher berücksichtigt hatte, ins Gegenteil verkehrten. So, als hätte er sich von Anfang an in dem Code getäuscht, mit dem er Hieroglyphen entziffern wollte.

»Haben Sie schon einmal vom Milgram-Experiment gehört?«

»In Ansätzen.«

Der amerikanische Psychologe Stanley Milgram stellte zu Beginn der 1960er-Jahre eine berühmte Versuchsanordnung auf, bei der einer angeblich zu testenden Person Fragen gestellt wurden. Bei jedem Fehler dieser Person erfolgte auf Anweisung eines Versuchsleiters eine Bestrafung mittels eines elektrischen Stoßes durch einen anderen Versuchsteilnehmer, der von Fehler zu Fehler stärker wurde. Tatsächlich getestet wurde der Versuchsteilnehmer, der die vermeintlichen Stromstöße versetzte. Bei dem Befragten und dem Versuchsleiter handelte es sich um Schauspieler, die Schmerzen waren nur gemimt. Das Ziel des Tests war klar: Es ging um die Bereitschaft durchschnittlicher Personen, autoritären Anweisungen auch dann Folge zu leisten, wenn sie in direktem Widerspruch zu ihrem Gewissen standen. Wie weit geht ein Mensch bei der Folter, wenn er sich durch die Obrigkeit gedeckt glaubt? Ist es möglich, unter dem Vorwand, nur Befehlen zu gehorchen, jemanden zu töten?

Milgrams Ergebnisse waren bedrückend. Der größte Teil seiner der Verantwortung enthobenen Kandidaten hatte bis zur todbringenden Voltzahl gehorcht. Es war die wissenschaftliche Demonstration eines Phänomens, das jeder Krieg in der Wirklichkeit beweist.

»Sie wollen also behaupten, dass die Mutprobe in etwa so funktioniert wie das Milgram-Experiment?«

»Unbedingt. Ich kann jetzt hier nicht ins Detail gehen, aber die Füchse werden rund um die Uhr überwacht. Wir beobachten ihre Reaktionen, ihre Übertreibungen, ihren Sadismus. Wir bilden in Kaerverec Elitepiloten aus, keine Folterknechte. Auf keinen Fall dürfen unsere Maschinen in die Hände von instabilen Personen geraten, die bei der ersten Gelegenheit ihren Impulsen nachgeben.«

Inzwischen schwitzte Erwan nicht mehr nur wegen der Hitze, sondern auch vor Scham. Am liebsten hätte er sich in sein Zimmer geflüchtet, eine heiße Dusche genommen und sich unter der Decke verkrochen. Gute Nacht.

»Ist es schon einmal vorgekommen, dass Sie einen Fuchs entlassen haben?«

»Manchmal. Es waren übereifrige Jungen, die entweder einen starken Hang zur Gewalttätigkeit hatten oder sich als unkontrollierbar erwiesen.«

»Was wurde aus ihnen?«

»Ihr drittes Ausbildungsjahr in den USA wurde gestrichen, und sie wurden strafversetzt.«

»Unter welchem Vorwand?«

»Wir haben es höflich umschrieben. Keiner von ihnen hat erfahren, dass es ihre Haltung war, die sie disqualifiziert hat.«

Erwan beobachtete, wie der Admiral hinter seinen Schreibtisch zurückkehrte und seine Stelzengliedmaßen verstaute. Erneut überkam ihn das Gefühl, den Mann schon einmal gesehen zu haben.

»Wäre der Mörder tatsächlich einer unserer Schüler«, fuhr der Offizier fort, nachdem er endlich wieder saß, »hätten wir ihn am Ende der Mutprobe identifiziert.«

»Hätten Sie Ihre Leute besser überwacht, hätte es erst gar kein Opfer gegeben.«

»Es ist unmöglich, jede Eventualität vorherzusehen. Wenn dem so wäre, würden Kriege nur ein paar Tage dauern.«

Erwan kehrte zu den konkreten Fakten zurück, um nicht vollständig das Gesicht zu verlieren.

»Wussten Sie von dem für Samstagmorgen geplanten Manöver?«

»Ich habe zwar hier ein Büro, aber ich leite diese Manöver nicht.«

»Hat denn niemand daran gedacht, dass dieses Manöver während der laufenden Mutprobe eine Gefahr darstellen könnte?«

»Im Gegenteil. Das Integrationswochenende ist auf das Gelände von K76 beschränkt. Kein Soldat darf den Stützpunkt verlassen. Wenn es überhaupt ein Risiko gibt, dann eher durch Touristen, aber der Übungsbereich ist gekennzeichnet. Kehren Sie an Land zurück, Herr Kommissar. Ich bin sicher, dass Sie dort die Verantwortlichen für den Tod von Wissa finden werden.«

Erwan erhob sich und murmelte ein Dankeschön. Auch di Greco machte Anstalten, sich erneut zu entfalten, aber Erwan bedeutete ihm, dass er sich nicht die Mühe machen brauche, ihn zur Tür zu begleiten.

Im Flur wurde er von Archambault und Le Guen erwartet. Der Offizier hielt sich im Hintergrund und warf zufrieden einen Blick auf die Uhr. Erwan hatte gänzlich unbeabsichtigt den vorgegebenen Zeitrahmen eingehalten.

Wenn er allerdings genauer darüber nachdachte, war es der Admiral gewesen, der ihn zum vereinbarten Zeitpunkt verabschiedet hatte.

Wortlos kehrten sie zurück zu den Aufzügen und gelangten in die regendurchtränkte Nacht. Die Rotoren des Hubschraubers drehten sich schon. Auf dem Rollfeld bemerkte Erwan, dass das Wetter noch schlechter geworden war.

»Ein Sturm?«, rief Archambault lachend. »Das sind nur kleine Windböen.« Er stülpte Erwan die Rettungsweste über den Kopf. »Aber okay, der Rückweg könnte etwas wacklig werden.«

26

21 Uhr. In den Büros von Firefly Capital ging es dank der Zeitverschiebung zur New Yorker Wall Street noch lebhaft zu. Als Loïc das Glühwürmchen als Symbol für sein neu gegründetes Unternehmen gewählt hatte, stand dahinter der Gedanke, dass er allein und klein war und vorhatte, in der Börsennacht zu leuchten. Heute hatte er mehr als dreißig Angestellte, die ein Vermögen von etwa fünf Milliarden Dollar verwalteten. Aus dem Glühwürmchen war ein fetter Leuchtkäfer geworden.

Loïc stand auf und schloss die Tür. Er hasste das aufgeregte Klima des Parketthandels. Die Trader brüllten, tobten und fuchtelten herum, aber im Grunde saßen sie doch alle wie festgenagelt auf ihren Stühlen. In den riesigen, von Haussmann entworfenen Räumlichkeiten am Boulevard Matignon, wo Loïc seine Büros untergebracht hatte, diente ihm ein halbkreisförmiger Raum als persönliches Refugium. Es vermittelte ihm das Gefühl, in der Kapitänskajüte eines Ozeandampfers zu sitzen. Natürlich war das ein Klischee, aber an manchem Morgen sorgte es für die nötige Energie.

Seit einer Stunde brütete er über dem Anruf seines Vaters. Er hatte sich anraunzen lassen müssen, wie so oft zuvor, allerdings war es dieses Mal recht glimpflich abgelaufen. Morvan war kein Experte, was Finanzmärkte betraf, aber offensichtlich hatte man ihm eine Nachricht übermittelt, deren Sinn ihm nicht ganz klar war: die Coltano-Aktien stiegen.

Loïc hatte Zeiten miterlebt, in denen er und seine Kollegen ständig auf den Kurs bestimmter Werte schielten; in New York sah sich damals niemand ein Baseball-Spiel an, ohne ein Fenster für den CAC 40 oder den Dow Jones geöffnet zu halten. Heutzutage verfolgte man die Entwicklung der Aktien mit dem Smartphone. Er selbst gab sich diesem Zeitvertreib längst nicht mehr hin und hatte die Entwicklung der Coltano-Aktie seit Tagen nicht mehr überprüft. Tatsächlich war sie um 20 % gestiegen. Jemand musste größere Pakete zu einem hohen Preis gekauft haben.

Der Anstieg war so enorm, dass Loïc skeptisch wurde. Eigentlich interessierte sich niemand für Coltano. Die Montanindustrie ist wegen hoher Investitionen, schwankender Kurse und nicht selten instabiler Länder, in denen Korruption an der Tagesordnung ist, kein allzu verlockendes Anlageobjekt. Man weiß nie ganz genau, welchen Gewinn die im Busch verstreuten Unternehmen wirklich machen, und die Firmen selbst geben sich wenig transparent. Vor allem über diesen letzten Umstand wusste Loïc besonders gut Bescheid, denn er selbst hatte dafür gesorgt, dass der Handel mit Coltano-Papieren als Black-Box-Trading automatisiert wurde. Darüber hinaus war es ihm kürzlich erst gelungen, die anstehenden Kontrollen der Aufsichtsorgane SEC und AMF zu vereiteln. Im Vorjahr hatte er es sogar geschafft, es so aussehen zu lassen, als sei der gesamte Bilanzgewinn wieder in Investitionen angelegt worden.

Diese Strategie hatte einen doppelten Nutzen.

Einerseits musste das Unternehmen dank dieses Schachzugs weniger Steuern zahlen, auf der anderen Seite – und das war noch wichtiger – konnten auf diese Weise die zu erwartenden atemberaubenden Gewinne kaschiert werden, denn bei den letzten Schürfproben waren vielversprechende Vorkommen entdeckt worden. Natürlich mussten diese Aussichten geheim bleiben, nicht zuletzt, weil es immer schwieriger wurde, in armen Ländern große Reichtümer zu erwerben.

Der wahre Grund für die Strategie des Unternehmens war jedoch, dass sein Vater irgendjemanden austricksen wollte, dessen war Loïc sich ziemlich sicher. Der Alte hatte sich ganz klar ausgedrückt: Niemand durfte von der Existenz der neu entdeckten Erzvorkommen erfahren; Coltano sollte gewissermaßen mehr oder weniger in Vergessenheit geraten. Man musste kein Machiavelli sein, um zu erraten, dass er die Rohstoffvorkommen heimlich hinter dem Rücken der kongolesischen Behörden und seiner Teilhaber ausbeuten wollte. Vielleicht ein Deal mit Ruanda? Oder etwas ganz anderes?

Abgesehen von einer feindlichen Übernahme – allein der Gedanke war absurd –, konnten die massiven Aktienkäufe aber auch bedeuten, dass jemand über die neue Situation Bescheid wusste und sich seinen Teil vom Kuchen sichern wollte. Die Hausse würde auch die Aufmerksamkeit der Generäle auf sich ziehen, die sich sicher fragten, warum Coltano plötzlich so viel wert war.

Zwar verfügte Loïc nicht über genug detaillierte Informationen, um sich ein genaues Bild machen zu können, aber er war ziemlich sicher, dass der Tod Nsekos, des langjährigen Geschäftsführers des Unternehmens und lächelnden Diktators, ebenfalls eine Rolle spielte. Aber welche? Hatte der Kongolese über den aktuellen Stand Bescheid gewusst? Hatte er geredet? Wer genau hatte ihn ermordet?

Während er viele kleine Totenköpfe auf seinen Block kritzelte, ließ Loïc die Entstehung des Unternehmens Revue passieren. Nachdem sein Vater 1971 den Nagelmann zur Strecke gebracht hatte, überließ Präsident Mobutu ihm als Dank die Schürfrechte für ein manganreiches Gelände. Morvan, der sich in diesen Dingen nicht auskannte, gründete ein Joint Venture mit belgischen, französischen, luxemburgischen und kongolesischen Gesellschaften, um die Vorkommen auszubeuten, für die er die Nutzungsrechte besaß.

Mehr als zwei Jahrzehnte verlief die Förderung ohne Probleme. Morvan arbeitete weiter als Polizist und hatte ein wachsames Auge auf seine Goldgrube. Ende der 1990er-Jahre sah er zwei Dinge voraus: Erstens befand sich Mobutu auf dem absteigenden Ast und wäre damit nicht mehr lange in der Lage, Morvans Schürfgenehmigung zu verlängern, und zweitens gab es inzwischen einen viel interessanteren Bodenschatz, der dem kongolesischen Boden zu entreißen war – das Coltan. Ein Erz, das für die elektronischen Komponenten von Mobiltelefonen oder die damals gerade in Mode kommenden Spielkonsolen von größter Wichtigkeit war. Ehe sich der alte, kranke und von den Großmächten verstoßene Leopardenmann endgültig ins Exil verabschiedete, ergatterte Morvan noch eine durch den Minister für Minen, den Finanzminister und den Planungsminister bestätigte Unterschrift. Die Minister schmierte er mit Hilfe Frankreichs seit fünfundzwanzig Jahren, aber auch sie würden über kurz oder lang abtreten. Die Genehmigung bezog sich auf Gebiete, die reich an Coltanvorkommen waren, und zwar in Katanga – weit entfernt von Kivu, wo Morvan bislang tätig gewesen war. Katanga war ein Pulverfass und sollte nach dem Völkermord im benachbarten Ruanda zu einem blutigen Sumpf werden.

Im Jahr 1998 baute Morvan das Unternehmen Coltano auf, eine in Paris beheimatete Holding, die französische, luxemburgische und kongolesische Fonds umfasste. Die Generäle hatten den Deal akzeptieren müssen, denn der Abbau wurde offiziell von einer kongolesischen Firma durchgeführt, Weiterverarbeitung und Vertrieb erfolgten durch europäische Gesellschaften. Aber Morvan fühlte sich in seiner Gruppe so anfällig, dass er wenige Jahre später zur Festigung seiner Position den Börsengang von Coltano vorschlug. Dieser Entschluss brachte nicht nur neues Kapital, sondern festigte auch seine Präsenz im Führungsgremium – im Kongo verschwand man leicht aus einer Firma. Manchmal verschwand man auch einfach nur so.

Die von Loïc begleitete Börseneinführung war gut gelaufen, aber seinen Vater war es nicht gelungen, sich rechtzeitig einzuklinken. Er besaß nur 16 % der Anteile, die Luxemburger Firma Heemecht 18 %, und die Kongolesen teilten sich 28 %. Der ganze Rest verteilte sich auf in die Sache involvierte belgische Gesellschaften, den Französischen Staat, der die Technologie geliefert hatte, und eine Unmenge Kleinaktionäre – so etwas nannte man Streubesitz.

Heute war Coltano das einzige börsennotierte Unternehmen für die Erzeugung von Coltan. Und auch das einzige, das mit modernem Material arbeitete – im haarsträubend gewalttätigen Klima des Terrors von Kivu wurden Bauern gezwungen, mit der Hacke oder bloßen Händen zu graben. Dieser Umstand verlieh der Gruppe zwar ein interessantes Profil, reichte jedoch nicht aus, die Schwachpunkte zu kaschieren. Loïc las noch einmal die von ihm selbst unter der Hand geschriebenen Analysen, die dazu gedacht waren, jedes Kaufinteresse zu unterbinden. Kaum Dividende. Erschöpfte Erzadern. Veraltetes Material … Wahre Liebestöter.

Er griff zum Telefon.

Mark Cesby war Analyst bei Blackrock, dem besten Vermögensverwalter der Welt, der mit zehntausend Mann dafür sorgte, dass ein Kapital von dreieinhalb Billionen Dollar Früchte trug. Loïc hatte ihn zu seinen Wall-Street-Zeiten kennengelernt. Der Engländer war Spezialist für Rohstofffonds, ein Riese, der Koteletten à la Joe Cocker trug und sich auf exzentrische Weise *very british* kleidete – Karos, nichts als Karos.

»Hast du gesehen, wie Coltano plötzlich abgeht?«, erkundigte sich Loïc ohne großes Vorgeplänkel.

Er hatte die Nummer des privaten Mobiltelefons gewählt, denn bei Blackrock wurden alle Leitungen überwacht.

»Völlig unverständlich«, antwortete der Engländer.

»Mehr kannst du dazu nicht sagen?«

»Das ist deine Firma, Mann. Eigentlich müsstest du es mir erklären.«

Cesby stammte aus Liverpool und hatte seinen Arbeiterslang beibehalten.

»Du weißt genau, dass es viel komplizierter ist«, wich Loïc aus. »Wer kauft?«

Der Analyst lachte.

»Nichts für ungut, Mann, aber ich habe keine Ahnung, wem bei deinem Loch da im Urwald einer abgeht … Ganz abgesehen davon, dass der Chef sich gerade um die Ecke hat bringen lassen. Es ist wieder einmal das übliche Problem aufstrebender Märkte: Die Idee mag gut sein, aber solange es noch Krieg, Korruption und politische Instabilität gibt …«

Die Litanei kannte Loïc zur Genüge.

»Hast du etwas von einer feindlichen Übernahme gehört?«

»Warum nicht gleich über einen Dritten Weltkrieg?«

»Aber die Aktien steigen. Jemand kauft in der Hausse.«

»Darf ich dir einen Rat geben?«

»Nur zu.«

»Wenn es Leute gibt, die bescheuert genug sind, auf deine Steine zu setzen, dann nimm den Profit einfach mit. Verkauf, solange die Aktien oben sind, und dann such dir ein neues Aktivitätsfeld. Coltano schläft so fest, dass man euch in den Arsch ficken könnte, ohne dass ihr dabei aufwacht.«

»Vielen Dank für den Tipp«, lachte Loïc.

Beruhigt über das Image der Firma legte er auf. Seine Verschleierungstaktik hatte funktioniert. Trotzdem blieb die Hausse ein Rätsel. Er sah auf die Uhr. An der Wall Street war jetzt Nachmittag. Er wählte eine weitere Nummer.

Arnaud Condamine war Trader, also auch Käufer. Er hatte die Krise von 2008 überlebt und genoss das Vertrauen mehrerer Sonderfonds. Er war ein recht seltsamer, struppig aussehender und jugendlich wirkender Zeitgenosse. Ein Nerd, der in seinem dunklen Anzug an seinen Stuhl gefesselt zu sein schien. Er arbeitete, aß und schlief wahrscheinlich auch vor seinem Bloomberg-Terminal.

Condamine äußerte sich weniger negativ als Cesby. Die Vorstellung eines völlig regelkonformen Angriffs erschien ihm nicht wirklich absurd.

»Es liegt doch auf der Hand: Eure Papiere sind zu weit verstreut. Es gibt weder eine Führungsfigur noch ein echtes Prinzip. Außerdem hat der Tod Nsekos die Gruppe geschwächt.«

»Hast du eine Ahnung, wer da kauft?«

»Woher soll ich das wissen?«

Offiziell wurden die Namen der Käufer und Verkäufer vertraulich behandelt. Tatsächlich aber waren Großprojekte offene Geheimnisse. Um den Handel zu beleben, zögerten Broker oft nicht, die Identität gewisser »vorausschauender« Käufer preiszugeben.

»Ruf deine Broker an. Und find heraus, wer auf wessen Auftrag kauft.«

»Das ist ein absolutes No-go in unserem Geschäft.«

»Und ich kokse nur zu Weihnachten.«

»Was bekomme ich als Gegenleistung?«

Loïc nahm einen geheimnisvollen Tonfall an.

»Du wirst es nicht bereuen.«

»Ich rufe dich zurück.«

Loïc verschränkte die Hände im Nacken und dachte beide Hypothesen noch einmal durch. Eine von einer in der Erzförderung starken Konkurrenz initiierte feindliche Übernahme. Oder ein paar Pfiffikusse, die über die neuen Funde Bescheid wussten und sich auf ein Insidergeschäft einließen.

Invasion oder Verrat: Er musste sich entscheiden.

Zunächst einmal entschied er sich für eine Line, um klarer sehen zu können.

27

Möchten Sie zu Abend essen?«
»Nein, Danke.«

»Wir haben noch Kabeljau auf baskische Art und …«

»Danke, ich will nichts.«

23 Uhr. Erwan bedauerte zwar, Archambaults Angebot zurückweisen zu müssen, aber er hatte den Rückflug nur mit Mühe und Not überlebt. Er hatte nicht gewusst, dass man auch in der Luft seekrank werden konnte. Die Windböen hatten den Dauphin geschüttelt wie einen Pflaumenbaum, und Erwans Magen hatte darauf reagiert wie eine reife Frucht. Jetzt genoss er es einfach nur, wieder festen Boden unter den Füßen zu haben. Durchgefroren und bis auf die Haut durchnässt hatte er nur noch einen Wunsch: sich so schnell wie möglich in sein Zimmer zurückzuziehen.

»Sagen Sie Verny, er soll in einer Viertelstunde zu mir kommen.«

»Um diese Uhrzeit?«

»Ich bin sicher, dass er noch arbeitet.«

»In Ordnung, Herr Kommandant. Muss ich dabei sein?«

Erwan hatte den Kampf gegen das militärische Vokabular aufgegeben und ließ sich allmählich von dem Strom mitreißen.

»Nein. Kommen Sie morgen um 8:30 Uhr zum Briefing in die Messe. Aber wenn Sie diese Nacht noch irgendetwas, egal was, in Erfahrung bringen, dann rufen Sie mich auf meinem Mobiltelefon an.«

Er verabschiedete sich von dem Spargeltarzan und wandte sich in Richtung des linken Flügels, wo sich die Zimmer befanden. Die Übelkeit hatte sich noch immer nicht vollständig gelegt. Er stieg durch die Stille in sein Zimmer hinauf. Hinter den Türen waren weder Radio noch Fernseher zu hören, lediglich die Schreie der Möwen übertönten bisweilen das Vibrieren der windgeschüttelten Fensterscheiben. Eine schaurige Stimmung.

Kripo hielt die Stellung. Zwei Drucker spuckten Berge von Papier aus – der eine Listings, der andere die Verhörberichte. Auf zwei Bildschirmen auf einem der Schreibtische liefen die stundenlangen Aufzeichnungen der Videoüberwachung ab. Kripo, der wild auf seinem Mac herumtippte, hatte immer ein Auge auf die Monitore. Erwan ahnte, dass er sich die archivierten Videos der vergangenen Woche besorgt hatte – für alle Fälle.

»Ich habe in der Messe gegessen«, berichtete Kripo, ohne den Blick zu heben. »Das Hühnchen war saulecker.«

»Es war ja auch Kabeljau.«

Der Elsässer nickte, als hätte er genau das gesagt. Zum wiederholten Male fragte Erwan sich, wie ein derart zerstreuter Mensch bei der Arbeit so präzise sein konnte. Sein Assistent hatte sich umgezogen und trug jetzt eine ärmellose Lederweste zu einem Westernhemd, grüne Samthosen und leuchtend gelbe Crocs.

»Zusammenfassung gefällig?«

Erwan antwortete nicht, sondern schnappte sich seine Waschutensilien und schloss sich im Bad ein. Unter der Dusche wurde ihm allmählich warm, und die Kraft kehrte in seine Gliedmaßen zurück.

»Geht's dir jetzt besser?«, erkundigte sich Kripo, als er wieder eintrat.

»Auf dem Rückweg wäre ich beinahe hopsgegangen. Ich kam mir vor wie auf einem winzigen Boot während eines Sturms.«

»Wie war der Admiral?«

»Hat mich ganz schön verwirrt. Und wie lief es bei dir?«

»Es geht so. Die Telefonie bringt nichts. Jetzt checken wir auch die GPS-Daten aller Fahrzeuge auf dem Stützpunkt und den Schiffsverkehr in der Umgebung. Keinerlei verdächtige Bewegungen.«

Auf einem der Bildschirme sah man die Erstsemester in T-Shirt und weißen Shorts im Schritt auf dem Rollfeld marschieren.

Morgentraining.

»Schon irgendwelche Nachrichten von unserem IT-Freak?«

»Der hat ordentlich zu kämpfen. Wissa war vorsichtig. Seine

Festplatte ist verschlüsselt. Branellec hat mir für morgen früh einen ersten Überblick versprochen. Er will übrigens auch die Rechner der anderen Schüler überprüfen, um herauszufinden, wer mit wem vernetzt ist und wie das Integrationswochenende organisiert wurde.«

»Wie viel Zeit braucht er dafür?«

»Mindestens drei Tage.«

Erwan nickte wenig überzeugt.

»Es gibt auch eine gute Nachricht«, fuhr Kripo fort. »Wir können morgen nach Sirling. Die Taucher sind da, mitsamt ihren Gerätschaften. Im Morgengrauen geht es los. Ab in die Boote.«

Beim Gedanken an eine Bootsfahrt wurde es Erwan gleich wieder schlecht. Er ahnte, dass es noch schlimmer werden könnte als der Hubschrauberflug.

Vom Festnetzanschluss aus rief er Muriel Damasse an, die ihm während seines Ausflugs auf die *CDG* drei Nachrichten auf die Mailbox gesprochen hatte. Trotz der späten Stunde nahm die Staatsanwältin das Gespräch bereits beim zweiten Klingeln an. Zunächst schalt sie ihn heftig wegen seines langen Schweigens und der mangelnden Kooperation, aber Erwan brachte sie mit seiner Enthüllung, dass Wissa ermordet worden war, rasch zum Schweigen. Sofort kehrte sich das Kräfteverhältnis um. Sie flehte ihn geradezu an, ihr wenigstens ein paar Hinweise für die Pressekonferenz am nächsten Tag zu geben. Erwan versprach ihr zwar, sie am Morgen vor seinem Aufbruch nach Sirling noch einmal anzurufen, glaubte aber nicht, dass er während der Nacht noch viel erfahren würde. Auf seiner Mailbox befanden sich zudem noch zwei Anrufe von Wissas Eltern, aber er brachte nicht mehr die Kraft auf, sich mit ihnen zu beschäftigen.

Es klopfte, und Verny erschien zum Rapport. In der Region hatte es seit ewigen Zeiten keinen gewalttätigen Mord mit Folter mehr gegeben. Kein Irrer war geflohen und kein Mörder entlassen worden. Kein Boot war gestohlen und kein Geisterschiff am Horizont gesichtet worden.

Ehe er ging, verkündete der Gendarm, dass auch er an der Expedition am nächsten Tag teilnehmen würde. Erwan ging auf, dass er wieder alle drei im Schlepptau haben würde: Le Guen, Archambault und Verny. Im Grunde fing er an, sie zu mögen.

»Soll ich dir ein Plätzchen freiräumen?«, fragte Kripo und zeigte auf den Schreibtisch.

»Danke, geht schon.«

Er nahm sich einen Stapel der bereits verarbeiteten Verhörprotokolle und blätterte einige von ihnen durch, wie er es auch in seinem Pariser Büro gemacht hätte. Sie in allen Einzelheiten zu lesen war ihm jetzt zu viel. Lieber konzentrierte er sich auf die beigefügten Fotos. Augenschmaus vor dem Schlafengehen.

Kripo hatte sich sein Bett bereits ausgesucht und sein Territorium mit der Hülle seiner Leier markiert. Erwan streckte sich auf dem anderen aus. Die noch feuchten Haare und sein von der Dusche behaglich gewärmter Körper riefen ein fast tröstliches Gefühl hervor – wie damals, als Kind nach dem Bad an Abenden, wenn sein Vater Nachtschicht schob.

Er öffnete die erste Klarsichthülle. Wissas Überreste auf dem Sand. Absurderweise kam ihm dabei ein Satz aus *Mein Onkel, der Gangster* in den Sinn, aus der Feder des witzigen Dialogschreibers Michel Audiard: »Ich werde ihm schon zeigen, dass es Raoul ist. Man wird ihn in alle Richtungen verstreut wiederfinden, überall in Paris. Wie ein Puzzle.« Er fuhr sich mit der Hand über das Gesicht in dem Versuch, die respektlosen Worte zu vertreiben, und konzentrierte sich. Die Verteilung der Überreste wirkte, bedingt durch die Explosionskraft der Rakete, zufällig und ihre Betrachtung brachte keine Erkenntnisse.

Zweite Hülle: der durch die Rakete entstandene Krater. Verbranntes Gras, geschwärztes Moos. Sand, der zu Glas geschmolzen war. Erwan legte die Dokumente beiseite und warf einen Blick zu Kripo, der immer noch arbeitete. Er würde vermutlich die ganze Nacht durchmachen. Erwan wühlte in seinem Rucksack und fand seine Schlafmaske.

In diesem Moment kam ihm eine Erkenntnis. Plötzlich wusste er, warum ihm di Grecos Gesicht bekannt vorgekommen war.

Der Admiral erinnerte ihn an Sergei Rachmaninow, den berühmten russischen Pianisten und Komponisten. Als Jugendlicher hatte Erwan eine klassische Phase durchlebt und seine Abende damit verbracht, Symphonien zu hören und die Biografien der Komponisten zu lesen. Rachmaninow war einer seiner Favoriten. Er stand noch einmal auf und schaltete sein Laptop ein. Von Kripo erhielt er den Code, mit dem er sich ins WLAN des Stützpunktes einloggen konnte. Auf dem Bett ausgestreckt betrachtete Erwan die Porträts des Musikers.

Er hatte sich nicht getäuscht: das gleiche längliche Gesicht, die gleichen hängenden Lider, die gleichen dunklen Augenringe. Er suchte nach Ganzkörperaufnahmen und wurde fündig: die in die Länge gezogene Silhouette ließ beide Männer aussehen, als stünden sie vor einem Zerrspiegel.

Erwan las die Informationen, die Wikipedia zu dem Komponisten verzeichnete. Rachmaninow hatte sein Leben zwischen Konzerten und Komposition, zwischen Russland und den Vereinigten Staaten verbracht. Erwan hatte schon immer ein Faible für das postromantische Genie gehabt, dem nachgesagt wurde, bei seinen Kompositionen die schwarzen Tasten zu bevorzugen, was seiner Musik einen orientalischen Anklang verlieh.

Schon bald entdeckte er ein Detail, das er bisher nicht gewusst hatte: die körperliche Besonderheit des Musikers, der mit seinen langen Händen Intervalle von dreizehn Noten greifen konnte, hing mit einer genetischen Erkrankung zusammen, dem Marfan-Syndrom. Einen Klick weiter fand Erwan einen Artikel über die seltene Krankheit, die hauptsächlich die Augen, die Knochen und das Herz-Kreislauf-System beeinflusst. Äußerlich manifestiert sie sich durch übermäßiges Längenwachstum der Gliedmaßen, Skelettdeformation und einen langgezogenen Schädel.

Auf der Liste berühmter Menschen, die mit hoher Wahrscheinlichkeit von diesem Syndrom betroffen waren, fanden sich Niccolò Paganini, Abraham Lincoln, Joey Ramone von der Punkband Ramones, Bradford Cox, der Sänger der Gruppe Deerhunter, Javier Botet, ein spanischer Horrorfilm-Darsteller, und sogar Osama Bin Laden. Mit den länglichen Gesichtszügen, den traurigen Augen und einer hochgewachsenen Statur sahen sie sich alle in gewisser Weise ähnlich. Wie ein Clan, der jahrhundertelang den gleichen Atavismus weitergegeben hatte. Genetische Analysen zeigten, dass die Krankheit vermutlich bereits in der Dynastie des Tutanchamun auftrat, wo man nach dem Entfernen der Bandagen bei den Mumien die gleichen gertenschlanken Staturen entdeckt hatte.

Erwan dachte an di Greco. Das Marfan-Syndrom passte nicht zu seiner militärischen Karriere. Und dann war da noch der Eindruck, den der Admiral auf ihn gemacht hatte: ein verbrauchter, zerfressener und geschwächter Mann.

Er startete eine neue Suchanfrage, dieses Mal über den Admiral, fand aber so gut wie nichts. Ein paar offizielle Zeremonien, ein paar Ordensverleihungen, das war alles. Kein Artikel in Wikipedia. Keine Erwähnung in *Who's Who*. Keine militärische Information. Di Greco war ein Unbekannter – es sei denn, alles, was mit ihm zu tun hatte, unterlag dem Militärgeheimnis und durfte nicht im Netz stehen.

An dieser Stelle beendete Erwan seine Suche, seine Lider fielen schon ganz von selbst zu. Er legte sich in sein Bett, wie man sich in einen Unterstand flüchtet. Dabei fiel ihm ein, dass er seine Aufbissschiene vergessen hatte – eine weitere Nacht, in der er mit den Zähnen knirschen würde.

Noch immer spürte er die heftigen Schwankungen des Dauphin. Ihm war, als schaukele seine Matratze. Während er in den Schlaf abdriftete und seine Gedanken jeden Zusammenhalt verloren, tauchte plötzlich das Bild des Admirals in seinem Kopf auf.

Er befand sich an Bord seines schwimmenden Schlosses, aber seine endlosen Arme schlängelten sich durch die Flure von K76. Als seine Finger nur noch Zentimeter von Erwans Gesicht entfernt waren, wuchsen seine Knochen plötzlich weiter und durchstießen das Fleisch, um bis zu ihm zu reichen.

28

Rosafarbenes für den Sommer. Weißes für den Winter. Die Koksline auf dem niedrigen Tisch spiegelte sich in den majestätischen Erkerfenstern des Hauses in der genauen Achse des Eiffelturms. Loïc wohnte inzwischen in der Avenue du Président-Wilson, nur wenige Schritte von seiner alten Wohnung an der Place d'Iéna entfernt, wo Sofia noch immer mit den Kindern lebte.

Zur Vermeidung von Verletzungen an der Nase hatte er ein Röhrchen aus poliertem Aluminium mit abgerundeten Kanten anfertigen lassen, das er immer bei sich trug. Er inhalierte das Pulver, spürte aber nichts. Wahrscheinlich lag es am zu stark verlängerten Stoff. Oder war er selbst etwa das gepanschte Produkt? War er so abgestumpft, dass er gegen jede Art von Gefühl immun wurde?

Er stand auf und nahm die nächste Etappe in Angriff. Ein kurzer Blick auf die Monitore und Terminals seines Büros: Coltano war noch weiter gestiegen. Scheiße. Irgendwo auf der Welt wurden die blöden Aktien verkauft und gekauft. Aber von wem? Er dachte an seinen Vater, der ihn anraunzen würde, als wäre er schuld an alledem, dabei fürchtete Grégoire die kongolesischen Generäle. Warum musste er mit diesem Mist zu tun haben?

Loïc rief die Reuters-Seite auf, wo tatsächlich eine Gewinnwarnung für Coltano verzeichnet war. Dazu einige Zeilen, die über die Nominierung von General Trésor Mumbanza zum Geschäftsführer der Gesellschaft in Katanga berichteten. Mumbanza stammte aus der Region, gehörte der Ethnie der Luba an und hatte mit Sicherheit eine bewegte Vergangenheit. Hier aber hatte man sein Porträt geschönt, Karriere, Erfahrung, Titel, alles klang falsch. In Wahrheit war er nicht mehr als ein weiterer blutrünstiger General, ein Gauner, der Morvan mit dem Segen Kabilas unterwürfig die Stiefel leckte. Der Alte pflegte zu sagen, dass er seine Geschäftsführer nach dem gleichen Prinzip wählte wie de Gaulle seine Präsidenten in Afrika: »Vertrauenswürdige Männer, die zumindest lesen und schreiben können.«

Auf zur dritten Etappe. Loïc ging in die offene Küche und bereitete sich einen guatemaltekischen Kaffee zu, den er direkt aus Antigua erhielt. Für die Zubereitung benutzte er Utensilien, die eines Chirurgen würdig waren – nur dass er nicht in einem Operationsaal stand, sondern in einer mit Marmor und Edelstahl ausgestatteten Küche von Boffi. Die nächste Enttäuschung: Das Gebräu schmeckte nach nichts. Loïc fühlte sich wie betäubt. Doch das saure Aufstoßen in der Sekunde danach widerlegte diesen Eindruck. Er dachte an ein Magengeschwür und assoziierte Sofia. Die ganze Nacht hatte er sich schlaflos herumgewälzt, nicht wegen Coltano, sondern wegen der Italienerin.

Die menschliche Existenz ist umgekehrte Alchimie: Man verwandelt nicht Blei in Gold, sondern müht sich im Gegenteil beharrlich, Gold in Blei zu überführen. Wie hatte aus seiner Liebesgeschichte mit Sofia nur ein solch hasserfüllter Strudel werden können?

Wieder diese Schmerzen. Loïc hob sein T-Shirt und massierte den Bereich um seinen Magen. Er sollte sich mal untersuchen lassen. Röntgen. Darmspiegelung. Alles, was nötig war, um das Übel an der Wurzel zu packen und ein Medikament dagegen zu finden. Schon träumte er von Pflastern zu Regeneration seiner Darmflora. Ein Pulver, noch eins …

Mit der zweiten Tasse Kaffee in der Hand setzte er sich auf die Couch, ein aus Schaumstoff und Leder von einem italienischen Designer hergestelltes Wunderwerk. Zwischen den Skulpturen des Palais de Tokyo ging die Sonne in einer Wolkeneskorte auf, mit goldenen Schilden und Feuerlanzen, wie eine kriegerische Armee. Er erinnerte sich an die von seinem Vater gesammelten Sandalenfilme aus den 1960er-Jahren, die er als Kind gern gesehen hatte. Damals hatte er davon geträumt, einmal ein mutiger Held zu werden …

Eine Scheidung kam nicht infrage. Nicht etwa, weil er Sofia noch liebte – inzwischen verabscheute er sie nach allen Regeln der Kunst –, sondern weil eine offizielle Trennung ihn seinen Kindern entfremden würde. Sofia hätte nicht das geringste Problem damit, seine Drogenabhängigkeit vor einem Gericht zu beweisen, aber dann würde er Milla und Lorenzo nur noch einmal in der Woche sehen dürfen. Vielleicht durfte er sie nicht einmal mehr über das Wochenende bei sich übernachten lassen.

Der dritte Kaffee. Ausgerechnet er, der seit fast zehn Jahren in der Welt des Geldes zu Hause war, wo es nur um das Gefühl von Macht ging, er war von diesem Miststück abhängig, das fand er extrem ungerecht. Es war das genaue Gegenteil seiner steilen Karriere.

Mitte der 2000er-Jahre war er in dem Business gelandet.

Unter seinem Mentor James Thurnee, dem Besitzer eines wichtigen Hedgefonds. Er hatte als Analyst angefangen, war für ein paar Monate in Klausur gegangen und hatte alles gelesen, was er zum Thema in die Finger bekam. In der ersten Zeit hatte er seine Analysen sehr vorsichtig erstellt, dann aber Ratschläge einfließen lassen, die sich als treffend erwiesen. Man wurde auf ihn aufmerksam, folgte seinen Intuitionen. Viele Aktionäre wurden durch ihn sehr reich.

Schon bald hatte sein Wort den Status eines Orakels.

Nach zwei Jahren hatte er genug davon, anderen Ratschläge zu geben, ohne selbst davon zu profitieren. Thurnee hatte ihm ein Portfolio mit einem Umfang von zweihundert Millionen Dollar zur Verwaltung anvertraut, und plötzlich mischte Loïc mit. Er beobachtete, wie sich das Geld täglich vermehrte und auch schon mal außer Kontrolle oder in eine Flaute geriet, sorgte für handfeste Gewinne und kassierte nebenbei seine 20 % Bonus. Persönlichen Dank …

Aber er wollte mehr. Er strebte nach einem eigenen Hedgefond. Thurnee hatte ihm einen Platz in seiner eigenen Firma zur Verfügung gestellt und ihn seinen ältesten Kunden empfohlen. Die großmütigen Dinosaurier hatten ihm mehrere Milliarden überlassen, damit er sich seine Sporen verdienen konnte.

Und die verdiente er sich.

Er wählte unerwartete Platzierungen, interessierte sich für unterbewertete Aktien und Unternehmen, die vom Mainstream überrannt worden waren. Er durchwühlte alle Schubladen und entdeckte wahre Schätze. Er schwamm gegen den Strom, schenkte Gerüchten keine Beachtung, folgte keiner Mode und agierte immer als Außenseiter.

Thurnee beobachtete ihn amüsiert. Er wusste, dass Loïc ein Geheimnis hatte: Der Junge war abgehärtet, aus infernalischen Zuständen auferstanden. Er hatte Bekanntschaft mit Alkoholmissbrauch, Heroin und dem Tod in den düstersten Gegenden von Indien gemacht. Die Märkte konnten ihn nicht beeindrucken, ganz gleich wie schwindelerregend hoch die Summen waren, die auf dem Spiel standen. Zumal er Buddhist war, wie auch Thurnee selbst, der ihn zu diesem Glauben bekehrt hatte. In einer Welt, in der nur Habgier zählte, war Loïc desinteressiert, leidenschaftslos und ohne Sinn für Materialismus. Es war diese Distanz, die ihn Kraftlinien entdecken ließ, die andere nicht erkannten …

Loïc sah auf die Uhr. Fast acht. Das Sonnenlicht strömte in sein Wohnzimmer. Er hatte zwei Stunden mit Träumereien verplempert. Mit einem Satz sprang er auf, genehmigte sich noch eine Line und eilte ins Bad. Kalte Dusche. Schnelle Rasur. Anzug. Während er sein Telefon einschaltete, riss er die Tür auf – und blieb wie angewurzelt stehen. Auf der Fußmatte lag ein Päckchen.

Es war ein einfacher, mit schlechtem Klebeband verschlossener Karton.

Vorsichtig hob er ihn auf – das Gewicht betrug schätzungsweise ein Kilo – und kehrte in die Wohnung zurück. Allein das Vorhandensein dieses Kartons war mehr als merkwürdig, denn das Wohnhaus war eine mit intelligenter Gebäudetechnik ausgerüstete Festung, und die Concierge bewahrte seine Post bis zum Abend auf. Er stellte die finstersten Vermutungen an. Eine Bombe. Ein abgeschnittener Finger. Ein mit Anthrax vergifteter Brief.

Aus dem Päckchen drang ein organischer Geruch. Etwas Tierisches. Er sagte sich, dass es das Beste wäre, das Ding nicht anzufassen und seinen Vater anzurufen, doch dann siegte seine

Neugier. Er holte ein Sushimesser aus der Küche, schnitt vorsichtig das Klebeband durch und öffnete den Karton.

Stieß einen erstickten Schrei aus und sprang rückwärts. Eine riesige, mit Glassplittern gespickte Zunge lag in Zeitungspapier gehüllt in einer Blutlache. Mit der Messerspitze hob Loïc das Organ ein Stück an. Es war nichts als Abfall aus einer Metzgerei. Unter der Zunge befand sich ein zweifach gefaltetes Stück Papier in einer Plastikhülle. Ohne sich die Mühe zu machen, Handschuhe überzustreifen, nahm Loïc es. Öffnete es. Die Botschaft in Großbuchstaben war mit bräunlicher Tinte geschrieben, vielleicht Blut.

HÖHR AUF MIT DEIN MAUSCHELEI IM CONGO,
SONST SCHNEIDEN WIR SIE DIR AB

Loïc sank auf einen der Barhocker in seiner amerikanischen Küche. Immer wieder las er die Botschaft, begleitet von einem schrecklichen Druck auf der Brust. Angst vergiftete jede Zelle seines Körpers, störte seinen Stoffwechsel und veränderte seine Wahrnehmung der Umwelt. Er atmete stoßweise. Sein Herz raste. Das Blut stieg ihm zu Kopf, sodass ihm schwindelig wurde.

Nachdem er so ungefähr alles falsch gemacht hatte, was er hatte falsch machen können, blieb ihm nur die Wahl einer einzigen Nummer.

29

Schwarzes Meer. Blaues Gras. Grüne Felsen. Im Morgennebel präsentierte sich ein unglaubliches Bild. Feenhafter Primitivismus. Auf Sirling zu landen war wie einen Spiegel zu durchqueren.

Sie legten im Westen der Insel hinter einem Felsvorsprung aus schwarzem Granit an, laut Archambault dem einzigen Ort, an dem ein Boot ankommen konnte. Sofort überlegte Erwan, ein Team zu schicken, denn wenn dem so war, hatten Wissa und sein Mörder zwangsläufig auch in dieser Bucht geankert und möglicherweise Spuren hinterlassen. Hastig rannte er hinter Archambault, Le Guen und Verny her. Kripo saß bereits im Flieger nach Paris. Sie ließen den Strand hinter sich und stiegen auf einen Hügel, der einen Hundertachtzig-Grad-Ausblick bot.

Einige mäßig hohe Erhebungen erinnerten an die Falten eines grau-roten Teppichs. Auf dem ersten Hügel erhoben sich Granitblöcke wie die Rückenwirbel eines riesenhaften, ganz mit grünem Pelz bedeckten Skeletts.

Andiamo. Erwan war glücklich. Er hatte wie ein Stein geschlafen und sein Frühstück in der Messe inmitten schweigsamer Soldaten hinuntergeschlungen, bevor er mit den anderen das Boot bestiegen hatte, wie die Fischer in Romanen von Henri Queffélec. Entgegen seiner Erwartung war ihm nicht schlecht geworden, und nun marschierte er munter durch den kalten Morgen und genoss die Wärme seiner Kleidung.

Dabei hatte er eigentlich keinen Grund zur Freude. Die Nacht hatte keine neuen Erkenntnisse gebracht, und er hatte die Staatsanwältin nicht angerufen: Sollten sich Gendarmen und Staatsanwaltschaft doch ruhig in die Wolle bekommen oder losen, wer die Sawiris informieren musste. Auch auf Sirling erwartete er keine entscheidende Entdeckung.

Sie passierten den zweiten Hügel. Schwarze, violett spiegelnde Wasserlachen, gesäumt von Binsen und Schilf in einer düsteren Tundralandschaft.

Hinter dem dritten Hügel veränderte sich die Landschaft. Hier war die Vegetation so bunt wie ein Feuerwerk. Rosa, weiße und gelbe Gehölze schienen, je nach Bodenbeschaffenheit, Bockspringen zu spielen. Vor allem das Heidekraut, das eine Art rosa und violetter Streusel entfaltete, wirkte wie von einer geheimnisvollen Energie erfüllt.

»Wo bleiben Sie denn?«, rief Le Guen ungeduldig. »Hier spielt die Musik.«

Erwan setzte sich wieder in Bewegung. Hinter der nächsten Hügelkuppe wartete die Bühne des Geschehens: Hunderte abgesperrte Quadratmeter, auf denen etwa dreißig Gestalten zwischen Brackwasserpfützen und grauem Sand herumfuhrwerkten. Die weiß gekleideten Forensiker bewegten sich um einen Krater von etwa fünf Metern Durchmesser, der von Tauchern mit Hilfe dicker Rohre leergepumpt wurde.

»Sie verschwenden Steuergelder«, hatte Oberst Vincq Erwan auf der Schwelle der Schule noch nachgerufen.

Einer der Techniker beugte sich unter dem Absperrband durch und kam ihnen entgegen. Er trug eine Chapka, die ihm das Aussehen eines Kosaken verlieh. Thierry Neveux von der Spurensicherung.

»Na, wie war die Überfahrt?«, erkundigte er sich spöttisch. »Kommen Sie. Das Epizentrum der Explosion befindet sich da drüben.«

»Brauchen wir keine Überschuhe?«

»Vergessen Sie's. In den letzten achtundvierzig Stunden hat es fast ununterbrochen geregnet. Es ist so matschig, dass wir ganz sicher keine Abdrücke mehr finden. Ganz zu schweigen von Fasern oder organischen Partikeln.«

Sie verschwenden Steuergelder.

Sie erreichten die Vertiefung, in die beständig Taucher hinabstiegen und sich wasserdichte Koffer aus schwarzem Polypropylen reichten.

»Sie haben ein Radar und Sonden dabei. Bei der Explosion wurde das Unterste nach oben gekehrt und dabei vielleicht etwas Wichtiges verschüttet. Wunder dürfen wir allerdings keine erwarten.«

»Können Sie mir etwas über die Rakete sagen, die das hier angerichtet hat?«

»Nicht sehr viel. Außerdem hat man mich gewarnt, dass es sich um ein Militärge…«

»Ich stelle Ihnen eine Frage – Sie antworten.«

Neveux lächelte unter seiner Chapka, deren lange pelzgefütterte Ohrenschützer sein Gesicht umrahmten. Jetzt sah er aus wie Goofy.

»Die Explosion wurde durch eine chemische Reaktion ausgelöst. Redoxreaktion. Das gibt einen ziemlich heißen Knall. Alles hier wurde entweder zertrümmert, oder es ist verbrannt. Aber um genau sagen zu können, was …«

Erwan nahm das geschwärzte Metallstück, das Neveux in der Hand hielt.

»Glauben Sie, dass die Bombe Metallsplitter enthielt?«

»Wie ein DIME-Geschoss, meinen Sie? Nein, ich denke nicht. Wir haben in der Umgebung nichts dergleichen gefunden. Außerdem bezweifele ich, dass unsere Armee mit solcher Munition experimentiert. Sie unterliegt einem Verbot durch die Genfer Konvention.«

Erwan erinnerte sich des zerfetzten Fleischs und der Eisenstücke unter Wissas Haut. Er hatte sofort an Schrapnelle gedacht. Was sonst?

»Der Gerichtsmediziner wird die Metallsplitter herauslösen, die im Körper des Toten stecken«, fuhr er fort. »Glauben Sie, Sie könnten sie identifizieren? Oder vielleicht erkennen, ob es sich um Teile von Stichwaffen oder Folterinstrumenten handelt?«

Neveux hob die Augenbrauen. Diese Version der Todesursache war ihm noch nicht bekannt. Erwan hatte die Ermittlungen mit seiner Geheimniskrämerei verschleppt.

»Sie glauben, dass der Junge schon vor der Explosion tot war?«, wollte Neveux wissen.

Erwan blieb nicht die Zeit für eine Antwort. Eine Rafale donnerte über sie hinweg, und alle duckten sich reflexartig. Das war schon kein Lärm mehr, zumindest nicht auf einer menschlichen Skala, sondern klang eher, als explodiere der Himmel und setze die härteste vorstellbare Materie frei. Urmagma. Als zerreiße man einen Berg, ebenso leicht wie Papier.

Das Jagdflugzeug verschwand so schnell, wie es aufgetaucht war. Erwan beobachtete die anderen. Sie standen noch immer wie vom Donner gerührt. In weiter Ferne vibrierte der letzte Rest eines dumpfen Dröhnens durch die Luft, es schien sich im Universum aufzulösen. Dann aber verdichtete sich das Geräusch wieder: ein weiterer Angriff. Das Pfeifen wurde lauter, es klang wie ein gigantischer Bohrer im Äther und verstärkte sich zu einem ohrenbetäubenden Brüllen.

Dieses Mal senkte Erwan nicht den Kopf, sondern sah sich das schwarze Dreieck genau an, das durch die Wolken schnitt. Weiße Spuren auf den Tragflächen, wie Flammen aus Eis. Die brüllenden Öffnungen der Triebwerke spuckten Feuer, so konzentriert, dass es Teil der Sonne hätte sein können. Brennendes Mark, das die Augen beim bloßen Hinsehen förmlich grillte.

Und plötzlich empfand er, der die Piloten und Uniformen seit seiner Ankunft nur verachtet hatte, eine grenzenlose Bewunderung für diese Männer, die in der Lage waren, solche Maschinen zu beherrschen und sich der Macht des Kosmos zu bedienen. Wahre Demiurgen.

Das Getöse nahm ab, der Wind reinigte die Atmosphäre. Die Manöver mit den Rafales gingen also weiter, auf der *Charles de Gaulle* herrschte offensichtlich keine Trauer. Erwan stellte sich die lange Gestalt von Admiral di Greco vor. Er hatte vergessen, ihn zu fragen, welche Funktion genau er an Bord des Flugzeugträgers hatte.

Sie näherten sich dem Krater. Die Männer in Neoprenanzügen auf dem Grund sahen wie große, ölige Seehunde aus. Einer von ihnen kletterte gerade am Seil noch oben.

Er stellte sich als der Verantwortliche für die Spurensuche unter Wasser vor.

»Das hier haben wir eben gefunden«, sagte er schlicht. »Können Sie damit etwas anfangen?«

Das Objekt steckte in einer Asservatenhülle. Zwischen den transparenten Falten erkannte Erwan einen Ring. Er nahm die Tüte und hielt sie ins Licht: Es handelte sich um einen Siegelring aus Rohmetall, Blei oder altem Silber, mit eingraviertem keltischem Wappen.

»Hilft Ihnen das weiter?«, fragte der Taucher.

Erwan reichte die Tüte wortlos an Neveux weiter. Alle Luft war aus seinen Lungen gewichen. Er hatte den Ring auf den ersten Blick und ohne jeden Zweifel erkannt.

Es war der Siegelring seines Vaters.

30

Nachdem Morvan den an Loïc adressierten Drohbrief gelesen hatte, dachte er sofort an die *Combattants* – Exilkongolesen, die ihren Kampf gegen das Regime Kabila von Frankreich aus fortsetzten. Sie sabotierten Konzerte von Musikern, die die Regierung in Kinshasa unterstützten, verprügelten kongolesische Würdenträger, die Paris besuchten, überschwemmten das Netz mit Rachebotschaften und organisierten im Viertel um den Bahnhof Gare du Nord oder auf der Place des Invalides Demonstrationen, um die sich kein Mensch scherte.

Warum aber hatten sie es auf Loïc abgesehen? Glaubten sie, dass er etwas mit den Kabila-Sympathisanten zu tun hatte? Absurd! Grégoires Sohn gehörte lediglich dem Vorstand von Coltano an; bisher besaß er keinen einzigen Anteil an der Gesellschaft und hatte nie im Leben einen Fuß in den Kongo gesetzt.

Oder beobachteten die Untergrundkämpfer vielleicht die Aktie? War ihnen die Kurssteigerung aufgefallen? Aber was hätten sie daraus folgern können? Dass die Clique um Kabila dabei war, mit den Weißen und den Tutsi zu mauscheln, um ihnen noch mehr Land wegzunehmen? Morvan fiel es schwer, sich diese Schlauberger bei der Beobachtung der Marktentwicklung vorzustellen. Die meisten von ihnen lebten in Bruchbuden im 18. Arrondissement und hätten nicht einmal zehn Euro an der Börse anlegen können.

Und noch eine weitere Sache passte nicht: die vor Orthografiefehlern strotzende Botschaft selbst. Denn die *Combattants*, die zum großen Teil an der Sorbonne studiert hatten, beherrschten die Rechtschreibung.

Wir werden sehen.

Nach Loïcs Besuch hatte Morvan geduscht, sich angezogen und war die Treppe hinuntergestürmt. Seiner Frau begegnete er nicht. Er steckte eine 9mm ein und beinahe auch ein zweites Magazin, besann sich aber. Er wollte nur zum Château-d'Eau, nicht zur Schießerei am O.K. Corral.

Jetzt saß er wartend bei Radio Katanga am Boulevard de Strasbourg. Kalter Tabakdunst, verdreckter Raum, rissige Wände. Dann und wann kamen Schwarze vorbei, Kolosse mit rot geäderten Augen oder in Leder gehüllte Gazellen, die sich statt eines Frühstücks ein Kebab genehmigten – vielleicht war es auch die Mahlzeit vor dem Zubettgehen. Nicht einer von ihnen sprach mit Morvan oder blickte ihn auch nur an. Und das, obwohl ein weißer Mittsechziger in Anzug und Krawatte, der gut und gern hundert Kilo auf die Waage brachte, bei diesem zu hundert Prozent in afrikanischer Hand befindlichen Radiosender auf jeden Fall eine Überraschung war.

Morvan bemühte sich, ruhig zu bleiben. Immer wieder kam ihm das halb komische, halb tragische Bild seines Sohnes mit dem blutigen Päckchen unter dem Arm in den Sinn. »Ich bitte deine Mutter, uns die Zunge am nächsten Sonntag zu kochen.«

Loïc hatte nicht einmal gelächelt. Morvan pflegte über ihn zu sagen: »Kühnheit ist nicht sein Ding und Mut nicht gerade sein Spezialgebiet.«

Was Coltano betraf, so hatte er sich informiert: Deplezains hatte die Wahrheit gesagt, und Loïc wusste keine Erklärung für das Phänomen. Morvan selbst hatte möglicherweise eine, aber die wollte er nicht in Betracht ziehen. Am Vorabend hatte er Bizot angerufen, den Präsidenten der Coltano-Gruppe in Paris, einen schlappschwänzigen Absolventen der Verwaltungshochschule, den er in den Chefsessel gehievt hatte. Bei Erwähnung des ansteigenden Aktienkurses hatte Bizot sich aufgeplustert: »Das ist der Preis für den Erfolg!« Was für ein Blödmann! Außerdem hatte er vorgeschlagen, Privatdetektive auf das Firmengelände zu schicken, zur Aufklärung von Nsekos Tod. Noch dümmer! Morvan hatte sofort abgewiegelt. Recht oder Unrecht – er war überzeugt, dass der Tod des Schwarzen nicht das Geringste mit dem kometenhaften Aufstieg der Aktie zu tun hatte.

Im Anschluss hatte er die Geschäftsführer der Förderunternehmen in Lubumbashi angerufen, allesamt vom Leben in Afrika bis auf die Knochen erschöpfte weiße Kleinbürger. Keiner von ihnen konnte ihm einen vernünftigen Grund für den Anstieg der Aktien nennen. Die Förderung lief ohne jegliche neue Perspektiven immer im gleichen Rhythmus weiter.

Für alle Fälle hatte er auch versucht, Kontakt zu den Gefolgsmännern von Nseko aufzunehmen, aber die waren nach dem Tod ihres Chefs alle aus Angst geflohen. Sie befürchteten neue Maßnahmen durch Mumbanza, und in Afrika konnte Dank auf alle möglichen Arten ausgedrückt werden …

Später in der Nacht hatte Morvan sich vergeblich bemüht, Kontakt zu seinem Team im Buschland des Nordens aufzunehmen. Seitdem er von Lubumbashi aus mit ihnen telefoniert hatte, gab es keine Nachrichten mehr. Ein schlechtes Zeichen? Er ertappte sich dabei, eine Verbindung zwischen diesem mysteriösen Schweigen und der von Loïc erhaltenen Bedrohung zu sehen. Nein, das war unmöglich. In Paris konnte niemand wissen, was sich in Ankoro mitten im Konfliktgebiet abspielte. Nicht einmal die Typen vor Ort wussten es …

Eine Stimme unterbrach seine Gedanken. Ein großer Schwarzer beugte sich zu ihm hinunter und teilte ihm mit, Thomas Luzeko sei informiert. Der Anführer der Bana Congo (ein anderer Name für die *Combattants)*, auch »Grande Chaleur« genannt. Luzeko moderierte eine Sendung, die um 9 Uhr endete, er würde also bald aus dem Studio kommen.

Morvan kannte den Kongolesen schon seit Langem: ein fanatischer Luba, der in Brüssel und Paris studiert hatte, ehe er in sein Land zurückgekehrt war und dort den Laden aufgemischt hatte. Seit er aus Kinshasa ausgewiesen worden war, organisierte er seine Komplotte vom 10. Arrondissement aus. Ein Intellektueller, der Marx und Hobbes zitierte und Gewalt als einzig möglichen Ausweg pries.

Zwei Security-Leute erschienen. Sie gaben Morvan ein Zeichen, aufzustehen, durchsuchten ihn und nahmen ihm die Waffe ab. Langsame Bewegungen, Haschischduft, große Müdigkeit: Die Zerberusse von der Nachtschicht durften bald zu Bett gehen. Morvan folgte den beiden durch ein Labyrinth aus Kabinen mit schmutzigen Scheiben bis zu einem Abstellraum, wo sich CDs, Hi-Fi-Anlagen und veraltete Computer unter einer dicken Staubschicht stapelten. Am Ende des Raums wartete Grande Chaleur mit einem Joint in der Hand. Er saß so gerade auf seinem Sessel, als hätte er ein Lineal verschluckt.

Der Schwarze trug immer ein Korsett, das seine Schultern in eine Art Gitter zwängte. Er behauptete, von Kabilas Polizisten gefoltert worden zu sein; angeblich waren ihm durch die Schläge einer oder mehrere Wirbel herausgesprungen, die Anzahl variierte je nach Laune.

Morvan trat zu ihm, nahm sich einen Stuhl und setzte sich seinem Gastgeber gegenüber. Der Raum roch, als wäre er mit Cannabis ausgeräuchert worden.

»Was verschafft mir die Ehre dieses erlauchten Besuchs?«

Luzekos Stimme klang dunkel, weich und poliert wie Leder von Hermès. Hinter jedem Wort war seine außergewöhnliche Ausbildung zu hören. Mobutu hatte auf seine alten Tage mit zwei Zwillingsschwestern zusammengelebt, Luzeko war der Neffe einer der beiden. Gerüchte besagten sogar, er sei ein unehelicher Sohn Mobutus. Jedenfalls war der Junge im Palast des Leopardenmannes aufgewachsen und hatte die bestmögliche Erziehung genossen.

Morvan zog die Botschaft aus der Tasche.

»Lies das.«

Grande Chaleur faltete mit roboterähnlichen Bewegungen den Zettel auseinander. Er liebte es, den Invaliden zu spielen. Kurz konzentrierte er sich auf das Blatt.

»Was soll das heißen?«

»Dass deine Leute einen Rechtschreibkurs belegen sollten.«

Bedächtig faltete der Schwarze die Botschaft zusammen und gab sie Morvan zurück.

»Das kommt nicht von uns, und das weißt du ganz genau.«

»Mein Sohn hat diese Schweinerei heute Morgen zusammen mit einer mit Glassplittern gespickten Ochsenzunge erhalten. Ganz schön grotesk. Haben die berühmten *Combattants* sich jetzt entschlossen, die Finanziers des Systems anzugreifen?«

»Jetzt tust du dir selbst zu viel Ehre an. Deine Schwachstelle war schon immer, dich für den Nabel von Kinshasa-Kongo zu halten. Entschuldige, wenn ich dich daran erinnere, dass du nur ein Eindringling bist, ein dreckiger Weißer, der unser Land ausbeutet. Ein …«

Morvan sprang auf und beugte sich über den Mann im Korsett.

»Ihr habt euch entschlossen, dem Regime Kabila von Paris aus nach allen Regeln der Kunst auf die Nerven zu gehen. Macht, was ihr wollt, jeder nach seinen Möglichkeiten. Aber wenn ihr meinem Sohn auch nur ein Haar krümmt, reiße ich euch wie faule Zähne aus euren Bruchbuden, und dann sehen wir weiter.«

Grande Chaleur blieb gelassen. Langsam hob er den Joint an die Lippen und inhalierte einen langen Zug.

»Ich sage dir doch, dass wir nichts damit zu tun haben«, sagte er und blies Morvan den Rauch ins Gesicht. »Unser Kampf ist politisch und …«

»Halt den Mund. Was sagst du zu dem Wort Kongo, das hier mit ›C‹ geschrieben ist?«

»Wir haben kein Monopol auf diese Schreibweise. Alle Zentralafrikaner berufen sich auf das alte Königreich. Du bist gekommen, um mir eine Frage zu stellen, und ich habe dir geantwortet. Mach's gut, Morvan. Ich kann nichts für dich tun, und du kannst nichts gegen uns tun.«

»Was du nicht sagst. Wenn ihr auch nur mit der Wimper zuckt, packe ich euch alle in einen Flieger zurück nach Hause. Was glaubst du denn? Dass du Frankreich von hinten ficken und dir dann auch noch den Schwanz mit dem Vorhang abwischen kannst?«

»Daran erkennt man deine Klasse, Morvan.«

Der alte Polizist packte den Schwarzen am Korsett.

»Du glaubst wohl immer noch, dass deine Scheiße nicht stinkt? Mal sehen, was du sagst, wenn die eingeölten Schwulen dich im Hochsicherheitsgefängnis von Fleury-Mérogis so richtig rannehmen!«

Luzekos Lippen verzogen sich zu einem leichten Lächeln. Das Cannabis und seine exzentrische Entspanntheit hielten seine Gefühle auf Distanz. Langsam griff er nach Morvans Arm und befreite sich aus dem Griff des alten Polizisten. Morvan wehrte sich nicht. Am liebsten hätte er Luzeko die Paviannase eingeschlagen, aber der Mann war vermutlich bewaffnet.

Grégoire zog sich in den Haschischnebel zurück und wartete.

Immer noch kerzengerade aufgerichtet, steckte der Schwarze eine Hand in sein Jackett. Morvan spannte die Muskeln an. Aber Luzeko holte nur sein Mobiltelefon aus der Innentasche und begann, darauf herumzutippen.

»Findest du, dass jetzt der richtige Moment ist, deine Nachrichten abzurufen?«

»Nicht meine Nachrichten, Bruder. Ich schaue mir deine Schweizer Konten an. Und die deines Sohnes.«

»Gib her!«

Er streckte den Arm aus, aber Luzeko wich ihm mit einer für einen Invaliden erstaunlich geschickten Bewegung aus.

»Glaubst du, du bist der Einzige, der Akten angelegt hat, *Toubab*?« Er studierte das Display. »Wusstest du, dass Loïc immer noch ein gemeinsames Konto mit seiner Frau hat? Nicht sehr vernünftig angesichts ihrer derzeitigen Beziehung …«

Morvan ballte die Fäuste.

»Scheißneger!«

Der schwarze Lauf einer 45er ließ ihn erstarren. Grande Chaleur richtete die Waffe auf ihn.

»Setz dich hin und hör mir gut zu.«

Morvan ließ sich auf seinen Stuhl fallen.

»Wir geben uns nicht damit zufrieden, am Bahnhof Gare du Nord ein paar Figuren zusammenzuschlagen. Wir haben unser Netz, unsere Verbündeten und unsere Datenkanäle. Du selbst hast uns das beigebracht, Morvan.«

»Warum bedroht ihr meinen Sohn?«

»Ich sage dir doch, dass wir das nicht sind.« Mit der linken Hand griff Luzeko nach dem verklebten Stück Papier und warf es Morvan ins Gesicht. »Eine Ochsenzunge? Eine Drohung in schlechter Rechtschreibung? Für wie blöd hältst du uns? Als dein Sohn halb besoffen sein Abi gemacht hat, habe ich längst Politikwissenschaft studiert.«

Morvan steckte den Brief ein und gab vor, zu kapitulieren. Er stand auf und strich seinen Anzug glatt. Einen Sekundenbruchteil später ließ er die Handkante wie beim Aikido auf den Handknochen des Schwarzen krachen, der ohne einen Laut die Waffe fallen ließ. Mit der anderen Hand hob er ihn hoch. *Nicht schlecht für dein Alter.*

Während er Luzeko festhielt, zog er sein Handy aus der Tasche. Der Schwarze wehrte sich nicht. Der Bulle hielt ihm das Display unter die Nase.

»Ich habe auch meine Auskünfte. Weißt du, was das ist, Arschgeige? Der nächste Transport zum Internationalen Strafgerichtshof. Freu dich: Du stehst ganz oben auf der Liste.

»Was … was quatschst du da?«

»Wir haben deine Vergangenheit im Busch keineswegs vergessen.«

»Alles nur Lügen.«

Der Alte ließ den Schwarzen los und lachte. »Wusstest du, dass Kannibalismus äußerst potenzsteigernd wirkt? Also wirklich – nach allem, was du da in dich reingeschaufelt hast, musst du dort im Urwald einen Haufen kleiner Bastarde haben.«

»*Nquilé*, du …«

»Schnauze. Wenn du querschießt, wird es mir ein Vergnügen sein, in Den Haag gegen dich auszusagen.«

»Was genau willst du?«

»Finde die Arschlöcher, die diese Botschaft geschrieben haben und sieh zu, dass du rauskriegst, wer sich dahinter versteckt.«

Er trat zwei Schritte zurück. Es war immerhin möglich, dass Grande Chaleur noch einmal aktiv wurde. Aber der rückte lediglich sein Korsett zurecht.

»Ich gebe dir achtundvierzig Stunden. Ein Wort von mir, und dein Name verschwindet von dieser Liste.«

»Soll ich dich anrufen?«

»Soweit kommt es noch! Nein, ich hole mir deine Antwort höchstpersönlich ab«, erklärte er und ging zur Tür.

Draußen wischte er sich Gesicht und Nacken mit Papiertaschentüchern ab. Sein Anzug stank nach Schweiß und Haschisch – er musste sich tatsächlich noch einmal umziehen.

Auf dem Boulevard de Strasbourg hatten sich um die Eingänge zur Metro bereits die üblichen Verdächtigen versammelt. Frisöre, die Haare glätteten. Berufsmäßige Slacker. Straßenverkäufer. Alle möglichen Arten von Dealern, vermutlich bewaffnet, um sich nicht ausrauben zu lassen. Eine ausweglose Verquickung von Überleben und Geld, Handel und Nichtstun, Gewalt und Lebensfreude. Scheißschwarze … Eigentlich mochte Morvan sie ganz gern.

Mit einem Wisch schloss er das Dokument, das er Luzeko unter die Nase gehalten hatte. Es war eine Liste beförderter Polizisten und ihrer jeweiligen Versetzung. Es gab kein internationales Verfahren wegen Katanga. Niemand hatte es eilig, dort zu ermitteln. Nur die Ausbeutung von Minen war interessant.

Im Weitergehen sagte er sich, dass auch Luzeko wahrscheinlich geblufft hatte. Die angeblichen Daten waren in Wirklichkeit vermutlich die letzte Rechnung der Reinigung, in die er seinen Anzug gegeben hatte.

Zwei Gangsterbosse mit Manschetten. Zwei Angsthasen, die einander so viel vorzuwerfen hatten, dass es genügte, wenn einer sein Handy einschaltete, damit der andere sich ins Hemd machte. Erbärmlich!

In diesem Augenblick begann das Telefon in seiner Hand zu vibrieren. Erwan.

31

»Was redest du da?«

Erwan wiederholte seine Erklärungen: der Bombenkrater, die Untersuchungen, die Entdeckung des Siegelrings. Auch wenn er seinem Vater den Ring am Telefon nicht ins Gesicht werfen konnte, so klang es doch sehr deutlich danach.

»Jetzt beruhige dich erst mal«, donnerte Morvan mit Stentorstimme. »Du bist Bulle. Dein Job ist es, Fakten zu analysieren.«

»Aber nicht jeder Bulle findet an einem Tatort ein solches Indiz.«

»Es ist nicht mein Ring.«

»Du vergisst, dass ich ihn sehr gut kenne. Unser Familienwappen: der Adler und der Farn.«

»Ich trage meinen Siegelring am Finger.«

»Wirklich? Du hast immer behauptet, dass es nur diesen einen mit den Symbolen unseres Clans gibt.«

»Ich habe gelogen.«

Erwan schwieg. Manchmal hatte man Glück im Unglück, und die Maske fiel.

»Ist nur Tinnef«, gestand Morvan. »Habe ich auf irgendeinem Markt im Finistère oder in den Côtes-d'Armor erstanden.«

»Warum hast du dann so einen Wirbel darum gemacht?«

Erwan beruhigte sich. Eine Lüge war besser als ein Mord.

»Weil ihr eure Wurzeln immer verachtet habt. Ich dachte, mit diesem Ring könnte ich dafür sorgen, dass ihr eure bretonische Herkunft für glaubwürdiger haltet.«

Erwans Tonfall wurde ironisch.

»Willst du damit sagen, dass die Dynastie der Morvan-Coätquen gar nicht existiert?«

»Sie existiert, aber wir waren nie die Nachkommen von Aristokraten. Wir waren einfache Fischer. Was uns im Übrigen nicht daran gehindert hat, an der Chouannerie teilzunehmen.«

»Warum sollte ich dir heute glauben, wo du uns doch schon seit unserer Geburt anlügst?«

»Ich kann dir nur sagen, dass sich der Siegelring an meinem Finger befindet. Du kannst dich im Internet oder in jedem Souvenirladen davon überzeugen, dass man ihn überall kaufen kann. Ich habe ihn mir nach Gaëlles Geburt in den achtziger Jahren besorgt.«

»Ich kann nicht an einen Zufall glauben.«

»Du sollst nicht glauben, du sollst finden. Lässt du eine DNA-Analyse machen?«

Kaum war sein Schuldeingeständnis beendet, schlug Morvan schon wieder seinen autoritären Ton an.

»Unnötig. Wir haben ihn aus dem Schlamm ausgegraben. Der ganze Tatort schwimmt förmlich. Keine Chance, irgendetwas zu finden.«

»Du hast bisher nichts von dir hören lassen. Die Version mit der Mutprobe ist also vom Tisch?«

»Ich würde eher von Lynchjustiz sprechen. Wissa Sawiris wurde erst gefoltert und dann umgebracht. Er war bereits tot, als die Rakete einschlug.«

»Was weißt du sonst noch?«

Erwan konnte ihm nur Mutmaßungen über den Studenten liefern, der in der Heide gemartert und von dem oder den Tätern in den Bunker entsorgt worden war.

»Schon Verdächtige?«

»Die Flugschüler von Kaerverec. Entweder sind sie total durchgedreht, oder sie wollten einen peinlichen Zeugen eliminieren.«

»Einen Zeugen für was? War Vorsatz im Spiel?«

»Alles ist möglich. Ich würde nicht einmal einen Mörder von außerhalb ausschließen, der zufällig vorbeikam.«

»Du fischst also noch komplett im Trüben.«

Erwan antwortete nicht. Er musste vor allem die Sache mit dem Ring aufklären.

»Hast du schon einen Bericht geschrieben?«, fragte sein Vater weiter.

»Noch nicht, aber das geht schnell.«

»Und die Pressekonferenz?«

»Können wir heute nicht machen. Zu wenige Anhaltspunkte.«

Morvan verwandelte sich mehr und mehr in einen Befehlshaber.

»Ich will bis heute Abend einen detaillierten Bericht, per Mail. Und du gibst nichts an die Staatsanwaltschaft, was ich nicht zuvor gelesen habe. Ich regle das mit denen. Pressekonferenz allerspätestens morgen früh, ganz egal, wie weit ihr mit den Ermittlungen seid.«

Erwan suchte nach Einwänden, aber der Alte hatte recht: Die Frist konnte nicht noch weiter verlängert werden. Er legte auf und sah sich um.

Sie hatten an der Stelle festgemacht, wo die Zodiacs der Schule vor Anker lagen. Ein einfacher, von Schilf umgebener Ponton, dessen Pfeiler tief im Schlick steckten. Erwan hatte sich für das Telefonat mit seinem Vater ein Stück von den anderen entfernt. Auf Sirling gab es kein Netz. Archambault reinigte den Zodiac, Verny und Le Guen halfen den Forensikern, ihre Köfferchen auszuladen. Fast, als kämen sie von einem Campingurlaub zurück.

Erwan lief ein Stück am Ufer entlang und fand eine Touristenküste vor, mit hübschen weißen Häusern mit blauen Fensterläden und blühenden Hortensien in jedem Garten. Wie war es zu erklären, dass bei so vielen potenziellen Zeugen niemand etwas gehört oder gesehen hatte?

Zwar glaubte er seinem Vater immer noch kein Wort, aber sein Verdacht war in sich zusammengefallen. Wäre der Alte tatsächlich in diesen Mord verwickelt – aus welchem Grund auch immer –, hätte er niemals persönliches Eigentum am Tatort zurückgelassen. Und wenn doch, hätte er das bemerkt und ganz bestimmt nicht seinen Sohn ermitteln lassen. Abgekartetes Spiel? Oder tatsächlich nur ein weiterer Ring, wie er behauptete?

Erwan ging an den Strand hinunter, zog Schuhe und Strümpfe aus und grub seine Zehen in den feuchten Sand. Es herrschte Ebbe. Einige Boote lagen auf der Seite im Schlick. Der Anblick wirkte traurig, ja sogar verzweifelt, aber er lieferte Erwan eine neue Erkenntnis über das Land: Diese Boote schwammen nicht immer nur auf dem Meer, ebenso wenig, wie die Menschen nur auf dem Sand herumliefen. Zwischen ihnen herrschte eine innige Verbindung. Es war eine Art Verschmelzung, eine uralte Vereinigung mit der bretonischen Erde.

Er kontrollierte seine Nachrichten. Muriel Damasse, Vincq, die Eltern von Wissa … Er hatte keine Lust mehr auf Kontakte, er wollte sich ausschließlich auf seine Ermittlungen konzentrieren.

Er erreichte eine kleine, von Pinien und Zypressen umgebene Bucht. Die Wellen hatten alle möglichen Abfälle angeschwemmt: Tauenden, Styroporreste, Treibholz …

Sein Telefon klingelte. Vorsichtig konsultierte er zunächst das Display: Clemente, der Gerichtsmediziner.

»Ich habe Neuigkeiten.«

»Welcher Art?«

»Was die Verletzungen betrifft.«

Erwan beobachtete, wie seine Kollegen in einiger Entfernung zu den Fahrzeugen gingen. Koffer und Taschen verschwanden in den Kofferräumen.

»Ich habe die am besten erhaltenen Teile überprüft«, fuhr Clemente fort. »Diejenigen, an denen ich Gewebe, Schnitte und Blutungen analysieren konnte. Es ist erschreckend: Die Verletzungen sind wirklich überall, die meisten davon wurden durch Stichwaffen hervorgerufen. Drahtstifte oder Klingen.«

»Haben Sie Fragmente dieser Waffen gefunden?«

»In einigen Wunden, ja.«

»Konnten Sie sie identifizieren?«

»Nein. Die Hitze hat das Metall zum Schmelzen gebracht und …«

»Schicken Sie sie an Neveux von der Spurensicherung. Sonst noch was?«

»Ich kann jetzt definitiv bestätigen, dass die Folter zu Lebzeiten des Jungen stattgefunden haben muss. Vor allem das Gesicht hat mich schockiert. Der Mörder hat es geradezu blindwütig zerstört. Wahrscheinlich hat er einen Drahtstift oder einen Schraubenzieher benutzt, auf jeden Fall irgendetwas in der Art, und hat ihm damit Löcher in die Wangen und ins Zahnfleisch gebohrt. Auch eine der Schultern ist mehrfach perforiert worden …«

Erwan spürte seine Füße nicht mehr, die ganz im kalten Sand versunken waren. In diesem Moment durchbrach die Sonne die dicken Wolken und strahlte über der kleinen Bucht. Die Felsen waren plötzlich mit Pailletten bedeckt, und die Wassertröpfchen an den Piniennadeln glitzerten und blitzten.

»Sind Sie schon dazu gekommen, andere Körperteile zu überprüfen?«

»Nur einen Teil des Abdomens. Ich habe im Innern ein wenig unbeschädigtes Gewebe gefunden, das ich einer ausführlicheren Analyse unterziehen konnte. Ihm wurden einige seiner Organe entfernt.«

»Wie bitte?«

»Ich habe sehr saubere Schnitte durch Nerven und Bänder gefunden. Sie wurden eindeutig mit einem Spezialwerkzeug ausgeführt.«

»Einem Skalpell?«

»Irgendwas in der Art.«

»Könnte der Mörder Arzt sein?«

»Zumindest hat er anatomische Kenntnisse. Ob er allerdings fünfzehn Jahre Forschungserfahrung hat oder einfach nur Sanitäter an der Front war, kann ich nicht sagen.«

»Wie kommen Sie auf ›Front‹?«

»Ist mir so rausgerutscht. Vielleicht wegen der militärischen Atmosphäre.«

Autotüren wurden zugeschlagen. Erwan drehte sich um: Alle waren bereits eingestiegen, er konnte die auf ihn gerichteten Augenpaare hinter den Windschutzscheiben erahnen. Mit einem Handzeichen bat er sie um Geduld.

»Welche Organe sind verschwunden?«

»Eine verlässliche Aussage ist schwierig. Die Leber, die Blase, die Prostata … weiter unten ist er zu sehr lädiert, um eine präzise Schlussfolgerung ziehen zu können, aber ich glaube, dass auch seine Geschlechtsorgane entfernt wurden. Das würde zu dem anderen passen.«

»Zu welchem anderen?«

»Er wurde vergewaltigt.«

»Woher wollen Sie das wissen, wenn dieser Bereich beschädigt ist?«

»Hinten nicht. Tut mir leid, dass ich so ins Detail gehen muss, aber seine Analregion weist zahlreiche Verletzungen auf. Der Zustand von Darmwand und Schließmuskel lässt darauf schließen, das Wissa eine äußerst brutale Vergewaltigung erdulden musste.«

»Als er noch lebte?«

»Zweifellos, denn das Gewebe hat geblutet.«

Das war eine Disziplin, in der Erwan sich auskannte: sexuelle Gewalt, durch den Tod substituierte Liebe, die Rohheit des Mannes …

»Haben Sie Sperma gefunden?«

»Nein, es hat keine Ejakulation gegeben. Der Vergewaltiger hat ein Werkzeug benutzt. Ein Instrument. Bestimmte Einschnitte am Gesäß lassen auf etwas mit vielen Klingen schließen, vielleicht eine mit Schneiden oder Nägeln gespickte Eisenstange. Oder etwas in der Art der sogenannten Morgensterne im Mittelalter, also Keulen mit eisernen Stacheln.«

Medizinische Kenntnisse, Organentnahme, die Verwendung irrer Instrumente: Die anfängliche Überlegung, es könne sich um einen Fall von improvisierter Lynchjustiz handeln, rückte wieder in weite Ferne. Nach allem, was sie jetzt wussten, schien hier eher ein psychopathischer Mörder am Werk gewesen zu sein. Erwan musste an Wissas Eltern denken, die den Autopsiebericht sicher würden lesen wollen.

Erwan kam noch einmal auf den chirurgischen Aspekt zurück, der eine lediglich chaotische Gewaltanwendung ad absurdum führte.

»Könnte denn ein medizinisches Interesse an den entnommenen Organen bestehen? Zum Beispiel für eine Transplantation?«

»Nein. Zunächst einmal ist die Entnahme nicht unter keimfreien Bedingungen erfolgt, um das … na ja, das Material zu erhalten. Ehrlich gesagt glaube ich eher, dass der Kerl das Zeug für seine persönliche Sammlung braucht und sich jeden Abend vor seinem Weckglas voller Organe einen runterholt.«

Clementes Zynismus brach erneut durch, aber seine Stimme klang erschöpft. Er gibt nichts Ermüdenderes als menschliche Brutalität.

Die Sonne hatte sich wieder hinter den Wolken verkrochen. Auf der kleinen Bucht lastete jetzt ein Licht, das alles in graues Blei verwandelte. Die Landschaft schien kaum atmen zu können.

»Könnten Sie das alles bitte aufschreiben und mir per Mail schicken?«

»Ich bin noch nicht fertig.«

»Haben Sie noch mehr gefunden?«

»Das kann ich Ihnen morgen früh sagen.«

»Rufen Sie mich an, sobald Sie etwas finden. Auch nachts. Sie haben wirklich gute Arbeit geleistet.«

»In manchen Fällen würde man es lieber dabei belassen.«

»Vergessen Sie nicht, Neveux die geschmolzenen Metallsplitter zu schicken.«

Erwan legte auf und rannte zu den Autos. Es fing schon wieder an zu regnen.

»Die Staatsanwaltschaft hat angerufen«, warnte Archambault. »Sie möchten, dass Sie …«

»Später. Die gehen mir auf die Nerven.«

Ohne zu antworten, bog der Gendarm auf die Landstraße ab. Die Sicht betrug höchstens drei Meter, dicke Tropfen zerplatzten auf der Windschutzscheibe wie Wasserbomben. Die undurchsichtige Wasserflut passte zu Erwans innerer Verwirrung. Es war ihm nicht möglich, einen klaren Gedanken zu fassen. Plötzlich bemerkte er, dass Archambault etwas sagte.

»Bitte?«

»Philippe Almeida wartet auf dem Stützpunkt auf Sie.«

»Wer ist das?«

»Der Arzt von Kaerverec. Sie wollten ihn treffen.«

»Ach ja, richtig. Natürlich.« Er hatte es völlig vergessen. »Aber nicht in der Schule.«

»Wo sonst?«

»Bei der *Narval*.«

»Dem Wrack?«

Erwan hatte den Namen ohne nachzudenken ausgesprochen. Damit würde er zwei Fliegen mit einer Klappe schlagen: Er konnte den Arzt befragen und einen wichtigen Ort besichtigen, den Austragungsort des No Limit. Auch wenn er nicht mehr an eine misslungene Prüfung glaubte, so war das verlassene Schiff immer noch ein möglicher Tatort für ein Menschenopfer.

»In einer Viertelstunde.«

Der Spargeltarzan griff nach seinem Handy und warf einen Blick in den Rückspiegel. Die Autos von Le Guen und Verny sowie die Fahrzeuge der Forensiker und der Taucher folgten ihnen.

»Was soll ich den anderen sagen?«

»Die Arbeit geht weiter.«

32

Die *Narval* steckte im Sand wie ein verrosteter Dolch, lediglich ein Teil des vorderen Decks ragte in einem Winkel von zwanzig oder dreißig Grad heraus.

Erwan betrachtete es genauer, während er über den Strand ging. Das Schiff war in den 1960er-Jahren gebaut worden und maß mindestens hundert Meter. Während seiner Glanzzeit war das »Aviso-Begleitschiff«, wie Archambault es nannte, sicher ein

Aushängeschild der U-Boot-Abwehr gewesen. Jetzt aber war nur noch ein ausgeschlachtetes Gehäuse davon übrig. Nicht eine einzige Kanone oder irgendein anderes Teil der Ausstattung war noch in dem Wrack, das an einen riesigen herbstfarbenen Maiskolben erinnerte. Das Erstaunlichste war, dass es einfach an dieser Stelle liegen gelassen worden war wie der erste Grabstein eines Seemansfriedhofs.

Archambault hatte ihn gewarnt: Die Flut hatte eingesetzt, und das Wrack würde sich in etwa anderthalb Stunden komplett unter Wasser befinden.

Auf seiner Suche nach dem Zugang bemerkte Erwan Fußspuren im feuchten Sand. Er folgte ihnen wie der Kleine Däumling bis zu einer Öffnung im Rumpf, die bis in Kinnhöhe mit Sand gefüllt war. Dort tauchte er in den eisernen Schiffsbauch ein und betätigte die Taschenlampe, die Archambault ihm zur Verfügung gestellt hatte. Er befand sich in einem triefenden, von Salz zerfressenen Röhrensystem.

»Almeida?«

Vorsichtig folgte er auf der glitschigen Oberfläche dem Strahl seiner Taschenlampe. In den Tiefen des Laderaums stand Wasser. Es vibrierte, als erinnere es sich an die Wellen der letzten Flut.

Immer wieder richtete Erwan den Lichtstrahl auf seine in den Sand einsinkenden Füße. Die Neigung des Schiffsrumpfs erschwerte jeden Schritt. Die Stahlstrukturen ringsum schienen von einer grausigen Krankheit befallen zu sein. Wände, Rohre und Räder trugen die Spuren von Lepra, bleichen Krebsgeschwüren und roten Verbrennungen …

»Almeida?«

Vielleicht hatte ein anderer Besucher die Fußspuren hinterlassen, jemand, der früher am Morgen hier gewesen war. Erwan wagte sich in den nächsten Raum vor. Er hörte das leise Glucksen winziger Wasserrinnsale, das Brausen größerer Lecks und ein stetiges Tropfen in Pfützen …

Eine Leiter. Hier war man offenbar früher zu den Kabinen oder auf die Brücke gelangt. Erwan klemmte die Lampe zwischen die Zähne, kletterte an den Eisenstangen hinauf und erreichte das höher gelegene Stockwerk. Er quetschte sich durch die kreisförmige Öffnung, mit dem Bild alter U-Boot-Filme im Kopf, in denen Matrosen ihre Zeit damit verbrachten, durch Luken zu gleiten und Schotten zu schließen.

Er betrat einen Flur, der zwar immer noch nach links geneigt, aber zumindest trocken war. Mit der Hand am Geländer der oberen Wand tastete er sich vorwärts.

»Almeida?«

Erwans Stimme verlor sich im Plätschern. Im Strahl der Taschenlampen waren nur verschlossene Türen zu sehen, bis er schließlich oberhalb eine Öffnung entdeckte. Lediglich die Scharniere waren erhalten. Wieder gelang es ihm, hinaufzuklettern.

Der Bereich musste einmal ein Schießstand oder ein Torpedoraum gewesen sein. Lange Verschalungen, riesige Gestelle. Bullaugen ließen mit Regentropfen durchsetzte Bündel grauer Helligkeit eindringen. Im gesamten Raum herrschte ein faszinierendes Dämmerlicht, das sich bewegte wie der Grund eines Aquariums.

»Hier bin ich.«

Erwan kniff die Augen zusammen und entdeckte einen Schatten, der hinter einigen verrosteten Fässern saß. In schiefer Haltung bewegte er sich vorwärts, stieß sich mal ab und hielt sich mal fest, um nicht umzufallen.

Der Arzt saß auf einem Metallrad. Mit seinem hängenden Schnurrbart erinnerte er an einen Musiker aus den 1970er-Jahren: Nick Mason, den Schlagzeuger von Pink Floyd. Er war ungefähr fünfzig, trug das Haar lang und sah aus wie ein besiegter Wikinger.

»Warum wollten Sie sich ausgerechnet hier mit mir treffen?«

Sein Tonfall war aggressiv, aber zumindest umgingen sie damit jegliches Vorgeplänkel. Erwan setzte sich auf eine Röhre.

»Weil ich glaube, dass dieser Ort hier mit dem Mord an Wissa Sawiris zu tun hat.«

»Er wurde ermordet?«

»Hat man Sie nicht informiert?«

Der Arzt nickte und fuhr sich durch die Haare.

»Am besten erzählen Sie mir alles, was Sie wissen, dann sparen wir Zeit«, meinte Erwan.

»Ich weiß gar nichts.«

Nicht gerade der beste Anfang für ein entscheidendes Verhör.

»Aber Sie hatten doch an diesem Wochenende Bereitschaft und waren der zuständige Arzt für K76?«

»Das ist richtig.«

»Hat man zwischen Freitagabend und Samstag früh mit Ihnen Kontakt aufgenommen?«

»Nein.«

»Und am Samstagmorgen, nachdem Wissa vermisst wurde?«

»Auch nicht. Man hat seine Überreste auf Sirling gefunden und sie sofort ins Cavale Blanche gebracht.«

»War es das erste Mal, dass Sie während einer Mutprobe Bereitschaftsdienst hatten?«

»Nein. Ich mache das seit etwa zehn Jahren. Budgetkürzungen, müssen Sie wissen. Vor allem aber gestattet es den Uniformierten, sich die Hände nicht schmutzig zu machen.«

»Wie meinen Sie das?«

»Nun, die Lektüre oder Archivierung gewisser Berichte könnte durchaus unangenehm werden.« Almeida strich seine Haare nach hinten. Am linken Ohr trug er einen Ohrring. »Hören Sie auf, wie eine Katze um den heißen Brei zu schleichen. Was genau wollen Sie wissen?«

»Sagt Ihnen der Begriff No Limit etwas?«

»Ja.«

»Mussten Sie schon Verletzungen behandeln, die bei dieser Prüfung aufgetreten sind?«

»Ja.«

»Welcher Art?«

»Schnittverletzungen und Verbrennungen.«

Erwan hatte Glück: Almeida benutzte zumindest kein Fachchinesisch.

»Was tragen Sie in einem solchen Fall als Befund ein?«

»Ich denke mir etwas aus.«

»Warum nicht an den Tatsachen rütteln?«

»Die Wahrheit würde nichts nützen. Die jungen Soldaten würden mir sofort allesamt widersprechen, und ich wäre der einzige Zeuge der Anklage.«

»Kommen die Flugschüler auch während des restlichen Jahres zu Ihnen?«

»Natürlich. Das No Limit findet das ganze Jahr über statt. Die Prüfungen, und damit auch die Verletzungen, gehören zur Ausbildung in K76 und dauern während der gesamten zwei Jahre hier an. Sie gehören dazu, wie der Sport oder das Herumrobben in der Heide.«

»Und dann kommen die Soldaten zu Ihnen?«

»Sie haben keine andere Wahl. Im Krankenhaus würde man Erklärungen verlangen, und die Ärzte würden Berichte schreiben. Im Übrigen verfügen die kleinen Landser in den meisten Fällen über ziemlich gute Selbstheilungskräfte.«

»Wie erklären Sie sich, dass keiner von ihnen aufbegehrt?«

»Jemand hat sie in seinen Bann geschlagen.«

»Wer?«

»In Afrika sagt man: ›Der Fisch stinkt vom Kopf her.‹ Es ist di Greco, der sie manipuliert. Sie nennen ihn den ›Großen Kranken Mann‹.«

»Weil er verrückt ist?«

»Nein, weil er unter einer genetischen Krankheit leidet, die seine Knochen verformt.«

»Dem Marfan-Syndrom?«

Nick Mason nickte, als begleite er den Rhythmus eines neuen Stückes.

»Sie wissen ja gut Bescheid.«

»Darf di Greco denn immer noch Befehle erteilen?«

»Vor zwei Jahren wurde er aufs Altenteil abgeschoben. Er hat keinen eigenen Aufgabenbereich mehr und trägt auch keine Verantwortung. Er ist fast blind und hat Schwierigkeiten, sich zu bewegen. 2010 hatte er einen schweren Schub, und seitdem hat sich sein Zustand sehr verschlechtert. Der Mann gehört zum alten Eisen.«

»Wie konnte er mit einem derartigen Handicap Karriere in der Armee machen?«

»Auch de Gaulle litt am Marfan-Syndrom, aber das hat ihn nie sonderlich beeinträchtigt.«

Die Erwähnung de Gaulles lieferte Erwan eine traumhafte Überleitung. »Aber was macht er auf einem Flugzeugträger?«

»Er erfüllt nur noch ehrenamtliche Aufgaben, die seinem Ansehen entsprechen. Seine Anwesenheit wird nur noch wegen seiner Heldentaten mehr oder weniger toleriert.«

»Welche Heldentaten?«

»Ich habe keine Ahnung. Ich glaube, er möchte an Bord der *CDG* sterben.«

Also hatte di Greco nur noch wenige Jahre zu leben. Und um sich zu beschäftigen und möglicherweise auch um sich für sein Schicksal zu rächen, zerrte dieser Perversling die Flugschüler von K76 in eine Spirale der Gewalt.

»Haben Sie ihn schon einmal behandelt?«

»Niemand darf ihm nahe kommen. Er lehnt jede ärztliche Behandlung ab.«

»Warum?«

»Es gibt da einige Gerüchte. Man erzählt, dass er einmal im Cavale Blanche ein MRT machen lassen musste – dabei wäre dem Personal das Gerät beinahe um die Ohren geflogen, weil der Mann so viel Metall im Körper hat.«

»Prothesen?«

»Nein, Nadeln. In seinem Körper stecken Dutzende davon. Das No Limit gilt auch für ihn. Der Kerl kasteit sich ununterbrochen.«

»Wie einer dieser verrückten Priester?«

»Ja, der Vergleich passt. Die Armee ist seine Religion, und sein Gott ist das Übel.«

Der Doc schien gern pathetisch zu sein, aber Erwan verstand, worum es ging. Er musste an die in Wissas Körper gefundenen

Metallspitzen denken. Der gleiche Hintergrund? Nein, Clemente hatte von Fragmenten von Stichwaffen gesprochen, die dazu gedacht waren, ihn zu verletzen und zu töten.

»Kommt er noch manchmal nach Kaerverec?«

»Ab und zu. Angeblich organisiert er nachts auch heimliche Zusammenkünfte mit seinen Schülern …«

»Wo?«

»Hier auf der *Narval*.«

Das Wrack war also nicht nur Schauplatz des No Limit, sondern auch der Ölberg des Gurus. Die verrostete Kathedrale bot ihm die perfekte Umgebung.

»Worin besteht seine … Philosophie?«

»Ich war nie bei einer seiner Ansprachen, aber die Studenten berichten mir manchmal davon. Seine Vision beruht auf dem sogenannten *Furor* der Krieger in der Antike.«

»Was soll das sein?«

»In epischen Gedichten der Griechen geraten Soldaten in eine Art Trancezustand, der sie unbesiegbar und unkontrollierbar zugleich macht. Der Geschmack des Blutes verleiht ihnen göttliche Kräfte. Di Greco möchte diese Trance beherrschen. Er will seine Soldaten so stählen, dass sie den *Furor* erreichen, sie aber gleichzeitig auch steuern.«

»Aber wir reden hier von Piloten, oder?«

»Piloten, Seeleute, Infanteristen, ganz egal: Hier geht es vor allem um mentale Kraft. Um Männer, die in der Lage sind, ihre Ausdauer um das Zehnfache zu steigern.«

»Haben Sie Ihren Patienten nie dazu geraten, ihren Vorgesetzten Bericht zu erstatten?«

»Wie schon gesagt: Es wäre sinnlos. Die Offiziere würden die Augen verschließen und die jungen Männer würden rausgeschmissen.«

»Aber sie könnten sich wenigstens ihren Folterern gegenüber behaupten.«

Almeida trommelte mit den Fingern auf eines der Fässer. Mehr denn je glich er Nick Mason.

»Sie scheinen nicht zu verstehen. Die meiste Zeit sind es die Schüler selbst, die sich verletzen. Selbst ist der Mann …«

Seit er den ersten Fuß in K76 gesetzt hatte, empfand Erwan ein diffuses Unbehagen. Und was er gerade erfuhr, erklärte seine Unruhe: Di Greco war dabei, eine neue Art von Kriegern zu erschaffen, die weder Schmerz noch Tod fürchteten. Ob Wissa wegen dieser Exzesse gestorben war?

»Warum erzählen Sie mir das alles?«

»Weil ich finde, dass dieser Irrsinn schon viel zu lange dauert. Der Tod dieses Jungen war der Tropfen, der das Fass zum Überlaufen gebracht hat …«

»Was könnte Ihrer Ansicht nach passiert sein?«

»Keine Ahnung. Aber die Nacht von Freitag auf Samstag war eine echte Walpurgisnacht.«

»Glauben Sie, die anderen haben ihn gefoltert?«

Der Wikinger stand auf.

»Wir müssen gehen. Die Flut kommt.«

Erwan rührte sich nicht.

»Sagen Sie mir, was Sie denken.«

»Di Greco hat sie wild gemacht, wie man einen Hund wild macht, indem man ihn aushungert oder schlägt. Sie haben sich an dem Kleinen gerächt.«

»Wissen Sie, ob einer der Studenten über medizinische Kenntnisse verfügt?«

»Nein.«

»Ist einer der Füchse sadistischer als die anderen?«

»Das weiß ich nicht.«

»Wären Sie bereit, vor Gericht auszusagen?«

»Vor welchem Gericht?«

»Schwurgericht. Militärgericht. Alle werden etwas zu tun bekommen.«

Almeida verschwand durch die Öffnung. Seine Stimme hallte geradezu schaurig:

»Kein Problem. Ich habe die Nase gestrichen voll von dem ganzen Mist.«

33

Loïc hatte die Sache mit der Zunge noch immer nicht wirklich verdaut.
Um 15 Uhr verließ er das Sprechzimmer von Doktor Lavigne in der Abteilung Erwachsenenpsychiatrie des Krankenhauskomplexes Hôpitaux de Saint-Maurice. Er hatte sich vergeblich bemüht, seiner Arbeit nachzugehen. Die Angst wollte einfach nicht aufhören, ihn zu quälen. Nachdem er sich morgens übergeben hatte, hatte er sich ein paar Lines und eine Handvoll Angsthemmer genehmigt, aber nichts davon wirkte. Beim Mittagessen mit einigen wichtigen schottischen Investoren hatte er bis zum Hauptgang durchgehalten, dann fing er an, nach Luft zu schnappen. Die Wände schienen sich zu bewegen, und die Gesichter seiner Gesprächspartner verformten sich zu grinsenden Masken … Er war ohne ein Wort der Entschuldigung geflüchtet.

Zunächst hatte er sich versucht gefühlt, sich wieder guten alten Bekannten zuzuwenden: Freebase, Acid oder Brown Sugar. Drogen waren nun einmal das beste Rezept gegen seine Probleme. Es sei denn, sie waren deren Ursprung …

Schließlich war es ihm gelungen, seinen Wagen über die Stadtautobahn nach Osten zu steuern. Er musste sich ans Lenkrad klammern, um seine Krämpfe zu beherrschen. Richtung Charenton – dem berühmten Asyl, in dem sich auch der Marquis de Sade und Paul Verlaine aufgehalten hatten. Später war es zu Esquirol und heute zu Saint-Maurice geworden. *Welcome back home*.

Lavigne hatte ihm zunächst eine Notfalldosis Solian verabreicht, das Neuroleptikum, das Loïc am besten vertrug, und ihn dann eine geschlagene Stunde warten lassen. Er hatte zitternd auf einer Bank im Garten gesessen und darauf gewartet, dass das Amisulprid zu wirken begann. Dann war er die Terrassen hinaufgelaufen und hatte auf den Rasenflächen vor sich hin geträumt. Er liebte diesen Ort, auf der Kuppe des Gravelle-Hügels oberhalb des Marnetals, dessen Bauten von der Villa d'Este inspiriert waren. Hier fühlte er sich sicher und fern von Blicken, die ihn verurteilten. Hier traf man weder Banker noch Industriekapitäne oder Politiker. Und wenn, dann im Pyjama und in der gleichen Lage wie er.

Als er endlich im Sprechzimmer von Lavigne saß, spulte er seine ganze Litanei hinunter: Ängste, Heulen und Wehklagen, zweifelhafte Analysen über sein Leben und seine Phobien. Alles sprudelte aus ihm heraus, ehe er schließlich in eine Abhandlung über den paradoxen Charakter des Buddhismus abschweifte, der Mitgefühl ebenso wie Gleichgültigkeit und Liebe sowie Rückzug von der Welt predigte …

»Sprechen Sie bitte über Ihr wirkliches Problem«, unterbrach der Psychiater schließlich seinen Redefluss.

Loïc hatte um ein Glas Wasser gebeten – seine Kehle brannte wie Feuer – und ihm dann von dem Päckchen erzählt. Dabei hatte er sein Entsetzen mit Hilfe vieler psychoanalytischer Klischees zu erklären versucht: Afrika, das Land seines Vaters, das Land der Kastration und …

»Ich sagte: das wirkliche Problem.«

Loïc war in Tränen ausgebrochen und hatte begonnen, von seinen Kindern zu sprechen. Und von Sofia. Von der drohenden Scheidung. Erneut hatte er seine Rede mit Gedanken rund um seinen buddhistischen Glauben ausgeschmückt: Konnte er den Weg der Mitte überhaupt finden, wenn ihn seine Gefühle derart überwältigten? Der Psychiater gab ihm darauf keine Antwort.

Zu guter Letzt hatte sein Schweigen dazu geführt, dass Loïc den Brocken tatsächlich ausspuckte. Sofia hatte recht. Er war nur ein trockener Alkoholiker, ein ehemaliger Heroinsüchtiger und heute abhängig von Koks. Ein Mann auf der Flucht, ein Mann ohne jede Stabilität. Seine Kinder konnten sich nicht auf ihn verlassen, er verließ sich im Gegenteil auf seine Kinder. Er heulte, wütete und beruhigte sich irgendwann wieder. Wie jedes Mal, wenn er Lavignes Sprechstunde verließ, fühlte er sich besser. Zwar hatte er keines seiner Probleme gelöst, sie aber doch zumindest einmal laut ausgesprochen. Fürs Erste nicht schlecht.

Noch während dieses Gedankens bemerkte er weiter unten im Park zwei Männer. Sie sahen weder wie Patienten noch wie Pfleger aus, und noch weniger glichen sie Verwandten auf Besuch. Es waren zwei muskulöse, finster dreinblickende Schwarze in Lederjacken.

Höhr auf mit dein Mauschelei im Congo, sonst schneiden wir sie dir ab.

Innerhalb einer Sekunde kehrte die Angst zurück. Die *Combattants* hatten beschlossen, die Sache zu beenden. Man würde ihm zwischen den Laubengängen die Zunge herausreißen oder ihn, noch schlimmer, kastrieren. Schon kamen die Schwarzen dem Zickzack der Hecken folgend die Terrassen hinauf. Loïc zog sich unter die Bögen der Galerie zurück und begann zu rennen. Ein Weg zur Linken führte in den Gemüsegarten des Instituts, wo er viele Wochen damit verbracht hatte, zu hacken, zu säen und zu jäten. Er umrundete das Gebäude und folgte dem Pfad bis zu den Beeten.

Am Ende des Gartens wuchsen Eichen und Kastanien, dahinter befand sich eine solide Mauer. Eilig lief er die Gartenwege entlang zu den Bäumen. In der Mauer war nicht die kleinste Lücke. Was hatte er gehofft? Sie waren hier in einer psychiatrischen Klinik und nicht in einem Feriendorf.

Schon hörte er hinter sich das Geräusch von Zweigen, die gegen Lederjacken peitschten. Plötzlich kam ihm ein absurder Gedanke: Er hatte seine Papiere im Auto gelassen – falls diese Schweine ihn jetzt und hier fertigmachen und in die Marne werfen würden, könnte niemand ihn identifizieren. Der nächste Gedanke war noch absurder: Loïcs Nasenscheidewand war mit Titan verstärkt, ein Geschenk von Thurnee; sein Vater hatte ihm oft erzählt, dass Leichen anhand der Nummer ihres Herzschrittmachers, ihrer Gelenkprothesen oder ihrer Brustimplantate identifiziert werden konnten. Bei ihm wäre es die Titanplatte.

Sein Laster.

Loïc lief an der Mauer des Gemüsegartens entlang. Alle ehemaligen Insassen des Esquirol wussten, dass es im Institut unterirdische Gänge gab. Die meisten davon waren inzwischen zugemauert, aber es gab immer noch Schächte, die in den Straßen von Saint-Maurice endeten. Über diese Schächte lief der Drogenhandel zwischen den Dealern und Patienten im Entzug.

Loïc rannte um ein Salatbeet herum und erreichte einen Weg, der zwischen den Eichen verschwand und an dessen Ende ein Holzhaus mit Gartenutensilien stand. Der Schlüssel dazu lag links über dem Dachfenster. Loïc angelte nach ihm und schloss die Tür auf. Die Hacke schien wie in alten Tagen nur auf ihn zu warten. Er nahm sie, spurtete hinaus, schoss um das Gartenhaus herum, zu dem Eisendeckel über dem Zugang zu den Schächten. Die Spitze seines Werkzeugs diente als Hebel, um den fünfzig Kilo schweren Deckel aufzustemmen.

Loïc warf die Hacke ins Gebüsch und kippte den Metalldeckel zur Seite. Das metallische Geräusch wurde von den Pflanzen gedämpft. Hinter ihm rannten seine beiden Verfolger die Wege entlang. Ihm blieb nicht genug Zeit, den Deckel nach dem Einstieg zu schließen, und so ließ er sich in den Schacht gleiten, in der Hoffnung, dass die beiden nicht hinter dem Gartenhaus suchten.

Er kletterte die Eisenleiter hinunter und erreichte binnen weniger Sekunden den Grund. Der erste Tunnel führte in sanftem Gefälle zu einem System aus Gängen hinab, die etwa dreißig bis vierzig Meter unter der Oberfläche lagen. Ehe er jedoch dieses Tunnelnetz erreichte, würde er sicher einen Schacht finden, durch den er hinaufsteigen konnte.

Er schritt forsch voran. Bald spürte er, wie Kälte und Feuchtigkeit ihn umschlossen. Bei jedem Schritt wurde es dunkler. Er betätigte einen Schalter und konnte die Umgebung ausmachen. Zuerst ein riesengroßer Keller in Kreuzform, an den sich ein Gewölbe aus den unterschiedlichsten Materialien anschloss: Bruchstein, behauener Felsen, Zement …

Jetzt rannte er wieder, die nackten Glühlampen wiesen ihm

den Weg. Ein weiterer Raum mit mehreren Tunnelgängen. Er entschied sich für den breitesten, der in früheren Zeiten zum Transport von mit Steinen beladenen Karren gedient hatte.

Der Untergrund aus festgetretener Erde veränderte sich, er lief jetzt auf Beton. An den Wänden waren düstere Graffiti zu erkennen, hinterlassen von entflohenen Patienten oder von Arbeitern, die zu Tode gekommen waren. Loïc rannte noch immer, als er hinter sich Schritte zu hören meinte. Er blieb stehen und versuchte, die Entfernung abzuschätzen – unmöglich! Alle Geräusche hallten von den Wänden wider, und seine Sinne waren von Angst, Medikamenten und Wahnsinn umnebelt.

Er irrte sich. Was er hörte, war nur der Regen. Das Gewitter, das schon die ganze Zeit drohend über ihnen geschwebt hatte, war endlich losgebrochen. In diesem Moment kam er an einer Wandmarkierung vorbei, an der die Höhe des Wasserstands abgelesen werden konnte. Dieses Detail erinnerte ihn daran, dass das Tunnelsystem ursprünglich für das Grundwasser entstanden war, das wiederum vom Wasserstand der Marne abhing. Bei Hochwasser oder schweren Niederschlägen füllten sich die Tunnel bis zur Decke.

Loïc rannte weiter. Der erste Schacht war sicher nicht mehr weit. Eine Leiter, und er befände sich in der Welt der Menschen. Doch das Grollen wurde stärker, als käme es auf ihn zu. Eine Geräuschhalluzination? Er drehte um und lief zurück. Legenden fielen ihm ein, Geschichten von Verrückten, die sich verirrt und den tobenden Wassermassen nicht mehr hatten entkommen können. Arme Kerle, die hier ertrunken waren und deren aufgelöste Knochen man – wie es hieß – mit dem Leitungswasser trank.

Er wurde schneller. Er hatte sich verirrt. Wieder wechselte er die Richtung. Er wusste nicht mehr, ob er ins Leben oder in seinen Tod lief.

Ein weiterer kreuzförmiger Keller. Vor ihm lagen drei Tunnelöffnungen. Er entschied sich aufs Geratewohl und rannte weiter, ohne zu wissen, ob er sich von der Gefahr entfernte oder mitten hineinlief. Es roch nach feuchten Steinen und Salpeter. Er verfaulte, er …

Er fiel mit dem Gesicht in den Schlamm. Als er aufstehen wollte, spürte er den Lauf einer Pistole im Nacken.

»Der Spaß ist vorbei, Kleiner.«

Loïc lag auf den Knien und versuchte, zu Atem zu kommen. Ein Schwarzer trat in sein Blickfeld. Loïc bedauerte, dass es ausgerechnet diese blöde Fresse sein sollte, die er als Letztes in diesem Leben zu Gesicht bekam. Schlechtes Karma.

Loïc schloss die Augen und rezitierte mit gefalteten Händen ein Bittgebet aus dem *Bardo Thödol*, dem *Tibetischen Totenbuch*, um seinen Übergang in die Zwischenwelt zu erleichtern:

»O ihr Mitfühlenden, die ihr in allen Himmelsrichtungen beheimatet seid, ausgestattet mit großem Mitgefühl und mit Liebe, gewährt ihr den empfindenden Wesen Schutz …«

Der Schwarze lachte laut auf, der andere, der hinter Loïcs Rücken stand, fiel sofort ein. So viele Jahre hatte Loïc damit verbracht, den Weg der Mitte zu suchen, so viele Anstrengungen unternommen, das Absolute zu erreichen, und alles nur, um in einem Keller zu Füßen zweier Blödmänner zu sterben. Schlechtes Karma.

Es klickte kurz. Lois glaubte, es handele sich um die Sicherung einer Waffe, doch das nächste Klicken passte nicht dazu.

Als er die Augen öffnete, erkannte er verblüfft, dass ihm Handschellen angelegt worden waren.

»Wer … wer sind Sie?«

»Was glaubst du denn?«

Der andere wühlte in seinen Taschen und förderte mehrere Gramm Kokain zutage.

»Wir sind die Polizei, Bürschlein«, schrie der Schwarze ihm ins Ohr. »Vom Rauschgiftdezernat.« Grinsend musterte er das Päckchen. »Leck mich, da sind mindestens zehn Gramm drin. Das reicht für den Knast. Von jetzt an bist du …«

»Ja aber … Sie sind doch beide schwarz?«

»Was glaubst du denn, Blödmann? Dass wir bei der Polizei immer ›ein Schwarzer, ein Weißer‹ spielen? Für wen hältst du uns? Wir sind doch keine Scheißoreos!«

34

Sie haben eine äußerst spezielle Art, Ermittlungen zu führen, mein Bester. Und damit meine ich nicht einmal Ihre Langsamkeit.«

»Die Angelegenheit ist viel komplexer als ursprünglich angenommen.«

Der Ausruf des Oberst brachte den Hörer zum Vibrieren.

»Aber Sie sind es doch, der alles verkompliziert! Sie verfrachten eine ganze Armada von Technikern nach Sirling, um längst erledigte Arbeiten durchzuführen, und verschwinden dann für einen ganzen Nachmittag. Kein Mensch konnte Sie erreichen.«

»Ich bin auf dem Weg zum Stützpunkt.«

»Na, das beruhigt mich aber«, bemerkte Vincq mit schneidender Stimme. »Morgen früh werden wir Wissas Tod in den Medien öffentlich bekanntmachen. Ich hoffe, Sie können Neuigkeiten beisteuern.«

Erwan ging zum Gegenangriff über.

»Beten Sie lieber, dass seine Eltern nicht vor uns an die Öffentlichkeit gehen. Wie es scheint, hat niemand sie über die Wendung informiert, die die Ermittlungen ans Licht gebracht haben.«

»Aber Sie hätten sie doch auf dem Laufenden halten müssen.«

Erwan antwortete nicht und ließ die Gardinenpredigt über sich ergehen, während das Auto an der Küste entlangfuhr. Die Küstenlinie wand sich wie eine grüne Schlange um graue und blaue Wülste. Manchmal stürzte sie abrupt in sich zusammen, dann wieder bildete sie eine lange, seichte, von vielen Jahrtausenden Wellengang polierte Bucht. Die gesamte Landschaft war von der Brandung gemeißelt worden.

Archambault bog nach rechts ab, und sie entfernten sich von der Küste. Jetzt bewunderte Erwan den fast mineralisch anmutenden Himmel: dunkel marmorierte Wolken, die gegen das Licht wie zerbröckelte Schiefersteinbrüche aussahen, Silberminen, die ihr schimmerndes Metall verschleuderten. Die Felsformationen darunter wirkten abgeschliffener denn je, wie bleiche, seit Jahrhunderten vergessene Knochen.

Er bemerkte, dass der Oberst aufgelegt hatte, und rief sofort Verny an. Der Gendarm hatte endlich Kontakt zu den Sawiris aufgenommen und sie merkwürdig gefunden.

»Merkwürdig inwiefern?«

»Beunruhigend merkwürdig.«

Verny gab ihm einen Exkurs zur Zusammenfassung dessen, was sie der Staatsanwaltschaft am nächsten Tag zur Verfügung stellen wollten. Es handelte sich lediglich um ein paar Zeilen: Die Untersuchung auf Sirling hat nichts ergeben, keine Fußabdrücke, keine DNA, ebenso wenig wie die Untersuchung von Wissas Zimmer; der Rest, also Überprüfung der Telefonverbindungen, der Fahrten von Autos und Booten, Nachbarschaftsbefragung, ergibt ebenfalls null Komma nichts …

»Was sagt Branellec?«

»Bisher nichts. Er scheint mit dem Computer des Jungen ordentlich Probleme zu haben.«

Blieb nur noch die Entdeckung des Tages.

»Der Siegelring?«

»Die Techniker sagen, dass er nicht länger als sechsunddreißig Stunden im Wasser gelegen hat, was bedeutet, dass er dem Mörder gehört haben muss. Aber es ist ein Massenartikel, einer dieser Ringe, die Touristen gern auf bretonischen Märkten kaufen.«

»Keine organischen Partikel?«

»Nein, Wasser und Salz haben ihn komplett gereinigt.«

Erwan dachte an die Bretagne, an seinen Vater und dessen Lügen. Am Straßenrand tauchten Wegekreuze auf, die wie schwarze Motive auf einem grünem Band wirkten.

»Was ist denn das dort?«

Die Frage richtete sich an Archambault. Etwa dreihundert Meter entfernt hatte Erwan eine Patrouille aus mehreren Männern im Kampfanzug entdeckt, die mit Rucksäcken und Gewehren im Gänsemarsch vorwärtsrannten. Durch die Tarnanzüge und Helme waren sie in der Heide kaum zu erkennen.

»Das Training hat wieder begonnen.«

»Ich rufe später noch mal an«, sagte Erwan zu Verny und legte auf. »Ich hatte doch angeordnet, dass niemand sein Zimmer verlassen darf!«

Archambault schwieg und hielt sich dezent zurück.

»Sind das Erstsemester?«

Archambault kniff hinter seiner Brille die Brauen zusammen.

»Nein, der ältere Jahrgang. Angeführt von Gorce. Sie kehren zum Stützpunkt zurück. Im Handschuhfach ist ein Feldstecher.«

Erwan kramte ihn hervor. Der Spargeltarzan hatte recht: Gorce rannte ganz vorn. Sein Gesicht war mit braunen Streifen bemalt, der Helm saß tief über der Stirn. Er sah aus wie einem Videospiel entsprungen. Die gesamte Patrouille, zwanzig schlammbedeckte junge Männer, folgte ihm auf dem Fuß.

»Geben Sie Gas«, sagte der Kriminalkommissar und ließ den Feldstecher sinken. »Ich will vor ihnen da sein.«

35

Erwan lief in sein Zimmer, ging ins Bad, verließ es mit Kulturbeutel und Handtuch unter dem Arm aber sofort wieder. Schnell suchte er Kleidung zum Wechseln zusammen und hastete nach unten.

Die Sanitäranlagen befanden sich im Erdgeschoss. Als er sich den Umkleideräumen näherte, hörte er Stimmengewirr und laufendes Wasser. Die Soldaten standen bereits unter der Dusche, aber das war auch nicht schlecht.

Er zog sich aus und stopfte seine Kleidung in einen Spind. Es roch nach Schlamm und Schweiß. Er hielt sich den Kulturbeutel vor das Geschlecht, legte sich das Handtuch um den Hals und wandte sich in Richtung der Duschen. Jeder seiner Schritte hallte von den Fliesen wider.

Als er die Tür aufstieß, schlug ihm ein Schwall heißer Luft entgegen, die Feuchtigkeit schlug sich sofort auf seiner Haut nieder. Auf beiden Seiten einer langen Reihe von Waschbecken befanden sich Duschkabinen. Die makellosen Fliesen erinnerten ihn an Labortische oder an eine Großmetzgerei.

Dank der Dunstschwaden hatte ihn noch niemand bemerkt. Erwan reckte den Hals und entdeckte genau das, was er erwartet hatte: Die muskulösen Körper der jungen Männer trugen allesamt Narben, Wunden, Schnitte, Krusten und kaum abgeheilte Verletzungen.

Während die Piloten sich unter dem Wasserstrahl bewegten, schienen sich die Male zu beleben. Erwan konnte Verbrennungen durch Zigaretten, Verletzungen durch elektrischen Strom, Schusswunden ausmachen.

»Na, was starrst du so?«

Erwan zuckte zusammen. Hinter ihm stand Bruno Gorce, nackt und von mehreren Männern umgeben. Ihre vom heißen Wasser geröteten Körper glühten im Licht der Deckenbeleuchtung. Wie aus ziegelrotem Stein gehauene Kolosse.

»Ist es etwa verboten, zu duschen?«

Gorce stieß ihn in eine Kabine.

»Hältst du uns für blöd?«

»In meinem Bad … gibt es Probleme.«

»Du bekommst gleich Probleme.«

Die Gruppe scharte sich enger um ihren Anführer. Immer noch prasselte das Wasser in den Duschen.

»Du willst dir doch nur in aller Ruhe einen runterholen, alte Schwuchtel.«

»Du spinnst doch«, gab Erwan zurück und lachte.

Er versuchte, den Rückzug anzutreten, aber die Männer versperrten ihm den Weg. Die sanfte Methode hatte hier also keine Chance. Die harte aber auch nicht. Erwan öffnete den Mund, um zu verhandeln, aber Gorce stürzte sich auf ihn, umschlang seinen Hals mit dem Arm und zerrte ihn rückwärts bis zu den Waschbecken, wo er ihn zu Fall brachte.

»Spiel dich nicht so auf, Gorce«, warnte Erwan und erhob sich.

Der Beispiellose Peiniger trat ganz nah vor ihn. Im Wasserdampf glänzten seine Augen wie Stecknadelköpfe. Unter seiner Haut waren jeder Muskel, jede Ader und jeder Schädelknochen zu erkennen.

»Ich werde dir sagen, was wir jetzt machen: Wir rechnen ab.«

»Was willst du?«, bluffte Erwan. »Ein Duell?«

Gorce lächelte. Die anderen hielten ihren Blick starr auf Erwan gerichtet. Auf ihren Torsi, den Schultern und den Gliedmaßen wirkten die Narben wie bedrohliche Graffiti.

Ein hartes Geräusch ertönte. Die Soldaten teilten sich. Irgendjemand hatte zwei Paar dunkler Holzschuhe mit Ledersohle und eisenbeschlagenen Spitzen geholt.

»Du wolltest doch eine unserer Prüfungen kennenlernen«, feixte Gorce und schlüpfte in sein Paar. »Was wir nicht alles für dich tun.«

Mit dem Fuß schob er das zweite Paar auf Erwan zu. Die Soldaten wichen zurück – eine Gruppe links, eine Gruppe rechts. Einige setzten sich auf die Schwellen der Duschkabinen. Wie in einer Theaterloge.

Erwan kannte den Gouren zwar, eine seit Jahrtausenden in der Bretagne praktizierte Kampfsportart, aber er hatte noch nie von einem Kampf mit Holzschuhen gehört. Eine besondere Spezialität in K76? Er schlüpfte in die Schuhe, die jeweils gut und gerne zwei Kilo wogen, und musterte seinen Gegner. Er hatte nicht die geringste Chance. Früher hatte er mal Kickboxen und Savate gemacht, aber das war lange her.

Er hatte gerade noch Zeit, dem ersten Tritt auszuweichen. Der Holzschuh glitt nur durch Wasserdampf, und der von seinem eigenen Schwung mitgerissene Leutnant stürzte mit einem grotesken Ausfallschritt. Es sah wirklich komisch aus, aber niemand lachte.

Erwan fühlte sich nach diesem Fehlschlag allerdings keinen Deut sicherer. Wenn sich schon ein gewiefter Kämpfer gleich bei der ersten Bewegung hinlegte, hielt er es für besser, das Bein gar nicht erst zu heben.

Gorce hatte sich schon wieder aufgerappelt, den Mund wegen der Demütigung verzerrt. Erwan wappnete sich, die Füße fest auf den Boden gestemmt. Sein Gegner stürmte los. Erwan sprang zurück, aber dieses Mal hatte der Pilot das Ausweichmanöver vorausgesehen. Er blieb unvermittelt stehen und stieß mit dem linken Fuß zu. Der Holzschuh verfehlte Erwans Flanke nur um wenige Millimeter. Er hielt sich an irgendeinem fremden Arm oder einer Schulter fest, wurde aber sofort wieder in den Ring geschoben.

Nun landete Gorces Faust mit voller Wucht auf seiner Nase. Tränen schossen ihm in die Augen, über seine Lippen lief Blut. Halb blind trommelte Erwan mit den Fäusten in die Luft, aber schon kamen die nächsten Schläge. Einer traf ihn in die Rippen, einer in die Leistenbeuge und ein dritter in den Bauch. Erwan krümmte sich zusammen und spuckte Blut.

Als er sich über die Augen wischte, sah er gerade noch, wie der Holzschuh vorschnellte und sein linkes Knie traf. Der jähe Schmerz fühlte sich an, als hätte man ihm das Bein abgeschnitten. Er stürzte. Sein gesamter Körper schmerzte, überall. Wie durch einen schwarzen Balken sah er, dass sein Gegner Anlauf nahm. Er wich dem Aufprall zwar im letzten Moment aus, beschloss aber, dass es vermutlich das Beste wäre, sich bewusstlos schlagen zu lassen, damit es endlich ein Ende hatte.

Ein Schlag in den Nacken erfüllte ihm diesen Wunsch. Der Aufprall auf den Fliesen brachte ihn jedoch rasch wieder zu sich. Er sah sein Spiegelbild in einer rosafarbenen Pfütze und warf sich einem Impuls folgend auf die Seite. Gorces Holzschuh schmetterte ins Leere. Erwan lag nun auf dem Rücken. Instinktiv hob er den Kopf und trat mit aller Kraft in Richtung seines Gegners. Und das Wunder geschah: Gorce fiel um, wie ein gefällter Baum. Die Soldaten wichen zurück, und ließen ihn fallen. Erwan spürte ihren fast mystischen Respekt vor der Gewalt.

Zwischen zwei Ohnmachten – er verlor für Sekundenbruchteile das Bewusstsein – schleppte er sich neben seinen Feind. Anstatt ihn aber anzugreifen, setzte er sich auf und versuchte, einen der Holzschuhe vom Fuß zu ziehen. Es war unmöglich. Sein Knöchel war so geschwollen, dass er in dem Schuh feststeckte wie in einem hölzernen Schraubstock.

Gorce stand bereits wieder. Blutgeruch waberte durch den Waschraum. Mit einem unterdrückten Schrei riss Erwan seinen Fuß aus dem Holzschuh und schob seine Hand hinein, wie in einen Pelota-Handschuh. Als der Feind erneut auf ihn zustürmte, ließ er seinen Arm mit aller Kraft nach vorn schnellen. Die Eisenspitze erwischte Gorces Schienbein, der stürzte auf ein Knie und murmelte etwas. Erwan hörte nicht hin.

Immer noch saß er wie ein Kleinkind am Boden. Wieder schob er die Hand in seine Waffe, schlug erneut zu. Der Holzschuh traf den Soldaten am Kinn, Blut spritzte auf. Gorce wurde nach hinten geschleudert und krachte mit dem Genick gegen die Kante einer Duschkabine.

Er stammelte noch ein einziges Wort. Zwar war sein Mund unter der Schwellung fast verschwunden, aber dieses Mal musste Erwan sich eingestehen, dass der Soldat »Danke« gesagt hatte.

Erwan drehte sich auf alle viere. Mit einem Holzschuh an der Hand und dem anderen am Fuß rüstete er sich zum nächsten Angriff. Als er den schweren Holzschuh hob, streckte Gorce sein Bein aus und traf ihn an der Brust. Erwan hatte das Gefühl, als würden sämtliche seiner Rippen in seinen Hals gedrückt.

Rings um ihn wiederholten die Soldaten leise:

»Danke … Danke … Danke …«

Erwan fiel rückwärts mit dem Hintern ins Wasser. Sein Gesicht war eine einzige blutende Wunde, seine Brust zerschmettert, er bekam kaum noch Luft, und seine Gliedmaßen zitterten.

Sein gesamter Körper war taub, zuckte aber wie der einer Ente, der man den Kopf abgeschlagen hatte.

Erneut stürzte sich Gorce auf ihn. Erwan trat mit den beschuhten Fuß zu und traf die linke Flanke. Die aufgebogene Eisenspitze bohrte sich in den Bauch des Soldaten und fuhr wie ein Rammsporn nach oben. Gorce krümmte sich. Sein Zahnfleisch triefte vor Blut, Erbrochenem und zähem Speichel. Und durch den ganzen Brei flüsterte er noch immer:

»Danke.«

Im Chor wiederholten die anderen:

»Danke … Danke … Danke …«

Der Schlag erschien Erwan wie ein Sieg. Er gewann neue Energie, ein Gefühl wie ein Wasserrinnsal in der Wüste. Weil seine Gliedmaßen taub waren, riss er sich auch den zweiten Schuh vom Fuß, ließ die Finger hineingleiten und kroch auf allen vieren vorwärts. Seine hölzernen Handschuhe knallten auf die Fliesen.

Gorce wich zurück, hob die Fäuste zum Schutz. Erwan fiel über ihn her und schleuderte ihn in eine Kabine, in der die Dusche immer noch lief. Sofort färbte sich das Wasser im Duschbecken rot. Jetzt wurde die Auseinandersetzung zum Nahkampf. Sie bewegten sich wie zwei Embryos im Fruchtwasser.

Die anderen beugten sich über sie, skandierten:

»Danke … Danke … Danke …«

Erwan wehrte sich nach Leibeskräften. Gorce war zu dem Versuch übergegangen, ihn zu ertränken, indem er seinen Kopf unter Wasser drückte. Schon trübte sich Erwans Blick, aber noch einmal gelang es ihm, sich zu befreien und dem Griff seines Gegners zu entkommen. Gorce glitt zurück ins Wasser. Noch einmal hob er seinen Holzschuh und schlug zu, verfehlte aber sein Ziel. Erneut tauchten sie unter. Der Pilot packte Erwan an den Ohren und drehte, als wolle er sie abschrauben. Erwan spürte nichts als ein schwarzes, böses Pochen unter seinen Augenlidern: töten, töten, töten …

Wieder schleuderte er Gorce gegen die Wand und warf sich auf ihn. Dabei sah er seine eigenen Finger, die sich um Gorces

Kehle legten, und verstand, dass er seine Waffen verloren hatte: die Holzschuhe.

Mit der ganzen Kraft seiner Wut drückte er zu. Das Weiße in Gorces rechtem Auge war mittlerweile schwarz. Sein eigener Mund war erfüllt vom Geschmack von Eisen. Blut sättigte und überflutete sie.

Plötzlich bemerkte er, dass sich um ihn herum etwas verändert hatte. Die Litanei war nicht mehr die gleiche. Aus dem Zweiertakt war ein Vierertakt geworden. Das Gebet löste sich auf, es wurde chaotisch.

In einem geradezu absurden Impuls ließ Erwan seinen Feind los und drehte sich um, um zu lauschen. Seine malträtierten Ohren brannten wie Feuer. Die Soldaten stürzten nach vorn, tauchten ins Wasser und zogen ihren Helden heraus.

Gorce, den man fortbringt.

Gorce, der verschwindet.

Und jetzt erst erkannte Erwan die Silben, die noch in den gekachelten Räumen widerhallten:

»AUSEINANDER!«

36

So, so, Sie wollen also zum Film?«

Michel Payol war um die sechzig. Er trug einen Blazer mit Wappen, wie ein Freizeitkapitän, dazu ein babyblaues Hemd und sah aus wie ein Dromedar – sogar die Zähne passten. Offiziell bezeichnete er sich als Direktor einer Film- und Presseagentur, tatsächlich aber war er ein Edel-Zuhälter für eine gewisse Pariser Klientel. Der Mann hatte sich auf hochrangigen Sextourismus spezialisiert: Sein Kundenstamm setzte sich aus arabischen Emiren, afrikanischen Ministern und asiatischen Finanzleuten zusammen.

Das war alles, was die Verbindungen des tollen Kevin alias

Kéké alias »Ich kenne da jemanden« zustande gebracht hatten. Aber wirklich schlecht war es nicht, denn Payols Netzwerk konnte Gaëlles Pläne durchaus voranbringen. Sie hatte sich mit dem Praktikanten auf eine Kommission geeinigt, falls die durch ihn zustande gekommenen Treffen ihr etwas einbrachten.

Sie schlug ihre Augenlider mit den langen Wimpern einer unschuldigen Hindin auf und antwortete:

»Oh ja, Film ist meine Leidenschaft.«

»Ich kann Ihnen helfen, indem ich Sie mit Leuten zusammenbringe.«

Gaëlle verzog ihre Lippen zu einem leichten Lächeln und griff nach ihrem Perrier, Champagner wäre viel zu provinziell gewesen. Sie saßen an der Bar des Plaza Athénée, wo sie leider ziemlich bekannt war, doch Gaëlle war es gelungen, die beiden Kretins abzuhängen, von denen ihr Vater sie überwachen ließ.

»Sie erscheinen mir skeptisch ...«

»In diesem Milieu glaubt jeder jeden weiterempfehlen zu können. Dabei ist der Film eine eigene, unabhängige und autonome Welt, die sich ganz von selbst fortbewegt. Im Grunde entscheidet der Film selbst.«

Payol trank einen Schluck aus seiner Tasse. Er hatte einen Ristretto bestellt, der mit seiner anregenden Wirkung seiner Nervosität entsprach.

»Ich kann Ihnen nicht ganz folgen.«

»Das ist nicht schlimm. Im Übrigen habe ich noch zu wenig Erfahrung, um Nachhilfe zu geben. Aber reden wir Klartext: Sie können mir helfen, allerdings in einem anderen Bereich.«

Payol kippte seinen Kaffee in einem Zug herunter, seine Miene war angespannt. Das Schweigen dauerte einige Sekunden.

»Sind Sie verlobt?«, erkundigte er sich schließlich.

»Nein.«

»Haben Sie vor, sich zu binden?«

»Wieso?«

»Sagen wir so: Ich sehe Männer äußerst pessimistisch.«

»Warum?«

»Nun, wegen der Männer.«

Payol neigte sich zu ihr. Er hatte lange Hände, die zu seinen Kamelzähnen passten. Gaëlle musste an Rotkäppchen und den als Großmutter verkleideten bösen Wolf denken.

»Leute verlieben sich und gründen Familien«, erklärte er mit falschem Enthusiasmus.

Jetzt mussten die Trümpfe gespielt werden. Er, der Lude, brach eine Lanze für Ehe und Familie. Sie, die kleine Nutte, musste mit Zynismus und Arroganz antworten. Es war wie eine Art Casting, bei dem die entsprechenden Fähigkeiten zur Perversion getestet wurden.

»In meinem Umfeld nicht«, gab sie zurück.

Payol bestellte noch einen Kaffee.

»Sie wollen mir doch nicht weismachen, dass Sie so viele schlechte Erfahrungen gemacht haben!«

»Ich nicht, aber meine Freundinnen. Sie ziehen die Arschlöcher geradezu magisch an.«

»Zum Beispiel?«, erkundigte er sich amüsiert.

»Oh, da gibt es den Unabhängigen, der sich nicht binden will. Den, der einen zu sehr liebt, um zu bleiben. Den, der einen verlässt, weil man etwas Besseres verdient. Oder den, für den es an einem Tag zu früh und am nächsten Tag zu spät ist. Den, der bei der Trennung seine Geschenke mitnimmt. So könnte ich noch bis morgen weitermachen. Lügner, Schlappschwänze und Egoisten, die dir das Blaue vom Himmel versprechen, damit du sie ranlässt, die aber keine Verantwortung übernehmen. Das Schlimmste aber ist, dass die meisten von ihnen gar keinen richtigen Spaß an der Sache haben, weil sie ihren Schwanz nicht ordentlich hochkriegen.«

Der Möchtegern-Kapitän plusterte sich auf. Gaëlle hatte mehr Kommunikationstalent, als die Mädchen aus der Provinz und sonstige Schauspielerinnen in spe üblicherweise besaßen.

»Ihre Freundinnen haben offenbar kein Glück«, lachte er mit einem Anflug von Mitgefühl in seiner Baritonstimme. »Aber es gibt Männer, die heiraten und Kinder haben wollen.«

»Als kürzlich eine meiner Freundinnen schwanger wurde, hat sie es dem Erzeuger des Kindes zuerst am Telefon mitgeteilt, weil sie sich zu sehr vor seiner Reaktion fürchtete. Als sie abends nach Hause kam, hatte er ihre Habseligkeiten in Müllsäcken vor ihrer Haustür abgeladen.«

Nun beugte auch sie sich vor. Ein Hauch von *Eau d'Orange verte* von Hermès schlug ihr entgegen. Vermutlich dachte er, das Parfüm verleihe ihm Persönlichkeit, dabei trugen alle Männer dieses Eau d'Orange Verte, angefangen bei ihrem Vater.

»Sollten wir nicht endlich zur Sache kommen?«, drängte sie. »Ich brauche Kontakte. Geben Sie sie mir. Sie bekommen natürlich Ihren Anteil.«

Payol hob die Augenbrauen. Irgendwo weiter hinten wurden auf einem Klavier süßliche Melodien geklimpert. Im Halbdunkel klirrten Cocktailgläser. Man hätte meinen können, es wäre zwei Uhr in der Frühe. Hier in der Bar war man von der Außenwelt so abgeschottet wie in einer Druckkammer.

»Wozu genau wären Sie bereit?«, fragte Payol schließlich.

»Zu fast allem, sofern die Bezahlung stimmt.«

Payol lächelte und begann endlich Tacheles zu reden.

»Analverkehr? Doppeldecker? Dreier? Bukkake? Fist fucking?«

Sie passte sich sofort an.

»Man kann mir einen Hamster in die Muschi stecken, wenn ich entsprechend bezahlt werde.«

Der Lude schloss die Augen, als rechne er insgeheim nach.

»Was ist mit der anderen Richtung, wenn ich es einmal so ausdrücken darf – wo liegen Ihre Grenzen?«

»Kaviar rühre ich nicht an.«

Dieses Wort stand bei einschlägigen Sexualpraktiken stellvertretend für Exkremente. Bei der Variante Kaviar mit Klistier wurden zudem auch noch Einläufe verabreicht.

»Natursekt?«

»Kein Problem.«

»Irgendwelche Allergien?«

»Was meinen Sie?«

»Schwarze, Araber, Schlitzaugen …«

Sie lächelte.

»Je mehr, desto …«

Payol fuhr fort, Gaëlles »Palette« zu sondieren.

»BDSM?«

Sie schwieg einen Moment. Mit Schmerz hatte sie nie spielen wollen. Auf keinen Fall durfte man ihr wehtun, und sie war auch nicht bereit, zu simulieren. Warum blockte sie ausgerechnet auf dieser Ebene ab, obwohl sie doch schon viel schlimmere Dinge getan hatte? Aber vor BDSM hatte sie eine geradezu abergläubische Angst, weil der Schmerz ein Teil ihres Intimlebens war. Aus Schmerz bestand das Gewebe ihres Schicksals und ihrer Identität. Privatbesitz.

Dann aber besann sie sich. Immerhin verfolgte sie ein anderes Ziel, und um das zu erreichen, waren ihr alle Mittel recht.

»Vorausgesetzt, es ist kein Risiko damit verbunden«, sagte sie.

Risiko war das Schlüsselwort bei allen BDSM-Praktiken: Alles ist erlaubt, solange es *safe* bleibt. Der Schmerz musste oberflächlich und gefahrlos bleiben und auf ein Safeword hin sofort beendet werden.

»Dann können wir also darüber nachdenken«, gab Payol zurück.

Gaëlle spürte, wie lange verbannte Mächte über sie hereinbrachen. Ihre Hände fühlten sich feucht an. Magensäure stieg ihr in die Kehle. Zum ersten Mal zog sie einen Pakt mit dem Teufel in Betracht.

Payol legte ihr einen seiner langen Arme um die Schulter. Die Parfümdüfte mischten sich jetzt mit Schweißgeruch. Unter dem dünnen Lack gesitteten Benehmens quoll das Animalische hervor. Es sei denn, es handelte sich um ihren eigenen Schweiß …

»Hör gut zu, Kleines«, murmelte er mit Raubtierstimme, »wenn du bereit bist, sehr weit zu gehen, gibt es sehr viel Knete zu verdienen.«

Zur Antwort trällerte sie die Melodie eines Songs von Shinedown: *I'll follow you.* Sie sang, um ihre eigene Stimme nicht erkennen und ihren tiefen Sturz nicht ermessen zu müssen. Der Lude interpretierte es allerdings als Ironie, Zynismus und Distanz.

»Hättest du Lust, morgen schon anzufangen?«

»Wie sieht das Programm aus?«

Er gluckste, während er sein Smartphone aus der Tasche zog. »Hast du schon einmal vom No Limit gehört?«

37

Auf diese Weise machen Sie sich also Freunde?«

Archambault reinigte Erwans Wunden mit der Fürsorge einer Mutter. Dazu hatte er Verbandsmaterial aus der Krankenstation geholt. Er war es auch, der die Intuition gehabt hatte, Erwan in der gesamten Schule zu suchen, und das kleine Badefest schließlich unterbrach. Sein Erscheinen in der Dusche hatte zum Rückzug der Truppe geführt. Er hatte niemanden festgehalten und nicht einmal einen Schuldigen gesucht, aber er hatte Erwan gerettet, und das war in seinen Augen das Wichtigste.

Jetzt sah es fast danach aus, als litte er mehr als Erwan. Jedes Mal wenn er einen Wundrand mit Watte berührte, biss er sich auf die Lippen, um nicht aufzuschreien. Erwan hingegen wollte ebenfalls nicht schreien, aber er hatte nichts, auf das er beißen konnte, denn seine Unterlippe hatte ihr Volumen verdreifacht.

»Bestimmt haben sie ihn getötet«, stammelte er mit matter Stimme.

Archambault kümmerte sich intensiv um eine Schnittwunde. Erwan verzog das Gesicht. Der Offizier hatte ihm zwar ein Analgetikum injiziert, aber der Schmerz ließ nicht nach. Er spürte, wie das trocknende Blut an seiner Gesichtshaut zerrte, wie Salzwasser nach einem Bad im Meer.

»Sollen wir sie festnehmen?«, fragte Archambault.

»Wir haben nichts gegen sie in der Hand. Nur Vermutungen.«

»Ihre Vermutungen bluten aber ganz ordentlich, finde ich.«

Ein jungenhaftes Lachen entschlüpfte Archambault. Erwan schüttelte den Kopf. Er fühlte sich wie gerädert, aber seine Hände zitterten noch immer.

»Lassen wir ihnen die Freiheit. Irgendwann machen sie sicher einen Fehler.«

»Aber man will Sie erledigen. Ich kenne diese Jungs, sie scherzen nicht.«

Er legte Kompressen auf die Wunden. Zunächst genoss Erwan das Gefühl, doch dann explodierte die brutale Gewalt erneut in seinem Schädel. Die Tritte mit den Holzschuhen. Das viele Blut in der Duschkabine. Die Narben … Hinter dem ganzen Gemetzel spürte er die Anwesenheit dieses anderen: di Greco. Im Buch Hiob stellt der Herr Satan die Frage: »Woher kommst du?«, und Satan antwortet: »Ich habe die Erde durchstreift …«

Es klopfte an der Tür. Endlich meldete sich Branellec, der Krücken-Mann.

»Und?«

»Der ganz banale PC eines Jungen, der sich für die Fliegerei begeistert.«

»Was ist mit den sozialen Netzwerken?«

»Wissa hatte einen Freundeskreis in Le Mans und Kontakt zu einigen Kameraden im Luftsportclub. Ich habe ein paar Postings gelesen. Das Übliche.«

Archambault hatte grünliche Wundgaze in der Hand und ordnete an:

»Rühren Sie sich nicht.«

»Sind Sie hingefallen?«, erkundigte sich der IT-Mann ironisch.

»Beim Duschen. Eine Freundin?«

»Jedenfalls keine feste.«

»Pornos?«

»Im Rahmen. Nichts Zwanghaftes.«

»Welche Orientierung?«

Branellec salutierte scherzhaft.

»Hetero, Herr General. Das Meer ist ruhig und alles geht seinen Gang.«

Archambault begann, seinen Patienten zu verpflastern.

»So wenig wie möglich«, bat Erwan.

Er schloss die Augen. Das Gefühl der getränkten Gazeoberfläche hatte etwas Widersprüchliches: Es war angenehm, obwohl es irgendwie an den Tod erinnerte. Tröstlich, aber doch beunruhigend. Der Soldat war dabei, sein Gesicht einzumauern.

»Und das ist alles?«, wandte sich Erwan an Branellec. »Dafür mussten wir wer weiß wie lange warten?«

»Nein. Es gibt da noch etwas Merkwürdiges.«

Erwan öffnete die Augen.

»Ein Ordner lässt sich noch immer nicht öffnen. Er ist verschlüsselt. Eigentlich war ich sicher, ihn bis heute Abend knacken zu können, aber …«

»Soll ich Spezialisten aus Paris kommen lassen?«, provozierte Erwan den Informatiker.

»So weit kommt es noch! Ich werde noch heute Nacht damit fertig.«

»Weißt du schon, welches Programm verwendet wurde?«

»Noch nicht. Aber es ist etwas Spezielles. Vielleicht eine Software aus dem Osten.«

»Gängige Routine?«

»Ganz und gar nicht. Diese Art von Verschlüsselung findet man eher bei der Armee oder bei Geheimdiensten.«

»Fertig!«, verkündete Archambault und legte sein Verbandsmaterial beiseite wie ein Chirurg nach einer Herz-OP.

Erwan stand auf und trat vor den Badezimmerspiegel. Ein Pflaster auf dem rechten Brauenbogen, ein weiteres auf der Schläfe und ein drittes unter dem Ohr. Er hatte Schlimmeres erwartet. Seine Nase war geschwollen, seine Lippe aufgeplatzt. Die übrigen offenen Wunden würden rasch verkrusten.

Branellec faselte noch immer von »ausgeklügelter Verschlüsselung« und »militärischer Regeltechnik«. Erwan vermutete ein längst ad acta gelegtes Szenario, ein Tatmotiv, das mit Wissas

Vergangenheit in Verbindung stand, oder ein ganz anderes Geheimnis. Etwas, das weder mit der Mutprobe noch mit der Gewaltkultur in K76 zu tun hatte.

Vielleicht die koptische Herkunft? Aktuell mehrten sich Beweise dafür, dass die Gemeinschaft durchaus auch terroristisch aktiv werden konnte. Unlängst hatte ein Kopte den Film *Innocence of Muslims* produziert, einen blasphemischen Film gegen Mohammed, der in der islamischen Welt zu teilweise gewalttätigen Demonstrationen geführt hatte.

Wissa als Terrorist? Ein in eine Militärschule eingeschleuster Maulwurf?

Die These hielt der Realität nicht stand. Erwan kehrte gedanklich in das Zimmer zurück.

»Hast du irgendetwas Religiöses gefunden?«

»Null. Unser Freund hatte damit offenbar nicht viel am Hut.«

Erwan erinnerte sich an das tätowierte Kreuz auf dem abgerissenen Handgelenk.

»Okay. Ich gebe dir noch diese Nacht.«

»Aye aye, Sir!«

Der Computerfreak verschwand. Erwan fiel auf, dass er ihn sofort geduzt hatte, während er seine drei Mitstreiter immer noch siezte. Er schluckte zwei Schmerztabletten und machte sich einen Kaffee. Das Zimmer mit den Computern, Druckern, Monitoren und der Kaffeemaschine begann, seinem Büro in Paris zu ähneln. Er dachte an Kripo. Bis zum nächsten Morgen würde er noch gut ohne ihn durchhalten.

Archambault schlug vor, gemeinsam essen zu gehen, aber Erwan hatte keinen Hunger und wollte seine Verletzungen außerdem nicht in der Messe präsentieren. Tatsächlich sehnte er sich nur noch nach seinem Bett. Er wünschte dem Leutnant eine gute Nacht und setzte sich an seinen Mac. In der Stille seines Zimmers fühlte er sich wie in einem Kokon. Die Betäubung hüllte ihn in eine Watteschicht, die Schmerzmittel taten ein Übriges. Draußen brach die Nacht herein …

Er dachte kaum noch an die irrsinnige Gewaltexplosion unter

der Dusche und auch kaum noch an die Fresse von Gorce. Wo mochte er jetzt sein? Wo wurde er verbunden? Stattdessen hatte er den Admiral mit den Spinnenfingern, dem Gespensterkopf und den übermäßig gewachsenen Knochen vor Augen. Von seinem Geist war die Schule besessen.

Internet. Erneute Suche nach di Greco.

Nach einer Stunde unterschiedlichster Links, Verbindungen und Rückschlüsse hatte Erwan einen rudimentären Lebenslauf zusammengepuzzelt. Der Vater, Piero Francesco, stammte aus der Lombardei und hatte sich in den 1950er-Jahren in Frankreich niedergelassen. Nach mehreren Jahren Dienst bei der Armee in den Überseekolonien hatte er die französische Staatsangehörigkeit angenommen und seine Karriere als Kommandant der Infanterie in Djibouti beendet. Der 1943 geborene Jean-Patrick war in den französischen Kolonien aufgewachsen: Mayotte, Französisch Guyana, Guadeloupe. Nach der Flugausbildung bei der Marine hatte er die Militärakademie von Saint-Cyr 1967 als Jahrgangsbester verlassen. Ab diesem Zeitpunkt waren die Informationen sporadischer. Di Grecos weitere Karriere blieb im Schatten. Militärstratege? Spion? Geheimer Berater? 1980 tauchte er am Steuer wichtiger Schiffe auf, später als Berater bei größeren Aktionen. Er hatte am Golfkrieg teilgenommen, aber seine wahre Rolle dort war nicht herauszubekommen.

Kein Wort über irgendwelche Heldentaten.

Kein Wort über seine Krankheit.

Kein Wort über seine Kriegsphilosophie.

Auch Bilder waren Fehlanzeige. Erwan fand nur ein einziges Foto aus dem Jahr 1962, das einen schönen jungen Mann mit gequältem Gesichtsausdruck zeigte, der wie einer Geschichte von Edgar Allan Poe entstiegen wirkte.

Erwan erinnerte sich an das, was Almeida ihm über den *Furor* antiker Krieger berichtet hatte. Verschiedene Seiten im Internet bestätigten die Informationen des Arztes. Di Greco bemühte sich offenbar wirklich, seine Männer so aufzustacheln, dass sie eine

Art höhere Wut entwickelten, die er selbst jedoch zu bezähmen vermochte – so, wie die amerikanischen Wissenschaftler in Los Alamos versucht hatten, die Atomenergie zu beherrschen. Der Traum eines alten, kranken Mannes …

Sein Handy klingelte. Neveux von der Spurensicherung.

»Jetzt wird es richtig schräg«, verkündete er.

»Raus damit«, befahl Erwan.

»Ich habe einige der Drahtstifte untersucht, die wir heute Morgen auf der Insel rings um den Krater gefunden haben. Sie weisen winzige Spuren von Harnsäure, Harnstoff, Glucose und Hormonen auf.«

»Und das heißt?«

»Sie sind mit Speichel in Berührung gekommen. Der Mörder hat die Stifte selbst abgeleckt oder es sein Opfer tun lassen.«

»Sie waren also nicht in seinem Fleisch?«

»Nein. Wahrscheinlich wurden sie bei der Explosion herausgeschleudert. Wir haben übrigens auch Blutspuren mit Wissas Blutgruppe daran gefunden.«

Rasierter Schädel, entnommene Organe, Vergewaltigung mit einem Morgenstern und jetzt auch noch das. Trotz des tödlichen Klimas in der Schule von Kaerverec sah es immer deutlicher nach dem Verbrechen eines Einzeltäters und dem verborgenen Irrsinn eines Psychopathen aus. Etwa doch Gorce?

»Könnten diese Drahtstifte aus einer Waffe stammen?«

»Keine Ahnung. Die Partikel sind viel zu klein.«

»Und die DNA des Speichels?«

»Bringt uns nichts. Die Proben sind verunreinigt.«

»Hast du schon die Stifte von Clemente bekommen?« Erwan hatte sich entschlossen, auch Neveux zu duzen.

»Auf die warte ich noch.«

»Ruf mich an, sobald du sie untersucht hast.«

»Noch etwas: Auf dem Grund des Kraters haben wir auch Spiegelsplitter gefunden. Entweder hat der Mörder seinem Opfer damit Verletzungen beigebracht, oder er hat den Spiegel für sich selbst gebraucht.«

»Will heißen?«

»Um sich zu schminken oder zu kämmen – was weiß denn ich? In diesem Tobruk muss irgendetwas Unvorstellbares passiert sein.«

Erwan dachte das Gleiche, enthielt sich aber eines Kommentars – je weniger man sagte, desto gewitzter wirkte man. Er bedankte sich und legte auf. Sofort vibrierte es wieder in seiner Hand. Irgendwann würde er davon noch einmal Parkinson bekommen!

»Ich bin's.«

Der Padre höchstpersönlich.

»Ich wollte dich noch anrufen«, sagte Erwan. »Ich hatte leider noch keine Zeit, diesen Bericht …«

»Dein Bruder sitzt in Untersuchungshaft.«

»Was?«

»Der Blödmann hat sich mit zwölf Gramm Koks in der Tasche erwischen lassen. Ich weiß nicht, wer dahintersteckt, aber …«

Ein Mörder, der Organe stahl, die Folterinstrumente ablutschte und mithilfe spitzer Instrumente vergewaltigte … Angesichts dieses Irrsinns fielen die Eskapaden des millionenschweren kleinen Bruders nicht unbedingt ins Gewicht.

»Hast du ihm einen Anwalt besorgt?«

»Nein. Eine Nacht in der Zelle schadet ihm nicht.«

»Und du unternimmst nichts?«

Donnerndes Lachen. Das Lachen eines Ogers, der lange nichts gefressen hat.

»Ich habe angerufen, weil ich wissen will, ob du jemanden im Rauschgiftdezernat kennst.«

»Inzwischen nicht mehr, aber ich könnte mal nachhören. Ich …«

»Vergiss es. Du musst zurückkommen.«

»Um meinem Bruder den Hintern abzuwischen?«

»Ich habe ein mieses Gefühl. Komm heim.«

»Ich muss erst den Deckel auf diese Mordsache machen.«

»Wie weit bist du genau?«

»Die Mutprobe können wir getrost vergessen. Das Gleiche gilt für die Annahme von Lynchjustiz. Wir haben es hier offenbar mit einem geistesgestörten Mörder zu tun, und zwar zweifellos mit einem der gefährlichsten seit Beginn dieses Jahrhunderts.«

»Was ist das für eine Wortwahl? Bist du Bulle oder Journalist? Mein Gott, halt dich an die Indizien und mach das Arschloch dingfest!«

»Gib mir noch diese Nacht.«

»Wenn ich dich morgen anrufe, bist du auf der Autobahn.«

38

Erwan legte auf und betrachtete das Telefon in seiner Handfläche. Im Unterschied zu seinem Alten wusste er, wer den Einsatz der Rauschgiftfahnder zu verantworten hatte.

Er wählte aus dem Gedächtnis eine Nummer und begann ohne langes Vorgeplänkel.

»Was hast du mit Loïc gemacht?«

»Ich hatte dich gewarnt.«

»Du bist dabei, eine Familie zu zerstören.«

»Der war echt gut!«

Am Telefon verlor Sofia einen großen Teil ihres Charmes, denn sie hatte eine schrille, zu hohe Stimme.

»Ich weiß nicht, worauf du hinauswillst, aber Kinder brauchen nun einmal beide Eltern.«

»Spar dir das für deine Bewunderer auf«, konterte sie. »Euer ganzes Gerede ist nutzlos angesichts meiner Unterlagen. Wie sagt ihr noch gleich bei den Bullen? Fakten, nichts als Fakten.«

Widerwillig bewunderte er ihre Dreistigkeit. Sie war tatsächlich in der Lage, den Morvans die Stirn zu bieten.

»Warum einigt ihr euch nicht? Ihr könntet doch vorerst auf die Scheidung verzichten, noch einmal nachdenken und …«

Sofia lachte auf.

»Ihr habt euch immer für stärker gehalten als alle anderen, aber das Gesetz ist für alle gleich. Und ich als Italienerin werde es euch beweisen.«

»Aber du und Loïc könntet euch doch arrangieren …«

»Nein. Ich will einen förmlichen Beschluss.«

Erwan dachte über Argumente nach, mit denen er ein Plädoyer improvisieren konnte.

»Nach zwei Jahren Trennung kannst du dich doch sowieso wegen unüberbrückbarer Differenzen scheiden lassen.«

»Du bist ja gut informiert.«

»Weil sich alle über eure Scheidung den Kopf zerbrechen.«

»Du meinst du und dein Vater.«

»Ist doch egal. Ihr lebt jetzt seit einem Jahr getrennt. Noch ein Jahr, dann …«

»Das dauert mir zu lange. In der Zwischenzeit werden meine Kinder zwischen zwei Wohnungen hin und her geschubst und leben die Hälfte der Zeit ohne Regeln und Stundenplan.«

»Jetzt machst du es aber schlimmer, als es ist. Loïc ist doch nicht der einzige Verantwortliche, da sind auch noch Maggie und Gaëlle …«

»Eine verkrachte Hippiefrau und eine …«

»Halt den Mund!«

Sofia brach ab. Erwan hörte, wie sie an ihrer Zigarette zog, und stellte sich ihr von blauen Schwaden verschleiertes Gesicht vor.

»Was genau erwartest du dir von der Denunzierung beim Rauschgiftdezernat?«, fuhr Erwan fort.

»Wenn Loïc eine Vereinbarung zu meinen Bedingungen unterschreibt, werde ich seine Festnahme mit keinem Wort erwähnen.«

»Er sitzt nur in Untersuchungshaft.«

»Meine Anwältin sagt, dass er mit zwölf Gramm in der Tasche des illegalen Handels und der schweren Hehlerei beschuldigt werden kann.«

»Du hast dich aber auch gut informiert. Und wenn er den Deal ablehnt?«

»Mache ich schweres Verschulden geltend.«

»Was ist denn der Unterschied zwischen diesen beiden Möglichkeiten? Du gewinnst doch in jedem Fall.«

»Wenn er unterschreibt, kann er die Kinder regelmäßig sehen. Wenn er aber wegen schweren Verschuldens vor Gericht kommt, darf er sie nicht mehr sehen, denn einem Dealer vertraut man keine Kinder an.«

Erwan schluckte. Ihm kam fast die Galle hoch.

»Warum sollte ich dir vertrauen?«

»Zunächst einmal, weil ihr keine andere Wahl habt. Außerdem glaube ich, dass unsere Kinder ihren Vater brauchen.«

»Gut, ich rede mit Loïc.«

»Du hättest es tun sollen, als ich dich darum gebeten habe.«

»Schämst du dich nicht, ihn zu erpressen?«

Wieder lachte sie.

»Machiavelli, der genau wie ich Italiener war, hat einmal gesagt: ›Man muss sich seinem Feind anpassen‹. Loïc ist eine schwache Persönlichkeit, aber sein Vater ist ein gefährlicher Mann, vor dem ich mich schützen muss.«

Gefährlicher, als du ahnst … Wenn sie so weitermachte, war der Alte fähig, ein Kopfgeld auf sie auszusetzen. Allerdings verfügte sie über eine gute Lebensversicherung: Morvan wollte, dass seine Enkel bei ihrer Mutter aufwuchsen.

Plötzlich fühlte sich Erwan sehr müde. Sollten die italienische Hexe und der buddhistische Junkie doch alleine klarkommen! Warum eigentlich keine Scheidung? Loïc war trotz bester Absichten ein lausiger Vater. Und was den Alten anging, so verstand ohnehin niemand, warum er sich so dagegen wehrte, dass die Trennung offiziell gemacht wurde. Er hatte Sofia nie ausstehen können und hasste den florentinischen Schrotthändler.

Erwan wollte gerade auflegen, als Sofia vorschlug:

»Wir wäre es, wenn wir nach deiner Rückkehr einmal zusammen essen gingen?«

»Wozu?«, fragte er abwehrend.

Wieder lachte sie, ein aufrichtiges und spöttisches Lachen. In solchen Fällen sank die Klangfarbe ihrer Stimme um mehrere Stufen, und die rauen Akzente italienischer Canzoni traten hervor.

»Normalerweise habe ich mehr Erfolg.«

»Entschuldige bitte. Natürlich können wir zusammen essen gehen.«

»Wann?«

»In ein paar Tagen«, wich er aus.

»Du kannst mich ja anrufen. Ich frage inzwischen meine Anwältin, ob ich überhaupt mit dir sprechen darf.«

Sie legte auf, ohne dass er wusste, ob sie nur gescherzt hatte. Aufgewühlt steckte er sein Smartphone ein und widmete sich wieder seinen Nachforschungen.

Gerade wollte er einen Link zu von Admirälen kommandierten Flaggschiffen anklicken, als er ein Geräusch vernahm und sich umdrehte.

»Scheiße!«

Draußen klammerte sich ein Mann ans Fenstersims und beobachtete ihn. Erwan griff nach seiner Waffe, sprang auf und versuchte, das Fenster zu öffnen. Es ging nicht. Er brauchte fast fünf Sekunden, ehe er den Mechanismus verstanden hatte und die Arretierung des Griffs lösen konnte.

Der Typ hatte sich längst fallen lassen und rannte in Richtung des Rollfelds. Erwan versuchte, die Höhe abzuschätzen: Es waren mindestens drei Meter. Die Heldentat eines jungen Mannes. Er steckte seine Waffe ins Holster, stieg über das Fensterbrett und stellte sich auf die Regenrinne. Es war nicht unmöglich, aber nach der Corrida in der Dusche … Er sprang so kontrolliert wie möglich, landete auf der Wiese und stand mit einiger Mühe auf. Sein gesamter Körper schmerzte. Genauer gesagt: keine Körperregion, die ihm nicht wehtat.

Wer war der Kerl?

Erst einmal losrennen. Die Antwort würde sich am Ende finden.

39

Die Nacht war trocken.

Die Heide hatte die letzten Spuren von Wasser und Feuchtigkeit aufgesaugt. Himmel, Luft und Erde schienen kurz davor, wie Glas zu zerspringen.

Bisher hatte Erwan den Bereich des Schulgeländes nicht verlassen. Zwischen den beiden Gebäuden entdeckte er ein äußerst flaches Gelände, das bei Tageslicht sicher den Blick bis zum Meer freigab. Der Flüchtende wirkte im Schein der Projektoren wie eine schwarze Flamme.

Erwan kam ihm nicht näher, der Abstand vergrößerte sich vielmehr. Trotzdem vertraute er auf seine Taktik. Seine Beute hatte keine andere Wahl, als immer weiter geradeaus zu laufen. Früher oder später würde der Mann ermüden, und dann konnte Erwan ihn sich schnappen. Auch wenn er die Kampfsportarten aufgegeben hatte, so lief er doch regelmäßig, und dieses Mal würde er ganz bestimmt nicht in eine Falle tappen.

Er verließ die von den Hangars geschützte Zone, wie man einen Hafenbereich verlässt, und plötzlich zeigte die Nacht ihre wahre Natur. Ein wütender Seewind packte ihn und hätte ihn beinahe umgeworfen. Schnell fand er das Gleichgewicht wieder und lief weiter. Der andere entfernte sich immer mehr, kämpfte gegen Böen, hopste nach rechts und links, ließ Kraft. Er trug einen Tarnanzug und einen schwarzen Anorak, konnte also nur vom Stützpunkt stammen.

Erwan hatte inzwischen seinen Rhythmus gefunden. Er lief zu drei Vierteln dem Wind zugewandt und durchschnitt die Nacht wie ein Messer eine Zeltbahn. Seine Schmerzen erwachten, schienen sich aber mit zunehmender Körperwärme aufzulösen.

Von dem anderen trennten ihn etwa dreihundert Meter. Immer noch beschleunigte er nicht, er vertraute den äußeren Umständen. Rechts und links vibrierten Flugzeuge unter ihren Abdeckungen. Unsichtbare Kabel und Haken klickten ohne Unterlass und erinnerten ihn an die Taue von Segelschiffen, die in Häfen immer leise klirrten.

Er erreichte das Rollfeld. Hier gab es keine Beleuchtung mehr, außer in den Rasen eingelassene Spots. Der Spion zeigte erste Anzeichen von Ermüdung. Erwan verlängerte seine Schritte. Der Wind bremste ihn nicht aus, er unterstützte ihn. Er nährte sich von den Böen, sog ihre Frische ein.

Zweihundert Meter bis zu dem Flüchtenden. Inzwischen liefen sie in einer drückenden Stille. Masten und Flugzeuge hatten sie längst weit hinter sich gelassen, jetzt blieben nur noch der brausende Wind und der Himmel, der irisierende Schlieren zeigte, Nordlichtern gleich. Dazu ihre Schritte auf der Piste – tapp, tapp, tapp …

Hundert Meter. Erwan sah einen Nacken und einen Bürstenschnitt. Erkennen konnte er den Mann nicht. Fünfzig Meter. Er blendete die Außenwelt aus und zog den Sprint an.

Dreißig Meter … Zwanzig Meter …

»HALT!«

Ohne stehenzubleiben, drehte er sich reflexartig um, suchte die Stimme in der Finsternis. Aus einem Graben sprang ein Soldat mit Sturmgewehr in der Hand. Der Stützpunkt Kaerverec wurde militärisch überwacht – wie hatte er das vergessen können?

Widerwillig verlangsamte er seine Schritte. Eine schwerwiegende Fehlentscheidung, denn der andere rannte weiter und verschmolz mit der Dunkelheit. Am liebsten hätte Erwan den Soldaten angebrüllt, doch er war außer Atem. Er beugte sich vor, stützte die Hände auf die Knie und stöhnte. Mit jeder Sekunde vergrößerte sich die Distanz zwischen ihm und dem Flüchtenden. Das Funkgerät des Soldaten piepste und er senkte den Blick auf seinen Gürtel.

Ohne auch nur nachzudenken, rannte Erwan los.

»STEHENBLEIBEN! STEHENBLEIBEN, ODER ICH SCHIESSE!«

Hastige Schritte und Rennerei ringsum. Sirenen. Motoren.

Der Soldat hatte Alarm ausgelöst. Erwan rannte weiter. Eine Detonation zerriss die Nacht. Ein Warnschuss.

»STEHENBLEIBEN!«

Er versuchte zu beschleunigen. Spürte die Grenzen seiner Kraft wie eine Mauer. Noch ein paar Schritte, und er würde auf dem Asphalt in sich zusammensacken. Weitere Schüsse. Soldaten sprangen aus Fahrzeugen und schwärmten aus. Krächzende Funkgeräte. Überall wurden Parolen gerufen. Erwan steigerte seine Geschwindigkeit noch einmal – aus Angst, der stärksten aller Stimulanzien.

Im Wald wurde er unwillkürlich langsamer. Die Milchsäure brannte in seinen Muskeln. Adrenalin überschwemmte sein Blut. Seine Augen tränten und verformten die Bäume, zwischen deren Stämmen die Dunkelheit hindurchsickerte wie Teer. Die wilde Meute folgte ihm. Schon dachte er, verloren zu haben, aber der Abstand zwischen den Stämmen verbreiterte sich wieder: Nur ein schmales Waldband trennte die Heide vom Strand.

Eine sandige Erhebung, dahinter die Brandung. Jetzt hatte er seine Beute. Hoffnungsfroh erklomm er die Düne und entdeckte, dass Flut herrschte. Die Wellen brachen sich nur wenige Dutzend Meter vor ihm.

Der Strand war leer. Hinter ihm wurden Befehle gebellt. Erwan fiel auf die Knie, als plötzlich ein weißer Blitz die Nacht erhellte. Eine Rakete! Nein, es handelte sich um Signalmunition. Die Patrouille war am Strand angekommen und leuchtete ihn aus.

Erwan ließ den Blick über das Ufer schweifen. Zweihundert Meter weiter links erkannte er den Flüchtigen. Er stand auf und lief los, während die Funken leise zischend erloschen.

Fünfzig Meter. Wieder lag alles im Dunkeln. Dreißig Meter. Der Flüchtende lief im Zickzack wie ein Betrunkener, taumelte in Richtung Wasser, kehrte auf den Strand zurück, schien einen Sturz kaum noch vermeiden zu können. Zehn Meter. Erwan warf sich vorwärts, brachte den Mann zu Fall und hielt ihn fest. Sie rollten in die Gischt. Er packte den Kerl beim Kragen und drehte ihn um.

»Wer bist du?«, brüllte er.

Keine Antwort. Erwan sah nur ein Gesicht im Schatten. Die Wellen kamen näher und leckten an ihren Beinen. Der Wind trug Schwefelgeruch heran.

»WER BIST DU?«

Erwan hob die Faust, als eine weitere Signalrakete abgefeuert wurde. Im aufsteigenden Licht konnte er das Gesicht sehen: Er kannte diesen Mann und hatte ihn schon irgendwo gesehen, aber er konnte sich nicht erinnern, wo das gewesen war.

»Woher kommst du?«

»Ich heiße Frazier und komme von der *Charles de Gaulle*.«

Er war also einer der Marineoffiziere, die Erwan auf dem Flugzeugträger im Schein des roten Lichts gesehen hatte.

»Warum hast du mich ausspioniert?«

Im weißen Glühen in der Luft schien der Strand zu schwanken. Erwan hielt den Seemann am Kragen und zog diesen so fest zu, dass er fast erstickte. Aus allen Richtungen stürmten Soldaten herbei. Erwan hatte nur noch wenige Sekunden, um den Kerl zum Reden zu bringen.

»Spuck es aus, verdammt!«

»In der Nacht auf Freitag habe ich … etwas gesehen …«

»Wo? Auf der *Charles de Gaulle?*«

Erneut wurde Signalmunition abgefeuert.

»REDE!«

»Jemand ist mit einem Zodiac fortgefahren.«

»WER?«

Er konnte die Leuchtspur in der Pupille des Jungen verfolgen. Die Lippen des Kleinen zitterten. Die Gischt hinter ihnen nahm einen Kupferton an, sah aus wie kochendes Metall.

»LOSLASSEN UND HÄNDE HOCH!«

»Wer ist rausgefahren? WER?«

»LOSLASSEN ODER ICH SCHIESSE!«

Erwan hob die Hände. Es war vorbei. Auf der Düne hielt eine ganze Reihe von Soldaten vor dem Hintergrund der im Schwefellicht schimmernden Bäume ihre Gewehre auf ihn gerichtet.

In diesem Moment richtete Frazier sich auf und packte ihn am Kragen.

»Es war di Greco«, flüsterte er ihm ins Ohr. »Di Greco ist in dieser Nacht an Land gefahren.«

40

Die Bar hieß Du côté de chez Wam.

Am frühen Abend hatte er mit der Suche begonnen. Er hatte Türsteher und Barkeeper befragt, Wirte bedroht und Versprechen erzwungen: Wer auch immer Gaëlle in dieser Nacht begegnete, musste ihn anrufen. Weitergemacht hatte er mit den Empfangschefs der Luxushotels und schließlich vor den Swingerclubs und düsteren Kneipen des Rive Droite gestanden, aber die hatten noch nicht geöffnet.

Niemand hatte seine Tochter gesehen. Niemand konnte ihm auch nur die kleinste Information liefern, oder vielleicht wollte man auch einfach nicht mit ihm sprechen.

Vielleicht war er nicht mehr gewitzt oder überzeugend genug. Jedenfalls versuchte er, sich das nach jedem vergeblichen Versuch einzureden, wenn er wieder am Steuer des geliehenen Golf saß. Autosuggestion nach Coué: Er sagte sich, dass Gaëlle sich irgendwo amüsierte und man es ihm nur nicht verraten wollte.

Das Beunruhigende war nicht ihr Verschwinden – immerhin war sie volljährig, und es war nicht das erste Mal. Viel schlimmer war, dass sie seine beiden Handlanger abgeschüttelt hatte. Morvan kannte seine Tochter. Es störte sie keineswegs, dass sie beschattet wurde, im Gegenteil. Die Vorstellung, dass die Männer ihrem Vater über ihre Eskapaden berichteten, gefiel ihr vermutlich sogar. Aber an diesem Nachmittag hatte sie sich anders entschieden. Um ihre Unabhängigkeit zu demonstrieren? Oder wegen eines Treffens, das sie geheim halten wollte? Hatte sie etwa vor, zu fliehen? Wahrscheinlich machte Morvan sich viel zu viele Sorgen, und Gaëlle hatte sich an diesem Abend einfach einmal ihre Freiheit gegönnt. Trotzdem fürchtete er, dass sie sich in die Scheiße geritten hatte und allein nicht wieder herauskam. Prostitution konnte zwar eine schöne Hochzeit zur Folge haben, aber durchaus auch ein Grab auf dem Friedhof.

Dank des Inlandsnachrichtendienstes hatte Morvan eine recht deutliche Vorstellung davon, wie Gaëlles Tage abliefen. Sie ging auf eigene Faust auf den Strich, unregelmäßig und immer im Namen ihres großen Traums. Ihre Partner hatten grundsätzlich in irgendeiner Form mit dem Filmgeschäft zu tun. Oder mit Geldgeschäften, was im Prinzip auf das Gleiche hinauslief.

Wenn er bis zum nächsten Tag kein Lebenszeichen von seiner Tochter erhielt, würde er mit den Mitteln, die ihm dank seines Status zur Verfügung standen, die ganz große Maschinerie anwerfen. Allerdings könnte er sich dann ebenso gut auf das nächste Dach stellen und allen zurufen: »Meine Tochter ist eine Nutte.« Oder auch: »Ich habe zu Hause nichts zu sagen.« Schließlich beginnt geordnete Sicherheit bei einem selbst.

Er saß an der Bar und beobachtete den dunklen, halb leeren Raum. Die Vorstellung, dass Leute sich hier die ganze Nacht einschlossen, um sich zu amüsieren, überstieg seinen Horizont. Er bezahlte sein Perrier und ging.

Auf dem Weg zu seinem Auto kamen ihm seine anderen Baustellen in den Sinn. Er hatte Erwan angelogen: Sein Siegelring war nicht mehr da. Entweder hatte er ihn vorigen Monat verloren, oder er war ihm gestohlen worden. Aber warum? Um ihn am Tatort zu deponieren?

Die Geschichte in Kaerverec nahm ohnehin eine seltsame Wendung. Zunächst war da dieser Anruf von di Greco gewesen. Seit Jahren schon hatte er den Admiral mit dem Chicoree-Kopf nicht mehr gesehen. Er hätte sich dieses Mistkerls entledigen sollen, stattdessen hatte er seinen eigenen Sohn mit der Aufklärung beauftragt. Er hatte es für eine gute Möglichkeit gehalten, Erwan daran zu hindern, seine Nase zu tief in die Selbstmordangelegenheit Marot zu stecken. Hatte sein Instinkt ihn zum ersten Mal im Stich gelassen?

Die Ermittlungen entwickelten sich allmählich zu einer persönlichen Angelegenheit. Jemand war in den Bereich eines ehemaligen Partners eingedrungen und hatte ihn gezwungen, auf eine bestimmte Weise zu intervenieren, indem er einen kompromittierenden Gegenstand am Tatort hinterließ … War es eine Intrige?

Kaum war er einen Kilometer gefahren, als er weitere Nahrung für seine Paranoia fand. Zuerst diese Sache mit dem Buch, das seine Vergangenheit zu enthüllen drohte, dann der Tod Nsekos, der, ganz gleich, was er behauptete, die Karten in Katanga sicher neu gemischt hätte. Und nun diese Geschichte mit der feindlichen Übernahme von Coltano, oder was auch immer die plötzliche Hausse zu bedeuten hatte … Ganz zu schweigen von der Botschaft an Loïc. Morgen würde er auf jeden Fall noch einmal zu Luzeko gehen. Vielleicht hatte der Mann mit dem Korsett etwas erfahren.

Morvan begann sich zu fragen, ob die Ereignisse nicht irgendwie miteinander verknüpft waren und von jemandem inszeniert wurden, der sein Verderben wollte. Aber wer? Er hatte so viele Feinde …

Ohne sich dessen bewusst zu sein, hatte er die Place Beauvau erreicht. Sollte er den Rest der Nacht im Büro weitermachen? Nein. Er würde weitersuchen müssen, wollte aber erst etwas essen. Er wandte sich in Richtung des Hotel Bristol, das nur wenige hundert Meter vom Ministerium entfernt lag.

Parkdienst. Autoschlüssel. Drehtür. Als Morvan die Halle betrat, versteckte sich der Empfangschef hinter dem Tresen. Der Alte erinnerte sich, dass er ihn wenige Stunden zuvor ziemlich bedrängt hatte. Er winkte ihm freundlich zu, schließlich war er nicht mehr in Kampfstimmung.

Morvan betrat das Restaurant, wo die Putzfrauen bereits staubsaugten, und ging gleich durch in die Küche. Ein paar Küchenjungen erkannten und grüßten ihn. Er setzte sich an einen

Tisch ganz am Ende – eine Theke aus Edelstahl, die für die Busenfreunde des Chefkochs reserviert war.

Man servierte ihm sein Lieblingsgericht, ein Clubsandwich mit Lachs, und eine Flasche Mineralwasser, ohne dass er ein Wort hätte sagen müssen. Der Anblick der Wasserflasche erinnerte ihn an seine Tranquilizer. Hatte er sie an diesem Abend genommen? Angesichts seiner Depressionen und seiner Amnesie war es wahrscheinlich wirklich allmählich an der Zeit, seine Karriere zu beenden.

Loïcs Scheidung beschäftigte ihn. Er konnte diesen Ausgang einfach nicht akzeptieren. Und zwar aus persönlichen Gründen, über die er mit niemandem sprach. Aber auch, weil ihm die Vorstellung unerträglich war, seine Familie könne auseinanderbrechen. In gewisser Weise war seine Familie das Einzige, was er selbst aufgebaut hatte – mit Erfolg, wenn man von dem einhelligen Hass absah, den er widerwillig um sich herum errichtet hatte.

Scheidung? Unmöglich. Er scheute sich nicht, mit der Eisjungfrau zu verhandeln, aber es würde schwierig werden.

Verträumt und mit abschweifendem Blick genoss Morvan sein Sandwich, während die Köche die Küche aufräumten. Er dachte an glückliche Abende, die ihm zufällig in den Sinn kamen. Als Erwan, der in der Polizeischule in Cannes-Écluse interniert war, Zeit fand, unangemeldet zum Abendessen in der Avenue de Messine zu erscheinen. Als Loïc als Jugendlicher in seiner überirdischen Schönheit das Haus durchschritt, ohne sich seines besonderen Charakters bewusst zu sein (in Wahrheit war der Junge damals schon Alkoholiker, und nur er selbst, Morvan Senior, wollte es nicht wahrhaben). Als die damals noch normalgewichtige Gaëlle die Erlaubnis bekam, im Frotteepyjama mit ihren Brüdern einen langen Abend vor dem Fernseher zu verbringen.

Seine Erinnerung hakte sich an diesem Bild fest: Gaëlle, beschützt vor dem Bösen. Jahre später wurde sie zu einem grässlich mageren, unkenntlichen Wesen, das an ein Rieseninsekt aus einem Horrorfilm erinnerte.

Morvan schob seinen Teller zurück. Gaëlle war ihm immer ein Geheimnis geblieben. Auch in dieser Nacht schaffte er es nicht, ihre Spur ausfindig zu machen. Er unterzeichnete seine Rechnung – er besaß in diesem Hotel ein Kundenkonto – und ging in den Waschraum, um sich frisch zu machen. Es war ein Uhr morgens. Morvan wusch sich das Gesicht und versuchte, seine Weste und seine Hose ein wenig zu glätten, denn sein Anzug war so verknittert wie ein Kleenex nach dem Wichsen. Im Spiegel gönnte er sich ein Lächeln, wie bei der Übergabe eines Geldscheins an einen Obdachlosen.

Und los, zurück auf die Straße.

41

Seit einer Stunde versuchte Erwan zu überleben.

Statt eines Hubschraubers hatte er lediglich ein Hurricane organisieren können – ein pechschwarzes, elf Meter langes Zodiac, das aussah wie eine Blutwurst aus Hypalon mit Kunstharzrumpf. Eines der berühmten Schnellboote des Marinekommandos. »Sechshundert PS!«, hatte Archambault am Ruder stolz verkündet. Le Guen betätigte sich als Navigator und konzentrierte sich auf das mitgenommene Radargerät und das GPS. Verny war ebenfalls an Bord.

»Gut festhalten«, rief Archambault, als sie die Fahrrinne verließen. »Der Wetterbericht verspricht nichts Gutes.« Ach nee … Sofort wurden sie von der Dünung gepackt und in den schwarzen Bauch des Meeres getaucht. Es war ein fetter, aufgedunsener Bauch, der wütendes Leben in sich zu tragen schien. Eine mütterliche und bösartige Macht zugleich, zornig und zerstörerisch. Eine Medusa, die sie zu verschlingen drohte …

Erwan saß ganz hinten, trug eine Rettungsweste, klammerte sich an den Griff seines Jockey-Bootssitzes und hielt sein Gesicht in den Wind. Er hatte sich aus Sicherheitsgründen an seinem Sitz festgebunden. Nach dem Streit in der Dusche und dem Wettlauf auf dem Rollfeld war er ziemlich fertig.

Archambault vor ihm hielt sich am Ruder fest. Sein Handgelenk war durch ein Sicherungsband mit dem Steuermodul verbunden. Falls er ins Wasser fiel, würde sich der Motor sofort ausschalten und so verhindern, dass das Zodiac von selbst bis nach England weiterfuhr.

»Immer noch nicht besser?«, erkundigte sich Le Guen über die Schulter. Der Hummer kam ihm wohlwollender vor als an Land. Vermutlich die Milde des Siegers. Erwan beugte sich vor und übergab sich. Schon wieder alles vermasselt. Er roch den üblen Atem des Meeres, das sich salzig unter dem Boot bewegte. Gegen die Seekrankheit hatte er ein Antihistamin eingenommen, das keinerlei Wirkung zeigte. Er hatte einmal gehört, dass solche Medikamente einen aufputschenden Effekt haben konnten, doch er empfand nichts als grenzenlose Müdigkeit, die durch die Schmerzmittel noch verstärkt wurde, die er vor der Abfahrt geschluckt hatte.

Trotzdem zwang er sich, die neuen Fakten zu analysieren. Nachdem auf dem Stützpunkt Ruhe eingekehrt war, hatte er Abbitte für die Missachtung der Ausgangssperre geleistet, die er doch selbst durchgesetzt hatte. Oberst Vincq hatte sich verständnisvoll gegeben und ihm gestattet, das Verhör von Patrick Frazier fortzusetzen, dem sie das nächtliche Rodeo zu verdanken hatten. Aber der Seemann hatte seiner Aussage nichts hinzuzufügen: In der Nacht von Freitag auf Samstag hatte er gegen 21 Uhr gesehen, wie Admiral di Greco in eines der Schnellboote stieg und in Richtung Land fuhr. Der alte Mann hatte sich nicht so verhalten, wie es sich für seinen Rang und seinen Gesundheitszustand gehört hätte. Er hätte sich von einem Steuermann begleiten lassen und eine Menge Papiere unterzeichnen müssen, stattdessen war er heimlich durch einen offenen Laderaum entwischt. Laut Frazier war di Greco ein außergewöhnlich guter Seemann und durchaus in der Lage, seiner körperlichen Unzulänglichkeiten zum Trotz, allein Land zu erreichen.

Warum hatte der Soldat sich nicht früher gemeldet? Was hatten der nächtliche Besuch und die absurde Flucht zu bedeuten? Die Frage beinhaltete bereits die Antwort: Nach mehreren Tagen des Zögerns hatte Frazier sich entschlossen, zu reden, aber so diskret wir möglich. In allerletzter Minute jedoch hatte ihn der Mut verlassen: Seinen Kommandeur verrät man nicht ungestraft.

Eine stärkere Welle riss Erwan aus seinen Überlegungen. Schon wurde ihm erneut schlecht. Er sah sich bereits sein Herz vor seine Füße kotzen und zusehen, wie es wie ein nach Luft schnappender Fisch zuckte. Um der Halluzination Herr zu werden, hob er den Kopf. Was er sah, war eine geradezu albtraumhafte Situation. Im strömenden Regen erhoben sich schwarze Wellen im Rhythmus eines gigantischen Atems zu steilen Felsen, bereit, auf sie herabzustürzen und sie zu verschlingen.

Er biss die Zähne zusammen, schloss vorsichtshalber die Augen und konzentrierte sich auf seine Gedanken. Was hatte di Greco in dieser Nacht an Land zu suchen gehabt? Stand seine Expedition in einem Zusammenhang mit Wissas Tod? Oder mit der Mutprobe? War der Admiral Auftraggeber des Mordes? Oder hatte er seine Leute beruhigen wollen, als er spürte, dass sie durchzudrehen drohten? Wann war er auf den Flugzeugträger zurückgekehrt? Viele Fragen, die Erwan seiner Lordschaft höchstpersönlich stellen wollte.

Doch der überhastete Aufbruch erwies sich als keine sonderlich gute Idee. Schon allein, weil das Wetter alles andere als geeignet war. Eine bessere Strategie wäre gewesen, den Admiral an Land zu zitieren, und zwar nicht nach Kaerverec, sondern in die Gendarmerie, anstatt ihm erneut auf seinem eigenen Terrain gegenüberzutreten. Erwan hatte sich jedoch für eine weitere Taktik entschieden: die Überraschung. Sie hatten niemandem ihr Kommen angekündigt und konnten jetzt nur hoffen, dass man sie überhaupt an Bord ließ.

Eine Sturzwelle unterbrach seine Überlegungen. Schaumig brodelndes Wasser ergoss sich in das Schnellboot wie in ein Becken. Verny machte sich los und schaltete die Pumpe ein. Eine

Minute später hatte er sich wieder am Gestänge seines Jockey-Sitzes festgegurtet.

Schuldbewusst und doch befriedigt stellte Erwan fest, dass seine Begleiter sich auch nicht gerade wohlfühlten. Sie steckten vollgestopft mit Vomex und mit grünlichen Gesichtern in ihren leuchtfarbenen Rettungswesten und trugen, auf Archambaults Rat hin, Taucherbrillen.

Die nächste Welle. Erwan dämmerte vor sich hin. Durchgeschüttelt, hin und her geworfen und mit Salzwasser geduscht verlor er zwischen Meer und Gewitter immer wieder das Bewusstsein. Seine um den Haltegriff geklammerten Finger schienen ihm nicht zu gehören.

Eine aufgeregte Stimme holte ihn in die Wirklichkeit zurück.

Er hätte nicht sagen können, wer da rief, aber ein Name drang in sein Bewusstsein: Verny. Erst jetzt erfasste er die Situation. Der Gendarm war verschwunden. Nachdem er seinen Sitz verlassen hatte, um erneut das Wasser aus dem Boot zu pumpen, war er über Bord gegangen.

Archambault versuchte aufzustehen und schrie:

»Keiner schnallt sich los!«

Le Guen beugte sich über das GPS und schirmte beide Augen mit den Händen ab, um besser sehen zu können. Erwan erinnerte sich, dass die Rettungswesten mit einem Ortungsgerät ausgestattet waren. Sie konnten nur hoffen, dass Verny es auch tatsächlich ausgelöst hatte. Außerdem besaß die Schwimmweste eine blinkende Leuchte.

Archambault gelang es, das Boot zu wenden. Alle hielten konzentriert Ausschau, wischten hektisch über ihre Brillen. Plötzlich entdeckten sie das Blinken etwa fünfzig Meter entfernt in der Tiefe eines kochenden Wellentals. Wie ein Schrittmacher, der innerhalb eines gigantischen Thorax blinkte. Archambault gab ein wenig Gas und drehte das Boot in den Wind. In der Gischt kämpfte Verny in seinem Ölzeug gegen das Gewicht seines Körpers an, das ihn in die Tiefe zu ziehen drohte.

Bis Erwan begriffen hatte, was vor sich ging, hatte Le Guen

bereits seinen Gurt gelöst, die Rettungsweste ausgezogen und sich seiner Kleider entledigt. Darunter trug er einen Taucheranzug. Eilig zog er eine Maske und Flossen an und schnallte sich einen anderen Gurt um die Taille. In diesem Moment fragte Erwan sich, wie er in einem Umfeld ermitteln sollte, von dem er so gut wie gar nichts wusste.

Le Guen tauchte ab, blieb aber über eine Leine mit dem Zodiac verbunden. Archambaults Stimme ertönte. Erwan verstand keine Worte, hörte nur die Stimme. Ein Schrei, der lediglich aus zwei mehrmals wiederholten Silben bestand, ausgestoßen vom Spargeltarzan, der an sein Ruder und die Schalter des Motors gekettet blieb und sich fast liegend bemühte, das Boot zu stabilisieren.

»Leine!«

Endlich verstand Erwan. Er schnallte sich ebenfalls ab und kroch an den Fendern entlang in den Bug. Bei heftigem Regen und schäumender Gischt entdeckte er die Leine, die über das Deck peitschte, und deren Ende an einer Trommel befestigt war. Linkisch stellte er sich dahinter, suchte Halt mit den Füßen, griff nach den Kurbeln auf beiden Seiten der Trommel und wartete auf ein Zeichen des Kapitäns.

Archambault manövrierte noch immer, versuchte zu verhindern, dass sich das Boot erneut mit Wasser füllte. Die Motoren brüllten, ächzten und pfiffen. Die Schiffsschrauben wühlten durchs Wasser. Der Leutnant hob die Hand: Le Guen hatte Verny erreicht. Erwan kurbelte wie wild, ohne seinen Schmerzen Beachtung zu schenken.

Nach einer Weile konnte er sie sehen. Nur noch wenige Meter vom Boot entfernt, verbunden mit einem Tau, klammerten sie sich aneinander, verschwanden und tauchten wieder auf, als spielten sie zwischen den Wellen Verstecken. Erwan kurbelte schneller.

Endlich erreichten sie die schwarze Blutwurst und konnten sich an den Handgriffen festhalten. Der Hummer brüllte unverständliche Wortfetzen. Es dauerte ein paar Sekunden, ehe Erwan verstand, dass er die beiden, wenn er weiterkurbelte, gegen den Rumpf presste. Sofort ließ er die Kurbeln los und eilte an die Bordwand.

Er ließ sich auf den Bauch fallen, packte zu, stand auf und zerrte Verny mit sich, der auf das Deck rollte. Ein weiterer Kraftakt, dann war auch Le Guen auf der sicheren Seite. Das Schnellboot hüpfte und sprang wütend über die Wellen, die es zu verschlingen drohten. Immerhin waren jetzt alle wieder wohlbehalten an Bord, und für ein paar Sekunden entstand so etwas wie eine Atempause. Keiner bewegte sich, alle genossen den Sieg, der zwischendurch kurzfristig die Seiten gewechselt hatte.

Doch schnell kehrte das Tosen der Wellen zurück. Erwan sah inzwischen klarer. Verny hustete, übergab sich und stammelte Gebete und Dankesworte. Le Guen in seinem Taucheranzug bemühte sich, seinen Gurt auszuziehen. Er stand in der aufgerollten Leine, die sich drehte und wand wie eine überdimensionale Garnspule.

Erwan traf einen Entschluss. Auf allen vieren kroch er zu Archambault und schrie ihm zu:

»Wir kehren um!«

»Was?«

»WIR KEHREN UM!«

Aber der Mann am Ruder deutete mit dem Finger nach vorn.

»Zu spät. Wir sind da.«

Erwan drehte sich um und entdeckte die schwarze Wand. Zwischen den fliehenden Wolken und dem tobenden Wasser erhob sich der glatte Rumpf ohne den kleinsten Lichtschein. Der Anblick des Schiffes inmitten des Unwetters war zutiefst dantesk. Düsterer als die umgebende Dunkelheit und stärker als der Sturm trotzte es gleichmütig dem umgebenden Tumult – unbeweglich, während das Meer wie entfesselt gegen seine Flanken wütete.

Erwan wurde zurückgeschleudert und prallte mit ausgebreiteten Armen am Fender ab, wie ein vom Gong geretteter Boxer. In diesem Moment öffnete sich kreischend und knirschend eine gigantische Klappe. In der Dunkelheit dahinter lag eine von gelben Halterungen umgebene Plattform. Erwan dachte unwillkürlich an eine beängstigende Kieme oder eine pochende Spalte im Bauch eines Meeresungeheuers. Die von zwei massiven Ketten gehaltene Öffnung war unglaublich groß, Tanklastzüge oder ganze Kompanien hätten mit Leichtigkeit hineingepasst. Auf den Brechern spiegelte sich rotes Licht, und Archambault gab Vollgas. Der immer noch triefende Le Guen brüllte in das Funkgerät. Verny klammerte sich an einen Fender. Erwan lag reglos da und beobachtete fasziniert den Glutschein auf dem Wasser.

Die Plattform schien sich über die Wellen zu legen und bildete bald eine Art stählerne Anlegestelle. Das Zodiac näherte sich. Archambault gab Gas, verlangsamte, ließ den Motor aufjaulen, überwand die letzten Hindernisse, geriet ins Schlingern und fuhr im Zickzack über den Grat. Bootshaken enterten, Greifer klickten, Taue klatschten ins rote Wasser.

Das Schauspiel wirkte tröstlich – nach dem Tod kehrte das Leben zurück. Fast trieb es Erwan Tränen in die Augen.

In dieser Nacht waren es nicht die Fischer, die den Wal harpunierten, sondern der Wal, der das Boot der tollkühnen Männer verschlang.

42

Als sie die Plattform betraten, hatten sie nicht mehr viel gemein mit einem selbstbewussten Ermittlerteam, das überraschend gekommen war, um einen Verdächtigen zu verhören. Sie trieften wie Schwämme, waren salzig wie Heringe und boten einen bemitleidenswerten Anblick. Verny sah aus wie eine Wasserleiche. Le Guen steckte immer noch in seinem nassen Taucheranzug. Archambaults Arme zitterten von der Anstrengung am Ruder. Erwan senkte unter seiner Kapuze demütig den Kopf, den Meeresgöttern entgegen.

Dieses Mal wurden sie nicht allein von den Offizieren erwartet. Ein Schützenkommando umringte die Anlegestelle, alle mit dem Finger am Abzug. Der Steg reichte bis zu dem in rotem Licht badendem Stahlmaul. Sie retteten sich ins Innere des Schiffs.

»Was wollt ihr hier?«, bellte der Steuermann.

»Wir sind gekommen, um Admiral di Greco zu verhören«, erwiderte Verny im gleichen Tonfall.

Angesichts des Lärms, den die Wellen verursachten, musste man brüllen, um sich verständlich zu machen.

»Besteht denn ein Rechtshilfeersuchen oder etwas in der Art?«

»Unnötig. Wir ermitteln im Auftrag der Staatsanwaltschaft Brest in der Mordsache Wissa Sawiris und sind ermächtigt, alle dazu notwendigen Schritte durchzuführen.«

Der Gendarm hatte die Litanei in einem Satz heruntergerattert. Nicht schlecht für jemanden, der gerade mit Mühe und Not überlebt hatte. Sein Gegenüber schien jedoch keineswegs beeindruckt. Er griff nach dem Funkgerät unter seinem Friesennerz, drehte den Rücken gegen den Wind und redete vornübergebeugt, als wolle er sich eine Zigarette anzünden.

»Wir müssen auf den Kapitän warten«, verkündete er schließlich zu den anderen gewandt.

»Gehen wir«, befahl Erwan entnervt. »Er wird uns schon einholen.«

Aber die Soldaten verstellten ihm mit den Gewehren im Anschlag den Weg. Verny und Archambault zückten ihre Waffen. Die gewaltbereite Atmosphäre wurde durch das rote Licht noch verstärkt.

»Immer mit der Ruhe!«

Alle Blicke wandten sich der Stimme zu, die durch das Tosen der Wellen drang. Im roten Lichtschein zeichnete sich eine Gestalt in einem Parka ab. Der Mann war klein, um die fünfzig und hatte weder eine Eskorte bei sich, noch trug er irgendwelche Abzeichen. Erwan ahnte, dass es sich um den Kommandanten des Schiffs handelte.

»Kapitän zur See, Martin«, stellte er sich auch tatsächlich vor. »Glauben Sie, man darf einfach so auf der *Charles de Gaulle* an Bord kommen? Für wen halten Sie sich?«

Erwan stellte sich ebenfalls vor. Dabei wiederholte er im Prinzip den Satz von Verny, gestaltete ihn jedoch einerseits bescheidener, andererseits aber auch etwas ausführlicher. Der Offizier antwortete nicht. Die Schützen umringten ihn, ohne ihre Gewehre zu senken.

»Warum wollen Sie den Admiral anhören?«, erkundigte er sich schließlich.

Durch die offene Klappe pfiff der Wind so laut, dass nur Wortfetzen zu verstehen waren. Trotzdem wurde Martin nicht lauter. Er war nicht nur Herr dieses Schiffs, sondern auch Herr des Sturms.

»Dazu darf ich keine Angaben machen«, sagte Erwan. »Ich denke, der Admiral ist erwachsen genug, uns entweder Rede und Antwort zu stehen oder uns zum Teufel zu schicken, wenn ihm danach ist.«

Er hatte bewusst einen familiären Ton gewählt, um das Eis zu brechen, doch der Versuch war ein Schlag ins Wasser. Der Mann im Parka verschränkte schweigend die Hände hinter dem Rücken, während die Schützen Erwan und seine Kollegen weiter im Visier hielten.

»Hat Ihr Besuch mit Marineoffizier Frazier zu tun?«

Die Nachricht war also schneller gewesen als sie. Der junge Mann hatte den Flugzeugträger wahrscheinlich heimlich verlassen, um seine Zeugenaussage zu machen. Erwan war sich ziemlich sicher, dass hier auf dem Schiff niemand deren Inhalt kannte.

»Tut mir leid, dazu kann ich nichts sagen. Wir müssen den Admiral treffen.«

»Es ist drei Uhr morgens.«

»Dass wir uns um diese Zeit herbemüht haben bedeutet, dass es sich um eine sehr …«

»Sein Gesundheitszustand lässt keine Besuche zu.«

»Ich schlage Ihnen Folgendes vor: Wir verhören ihn nicht

jetzt sofort, stellen aber einen Antrag auf eine Audienz. So stören wir ihn nur ein paar Minuten, er weiß Bescheid und kann sich den Zeitpunkt für das Gespräch selbst aussuchen. Sollte er uns gleich morgen früh empfangen wollen, warten wir hier an Bord.«

»Und wenn er schläft?«

Die Erwähnung dieses prosaischen Details deckte den wahren Sachverhalt auf: In den Augen der Besatzung war di Greco nur noch ein alter Mann, eine im Sterben liegende Legende.

»Bei unserer ersten Begegnung erwähnte der Admiral seine Schlaflosigkeit«, bluffte Erwan. »Ich glaube kaum, dass wir ihn wecken müssen.« Er lächelte. »Bestimmt beobachtet er den Sturm von seinem Bullauge aus.«

Auch diese vertrauliche Bemerkung führte nicht zum gewünschten Resultat: So sprach man nicht über einen Souverän. Dennoch schien der Offizier zum ersten Mal seine in Angriffsstellung befindlichen Männer zu bemerken. Er machte eine knappe Handbewegung, und sofort senkten die Schützen ihre Gewehre.

»Zehn Minuten. Keine Sekunde länger. Ich bringe Sie hin.«

Laufgänge. Aufzüge. Rotes Licht. Im Innern des Schiffs konnte man den Sturm vergessen, aber noch immer spürte Erwan das salzige Wasser in seinen Taschen und die Vibration der Fender in seinem Blut. Ihm war, als hätte ihn das Meer mit seiner Wut getränkt.

Nächster Aufzug, nächster Flur. Vor der Tür des Admirals teilte sich die Eskorte und überließ es Erwan, anzuklopfen. Schließlich war es seine Idee gewesen. Er machte sich bemerkbar wie ein Gerichtsvollzieher bei einer Beschlagnahmung.

Keine Antwort.

Er klopfte erneut, dieses Mal energischer.

Immer noch nichts.

Zu seinen Füßen sah Erwan, dass unter der Tür ein Lichtstrahl hindurchdrang. Er wechselte einen Blick mit dem Kapitän. Sie verstanden einander sofort.

»Wir haben einen Generalschlüssel.«

Auf ein Zeichen seines Vorgesetzten zog einer der Männer einen Schlüsselbund aus der Tasche und schloss auf. Nach kurzem Zögern betrat Erwan mit der Hand an seiner Waffe die Kabine.

Die Deckenbeleuchtung brannte. Alles sah so aus wie beim ersten Mal. Die gleiche Unordnung. Aktenstapel, zusammengerollte Karten, volle Schränke.

Di Greco saß an seinem Schreibtisch neben dem Bullauge, seinem »einzigen Privileg«, und hatte kein Gesicht mehr. Die Kugel hatte seinen Schädel durchschlagen und sein Gehirn hinter ihm verspritzt.

Er trug seine blaue Uniformjacke ohne Abzeichen. In der Hand hielt er noch die Waffe, die er benutzt hatte, um seinem Leben ein Ende zu bereiten: Eine Beretta 92G Inox, die Erwan sehr gut kannte, weil er während seiner Zeit beim Sondereinsatzkommando eine ebensolche als Dienstwaffe benutzt hatte. Er trat näher und stellte fest, dass das Blut noch nicht getrocknet war. Der tödliche Schuss lag also weniger als eine Stunde zurück. Zu dieser Zeit waren sie bereits auf See gewesen. War di Greco gewarnt worden? Wusste er, dass man ihn über kurz oder lang festnehmen würde?

Erwan betrachtete ihn mit gemischten Gefühlen. Der Freitod wirkte wie ein Geständnis. Vermutlich würden die Ermittlungen nun so schnell wie möglich abgeschlossen werden. Gleichzeitig jedoch blieben viele Fragen offen, auf die es nun keine Antworten mehr geben würde. Was war das Tatmotiv? Wie war die Tat geschehen? Und wie hatte es dazu kommen können?

Er warf einen Blick auf die herumliegenden Aktenberge, um zu überprüfen, ob der Admiral einen Abschiedsbrief hinterlassen hatte.

Auf dem Tisch lag ein zusammengefaltetes Blatt Papier, das mit winzigen Blutstropfen besprüht war. Erwan trat neben den Toten und faltete es auseinander. Der große kranke Mann hatte in Großbuchstaben nur ein einziges Wort notiert:

LONTANO

43

»*Nam-myoho-renge-kyo … Nam-myoho-renge-kyo … Nam-myoho-renge-kyo …*«

Mit leiser Stimme murmelte Loïc das Lotos-Sutra in der japanischen Version von Nichiren vor sich hin. Es war der wichtigste Satz, der das gesamte Sutra beinhaltete und ihm schon oft in den verfahrensten Situationen geholfen hatte. Er hatte die ganze Nacht nicht geschlafen, das Schlimmste aber stand ihm noch bevor. Nach der Entlassung aus dem Polizeigewahrsam würde er vor Gericht erscheinen und sich verhören lassen müssen, und vielleicht kam er sogar vorläufig ins Gefängnis. Zwölf Gramm Koks konnten einen mir nichts dir nichts in U-Haft bringen.

Die wirkliche Strafe aber war, dass Sofia und ihre blöde Kuh von Anwältin die Anklage für einen Eilbeschluss nutzen würden. Man würde ihm das Sorgerecht für die Kinder entziehen und er dürfte sie nur noch wenige Stunden im Monat unter Aufsicht sehen.

»*Nam-myoho-renge-kyo … Nam-myoho-renge-kyo …*«

Trotz aller Anstrengung gelang es ihm in diesem schmutzigen Glaskäfig nicht, seinen Geist zu leeren. Immer wieder kamen ihm ganz pragmatische Überlegungen in den Sinn: Wer mochte ihn verpfiffen haben? Der Dealer vom Vortag? Die schwarzen Rächer? Doch die Sache passte weder zum Stil des einen noch der anderen.

Sofia war die ideale Verdächtige. Loïc schloss die Augen und versuchte die Welle von Hass einzudämmen, die ihn zu überschwemmen drohte. Für einen Buddhisten sind Liebe und Hass gleichwertig. Wichtig ist, sich aus dem Kreis der Leidenschaften zu befreien – ganz gleich, um welche es sich handelt.

Im Moment jedoch wäre ihm am besten damit gedient, wenn er aus dieser Zelle befreit würde. Ein Zellengenosse, ein Penner, der »seine Rechte kannte«, brüllte wie ein Kalb und traktierte die Glasscheibe mit Fußtritten. Schließlich ließ Loïc vom Beten ab.

Weil ihm nichts Besseres einfiel, dachte er über seine Vergangenheit nach. Über die beste Zeit seiner eigenen Legende.

Kalkutta, Februar 2001.

Er hatte nie erfahren, wie er in die Hauptstadt Westbengalens gelangt war. Wahrscheinlich war er von dem Segelboot geworfen worden, dessen Skipper er gewesen war, nachdem man ihn beim Schnüffeln von Lösungsmitteln im Maschinenraum erwischt hatte – irgendetwas in dieser Art. Von den Andamanen aus war er mit einem Frachter weitergereist und mit Fischern auf den Sundarbans gelandet, in den größten Mangrovenwäldern der Erde. Seine einzige Erinnerung war das Charas-Haschisch, das er tief in den Bootsbäuchen versteckt geraucht hatte.

Als er schließlich in Kalkutta ankam, hätte man ihn für einen Sadhu halten können. Er trug nur einen Lendenschurz und war so schmutzig und von der Sonne verbrannt, dass seine Haut schwarz war. Sein Bart reichte ihm bis zur Brust, seine Fingernägel krümmten sich und sein verfilztes Haar war voller Läuse.

Er hatte sich der schwarzen Göttin Kali verschrieben, die über die Stadt wacht. Sie wird mit einem Rock aus abgeschlagenen Armen dargestellt, zeigt eine blutrote Zunge und zerstört alles, was ihr nicht gefällt. Ein passendes Symbol für die Hauptstadt. In der damaligen Zeit vegetierten dort zehn Millionen Einwohner im Schatten verfallener viktorianischer Gebäude vor sich hin. Bettler, Leprakranke, Straßenhändler, Angestellte, Sadhus, Brahmanen, Intellektuelle, Unberührbare, sie alle wälzten sich wie eine unwiderstehliche Flut durch die Stadt.

Loïc ließ sich mit dem Strom treiben und gab seine letzten Dollars für zweifelhaftes Heroin und gepanschtes Opium aus. Er setzte sich seine Schüsse in den Vorhallen von Tempeln, aß Reisreste und trank *Chai* für eine Rupie. In den wenigen klaren Momenten setzte er sich mit einem zerlesenen Exemplar von *The Gospel of Sri Ramakrishna* in den Park von Maidan. Er verstand allenfalls jede zweite Zeile, aber die Vorstellung, mit diesem Buch in der Hand zu sterben, gefiel ihm.

Eines Tages kauerte er auf dem Gehsteig und stellte fest, dass seine Beine dabei waren, zu verfaulen. Darüber verfiel er keineswegs in Panik, er hatte es schließlich nicht anders gewollt. Er würde in dieser Haut sterben, zertrampelt von Tausenden Tongs, Sandalen und nackten Füßen, und dabei von Göttern träumen, deren Namen er nicht einmal aussprechen konnte. Er lächelte, bereit, sich in Kalkuttas Geruch von Blumen und Scheiße aufzulösen und als Gott oder Stein wiedergeboren zu werden.

In diesem Moment beugte sich eine Stimme über ihn.

»Wir müssen dir das Gefühl für die Realität wiedergeben.«

Loïc richtete sich auf und erblickte das konturlose Gesicht eines Weststaatlers mit grauen Haaren, dessen Haut so faltig war wie ein Elefantenhintern. Der Typ trug eine Robe aus Hanf und die heilige, aus drei Fäden bestehende Schnur der Brahmanen.

Halb weggetreten dachte er: Wieder ein Weißer, der zu viel geraucht hat …, dann verlor er das Bewusstsein. Von da an waren seine Erinnerungen verwirrt. Injektionen. Infusionen. Delirium. Kein Entzugsgefühl. Ansonsten Kampfergeruch, die Ausdünstungen vermodernder Blumen und feuchter Erde. Und glühendes Fieber. Viel Schlaf.

Als Loïc aufwacht, erklärt ihm ein indischer Arzt, dass sein Verdauungsapparat von Parasiten zerfressen ist, sein Darm vor Würmern nur so wimmelt, sein Körper mit Verletzungen übersät ist und dass er an Skorbut leidet. Die einzig gute Nachricht: Er hat weder AIDS, noch muss ihm etwas amputiert werden.

»Eine Amputation?«

Er erinnert sich, in den Sundarbans vom Boot gefallen zu sein und sich dabei beide Knie verletzt zu haben, Eiter lief aus den Wunden.

»Man nennt es Gangrän, aber wir konnten die Infektion stoppen.«

Eigentlich sollte er dem Arzt danken, aber dazu ist er nicht in der Lage. Seine Gliedmaßen zucken in unkontrollierbaren Krämpfen, sein Fleisch glüht. Er bettelt und fleht, ihm etwas zu spritzen, ganz gleich, was – oder ihn sofort in die Hölle schicken, wo er nichts mehr spüren muss.

Koma.

Als er wieder zu Bewusstsein kommt, hat er das Gefühl, sein Gehirn auf sein Kopfkissen geschwitzt zu haben. Der Guru ist auch da, dieses Mal dreidimensional. Ungefähr sechzig. Reich und wohlgenährt. Er trägt eine weiße Jacke mit Maokragen, eine Pyjamahose aus Leinen und spricht mit schottischem Akzent. Er berichtet von Albträumen und Halluzinationen und erklärt ihm, dass das alles mit dem Entzug und den Pflanzen zu tun hat, die ihm hier verabreicht werden.

»Hier?«

Der Mann spricht von Wahrheit, Weisheit und Einheit. Er macht sich über Bilder und Parabeln verständlich.

»Wir kennen uns, oder?«, gelingt es Loïc irgendwann zu fragen.

»Du warst vor zwei Jahren Skipper auf einem meiner Boote.«

Er erinnert sich nicht. Der Mann nimmt eine Schere und schneidet ihm die Haare, die Nägel und den Bart.

»Der Hinduismus taugt nichts«, erklärt er, während Hornhaut und Haare auf das Bettlaken rieseln. »Für dich ist auch der klassische Buddhismus nichts. Ich meine die Sache mit dem Kleinen und dem Großen Fahrzeug. Was du brauchst, ist Vajrayana. Das Diamantene Fahrzeug. Den tibetischen Buddhismus.«

»Und was bedeutet das?«

»Dass wir morgen aufbrechen.«

Sie fliegen nicht in die tibetische Hauptstadt Lhasa, sondern nach Kunming in der Provinz Yunnan, unweit der Südostgrenze von Tibet. Der Schotte legt Wert darauf, die Ausläufer des Himalaya auf einem ganz bestimmten Weg zu erreichen. Zunächst mit Hilfe von Geländewagen, später zu Pferd.

Dreitausend Höhenmeter. Klippen aus verbrannter Erde. Unten ein ebenfalls rotes Gewässer: der Quellfluss des Mekong. Loïc meint, sich in einem gigantischen Uterus fortzubewegen, im fruchtbaren Leib einer indischen Göttin, die zu Füßen der Gletscher schlummert. Er zittert vor Kälte auf seinem Pferd, eingehüllt in Leder und Felle wie ein Nomadenbaby und auf dem Sattel festgebunden. Ihm bleibt keine andere Wahl, als die Landschaft zu bewundern und unter dem Entzug zu leiden.

Er braucht mehrere Tage, ehe er bemerkt, dass sie verbotenes Gebiet durchqueren, das wegen seiner Nähe zum Goldenen Dreieck von der Armee engmaschig überwacht wird. Die Beweggründe des Schotten begreift er nicht. Von Pferd zu Pferd versucht er ihn zu provozieren:

»Du glaubst doch hoffentlich nicht, dass ich nach alldem mit dir schlafe.«

»Keine Sorge, schon geschehen.«

»Wann?«

»Auf unserer Kreuzfahrt.«

Auch daran erinnert sich Loïc nicht. Der Mann heißt James Thurnee, stammt aus Edinburgh und ist in Europa zu Geld gekommen. Und zwar gleich mehrfach. Zunächst mit der Herstellung von elektrischen Gitarren und Aufnahmegeräten, später in der Telekommunikation und schließlich im Internet. Inzwischen verwaltet er seinen Reichtum aus der Ferne. Er betet hier und da und kümmert sich um in Not geratene Besucher …

Wochen vergehen. Dann und wann gibt es ein wenig Ärger mit der chinesischen Polizei, sie geraten in sintflutartige Regengüsse, klettern über Erdrutsche, müssen Flüsse an einem Seil hängend überqueren, ertragen Hagelstürme, sehen umgekippte Lkws am Straßenrand und erleben eine Explosion in einer Kupfermine, bei der sie erste Hilfe leisten müssen …

Nach einer Weile begegnen sie immer wieder Kolossen mit schwarzen Haarknoten, die silberne Dolche am Gürtel tragen, sowie Frauen mit flachen, mit Erde, Milch und Regen beschmierten Gesichtern. Tibeter. Die Grenze lässt grüßen.

Eines Tages erreichen sie ein weitläufiges Tal. Ein Dorf mit gekalkten Mauern, als wäre es aus Zuckerstücken erbaut. Über dem Dorf erheben sich zwei mächtige weiße, rechteckige Türme aus dem purpurnen Untergrund. Das Kloster. Ringsum wogen Weizen- und Gerstenfelder im Abendwind. Wolkenschatten überqueren sie wie ein schillerndes Ballett.

Noch nie hat Loïc etwas so Schönes gesehen. Tränen der Dankbarkeit schießen ihm in die Augen. Umso mehr, als sein Körper gereinigt ist. Er hat die Absenz besiegt. Das Fehlen der Droge.

Ein Jahr bei den Mönchen. Wecken zum Klang der Hörner, Gebete, Predigten, Ernte, Mandalas … In Indien hatte er eine berauschende, fieberhafte Spiritualität kennengelernt. Hier hat der Glaube die Kraft einer geballten Faust. Nachdem Thurnee seinen Organismus entgiftet und ihm die Augen geöffnet hat, reinigt er nun seine Seele. Manchmal wird Loïc noch von Entzugserscheinungen überwältigt. Dann liegt er von Krämpfen geschüttelt im Bett und fleht, man möge seinen Körper vierteilen und an die Geier verfüttern, wie es die tibetische Tradition verlangt. Aber niemand kommt, die Krise geht vorüber, und Loïc widmet sich wieder dem Alltag des Tempels: Gebet, Meditation, Lehre …

Manchmal denkt er an seinen Vater, der ihn noch immer auf dem Meer vermutet. Im Grunde hatte sein Vorgehen etwas Gutes. Loïc macht sich mit dem Vajrayana vertraut. Er liest, hört zu, meditiert. Das Gebet wird für ihn zu einer anderen Form von Droge, allerdings mit einer umgekehrten Wirkung: Er verlässt seinen Körper, um seine Seele zu finden.

Eines Tages schlägt ihm Thurnee wider alle Erwartung vor, in die Welt der Illusionen zurückzukehren. Ins Samsara, das Tal der Tränen, das die anderen die »Realität« nennen. Der Buddhismus sei keine Flucht, erklärt er seinem Schützling, sondern ein Höhenflug. Er nimmt ihn mit nach New York und führt ihn in die Finanzwelt ein. Loïc findet Gefallen an dieser Welt der extremen Eitelkeiten. Es ist wie Schach zu spielen, ohne dabei je zu vergessen, dass es sich nur um ein Spiel handelt.

Seine Gefühle jedoch sind noch lebendig. In Manhattan lernt er Sofia kennen und verliebt sich sofort. Um vor der Italienerin zu bestehen, beginnt er wieder zu koksen. Mit einer einzigen Line macht er zweieinhalb Jahre Entzug zunichte. Doch das ist nicht schlimm. Er ist witzig, charmant, schlagfertig und gewinnt das Herz der Dame. Thurnee bringt ihn in eine Spezialklinik, wo seine Nasenscheidewand mit Titanplatten verstärkt wird.

Kein Donnerwetter, keine Gardinenpredigt: Loïc kann es nicht begreifen.

»Große Leidenschaften haben den Nachteil, nicht lange zu bestehen«, antwortet Thurnee.

Er behält recht: Sieben Jahre später hassen sich Loïc und Sofia aus tiefstem Herzen. Und bald werden sie in Gleichgültigkeit verfallen und einander vergessen.

Das Knacken des Schlosses ließ ihn zusammenfahren. Die Tür des Käfigs öffnete sich. Loïc bemerkte, dass der rachsüchtige Penner eingeschlafen war und auch alle anderen Zellengenossen dösten.

Er warf einen Blick auf sein Handgelenk, doch bei der Durchsuchung hatte man ihm die Uhr abgenommen.

»Morvan, mitkommen.«

Er folgte der Ordonnanz die Treppe hinauf und sagte sich, dass man ihn jetzt endlich anhören würde. Man würde ihm gestatten, seinen Anwalt anzurufen, der ihn sicher innerhalb einer Stunde hier rausbekäme.

Im Büro jedoch wartete nicht etwa ein Polizist, sondern Sofia.

Loïc ballte die Fäuste, um sie zu verprügeln. Er wollte sich gerade auf sie stürzen, als sie befahl:

»Setz dich.«

Er gehorchte wortlos.

Im Grunde war das Leben an der Seite der Italienerin ganz einfach.

44

Wie bist du hier reingekommen?«

»Über meine Anwältin.«

»Ich fürchte, du musst mir erklären, welche Verbindungen eine Anwältin für Familienrecht zur Drogenfahndung hat.«

»Sie kennt sich eben aus.«

»Und hat ihnen den Sohn von Morvan auf dem Silbertablett serviert.«

»Du hast recht, man ist dir hier nicht gerade freundschaftlich gesonnen. Und ich durfte feststellen, dass dein Vater nicht nur Verbündete bei der Polizei hat.«

Er versuchte zu lachen, doch etwas schien seine Kehle zu verengen. Seine Organe verkrampften sich, eine Hitzewelle stieg in seinem Brustkorb auf und verbreitete sich zu einem Fieber der Angst. Turkey! Sofia sprach mit ihm, aber er hörte nichts.

Schweiß perlte über sein Gesicht, und er blinzelte, als hätte man ihn geblendet. Doch er schaffte es, sich zusammenzureißen.

»Was genau willst du von mir?«

»Mich mit dir arrangieren.«

Er zeigte seine Handgelenke. Die Polizisten hatten ihm Handschellen angelegt.

»Klar, ich bin ja auch in der bestmöglichen Verhandlungsposition.«

»Nun, du kannst mir immerhin zuhören und nachdenken.«

Er konnte sich nicht mehr daran erinnern, wie es war, Sofia zu lieben. In ihrer Rolle als Feindin war sie viel echter und viel legitimer. Er fürchtete ihre Angriffe, ihre Strategie und ihre Fähigkeit, zu manipulieren. Sie war zu seiner Göttin Kali geworden.

»Meine Anwältin sagt, dass du des illegalen Handels und der schweren Hehlerei angeklagt werden wirst. Selbst wenn dein Vater wieder einmal irgendwie mauschelt, wird deine vorläufige Festnahme irgendwo dokumentiert. Und wenn ich dem Familienrichter diese Beweise vorlege, wirst du die Kinder nie mehr zu Gesicht bekommen.«

Er biss die Zähne zusammen. Sie schmerzten wie zu der Zeit, als kein Dealer in Paris ihm Dope verkaufte.

»Was schlägst du vor?«

»Jeden zweiten Mittwoch und jedes zweite Wochenende.«

»Ausgeschlossen.«

»Entweder das, oder zwei Stunden im Monat in Anwesenheit einer Sozialarbeiterin.«

»Warum tust du das? Hältst du mich nicht für fähig, sie zu erziehen?«

»Nicht, solange du dich nicht in eine Klinik einweisen lässt.«

Sich einweisen lassen … Wie oft hatte er das schon gehört? Als wäre seine Droge eine Krankheit. Aber das stimmte nicht: Sie war die Medizin. Er hatte noch nie einen Abhängigen getroffen, der *vor* der Sucht ausgeglichen und glücklich gewesen war.

»Ich habe eine Vereinbarung zu meinen Bedingungen mitgebracht«, fuhr Sofia fort. »Wenn du sie unterschreibst, schwöre ich dir, dass ich vor dem Scheidungsrichter nie ein Wort über diesen Polizeigewahrsam verlieren werde.«

»Warum sollte ich dir vertrauen?«

»Weil dir keine andere Wahl bleibt und weil ich immer Wort halte.«

Sie öffnete ihre übliche Balenciaga – ein auf einem Flohmarkt erworbenes Stück aus weichem Leder, groß wie eine Jagdtasche, die sie allen anderen vorzog, die sie regelmäßig erwarb – und entnahm ihr einen Stapel Papiere und einen Füllfederhalter mit Perlmuttkappe. Jedes Detail erinnerte Loïc daran, dass ihm nie eine elegantere Frau begegnet war. Und doch war auch sie keinen Deut mehr wert als er: Sie stammten beide von Gangster-Vätern ab.

»Du musst jede Seite paraphieren.«

Er nahm den Federhalter und machte sich ans Werk. Die Goldfeder kratzte leise auf dem Papier und seine Handschellen klirrten.

»Willst du es nicht erst lesen?«

»Nein.«

Als er die Kappe auf den Füller geschraubt hatte, waren die Papiere schon in der Handtasche verschwunden.

»Du hast die richtige Entscheidung getroffen.«

»Für wen?«

»Für unsere Kinder.«

Das Geräusch der Handschellen war noch immer zu hören. Loïcs Hände zitterten auf seinen Knien. Vermutlich um zu verbergen, dass sie es bemerkt hatte, wandte Sofia den Blick ab und schloss ihre Handtasche. Sie stand auf. In dem schäbigen Büro wirkte sie wie eine Königin.

Aber ihre Schönheit berührte ihn nicht mehr. Wie wenn man im Radio einen Song hörte, den man einmal sehr geliebt hat: Die Musik, die Arrangements und die Stimme waren noch die gleichen, aber der Zauber funktionierte nicht mehr. Zerstört von der Zeit.

Und genau in dem Moment, in dem er alles in einer Wüste ohne Hoffnung und Gefühl verloren glaubte, fuhr sie ihm mit der Hand durch die Haare.

»Schade, dass James nicht mehr unter uns weilt«, murmelte sie.

Die beiläufige Feststellung bewies, dass sie Loïc besser kannte als jeder andere Mensch. James Thurnee, sein Ersatzvater, sein Freund, sein Geliebter, war drei Jahre zuvor einem Schlaganfall erlegen. Loïc brach in Tränen aus. Er weinte haltlos und ohne Scham, als hätte man ihn mitten ins Herz getroffen. Erst nach langen Sekunden bemerkte er, dass Sofia ihm den Nacken streichelte. Es war eine zärtliche Geste ohne Hintergedanken.

Er hob den Kopf und erblickte sich in ihren Augen – eine grausige Maske der Verzweiflung.

»Ich habe gerade gedacht …«, stammelte er schniefend, »hast du was bei dir?«

Sofia warf ihm ein Tütchen Koks ins Gesicht und verließ das Büro.

45

Erwan war aufgeblieben.

Nach dem Fund von di Grecos Leiche hatten er und seine Begleiter auf dem Flugzeugträger auf die Spezialisten vom Erkennungsdienst gewartet. Die Besatzung hatte sie in die Messe gebracht und sie dort förmlich eingesperrt. Mehrere Stunden lang tranken sie schweigend einen Kaffee nach dem anderen und versuchten, die Katastrophe irgendwie zu verdauen. Angesichts der Schmerzen, die jetzt deutlich stärker wurden, ahnte Erwan, dass er einen der schlimmsten Momente seines Daseins erlebte – und derer hatte es weiß Gott nicht gerade wenige gegeben. Er entschloss sich, seinen Vater nicht anzurufen, ehe die Umstände von di Grecos Tod nicht abschließend geklärt waren.

Gegen vier Uhr morgens wurden die Erkennungsdienstler mit dem Hubschrauber eingeflogen. Gefolgt von Offizieren, Verantwortlichen und Politikern, alle in Panik. Ein Freitod an Bord des größten französischen Kriegsschiffs verursachte Wirbel. In der Zwischenzeit hatte man sich bemüht, die nächsten Familienangehörigen ausfindig zu machen, um sie zu informieren. Aber es gab niemanden. Jedenfalls weder Ehefrau noch Kind. Wie Dracula hatte di Greco mutterseelenallein in seinem Schloss gelebt.

Um sechs Uhr, nachdem er Neveux und dessen Mitarbeiter gebrieft hatte, forderte Erwan einen Dauphin an, um zurück an Land zu fliegen. Die sterblichen Überreste des Admirals würden erst nach genauer Untersuchung überführt werden. Erwans Begleiter schlossen sich ihm eiligst an, sie wollten nicht eine Minute länger als nötig auf dem Unglücksschiff bleiben. Selbst Archambault ließ sein Schnellboot zurück.

Der Rückflug verlief schweigsam. Erwan ließ auf der Suche nach einer plausiblen Erklärung immer wieder alle zur Verfügung stehenden Fakten Revue passieren.

Erste Überlegung: Jean-Patrick di Greco hatte Wissa Sawiris ermordet, wusste, dass man ihm auf der Spur war und zog es vor, sich selbst zu richten. In diesem Fall wäre sein Selbstmord ein

Schuldeingeständnis und würde den Ermittlungen ein sofortiges Ende setzen. Doch Erwan konnte sich mit diesem Gedanken nicht anfreunden. Er erinnerte ihn an den Witz, den Medizinstudenten gern von sich gaben: »Operation geglückt, Patient tot.« Die Tat des Admirals löste jedenfalls keine der noch offenen Fragen wie die nach dem fehlenden Tatmotiv oder nach seiner körperlichen Schwäche …

Bei diesen Gedanken kam Erwan eine weitere Hypothese in den Sinn, an die er bisher seltsamerweise noch nicht gedacht hatte: Vielleicht war Wissa Sawiris erst im Innern des Tobruk gefoltert und ermordet worden. In diesem Fall hätte der Raketenabschuss dem Mörder insofern genützt, als die Explosion den Tatort gereinigt und alle Indizien vernichtet hatte.

Aber im Zusammenhang mit di Greco gab es noch ein weiteres Szenario, das in etwa das genaue Gegenteil des ersten beinhaltete: Der Admiral ahnte, dass der junge Flugschüler von den Füchsen bedroht wurde, und wollte ihn schützen oder zumindest seine Leute beruhigen. Da ihm das misslungen war, erschoss er sich entweder aus Reue oder weil er das Scheitern seiner Methode nicht akzeptieren konnte. Er hatte seine Männer nicht beherrschen können, sondern lediglich die Büchse der Pandora geöffnet. Aber auch diese Version war nicht befriedigend. Warum hätte di Greco den Schüler opfern sollen? Und wozu der Sadismus? Die abartigen Verstümmelungen? Und wieso hätte es di Greco, dem unangefochtenen Meister der Flugschule, nicht gelingen sollen, seine Füchse aufzuhalten?

Zwischen diesen beiden Hypothesen fand Erwan noch weitere Varianten. Di Greco hatte Wissa nicht mit eigenen Händen getötet, aber seine Gefolgsleute dazu gebracht, ihn bis in den Tod zu foltern; als ihm klar wurde, dass das No Limit zu weit gegangen war, hatte er seinem Leben ein Ende gesetzt. Oder aber er hatte Wissa dazu gedrängt, die Prüfungen anzunehmen, und es war der junge Soldat selbst gewesen, der seine Toleranzschwelle überschreiten wollte und damit sozusagen seinen programmierten Tod akzeptiert hatte. Aber keine dieser Theorien passte zum Profil des Mörders – einem von einem geheimen Wahn getriebenen Menschen, der medizinische Kenntnisse besaß und unter sexueller Frustration und schweren sadistischen Neigungen litt.

Wie Erwan es auch drehte und wendete, er kam immer wieder auf dieselbe Gleichung zurück: Der Ausflug an Land in der Nacht von Freitag auf Samstag, zusammen mit der späteren Selbsttötung, ließ di Greco wie den Schuldigen aussehen. Oder zumindest wie einen Komplizen bei diesem Mord. Und genau das würden die Behörden in ein paar Stunden bei der Pressekonferenz wahrscheinlich verkünden.

Das Seltsamste aber war das einzelne Wort, das der Admiral hinterlassen hatte: Lontano.

Während des Wartens auf die Forensiker hatte Erwan im Internet recherchiert. Er war auf viele Treffer gestoßen, aber kein einziger passte als Antwort zu der Tat oder zu di Grecos Freitod.

Lontano bedeutete »fern« auf Italienisch. Zwar hatte di Greco lombardische Wurzeln, aber genügte das als Erklärung?

Lontano war auch der Titel eines Orchesterstücks aus dem 20. Jahrhundert, komponiert von György Ligeti. Erwan hatte sich die Zeit genommen, kurz hineinzuhören: langgezogene Töne, die aus einem endlosen, dissonanten Akkord entstanden. Hatte di Greco an dieses Stück gedacht, als er sich das Hirn rauspustete? Unwahrscheinlich.

Lontano war zudem der Titel einer deutlich verständlicheren Melodie von Ennio Morricone, der Titelmusik zum Film *Die im Dreck krepieren*.

Lontano hießen außerdem eine französische Musikproduktionsfirma, ein englisches Musikfestival, ein spanisches Transportunternehmen, ein Lied von Luigi Tenco, ein Kräuterhändler sowie eine Jeansmarke … Kurz und gut, wie so oft bei Google stellte er fest, dass ein einziges Wort alles Mögliche und die unterschiedlichsten Dinge bezeichnete.

Nach der Rückkehr zum Stützpunkt fuhr Erwan zur Apotheke, denn seine Schmerzen waren wie ein Feuerwerk explodiert. Das Dorf war nur wenige Kilometer entfernt. Zwischen den

Zuckungen der Scheibenwischer tauchte bald ein veritables *Ker* auf: Das bretonische Dorf bestand aus Häusern aus Granit mit blauen Fensterläden, die gleichermaßen ansprechend und düster wirkten.

Es war noch dunkel, aber Erwan konnte einen von dunklen Mäuerchen umgebenen Platz erkennen. Die Geschäfte schienen in den Felsen gehauen zu sein, und der Kirchturm erhob sich wie ein Schwert in den Raum. Natürlich war die Apotheke noch geschlossen. Er knöpfte seine Regenjacke zu und klopfte heftig an die Tür neben dem Schaufenster, wo der Apotheker wohnte.

Seine Dienstmarke diente ihm als Rezept.

»Geben Sie mir Ihr wirksamstes Schmerzmittel.«

Der noch schlaftrunkene Apotheker kramte Pillen, Sirup, Salben und Spritzen hervor und quälte sich ein paar Ratschläge ab: wann und wie häufig einzunehmen, unerwünschte Nebenwirkungen … Bei jedem Medikament gab er zudem Kommentare von sich wie:

»Wichtig ist, dass Sie nach der Einnahme nicht Auto fahren …«

Erwan entschied sich für sämtliche Arzneien und bezahlte. Im Auto schluckte er alles, was ihm einigermaßen vernünftig erschien, setzte sich eine Spritze und rieb sich mit betäubend wirkenden Salben ein. Möglicherweise lag es am Placebo-Effekt, aber als er in K76 ankam, fühlte er sich deutlich besser.

In seinem Zimmer duschte er, bis der Warmwasserbehälter leer war. Von Beruhigungsmitteln berauscht und noch immer nicht ganz über die Übelkeit hinweg, glaubte er, dass das Bad schwankte.

Nachdem er sich umgezogen hatte, ging er zu Vincq, der ebenfalls nicht geschlafen hatte. Abgesehen vom Freitod des Admirals hatte er erfahren, dass Wissas Eltern der Zeitung *Ouest-France* ein Interview gegeben hatten, das an diesem Tag erscheinen würde. Ein Vorab-Ausdruck lag bereits auf seinem Schreibtisch. Die Kopten hatten alles öffentlich gemacht. Die Gewalt bei den Mutproben. Das in K76 herrschende Chaos. Die Verspätung, mit der die Marine den Vorfall zugegeben hatte. Sie hatten auch durchblicken lassen, dass es möglicherweise eine andere Erklärung für den Tod ihres Sohnes geben könnte, dass es sich möglicherweise nicht um einen Unfall, sondern um ein Verbrechen handele.

Vincq war auf dem Weg zu einer Krisensitzung, bei der die Pressekonferenz vorbereitet werden sollte. Es ging darum, die Gemüter zu beruhigen, sich transparent darzustellen und nur das Wichtigste zuzugeben: dass sich die Ermittlungen inzwischen auf einen Mord konzentrierten, in den di Greco mit ziemlicher Sicherheit involviert war.

Der Oberst schien über das Ableben des Admirals nicht allzu traurig zu sein, für ihn war der Mann wahrscheinlich schon seit Jahren so gut wie tot. Er war eine Art Zombie gewesen, der das Klima an der Schule mit seinem esoterischen Gefasel und seinen Durchhalteparolen vergiftet hatte.

Mit wenigen Worten fasste Erwan zusammen, was auf dem Flugzeugträger geschehen war. Bisher gab es dem nichts hinzuzufügen. Die Forensiker um Neveux würden die These vom Freitod zweifelsohne bestätigen: Schmauchspuren an den Fingern, Einschusswinkel und Blutspuren sprachen für sich. Erwan erwähnte auch das von di Greco hinterlassene Wort, doch Vincq schien sich nicht dafür zu interessieren. Er hatte es eilig, Erwan loszuwerden, um sein Statement vorzubereiten, und lud den Kriminalkommissar aus Paris weder zu dem internen Meeting noch zur Pressekonferenz ein. Die Armee wollte offenbar demonstrieren, dass sie allein mit den Ermittlungen zurechtkam und lediglich mit den örtlichen Gendarmen zusammenarbeitete. Man wollte unter sich bleiben.

Um halb acht fand sich Erwan mit hängenden Armen im Innenhof der Flugschule wieder. Er fühlte sich leer. Es regnete immer noch. Die Fahnen hingen weiterhin auf Halbmast – für Wissa oder für di Greco? Diese Frage zog eine andere nach sich: Wussten die Flugschüler schon von dem Freitod des Admirals?

Um das herauszufinden, beschloss Erwan, in der Messe einen Kaffee zu trinken. Er überquerte den Hof, wobei er bis auf die Haut nass wurde, und brachte sich im Halbdunkel des Speisesaals in Sicherheit. Die Flugschüler, die schweigend frühstückten, waren kaum auszumachen. Der Bodenbelag, die Trennwände aus PVC, die Resopaltische, alles schien in einer Fabrik der Hoffnungslosigkeit hergestellt zu sein.

Das allgemeine Schweigen sprach Bände. Ja, die jungen Soldaten wussten Bescheid. Auch die Gegner vom Vortag, Gorce und seine Leibgarde, waren bereits anwesend. Erwan schenkte sich am Büfett einen Kaffee ein und nahm sich zwei kaum aufgetaute Croissants. Mit seinem Tablett in der Hand tat er so, als suche er einen Platz und ging schließlich auf den Tisch seines Feindes zu.

»Darf ich mich dazusetzen?«

Keine Antwort. Er nahm sich einen Stuhl und setzte sich an den Tisch, als hätte man ihn eingeladen. Hungrig biss er in ein Croissant und trank einen Schluck Kaffee. Die Soldaten fixierten ihn.

Von seinen Schmerzmitteln betäubt, starrte Erwan wie aus einem Nebel zurück. Gorce, der am Kopf der Tafel saß, war verpflastert. Er sah wüst aus, aber nicht schlimmer als Erwan. Sein Gesichtsausdruck war zu einem düsteren Grinsen eingefroren, als litte er an einer Gesichtslähmung.

»Na, bist du zufrieden mit dir, kleine Schwuchtel?«

Sein linkes Auge blutete noch immer. Im Halbdunkel hätte Erwan schwören können, dass er überhaupt nur noch eines hatte.

»Es tut mir leid«, sagte Erwan.

Die schlaflose Nacht in Verbindung mit den Schmerzmitteln führte dazu, dass er weniger schlagfertig war, als es die Situation erfordert hätte.

»Es tut dir leid?«, wiederholte Gorce und schlug auf den Tisch.

»Wir ermitteln weiter. Wir …«

»ES TUT DIR LEID?«

Der Pilot stand mit geballten Fäusten auf. Erwan drückte sich gegen die Rückenlehne seines Stuhls. Unmöglich, eine Revanche würde er nicht schaffen. Mit einer einzigen Bewegung wischte Gorce das Geschirr vom Tisch und warf sich auf Erwan, der gerade noch Zeit hatte, aufzuspringen. Er erwartete, erneut zusammengeschlagen zu werden, doch aus einem unerfindlichen Grund hielten die anderen ihren Anführer zurück. Soldaten von anderen Tischen eilten zu Hilfe. Das Ungeheuer, das herumbrüllte und in die Luft trat, war gebändigt.

Erwan verließ die Messe. Nun war er endgültig davon überzeugt, dass Kaerverec mit dem Mord an einem Erstsemester und den Freitod seiner grauen Eminenz zwar gerade ein doppeltes Drama durchlebte, dass aber nichts davon zu dem ganz besonderen Irrsinn des Todes von Wissa passte. Die Lösung musste außerhalb der Mauern von K76 liegen.

Er war noch nicht ganz im Freien, als er fast mit Branellec zusammenstieß, der unter seinem Regenmantel ein Laptop schützte.

»Ich habe den verschlüsselten Ordner geknackt!«, verkündete er triumphierend.

46

Sawiris' Rechner enthielt weder kodierte Nachrichten noch religiöse Verschwörungen oder Militärgeheimnisse. In der verschlüsselten Datei hatte der Kopte lediglich seine Chats und seinen Mailverkehr mit einem ganz besonderen Ansprechpartner archiviert: di Greco höchstpersönlich.

Die Chronologie des Gedankenaustauschs war leicht zurückzuverfolgen. Nachdem Wissa Anfang Juli erfahren hatte, dass er zu den ersten Tests in der Schule zugelassen war, hatte er auf dem Postweg Kontakt zu dem Admiral aufgenommen – zweifelsohne ein Zeichen von Bewunderung und Begeisterung. Der Admiral hatte per Mail geantwortet und damit eine lebhafte Korrespondenz in Gang gebracht.

Zu Beginn noch eher kühl, zeigte sich der große kranke Mann dem jungen Studenten gegenüber schon bald ausgesprochen wohlwollend und versorgte ihn mit Ratschlägen und Vorwarnungen. Der Ton passte so gar nicht zu dem Bild, das sich Erwan von dem alten Admiral gemacht hatte, aber möglicherweise hatten Alter und Krankheit ihn ja weicher gemacht. Es sei denn, es handelte sich um eine Falle … Wie dem auch sei: In di Grecos Schreibstil erkannte Erwan die Feierlichkeit wieder, die ihm bei ihrer ersten Begegnung aufgefallen war, denn der Admiral schrieb ebenso tiefgründig und belehrend, wie er redete.

Erwan rief die Nachrichten aus dem August auf. Die Ermutigungen waren zu Befehlen und Ermahnungen geworden. Innerhalb weniger Wochen schien di Greco bei dem Jungen eine Gehirnwäsche durchgeführt zu haben. Die »offenen Briefe an einen jungen Piloten« hatten sich in reine Indoktrination mit dem verwandelt, was di Greco »die Taufe« nannte. Außerdem fragte der Admiral an, ob Wissa eine parallel zur Flugschule laufende Ausbildung akzeptieren würde … Erwan hatte nicht die Zeit, alles zu lesen, aber er ahnte, dass der Meister seinen Schüler bereits auf den Weg des *Furor* lotste.

Der Gedankenaustausch hatte etwas Faszinierendes. Zunächst wegen der Prägnanz des Geschriebenen: Erwan fand weder Orthografie- noch Syntaxfehler und keinerlei Abkürzungen, wie man sie aus SMS kannte. Außerdem verbarg di Greco nichts, weder Namen noch Orte. Mehrmals sprach er von Bruno Gorce, seinem »Vertrauensmann«, und auch häufig vom No Limit und vom Wrack der *Narval*.

Erwan hatte also richtig vermutet: Wissa war von Anfang an und ganz ungeachtet der Mutproben bereit gewesen, ein sehr viel gefährlicheres Ritual zu ertragen. Der Junge schien entschlossen, sich »bis zum Tod« einzubringen wie ein Kamikaze-Krieger.

»Da kann einem der Arsch auf Grundeis gehen, oder?«

Erwan drehte sich um. Unmittelbar hinter ihm stand Branellec und schlürfte einen Kaffee. Der Klassenraum, in dem er sich eingerichtet hatte, erinnerte an ein Aufnahmestudio. Mehrere Computer arbeiteten auf Hochtouren – sie forschten, entschlüsselten und durchsuchten die immaterielle Welt des World Wide Web. Kabel schlängelten sich über den Boden. Drucker ratterten auf den Tischen. Entlang der Wand, gleich unter den Generalstabskarten und schematischen Darstellungen von Flugzeugen, surrten externe Festplatten. Der Krückenmann hatte sich nicht damit begnügt, Wissas Rechner zu analysieren, sondern durchsuchte alle Computer der Schule und die Internetverbindungen der Umgebung.

»Ganz normale Gehirnwäsche«, wiegelte Erwan ab. »Ich glaube kaum, dass hier der Schlüssel zu einem Mord liegt.«

»Also, ich weiß nicht, was ihr dafür sonst noch braucht.« Der IT-Mann beugte sich über die Tastatur und tippte etwas ein. »In di Grecos letzter Mail steht klar und deutlich, dass er am Freitag um 22 Uhr mit Wissa auf der *Narval* verabredet war.«

Branellec hatte recht. Für einen kurzen Moment glaubte auch Erwan, die Angelegenheit könnte erledigt sein. Der Schuldige stand fest: ein alter Mann, der mit den Jahren verbissen, sadistisch und manipulativ geworden war. Sein Tatmotiv: der Wunsch, anderen wehzutun, und der von ihm propagierte Leidenskult. Die Umstände: ein No Limit, das aus dem Ruder gelaufen war und in einem blutigen Bacchanal geendet hatte. Der Beweis: die vorliegende E-Mail, die bestätigte, dass di Greco Wissa auf die *Narval* gelockt hatte. Man konnte sogar, wegen der körperlichen Gebrechlichkeit des Admirals als einzig strittigem Punkt, einige Komplizen hinzufügen, wie zum Beispiel Bruno Gorce und seine Getreuen. Der Freitod des Admirals schließlich war der Schlussstrich unter dem Ganzen.

Doch Erwan kehrte schnell zu den Fakten zurück. Weder der Diebstahl der Organe noch die Vergewaltigung oder die rituellen Details passten zu einem fehlgeschlagenen Ausdauerwettbewerb.

Er schloss ein Mitverschulden di Grecos nicht gänzlich aus,

aber auf andere Art, über die er sich erst noch klar werden musste. Außerdem hatte er beim Lesen der Mails des Admirals einige Hinweise auf ein weiteres Geheimnis gefunden. Der alte Soldat hatte von einem »kürzlich erfolgten Umbruch« in seinem Leben geschrieben, einem »radikalen Wendepunkt«, der sein »tiefstes Wesen« verändert habe. Wovon war hier die Rede? Von seiner Krankheit und ihrer Verschlimmerung? Er hatte dem jungen Studenten versprochen, sich bei dem Treffen auf dem dunklen Strand genauer zu erklären.

Hinter diesen Worten lag offenbar eine zweideutige Komplizenschaft mit dem jungen Wissa. Bezogen sich die Worte des Admirals etwa auf eine verdrängte Homosexualität? Ein weiterer Versuch: Der Große Kranke Mann verabredet sich mit dem Kopten auf der *Narval*, gibt ihm etwas, damit er das Bewusstsein verliert, fesselt ihn und foltert ihn mit Drahtstiften; anschließend vergewaltigt er ihn mit einem Morgenstern, entnimmt ihm die Organe und bringt ihn zu dem Tobruk.

Doch diese These hielt einer genaueren Analyse nicht stand. Da wäre zunächst das Timing. Der alte Mann hätte den gesamten Albtraum in einer einzigen Nacht durchführen und in der Morgendämmerung in aller Ruhe auf den Flugzeugträger zurückkehren müssen. Unmöglich. Nächster Punkt: die mangelnde Körperkraft. Ein solches Vorgehen hätte eine Energie erfordert, die der Veteran schon lang nicht mehr besaß. Und dann das Täterprofil: Jenseits der sechzig wird niemand mehr zum psychopathischen Mörder. Es sei denn, der Admiral hatte bereits eine diesbezügliche Vorgeschichte. Eine kriegerische Vergangenheit, bei der er seinen Blutdurst ungestraft ausleben konnte …

Erwan musste weiterforschen und vielleicht auch die Armee um Hilfe bitten. In diesem Stadium konnten ihm die Befehlshaber die gesamte Akte des Admirals nicht mehr verweigern.

»Kannst du herausfinden, von wo aus di Greco seine Mails abgeschickt hat?«, fragte er und kehrte damit zu konkreten Überlegungen zurück.

»Technisch besteht da keine Schwierigkeit, rechtlich allerdings schon eher. Der von di Greco genutzte Server ist der des Flugzeugträgers, und …«

»Es ist wichtig.« Erwan stand auf. »Kannst du mir das alles auf einen USB-Stick kopieren?«

»Mach ich sofort.«

Pfeifend steckte der Krückenmann den Stick in einen seiner Rechner, der zu schnurren begann. Die Sicherheit und Zufriedenheit Branellecs irritierten Erwan. Sie waren ein Vorgeschmack auf die Überzeugung, die sich über den gesamten Stützpunkt verbreiten würde.

Er selbst tendierte inzwischen zu einem ganz anderen Szenario: Di Greco war zwar zur *Narval* gefahren, Wissa jedoch war nie dort angekommen, weil er in der Heide jemand anderem begegnet war. Und weil der Admiral seinen Jünger nicht hatte beschützen können, hatte er sich aus dem Gefühl der Schuld heraus das Leben genommen.

Was aber mochte »Lontano« bedeuten?

Branellec zog den Stick aus dem Computer und reichte ihn Erwan.

»Help yourself!«

Die Uhr des Klassenzimmers zeigte 8:30 Uhr. Sollte er Verny und den anderen die neuen Fakten für die Pressekonferenz zur Verfügung stellen? Nein, dazu war es noch zu früh. Er musste zunächst alles noch einmal in ausgeruhtem Zustand lesen und verdauen, ehe er sich an das Verfassen einer Zusammenfassung machte.

Er wollte gerade gehen, als außen jemand an die Tür klopfte. Wortlos öffnete er. Auf der Schwelle stand Michel Clemente, der Rechtsmediziner. Sein Trenchcoat triefte vor Nässe, und er trug einen karierten Hut à la Sherlock Holmes. Unfreiwillige Komik.

»Was ist?«

Der Arzt zuckte vor Erwans malträtiertem Gesicht zurück.

»Haben Sie eine Minute Zeit?«, fragte er schließlich. »Ich muss mit Ihnen reden.«

Erwan schaute zu Branellec hinüber, der nicht einmal den Blick gehoben hatte.

»Kommen Sie mit.«

47

Wortlos überquerten sie im strömenden Regen den Hof. Inzwischen war es hell geworden. Die Pfützen zu ihren Füßen wurden immer größer und in den Rissen des Asphalts plätscherten kleine Bäche. Erwan schloss die Tür zum Speisesaal auf, dessen Schlüssel er behalten hatte, und betrat den Raum. Er fand ihn so vor, wie er ihn verlassen hatte: düster, groß und staubig.

Er ließ Clemente eintreten und bat ihn, einen Moment zu warten.

Erneut wurde er vom Schmerz überwältigt. Vielleicht hätte er doch besser ins Krankenhaus fahren sollen, sich röntgen lassen und einen Arzt aufsuchen oder sich zumindest von Clemente untersuchen lassen sollen. Das, was vernünftige Leute tun, wenn ihnen etwas Derartiges widerfährt. Doch er begnügte sich damit, ein paar Schmerzmittel zu schlucken. Dann schaltete er sein Mobiltelefon ein und überprüfte seine Nachrichten. Das Display sprang ihm fast ins Gesicht: Es waren nicht weniger als siebzehn. Wahrscheinlich wegen der kumulierten Auswirkungen des Todes von di Greco und des Artikels in *Ouest-France*. Mit dem Daumen scrollte er die Namen und Zeiten auf der Liste hinunter. Muriel Damasse, Vincq, sein Vater … Aber im Moment fehlte ihm einfach die Kraft, alle zu lesen.

Clemente hatte sich an ein Ende des langen Edelstahltischs gesetzt, seinen Regenmantel aber nicht ausgezogen. Nur den Hut hatte er abgesetzt. Sein rechtes Bein zitterte und seine Mundwinkel bebten. Der Mann war nervös.

»Ich höre.«

»Ich habe die Untersuchung des Abdomens fortgesetzt.«

»Dort, wo die Organe entnommen wurden?«

»Genau. Ich wollte mir die inneren Verletzungen noch einmal ansehen. Dabei habe ich noch etwas entdeckt.«

Er zog ein verschlossenes Reagenzglas aus der Tasche. Im Raum herrschte Halbdunkel. Erwan nahm das durchsichtige Röhrchen und hielt es in Richtung Fenster, konnte aber den Inhalt nicht genau erkennen.

»Was ist das?«

»Abgeschnittene Fingernägel und eine Haarsträhne.«

Erwan, der sich eigentlich für betäubt hielt, zuckte zusammen.

»Und das haben Sie in Wissas Bauch gefunden?«

»Genau.«

»Hat der Mörder es ihm zu essen gegeben?«

»Nein. Er hat die Sachen nach seinem Tod in den Hohlraum gelegt. Und jetzt wird es wirklich verrückt: Sie stammen nämlich von einem anderen Körper.«

»Woher wissen Sie das?«

»Sie können es selbst sehen: Die Haare sind rot.«

Erwan kniff die Augen zusammen und drehte das Röhrchen im Licht. Dabei fiel ihm ein weiteres Detail auf: Die Nägel waren lang, spitz gefeilt und schwarz lackiert. Es waren zweifellos die Fingernägel einer Frau, vielleicht aus der Gothic-Szene.

Er legte das Reagenzglas auf den Tisch und sah Clemente an, dessen Toleranzschwelle offenbar längst überschritten war. Sie verstanden einander. So, wie es aussah, stammten die Fundstücke von einem anderen Opfer, das entweder bereits ermordet war oder es sehr bald sein würde.

Es war die Bestätigung, die Erwan erwartet hatte. Admiral di Greco hatte Wissa nicht getötet. Unvorstellbar, dass er sich die Fingernägel und Haare eines anderen Opfers irgendwo besorgt haben könnte. Der Kopte musste seinen Mörder auf dem Weg zum Wrack getroffen haben. Einen Mörder, der nichts mit dem Stützpunkt oder der Armee zu tun hatte. Einen Mörder, der bereits erneut getötet hatte oder dies zumindest nach dem Mord an Wissa plante und der eine Art Botschaft hinterlassen hatte, wer der oder die Nächste auf seiner Liste sein würde.

»Was haben Sie gesagt?«

Clemente war in seinen Erklärungen fortgefahren, doch Erwan hatte nicht zugehört.

»Ich sagte, dass ich mich morgen mit Neveux daranmachen werde, die Leiche zusammenzusetzen.«

»Warum Neveux?«

»Er will noch mehr von den Drahtstiften abholen, die ich in der Leiche gefunden habe. Wir wollen versuchen, die genaue Position des Toten im Tobruk zu rekonstruieren.«

»Ist das denn überhaupt möglich?«

»Ich habe Ihnen ja gesagt, dass die Leichenstarre zum Zeitpunkt der Explosion bereits eingesetzt hatte. Aus den Bruchwinkeln der Knochen kann man Rückschlüsse auf seine Stellung im Brunnen ziehen.«

Verstört fragte Erwan:

»Ja und?«

Clemente gab zurück:

»Wenn ich eines verstanden habe, dann das, dass diese Leiche trotz ihres Zustands eine wahre Büchse der Pandora ist – je mehr man sie öffnet, desto mehr kommt zum Vorschein.«

48

Er hatte sich die Nacht umsonst um die Ohren geschlagen. Von Gaëlle keine Spur.

Er war in Bars, Clubs und den Kneipen gewesen, in denen die After-Partys stattfanden, also überall dort, wo seine Tochter gern hinging. Er besaß von jedem dieser Etablissements eine Karteikarte. Bis zum Morgengrauen hatte er vor sich hin gebrütet und so getan, als trinke er, obwohl er Alkohol hasste, und als amüsiere er sich, obwohl er auch diese Art Zerstreuung hasste. Und in gewisser Weise hasste er auch Frauen.

Um sieben Uhr war er in die Avenue de Messine zurückgekehrt, hatte seine Pillen geschluckt und kalt geduscht. Es war wie ein elektrischer Schlag gewesen, hatte aber gutgetan. Der abgestandene Schweiß, die Gerüche der Nacht und die Seelen in Not waren verschwunden. Er spürte, wie er wieder zu dem Giganten wurde, der er immer gewesen war: ein Mann, der menschliche Schwächen beobachtete und seinen Nutzen daraus zog.

Er rasierte sich. Seine Hoffnungen ruhten jetzt auf Erwan, der hoffentlich schon auf dem Rückweg war. Nachdem er sich angezogen hatte – frischer Anzug, frisches Hemd und Hosenträger –, beschloss er, sich erst einmal um Loïc zu kümmern. Eine Nacht auf Posten genügte.

Er hatte den Golf am Parc Monceau stehen lassen, also rief er seinen Chauffeur an, der ihn zum Quai des Orfèvres brachte.

Unterwegs rief er zum nunmehr fünften Mal seinen Erstgeborenen an. Der Blödmann antwortete nicht, er hatte schon seit dem Vortag kein Lebenszeichen mehr von sich gegeben. Wie weit mochte er inzwischen sein? Wann würde die Staatsanwaltschaft endlich Wissas Tod öffentlich bekanntgeben? Bereits am frühen Morgen hatte sich das Innenministerium mehrmals telefonisch gemeldet: Man wollte endlich Neuigkeiten haben. Er hatte zugeben müssen, nichts zu wissen, und war heruntergeputzt worden wie in seinen Anfangszeiten. Aber das war nicht schlimm, in seiner Eigenschaft als Puffer war er so etwas gewohnt.

Aus Gründen der Diskretion bat er seinen Chauffeur, einige Hundert Meter vor dem Präsidium zu halten.

Zwar kannte er Kommissar Kursanoff nicht, der für Loïcs Verhaftung zuständig gewesen war, aber er kannte die Polizisten bei der Drogenfahndung und hatte sie immer schon für gefährliche Guerilleros gehalten. Abgedrehte Typen, bei denen er nie so ganz sicher war, ob sie von der Polizei eingeschleuste V-Männer oder selbst Abhängige waren, die ein Gehalt von den Bullen bezogen.

Beim Betreten des Gebäudes wurde er von der Wachmannschaft ehrfürchtig begrüßt. Anonym war anders. Auf der Treppe dachte er über die Trümpfe nach, die er in dieser Situation in der Hand hatte. Im Grunde war es nur einer, aber der hatte Gewicht: Der Staatsanwalt, ein alter Freund, hatte ihm eine Haftentlassungsurkunde unterzeichnet, und zwar »ohne weitere Konsequenzen« für den Betroffenen. Natürlich war das nur ein Bluff, denn der Richter durfte der Verhandlung nicht vorgreifen, und in Fällen, bei denen Drogen im Spiel waren, konnte die Polizei einen Verdächtigen bis zu vier Tage festhalten. Trotzdem war das Dokument ein guter Einstieg.

Morvan empfand an seinem ehemaligen Arbeitsplatz keine Nostalgie. Die langen Flure, die gegen Suizidversuche aufgespannten Netze und die an der Decke verlaufenen Kabelbündel, die die hier herrschenden Ängste zu absorbieren schienen, ließen ihn kalt.

Es war noch früh, und so begegnete er nur wenigen Leuten. Umso besser. Mit gesenktem Kopf drückte er sich an den Wänden entlang zum Büro von Kursanoff, klopfte und trat ein, ohne eine Antwort abzuwarten.

Ein kleiner, etwa vierzigjähriger Mann in Drillichweste hatte die Füße auf den Schreibtisch gelegt und telefonierte. Er gab Morvan ein Zeichen, die Tür hinter sich zu schließen. Grégoire gehorchte und musterte den Typen. Mickrig, Dreitagebart, dunkle Augenränder. Seine tief liegenden Augen schienen in ihren Höhlen zu glühen wie Kohlen im Kamin.

Kursanoff beendete sein Gespräch und legte übertrieben vorsichtig auf.

»Ho, ho, ho, wen haben wir denn da?«, rief er theatralisch. »Den Herrscher der Place Beauvau, *the Punisher* höchstpersönlich. Was führt Sie zu uns, großer Meister?«

Morvan knallte das Scheiben des Staatsanwalts auf den Tisch und zischte:

»Wisch dir damit den Arsch ab. Du lässt jetzt meinen Sohn raus, aber ein bisschen plötzlich. Vielleicht vergesse ich dann deinen Namen.«

Der Kommissar ließ seine Füße auf den Boden fallen, als wäre er plötzlich extrem müde. Er öffnete eine Schublade und entnahm ihr nacheinander mehrere Säckchen mit Kokain, die in transparenten Asservatenbeuteln steckten, welche wiederum alle mit »Loïc Morvan« beschriftet waren.

»Zwölf Gramm«, sagte er mit veränderter Tonlage. »Ein bisschen viel für den Eigenbedarf, oder? Ich würde da eher auf illegalen Drogenhandel tippen. Oder auf Hehlerei.«

»Und die paar Gramm kannst du nicht vertuschen?«

Kursanoff blickte ihn empört an. Seine Augen schienen sich dabei noch weiter zurückzuziehen.

»Seit wann verschweigt das Drogendezernat solche Mengen?«

»Seitdem die gesamte Etage hier selbst snifft. Und hör auf, den Unbestechlichen zu geben, dann verliere ich nämlich die Nerven.«

Kursanoff stand auf und umrundete den Schreibtisch. Er war nicht größer als eins siebzig und wog höchstens sechzig Kilo. Dennoch zeigte er angesichts des Kolosses nicht die geringste Spur von Angst.

»Die Zeiten haben sich geändert, Mann. Du kannst nicht einfach hier auftauchen und deine eigenen Gesetze anwenden. Deine Geheimdienstmethoden taugen allenfalls noch für die Geschichtsbücher.«

Grégoire ging auf, dass er hier nicht am längeren Hebel saß. Erstens suchte er nach seinem eigenen Sohn. Und zweitens fühlte er sich im Bereich Drogen nicht wohl, denn das Dope war der einzige Feind, den er nie hatte besiegen können.

»Hör zu«, antwortete er ruhiger, »mit diesem Polizeigewahrsam erreichst du doch nichts. Mit meinem Sohn kannst du dir keine goldene Nase verdienen. Ich würde vorschlagen, du zerreißt das Protokoll, gibst ihm sein Zeug zurück und …«

»Ohne mich«, erwiderte Kursanoff mit samtiger Stimme. »Ich gedenke sogar, seinen Aufenthalt hier zu verlängern. Ich habe auch schon einen Durchsuchungsbefehl für seine Wohnung.«

»Verdammt, was willst du eigentlich?«, explodierte Morvan. »Er ist doch nur ein Banker, der sich dann und wann eine Line genehmigt, gegen den Stress.«

»Hinter dir ist die Tür. Und ich werde versuchen, zu vergessen, dass du hergekommen bist, um uns zu bedrohen.«

Morvan wich einen Schritt zurück. Er musterte das Fenster mit den Gittern, die verhindern sollten, dass Junkies sich das Leben nahmen. Das Gitter wäre ein prima Aufhänger für die Kaulquappe im Kaki-Drillich.

Er wollte schon loshechten, als ihm eine bessere Idee kam. Eier, aber auch Köpfchen … Sein Elefantengedächtnis, das ihm schon so oft weitergeholfen hatte, kam endlich in Gang.

Morvan hatte den nicht gerade gängigen Namen Kursanoff schon einmal gehört, und zwar hier im Polizeipräsidium. Im Zusammenhang mit einem Bullen seiner eigenen Generation, der sanft aufs Altenteil abgeschoben worden war, nachdem man entdeckt hatte, dass er im Verborgenen eine ganze Kette von Hamams für Schwule leitete. Ein ziemlich übler Kerl bei der Sitte, der mehr für die Verbreitung von Pilzinfektionen in der Rue Sainte-Anne als für Festnahmen im 1. Arrondissement geleistet hatte.

Mit ein bisschen Glück ein Familienmitglied.

»Ich kannte mal einen Kursanoff«, sagte er nachdenklich. »Ich hoffe, du hast nichts mit ihm zu tun.«

Der Polizist antwortete nicht, aber sein Gesicht erstarrte. Er wurde noch blasser als zuvor, und seine Augenringe schienen sich zu verdunkeln.

Der Typ war sicher sein Vater.

»Tja, das waren noch Zeiten«, fuhr Morvan tückisch fort. »Damals durfte jeder noch seinen Geschäften nachgehen und …«

»Du Scheißarschloch …«

Morvan war schneller. Er packte Kursanoff an den Handgelenken, um ihn daran zu hindern, seine Waffe zu ziehen. Mit der anderen Hand griff er nach dessen Hals und drückte seinen Kopf auf den Schreibtisch. Köpfchen, aber auch Eier … Er verstärkte den Druck. Die Kaulquappe wurde zunächst grün, dann rot. Als seine Gesichtsfarbe ins Violette wechselte, lockerte Morvan seinen Griff und flüsterte ihm ins Ohr:

»Hol jetzt meinen Sohn, du Arsch. Ansonsten weiß hier morgen jeder, dass dein Vater in seinem türkischen Bad Minderjährigen den Pimmel gelutscht hat.«

Zehn Minuten später erschien Loïc kleinlaut und verschämt in seinem zerknitterten Anzug, wie ein Schüler, der vom Nachsitzen kommt. Morvans Wut fiel bei seinem Anblick sofort in sich zusammen. Die Schönheit seines Sohnes entzückte ihn noch immer und weckte einen irrationalen Stolz in ihm.

Wortlos verließen sie das Gebäude. Mit einer Kopfbewegung wies Morvan auf den Wagen, der sie ein Stück weiter in der zweiten Reihe erwartete. Der Chauffeur stand bereits stramm.

»Papa …«

»Steig ein.«

»Nein. Ich will dir erklären …«

»Schon gut. Ich weiß auch so, dass du dir Schnee in die Nase pfeifst.«

»Nein, es geht um etwas anderes.«

Morvan erstarrte. Wie so oft staunte er über Loïcs regelmäßige Züge und sein frisches Gesicht – trotz Drogen, trotz Alkohol, trotz allem.

»Es geht um Sofia, Papa …«

»Wieso Sofia?«

»Sie hat mich verpfiffen. Und ihre Anwältin hat eine Akte gegen mich angelegt. Mit Detektiven und allem Drum und Dran. Du kennst sie nicht. Sie ist zu allem fähig. Sie …«

Mit einer Handbewegung verscheuchte Morvan den Chauffeur und öffnete seinem Sohn eigenhändig die Wagentür.

»Egal. Man wird alle Spuren deines Polizeigewahrsams tilgen und …«

»Sie hat mir gedroht, Papa …«

Endlich ging Morvan auf, dass er zu spät gekommen war.

»Was hast du getan?«

»Ich habe die Scheidungsvereinbarung unterzeichnet. Ich konnte nicht …«

Loïc kam nicht dazu, den Satz zu beenden. Morvan versetzte ihm eine kräftige Ohrfeige.

Es war das erste Mal, dass er die Hand gegen eines seiner Kinder erhob.

49

»Was treibst du denn, verdammt noch mal?«

Die Stimme des wütenden Kentauren. Die, die immer durch die Küche dröhnte, wenn er ihre Mutter verprügelte. Erwan hatte sich endlich entschlossen, seinen Vater anzurufen.

»Ich ermittle.«

»Scheiße, schaust du dich dabei zumindest manchmal um? Weißt du, dass in der ganzen Bretagne die Kacke am Dampfen ist?«

»Die Angelegenheit ist kompliziert und …«

»Ich habe noch immer keine Zusammenfassung bekommen.«

»Wir haben eine weitere Leiche am Hals.«

»Wen?«

»Admiral di Greco.«

Schweigen. Erwan hatte das Gefühl, seinen Vater mitten auf die Zwölf getroffen zu haben. Und plötzlich ging ihm auf, was er schon längst hätte ahnen müssen: Die beiden Männer kannten sich.

»Was ist passiert?«

»Selbstmord.«

»Unmöglich.«

Erwan lächelte. Er konnte sich noch immer auf seinen Instinkt verlassen, auch wenn er manchmal ein paar Anlaufschwierigkeiten hatte.

»Ihr kanntet euch?«

Keine Antwort.

»Hat er dich angerufen?«

Endlich gab der Alte nach.

»Zu meiner Zeit als Polizist in Gabun befehligte er die Flotte zum Schutz der Ölfelder in Port-Gentil. Er hat mich Ende letzter Woche angerufen, nachdem die Leiche auf der Insel gefunden worden war.«

Eine Krähe hackt der anderen kein Auge aus … Bei seinem Besuch auf der *CDG* hatte di Greco nichts davon gesagt. Geheimniskrämerei. Oder Schlimmeres …

»Hattet ihr über all die Jahre Kontakt?«

»Nicht wirklich. Wir haben uns dann und wann getroffen.«

»Zu welchen Gelegenheiten?«

»Ordensverleihungen. Offizielle Anlässe. Dummes Zeug eben.«

»Was war seine genaue Aufgabe bei der Marine in den letzten Jahren?«

»Keine Ahnung.«

»War er beim Geheimdienst?«

»Ich sag doch: keine Ahnung. Seit der Zeit in Afrika habe ich nicht mehr mit ihm zusammengearbeitet, falls es das ist, was du wissen willst. Aber ich kenne seine Wertvorstellungen: Nie und nimmer hat er sich umgebracht.«

»Er hat sich letzte Nacht auf der *Charles de Gaulle* eine Kugel in den Kopf gejagt.«

»Völlig absurd.«

»Ich selbst habe ihn in seiner Kabine gefunden. Die Spurensicherung ist noch bei der Arbeit, wird es aber bestätigen.«

Erwan hörte, wie sein Vater schwer und langsam atmete. Wie ein Büffel, der über den heißen afrikanischen Boden stürmte.

»Glaubst du, er hat etwas mit dem Mord zu tun?«, fragte Morvan schließlich.

»Vielleicht.«

»Ein Polizist kennt nur zwei Antworten: Ja und Nein.«

»Di Greco hat die Schüler in K76 beeinflusst. Er hat sie manipuliert, sich zu verletzen, Prüfungen zu bestehen und sich abzuhärten, mit dem Ziel, Supersoldaten zu werden. Vielleicht hat er einen der Piloten damit so verrückt gemacht, dass der sich Wissa zur Brust genommen hat.« Zwar glaubte Erwan selbst nicht mehr an diese Version, aber er wollte seinen Vater aushorchen. »Ach, und noch etwas: Di Greco und Wissa hatten einen, sagen wir, kuriosen Briefwechsel.«

»Das alles ist ziemlich unproduktiv. Hast du auch etwas Konkretes?«

»In der Mordnacht waren sie verabredet.«

»Ja und? Haben sie sich getroffen? Wo sind deine Beweise?«

Erwan wich der Frage aus.

»Di Grecos Freitod wird heute Morgen offiziell bekanntgegeben. Man geht davon aus, dass es ein Schuldeingeständnis ist.«

»Ihr spinnt doch! Lass den Mann außen vor.«

»Warum?«

»Weil er für den ganzen Mist nichts kann. Er hat mich schließlich selbst angerufen, wollte, dass alles so schnell wie möglich über die Bühne geht, und hat einen Bullen von echtem Schrot und Korn angefordert, der die Sache übernehmen soll. Ihr besudelt sein Andenken, während der wahre Mörder noch immer frei herumläuft.«

»Sagt dir der Name Lontano etwas?«

Dieses Mal wurde das Schweigen abgrundtief. Es geschah selten, dass man den alten Geheimdienstler derart überraschte.

»Weißt du nun, was es bedeutet oder nicht?«

»Nicht am Telefon.«

»Gib mir wenigstens einen Hinweis.«

»Nein. Das klären wir unter vier Augen.«

Diese Ruhe und diese Macht in der Stimme: Nie würde Erwan eine solche Autorität erreichen. Genau da lag der Unterschied zwischen wahren Bossen und Speichelleckern wie ihm.

»Zurück zum Wesentlichen«, fuhr sein Vater fort. »Hast du schon irgendeine Vorstellung, wer der Mörder sein könnte?«

»Nein.«

»Gut, dann kommst du nach Paris zurück. Und zwar jetzt sofort. Lass sie weiterwursteln und mach dich auf die Socken.«

»Unmöglich. Ich habe die Ermittlungen hier begonnen und …«

»Quatsch nicht. Hier gibt es Wichtigeres zu erledigen.«

»Nämlich?«

Sein Vater schien tief durchzuatmen, ehe er es ausspuckte:

»Deine Schwester ist verschwunden.«

»Ich denke, du lässt sie beschatten?«

»Eben. Meine Männer haben sie verloren.«

»Wann?«

»Gestern Nachmittag. Sie hat sie abgehängt. Ich mache mir Sorgen.«

»Hast du ihr Handy überprüft?«

»Ich will, dass du dich darum kümmerst.«

»Kommt nicht infrage. Ich werde meine Arbeit hier beenden.«

Erwan haderte kurz mit sich, ob er seinem Vater die schreckliche Entdeckung vom Morgen mitteilen sollte, aber aus einem unerfindlichen Grund sagte er nichts.

Morvan schien nachzudenken.

»Die Pressekonferenz wird ziemlich Staub aufwirbeln«, sagte er bedächtig. »Armee und Gendarmerie werden sicher ganz große Geschütze auffahren. Komm zurück und kümmere dich um Gaëlle. Danach kannst du dich entscheiden.«

Erwan beschloss, den Trumpf doch auszuspielen, und berichtete von den neuen Erkenntnissen, den roten Haaren und schwarzen Fingernägeln, die vermutlich auf ein weiteres Opfer verwiesen.

Er konnte hören, wie sein Vater am anderen Ende der Leitung die Luft einsog. Er kannte ihn gut genug, um zu wissen, dass diese Nachricht ihn durchaus beeindruckte. Doch die Stimme des Alten war ruhig, als er weitersprach.

»Umso schlimmer. Im Finistère wird Ausnahmezustand herrschen. Sobald die Sache in Kaeverac öffentlich ist, wird die

Staatsanwaltschaft einen Richter benennen, das weißt du ebenso gut wie ich.«

Sein Vater hatte recht. Nach der Pressekonferenz gab es ohnehin keine Möglichkeit mehr, auf eigene Faust und nur mit den drei Musketieren im Gefolge weiter zu ermitteln. Politik, Medien und die öffentliche Meinung würden sich einmischen und Druck ausüben, und aus den Ermittlungen würde eine Staatsaffäre.

»Ich schlage dir einen Deal vor«, fuhr Morvan fort. »Komm nach Paris zurück und finde deine Schwester. Falls der Mörder dann immer noch nicht dingfest gemacht ist oder falls es ein weiteres Opfer gibt, fährst du wieder hin. Glaub mir, ein oder zwei Tage Abstand tun dir gut.«

Erwan wandte sich zum Fenster und stellte fest, dass das Wetter noch schlechter geworden war. Die Wachen holten die Fahnen ein und verriegelten Fenster und Türen. Der Wetterbericht hatte Sturm angekündigt.

Mit einem Mal überkam ihn eine unendliche Müdigkeit. Der Stützpunkt, die Soldaten und dann auch noch dieses Land … Plötzlich sehnte er sich nach den Brücken von Paris, dem Geruch von Asphalt und Auspuffgasen, nach vertrauten Verbrechen und der Gewalt der Großstädte.

»Und Loïc?«, erkundigte er sich, als suche er einen weiteren triftigen Grund für seine Rückkehr.

»Den habe ich gerade rausgeholt.«

»Wie?«

»Geht dich nichts an.«

»Wird seine Festnahme Folgen haben?«

»Das nicht, aber es ist trotzdem schlecht gelaufen. Der Blödmann hat eine Scheidungsvereinbarung unterschrieben. Sofia hat die Unterschrift im Polizeigewahrsam von ihm erpresst.«

Ihre fernöstlich anmutende Lidfalte. Ihre Sommersprossen. Ihre Haare einer Indianerin. Ihre Einladung zum Essen …

»Aber das ist doch eigentlich eine gute Nachricht, oder?«

»Das Problem in unserer Familie ist, dass nie einer was versteht.«

»Dann nimm dir die Zeit, es uns zu erklären.«

»Komm zurück. Wir reden unter vier Augen darüber. Oder hast du vor, Bretone zu werden?«

Erneut wägte Erwan das Für und das Wider ab. In Paris könnte er den Alten zu Lontano befragen und vielleicht erneut einen Schachzug rund um di Greco tätigen.

»Am Nachmittag bin ich da«, erklärte er schließlich knapp. »Wir treffen uns in deinem Büro, und ich fahre gleich danach zurück.«

»Zuerst suchst du deine Schwester.«

»Bis zum Abend ist sie wieder da. Fang schon mal mit den grundlegenden Dingen an, mit ihren Telefonaten und so.«

»Gut, ich erwarte dich irgendwann nach 15 Uhr im Innenministerium. Die Bretonen werden das Kind schon schaukeln.«

Nachdem sein Vater aufgelegt hatte, rührte Erwan sich nicht vom Fleck. Das Freizeichen tönte in seinen Ohren. Der Regen peitschte gegen die Scheiben.

Der Alte.

Gaëlle.

Loïc.

Plötzlich hatte er Lust, seine Mutter anzurufen, um das Familienbild zu vervollständigen. Auf dem Festnetz. Maggie vergaß ihr Handy gern in ihrer Handtasche oder in irgendeiner Schublade. Als ehemalige Hippiefrau misstraute sie elektronischen Geräten und den damit verbundenen krebserregenden Wellen.

Er ließ es klingeln, aber niemand nahm ab. Früher hätte ihn das beunruhigt. Hatte der Padre sie bewusstlos geschlagen? Verletzt? Oder gar getötet? Endlich sprang der Anrufbeantworter an. Erwan hinterließ eine Nachricht und begriff besorgt, dass früher auch heute war.

Er hatte immer noch Angst.

50

Di Greco hatte sich erschossen! Er konnte es noch immer nicht fassen. Morvan hatte seinem Sohn nicht gesagt, dass er seine Ansicht teilte: Der Freitod des Admirals musste mit dem Tod des jungen Soldaten zu tun haben. Und sicher war auch, dass ihr Treffen in irgendeiner Beziehung zu dem Mord stand. Aber was hatte dieses ganze Durcheinander zu bedeuten?

Dem alten Chicoree-Kopf war es schon immer gelungen, in die fettesten Wespennester zu stechen oder sich in Schieflagen zu manövrieren, aus denen er nur um Haaresbreite ohne Internierung herauskam. Als di Greco ihn vor wenigen Tagen anrief, hatte Morvan einfach nur Angst gehabt. Ab einem gewissen Alter bedeutete der Hilferuf eines Freundes immer auch eine gewisse Erpressung.

Sein eigener Fehler war gewesen, seinen Sohn zu schicken. Warum nur hatte er seine Familie involviert? War es der unbewusste Wunsch gewesen, Erwan seiner afrikanischen Vergangenheit anzunähern?

Und dann Lontano! Warum hatte der Admiral im Augenblick seines Todes die verfluchten Jahre ausgraben müssen? Was hatte er sagen wollen? Wird an der Schwelle zum Tod das Schuldbewusstsein wieder lebendig? Wenn dem so war, hatte er selbst nichts zu befürchten, denn seine Gewissensbisse waren nie erloschen.

Und dann noch der Hinweis auf ein weiteres Opfer! Vorerst weigerte Morvan sich, an die Konsequenzen dieser Tatsache zu denken: Serienmörder, vorsätzliche Tötung, ausgezeichnet organisiert – eine makabre Liste, die erst an ihrem Anfang stand.

An der Place d'Iéna hielt der Chauffeur an. Es war zu spät, um noch auf seinen morgens gefassten Plan zu verzichten: ein Besuch bei der Eisjungfrau.

Sofia Montefiori wohnte noch immer in der Wohnung, die Loïc und sie gekauft hatten, als sie mit Lorenzo schwanger war. Schon beim Anblick der Hausfassade spürte Morvan, wie seine

Entschlossenheit zurückkehrte: Dieses Erbe durfte keinesfalls verschleudert werden. Er, der sein Leben mit einer Gorgone verbracht hatte, um sein Erbe zu behüten, konnte nicht verstehen, dass diese leichtlebigen, vom Leben verwöhnten Luftikusse sich gleich bei der ersten Uneinigkeit scheiden ließen.

Mithilfe seines Generalschlüssels betrat er die Eingangshalle und bekam von der Concierge den Code für die Wohnung. Sie lag in der vierten Etage. Ein altmodischer Aufzug mit Eisengittern und lackiertem Holz – ganz, wie er es liebte. Er, der aus dem Nichts gekommen war, kannte nichts Tröstlicheres als die Annehmlichkeit von Luxus.

In dem winzigen Spiegel in der Kabine rückte er seine Krawatte zurecht. Bei einer Begegnung mit der Montefiori-Erbin musste man seinen ganzen Charme spielen lassen.

Die Filipina, die ihm öffnete, kannte ihn und ließ ihn widerwillig eintreten. Soweit Morvan sich erinnerte, arbeiteten hier drei solcher Damen in Vollzeit, ziemlich viel Personal für eine nicht berufstätige Mutter mit zwei Kindern. Aber so verstand Sofia nun einmal ihre Rolle als Nur-Hausfrau.

Einmal hatte sie zu ihm gesagt: »Ich bin fix und fertig, ich musste dem neuen Kindermädchen alles erklären.« Die Lächerlichkeit eines solchen Satzes verstand Sofia nicht. Sie war in Seide geboren und würde in Kaschmir sterben – und dabei vermutlich noch dessen Beschaffenheit kritisieren. Was Morvan an ihr gefiel, lag tiefer. Ihre Grazie, Eleganz und Selbstsicherheit waren das Werk eines einzelnen Mannes, ihres Vaters. Ein Grobian, der mit Schrott ein Vermögen gemacht hatte, aber bis heute nicht richtig lesen und schreiben konnte.

Er durchquerte den salongroßen Eingangsbereich und betrat das Wohnzimmer, dessen Ausmaße eines Konzertsaals würdig waren. Hohe Fenster, Fischgrätparkett, Designermöbel, und die Sonne im Preis inbegriffen. Mit Genugtuung passierte er die weiten Türöffnungen und schlenderte genießerisch durch die großzügige Umgebung, in der Möbel und Böden ihre außergewöhnliche Qualität widerspiegelten.

Zufrieden betrachtete Morvan die Innenausstattung. Auf indirekte Art war dies auch sein Werk. Er hatte bereits davon fantasiert, als er noch ein armseliger Exilpolizist in Zaire gewesen war. Damals hatte er noch vorgegeben, der Linken anzugehören, aber *Die Viertel der Reichen* von Louis Aragon gelesen und von jenen Orten geträumt, wo »die Teppiche dick sind« und »kleine Mädchen in langen Nachthemden herumlaufen«.

»Nonno!«

Seine Enkel erschienen in ihren Schuluniformen. Sie wurden zweisprachig erzogen und hatten sich angewöhnt, für ihn das italienische Wort für »Großvater« zu benutzen. Morvan hatte nichts dagegen. Im Gegenteil …

Begeistert stürmten sie auf ihn zu, und Morvan breitete die Arme weit aus. Allein diese Umarmung entschädigte ihn für die fürchterliche Nacht. Eine Sekunde lang fühlte er sich stark und kühn.

»Was machst du hier?«

Morvan entließ die Kinder aus der Umarmung und betrachtete Sofia, die im Türrahmen stand. Sie trug einen Pyjama aus zerknitterter weißer Seide und mit Fell gefütterte tibetische Hausschuhe. Morvan besaß genau die gleichen, wie jedes andere Clan-Mitglied auch. Geschenke von Loïc.

Sofia sah wunderschön aus und schien nicht im mindesten verlegen darüber, in diesem Aufzug überrascht worden zu sein.

»Falls du wegen Loïc gekommen bist: Der Polizeigewahrsam endet heute. Ich habe ihn eben besucht.«

Verkehrte Welt: Die Italienerin informierte ihn über die Geschehnisse bei der Polizei.

»Willst du mir keinen Kaffee anbieten?«

Sofia warf einen Blick auf die Uhr.

»Ich habe gerade nicht viel Zeit. Bin verabredet.«

»Ein Pilates-Kurs?«

Die Stichelei war ihm entschlüpft. Sie lächelte nur müde.

»Komm in die Küche.«

Zwischen ihnen hatte schon immer eine seltsame Vertrautheit geherrscht, die oberflächlich nicht zu erklären, aber in der Tiefe durchaus verständlich war. Die Komtess hatte einen Teil der Brutalität und der fragwürdigen Moralauffassung ihres Vaters geerbt, und dieser Atavismus hatte einen Einklang mit dem Alten zur Folge.

Sie vertraute die Kinder den *Pinay* an – sie bezeichnete ihre Filipinas in der Landessprache –, die bereits hinter der Tür warteten, und ging mit Morvan in die Küche, die eher einem Labor glich. Hier schien Nahrung vor allem eine Angelegenheit von Zahlen, Chemie und Minimalismus zu sein. Morvan setzte sich auf einen Hocker und stützte sich mit den Ellbogen auf den zentralen, mit brasilianischem Marmor belegten Küchenblock. Mit seinen gut hundert Kilo zog er diese festen Materialien den raffinierten Möbelstücken des Salons vor.

Sofia servierte ihm Kaffee aus einer italienischen Kanne.

»Worüber wolltest du mit mir reden?«

»Über eure Scheidung.«

»Das ist erledigt. Loïc hat die Ver…«

»Ich weiß.«

»Was noch?«

Er rührte in seiner Tasse – eine rein symbolische Bewegung, denn er nahm keinen Zucker.

»Bist du dir deiner Entscheidung ganz sicher?«

»Machst du Witze?«

»Hast du mal an die Kinder gedacht?«

»Noch ein Witz?«

Sie nahm sich ebenfalls einen Kaffee. Das dunkelbraune Gebräu floss aus der silbrigen Warmhaltekanne in eine winzige Steinguttasse.

»Loïc wird sie regenmäßig sehen«, erklärte sie, nachdem sie kurz genippt hatte. »Zu mehr ist er nicht in der Lage, das weißt du ebenso gut wie ich.«

»Ja, aber … eure ganze Geschichte? Alles, was ihr euch zusammen aufgebaut habt? Wollt ihr es nicht noch einmal miteinander versuchen? Ihr …«

Vehement setzte sie ihre Tasse ab.

»Grégoire, du bist nicht zu einer derart unchristlichen Zeit hier aufgekreuzt, um über Liebe zu reden!«

»Und euer Erbe?«

»Wir haben bei der Eheschließung Zugewinngemeinschaft vereinbart. Ich verzichte auf alles, was er während unserer Ehe erworben hat, er überlässt mir dafür die Wohnung. Ein fairer Deal.«

»Kennst du den Satz von Aristoteles: ›Das Ganze ist mehr als die Summe seiner Teile‹?«

Sie seufzte.

»Worauf willst du hinaus?«

»Hast du an die Kinder gedacht? An das, was ihr ihnen hinterlasst? Wenn ihr verheiratet bleibt, steht euch selbst ein solides Erbe zu und …«

Sofia legte beide Hände auf den kalten Stein.

»Wovon redest du, zum Teufel? Mein Vater und du, ihr wart immer gegen diese Ehe. Ihr habt euch immer gehasst, und die Vorstellung, dass sich euer beider Vermögen eines Tages vereinigen könnte, war euch zuwider.«

»Dein Vater und ich, wir sind die Vergangenheit. Ich rede von eurer Zukunft.«

Ihr eurasisches Gesicht mit den Sommersprossen kam ihm ganz nahe. Sofias verführerisches Äußeres wurde durch den Zorn in ihren goldenen Augen Lügen gestraft.

»Die Kinder werden niemals Nachteile erfahren. Sie sind meine absolute Priorität.«

Morvan kapitulierte und stand auf.

»Ich musste einfach noch einmal mit dir darüber reden.«

Sofia beobachtete ihn misstrauisch.

»Du siehst ganz schön mies aus. Hast du dir die Nacht um die Ohren geschlagen?«

Der Florentinerin blieb nichts verborgen.

»Tja, der Job. Spar dir die Mühe, ich finde allein raus.«

Draußen versuchte er, die Eindrücke zu sortieren, die Wärme

der Kinder und die Kühle der Mutter. Er wollte sich noch nicht geschlagen geben. Irgendwie musste er eine Lösung finden, die Aufteilung des Vermögens zu verhindern. Wie alle Kinder reicher Eltern hatte Sofia keine Vorstellung von den trüben und gefährlichen Herausforderungen der Welt, in der sie lebte und deren ahnungsloses Produkt sie war.

Morvan überprüfte sein Smartphone. Schon mehrere Mitteilungen: die üblichen Beschwerden und Reklamationen. Er ging zu seinem Wagen. Für seinen Alleingang erwartete ihn ein Haufen Ärger.

51

Letzte Inventur vor der Geschäftsauflösung. Erwan, Verny, Le Guen und Archambault hatten es vorgezogen, sich weit außerhalb des Stützpunkts zu treffen. Jetzt folgten sie einem schläfrigen Hausmeister durch die Flure des kleinen Rathauses von Kaerverec. Sie entschieden sich für den Festsaal, einen düsteren Raum mit grauen Gardinen, der seinen Namen nicht wirklich verdiente.

»Setzen Sie sich«, befahl Erwan.

Sie verschoben Tische zu einem Mini-Klassenzimmer. Erwan räusperte sich und begann mit der Zusammenfassung aller bisherigen Erkenntnisse: das bekannte sowie das vermutete Verhalten von Wissa in der Nacht vom Freitag, der heimliche Ausflug di Grecos, seine seltsame Korrespondenz mit dem jungen Kopten, die Gewaltkultur in K76, das beunruhigende Profil der Füchse und die außergewöhnlichen Verstümmelungen des Opfers.

Danach wartete er einige Sekunden, damit das Gesagte sich setzen konnte. Verny hatte mit Blick auf die Pressekonferenz mitgeschrieben. Le Guen verhielt sich wie ein schlechter Schüler und kritzelte auf dem Tisch herum. Archambaults lange

Beine zitterten, als gehörten sie nicht zu seinem Körper. Alle drei waren innerhalb der letzten zweiundsiebzig Stunden um zehn Jahre gealtert. Ihre harten Züge wirkten unter dem Deckenlicht sehr blass.

Erwan sprach weiter. Er berichtete von der Entdeckung der offenbar weiblichen Fingernägel und Haare in der Bauchhöhle des Opfers an der Stelle, wo sich die entnommenen Organe hätten befinden müssen. Die neue Enthüllung hatte den erwarteten Effekt: Die Musketiere rutschten auf ihren Stühlen herum, als müssten sie einen grässlichen Albtraum abschütteln.

»Leider müssen wir davon ausgehen, dass sich irgendwo noch ein weiteres Opfer befindet. Oder dass der Mörder bereits weiß, dass er in den kommenden Tagen erneut töten wird.«

Verny hob die Hand.

»Soll ich das den Journalisten mitteilen?«

Erwan lächelte.

»Das hängt davon ab, wie viel Panik Sie hervorrufen wollen.«

»Nein, im Ernst.«

»Ich würde Ihnen davon abraten. Je weniger die Medien wissen, desto besser geht es uns.«

»Und di Greco?«, wollte Le Guen wissen.

Erwan holte Luft und zeichnete ein halb reales, halb erfundenes Bild des alten Admirals. Er beschrieb ihn als autoritären und kranken alten Mann, der sich in seiner Kabine verkrochen hatte, als eine Art bösartigen Guru, der für die negative Eskalation der Sitten in K76 verantwortlich war.

Le Guen und Archambault tauschten einen Blick. Es war ihnen trotz allem unangenehm, dass so über Kaerverec und dessen geistigen Führer gesprochen wurde.

»Ganz konkret gefragt:«, meldete sich Verny erneut zu Wort, »Halten Sie ihn für den Mörder?«

Erwan hatte zuvor mit Thierry Neveux gesprochen. Der Forensiker hatte bestätigt, dass Schmauchspuren an di Grecos Hand die Selbsttötung bewiesen. Darüber hinaus hatte eine erste Überprüfung seines Computers ergeben, dass ihm alle Ergebnisse der Ermittlungen vorlagen, die Verny regelmäßig an die Militärführung schickte. Erwan wusste nichts von diesen Berichten und hätte den Gendarm deswegen zur Rede stellen können, aber darüber waren sie längst hinaus.

»Diese beiden Fakten«, fuhr Erwan nach Ende seines Berichts fort, »sprechen für seine Schuld. Umso mehr, als di Greco nach ersten Erkenntnissen des Gerichtsmediziners gegen ein Uhr morgens gestorben ist, was genau der Zeit entspricht, zu der er die Nachricht erhielt, dass Frazier ihn beobachtet hatte. Sein Freitod könnte damit als Schuldeingeständnis eines in die Enge getriebenen Menschen durchgehen«, schloss Erwan.

»Sie scheinen nicht daran zu glauben«, stellte Archambault fest.

»Nein. Insgesamt gesehen können wir alle Verbindungen zwischen dem Mord an Wissa und der Mutprobe oder dem Admiral getrost vergessen. Die neuen Fundstücke beweisen, dass wir es mit einem organisierten Täter zu tun haben, der alles im Voraus bedacht hat. Es muss ein Mensch von hoher Intelligenz und außergewöhnlicher Körperkraft sein. Jemand, der sich hier auskennt, über medizinische Kenntnisse verfügt und sich unbemerkt zu bewegen weiß. Selbst wenn di Greco noch lebte, würde er diesem Profil nicht entsprechen.«

Mürrisch machte sich Verny zum Advokaten des Teufels.

»Ein Flugschüler vom Stützpunkt?«

»Das ist eine Spur, die ich nicht vollständig ausschließe. Aber mehr auch nicht. Leider sind unsere Ermittlungen wieder am Nullpunkt angekommen. Wissa war nackt, erschöpft und verletzlich und ist zufällig an das schlimmste Raubtier geraten, das man sich vorstellen kann. Ich bin der Meinung, dass er den Reigen nur eröffnet hat.«

»Was wollen Sie damit sagen?«

»Dass die Morde erst anfangen.«

Erwans Kollegen wanden sich auf ihren Stühlen. Sie waren in die langen schwarzen Regenmäntel gehüllt, die sie bereits bei ihrem ersten Treffen getragen hatten. Traurig musste Erwan sich eingestehen, dass sie seit ihrem ersten Gespräch im La Brioche Dorée keinen Schritt weitergekommen waren.

»Aber was sollen wir jetzt ganz konkret tun?«, fragte Archambault ungeduldig.

»Die Pressekonferenz wird die erste Schockwelle sein. Danach wird sich der Druck verdoppeln. Sie bekommen Verstärkung, müssen die Neuen gründlich einarbeiten, ihnen alles erklären und einen detaillierten Bericht für den Richter erstellen, der sicher bald benannt wird. Das alles wird die Ermittlungen deutlich verlangsamen.«

»Warum sprechen Sie nur von uns?«, erkundigte sich Le Guen argwöhnisch.

»Weil ich nach Paris zurückkehre. Jetzt sind Sie an der Reihe. Sie kümmern sich um das Baby und arbeiten mit den Verwaltungsbehörden zusammen.«

Das Trio starrte ihn erstaunt an.

»Die Ratten verlassen das sinkende Schiff«, zischte Le Guen.

Erwan spürte, dass er wütend wurde, und bemühte sich, die normale Betriebstemperatur beizubehalten. Er hatte sowohl die Staatsanwaltschaft als auch Oberst Vincq informiert, beide aber hatten vor Verblüffung nicht reagiert.

»Ich habe keineswegs gesagt, dass ich nicht zurückkomme, aber das hängt von meinen Befehlen in Paris und dem Fortschritt der hiesigen Ermittlungen ab.«

»Damit meinen Sie … falls eine weitere Leiche gefunden wird?«

»Ganz genau.«

Le Guen stand grinsend auf.

»Und jetzt? Warten wir mit verschränkten Armen darauf, dass eine Leiche auftaucht?«

»Ich hoffe, dass der Mörder schon vorher ausfindig gemacht wird.«

Erwan kam sich vor wie ein Politiker, der seinen Wählern Versprechungen macht, an die niemand glaubt – nicht einmal er selbst.

»Sie haben noch nichts zu dem seltsamen Wort gesagt, das di Greco hinterlassen hat: Lontano.«

»Ich habe vergangene Nacht recherchiert, weiß aber bisher auch nichts Genaueres. Allerdings habe ich eine Quelle in Paris, die mir weiterhelfen kann.«

Die Augen der Männer begannen zu leuchten: Der Kriminalkommissar aus Paris ließ sie doch nicht ganz im Stich.

Mit unverhohlenem Groll in der Stimme fragte der Hummer:

»Warum reisen Sie so hastig ab?«

Seine Schwester war verschwunden. Sein Bruder war gerade aus dem Polizeigewahrsam entlassen worden. Seine Mutter meldete sich nicht. Und sein Vater steckte offenbar ziemlich tief im Schlamassel …

»Aus familiären Gründen.«

Als sie das Rathaus verließen, war der Sturm abgeflaut. Die Sonne spähte hinter den schwarzen Silhouetten der Häuser hervor und warf ein hartes, klares Licht über das Dorf.

Erwan hatte darum gebeten, dass man ihm seinen Wagen bringen sollte. Die Vorstellung, sich jetzt ans Steuer zu setzen, gefiel ihm nicht. Nur allzu gern hätte er sich, wie Kripo, in einen Flugzeugsitz sinken lassen, um eine Stunde später in Paris anzukommen. Er verabschiedete sich von allen und bemühte sich, seine Wertschätzung für seine Partner in seinen Handschlag zu legen.

Ohne einen Blick in den Rückspiegel fuhr er los. Er wollte nicht sehen, wie seine Musketiere ihm nachwinkten wie Familienmitglieder aus der Provinz, die man nur ungern, wenn auch erleichtert verlässt. Blödiane, die er mit der Zeit schätzen gelernt hatte und an die er sicher oft zurückdenken würde.

Schon als er in den dritten Gang hochschaltete, änderte sich seine sanfte Stimmung. Er war ein Verräter. Sein Körper wurde eiskalt. Wie naiv von ihm, zu glauben, dass er diese Ermittlung einfach so hinter sich lassen konnte. Er schuldete Wissa und dessen Eltern die Wahrheit. Und auch derjenigen, deren Haare und Nägel in der Bauchhöhle des Kopten lagen.

Eigentlich fuhr er lediglich nach Paris, um seinem Vater Informationen zu entlocken. Und trotz allem, was er eben gesagt hatte, konnte er nicht ganz ausschließen, dass der Mord an Wissa, der Tod des Opfers mit den roten Haaren und den schwarz lackierten Fingernägeln und der Freitod von di Greco in irgendeinem Zusammenhang mit Morvan standen.

52

Zwei Stunden lang löste Erwan sämtliche Radarfallen auf der Autobahn aus. An jeder Mautstelle betätigte er voller Vergnügen die Sirene und fuhr mit kaum verminderter Geschwindigkeit durch. Wie bei vielen Polizisten war seine eigene Unabhängigkeit schlecht mit der Strenge der Gesetze zu vereinbaren. Vor allem die Vorsichtsmaßnahmen im Straßenverkehr ärgerten ihn. Den Ansatz, möglichst kein Risiko einzugehen, fand er äußerst bedauerlich. Eines Tages würden wahrscheinlich sämtliche Fahrzeuge überhaupt verboten.

Um 11:30 Uhr hatte er bereits dreihundert Kilometer geschafft. Wenn es so weiterging, war er am frühen Nachmittag in Paris. Er hatte Kripo gesagt, dass er im Büro bleiben und auf ihn warten solle. Bei der Dienstaufsichtsbehörde, die offenbar über den Exzentriker informiert war, hatte es keine Probleme gegeben.

In der Nähe von Rennes hatte Erwan an einer Raststätte angehalten. Während er volltankte, dachte er noch einmal über die Einzelheiten der Untersuchung nach. Ein ganz bestimmter Punkt ließ ihm keine Ruhe: dieses kürzlich erfolgte Ereignis, das di Greco in seinen Mails erwähnt hatte, der »Umbruch« in seinem Leben, der »radikale Wendepunkt«, der sein »tiefstes Wesen« verändert habe. Was meinte er damit? Etwas, das seinen Freitod erklären konnte? Oder den Mord an Wissa? Erwan musste an die Nadeln denken, die nach Aussage von Doktor Almeida im

Körper des alten Mannes steckten. Vielleicht hatte er nach den Grenzen des Schmerzes gesucht …

Gerade als der Tank voll war, klingelte sein Telefon.

»Maggie hier.«

»Ich rufe dich in fünf Minuten zurück.«

Erwan bezahlte, trank einen widerlichen Kaffee, kaufte eine Flasche Wasser und schluckte mehrere Schmerztabletten. Fuhr auf einen der Parkplätze, stieg aus dem Wagen, sog tief die Morgenluft vor der Schnellstraße ein und wählte schließlich die Nummer seiner Mutter.

Er brauchte immer einen gewissen Anlauf, um mit ihr zu sprechen.

Maggie hatte zwei Gesichter. Wenn der Alte in der Nähe war oder sie an ihn dachte, war ihre Miene ängstlich, und ihre Augen traten aus den Höhlen, was aber auch an ihrer Schilddrüsenerkrankung lag. Dann sprach sie hastig, leise und angespannt. Aber es gab auch die lächelnde, ja fast verführerische Maggie. Eine schöne Frau mit sinnlichen Lippen, die gelassen und immer ein wenig amüsiert wirkte. Eine Frau, der es Vergnügen bereitete, mit dem Leben zu spielen, die sich über Bürgerlichkeit lustig machte und in alltäglichen Kleinigkeiten immer etwas Komisches entdeckte.

Die beiden Maggies hatten nicht den gleichen Ursprung. Die erste stammte aus dem finstersten Afrika und war von einer Vergangenheit geprägt, über die keines ihrer drei Kinder je Genaueres erfahren hatte. Eine Kreatur aus Angst und Laterit, von Morvan erschaffen. Die zweite Maggie war ein unverfälschtes Produkt der Generation Hippie, frei, aufmüpfig und Drogen nicht abgeneigt. Eine jugendliche Frau mit Blumen in den Haaren und utopischen Ideen. Diese Maggie war eine Muse der Gegenkultur gewesen, duftete nach Patchouli, trug afrikanische Tuniken oder tanzte mit entblößten Brüsten zur Musik von Pink Floyd aus dem Film *More*. Laut einer Legende hatte sie sogar in einer afrikanischen Frauenrockband gespielt: *Les Salamandres*.

Heute war aus dem Hippiemädchen eine Möchtegern-

Bohemienne geworden. Sie war Vegetarierin, Buddhistin, befürwortete die Unterwasser-Geburt und kämpfte gegen Globalisierung und Klimawandel. Sie verkörperte all das, was der alte Morvan verabscheute – jener unpolitische Killer, der die Welt gern mit einem großen Stall verglich, in dem man die Menschen eingesperrt halten sollte.

Im Augenblick wusste Erwan noch nicht, mit welcher Maggie er es zu tun hatte. Sie sprach lange über Loïc, der »Ärger« gehabt hatte, und wusste offenbar noch nicht, dass Gaëlle sich abgesetzt hatte.

»Alles okay mit Papa?«, unterbrach er sie schließlich.

»Klar. Warum nicht?«

Sofort ärgerte er sich über sie. Schon immer hatte sie das größte Problem ihres Lebens, die Gewalt ihres Ehemannes, geleugnet. Sie verteidigte ihn sogar noch und ließ den Eindruck entstehen, er sei ein unverstandener Held.

»Wann kommst du zurück?«, erkundigte sie sich.

»Ich bin auf dem Weg.«

»Dann rechnen wir am Sonntag mit dir.«

Das berühmte sonntägliche Mittagessen. Sie erschien ihm völlig losgelöst von der Realität – oder er war es selbst, mit seinem Organe stehlenden Mörder und den SM-Soldaten, der sich in einem Paralleluniversum befand.

Er wollte schon auflegen, als ihm noch etwas einfiel: Wenn Morvan di Greco aus Afrika kannte, war Maggie ihm vielleicht ebenfalls einmal begegnet.

»Kannst du dich an einen Armeeangehörigen namens di Greco erinnern?«

»Nein.«

»Ein Marineoffizier, der in Port-Gentil stationiert war.«

»Ich war nie in Gabun.«

Erwan verwechselte die Zeiträume. Morvan hatte 1968 begonnen, die Truppen von Präsident Bongo zusammenzustellen, und war 1969 nach Zaire gegangen, um gegen den Nagelmann zu ermitteln.

Di Greco gehörte zum Kapitel Gabun, Maggie zum Kapitel Zaire.

»Vielleicht ist er einmal in Katanga gewesen …« Einen Versuch war es wert.

Und tatsächlich erinnerte Maggie sich.

»Ein Typ, der irgendwie komisch aussah?«

»Genau. Er war ungefähr zwei Meter groß und hatte Vampirhände.«

»Du sprichst von ihm in der Vergangenheit. Ist er tot?«

»Seit letzter Nacht.«

»Hatte er mit deiner Untersuchung in der Bretagne zu tun?«

»Mehr oder weniger«, wich er aus. »Versuch, dich zu erinnern.«

»Er hat, glaube ich, im Busch gearbeitet, ganz nah bei den Bergwerken.«

»Papas Minen?«

»Die gab es damals noch nicht. Der Typ, an den ich mich erinnere, sollte die Sicherheit der Erzvorkommen im Besitz der Gécamines gewährleisten, einer großen Bergbaugesellschaft in Katanga.«

»Hat Papa ihn dort hingeholt?«

»Keine Ahnung.«

»Erinnerst du dich an noch etwas?«

Ihre Stimme klang plötzlich abwesend.

»Es ist so lange her. Der Mann schien irgendwie hart und gewalttätig zu sein. Er war sehr mager und wirkte gequält. Er war den Schwarzen gegenüber ein echter Kotzbrocken. Ich habe versucht, eine Gesellschaft zum Schutz der Arbeiter zu gründen. Ich war ziemlich aktiv …«

»Erinnerst du dich an seine Beziehung zu Papa?«

»Recht freundschaftlich, glaube ich.«

»Haben sie zusammen für die französische Regierung gearbeitet?«

Maggie lachte leise.

»In Afrika zu vergammeln war durchaus eine bürgerliche Großtat, das kannst du mir glauben …«

Jetzt sprach sie in dem Ton, den er liebte: heiter und gelöst. Aber es war harter Tobak, sich die beiden Geheimdienstler vorzustellen, einer, der einen Serienmörder verfolgte, und einer, der eine Sklavenarmee einpeitschte. Zwei im Entstehen begriffene Monster, die schon wenig später im Schatten der Macht aufblühen würden.

»Weißt du vielleicht noch mehr über ihn? Denk richtig nach«, drängte Erwan.

Maggie rang nach Worten.

»Er schien … irgendwie verrückt zu sein. Wie von Gewalt besessen.«

»Dann passte er ja gut zu Papa.«

»Sprich nicht so.«

»Du weißt ganz genau, was ich sagen will.«

Kaum merklich begann sich Maggies Stimme zu verwandeln, als hätte Morvan die Wohnung betreten.

»Mir gefiel es nicht, wenn sie sich trafen. Er hatte einen schlechten Einfluss auf deinen Vater.«

Beinahe hätte Erwan aufgelacht.

Plötzlich rutschte ihm eine Frage heraus, die zwar nichts mit di Greco zu tun hatte, die ihm aber schon seit Jahren auf der Zunge lag.

»Was ist in Afrika zwischen euch passiert?«

»Ich verstehe deine Frage nicht.«

»Ihr habt euch kennengelernt und sofort beschlossen, zu heiraten?«

Ihr Lachen klang befremdlich.

»Wir waren eben verliebt …«

»Das kann aber nicht lange angehalten haben.«

»Du irrst dich. Die Liebe ist immer noch da. Sie hat sich nur verändert, das ist alles.«

»Ich kann dir nicht folgen.«

»Dein Vater ist krank.«

Zunehmend nervös schritt Erwan auf dem Parkplatz auf und ab. Der Lärm vorüberfahrender Autos dröhnte in seinen

Schläfen. Der Himmel war zwar blau, aber hart wie legiertes Metall.

»Immer entschuldigst du ihn mit seinen Nerven«, fuhr er fort wie ein Kind, das Streit sucht. »Vielleicht ist er einfach nur ein Arschloch, das seine Frau verprügelt? Im Präsidium gibt es viele wie ihn. Glaub mir, diese Mistkerle haben weder etwas mit Artaud noch mit Althusser gemein.«

Der Dramatiker und der Philosoph waren die großen Helden seiner Mutter. Zwei Intellektuelle, die beide einmal in der Irrenanstalt waren, mit einem kleinen Zusatz beim zweiten: Althusser hatte während einer Krise 1980 seine Frau erdrosselt.

»Weißt du, was traurig ist? Du hast uns nie verstanden.«

»Ich habe fast zwanzig Jahre euren Alltag geteilt.«

»Trotzdem kennst du nur einen Teil davon. Du weißt nichts über unser Zusammenleben als Paar.«

»Erspar mir die Details.«

»Wir hatten immer getrennte Schlafzimmer«, entgegnete sie leise. »Aber in der Nacht enthüllt die Gewalt ihr wahres Gesicht.«

Erwan tauchte in die Geständnisse ein wie in einen Sumpf. Maggies zugleich flüsternde und nahe Stimme wirkte hypnotisierend.

»Ich muss jetzt Schluss machen. Ich habe noch eine Menge zu tun und …«

»Ihr wisst nur, wie sich seine Krankheit tagsüber äußert. Erst nachts stellt man fest, dass er wirklich … besessen ist.«

Erwan kehrte zu seinem Wagen zurück und öffnete die Tür.

»Maggie, ich rufe dich bald wieder an. Ich …«

»Erinnerst du dich, dass er vor den Mahlzeiten seine Waffe auf den Tisch legte?«

»Wie könnte ich das je vergessen.«

»Eines nachts, als wir allein waren, hat er auf mich geschossen.«

Erwan stützte sich mit den Ellbogen auf das Dach seines Volvo und legte den Kopf zwischen die Arme. Die Vergangenheit seines Vaters ähnelte den Archiven aus der Nazizeit: Je mehr man sich hineinvertiefte, desto mehr Grauen und desto schlimmere Schändlichkeiten kamen zum Vorschein. Die Quelle schien niemals zu versiegen.

»Hat er … dich verletzt?«

»Er hatte nur Schreckschussmunition geladen. Ich verlor das Bewusstsein und habe eingenässt.«

Erwan hatte das Gefühl, seine Seele sei mit Leichenflecken bedeckt.

»Ich muss auflegen …«

»Monatelang hat er mich mit dieser Sache gedemütigt.«

»Warum erzählst du mir das?«

»Damit du begreifst, dass er nicht nur gewalttätig ist. Er ist verrückt.«

»Ändert das etwas?«

»Alles. Er ist nicht verantwortlich für das, was er tut.«

»In diesem Fall solltest du ihn einweisen lassen.«

»Red keinen Mist.«

Ihr Tonfall sagte: »Was würde Frankreich ohne Morvan tun?«

Der Kaffee, den er gerade getrunken hatte, kam ihm hoch. Er wusste nicht, was ihn mehr abstieß: sein Vater, seine Mutter oder ihre wahnhafte Übereinkunft.

Er wollte das Gespräch nun wirklich beenden, fragte aber schnell noch aufs Geratewohl:

»Lontano. Sagt dir das etwas?«

»Natürlich. So heißt die Stadt, in der wir damals gewohnt haben.«

»In Katanga?«

»Eine ganz neue Stadt, die mit den Gewinnen aus den Minen erbaut wurde. Eine reine Kolonistenstadt. Ich habe dort mit meiner Familie gelebt.«

Irgendwann hatte sein Vater einmal gesagt: »Deine Mutter ist der blutleere Sprössling einer Inzucht-Familie mit wallonischen Wurzeln, die seit mehr als einem Jahrhundert in Zaire vor sich hin schimmelt. Sie ist zu gleichen Teilen Belgierin und Kongolesin. Zwei Makel zum Preis von einem.«

»Vor seinem Selbstmord hat di Greco diesen Namen auf ein Blatt Papier geschrieben. Hast du eine Ahnung, warum?«

»Nicht die geringste.«

»Es ist das letzte Wort, das ihm vor seinem Tod durch den Kopf gegangen ist. In dem Kaff muss irgendetwas Außergewöhnliches vorgefallen sein, oder?«

»Vielleicht für ihn. Wie schon gesagt, ich kannte ihn nur flüchtig.«

»Denk bitte nach. Erinnerst du dich an kein besonderes Ereignis?«

Ihr Seufzer klang wie ein Lächeln und ihre Stimme nach Ibiza:

»An ein einziges. Es war von sehr großer Bedeutung, aber nicht für di Greco.«

»Und zwar?«

»Du bist dort geboren, mein Liebling.«

53

Morvan schreckte aus dem Schlaf hoch. Eine Sekunde lang war er überzeugt, unter Amnesie und Tetanie zugleich zu leiden. Er schüttelte sich kurz und fand damit zu Normalform zurück. Kurzer Blick auf die Uhr: zehn nach zwölf am Mittag. Er erkannte sein Büro an der Place Beauvau. *Verfluchte Kacke!* Er musste eingeschlafen sein, als er sich auf sein Sofa setzte. Wie ein alter Mann.

Niemand hatte gewagt, ihn zu wecken – schon gar nicht seine Sekretärin, die grundsätzlich auf ein Zeichen von ihm wartete, bevor sie sich auch nur im Geringsten bewegte. Er hatte noch nicht einmal das Klingeln seines Handys gehört.

Leise fluchend stand er auf. Als Erstes rief er seine Nachrichten ab, aber weder Gaëlle noch Erwan hatten sich gemeldet. Anschließend überflog er die Telexe des Generalstabs: Alles ging seinen gewohnten Gang. Er würde die große Maschinerie in Gang setzen müssen.

Sein Telefon klingelte. Maggie. Scheiße, der Tag fing wirklich mies an.

»Ich habe gerade mit Erwan gesprochen«, begann sie, ohne ihn zu begrüßen. »Er hat mich wegen Lontano ausgefragt.«

Morvan fuhr sich mit der Hand über das Gesicht.

»Mich hat er auch angerufen. Ich regel das. Was hast du ihm gesagt?«

»Dass er dort geboren ist.«

Grégoire trat ans Fenster und bemerkte, dass das Wetter schön war. Allein diese Feststellung drückte ihm fast das Herz ab. Er hätte sich ein Gewitter gewünscht, das finstere Wolken über den Himmel wälzte und die Stadt in sintflutartigem Regen ertränkte.

»Und du?«, fuhr sie fort.

»Nichts. Ich warte auf ihn.«

»Was hat denn diese Sache mit di Greco zu bedeuten? Dieses blöde Wort?«

»Keine Ahnung, aber ich kümmere mich darum.«

»Gibt es eine Verbindung zu Erwans Fall?«

»Sobald er da ist, wird er es mir erklären.«

Maggie schwieg einen Augenblick, ehe sie sagte:

»Wenn der verrückte Alte es geschrieben hat, um die Vergangenheit wiederzubeleben, dann buddele ich sein Grab auf und reiße ihm eigenhändig die Augen aus, das schwöre ich.«

»Ich sage dir doch, dass ich das ich regle.«

Hastig beendete er das Gespräch. Plötzlich wurde ihm bewusst, dass er von Lontano geträumt hatte. Er war sich dessen ganz sicher, obwohl er sich an nichts Genaues erinnern konnte. Warum tauchte Zaire mit einem Mal wieder auf? Was hatte di Greco sagen wollen? Maggie irrte sicher. Der Admiral hatte nicht die Verbrechen von damals ausgraben wollen. Er hatte ihm eine Botschaft zukommen lassen, ihm ganz allein. Aber welche?

Er hielt seinen Kopf unter den Wasserhahn, stellte die Klimaanlage auf Kühlschrankmodus, tilgte den schändlichen Namen aus seinem Gedächtnis und konzentrierte sich auf das, was wichtig war: Gaëlle. Über das Festnetz kontaktierte er einige seiner Leute, wobei er großen Wert darauf legte, nicht dieselben Männer zu wählen, denen seine Tochter entwischt war. Er befahl ihnen, Gaëlles Anrufe, Internetverbindungen, Kontobewegungen, ihre Ausflüge mit Vélib (Mademoiselle fuhr mit dem Mietfahrrad), ihre Mails und alle Taxiunternehmen zu überprüfen. Er forderte außerdem das Schalten einer Suchanzeige sowie einen Zeugenaufruf für Paris. Die Zeit, den schamhaften Vater zu spielen, war vorbei.

Nachdem er alles in die Wege geleitete hatte, konzentrierte er sich erneut auf Lontano. Er setzte seine Brille auf und öffnete Google. Zwar bezweifelte er, dass es über dieses gottverlassene Nest etwas Neues zu berichten gab, aber man konnte ja nie wissen.

Er fand absolut nichts über »sein« Lontano. Die Asche aus vergangenen Zeiten war immer noch kalt. Inzwischen hatte sich die Stadt von damals in ein vom Busch vereinnahmtes Ruinenfeld verwandelt, das mitten im Herzen eines Kriegsgebietes lag. Und falls sich etwas getan hätte, wäre er sicher als Erster informiert worden.

Der Fernschreiber summte. Morvan warf einen Blick auf die Zeilen und hielt den Atem an. Mit einem Ruck riss er das Blatt aus dem Gerät und las es aufmerksam durch. In einem ehemaligen Lüftungsschacht des unteren Quai des Grands-Augustins, unmittelbar gegenüber dem Quai des Orfèvres, war die Leiche einer jungen Frau zwischen fünfundzwanzig und dreißig Jahren gefunden worden. Sie war gegen elf Uhr von Touristen bei einer der ersten Ausfahrten der Bateaux-Mouche entdeckt worden und hatte an Bord für Panik gesorgt. Die Polizei war vor Ort, der Verkehr auf dem Fluss bis auf Weiteres eingestellt.

Mehr gab das Telex nicht her. Weder eine Personenbeschreibung des Opfers noch genauere Angaben zur Todesursache. Auch kein Wort über die Lage der Leiche oder die Stellung, in der sie in dem Hohlraum gefunden worden war.

Erneut griff Morvan zum Telefon. Nach weniger als fünf Minuten hatte er die Kontaktdaten von Hauptmann Sergent – der Name klang wie ein Witz –, der am Tatort die ersten Maßnahmen ergriffen hatte.

Der Kriminalbeamte nahm das Gespräch bereits beim zweiten Klingeln an. Er war noch nicht lange bei der Truppe und hatte keine Ahnung, wer Morvan war, er kannte nur dessen Sohn Erwan. Er schien von der Situation völlig überrascht, und, was noch schlimmer war, er weigerte sich, auch nur die kleinste Information telefonisch preiszugeben.

Der Alte bemühte sich, ruhig zu bleiben, machte dem jungen Mann aber klar, dass er sich, wenn er so weitermachte, schnell in irgendeinem Archiv wiederfinden würde und keine Chance mehr auf den bemerkenswertesten Mordfall dieses Frühherbstes hatte.

»Wurde die Frau identifiziert?«

»Bisher noch nicht«, stammelte der Junge. »Sie ist nackt und mit Wunden übersät …«

»Haarfarbe?«

»Rot.«

»Rot?«

»Ja, rot. Aber die Hälfte der Haare fehlt.«

Der Druck auf Morvans Brust ließ nach.

»Irgendwelche besonderen Kennzeichen?«

»Bisher kann man nichts erkennen. Der Körper steckt noch immer in Fötusstellung zusammengequetscht in der Röhre, die Haut ist abgeschürft. Man hat die Frau ziemlich malträtiert und …«

»Hat sie Tattoos?«

»Ein paar konnten wir erkennen. Zum Beispiel die Buchstaben O-U-T-L-A-W am Hals …«

Grégoire atmete tief durch. Gaëlle war nicht tätowiert. Sie hatte erklärt, dass es ihre Chancen im Job verringern würde. Wenigstens diesen Blödsinn hatte sie nicht mitgemacht, zumindest vorerst.

Doch das nächste Unbehagen drohte bereits.

»Auf der Hüfte hat sie auch ein Tattoo. Einen merkwürdigen, bärtigen Kopf …«, fügte der junge Kriminalbeamte hinzu.

Morvan stockte der Atem.

April 2009. Damals saß Grégoire in einer Kommission, die über Entlassungen auf Bewährung entschied. Das Mädchen hatte bereits eine dreijährige Strafe wegen bewaffneten Angriffs, Gewaltdelikten und Mitgliedschaft in einer kriminellen Vereinigung in Fleury abgesessen. Er hatte sie vor den anderen Mitgliedern der Kommission und dem Richter gefragt, wen das Tattoo darstellen sollte, das ihr zu kurzes T-Shirt auf der linken Hüfte erkennen ließ. Noch heute hörte er ihre raue, brüchige Stimme: »Charles Manson«.

Am liebsten hätte Morvan sie geohrfeigt. Einerseits, weil es nicht rebellisch, sondern einfach nur dumm war, sich das Gesicht eines sadistischen Analphabeten stechen zu lassen, aber auch, weil es womöglich noch dümmer war, das ausgerechnet vor einer Truppe zu gestehen, die ihr ein Dach über dem Kopf und einen Job besorgen wollte. Dennoch hatte er sich wortgewaltig für ihre Freilassung eingesetzt. Er empfand etwas für diese Kleine und schaffte es, sie auf Bewährung auf freien Fuß zu setzen.

»Du hättest behaupten sollen, es sei Marx«, hatte er ihr später vorgeworfen, worauf sie antwortete:

»Auch ein krimineller Guru, oder?« Die nächste Dummheit. Trotzdem gefiel ihm die kleine Punkerin. Sie sprühte nur so vor brutaler Energie, die schlecht kanalisiert, aber vielversprechend war. Er hatte ihr eine Wohnung besorgt, ihr geholfen und eine Arbeitsstelle für sie gefunden. Bei ihren Treffen hatte er auch ihre anderen Tattoos kennengelernt, darunter auch das Wort OUTLAW auf dem Hals.

»Die Kollegen von der Spurensicherung haben die ersten Proben genommen«, fuhr der Hauptmann fort. »Die Fingerabdrücke haben wir. Falls sie aktenkundig ist, dürfte es leicht sein, sie zu identifizieren.«

»Warum sollte sie der Polizei bekannt sein?«

»Ich weiß nicht …«, sagte der junge Kriminalbeamte. »Die Tattoos, die roten Haare … Ihre Fingernägel sind schwarz lackiert.«

Die Stimme des Polizisten erreichte Grégoire wie aus weiter Ferne. Er befand sich immer noch im Jahr 2009. Die junge Frau war damals dreiundzwanzig, wirkte aber wie eine Sechzehnjährige und hatte damit genau das Alter, das ihm verlockend schien. Er wollte sie beschützen. Seit jenem Tag lud er sie mindestens einmal im Monat zum Essen ein und steckte ihr bei diesen Gelegenheiten meist etwas Geld zu. Nie hatte er sie angerührt. Er zog es vor, den Pygmalion zu spielen und sich an der Quelle ihrer Jugend zu erfrischen.

»Holt die Feuerwehr sie da raus?«

»Sie sind dabei. Allerdings liegt die Öffnung der Röhre in zwei Metern Höhe …«

»Wartet damit bitte auf mich.«

»Aber …«

»Ich komme mit Kriminaldirektor Fitoussi.«

»Ich verstehe nicht …«

Morvan schlug seinen wohlwollenden Tonfall an und gab den allmächtigen, dabei aber sympathischen Typen:

»Es gibt da so einiges, das du nicht verstehst, Kleiner. Die Frau heißt Anne Simoni. Sie ist sechsundzwanzig Jahre alt und hat nach einem Einbruchsdelikt mit Gewaltanwendung im Knast gesessen. Inzwischen ist sie – nun ja, war sie – vollständig rehabilitiert. Sie arbeitete beim Polizeipräsidium in der Kfz-Zulassungsstelle.«

»Sie … Sie kennen sie?«

»Bleiben Sie, wo Sie sind. In einer halben Stunde bin ich da.«

Er legte auf und ließ sich auf seinen Sessel fallen, den er mit

Metallbolzen und Karbonlamellen hatte verstärken lassen, damit er sein Gewicht aushielt.

Die schreckliche Entdeckung offenbarte mehrere Sachverhalte.

Der erste: Der Mörder, der hier zugeschlagen hatte, hatte auch Wissa Sawiris getötet. Die roten Haare und die schwarzen Fingernägel stammten von Anne Simoni, daran bestand kein Zweifel.

Der andere Aspekt war, dass man ihn in die Sache hineinziehen wollte. Neben dem Siegelring auf Sirling (und wer konnte schon wissen, ob der Täter nicht noch andere Indizien hinterlassen hatte, die durch die Rakete zerstört worden waren), war die Wahl der kleinen Simoni ein weiterer Hinweis auf ihn.

Dieses Mal würde er nicht mehr davonkommen. Man würde schnell feststellen, dass er ihr den Job beim Polizeipräsidium besorgt und die Kaution für ihre Wohnung gestellt hatte. Man würde seine Mails finden und seine Anrufe zurückverfolgen – jede Menge kleiner Hinweise, bei denen die Ermittler glauben mussten, dass die Kleine seine Geliebte gewesen war. Man würde ihn vernehmen, ihn verdächtigen, in seinem Leben herumschnüffeln …

Er war sicher, dass am Tatort oder in der Wohnung der Kleinen weitere Indizien gefunden werden würden, die ihn belasteten. Das war kein Verrückter, hier übte jemand Rache. Aber wer? Und warum? Es half nichts, sich darüber den Kopf zu zerbrechen. Was ihn beschäftigte, war, dass jemand ihn zu zerstören versuchte, indem er seine eigenen Methoden anwandte: Säbelrasseln und falsche Beweise.

Schon jetzt dachte er nicht mehr an sich, sondern an sein Werk. An alles, was er für seine Kinder aufgebaut hatte, Macht und Fortune. Dieses Reich wurde bedroht. Ein Gebäude aus Lügen und über vierzig Jahren sorgfältig vermischter Dokumente drohte einzustürzen. Die ersten Risse hatten sich bereits gezeigt, jetzt aber krachte gleich ein ganzer Block zusammen.

Morvan zog sich erneut aus, trat vor seinen Schrank und

wählte einen dunklen Nadelstreifenanzug, Hosenträger, ein zweifarbiges Hemd und eine schwarze Krawatte. Aus Respekt vor der Toten. Seit seiner Zeit in Afrika hatte er nie in einem anderen Aufzug vor einer Leiche gestanden.

Ehe er zu seinen Schlüsseln griff, setzte er sich an seinen Schreibtisch, stützte die Ellbogen auf und senkte die Stirn auf die gefalteten Hände. Mit halblauter Stimme betete er inbrünstig. Hinter seinen geschlossenen Lidern glaubte er die große Hure zu erkennen, die in der Offenbarung des Johannes die Stadt Babylon symbolisierte, »die Mutter der Hurerei und aller Gräuel auf Erden«. »Das Geheimnis von dem Weibe und von dem Tier, das sie trägt und hat sieben Häupter und zehn Hörner« befand sich dort genau vor ihm. Sein Werk. Sein Reich. Sein Fehler. Jetzt würde er für seine Sünden zahlen müssen.

Statt eines Gebets wiederholte er immer wieder den berühmten Bibelvers aus der Johannes-Offenbarung, der auf seine nahe Zukunft zu verweisen schien:

»Das Tier, das du gesehen hast, ist gewesen und ist nicht …«

54

Hundert Kilometer vor Paris vibrierte sein Telefon. Erwan saß so angespannt am Steuer, dass es ihm vorkam, als bebe die Erde.

»Ich habe Neuigkeiten.«

Er hatte einen Anruf von seinem Vater, seiner Mutter oder von Kripo erwartet, aber es war Thierry Neveux von der Spurensicherung in Rennes. Seine Stimme schien aus einer anderen Welt zu kommen, aus einer fernen Vergangenheit.

»Wir konnten die Drahtstifte identifizieren, die in Wissas Fleisch steckten.«

»Und, was ist es? Nadeln?«

»Nägel.«

»Bisher war immer von Stichwaffenfragmenten, einem Morgenstern und Stahlbetontrümmern die Rede.«

»Wir haben uns geirrt. Die Nägel an der Hautoberfläche wurden durch die Explosion ausgetrieben, außerdem waren sie verbrannt und deformiert. Aber die Nägel tief im Fleisch sind in einem besseren Zustand. Es gibt keine Zweifel: Es sind auf jeden Fall Nägel unterschiedlichster Größe und Form. Sie haben sogar noch ihre Köpfe samt Prüfstempel.«

Nägel. Allein das Wort klang schon wie ein Fluch. Unmöglich, nicht an das Verbrechen zu denken, das den Ruhm von Morvan Senior begründet und die Geschichte der gesamten Familie beeinflusst hatte.

»Und noch etwas«, fuhr der Forensiker fort. »Clemente hat die Leiche wieder zusammengesetzt, und wir konnten Stellen nachweisen, an denen sich die Verletzungen – also die Nägel – häuften. Sie waren konzentriert in der Wange, in der Gegend der Kehle, auf der Schulter und auf dem Rücken. Laut Clemente hat man auch Glasscherben und Klingen in den Jungen hineingesteckt.«

Erwan hatte das Gefühl, dass die Straße unter ihm schwankte.

»Seit drei Tagen beschäftigen Sie sich mit der Leiche, und jetzt kommen Sie mit so etwas!«

»Clemente ist der Reihe nach vorgegangen. Er hat fast einen ganzen Tag für den Bauch gebraucht und …«

»Schon gut, schon gut. Sonst noch was?«

»Eine weitere Ansammlung scheint die linke Flanke in Höhe der Hüfte geziert zu haben, aber das Fleisch ist an dieser Stelle zu zerfetzt …«

»Warum sagen Sie ›geziert‹?«

»Nur so. Die Leiche erweckt irgendwie den Eindruck, als hätte sie, wie soll ich sagen, Ausschlag gehabt. Wie eine Art Akne, deren Pickel aber Nägel waren …«

Unter anderen Umständen hätte Erwan sich wahrscheinlich geekelt, aber in diesem Falle gab es etwas Frappierendes: Die Beschreibung wiederholte fast wörtlich die Begriffe, die Morvan benutzte, um die Opfer des Nagelmannes zu beschreiben, des Mörders von Zaire.

»Das war noch nicht alles. Wir haben den ganzen Morgen an der Stellung der Leiche gearbeitet, indem wir uns am Bruchwinkel der Gelenke orientiert haben …«

»Und?«

»Wir sind uns nicht zu hundert Prozent sicher, aber wir glauben, dass die Leiche vor der Explosion gekauert haben muss. Etwa so wie die Mumien der Inkas. Wir haben Ihnen mehrere Mails mit Zeichnungen geschickt.«

»Warten Sie.«

Erwan schaltete die Warnblinkanlage ein und hielt auf dem Seitenstreifen an. Er legte das Telefon zur Seite, öffnete sein Laptop und rief seine E-Mails ab. Die Mail von Clemente hatte Anhänge. Während er wartete, dass sie sich öffneten, donnerten Autos an ihm vorbei. Die Zeit verrann. Er spürte, wie sich sein Magen zusammenkrampfte, der wirkliche Schrecken aber kam erst mit der Zeichnung.

Der Tote befand sich in sitzender Stellung, die Arme umfassten die Knie, der Hals war gebeugt und das Gesicht nach oben gewendet. Die Zeichnung schien einen *nkondi* darzustellen, eine der von seinem Vater gesammelten afrikanischen Statuetten. Und noch mehr ähnelte sie den Opfern des Nagelmannes. Als Kind hatte Erwan einige Fotos gesehen, das schlimm zugerichtete Gesicht, die Anhäufung von Nägeln, die Fötusstellung. Alles passte.

»Sind Sie noch da?«

»Ich schaue mir gerade Ihre Bilder an.«

»Es ist total verrückt. Wir glauben, dass ihm noch zu Lebzeiten mehrere Dutzend Nägel in den Körper getrieben wurden. In diese Position aber wurde er erst nach seinem Tod gebracht. Können Sie damit etwas anfangen?«

Als Erwan noch ein Kind war, hatte ihm sein Vater oft von seinen Ermittlungen erzählt, von seiner »Jagd auf die Bestie«. Davon, wie der Mörder, ein junger Ingenieur aus Belgien, seine

Opfer mit Hunderten Nägeln durchbohrte, um sie zu einem Ebenbild der heiligen Skulpturen der Yombe, einer Ethnie aus dem Niederkongo, zu machen. Wie er sich in seinem Wahn vor bösen Geistern schützen wollte, indem er Frauen zu Fetischen machte. Wie Morvan ihn nach monatelangen Ermittlungen schließlich identifizierte und entlang der gerodeten Pisten zu den Sägereien bis in den tiefsten Busch verfolgte.

»Ich rufe später noch mal an«, sagte er knapp, beendete das Gespräch, öffnete die Wagentür und übergab sich. Für mehrere Sekunden raubten ihm die säuerlichen Krämpfe den Atem. Irgendwann war sein Magen leer. Trotzdem blieb er noch sitzen und beobachtete mit zitternden Knien und pochenden Schläfen seinen Gallesaft auf dem Asphalt.

Seit seiner Abreise war alles falsch gelaufen.

Wie konnte ein 1971 festgenommener Mörder plötzlich wieder auftauchen? Angenommen, er lebte noch – konnte er freigelassen worden sein? Er wäre inzwischen doch über sechzig Jahre alt. Warum hätte er sich auf das erstbeste Opfer werfen sollen? Und warum in der bretonischen Heide? Was hatte er mit K76 zu tun?

Di Greco?

Innerhalb von Sekunden ordnete Erwan die Fakten neu. Gab es einen Nachahmer? Jemanden, der den Fall bis ins kleinste Detail kannte und die Vorgehensweise des Mörders imitierte? Das einzige Problem lag darin, dass in Frankreich so gut wie niemand die vierzig Jahre alte Geschichte kannte, die sich siebentausend Kilometer entfernt abgespielt hatte.

Ein weiteres mögliches Szenario war, dass Erwans Vater sich geirrt und in Zaire nicht den wahren Schuldigen festgenommen hatte. Aus irgendeinem unerfindlichen Grund begann der Nagelmann jetzt erneut zu morden. Ein schlummernder Vulkan, der auf brutalste Weise wieder ausbrach.

Ganz gleich, für welche Option er sich entschied, eine mögliche Schuld di Grecos trat erneut in den Vordergrund. Vom Mörder markiert – immerhin war der zukünftige Admiral in Zaire, als der Nagelmann zuschlug –, wollte er vor seinem Tod vielleicht noch einmal an das finstere Erbe anknüpfen. Oder noch verrückter: Di Greco war selbst der Mörder von Katanga und Morvan hatte ihn, freiwillig oder auch nicht, geschont. Als sein Leben sich dem Ende zuneigte, war er zu seinen alten Vorlieben zurückgekehrt.

Eine weitere Version klang plausibler: Von Verny mit den Einzelheiten der Ermittlung versorgt, hatte der Admiral im Mord von Wissa Sawiris die Handschrift des Nagelmannes erkannt oder vielleicht am Abend in der Heide etwas gesehen. Mit dem letzten Wort wollte er den Ermittlern einfach eine Nachricht zukommen lassen. Erst jetzt wurde Erwan klar, dass Lontano der Ort gewesen sein musste, an dem der Mörder zugeschlagen hatte. Aber für wen war die Nachricht bestimmt? Natürlich für Morvan. Er war der Einzige, der die gesamte Geschichte von Anfang bis Ende kannte, und der alte Offizier wollte ihn vor seinem endgültigen Abschied möglicherweise informieren.

Jetzt aber war es Erwan, der mit der Untersuchung noch mal bei null würde beginnen müssen. Die Geschichte des Verbrechers aus Katanga neu aufrollen. Den lebenden Mann oder sein Grab aufspüren. Seinen Wahn entschlüsseln und seinen möglichen Einfluss auf andere erkunden.

Er griff zu der Wasserflasche, die er gekauft hatte, um seine Medikamente zu schlucken, und spülte sich den Mund aus. Dann legte er einen Kavalierstart hin und erreichte innerhalb kürzester Zeit seine Reisegeschwindigkeit von zweihundert Stundenkilometern. In einer dreiviertel Stunde würde er in Paris sein.

Er hatte sowohl sein Telefon als auch seinen Computer ausgeschaltet und die Scheiben geschlossen. Niemand konnte Kontakt zu ihm aufnehmen. Niemand wusste, wo er sich befand. Die Vorstellung erschien ihm tröstlich. Er war allein und konnte nachdenken, obwohl er eigentlich gerade nicht nachdenken sollte. Besser wäre es, alle Fragen und jegliche Spekulation bis zur Konfrontation mit seinem Vater in Paris hintenan zu stellen.

II

ZU STAUB WIRST DU WERDEN

55

Am Tatort herrschte ein heilloses Durcheinander.

Die Uferstraßen waren gesperrt. Sämtliche Polizisten und alle Dienstfahrzeuge schienen vor Ort zu sein. Ein Krankenwagen und mehrere Feuerwehrzüge blockierten das linke Ufer vom Pont Neuf bis zum Pont Saint-Michel. Das Ganze schien wie ein Geschenk mit Absperrband umwickelt zu sein. »Kein Zutritt!«

Morvans Chauffeur hielt mitten auf dem Quai des Grands-Augustins. Der Fundort befand sich weiter unten, unmittelbar oberhalb des Flusses. Während er die Treppe zum Fluss hinunterstieg, bemerkte Morvan die linde Luft und die sanfte Sonne, die absolut nicht zu der panischen Atmosphäre hier auf dem Boden passen wollten. Die Steine schimmerten wie Silber; alles war warm, glitzerte und fühlte sich leicht an. Eigentlich fehlten nur noch barfüßige Schwimmerinnen, Angler, Gitarrenspieler und Spaziergänger, die im Schatten der grün gestrichenen Eisenkästen der Bouquinisten weiter oben flanierten …

Kriminaldirektor Jean-Pierre Fitoussi begrüßte ihn am Fuß der Treppe. In seinen dunklen Anzug gezwängt wirkte er sehr blass und versteckte sich hinter einer Pilotenbrille mit dunklen Gläsern.

»Genau uns gegenüber«, knurrte er im Vorausgehen. »Der Arsch hat wirklich Mut.«

Morvan folgte ihm wortlos. Weil er die anderen Polizisten um Haupteslänge überragte, konnte er den Fundort bereits sehen. Die Leiche befand sich ungefähr unterhalb des Gebäudes Quai des Grands-Augustins Nummer 35, also wirklich fast genau gegenüber dem Präsidium am Quai des Orfèvres Nummer 36 am anderen Seineufer.

Seiner Anweisung zum Trotz waren die Feuerwehrleute bereits dabei, die Leiche aus der Röhre zu befreien. Anne Simoni hatte nicht nur Abschürfungen und Verletzungen davongetragen, sondern war darüber hinaus in Kauerstellung gefesselt und mit Hunderten Nägeln gespickt. In ihren Augäpfeln steckten Spiegelscherben.

Und plötzlich ging Morvan die Bedeutung von di Grecos Botschaft auf: Das Ungeheuer war zurück. Der Albtraum, den sie in Zaire hatten ertragen müssen, trat von Neuem zutage. Aber wie war das möglich? Und wie konnte der Admiral das wissen? Erneut hatte Morvan das Gefühl, aus dem Nichts von einem heftigen Schlag getroffen zu werden. Erwan hatte von Drahtstiften, Organentnahme und organischem Material in den Körperhöhlungen gesprochen … Wieso hatte er die Zusammenhänge nicht gesehen? Vielleicht lag es am Alter. Verwirrt von Gaëlles Verschwinden hatte er seine analytischen Fähigkeiten verloren.

Die Feuerwehrleute ließen die Tote mit größter Vorsicht langsam herunter. Die Techniker von der Spurensicherung, die er immer »die Wattestäbchen« zu nennen pflegte, standen auf Trittleitern und fotografierten jedes Detail. Die Spiegelscherben in den Augenhöhlen der Leiche zwinkerten blitzend in Richtung des Präsidiums.

Den Anwesenden stand das Entsetzen ins Gesicht geschrieben, obwohl es sich ausschließlich um Profis handelte. Erfahrene Polizisten und Spezialisten, die schon viel gesehen hatten, aber diese Tote entstieg einer anderen Dimension. Von ihrem zur Hälfte rasierten Schädel standen Nägel ab, andere steckten in ihrem Nacken, der rechten Schulter und der linken Bauchseite. Aufgrund der Menge wirkten sie wie eine scheußliche Krankheit. Die Handgelenke waren mit einer alten Kordel gefesselt, die sich auch um die unter dem Kinn gebeugten Beine schlang. In ihrer Gesamtheit wirkte die Leiche wie ein komprimierter Block aus Grauen.

»Hast du so etwas schon einmal gesehen?«, fragte Fitoussi.

Morvan antwortete nicht.

Unter den Anwesenden war er der Einzige, der so etwas tatsächlich schon einmal gesehen hatte.

Das Opfer wurde auf einer erhöhten Trage abgesetzt. Morvan hätte am liebsten geweint: Im Bewusstsein der Verletzungen und unter der Last der düsteren Rückkehr seiner finstersten Jahre verabschiedete er sich von der dünnen jungen Frau. Sie war nicht seine Tochter – niemand würde je den Platz seiner Tochter einnehmen –, aber sie war eine jener traurigen Frauen, die immer falsch starteten und nie wirklich ankamen. Eine von denen, für die er sein Leben gegeben hätte.

Wie schon vor vierzig Jahren in Zaire wurde er auch jetzt von Reue geplagt. Es war ihm nicht gelungen, sie zu retten. Er hatte das Gemetzel nicht vorausgesehen. Und er war nicht in der Lage gewesen, ihr die vielen Stunden unvorstellbarer Qualen zu ersparen, diesen obszönen, vor den Augen aller zur Schau gestellten Tod.

Als die Feuerwehrleute versuchten, sie hinzulegen, glitten plötzlich ihre Beine unter den gefesselten Armen heraus und streckten sich in einem vollkommen verdrehten Winkel. Die Anwesenden hielten erschrocken den Atem an, als die wie ein verrenkter Hampelmann wirkende Leiche ihr Geheimnis enthüllte: Der Bauch war ein gähnendes Loch, nur durch die Rippen begrenzt, die wie Krallen aus dem Fleisch ragten. Man musste kein Chirurg sein, um zu erkennen, dass mehrere Organe entfernt worden waren: der Magen, die Leber, die Eierstöcke …

Zweifellos auch die Nieren … Morvan kannte die Regeln. Er hatte sie nie vergessen. Um den durch Hunderte Nägel aktivierten Energiekreislauf in Schwung zu bringen, musste der Fetisch-Körper »gereinigt« werden. Schon jetzt war ihm klar, dass der Hohlraum mit Sicherheit wieder Haarsträhnen und abgeschnittene Fingernägel enthielt – Teile der nach afrikanischer Tradition zu schützenden oder zu verhexenden Person. Im vorliegenden Fall allerdings würde es sich um Fragmente des nächsten

Opfers handeln. Ein Charakteristikum des Nagelmannes war, das ursprünglich heilige Ritual in ein finsteres Rätsel zu verwandeln.

Ein drittes Opfer stand zu befürchten.

»Ich kann mir das nicht ansehen.«

Fitoussi wandte sich in dem Moment ab, als die Feuerwehrleute mit ihrem Gabelstapler gemeinsam mit den Forensikern von den Trittleitern aus mehr schlecht als recht versuchten, die Gliedmaßen des Opfers zusammenzubringen. Dann endlich breiteten die Leute vom Erkennungsdienst eine Plane über das Manöver. Das Kasperltheater schloss seinen Vorhang.

Alle schienen erleichtert, außer Morvan: Er blickte weiter voraus und höher hinaus. Erkannte das Bild, das sich am Tatort abzeichnete, und sah, wie seine tief verborgene Vergangenheit an die Oberfläche drängte. Seine Lehrjahre, die schlimmsten Jahre seines Erwachsenenalters, kehrten mit Pauken und Trompeten zurück.

»Sergent hat mir gesagt, dass du weißt, wer das Opfer ist?«

Fitoussi war zurückgekehrt. Mit den Händen in den Taschen und vorgerecktem Bauch sah er aus wie ein angeekelter Leichenbitter.

»Sie hieß Anne Simoni, war sechsundzwanzig Jahre alt und hat in der Kfz-Zulassungsstelle gearbeitet.«

»Wie hast du sie erkannt?«

»An ihren Tattoos.«

Fitoussi, der Morvan fürchtete und hasste, hob die Augenbrauen.

»Woher kennst du sie?«

Morvan beobachtete, wie der Präfekt, der zusammen mit einem Bediensteten außer Hörweite zu ihnen stand, seine dunkle Sonnenbrille aufsetzte. Sie hatte nichts mit der Ray-Ban des Kriminaldirektors gemeinsam, sondern war eine Emporio Armani, die Morvan an seine einsamen Segelausflüge auf der Île de Bréhat erinnerte. Trotzdem ähnelten die beiden hohen Beamten plötzlich den Blues Brothers.

»Ich hab sie während ihrer Bewährungszeit aus der Scheiße geholt und ihr eine Wohnung sowie einen Job beim Präsidium besorgt.«

»Verstehe.«

»Du verstehst überhaupt nichts, und ich rate dir, dich da auch rauszuhalten.«

Fitoussi wurde so rot, als hätte er eine Ohrfeige bekommen.

»Dein Ton gefällt mir nicht«, sagte er und setzte mit einer gekränkten Geste die Brille ab.

»Aber er ist der Situation angemessen. Hast du nicht kapiert, was sich hier abspielt?«

»Wir haben eine Leiche am Hals und …«

»Nein. Hier geht es um einen Serienmörder, wie Paris bisher noch keinen erlebt hat. Einen Mistkerl, der ein Opfer an das nächste reihen wird wie Bierflaschen auf dem Couchtisch an einem Fußballabend.«

»Wie kommst du darauf?«

Morvan warf einen Blick zu den Männern, die den Leichensack schlossen.

»Ich habe einen ganz ähnlichen Fall erleben müssen.«

»Wann? Und wo?«

»Vergiss es.«

»Ich werde Erwan mit der Untersuchung beauftragen. Alles schon mit dem Staatsanwalt geregelt.«

»Kommt nicht infrage.«

Fitoussi trat einen Schritt auf ihn zu. Grégoire mochte mächtig sein, aber hier war er nicht auf seinem Territorium. Die Einsätze wurden vom Kriminaldirektor geregelt.

»Das Präsidium ist mein Reich, Morvan. Du hast ihn bereits ohne mein Einverständnis wer weiß wohin geschickt. Aber damit ist es jetzt vorbei. Geh nach Hause. Dein Sohn wird die Sache bestens regeln.« Er zwinkerte Morvan zu. »Vor allem, wenn du ihm ein paar gute Hinweise gibst.«

»Das halte ich für keine gute Idee«, knurrte Morvan. »Es ist …«

Das Handy vibrierte in seiner Tasche. Er nahm es heraus und betrachtete den Namen des Anrufers. Wenn man vom Teufel spricht … Er hatte Erwan eine Nachricht geschickt und ihn an den Tatort zitiert. Die Antwort per SMS lautete einfach: »Bin da.«

Er blickte auf und entdeckte seinen Sohn, der sich durch die Ordonnanzen boxte.

56

Bei der Polizei ist es wie bei den Medien. Man glaubt, einen Knüller zu haben, wird aber um eine Nasenlänge von einer neueren und packenderen Nachricht geschlagen. Erwan kehrte mit der verblüffenden Entdeckung zurück, dass der Nagelmann wieder zuschlug. Aber »seine« Leiche war mittlerweile fünf Tage alt und sein Vater erwartete ihn am Quai des Grands-Augustins mit einer spektakulären Neuigkeit: einem neuen Opfer.

Auf dem Weg zum Ufer hatte Erwan einigen ihm bekannten Polizisten Fragen gestellt. Das Wenige, das er in Erfahrung brachte, hatte ihn fast vom Hocker gehauen. Kaum hatte er die Situation einigermaßen verdaut, als sich auch schon sein Vater vor ihm aufbaute. Die Begrüßung wurde auf ein Minimum reduziert: auf gar nichts. Morvan verlor nicht einmal ein Wort über den Zustand von Erwans Gesicht.

»Komm mit«, befahl er.

»Ich will die Leiche sehen.«

»Ist schon eingepackt. Du siehst sie in der Gerichtsmedizin.«

Sie verließen die Menschenansammlung und gingen zunächst in Richtung der Brücke Pont Saint-Michel, dann auf Notre-Dame zu. Die Uferstraßen waren leer, abgesperrt von der Polizei. Oberhalb jedoch hatten sich Schaulustige versammelt und versuchten, einen Blick auf die Szenerie zu erhaschen. Ihre Stimmen klangen wie ein fernes, beunruhigtes Murmeln.

Erwan fasste seine Neuigkeiten zusammen: die Rekonstruktion der Leiche, ihre Mumienstellung, die als Nägel identifizierten Metallreste, die anale Vergewaltigung. Sein Vater sagte, dass nach allem, was er hatte sehen können, die Verletzungen des neuen Opfers der Vorgehensweise des Mörders in Zaire entsprachen, fügte jedoch sofort hinzu:

»Aber er kann es nicht gewesen sein.«

»Wieso?«

»Weil Thierry Pharabot vor drei Jahren in einer Spezialeinrichtung gestorben ist, einer Klinik für Forensische Psychiatrie, dem Institut Charcot.«

Seltsamerweise kam der Name Erwan bekannt vor.

»Wo ist diese Klinik?«

»In der Bretagne.«

»Wo genau?«

»Im Finistère. Ungefähr vierzig Kilometer von Kaerverec entfernt.«

»Und das sagst du mir erst jetzt?«

»Sei nicht albern. Ich sage dir doch, dass Pharabot tot und eingeäschert ist.«

Erwan erinnerte sich: Verny hatte bei allen Gefängnissen und psychiatrischen Einrichtungen der Umgebung nachgeforscht, auch das Institut Charcot stand auf seiner Liste. Keine besonderen Vorkommnisse.

»Vielleicht hat er einen Zellengenossen beeinflusst«, überlegte er aufs Geratewohl. »Jemanden, der inzwischen entlassen wurde …«

»Nein. Er saß in einer Einzelzelle. Ich wurde ihn betreffend immer auf dem Laufenden gehalten.«

»Aber Wissa Sawiris wurde nur wenige Kilometer entfernt ermordet. Das kann doch kein Zufall sein!«

»Es wäre viel zu einfach.«

Erwan warf seinem Vater einen wütenden Blick zu. Morvan schaute auf die andere Flussseite, wo Efeuranken an den Ufermauern der Île de la Cité am Square Jean-XXIII herunterhingen.

»Was meinst du damit?«

»Wenn heutzutage jemand den Nagelmann nachahmt, dann nicht aus purer Mordlust. Zumindest nicht ausschließlich. Bezüglich dieser Morde muss es ein übergeordnetes Komplott geben.«

»Hör endlich mit deinen Konspirationstheorien auf. Das ist doch Quatsch!«

Morvan blieb stehen. Zum wiederholten Male befingerte er die Bügel seiner Sonnenbrille. So nervös war er sonst nie.

»Zuerst muss ich dir noch etwas sagen, mein Großer.«

Erwan fürchtete das Schlimmste, denn so hatte sein Vater ihn seit fünfundzwanzig Jahren nicht mehr genannt.

»Der Ring, den du auf Sirling gefunden hast, gehört tatsächlich mir.«

Erwan hatte dieses Detail völlig vergessen, jetzt aber kehrte es mit voller Wucht zurück.

»Zumindest vermute ich, dass es meiner ist«, differenzierte Grégoire. »Ich habe ihn nämlich vor drei Wochen verloren.«

»Hast du ihn verloren oder wurde er dir gestohlen?«

»Keine Ahnung. Aber wenn er geklaut wurde, dann mit der Absicht, ihn neben die Leiche zu legen.«

»Um dich zu belasten?«

»Eine andere Erklärung gibt es nicht.«

»Also taucht irgendein Kerl aus dem Nichts auf, ahmt den Nagelmann nach, einen Mörder, den du vor vierzig Jahren dingfest gemacht hast, und versucht, dich in die Sache hineinzuziehen. Ist das deine Version?«

»Inzwischen sind noch andere Dinge passiert. Verwirrende Situationen, die jedes Mal direkt oder indirekt mit mir zu tun haben.«

»Inwiefern?«

Morvan setzte den Weg fort und erging sich in einer verworrenen Erklärung über den vermuteten Versuch einer feindlichen Übernahme der Minengesellschaft, an der er Anteile besaß. Erwan klinkte sich aus. Sobald von Finanzen die Rede war, versagten seine analytischen Fähigkeiten.

»Gibt es eine feindliche Übernahme oder nicht?«, fragte er schließlich, um den Sermon abzukürzen.

»Das weiß ich noch nicht. Aber an der Börse genügt ein Gerücht, um den Laden aufzumischen.«

»Und wieso sollte dieser Rummel dich berühren?«

»Es würde zu lange dauern, das zu erklären. Im Übrigen hat auch dein Bruder Drohungen erhalten.«

Der Alte erzählte Erwan eine unglaubliche Geschichte von einer mit der Post erhaltenen Ochsenzunge. Zwei Tage Abwesenheit von der Familie ergaben ein solches Resultat.

»Ich dachte zunächst, die Flüchtlinge vom Kongo hätten uns unter Druck gesetzt, aber danach sieht es nicht aus«, fuhr Grégoire fort.

»Wer dann?«

»Das werde ich bald wissen.«

Das war kein Verdacht mehr, sondern eher ein Haufen falscher Voraussetzungen. Erwan erkannte darin einen gewissen Verfolgungswahn seines Vaters, der gern den Mitbegründer der Firma Intel, Andrew Grove, zitierte: »Nur die Paranoiden überleben.«

Sie kamen an den vertäuten Frachtkähnen vorbei, die wie verschlossen wirkten. Einer davon war ein Restaurantschiff, aber die Gäste waren offenbar nach Hause geschickt worden. Die Zodiacs der Wasserschutzpolizei pflügten durch das grüne Wasser der Seine. Es war der längste Tatort in der Geschichte der Kriminalpolizei.

Unter dem Pont au Double wurde die Uferstraße schmaler. Sie wurden vom Schatten verschluckt, und Erwan fröstelte. Kälte legte sich um seine Schultern. Es roch nach Schimmel.

»Wer könnte denn so sauer auf dich sein?«

Erwan hatte die Frage in ironischem Tonfall gestellt.

»Oh, die Liste ist lang«, gab Morvan ohne zu lächeln zurück. Seine tiefe Stimme hallte unter der Wölbung. »Noch brauchen wir uns nicht um Namen zu kümmern. Das Wichtigste ist, dass wir Gaëlle wiederfinden.«

Zunächst reagierte Erwan überrascht auf die unerwartete Wendung, doch dann verstand er, worauf der Alte hinauswollte.

»Du glaubst, dass ihr Verschwinden mit alledem hier zu tun hat?«

»Ich weiß es nicht. Finde sie einfach!«

Erwan wollte sich ganz bewusst nicht wegen seiner Schwester ängstigen. Viel zu oft schon war er zutiefst beunruhigt mit heulender Sirene durch Paris gerast, um sie schließlich halb betrunken in irgendeiner Bar in Gesellschaft »besserer Herrschaften« zu finden.

Außerdem hatte er noch immer nicht genügend Informationen über den Nagelmann.

»Lass uns erst noch einmal über die Morde sprechen«, schlug er im Tonfall eines Untersuchungsrichters vor. »Hast du den Eindruck, dass der Mörder den Ritualen von Pharabot bis ins kleinste Detail folgt?«

»Es ist noch zu früh, das zu sagen. Die Leiche deines Piloten ist Haschee. Jetzt müssen wir die Obduktion der Kleinen abwarten. Was bisher passt, sind die Nägel, der rasierte Schädel und die Entnahme von Organen. Lediglich die anale Vergewaltigung stimmt nicht überein.«

»Der Belgier hat seine Opfer nicht vergewaltigt?«

»Auf keinen Fall. Ich habe dir die Geschichte doch erzählt. Er war ein *nganga*, ein Heiler. Seine Morde waren etwas Geheiligtes.«

»Wer kennt diese Fälle?«

»Niemand. Das ist es ja!«

»Bis auf all diejenigen, die am Prozess beteiligt waren.«

»Der fand vor mehr als dreißig Jahren in Lubumbashi in Katanga statt.«

Sie kamen wieder ins Licht. Im Gehen überlegte Erwan, welches die beste Frage war, die er stellen konnte. Es gab deren so viele, es war, als müsse er Namen aus einem Hut ziehen.

»Was ist mit den Opfern?«, entschloss er sich schließlich. »Hatten die irgendeine Verbindung zu dir?«

Morvan rieb sich das Gesicht. Er hatte trockene Haut, die regelmäßig abschilferte. Als Kind war Erwan fasziniert von den Hautfetzen gewesen, die sein Vater beim Fernsehen langsam abpellte wie eine Schlange, die sich ihrer Schuppen entledigte.

»Von dem Piloten hatte ich noch nie gehört. Aber die Frau am Ufer kannte ich.«

»Das sagtest du bereits: eine, die in der Zulassungsstelle arbeitete und …«

»Ich kannte sie besser.«

»Willst du etwa …«

»Nein. So etwas tue ich grundsätzlich nicht.«

Kein Wunder. Sein Vater hatte ihn schon immer an einen geschlechtslosen Titanen erinnert. Manchmal fragte er sich, wie dieser Mann sich überhaupt fortgepflanzt hatte.

»Die Kleine kam aus dem Knast. Ich habe ihr geholfen, sie unterstützt und beraten … Ich … also … ja, ich mochte sie sehr.«

Erwan beobachtete das ungewohnte Schauspiel: Der Alte errötete und sprach über intime Gefühle. Es hatte etwas leicht Perverses.

»Könnte man sie ermordet haben, um dich zu belasten?«

»Vielleicht einfach nur, um mir wehzutun.«

Sie liefen noch immer über das silbrige Pflaster. Der gesperrte Bereich endete. Die Touristen hier hatten noch nichts von dem schrecklichen Fund erfahren, die Unbeschwertheit schwebte wie goldener Dunst über der Menschenmenge. Rückkehr zum prächtigen Fluss, seinen sonnigen Ufern und dem Eis von Berthillon.

Erwan stellte nach dem Zufallsprinzip die nächste Frage.

»Warum hat der Nagelmann Organe entnommen?«

»Auch das habe ich dir gesagt. Er kämpfte gegen Zauberer. Er fühlte sich von ihren Zaubersprüchen bedroht und verwandelte die Frauen daher in *minkondi*. Normalerweise werden diese kleinen Statuen aus Holz geschnitzt. Jede von ihnen enthält einen Geist, eine magische Aufgabe. Wenn man sie aktivieren will, steckt man einen Nagel oder eine Scherbe hinein.«

»Und das machte Pharabot?«

»Und zwar in erschreckendem Tempo. Innerhalb einer Nacht aktivierte er seinen menschlichen Fetisch mit Hunderten von Nägeln, um so eine unsichtbare Barriere zwischen sich und seinen Feinden zu errichten.«

»Das erklärt noch immer nicht, warum er Organe entnahm.«

»Er glaubte, dass damit die Freisetzung der Energien im Innern des Körpers leichter vonstattenginge. Falls der neue Mörder Pharabots Rituale bis ins Detail imitiert, hat er ihnen auch ein Brechmittel zu trinken gegeben. Vor dem Opfern muss der Organismus … entgiftet sein. Ich weiß, es ist schwer zu verstehen. Vor allem siebentausend Kilometer vom Kongo entfernt.«

»Hat er auch Teile seines nächsten Opfers in die Bauchhöhle der Leiche gelegt?«

»Immer. Wie eine Art Schnitzeljagd. Er hat sich mit uns amüsiert, verstehst du? Ich verwette mein Hemd, dass in Annes Leiche ebenfalls fremde Haare und Fingernägel sind. Der Kreislauf hat wieder begonnen und wird erst aufhören, wenn wir die Verrückten dingfest gemacht haben.«

Erwan fröstelte noch immer. Die nächste Frage:

»Di Greco war mit dir in Zaire. Ist es möglich, dass er sich vierzig Jahre später plötzlich für den Nagelmann hielt?«

»Sicher nicht. Er hatte zwar einen Knall, aber so schlimm nicht. Im Übrigen können wir davon ausgehen, dass er bereits tot war, als Anne ermordet wurde.«

Ein Punkt für die väterliche Vernunft.

»Und das Wort ›Lontano‹?«

»Die einfachste Erklärung wäre, dass er verstanden hat, was da vor sich ging, und dich und mich warnen wollte.«

So seltsam es auch sein mochte, Erwan hatte die drei Silben vor di Grecos Botschaft noch nie gehört. Die Stadt, in der der Nagelmann gewütet hatte, war immer ein irgendwie mythischer Ort ohne Namen und geografische Lage für ihn gewesen.

Dieser Gedanke zog einen anderen nach sich:

»Du hast mir immer erzählt, ich wäre in Kisangani geboren. So steht es auch in meiner Geburtsurkunde.«

»Eine Entscheidung, die ich gemeinsam mit deiner Mutter getroffen habe. Lontano enthielt eine unangenehme Erinnerung für uns alle.«

Sie erreichten die nächste Treppe. Zu ihrer Linken lag die Île Saint-Louis wie ein gigantisches Schiff mit dem Bug voraus. Pappeln und Platanen spielten die Rolle der Passagiere.

»Lass uns umkehren. Fitoussi will, dass du die Ermittlungen leitest.«

»Was?«

»Das ist in Ordnung. Du hast ja auch schon den ersten Mord untersucht.«

»Aber kein Mensch weiß, dass die beiden Fälle miteinander zu tun haben.«

»Das wird nicht mehr lange dauern. Außerdem geht es darum nicht. Du warst immer schon der Begabteste, wenn es darum ging, den Pimmel des Pfarrers im Hintern des Küsters zu finden.«

»Sehr elegant.«

»Wenn du lieber jeden Tag deinen Fünfuhrtee bekommen würdest, wärst du besser Diplomat geworden. Ein guter Rat: Vergiss zunächst einmal die alten Geschichten. Konzentrier dich auf die konkreten Fakten. Such nach Zeugen und greifbaren Indizien. Wir müssen verstehen, wie er es geschafft hat, die Leiche unbemerkt an diesen Ort zu bringen.« Morvan griff nach dem Handlauf aus Stein und drehte sich um. »Aber vor allem anderen finde erst einmal deine Schwester.«

57

Ich habe etwas für dich.«

Die Stimme gehörte Arnaud Condamine. Der Broker hatte Loïcs Verdacht also ernst genommen.

»Wie es aussieht, bewegt sich da tatsächlich was.«

»Eine feindliche Übernahme?«

»Nicht unbedingt, aber die Positionen verändern sich. Trader haben ganze Pakete Coltano-Aktien gekauft – daher die derzeitige Hausse.«

»Wie viele?«

»Ich habe von mehreren Zehntausend gehört.«

Das Ausmaß der Käufe deutete darauf hin, dass jemand die Machtstruktur innerhalb des Unternehmens unbedingt verändern oder gleich selbst die Kontrolle übernehmen wollte.

»Wer sind die Käufer?«

»Namen kann ich dir nicht liefern. Mein Tipp ist auch so schon einiges wert.«

Loïc tat, als hätte er es nicht gehört.

»Wer hat die Aufträge erteilt?«

Dieser Frage wich nun Condamine aus – ein Dialog unter Schwerhörigen.

»Du hast mich gebeten, mich umzuhören, und das hier ist deine Kurzdarstellung. Als Gegenleistung erwarte ich von dir, dass du mir eine Nasenlänge Vorsprung gibst, sobald du weißt, was da bei euch abgeht.«

Mit diesen Worten legte der Finanzmann auf. Loïc behielt den Hörer noch eine Weile am Ohr, ohne sich zu bewegen. Dann blickte er sich in seinem halbkreisförmigen Büro um, seiner »Pilotenkanzel«. Im Moment kam er sich allerdings eher vor wie auf der Kapitänsbrücke der *Titanic*. Er konnte den Eisberg schon sehen, und es war viel zu spät, ihm auszuweichen …

Woher kam die Bedrohung? Bisher hatte sich noch niemand zu erkennen gegeben, aber offensichtlich wurde eine massive Kontrollübernahme avisiert. Zum Beispiel 30 % Sperrminorität – eine Dominanz, die es den Käufern gestatten würde, diejenigen hinauszuwerfen, die ihnen nicht gefielen – angefangen bei Grégoire Morvan.

Loïc dachte an die Worte des Alten und seine schon legendäre Paranoia. Aber vielleicht hatte er dieses Mal tatsächlich recht. Irgendjemand war dabei, Morvan zu eliminieren, den historischen Gründer von Coltano auszubooten.

Aber wer könnte von einem solchen Umbruch profitieren?

Ganz oben auf der Liste standen die Afrikaner selbst. Zum Beispiel die Mitglieder des persönlichen Hofstaats von Präsident Kabila, die bereits über die Mehrheit der Coltano-Aktien verfügten und damit betraut waren, den reibungslosen Ablauf des Erzabbaus zu gewährleisten, jener gigantischen Gelddruckmaschine, deren Erlös nur einigen wenigen zugutekam. Aber hatten sie ein Interesse daran, Morvan loszuwerden? Ökonomisch und logistisch betrachtet: nein. Aber wie pflegte sein Vater zu sagen: »Der Afrikaner ist wankelmütig«.

Dann war da noch Heemecht, die luxemburgische Gruppe, die 18 % der Aktien besaß. Loïc kannte weder die Aktionäre, noch wusste er etwas über deren Absichten. Ganz zu schweigen von den anderen Kandidaten. Räuber von außerhalb, die sich für Afrika und seine Bodenschätze interessierten. In erster Linie die Chinesen, die sich alles unter den Nagel rissen, was möglich war. Oder die Amerikaner, deren technologischer Fortschritt immer größerer Mengen Coltan bedurfte. Oder andere europäische Länder, von Korea und Japan ganz zu schweigen …

Aber egal, wer die Käufer waren: Irgendetwas, irgendeine Neuigkeit musste das Kaufsignal gegeben haben. Ein Leck bezüglich der neuen Vorkommen? Abgesehen von seinem Vater und ihm selbst sowie den Geologen, die auf dem Gelände gearbeitet hatten, wusste niemand etwas von den fantastischen Ergebnissen der Schürfproben. Zweifellos hatte auch Nseko davon gewusst: Hatte er geredet, ehe er starb? Morvan war sicher, dass er es nicht getan hatte. Was die Gerüchte vor Ort anging, so waren sie wenig glaubwürdig: Selbst wenn sein Vater insgeheim schon mit dem Abbau begonnen hätte, so spielte sich doch alles im tiefsten Busch in einem Krisengebiet ab, wo niemand hinwollte.

Um Klarheit zu erlangen, schickte Loïc eine so vorsichtig wie möglich formulierte E-Mail an die drei Experten, welche die Schürfproben geleitet hatten. Er kannte sie nicht persönlich, aber sein Vater hatte ihm versichert, dass man ihnen vertrauen konnte. Hatte vielleicht jemand ihre Berichte ausspioniert? Unmöglich. Der Alte war so misstrauisch, dass er sich weder auf die Kommunikation per Satellit noch auf digitale Übertragungen verließ. Die Geologen hatten ihre Berichte mit der Hand abfassen müssen. Ein Exemplar lag im Safe von Loïcs Wohnung.

Zurück zu den Käufern. Auf diesem Terrain fühlte er sich am wohlsten. Er erstellte eine Liste mehrerer Broker, die das Zeug hatten, eine solche Operation durchzuführen. Fünf von ihnen kamen infrage. Er fügte noch einige Trader hinzu, die in der Lage waren, ein solches Niveau zu stemmen. Anrufen konnte er sie keinesfalls. Er musste sie treffen, sie zum Reden bringen und das Ganze spontan aussehen lassen. Es war jetzt 16:30 Uhr. Warum nicht sofort?

Er würde sich die Typen in ihren Maklerbüros schnappen oder in den Bars, die sie nach der Arbeit aufsuchten, und es dann in den eleganten Restaurants oder den angesagten Locations versuchen, wo sie ihre Boni verprassten.

Eine Line für den Weg und los. Nicht die geringste Wirkung, aber darum würde er sich später kümmern.

In der Tiefgarage entriegelte er seinen Aston Martin per Funkschlüssel. Wie jedes Mal empfand er dabei einen angenehmen Schauder, den niemand außer ihm verstehen konnte. Er genoss es nicht, diesen Wagen zu besitzen, sondern er erfreute sich im Gegenteil an der Eitelkeit. Er kaufte die teuersten Dinge nur, um den Wunsch nicht mehr zu verspüren und um die Illusion zu vernichten. Er spielte mit dem Samsara, während er darauf wartete, ihm zu entkommen …

Er fuhr los und beschloss, mit einer der größten Agenturen in Paris in der Rue de la Paix zu beginnen. Unterwegs fiel ihm eine weitere heikle Sache ein: Sofia, die einen wichtigen Punkt in ihrem Kampf um die Betreuung der Kinder errungen hatte. Bei der Vorstellung, die Kleinen nur noch jedes zweite Wochenende sehen zu dürfen, zerbrach etwas in ihm, wie ein morscher Knochen.

Er parkte in der Tiefgarage an der Place Vendôme und beschloss, dass eine weitere Line ihm jetzt guttun könnte. In den Tiefen des dritten Untergeschosses sniffte er optimistisch im

Schutz zweier Autos. Immer noch nichts. Dieser Scheiß-Schnee hatte nicht die geringste Wirkung. Ob das ein Schritt zur endgültigen Gleichgültigkeit war? Der Befreiung, von der alle Buddhisten träumen? Oder war er einfach dabei, das Nirwana mit der Lethargie eines selbstmordgefährdeten Losers zu verwechseln?

Im Aufzug blitzte erneut eine Erinnerung auf: die Ochsenzunge in Zeitungspapier. Würden die Afrikaner es noch einmal versuchen? Sein Vater hatte ihm für den heutigen Tag Informationen versprochen. Hätte sein großer Bruder eine solche Drohung erhalten, hätte er sie ganz sicher innerhalb weniger Stunden vergessen. Er jedoch musste ständig daran denken. Als er sich im Spiegel der Aufzugkabine sah, musste er lächeln. Er war blass und sein Gesicht zuckte. Immerhin konnte er noch auf die Angst zählen, um sich lebendig zu fühlen.

Als er oben auf der Place Vendôme endlich frische Luft atmete, legte er sich ein kleines persönliches Rezept zurecht. Wenn das Kokain bei ihm nicht mehr wirkte, würde er wieder zum Heroin übergehen. Und wenn das Brown auch nichts mehr nützte, dann …

Schluss mit dem Mist.

Er betrat das Maklerbüro. Und spürte, wie sein Hemd an seinem Rücken klebte. Konzentration, Loïc, Konzentration …

58

17 Uhr. Erwan betrat sein Büro im Präsidium und fühlte sich sofort wohl. Sein wahres Zuhause, das war hier. Nach dem Treffen mit seinem Vater war er in seine Wohnung gefahren und hatte rasch geduscht. Frische Klamotten, eine klarere Sicht der Dinge – er hatte sich längst damit abgefunden, dass er für längere Zeit wahrscheinlich weder zu Atem kommen noch ausreichend schlafen würde.

Erste Station: der obligatorische Besuch bei Fitoussi. Der

Chef verfolgte die Ermittlungen in aller Regel nur aus der Ferne, aber die Brutalität des Mordes an Anne Simoni und dessen provokante Inszenierung hatten die Angelegenheit zur Chefsache werden lassen. Man fand nicht jeden Tag eine Leiche sprichwörtlich vor der eigenen Haustür. Fitoussi war so gereizt, dass er nicht einmal Erwans Blessuren bemerkte.

Erwan ließ den hohlen, aber erwarteten Sermon seines Chefs über sich ergehen – Dringlichkeit, Diskretion, Resultate, Medien –, nickte dann und wann und behielt die Uhrzeit im Auge. Er bemühte sich nicht, Fitoussi die vermuteten Verbindungen zwischen den Fällen am Quai des Grands-Augustins und in Kaerverec darzulegen. Sollte der seine Hausaufgaben doch selbst erledigen.

Fitoussi berief sich auf Erwans Vater: Der Alte hätte von Ähnlichkeiten mit der Geschichte des Nagelmannes gesprochen. Erwan fragte sich, ob der Kriminaldirektor nicht insgeheim hoffte, dass Grégoire seinen Sohn unter der Hand anleitete. Nein. Inzwischen war er ein besserer Ermittler als sein Vater, der von Macht und okkulter Mauschelei verdorben war. Man schnappte Verbrecher nicht mit Erinnerungen an die Zeit vor vierzig Jahren.

Fünf Minuten später betrat Erwan den Versammlungsraum, in den er seine gesamte Truppe beordert hatte. Alle waren bereits anwesend und informiert. Bevor er jedoch loslegte, nahm er sich einige Sekunden, um sie zu beobachten. Abgesehen von Kripo hatte er sie seit Mitte August nicht gesehen.

Sein Team mochte nicht unbedingt als Dreamteam durchgehen, hatte aber immerhin die meisten Erfolge auf dieser Etage vorzuweisen. Im vergangenen Jahr hatten sie es auf eine Aufklärungsquote von 92 % gebracht – absoluter Präsidiumsrekord. Erwan verglich seine Leute mit fast kindlicher Freude mit den Gefährten Robin Hoods.

In der Rolle des Little John, des Muskelprotzes mit dem Prügel, sah er Kevin Morley, den Dritten im Bunde. Ein Meter neunzig, hundertzehn Kilo. Der Vollbart und sein kurzer Pony verliehen ihm eine äußerst mittelalterliche Erscheinung. Anstelle des Prügels beherrschte er den Tonfa wie kein anderer. Er hatte sich seine Sporen in den Siedlungen des Départements Hauts-de-Seine verdient, seine Geschicklichkeit mit dem Stock mit Quergriff war legendär. Damals nannte man ihn den Haudrauf, aber seit er die Prüfungen zur Aufnahme bei der Kriminalpolizei bestanden hatte, war der Spitzname in Vergessenheit geraten. Inzwischen war er fast zum Intellektuellen geworden. Er trug einen schwarzen Anzug, notierte sich alles in einem winzigen Heft und riss bei jeder neuen Information erstaunt die Augen auf. Trotzdem hatte man seine Vergangenheit und die Schlagstockeinsätze nicht vergessen, weshalb er bei der Kriminalpolizei einen neuen Spitznamen erhielt: Tonfa.

Will Scarlet, der verrückte Hund, war Nicolas Favini, der Vierte der Truppe. Er stammte aus Marseille, war neunundzwanzig Jahre alt und dank hervorragender Dienste bei der Kriminalpolizei gelandet. Er sah aus wie ein kleiner, pomadiger Angeber und trug gern glänzende Anzüge und Goldketten. Die anderen, die ihn um seine Erfolge bei den Damen beneideten, nannten ihn Sardine – eine Anspielung auf sein öliges Äußeres und seine mediterrane Herkunft.

Für die Rolle des Alan a Dale, des Spielmanns der Bande, gab es zweifelsohne nur eine mögliche Besetzung: Kripo, der Lautenspieler, den Erwan schon nachmittags am Seineufer getroffen hatte. Der ewige Leutnant zeigte sich phlegmatisch wie immer und hatte bereits versprochen, eine Zusammenfassung der Untersuchung in der Bretagne für die anderen Kollegen zu schreiben.

Auch für Lady Marian gab es nur eine Kandidatin: Audrey, die Fünfte im Team und einzige Frau. Sie war etwa dreißig Jahre alt und lief meist im Grunge Style herum. Uralte Turnschuhe, fadenscheinige Jeans, eine unförmige, kakifarbene Drillichjacke, umgehängte Jagdtasche, aus der sie, so schien es, jeden Moment einen selbst geschossenen Hasen herausziehen könnte. Sie hatte feine, aber leicht verhuschte Züge, blondes Haar, so matt, dass es grau wirkte, und ein schelmisches Lächeln, das bezaubernd hätte sein können, würde es sich nicht in ihrer Kälte verlieren. Audrey Wienawski kam, wie man so sagt, »aus bescheidenen Verhältnissen«. Sie war die Tochter eines Bergarbeiters und irgendwo im Norden oder vielleicht auch in Polen oder den baltischen Staaten geboren. Sie besaß gerade die nötigste Schulbildung, war als Punkerin mit Hund unterwegs gewesen, hatte in Freien geschlafen und jede Art von Struktur abgelehnt. Irgendwann, keiner wusste, wie, war sie Polizistin geworden. Wenn sie ermittelte, war Audrey so hart und unnachgiebig wie ein Bohrmeißel. Sie wühlte, bohrte und stocherte, bis sie selbst die undurchdringlichste Schicht durchdrungen hatte. Obwohl Erwan sich als Macho mit frauenfeindlicher Tendenz betrachtete, musste er zugeben, dass sie seine beste Mitarbeiterin war.

Seine Betrachtung des Teams hatte nur wenige Sekunden gedauert, und nun stellte er fest, dass alle erwartungsvoll mit Kaffeetassen in der Hand um den Tisch saßen und seiner Anweisungen harrten. Er kannte sie nicht wirklich gut und hatte nie versucht, sich mit ihnen anzufreunden, aber er teilte etwas mit ihnen, das ihm viel wertvoller schien als Freundschaft: die Arbeit. Diese Polizisten hatten sich ihren Job nicht aus Bürgerpflicht oder Angst vor Arbeitslosigkeit ausgesucht. Sie verdienten schlecht und ihre Zukunftsaussichten beschränkten sich allenfalls auf ein paar Dienstgrade mehr bis zur Pensionierung. Ihr Beweggrund war das Adrenalin. Sie wollten den durch Abgründe, Finsternis und das wirklich Böse ausgelösten erschreckenden Schauder auskosten.

Trotz seiner schlechten Laune, bedingt durch die Schlappe in Kaerverec, die neue Leiche, die obskuren Enthüllungen seines Vaters, begann er sein Briefing wie immer mit dem gleichen abgedroschenen Witz.

»Irgendwelche Fragen?«

59

Die ersten Befunde von Hauptmann Sergent waren gekommen. Fitoussi hatte Erwan gebeten, auch Neulinge in sein Team aufzunehmen, was Erwan absolut nicht in den Kram passte: Ein Anfänger in einem solchen Saustall konnte die Untersuchung nur bremsen. Nachdem Erwan die wichtigsten Fakten des Berichts und einige zusätzliche Informationen zusammengefasst hatte – die Identität des Opfers war inzwischen durch Fingerabdrücke bestätigt worden –, begann er, einen Teil der Aufgaben zu delegieren.

»Die Überwachung der Seine ist Aufgabe der Wasserschutzpolizei. Die Kollegen werden gemeinsam mit der Hafenmeisterei überprüfen, ob es in der vergangenen Nacht verdächtige Bewegungen auf dem Fluss gegeben hat.«

Sie würden sich natürlich nicht selbst mit den Bewegungen von Zodiacs oder Booten beschäftigten wie auf Sirling, aber Erwan war sich ziemlich sicher: Wenn der Mann, der nach Sirling gefahren war, der gleiche war, der die Leiche in der Röhre am Quai des Grands-Augustins abgelegt hatte, musste er Seemann und zudem ein ausgezeichneter Navigator sein, der sich auf dem Meer ebenso gut zurechtfand wie auf einem Fluss.

»Wir sollten darüber nachdenken, wie man das Wunder vollbringt, dort unten in aller Diskretion ein Boot zu vertäuen, um eine Leiche in eine über drei Meter höher gelegene Lüftungsröhre genau gegenüber dem Polizeipräsidium zu zwängen.«

»Vielleicht ist er genau entgegengesetzt vorgegangen«, gab Audrey zu bedenken.

»Wie meinst du das?«

»Vielleicht ist er von oben, von der Uferstraße gekommen und hat die Leiche abgeseilt. Die Security des Präsidiums genau gegenüber hat jedenfalls kein Boot bemerkt.«

Erwan reagierte zwiegespalten auf diesen Einwurf. Einerseits verspürte er Ärger darüber, dass er nicht selbst auf die Idee gekommen war, andererseits bewunderte er diese unscheinbare Frau, die derart schnell zu reagieren wusste.

»Unmöglich«, gab er unehrlich zurück. »Da oben herrscht zu viel Verkehr. Irgendein Autofahrer hätte ihn bestimmt bemerkt.«

»Um vier Uhr morgens? Mit einem Lieferwagen und gutem Arbeitsmaterial?«

»Vielleicht als Straßenwärter verkleidet?« Erwan hatte sie nur provozieren wollen, aber in diesem Stadium war noch alles möglich. »Wenn dir die Spur wahrscheinlich vorkommt, hast du hiermit den Auftrag, dich um die Befragungen an der Uferstraße zu kümmern.«

Audrey notierte ein paar Zeilen.

»Tonfa, du gehst zur Gerichtsmedizin und wohnst der Obduktion bei. Welcher Arzt nimmt sie vor?«

Der Riese blätterte in seinem Heft.

»Yves Riboise.«

»Riboise. Perfekt. Frag ihn, ob unser Kandidat chirurgische Kenntnisse besitzt. Möglich, dass er Organe entnommen hat.«

Die Kriminalbeamten blickten sich an. So etwas hatten sie noch nie gehört. Erwan hätte sie eigentlich so schnell wie möglich über den Nagelmann und den Mord in Kaerverec informieren müssen, zog es aber zunächst vor, sich an den Rat seines Vaters zu halten: Konzentration auf Anne Simoni, Untersuchung der vorliegenden Fakten.

»Ich brauche einen detaillierten Bericht über die angewendete Technik.«

Im Unterschied zu dem Puzzle, das Wissas Körper geboten hatte, konnte man mit Anne Simonis Leiche gut arbeiten. Es versetzte Erwan einen kleinen Stich, dass diese Tatsache ihm eine seltsame Befriedigung verschaffte.

»Der Gerichtsmediziner soll außerdem prüfen, ob ihr Thorax vielleicht Fremdkörper enthält.«

»Welcher Art?«

»Fingernägel und Haare. Sie können uns vielleicht Hinweise auf das nächste Opfer geben.«

Erneut fragende Blicke. Erwan konnte die Ereignisse in der Bretagne nicht länger verschweigen. Hinzu kamen die Verletzungen in seinem Gesicht, die bereits seit seiner Ankunft Neugier geweckt hatten. Mit wenigen Worten fasste er seine Ermittlungen im Finistère zusammen, streifte den Streit nur kurz und berichtete von den Misshandlungen, die der Mörder seinem Opfer angetan hatte.

Kripo riskierte eine Frage.

»Was erhoffst du dir, falls wir auch dieses Mal Fremdkörper finden?«

»Dass die DNA aus irgendeinem Grund vielleicht in unseren Archiven registriert ist. Bestenfalls können wir damit den nächsten Mord verhindern, schlimmstenfalls zumindest die Leiche schneller finden.«

Allgemeines Schweigen. Eine so besondere Leiche war kein Kinderspiel. Erwan berichtete anschließend auch kurz und prägnant vom Vorbild des aktuellen Mörders: dem Nagelmann aus Zaire.

»Nagelmann?«, wiederholte Sardine. »Ist das nicht der Kerl, den dein Vater in den 1970er-Jahren geschnappt hat?«

»Ganz genau.«

»Dann haben wir es also mit einem Trittbrettfahrer zu tun?«, erkundigte sich Tonfa.

»Wir sollten nicht von den alten Fällen ausgehen, sondern uns auf die aktuellen Morde konzentrieren. Erst dann vergleichen wir sie mit ihrem Vorbild.«

In diesem Zusammenhang fiel ihm ein Detail ein, das sein Vater ihm berichtet hatte: Der Mörder »reinigte« damals seine Opfer, indem er sie zwang, sich zu übergeben.

»Tonfa, der Arzt soll auch eine pathologische Diagnostik und toxikologische Tests durchführen. Wir brauchen alles.«

»Dazu brauche ich aber einen Antrag.«

»Wird erledigt. Kripo, du kümmerst dich darum.«

Der Elsässer nickte zwar, aber Erwan bemerkte, dass er schmollte. Wahrscheinlich, weil er die Fakten erst zusammen mit den anderen erfuhr. Vermutlich glaubte er, als Erster ein Anrecht auf sämtliche Informationen zu haben, weil er den gesamten Papierkram erledigte und in Kaerverec dabei gewesen war.

»Ich mach mich dann mal auf die Socken«, sagte Tonfa und stand auf.

»Warte. Anschließend gehst du zur Spurensicherung. Nägel, Glasscherben, Metallteile, sie sollen alles analysieren. Irgendwo muss der Kram ja herkommen. Außerdem sollen sie alles auf DNA-Spuren prüfen, vor allem die Nägel.«

»Warum das?«, wollte Sardine wissen.

»Unser Kandidat leckt sie ab, ehe er seine Opfer damit malträtiert.«

Erneutes Schweigen. Alle schienen das gleiche, zwiespältige Gefühl zu teilen: War es der Fall ihres Lebens oder ein nicht enden wollender Albtraum?

»Nico«, fuhr Erwan schließlich fort, »kanntest du Anne Simoni?«

»Wieso sollte ich sie kennen?«

»Sie hat gleich hier um die Ecke in der Kfz-Zulassungsstelle gearbeitet. Die gehört doch zu deinen Jagdgründen, oder?«

Sardine betrachtete die Fotos aus dem Archiv.

»Nein«, meinte er. »Nicht mein Geschmack.«

»Ach, hast du jetzt etwa Geschmack?«, fragte Audrey.

Alle lachten. Erwan schlug auf den Tisch. Er hasste es, wenn man den Toten keinen Respekt erwies. Vor allem toten Frauen. Darüber hinaus hasste er auch Schürzenjäger und Witze unterhalb der Gürtellinie, die seiner Meinung nach bereits in sich eine Beleidigung der weiblichen Spezies waren.

»Kennst du Frauen, die dort arbeiten?«

»Schon möglich«, murmelte Sardine mit einem süffisanten Lächeln.

Am liebsten hätte Erwan den Mann aus Marseille geohrfeigt.

»Du triffst dich mit ihnen und ziehst ihnen die Würmer aus der Nase. Ich will ein detailliertes Porträt von Anne Simoni. Persönlichkeit. Gewohnheiten. Ihre Stimmung während der letzten

Tage. Sie hatte eine Vorgeschichte, hat ihr Verhalten aber grundlegend geändert.«

»Was für eine Vorgeschichte?«, wollte Audrey wissen.

»Sieben Jahre Fleury wegen bewaffneten Raubüberfalls. Nach drei Jahren vorzeitig entlassen. Seither keine Probleme mehr mit der Justiz.«

Die Kriminalbeamtin hakte nach:

»Kann man mit einer Vorstrafe überhaupt verbeamtet werden?«

»Sie hatte Gönner.«

»Wen?«

Erwan umging die Frage und wandte sich an Favini.

»Du kümmerst dich um ihre Akte und überprüfst ihre ehemaligen Komplizen. Wahrscheinlich hatte sie keinen Kontakt mehr zu ihnen, aber man kann nie wissen. Finde alles über ihre neuen Freunde heraus, über ihre Familie – der übliche Kram eben.«

»Woran denkst du dabei genau?«

»Unser Mörder könnte aus dieser Ecke stammen. Er könnte sie auch irgendwo getroffen haben, wo sie öfter hinging. Überprüf das.«

Der kleine Angeber schrieb alles in ein Notizbuch mit Gummiband von Moleskine – angeblich das Modell von Hemingway, Picasso und Bruce Chatwin. Favini legte großen Wert auf Marken.

Erwan dachte immer noch über die von Audrey geäußerten Fragen nach. Wahrscheinlich würde sein Team recht schnell auf die Spur seines Vaters stoßen, und niemand würde glauben, dass er nicht mit dem Opfer geschlafen hatte. Aber damit musste der Alte zurechtkommen. Plötzlich fragte er sich, ob Kripo einen Bericht zu dem Siegelring auf Sirling geschrieben hatte.

»Noch etwas«, schloss er an Sardine gewandt. »Du organisierst für morgen früh eine Durchsuchung bei der Kleinen.«

»Okay.«

»Aber du gehst heute Abend schon mal hin. Inoffiziell natürlich.«

»Nicht ganz korrekt.«

»Seit wann hält sich die Polizei an Regeln? Wir haben keine Sekunde zu verlieren.«

Er wandte sich an den Elsässer.

»Kripo, du kümmerst dich um die Liste ihrer Telefonverbindungen und um ihren Computer. Und zwar das volle Programm. Beschlagnahme außerdem die Überwachungsvideos. Laut Zeugenaussagen hat sie das Büro gestern Abend gegen 18 Uhr verlassen. Sie ist aber nie bei sich zu Hause in der Rue d'Avron im 20. Arrondissement angekommen. Entweder hatte sie ein Date mit unserem Kandidaten, oder er hat sie angesprochen und dazu gebracht, mit ihm zu gehen, oder er hat sie sich irgendwie geschnappt. Verfolg ihre Spur auf der Uferstraße und in der Metro mithilfe der Überwachungsvideos.«

Kripo nickte skeptisch.

»Und durchforste unsere Datenbank. Man kann nie wissen.«

»Wonach soll ich suchen?«

»Was glaubst du wohl? ›Nagel‹, ›Spiegel‹ und ›Organentnahme‹ wären ein guter Anfang. Vielleicht hat der Kerl schon einmal geübt, ehe er ganz groß eingestiegen ist. Und noch etwas: Setz dich mit der Staatsanwaltschaft in Verbindung und versuch, sie irgendwie hinzuhalten. Ich hätte gerne eine Woche lang freie Hand und kann vor allem keinen Richter gebrauchen, der uns in die Parade fährt.«

Der Troubadour nickte und stand auf.

»Sollten wir bei diesem Fall nicht vielleicht einen Profiler einschalten?«, meldete sich Sardine zu Wort.

Seit etwa zehn Jahren gab es bei der Polizei eine Abteilung für Fallanalysen, in der eine Handvoll Profiler arbeiteten, zumeist Frauen. Erwan war zwar nicht grundsätzlich dagegen, aber im Moment wollte er das Team nicht vergrößern. Zu viele Köche verdarben den Brei.

»Wir versuchen erst mal, allein zurechtzukommen«, erklärte er nüchtern.

Ich bin der Profiler. Mein Vater ist der Profiler. Afrika ist der Profiler …

»An die Arbeit!«, schloss er und klatschte in die Hände wie ein Vorarbeiter. »Erste Bestandsaufnahme heute Abend um 20 Uhr.«

Die Beamten strömten zur Tür. Keiner wagte zu fragen, was Erwan bis dahin tun würde.

60

Erwan machte sich eilig auf den Weg zum Innenministerium an der Place Beauvau, wo sein Vater ihm die Unterlagen für die Suche nach Gaëlle hinterlegt hatte. Sie waren teilweise auf einem Computer gespeichert, teilweise befanden sie sich aber auch ganz altmodisch auf vom Geheimdienst bevorzugtem Papier. Das Löschen von Daten war so gut wie unmöglich, Papier aber konnte man immer noch verbrennen und verschlucken.

Hastig überflog er die Berichte. Die Jungs hatten miserable Arbeit geleistet. Nachdem sie die Verbindungsnachweise studiert hatten – seit ihrem Verschwinden hatte Gaëlle weder ihr Handy noch ihre Kreditkarte benutzt –, hatten sie sich auf Gaëlles Umfeld, Freunde, Bekannte, Mitstreiterinnen konzentriert … Vergeblich. Auch ihre Wohnung hatten sie durchsucht und dabei festgestellt, dass Gaëlle ihr Handy, ihr Tagebuch und zweifelsohne auch Bargeld mitgenommen hatte.

Dabei gab es doch eine ganz einfache Möglichkeit, Gaëlles Pläne und Castings in Erfahrung zu bringen: Ein Anruf bei ihrer Agentin Barbara Soaz, der Chefin von Cinénova in der Rue Saint-Ambroise im 11. Arrondissement, hätte genügt. Daran aber hatte offenbar niemand gedacht.

Es war jetzt 19 Uhr. Die Chancen standen nicht schlecht, in der Agentur noch jemanden zu erreichen, allerdings hielt Erwan es für besser, persönlich hinzufahren. Mit eingeschalteter Sirene raste er über die Uferstraße. Unterwegs dachte er darüber nach, wie er in seinem Fall weiter vorgehen würde, sobald er seine Schwester gefunden hatte. Der Nagelmann, Afrika und sein Vater. Er hatte keineswegs die Absicht, diesen Spuren aus dem Weg zu gehen, er wollte sie sich vielmehr selbst vorbehalten.

Als Erstes musste er überprüfen, ob Thierry Pharabot wirklich tot war. Anschließend musste er sich, mit seinem Vater als Mittelsmann, in die Geschichte des Belgiers vertiefen. Auch die Prozessakten würde er sich besorgen müssen. Wenn Gespenster die Gegenwart inspirierten, wurden auch sie zu Beweisstücken.

Immer wieder kamen ihm die Worte des Alten in den Sinn, die leicht unverständlichen Geständnisse auf Morvan'sche Art. Irgendwann einmal hatte ein Polizeibeamter Erwan anvertraut: »Dein Vater lügt derart, dass man nicht einmal das Gegenteil von dem glauben darf, was er sagt.« Erwan hatte ihm nicht widersprochen: Der alte Geheimdienstler war ein Meister der Vermengung von Wahrheit und Lüge.

Er brauchte weniger als zwanzig Minuten zur Rue Saint-Ambroise. Das Büro von Cinénova befand sich gegenüber der Kirche gleichen Namens, ganz in der Nähe des Bataclan. Er parkte auf einem Fußgängerüberweg, klappte den Sonnenschutz mit der Aufschrift »Polizei« herunter und überprüfte sein Gesicht im Rückspiegel. Dann riss er die Pflaster ab und war mit dem Ergebnis einigermaßen zufrieden.

Generalschlüssel. Gegensprechanlage. Dritte Etage. »Bitte Klingeln und sofort eintreten«. Trotz der fortgeschrittenen Stunde herrschte in der kleinen Künstleragentur eine Atmosphäre wie in einem Bienenstock. Eine angehende Schauspielerin fotokopierte ein Drehbuch. Eine andere berichtete einem Assistenten unter Tränen, dass sie von einer »blöden Kuh« verdrängt worden war, die »die Beine breitgemacht hat«. Eine weitere saß unbeweglich mit starrem Blick da, während ihre Lippen stumme Worte formten. Vermutlich lernte sie eine Rolle auswendig. Erwan fühlte sich wie im Wartezimmer eines Psychiaters.

Ein Assistent tauchte auf. Er hatte die Muskeln eines Bodybuilders, wirkte aber weibisch, was nicht so recht zueinander passen wollte. Erwan stellte sich vor. Die Hausherrin war anwesend, man würde sie informieren und ... Erwan ging einfach zur Tür und öffnete sie.

Barbara Soaz sah nicht aus wie eine Agentin, sondern wie deren Karikatur. Sie war etwa sechzig und thronte in einen schwarzen Umhang gehüllt in ihrem Sessel wie eine Königin. Ordentlich frisiertes, dauergewelltes Haar, beeindruckende Brüste und eine riesige Schildpattbrille, die an die Masken der ersten Flieger erinnerte.

Erwans Eindringen schien sie nicht weiter zu beunruhigen, sie hatte schon ganz andere Sachen erlebt. Ohne großes Vorgeplänkel fragte er nach Gaëlle. Sein Auftritt als beunruhigter Bruder beeindruckte sie keineswegs, seine Dienstmarke dafür umso mehr.

Sofort begann sie einen Monolog über die Krise auf dem Gebiet der Kunst.

»Zu viele Schauspieler, zu wenige Rollen.«

»Mag sein. Waren für Gaëlle in den vergangenen Tagen Castings gebucht?«

»Keine Ahnung«, gab Barbara Soaz zurück. Ihr Tonfall machte deutlich, dass sie sich mit derlei Kleinigkeiten nicht befasste.

»Sie war letzten Montag beim Casting für *Wer verliert, gewinnt*«, meldete sich eine Stimme aus dem Hintergrund.

Zwischen dem Büro der Herrin und dem des Bodybuilders gab es eine Luke.

»Was genau ist das?«, erkundigte sich Erwan und wandte den Kopf.

»Ein Fernsehquiz.«

Der Muskelmann reichte ein Formular durch die Luke, dessen Kopf das Logo der Produktionsfirma Anagram zierte.

»Leider wurde sie nicht genommen«, fuhr er in mitfühlendem Tonfall fort.

»Ist die Firma sauber?«

Der Assistent warf der Königinmutter einen Blick zu, antwortete aber nicht.

»Wie meinen Sie das?«

»Die meisten dieser Firmen engagieren Schauspielerinnen als Teilzeit-Nutten. Ich möchte wissen, ob diese Firma sich auch um die andere Hälfte des Geschäfts kümmert.«

»Sie haben äußerst pittoreske Ansichten über diesen Beruf«, protestierte Soaz lachend. »Die Zeit der Kurtisanen ist vorbei.«

Erwan trat mit drohendem Gesichtsausdruck einen Schritt näher.

»Wer ist der Chef von Anagram?«

»Es sind mehrere. Die Produktionsfirma ist groß, sie deckt einen Marktanteil von 30 % der Unterhaltung bei den wichtigsten Sendern ab. Sie hat Hunderte Mitarbeiter.«

Erwan wandte sich noch einmal an den Assistenten. Manchmal war es besser, mit den Heiligen zu reden als mit dem lieben Gott persönlich.

»Wer hat das Casting organisiert?«

»Ein Typ namens Kevin, den alle Welt Kéké nennt. Ich kenne ihn nur flüchtig. Er arbeitet als Freelancer und ist eigentlich nur ein kleiner Zuhälter.«

Das Wort ließ die Gedanken in Erwans Kopf kreisen.

»Wo hat das Casting stattgefunden?«

»In den Räumlichkeiten der Firma. Sie besitzt ein paar Lofts in der Nähe der Place de la Nation.«

Die Adresse stand auf dem Formular: Avenue de Taillebourg im 11. Arrondissement. Erwan blickte Barbara Soaz an, die sich längst um andere Papiere kümmerte. Für sie war die Angelegenheit erledigt.

Er riss ihr die Papiere aus den Händen und stellte eine letzte Frage.

»Hat Gaëlle überhaupt Chancen, den Beruf der Schauspielerin jemals auszuüben?«

»Ungefähr so viele wie ein Küster, eines Tages Papst zu werden.«

Erwan steckte die Adresse ein. Seine kleine Schwester tat ihm unendlich leid.

61

Erwan erreichte die Place de la Nation innerhalb von fünf Minuten und fuhr die Avenue de Taillebourg hinunter. Zum ersten Mal verspürte er so etwas wie Unruhe. Immer wieder stellte er sich Gaëlle vor, wie sie mit anderen beim Casting saß, wie auf einer Art Viehmarkt für lasterhafte Produzenten.

Von Zeit zu Zeit vernebelte sich sein Bewusstsein, wie ein Fernseher, der plötzlich ein anderes Programm empfängt. Er erinnerte sich an das kleine Mädchen, das unbedingt in seinem Zimmer mit seinen Puppen spielen wollte, während er über seinen juristischen Studien brütete. Sie störte ihn ununterbrochen, brachte sein Herz aber mit ihrer Mimik und ihren Schminkspielen zum Schmelzen, bei denen sie die Niveacreme ihrer Mutter benutzte. Später sah er sie größer und dünner werden und sich in ihre Hausaufgaben verbeißen – weil sie besser sein wollte als die Jungen in der Klasse. Noch später lag sie leblos in einem Krankenhausbett und atmete nur schwach – ein Skelett, das nur noch dreißig Kilo wog und bei dem zu befürchten stand, dass die Rippen beim nächsten Atemzug die Haut durchstießen. Aber vor allem sah er Gaëlle, die unter dem Küchentisch in seinen Armen Schutz suchte, während ihr Vater ihre Mutter verprügelte und immer wieder zuschlug …

An der Adresse befanden sich in einem gepflasterten Hof mehrere renovierte Ateliers. Erwan trat ein. Die Lofts hatten große, mit Gardinen verhängte Fenster, überall lagen würgeschlangendicke Kabelstränge herum, alles bewacht von mit Funkgeräten, Klebeband und Schraubenziehern bewaffneten Sicherheitskräften und jungen Männern.

Erwan fragte nach Kéké und erhielt Antworten, Gesten und Zeichen. Jetzt wurde er langsam warm, setzte seinen Weg fort und erreichte einen zweiten Hof mit mehreren Hangars. Hier liefen Frauen mit Knopf im Ohr und junge Männer mit Kopfhörern herum, die alle einer anderen Welt anzugehören schienen: der Welt von Millionen Fernsehzuschauern, die von diesen Leuten mit Bildern und seltsam hässlichen und dummen Worten versorgt wurden. Erwan fragte sich weiter durch.

Kevin stand an der Tür zu einem der Studios und gönnte sich eine Zigarettenpause. Er war ungeheuer mager, trug ein schmutziges T-Shirt und stand feixend zwischen zwei mit Papilloten aus Alufolie ausstaffierten Tussis.

Erwan trat mit grimmiger Miene und gezückter Dienstmarke auf sie zu. Die beiden Püppchen verschwanden sofort.

»Sagt dir der Name Gaëlle Morvan etwas?«

»Nein.«

Ohrfeige.

»Sie hat am Casting für *Wer verliert, gewinnt* teilgenommen.«

»Da kommen jeden Tag so viele …«

Noch eine Ohrfeige.

»Eine sehr hübsche, sehr blonde junge Frau.«

Kevin stieß ein freches Lachen aus. Er lebte in einer Welt voller »sehr hübscher, sehr blonder« Frauen. Erwan packte ihn und drückte ihn mit einer Hand gegen die Mauer. Mit der anderen zog er sein Handy hervor und zeigte dem Kerl ein Foto von Gaëlle, ungeschminkt, im Streifenpulli, auf der Île de Bréhat. Sie wirkte kaum älter als sechzehn.

»Sie ist meine Schwester, du Arsch«, brüllte er und schwenkte das Foto. »Hast du mit ihr gesprochen oder nicht?«

Kevin befreite sich aus Erwans Griff und plusterte seinen armseligen Brustkorb auf.

»Was soll das? Der große Polizistenbruder macht einen auf starker Mann? Wo lebst du? In einer Seifenoper? Du …«

Er kam nicht dazu, seinen Satz zu beenden. Erwan versetzte ihm einen Schlag in den Bauch, sodass er in die Knie ging. Dann packte er ihn an der Kehle und drückte seinen Hals gegen die Wand.

»Raus mit der Sprache, du mickriger Zwerg, sonst kümmere ich mich mal so richtig um dich. Erst kriegst du ein paar in die Fresse, und dann nehme ich dich mit aufs Revier, wo du eine Nacht verbringen wirst, die du so schnell nicht vergisst.«

Kevin begann zu zittern. Junge Schauspielerinnen, die vorbeikamen, rannten davon.

»Schon gut, ich erinnere mich ja.«

Um ihn zu ermutigen, ließ Erwan Kékés Schädel gegen die Backsteine krachen. Ein schlecht verklebter Karton mit der Aufschrift »Casting« fiel zu Boden.

»Woran erinnerst du dich?«

»Daran, dass … Wir haben zusammen eine Zigarette geraucht und uns dabei unterhalten.«

»Worüber?«

»Sie wollte Kontakte. Sie …«

»Hast du ihr welche gegeben?«

»Einen einzigen.«

Ohne sich dessen bewusst zu sein, drückte Erwan fester zu. Dem Affen stiegen Tränen in die Augen. Er befreite sich, wich zurück und spuckte wütend auf den Boden.

»Payol …«, krächzte er. »Michel Payol.«

»Wer ist das?«

»Er hat eine Presseagentur. Ein total angesagter Typ, der jede Menge Leute kennt.«

Ein Tritt in den Bauch.

»ZUHÄLTER?«

Kevin krümmte sich und kotzte. Erwan wartete, bis er zu Atem gekommen war. Er war diese Art von Gewalt gewohnt. Gar nicht so anders als die von di Greco und seinen Soldaten.

»Wir benutzen diese Worte nicht, aber …«

»Beschäftigt er Escort-Girls?«

»Er vermittelt die Frauen an Typen, die Schotter haben … Oft sind es Ausländer, Diplomaten, Banker …«

»Her mit der Adresse.«

»Geht nicht. Der reißt mir den Arsch auf …«

Erwan packte ihn an den Haaren und riss ihn hoch.

»Lieber das als vakuumverpackt.«

»Warum … wieso sagen Sie das?«

Erwan zog seine Waffe und hielt sie ihm unter die Nase.

»Weil ich, wenn ich dich umniete, selbst die Untersuchung leiten werde, Blödmann. Ich bin bei der Kriminalpolizei, *capisci*? Gaëlle war nicht gerade eine gute Wahl … Und jetzt her mit der Adresse, verdammt, dann bin ich weg.«

»Avenue d'Eylau Nummer 18.«

»Und wie viel hast du dafür gekriegt, dass du ihm Gaëlle geliefert hast?«

»Ich bekomme erst Geld, wenn sie … also, wenn etwas läuft …«

Erwan packte ihn noch einmal an den Haaren, drehte ihn um und schmetterte ihn mit voller Kraft gegen die Mauer. Die Nase des Jungen brach laut hörbar.

»Jetzt ist schon mal das hier gelaufen.«

Er kehrte zu seinem Wagen zurück. Unterwegs traf er auf zwei Wachmänner, die kopflos auf ihn zu rannten. Er zog seine Dienstmarke, hielt sie ihnen entgegen und vergaß die beiden sofort wieder.

62

Die Avenue d'Eylau war kurz und hochherrschaftlich. Hier, in der Nähe der Place du Trocadéro, die sich zum Eiffelturm auf der anderen Flussseite öffnete, war unvorstellbarer Reichtum versammelt.

Erwans Unruhe war zunächst der Angst gewichen, diese wiederum der Panik. In was hatte seine Schwester sich da hineinmanövriert? Er parkte in der Nähe der Ausfahrt der Tiefgarage des Gebäudes auf dem Gehsteig.

Concierge. Aufzug. Vierte Etage. Auf dem gesamten Stockwerk nur eine einzige Wohnungstür. Es war fast, als würde er bei seinen Eltern klingeln.

»Wer sind Sie?«

Erwan stand vor einem langen Kerl um die sechzig, Intellektuellenbrille, dicke Lippen. Der Mann trug die Freizeitkleidung wichtiger Menschen: weinroter Pulli mit V-Ausschnitt, Hemd ohne Krawatte, Kordhose. Eigentlich fehlte nur die Zigarre.

»Ich bin die schlechte Nachricht. Wo ist Gaëlle Morvan?«

»Wer?«

Erwan stieß ihn heftig rückwärts und betrat das Vestibül.

»Ich gebe dir noch eine Chance, Payol. Gaëlle Morvan. Jung, hübsch, arrogant. Sie muss Mitte vergangener Woche Kontakt zu dir aufgenommen haben.«

Der Mann verzog das Gesicht. Seine Zähne waren furchteinflößend.

»Unerhört!«, regte er sich auf und wurde so rot wie sein Ralph-Lauren-Pulli. »Sie kommen hier einfach rein und …«

Er hielt mitten im Satz inne, denn Erwan hatte seine Dienstmarke gezückt. Er sah, wie Payol schluckte. Sein Adamsapfel hob und senkte sich.

»Ich …«

Der Zuhälter griff an seinen Kragen und richtete die beiden Seiten, ehe er kurz in Richtung Esszimmer blickte.

»Gehen wir in mein Büro«, schlug er mit leiser Stimme vor.

»Was ist hier los?«

Eine Frau von etwa fünfzig Jahren, Haarknoten, beigefarbene Jacke, erschien auf der Schwelle der Doppelflügeltür. Die abendliche Familienmahlzeit nahm eine außergewöhnliche Wendung.

»Alles in Ordnung, Liebling.«

Wütend trat die Frau auf Erwan zu. Im Lauf der Jahre hatte er gelernt, sich vor Ehefrauen zu hüten. Bei Hausdurchsuchungen oder Verhaftungen erwiesen sie sich oft als harte Gegner. Mit der Linken streckte er ihr seine Dienstmarke entgegen:

»Schalten Sie den Fernseher ein und bleiben Sie im Wohnzimmer, bis wir nach Ihnen läuten.«

Sie musterte ihn, als wolle sie ihn anspucken. Nun kamen auch noch zwei Teenager dazu, ein Junge und ein Mädchen. Beide starrten ihn fasziniert an. Ihre Mutter verschränkte die Arme vor der Brust, zögerte aber noch immer. Angespannte Stille.

Schließlich entschärfte Payol die Situation.

»Geh nur, Liebling. Es ist nichts Ernstes. Ich komme gleich wieder zu euch.«

Die Frau zog ihre Sprösslinge an sich, wich misstrauisch zurück, während sie Erwan mörderische Blicke zuwarf. Endlich waren sie verschwunden.

»Dein Büro.«

Payol nickte und ging den Flur hinunter. Erwan folgte ihm mit der Hand an der Waffe. Er fühlte sich ausgeschlossen. Fühlte sich wie ein Paria. Aber auch unendlich stark.

Das Büro bot keine Überraschung: luxuriöses Mobiliar, Bibliothek mit alten Büchern, orientalischer Teppich. Eine Tischlampe warf sanftes Licht, das die Einrichtung wie Bohnerwachs zum Glänzen brachte.

»Setz dich.«

Erwan gedachte, dem Hurensohn eine echte Chance zu geben, und wollte zunächst polizeilichen Druck vor dem Druck der Fäuste anwenden. Selbst wenn der Lude Beziehungen hatte, wollte er sicher nicht, dass die Sittenpolizei bei ihm aufkreuzte. Erwan hatte weder sein Vorstrafenregister überprüft noch bei den Kollegen von der Sitte angefragt. Anfängerfehler.

Payol wagte nicht, sich an seinen Schreibtisch zu setzen. Er nahm auf einem Stuhl Platz, dessen Lehne mit Samt bezogen war, ließ die Schultern hängen und steckte die langen Hände zwischen seine zusammengepressten Schenkel. Seine Haltung wirkte feminin.

Erwan hielt ihm das Mobiltelefon mit dem Bild seiner Schwester vor die Nase.

»Das ist Gaëlle Morvan. Ich höre dir zu.«

»Die? Wir haben uns gestern getroffen.«

»Wo?«

»In der Bar des Plaza. Gegen Abend.«

Ihre Aufpasser hatten sie ein paar Stunden vorher aus den Augen verloren. Sie hatte also nicht gewollt, dass man ihr zu diesem Treffen folgte.

»Worüber habt ihr geredet?«

»Über den Job.«

»Die Art von Job, die du anbietest.«

»Richtig. Schnell und gut bezahlt. Wir haben uns über … die Modalitäten verständigt.«

»Will heißen?«

Erwan hatte das Gefühl, als würden Splitter unter seine Nägel gestoßen.

»Sie suchte nach Kontakten … Ich musste mich ihrer … Kompetenzen versichern.«

Erwan dachte an den letzten Satz des Films *Pickpocket* von Robert Bresson: »Oh Jeanne, welch seltsamer Weg hat mich zu dir geführt!« Aber Gaëlles Weg hatte weder etwas mit Taschendiebstahl noch mit Erlösung zu tun. Es war ein Weg der freiwilligen Selbstzerstörung und des bezahlten Lasters.

»Seitdem ist sie verschwunden. Wohin hast du sie geschickt?«

Payol schwitzte. Sein Adamsapfel zitterte, aber er schwieg. Erwan packte ihn am Pulli und schüttelte ihn wie eine Fußmatte.

»Wo ist sie, zum Teufel? Antworte, oder ich reiße dir ein Auge aus!«

»Sie wollte es«, quäkte der Mann. »Keiner hat sie gezwungen!«

»Was wollte sie?«

»Es geht um … eine spezielle Dienstleistung.«

»Drück dich deutlich aus!«

»Es nennt sich No Limit.«

Erwan ließ ihn los und wich zurück. Seine Organe schmerzten. No Limit. Wie war es möglich, dass dieser Begriff, der ihn in Kaerverec drei Tage lang beschäftigt hatte, plötzlich hier in einem bürgerlichen Haus auftauchte, zudem in Verbindung mit seiner Schwester? Vielleicht Zufall? Doch für einen Polizisten war diese Art von Erklärung immer wie ein Faden, der dann irgendwann doch zerriss.

»Was ist das?«, gelang es ihm zu fragen.

»Es … es geht nicht um Sex. Eine SM-Fantasie, aber ziemlich extrem und …«

»Hast du sie über die Risiken aufgeklärt, die ihr drohen?«

»Ich habe ihr alles gesagt, was ich weiß.«

»Und es fand gestern Abend statt?«

»Heute Abend.«

Ein Schmerz war stärker als der andere, als ob er auf einen entzündeten Zahn biss. Vielleicht war es noch nicht zu spät.

»Wo findet es statt?«

»Tut mir leid, aber das kann ich Ihnen nicht sagen. Es ist ein Geheimnis …«

Erwan riss seine Waffe aus dem Holster und zog ihm den Kolben über das Gesicht. Payol fiel zu Boden, krümmte sich zusammen und hielt sich eine Hand vor den Mund.

»Rede, du Arsch. Gaëlle war die falsche Wahl. Sie ist reicher als du und entstammt einer Polizistenfamilie.«

Payol bekam es mit der Angst zu tun. Die Adern pochten in seinem malträtierten Gesicht. Seine Brille war heruntergefallen und seine Nase blutete. Erschrocken blickte er sich um.

»Falls ich sie diese Nacht nicht finde, hast du eine Klage wegen schwerer Zuhälterei am Hals, und ich werde höchstpersönlich dafür sorgen, dass du als Vergewaltiger giltst. Weißt du, was im Knast mit solchen Typen passiert?«

Payol krallte sich in die Falten des Teppichs, als hätte er Angst, noch tiefer zu fallen.

»Es findet in Bièvres statt«, stammelte er. »Allée Saint-Hilaire Nummer 42.«

»Der Name der Organisatoren?«

»Kenne ich nicht. Erfahre ich nie. Sie sind … sehr diskret.«

Erwan steckte die Waffe ein.

»Wenn du mich angelogen hast, komme ich zurück und zünde deine Bude an.«

Erwan war bereits auf dem Weg zur Tür, als Payol ihn zurückrief. Er saß noch immer auf dem Boden, stützte sich mit einem Arm auf und hatte seine Brille wieder aufgesetzt. Seine Augen schossen wütende Pfeile.

»Du hast keine Ahnung, wo du gelandet bist, Bulle«, zischte

er zwischen seinen Kamelzähnen hindurch. »Du weißt nicht, wer meine Kunden sind … Du wirst schon sehen …«

Erwan betrachtete ihn sekundenlang bestürzt. Er hätte diesen bemitleidenswerten Versuch, das Gesicht zu wahren, gerne unter den Tisch fallen lassen, doch dann schlug Payols Stolz über die Stränge.

Er reckte Erwan den Mittelfinger entgegen und brabbelte über seine geschundenen Lippen:

»Siehst du den hier? Den stecke ich deiner Schwester in den Arsch, wenn sie sich von afrikanischen Diktatoren ficken lässt, und …«

Erwan ging zu ihm zurück und zog erneut die Waffe. Mit dem Fuß zerquetschte er die Hand des Arschlochs, entsicherte, lud durch und betätigte den Abzug. Das oberste Glied des Mittelfingers explodierte in einem Strahl aus Blut, Gewebe und Rauch.

Payot schrie auf und rollte über den Perserteppich, der vermutlich mindestens das Jahresgehalt eines durchschnittlichen Polizisten gekostet hatte. Erwan drehte sich um, ohne den Mann noch eines Blickes zu würdigen, und öffnete die Tür. Auf der Schwelle stand die Ehefrau. Die Wut in ihrem Gesicht war einer blutleeren Panik gewichen.

Mit einem grausamen Lächeln sagte Erwan:

»Rufen Sie einen Krankenwagen. Ihr Mann hatte einen Arbeitsunfall.«

63

Zufrieden legte Morvan auf. Erwan hatte Gaëlles Spur gefunden. Irgendeine SM-Veranstaltung in Bièvres. Das war zwar nicht gerade eine gute Nachricht, aber es hätte schlimmer kommen können. Sein Sohn hatte ihm keine Einzelheiten mitgeteilt, aber er war auf dem Weg, Gaëlle zu holen. In zwei Stunden wollte er sich wieder melden.

Morvan ging die Betontreppe hinunter, die er hinaufgestiegen war, um telefonieren zu können. Er atmete tiefer und sein Blut schien besser zu zirkulieren. Er stieß die Brandschutztür auf und stand erneut dort, wo er vor wenigen Minuten gewesen war: in einer riesigen Tiefgarage, in der sich Tausende Schwarze aufhielten und wo ohrenbetäubende Musik hämmerte.

Wie in Miltons *Pandemonium*. Zumindest aus Morvans Sicht.

Er blieb oben auf der Treppe, wo er über dem Ganzen stand, und meinte, auf Wogen aus kochendem Teer hinunterzublicken, die sich im Rhythmus eines wütenden *ndombolo* bewegten.

Langsam stieg er hinunter in die Arena.

Der *ndombolo* ist eine rhythmische Musik aus zarten Gitarrenklängen, hellen, schelmischen Trommeln und hüpfenden Bässen, die von Freudenschreien und fröhlichen Ausrufen unterstrichen wird: »*Chauffe, chauffe, chauffe!*« An diesem Abend verschmolz alles zu einem vibrierenden Block. Je weiter Morvan hinabstieg, desto stärker wurde der Druck auf Brustkorb und Trommelfelle. Als wäre er mit einem Bleigürtel in tiefes Wasser gefallen.

Er umrundete die Tanzfläche und ging an der Masse der Tanzenden entlang. Am Rand saßen die VIPs. Luzeko hatte ihm lediglich mitgeteilt: »Ich habe einen Tisch reserviert.« Morvan musterte die sitzenden Männer, die im Takt mit den Köpfen nickten, und die vergnügten, königlich anmutenden Schönheiten in ihren Markenklamotten. Mit seinem Rücken stemmte er sich gegen den Druck der nachfolgenden Menschenmenge. Er fühlte sich unendlich erschöpft.

Plötzlich spürte er eine Hand auf der Schulter. Er drehte sich um, befürchtete einen Bittsteller, einen Betrunkenen oder, noch schlimmer, einen alten Bekannten. Es war Luzeko.

»Komm mit«, schrie er Morvan ins Ohr.

Sein Gesicht glänzte wie ein Gestirn aus Kohle über seinem Korsett mit der Halskrause.

»Unten können wir wirrrrklich besser labern.«

Er wirkte alles andere als nüchtern. Sobald er Drogen nahm

oder Alkohol trank, wurde aus dem Intellektuellen ein schlecht erzogener Bimbo, der in den Akzent und das pittoreske Vokabular des Buschs zurückfiel.

Einen Stock tiefer befand sich eine weitere Parketage, die still und so gut wie leer war. Der Schwarze betätigte einen Lichtschalter, woraufhin sich ein tristes Bild offenbarte: Tausende Quadratmeter Neon und Beton, einige wenige Fahrzeuge, Ventilatoren in den Nischen, Öl- und Treibstoff-Flecken. Morvan musste an ein Grab für ein ganzes Volk denken. Der Eindruck einer Gruft wurde durch das ferne Hämmern der Musik über ihnen noch verstärkt.

»Komm«, forderte Luzeko ihn auf und zeigte auf einen der Ventilatoren. »Mir ist verdammt heiß.«

Sie stellten sich vor den enormen Propeller, der sich mit voller Kraft drehte. Morvan meinte zwar, dass er heiße Luft ausspuckte, aber Luzeko schien zufrieden.

»Ich habe keine guten Nachrichten«, begann er und zog einen Flachmann aus der Tasche.

Er hielt ihn Morvan hin, der jedoch kopfschüttelnd ablehnte. Der frühere Freiheitskämpfer trug einen schwarzen Anzug aus glänzendem Stoff, der aussah, als wäre er mit Basaltkristallen überpudert.

»Kabongo hat dir die Zunge geschickt.«

»Der General?«

»Höchstpersönlich. Dein wichtigster Verbündeter in der Coltan-Sache.«

Grégoire schüttelte den Kopf. Im Kongo pflegte man zu sagen: »Der Einäugige hat zwar nur ein Auge, aber er weint trotzdem.« Im Augenblick war er es selbst, der sich einen Balken ins eigene Auge gerammt hatte und noch immer darüber weinte. Wieso hatte er nicht daran gedacht? Kabongo, der »Monsieur Bergwerk« von Katanga, hatte natürlich Wind vom Anstieg der Aktien bekommen. Wahrscheinlich war er überzeugt, dass es Morvan selbst war, der über seinen Sohn unter der Hand alles kaufte, was er bekommen konnte. Und von dort bis zur Enttarnung der neuen Vorkommen war es nur noch ein Gewehrschuss.

»Er sagt, die ganzen Aktien aufzukaufen wäre Täuschung.«

»Aber das bin doch gar nicht ich!«

Morvans sonst so tiefe Stimme klang rissig und grell, ehe sie sich im Brummen des Ventilators verlor.

»Er will Beweise. Sonst könnten die Konsequenzen für dich ziemlich unangenehm werden. So ist Kabongo nun mal: Entweder lässt er sich deine Leber per Post zuschicken, oder er hetzt dir seine Anwälte auf den Hals, die dich bis zum letzten Blutstropfen ausquetschen. Keine Ahnung, was schlimmer ist.«

Morvan konnte Luzeko kaum verstehen, begriff aber, dass er dringend nach Kinshasa musste. Zuvor aber war es wichtig, die Namen der wirklichen Käufer herauszufinden – sozusagen als vertrauensbildende Maßnahme für den General.

Wo trieb sich Loïc nur herum? Arbeitete er an der Sache, oder genehmigte er sich in irgendeiner angesagten Lounge sein Koks und brütete über seiner Scheidung?

Morvan zog sich zu den Säulen zurück und schüttelte sich. Dabei fragte er sich unwillkürlich, an wen ihn Luzeko in seinem schwarzen Anzug erinnerte. Plötzlich fiel es ihm ein: Mit der hohen weißen Halskrause und dem Kopf unmittelbar darüber sah er aus wie eine riesengroße Schachfigur, ein König oder ein Läufer, aus Ebenholz und Elfenbein.

»Wenn du mich verarschst, stopfe ich dir deine Eier in die Schnauze«, drohte Morvan.

»Bring lieber deine eigenen in Sicherheit. Damit hast du genug zu tun.«

64

Um 23 Uhr drang Erwan in den dunklen Gürtel ein, der Paris und seine Lichter umgab wie eine Art negativer Saturnring. Die düstere Landschaft machte ihm Angst. Dichte Wälder. Dunkle Felder. Feuchte, traurige Häuser, die ihre Geheimnisse nicht preisgaben …

Er hatte die Autobahn verlassen und fuhr jetzt auf einer links und rechts von Bäumen gesäumten Landstraße. Seine Scheinwerfer huschten über die Stämme, und er beugte sich vor, um besser zu sehen. Das Laub schien ihm entgegenzukommen. Die Straße führte ihn, wohin sie wollte.

Inzwischen bereute er seine Gewalttätigkeiten, die Prügel für Kevin und Payols verletzten Finger … Die beiden Blödmänner waren ihm egal, aber er dachte an ein moslemisches Sprichwort, das sagt: »Was du anderen tust, probiere zunächst an dir selbst aus.« Er hielt sich für verloren und verdammt. Seine Brutalität war stärker als er.

Wie zur Strafe erwachten umgehend die Schmerzen, die er im Rausch des Tages fast vergessen hatte. Der dumpfe Druck in der Brust und das Stechen unter den Rippen riefen ihm alles wieder ins Gedächtnis. Hinzu kam eine wütende Migräne, die seinen Kopf wie eine stählerne Faust zusammenpresste.

Er fuhr durch den Ort Bièvres und kam erneut in einen Wald. Die Straße war wie ein dunkles Band, das die Scheinwerfer nicht auszuleuchten vermochten. Erneut beugten sich die Bäume über ihn wie Monster über schlafende Kinder.

Es war der ideale Moment, seine Mitarbeiter anzurufen. Die Besprechung um 20 Uhr hatte er bereits versäumt, und die um Mitternacht würde er ebenfalls nicht schaffen. Alle würden sich fragen, was mit ihm los war. Gerade als er nach seinem Telefon greifen wollte, verkündete die Stimme des Navis, dass er das Ziel erreicht hatte.

Er fuhr an einer unscheinbaren, altersschwachen, mit Efeu und Moos bedeckten Mauer entlang. Kein Gehweg, nur mit Unkraut überwucherte Gräben. Plötzlich bemerkte er eine schräg vor einem schmiedeeisernen Tor geparkte Limousine. Zwei Typen in Anzügen standen herum, rauchten und bemühten sich, wichtig auszusehen. Wahrscheinlich wird das sowieso als Schmierenkomödie enden, dachte Erwan.

Er drosselte das Tempo und schaltete die Scheinwerfer aus. Vielleicht hätte er die Rolle des verirrten Fahrers spielen können, doch man sah ihm den Bullen auf zehn Kilometer gegen den Wind an. Eine andere Möglichkeit war, die Dienstmarke zu zücken und den beiden Kerlen zu befehlen, das Tor zu öffnen, aber bis er die Villa erreicht hätte, wüssten alle Bescheid.

Blieb nur die dritte Option.

Er bremste ab, parkte ruhig an der Seite und zog den Zündschlüssel ab. Die Sicherheitsleute beäugten ihn misstrauisch. Erwan stieg mit unentschlossener Miene aus seinem Volvo. Dabei schwankte er leicht, als hätte er zu viel getrunken.

Einer der Hünen eilte gestikulierend auf ihn zu.

»Hier kannst du aber nicht bleiben, Papi …«

Erwan zog seine Waffe und packte sie mit beiden Händen, Position Weaver stance.

»Keine Bewegung!«

Der Typ erstarrte, ebenso wie der andere, der neben der Limousine geblieben war. Aus der Nähe wirkten sie eher wie Chauffeure oder einfache Fahrer.

»Headsets und Handys auf den Boden!«

Die Kerle gehorchten eilig. Erwan ließ sie keine Sekunde aus den Augen, ging rückwärts, öffnete seinen Kofferraum mit einer Hand, nahm Kabelbinder heraus und fesselte den beiden mit wenigen Handgriffen die Hände auf dem Rücken.

»Den Code für das Tor«, befahl er, während er die beiden Handys mit dem Absatz zertrat.

»In meiner Tasche«, stammelte der weniger Verschreckte.

Erwan kramte, wurde fündig und öffnete das Tor.

»Vorwärts, Leute, und keine Dummheiten.«

Die beiden Aufpasser schritten mit bemüht würdiger Miene

den Kiesweg entlang. Erwan folgte ihnen. Die Villa bestand aus zwei lang gestreckten, mit wildem Wein überwucherten Flügeln in L-Form. Zeitgenössische, von unten beleuchtete Skulpturen zierten die Rasenflächen. Unter einem von Balken gestützten Unterstand parkten Luxuskarossen. Alle Fenster im Erdgeschoss des Hauptgebäudes waren hell erleuchtet. Weiße Lichtblitze, goldene Reflexe, rötliche Glutlichter … Ein gigantischer Dancefloor, allerdings passte die Musik nicht dazu: ein sehnsuchtsvoller Singsang, der klang, als würde er auf einer Gaita gespielt, der etwas quäkenden Sackpfeife, die in Nordafrika häufig zu hören ist.

»Wie viele sind da drin?«

»Mehrere Hundert.«

»Und was läuft da?«

»Keine Ahnung. Wir dürfen nicht rein.«

»Vorwärts, bis zum Unterstand.«

Sie gehorchten und blieben vor den Fahrzeugen stehen. Erwan hinter ihnen war ein wenig außer Atem, entspannte sich aber allmählich. Das Ganze hier sah eher nach einer guten Party für Besserbetuchte aus.

»Wie heißt der Besitzer?«

»Keine Ahnung.«

Sie logen, aber das war ihm egal. Sobald er seine kleine Schwester da herausgeholt hatte, würde er die Gendarmen zum Aufräumen schicken.

Einer der Sicherheitsleute gestattete sich eine Bemerkung:

»Ich weiß ja nicht, was du hier suchst, aber du baust gerade große Scheiße. Sie haben nie Geld bei sich, und es sind wichtige Leute. Du …«

Erwan trat dem Mann so heftig in die Kniekehle, dass er einen Schrei ausstieß und zu Boden ging. Gleichzeitig zog er dem anderen seinen Pistolenkolben über den Hinterkopf. Beide blieben bei Bewusstsein, lagen aber kampfunfähig am Boden. Erwan bemerkte einen Eisenreif an einem steinernen Brunnen. Er zwang die beiden, die er bisher nur mit Kabelbindern gefesselt hatte, aufzustehen und band sie an den verrosteten Ring.

Dann rannte er auf die orientalischen Klänge zu.

Als er den ersten Saal betrat, hätte er beinahe laut aufgelacht: Alle Anwesenden waren splitterfasernackt. Wie auf den Wimmelbildern von *Wo ist Walter?*, nur ohne Walter und ohne Ringelpulli. Erwan mischte sich unters Volk, tastete sich auf der Suche nach Gaëlle an Wänden vorwärts. Das rote Licht und die vielen Menschen kamen ihm zugute.

Im zweiten Raum war es bereits komplizierter. Hier erinnerten Deko, Kostüme und Atmosphäre an einen schlechten Film mit leicht sadistischen Tendenzen. Mit Pailletten besetzte Augenmasken, Seidencapes, Overknee-Stiefel aus Kunstleder, neunschwänzige Katzen …

In den Ecken lagen Männer um die fünfzig, die aussahen wie Notare, mit einem Band um den Hals oder einem Knebel im Mund auf den Knien und reckten die Pobacken in die Luft. Dominas in Vinylkorsetts hielten die Situation auf schwindelerregenden Absätzen im Blick. Die Gäste tanzten, tranken und schienen mit ihrem Äußeren sehr zufrieden.

Keine Spur von Gaëlle.

Erwan suchte weiter. In anderen Räumen sah er auf Andreaskreuze gefesselte Frauen und zusammengeschnürte oder in lächerlichen Stellungen gedemütigte »Sklaven«. Aber die Peitschen schnalzten nur matt und das Stöhnen klang wenig überzeugend.

Immer noch keine Gaëlle.

Unter Einsatz der Ellbogen drängte sich Erwan durch die Menge, fragte die Anwesenden, wo das No Limit stattfand, als erkundige er sich nach dem Büfett. Als Antwort erhielt er misstrauische Blicke und empörte Mienen der Art: »Dieses Wort spricht man nicht aus.« Er meinte, sich inmitten einer grotesken Sekte fortzubewegen, die einer Komödie würdig war.

Endlich erhielt er die Information, dass das, wonach er suchte, im Untergeschoss stattfand. Die Treppe war wie in alten Zeiten von Fackeln beleuchtet. Ab und an kam ihm mit Nagelgürteln und Latexoutfits geschmücktes, schlaffes Fleisch entgegen.

Doch als er den Keller erreichte, verging ihm das Lachen.

Am Ende des Raums war Gaëlle auf einer mit einem schwarzen Leichentuch ausstaffierten Bühne an einen Thron aus Talmigold gefesselt, dessen Lehne von Dämonenköpfen geschmückt war. Gaëlle war nackt. Ihre gespreizten Beine waren an die Armlehnen geschnürt, und sie war über und über mit Blut bedeckt.

Neben ihr stand eine Art Henker. Er trug eine Kapuze und ein Leibchen aus Leder und hantierte mit riesigen Sushimessern. Erwan nahm sich nicht die Zeit zum Nachdenken. Er zog seine Waffe und schoss mehrmals in die Decke. Salpeter rieselte. Die Zuschauer flohen zur Treppe, verhedderten sich in ihren Capes und rempelten einander an, blind unter ihren Masken. Erwan bewegte sich gegen den Strom, zielte unterwegs auf die Turntables und feuerte. Der als Nazi verkleidete DJ gab Fersengeld.

Schließlich befand er sich allein in dem stillen rauchgeschwängerten Raum. Allein mit seiner gefesselten Schwester. Niemand hatte daran gedacht, sie zu befreien. Als er die Bühne betrat, erkannte er sofort, dass alles nur Täuschung gewesen war.

Der Boden war mit Hühnerkadavern bedeckt, auch ein aufgeschlitztes Ferkel lag dort. Die ganze Vorstellung war nur eine Parodie auf Schwarze Magie gewesen. Mit Zaubersprüchen, Hühnerblut und Schweinedärmen.

Er näherte sich seiner Schwester, immer vorsichtig darauf bedacht, nicht auf den organischen Überresten auszurutschen. Gaëlle, die nach wie vor mit weit gespreizten Beinen und mit bräunlichen Krusten bedeckt an den Thron gefesselt war, musterte ihn mit einem bösen Blick. In ihrem besudelten Gesicht wirkten die Husky-Augen noch viel heller als sonst.

»Willst du mich nicht endlich losbinden?«

65

Um 2 Uhr morgens hatte Loïc noch immer nichts erreicht. Er hatte mehrere Banker seiner Liste befragt, zwei in ihren Büros, zwei in Bars und einen in einem Restaurant im 8. Arrondissement. Ausnahmslos alle hatten ihn abblitzen lassen.

Er besaß kein einziges Argument, um sie weichzukochen – sein Vater an seiner Stelle hätte eine Akte gezückt und sein Bruder eine Waffe. Loïc konnte ihnen allenfalls einen ausgeben. Broker und Trader sind zwar an ihre Schweigepflicht gebunden, brechen sie aber jeden Tag, sofern etwas für sie dabei herausspringt. Loïc aber hatte nichts zu verkaufen. Hinzu kam, dass jeder wusste, wer sein Vater war, und sich allein schon deshalb hütete, mit ihm zu reden.

Morvan versuchte schon den ganzen Abend, ihn zu erreichen, und jedes Mal klang es für Loïc wie der Gong zu einem Kampf, den er immer verlor.

Das Schlimmste aber war die Versuchung des Alkohols. Je weiter die Nacht voranschritt und je mehr Leute er traf, desto tiefer versank er in der Hölle klingender Gläser, klirrender Eiswürfel und köstlicher Cocktaildüfte. So sehr er sich auch zu überzeugen versuchte, den Alkohol längst vergessen zu haben – der Alkohol vergaß einen nie. Eine Art innerer Juckreiz machte seinen Nerven zu schaffen.

Vor einer Stunde hatte er zu den Nachtclubs gewechselt. Zuerst hatte er das VIP besucht, dann das Montana, jetzt saß er im Parnassium in der Nähe der Rue de Rennes, einem taschentuchgroßen Etablissement, dessen Innenleben an Rekordversuche der Art »Wie viele Menschen passen in eine Telefonzelle?« erinnerte. Ein schwarzer Kasten, in dem nur sporadisch Licht aufblitzte. Das Fußvolk der Finanzwelt war wild auf diese Art von Refugium, das von angesagten Künstlern, Fernsehmoderatoren und intellektuellen Nachtschwärmern besucht wurde. Was sie von Natur aus nicht besaßen – ganz gleich ob Talent, Charme oder Berühmtheit –, kauften sie mit ihrem Geld und verschafften sich auf diese Weise zumindest die Illusion, dazuzugehören.

Loïc bestellte eine Coke Zero und warf sich ins Getümmel. Schon nach zwei Schritten stieß er auf einen alten Bekannten: Hervé Serano, zu Wall-Street-Zeiten von allen nur Jamón-Jamón genannt. Geistreiche Börsenwelt … Abgesehen von seinen wirtschaftlichen Heldentaten war Serano bekannt für seine phallische Akrobatik – Hubschrauberspiel, sich selbst einen blasen und solche Dinge. Ein Mann von Klasse …

Loïc ging auf ihn zu. Er ärgerte sich, dass er nicht an ihn gedacht hatte, als Trader entsprach er genau dem gesuchten Profil. Sie begrüßten sich. Serano war klein und untersetzt und klemmte gerade zwischen zwei ziemlich angesäuselten Tussis auf einer Bank (im ersten Moment hatte Loïc gedacht, eine von ihnen sei seine Schwester). Auch Serano war vollkommen betrunken. Vielleicht bot sich hier ja endlich die Gelegenheit, auf die er gewartet hatte.

Eine der Frauen machte Loïc Platz. Er hielt sein Colaglas in der Hand, um alle glauben zu machen, er tränke einen Whisky-Cola (obwohl er in Wirklichkeit nicht einmal seinen Salat mit Essig anmachen durfte). In vertraulichem Tonfall, halb betrunken, halb komplizenhaft, begann er von Geschäftlichem zu sprechen. Serano gab mit den Millionen an, die er während der Woche verdient hatte.

»Und wie sieht es bei den Erzen aus?«

»Hab ich den Braten doch gerochen«, lachte der Börsianer. »Von mir erfährst du nichts.«

»Ist doch normal, dass ich mich um meine Firma kümmere, oder? Hast du Coltano gekauft?«

Serano antwortete nicht, sondern kippte sich einen großen Schluck Wodka hinter die Binde. Loïc konnte den Alkohol riechen und ihm war, als würde in seinen Gedärmen ein Feuer geschürt.

»Und? Hast du gekauft oder nicht?«

»Das weißt du ebenso gut wie ich.«

Nur weiter so.

»Stell dir vor, dass du nicht der Einzige bist und dass es mich allmählich beunruhigt.«

»Damit hast du die einmalige Gelegenheit, deine Schäfchen ins Trockene zu bringen«, konterte Serano und schüttelte die Flasche.

Noch ein Schluck. Die Musik schrillte. Die Lautsprecher waren wie Risse in der Außenhaut eines Unterseebootes, durch die Lärm in Strömen eindrang und sie alle zu verschlingen drohte.

»Zu verstehen ist das weiß Gott nicht«, fügte der Börsenmann plötzlich fast verträumt hinzu. »Vor allem, wenn man sich eure Zahlen anschaut.« Er lachte. »Nichts für ungut, alter Kumpel.«

Die Blondine neben ihm massierte Serano diskret zwischen den Beinen. Loïc ekelte sich geradezu. Diese Macht, die das Geld einem Idioten wie diesem Jamón-Jamón verlieh. Geld, das er einzig und allein dadurch verdient hatte, dass er herumtelefonierte. Und dann die Willensschwäche der kleinen Nutte, die für ein paar Hundert Euro zu allem bereit war. Außerdem diese beharrlichen Alkoholdünste …

Er verspürte einzelne Hitzewallungen, ein eindeutiges Signal für eine bevorstehende Panikattacke.

»Wer sind deine Kunden?«

Serano formte mit der Hand einen Trichter und beugte sich zu Loïcs Ohr.

»So betrunken bin ich ganz bestimmt nicht, dass ich Namen verrate.«

»Sind es Fondsgesellschaften? Bergbauunternehmen? Raider?«

»Eines kann ich dir verraten, mein Freund, und das ist wirklich verrückt: Alle wollen ausschließlich Coltano, nichts anderes.«

Im Rhythmus der Techno-Musik, die auf die Menge einhämmerte wie die Trommel einer Waschmaschine, wurde Loïc klar, dass die Nachricht von den neuen Vorkommen irgendwie durchgesickert sein musste. Vielleicht doch die Geologen? Oder Komplizen seines Vaters, die auf dem Gelände arbeiteten? Aber wie waren die an Banker und Investoren gekommen?

Loïc stocherte vorsichtshalber in einer anderen Richtung weiter.

»Wir fürchten eine feindliche Übernahme.«

»Quatsch«, lachte der Trader. »Die Leute wollen lediglich ihr Stück vom großen Kuchen.«

»Welcher Kuchen?«

Die Antwort hörte er nicht. Sein Unwohlsein nahm zu. Seine Schläfen waren feucht, ihm war schlecht und sein Puls hatte sich auf den Hundertzwanziger-Rhythmus des Dancefloor eingestellt …

Er stand auf und stellte sein Glas ab.

»Kannst du mir versichern, dass es sich nicht um eine konzertierte Aktion handelt?«

»Nicht dass ich wüsste.« Serano gönnte sich einen weiteren Schluck.

»Auf dein Imperium!«

Instinktiv hielt Loïc den Atem an, um die Dünste des Giftes nicht aufzunehmen. Er hatte seit fast zehn Jahren keinen Tropfen mehr getrunken, sein Laster aber war seither um keinen Tag gealtert. Mit angehaltenem Atem senkte er den Blick und wurde Zeuge, wie Serano vergnügt glucksend seinen Hosenlatz betrachtete, während sich die Frau angeekelt aufrichtete. Sie hatte seinen Schwanz hervorgeholt, und der Trader hatte die Situation genutzt, um sich zu erleichtern: Der Idiot pisste unter den Tisch.

»Ho, ho, ho, ho, ho!«

Loïc floh. Die Leute auf der Tanzfläche patschten, ohne es zu wissen, in der immer größer werdenden Urinpfütze herum. Loïc rempelte vom Licht verformte Gesichter an, deren Lachen wie eine Rückkopplung aus Mündern mit blutenden Wunden hallte. Mit Mühe und Not erreichte er den Ausgang.

Die Geologen … Als er endlich zitternd und schwitzend und frierend zugleich in seinem Aston Martin saß, war er überzeugt, dass einer dieser Scheißkerle geredet haben musste. Die afrikanische Spur konnte es nicht sein. Falls sein Vater, wie er annahm, bereits mit der Ausbeutung der Vorkommen begonnen hatte, konnte er dies nur mit Hilfe der im tiefsten Busch hausenden Schwarzen tun. Er sah kurz nach, ob die Experten schon auf seine E-Mails reagiert hatten: keine einzige Antwort.

Gleichzeitig zählte er seine versäumten Anrufe: Sein Vater hatte es im Verlauf der Nacht sage und schreibe achtmal versucht.

Es gab nur einen Ausweg. Loïc streckte die Hand ins Handschuhfach. Weißes Pulver im Pergamin-Tütchen. Auf dem Armaturenbrett zog er drei Lines und sniffte sie, ohne zwischendurch Luft zu holen. Er wurde von einem Krampf geschüttelt, und sein Nacken krachte gegen die Kopfstütze.

Dieses Mal funktionierte es.

66

Gaëlle sagte während der gesamten Rückfahrt keinen Ton. Auch Erwan hielt den Mund. Der Club der zusammengebissenen Zähne, etwas in der Art. Unterwegs griff er noch einmal zu seinen Tabletten: Einerseits wollte er damit seine Schmerzen lindern, gleichzeitig aber auch seine Wut eindämmen. Gaëlle lag in eine Decke gewickelt auf der Rückbank und schwieg so bedrohlich, als richte sie eine Waffe auf seinen Nacken.

Sie stank nach Metzgerei, Tierblut und Exkrementen, doch er wagte nicht, das Fenster zu öffnen, aus Angst, sie könne sich erkälten. Außerdem dünstete sie Hass und Ausschweifung aus, doch das drang erst nach einiger Zeit durch, weil es sich dabei um eine härtere und ältere Schicht handelte – die Grundlage, die alles andere erklärte.

In ihrer Wohnung stellte er Gaëlle unter die Dusche und versprach ihr eine Standpauke erster Güte, sobald sie herauskam.

Während er jedoch dem Rauschen des Wassers auf den Kacheln lauschte, fiel sein Zorn in sich zusammen.

Cola Zero. Smartphone. Endlich konnte er sein Team anrufen.

Zuerst Tonfa. Erwan erreichte ihn in der Gerichtsmedizin. Die Obduktion war noch in vollem Gang. Riboise war sicher noch bis zum frühen Morgen mit den vielen Nägeln und Scherben in der Leiche beschäftigt.

»Habt ihr Fingernägel oder Haare gefunden?«

»Noch nicht. Er muss erst die äußerlichen Untersuchungen abschließen, ehe er zum Bauchraum übergeht.«

Erwan lag es fern, dem Gerichtsmediziner Vorschriften zu machen, wie er seinen Job zu erledigen hatte. Darüber hinaus glaubte er schon längst nicht mehr an die Möglichkeit, das nächste Opfer rechtzeitig zu identifizieren. Falls tatsächlich organisches Gewebe gefunden würde, war es sicher das einer Leiche.

Die ersten Ergebnisse bestätigten die Vorgehensweise des Nagelmannes. Der Mörder hatte Anne Simonis Kopf rasiert und nur einige Strähnen übrig gelassen, wahrscheinlich um die Übereinstimmung zwischen dem Haarfund unter Wissas Rippen und denen des neuen Opfers beweisbar zu machen. Zur Aktivierung seines Fetischs hatte er Nägel, Glasscherben und Eisenteile benutzt sowie Fasern, deren Ursprung noch unsicher war. Außerdem hatte er Spiegelscherben in die Augenhöhlen gedrückt und Organe entnommen – die Obduktion würde zeigen, welche genau. Darüber hinaus bestätigte Riboise die Vergewaltigung mit einem scharfen, mit hoher Wahrscheinlichkeit beidseitig scharfen Gegenstand. Die junge Frau hatte die Gräueltaten ihres Henkers lebend ertragen müssen. Den genauen Todeszeitpunkt zu bestimmen war so gut wie unmöglich. War er bei einer Blutung, einem subduralen Hämatom oder einem Herzstillstand eingetreten? Irgendwann während der Misshandlungen hatte ihr Herz jedenfalls zu schlagen aufgehört.

»Wurde sie nach ihrem Tod weiter verstümmelt?«

»Offensichtlich ja, und zwar noch einige Zeit. Viele Verletzungen haben nicht geblutet.«

»Wie viele Wunden insgesamt?«

Tonfa stieß einen Pfiff aus. Dank seiner Körperfülle ertrug er ziemlich viel – ähnlich einem Punching-Ball, der nie von seiner Trägerachse abweicht.

»Hunderte! Sie sind auf bestimmte Stellen konzentriert. Irgendwie … büschelweise. Sträucher aus Nägeln. Riboise sagt, dass die Knochen unter der Wucht des Einschlags gesplittert sind. Das Skelett ist zertrümmert, Muskeln, Nerven und Adern sind zerfetzt. Ein fürchterliches Gemetzel.«

»Kann Riboise etwas über die Herkunft des Materials sagen?«

»Er hat lediglich festgestellt, dass das Eisen verrostet und das Glas gebraucht ist. Alles Vintage.«

»Hast du die Sachen an die Spurensicherung weitergeleitet?«

»Bisher einmal, um die DNA-Spuren zu analysieren, wie du gesagt hast.«

»Wurden die Genitalorgane entnommen?«

»Wie es aussieht, ja. Ihr Geschlecht ist eine klaffende Wunde.«

»Trotzdem ist Riboise sicher, dass sie vergewaltigt wurde?«

»Ohne jeden Zweifel, und zwar von hinten. Das rektale Gewebe ist völlig zerfetzt.«

Bisher war die sexuelle Spur der einzige Unterschied zur Vorgehensweise des Mörders in den 1970er-Jahren. Vielleicht würde sich der Unhold über diese Abweichung verraten …

»Also gut, Dicker«, fuhr Erwan jovial fort, um Tonfa zu motivieren. »Lass dich nicht unterkriegen. Wir sehen uns morgen früh im Büro. Hoffentlich ist Riboise bis dahin mit allem durch.«

»Ist gut, Chef.«

Als Nächste war Audrey an der Reihe.

»Bisher habe ich noch nichts«, fasste sie kurz zusammen. »Restaurants und Boutiquen waren so früh am Morgen noch geschlossen. Ich hatte auf ein Citadines gehofft, in dem ein Portier arbeitet …«

»Citadines? Was ist das?«

»Ein Apartmenthotel für durchreisende Geschäftsleute. Aber auch da hat niemand etwas gesehen.«

»Hast du mit den Streifenpolizisten gesprochen, die in der Nacht unterwegs waren?«

»Klar. Auch hier null Komma nix. Aber es gibt da noch ein paar Typen, die ich befragen will …«

Erwan blickte auf die Uhr. Es war drei Uhr morgens. Er beschloss, sie mit dem zu beauftragen, was er eigentlich für sich selbst reserviert hatte: mit der Seine.

»Ruf die Wasserschutzpolizei an und frage, ob es von deren Seite Ergebnisse gibt.«

»Hast du dich noch nicht darum gekümmert?«

»Ruf sie an und erledige die Angelegenheit.«

»Gut«, stimmte sie zu, ohne weiter nachzuhaken.

»Danach legst du dich aufs Ohr. Wir treffen uns um 9 Uhr im Büro.«

»Ach, übrigens: Sergent hat mehrmals angerufen.«

»Wer?«

»Hauptmann Sergent. Er hat die ersten Fakten zusammengefasst.«

»Und?«

»Fitoussi hat ihn doch unserem Team zugeteilt.«

Er konnte ihn nicht länger auf Distanz halten. Erwan kannte den jungen Polizisten vom Sehen: ein schüchterner, etwas depressiv wirkender Anfänger.

»Kennst du ihn?«

»Ein bisschen.«

»Was hältst du von ihm?«

»Er drängt sich nicht auf, ist aber ein gewissenhafter Arbeiter.«

»Er soll zum Briefing kommen. Entweder hilft er dir bei der Nachbarschaftsbefragung, oder wir setzen ihn an die Liste der Telefonverbindungen.«

Erwan legte auf und wählte die Nummer der Sardine. Die Ergebnisse des Schönlings verblüfften ihn: Er hatte bereits alle Kolleginnen von Anne Simoni befragt und sowohl ihre derzeitigen Freunde als auch die aus ihrer wilden Vergangenheit ausfindig gemacht. Außerdem hatte er ihre Akte aus dem Archiv besorgt.

»Fang mit dem Hintergrund an.«

»1986 in Montélimar geboren. Vater unbekannt, die Mutter stammte aus Quebec und verschwand sofort nach der Geburt. Sie wächst in Kinderheimen und bei Pflegefamilien auf und gerät sehr schnell auf die schiefe Bahn, ist aber eine ausgezeichnete Schülerin. Macht ein neusprachliches Abitur. Gleich danach steht sie zum ersten Mal vor Gericht und wird an ihrem achtzehnten Geburtstag zu vier Monaten mit Bewährung verurteilt.«

»Warum?«

»Prügelei bei einer Anti-Globalisierungs-Demo. Danach herrscht zwei Jahre Funkstille. Kein Job, kein Garnichts. Ein- oder zweimal wird sie wegen Beschaffungskriminalität und Heroinbesitz festgenommen. Drogenabhängige Nutte, das Übliche. 2006 wird sie schließlich wegen bewaffneten Raubüberfalls zu sieben Jahren verurteilt.«

»Hast du dazu Einzelheiten?«

»Eigentlich nur ein kleiner Überfall, der aber aus dem Ruder gelaufen ist. Ihre Komplizen haben geschossen. Ein Wachmann wurde verletzt und wird für immer behindert bleiben.«

»Hast du die Jungs schon gefunden?«

»Sie kommen alle aus dem Erziehungsheim in Vitry. Teils Zigeuner, teils Punker mit Hund. Alles miese Typen.«

»Sind sie schon wieder auf freiem Fuß?«

»Soweit ich weiß, nur zwei, aber …«

»Hast du ihre Alibis überprüft?«

»Noch nicht. Einer treibt sich irgendwo an der Côte d'Azur rum, den anderen konnte ich noch nicht ausfindig machen. Allerdings habe ich zusammen mit Kripo die Telefonate der Kleinen überprüft: Wie es aussieht, hatte sie keinen Kontakt zu ihnen.«

»Und seitdem?«

»Solider Lebenswandel. Sie war beliebt bei ihren Arbeitskollegen, ging dann und wann aus, hatte einen Freund.«

»Jemand aus dem Präsidium?«

»Ganz und gar nicht«, lachte Sardine. »Er ist DJ und legt in mehreren angesagten Locations auf.«

»Hast du Kontakt zu ihm aufgenommen?«

»Ich habe ihm die traurige Nachricht sogar höchstpersönlich überbracht.«

»Und?«

»Er ist sauber. Ich habe ihn in Tränen aufgelöst im Backstage des Rex zurückgelassen. Diese Nacht wird er wohl kaum an den Turntables stehen.«

Erwan dachte über die Metamorphose der jungen Frau nach. Es musste ein langer Weg von der Räuberin zur Beamtin gewesen sein.

»Wie lief es nach dem Gefängnisaufenthalt?«

Sardine zögerte. Erwan half ihm ein bisschen auf die Sprünge.

»Was meinen Vater angeht, so weiß ich Bescheid.«

Er hörte, wie der Mann aus Marseille erleichtert aufatmete, ehe er fortfuhr.

»Er hat ihre vorzeitige Entlassung 2009 nach Kräften unterstützt und ihr anschließend bei der Rückkehr in ein normales Leben geholfen: Wohnung, Job … Er hat sogar die Kaution für ihre Wohnung bezahlt.«

Der Alte als barmherziger Samariter, das war starker Tobak.

»Hat sie sofort beim Polizeipräsidium angefangen?«

»Nein. Zuerst hat sie ein Jahr im Rathaus von Nanterre gearbeitet.«

»Hat mein Vater da auch seine Beziehungen spielen lassen?«

»Ich habe dort noch niemanden erreicht, aber …«

»Aber was?«

»Wir werden deinen Vater wohl verhören müssen.«

»Darum kümmere ich mich. Hast du mit ihrem Bewährungshelfer gesprochen?«

»Habe ich. Er meint, die Kleine wäre wirklich wieder auf den rechten Pfad zurückgekehrt.«

»Ist sie nie wieder aufgefallen?«

»Nie.«

»Kein Ärger?«

»Ich war nicht dabei, aber wie es aussieht: Nada.«

»Drogen?«

»Dito. Sie hat nichts mehr angerührt.«

Einschlägige Erfahrungen mit Kriminalität boten in aller Regel keinen Anlass zu übertriebener Hoffnung auf eine Wiedereingliederung. Sein Vater pflegte gern zu sagen: »Wozu die Wüste gießen?« Und war doch der Erste, der mit der Gießkanne loszog.

»Was haben die Kollegen gesagt?«

»Nichts Besonderes. Sie soll nett gewesen sein.«

»Hat sie sich in letzter Zeit verändert?«

»Niemand hat etwas bemerkt.«

»Schien sie vor etwas Angst zu haben?«

»Nein.«

Alles deutete auf eine Falle oder eine Entführung. Anne Simoni war entweder wegen ihrer besonderen Beziehung zu Morvan ausgewählt worden, oder aus einem anderen Grund, der mit ihrem Äußeren oder mit ihrer Vergangenheit zu tun hatte.

»Was sagen die sozialen Netzwerke?«

»Ich habe ihren Computer aus ihrer Wohnung mitgenommen und muss noch eine Kopie von der Festplatte machen. Danach übergebe ich den Rechner an die Experten. Ich habe auch ihren Terminkalender, aber im Augenblick schlafen alle.«

»Wie sieht es bei ihr zu Hause aus?«

»Genau, wie man es vermuten würde. Ordentlich und sauber.«

Allmählich wirkte Anne Simoni zu perfekt, um anständig zu sein.

»Ist die Durchsuchung in die Wege geleitet?«

»Ich gehe morgen mit Audrey hin.«

»Gut. Versuch, noch ein bisschen zu schlafen. Briefing im Büro morgen früh um neun.«

Erwan legte auf und lauschte. Im Bad lief kein Wasser mehr, aber bestimmte Geräusche ließen darauf schließen, dass Gaëlle ihre Toilette vollendete.

Das Beste kam zum Schluss: Kripo.

Der Troubadour hatte über das Internet alle Videobilder geladen, die Anne Simonis letzten Weg möglicherweise nachvollziehen ließen.

»Wir können sie bis zum Pont d'Arcole verfolgen. Danach verschwindet sie von der Bildfläche.«

»Wie – sie verschwindet?«

»Keine Ahnung. Man sieht, wie sie die Brücke betritt, aber auf der anderen Seite kommt sie nicht an. Als hätte sie sich mitten auf der Brücke in Luft aufgelöst. Jedenfalls ist sie an der Station Hôtel-de-Ville mit Sicherheit nie in die Metro eingestiegen.«

Erwan kam ein verrückter Gedanke: Vielleicht war Anne Simoni ans Ufer hinuntergegangen, und ihr Mörder hatte sie auf einem Zodiac mitgenommen.

»Telefondaten?«

»Wir gehen jedem Anruf nach. Bisher nichts.«

»Was sagen die Archive? Gibt es Mörder, die nach dem gleichen Muster vorgegangen sind?«

»Einen Nagelmörder habe ich nicht gefunden. Nachdem ich die verschiedenen Schlüsselwörter eingegeben hatte, hat mir der Computer die Adresse des nächsten Baumarkts ausgespuckt.«

»Das ist nicht witzig!«

»Alles, was ich finden konnte, waren ein paar Fälle von häuslicher Gewalt mit Hammer und Schraubenzieher.«

»Wo bist du jetzt im Moment?«

»Zu Hause. Ich schreibe gerade die ersten Protokolle.«

»Versuch bitte, alles über ›No Limit‹ herauszufinden.«

»Sind wir immer noch da dran? Ich dachte, di Greco wäre Schnee von gestern.«

Erwan ließ die Frage im Raum stehen.

»Wir müssen herausfinden, ob es in Paris oder in der Region spezielle Veranstaltungen mit diesem Namen gibt.«

»Meinst du SM-Events?«

Plötzlich sah Erwan die mit Narben übersäten Körper der Piloten von K76 vor sich. Das No Limit war nicht immer nur eine Maskerade.

»Such einfach in alle Richtungen. Wir sehen uns morgen um 9 Uhr im Büro.«

Er legte auf und bemerkte, dass es im Bad still geworden war. Die blonde Zicke würde sicher gleich auftauchen.

67

Na, bist du zufrieden mit dir?«

Erwan drehte sich um. Hinter ihm stand Gaëlle, in ein weißes Handtuch gehüllt. Sie schien sich unter der Dusche verbrüht zu haben, Arme und Schultern wiesen scharlachrote Flecke auf, und ihr Gesicht glühte geradezu.

Wasser, fast kochend, wie auch die Wut.

»Sehr sogar«, antwortete Erwan ironisch. »Du verschwindest zwei Tage von der Bildfläche, deine Eltern machen sich schreckliche Sorgen, ich muss meine Arbeit vernachlässigen, um dich zu suchen, und finde dich mit Scheiße und Innereien beschmiert zwischen lauter feinen Herrschaften, die sich als Zorro verkleidet einen runterholen. Mehr kann man wirklich nicht verlangen.«

»Es ist mein Leben.«

»Ich hatte schon Angst, du würdest von deiner Karriere reden.«

Sie ging in die Küche und nahm sich ebenfalls eine Cola. Alle Morvans taten sich schwer mit Alkohol. Wegen Loïc, der genug für die ganze Familie getrunken hatte.

»Ich habe die Nase voll von deinen Heldenallüren«, murmelte sie und hielt sich die eiskalte Dose an die Wange. »Nervt dich das nicht, immer so perfekt zu sein? Immer auf der richtigen Seite zu stehen? Wirst du dir nicht selbst langweilig?«

Ihr Handtuch trug das goldene Wappen einer der Luxusherbergen von Paris, in der sie sich vermutlich hatte bespringen lassen. Manchmal glaubte Erwan, dass sie sich in ihrer Lasterhaftigkeit suhlte wie eine Sau im Dreck.

Gleichzeitig und trotz allem bewunderte er ihre runden Schultern, ihre hübschen Waden und ihren süßen Hintern. Erwan hatte wie alle Morvans zusehen müssen, wie sie immer dünner wurde, bis irgendwann nur noch ein Haufen Knochen übrig war. Inzwischen aber – egal, wie sich sich verhielt und was sie sagte – war sie geheilt.

»Wann wirst du endlich wenigstens ein bisschen erwachsen?«, gab er zurück. »Was soll denn das? Warum lässt du dich nackt vor irgendwelchen Notaren aus der Provinz mit Hühnerblut beschmieren?«

»Warum? Sechstausend Euro, du Knalltüte. Das sind zwei Monate deines Scheiß-Gehalts.«

»Da verdiene ich schon ein bisschen mehr. Und sag mir jetzt nicht, dass du das nur wegen des Geldes machst. Du brauchst doch nur deine Lebensversicherung zu kündigen, dann hast du zehnmal so viel.«

Gaëlle setzte sich auf die Couch und ließ den Öffnungsring der Coladose klacken.

»Ich will dieses Geld nicht. Ich habe meine Prinzipien.«

»Das tröstet mich«, spottete er.

Sie trank langsam und mit starrem Blick.

»Ich lebe im Krieg«, sagte sie schließlich.

»Was für ein Krieg?«

»Der zwischen Männern und Frauen.«

»Was ist das Streitobjekt?«

»Geld.«

»Und die Waffe?«

»Begierde.«

Erwan setzte sich neben sie, wie um ein schmollendes Kind zu beruhigen. Ihr Körper verströmte Seifen- und Hautcremedüfte.

»Du redest dummes Zeug«, sagte er ruhiger. »Du handelst mit deinem Körper, sonst nichts.«

»Ich lehne die Logik des Bürgertums ab.«

»Du verbringst dein Leben in irgendwelchen Suiten und trinkst Champagner – also schwafel nicht vom Klassenkampf.«

»Das hat mit Bürgertum nichts zu tun.«

»Ach nein?«

»Bürgertum ist, älter zu werden und seine Kinder aufwachsen zu sehen. Im Namen der Bequemlichkeit und der Ruhe alles zu opfern. Sich zu langweilen, aber sich sicher zu fühlen. Glaub mir, meine Welt ist alles andere als bequem. Sie ist ein kriegerisches, feindliches, aber leistungsstarkes Universum. Die Männer dort müssen immer reicher und die Frauen immer schöner sein. Man schläft miteinander, aber im Grunde hasst man sich.«

»Eine Welt von Freiern und Nutten.«

»Erwan, du bist doch sonst auch intelligenter.«

Einmal hatte er sie in die Rue Lincoln im 8. Arrondissement begleitet. Etwas zu spät war ihm aufgefallen, dass er sie offenbar zu einem Fick abgesetzt hatte. Es hatte Anzeichen gegeben, zum Beispiel ihre Haltung im Auto, irgendwo zwischen Erregung und Angst. Oder ihr Bedürfnis, sich plötzlich nachzuschminken … Er war aus dem Wagen gesprungen und mit der Hand an der Waffe bei der Produktionsfirma aufgetaucht, wo sie den Termin hatte. Schnell war ihm klar geworden, dass er es war, der sich irrte. Alle kannten Gaëlle, waren an ihre Treffen mit dem Chef gewöhnt. Es war eine freie Welt williger Erwachsener. Beschämt hatte er den Rückzug angetreten.

»Worin liegt der Unterschied zwischen einer Hausfrau und Mutter und einer Frau, die sich aushalten lässt?«, fuhr Gaëlle fort. »Letztere ist auf jeden Fall besser gekleidet.«

»Und die Liebe? Die Kinder? Das Heim?«

»Meinst du, so wie bei unseren Eltern?«

Sie hatte es ausgesprochen. Seit Gaëlle alt genug war, zu verstehen – und damit Angst zu haben –, begehrte sie auf. Zunächst gegen ihre Familie, später gegen das heuchlerische System, das eine solche Lüge zuließ.

»Lass unsere Eltern da raus«, knurrte er düster.

»Aber genau darum geht es doch! Was genau wirfst du mir vor? Dass ich Sex ohne Liebe habe? Dass ich ficke, um zu überleben? Hat unsere Mutter das nicht ihr Leben lang gemacht?«

»Nein. Sie liebt Papa.«

»Dann ist sie noch dümmer als ich. Zumindest werde ich dafür bezahlt und beziehe keine Prügel.«

Erwan stand auf und ging ein paar Schritte auf und ab. Unter den Dachschrägen musste er den Kopf einziehen. Ihm waren schon die Argumente ausgegangen. Auf den Regalen standen *Der eindimensionale Mensch* von Herbert Marcuse, *Un si funeste désir* von Pierre Klossowski und *Die Geburt der Tragödie* von Friedrich Nietzsche … Auch er hatte diese großartigen Bücher in seiner Jugend gelesen. Auf ihre Weise war Gaëlle eine Intellektuelle.

»Ich verachte die Männer«, stieß sie zwischen ihren kleinen Zähnen hervor. »Aber die Frauen verachte ich noch viel mehr.«

»Welche Frauen?«

»Oh, da muss ich nicht lange nachdenken. Zum Beispiel Maggie, aber auch meine Freundinnen und meine Rivalinnen. Ich schäme mich für sie. Für ihre verkorksten Geschichten und dafür, wie sie sich in ihrer Rolle als Opfer gefallen. Haben wir dafür ein ganzes Jahrhundert des Kampfes für Gleichberechtigung gebraucht? Die Frauenbewegung, Simone de Beauvoir, Nancy Fraser – wozu das alles? Für das Recht, etwas weniger unterdrückt, aber dafür umso öfter betrogen zu werden! Die Einzigen in dieser Geschichte, die befreit wurden, sind die Männer. Sie verhalten sich immer noch wie ausgemachte Mistkerle, müssen aber nicht mehr zahlen und auch selbst die einfachste Regel nicht einhalten. Höflichkeit ist Fehlanzeige, und sie müssen sich nicht einmal mehr ein Geschenk überlegen, um überhaupt zum Zug zu kommen. So sieht die Geschlechtergleichheit aus!«

»In welcher Welt lebst du, Gaëlle? Das 18. Jahrhundert ist längst vorbei. Heutige Frauen sind selbstbewusst und wollen nichts mehr von den Männern.«

»Aber genau das sage ich doch. Die Frauen haben alles verloren.«

»Die Regeln haben sich verändert. Moderne Frauen sind unabhängig und ehrgeizig und streben danach, sich zu verwirklichen. Sie leben nicht mehr nur dank des Begehrens eines Mannes.«

»Und warum schmollen sie dann immer noch, wenn der Typ im Restaurant die Rechnung nicht übernimmt? Warum haben sie freien Eintritt in die Clubs? Warum machen verheiratete Frauen Kurse im Poledance? Es läuft immer auf das Gleiche hinaus: Bauchtanz auf der einen und Knete auf der anderen Seite.«

»Du vergisst das Wichtigste: die Liebe. Die Gefühle.«

»Du scheinst es wirklich nicht zu kapieren. Das einzig wirkliche Gefängnis für Frauen ist die Liebe. Frauen werden immer Opfer ihrer Sentimentalität sein. Ein Jahrhundert des Kämpfens hat gegen diese chronische Schwäche nichts ausrichten können. Simone de Beauvoir hat zwar *Das andere Geschlecht* geschrieben, wurde aber trotzdem von Sartre nach allen Regeln der Kunst betrogen. Gesetze kann man ändern, den genetischen Code leider nicht. Oder frühestens in ein paar Millionen Jahren …«

Gaëlle hatte ein Gespür für Dialektik, dafür hatte Erwan sie schon immer bewundert. Sie hielt ihren Vortrag zwar in einem Luxushandtuch, aber sie hätte ebenso gut mit Brille und Rolli vor einer Genossenschaftsversammlung der 1970er-Jahre stehen können.

»Ich habe nicht gerade den Eindruck, dass du das Musterbeispiel einer emanzipierten Frau bist«, meinte Erwan.

»Ich spiele das Spiel der Männer und beherrsche sie auf diese Weise. Das ist nicht das Gleiche.«

»Also, weißt du …«

»Frauen verachten mich, weil ich eine Nutte bin und als Objekt herhalte. Aber in Wirklichkeit habe ich zumindest die Situation unter Kontrolle. Das, was uns Frauen unterdrückt, ist nicht die Muschi, sondern das Herz.«

Erwan hatte genug gehört. Sein Auftrag war erfüllt. Gaëlle war nicht mehr in Gefahr und wieder zu ihrer gewohnten Form aufgelaufen.

»Gut«, meinte er und nahm seine Jacke. »Ruh dich jetzt aus. Ich verschwinde.«

»Du hast keine Ahnung vom Leben«, rief sie und sprang mit einem Satz auf. »Männer sind Schweine. Sie holen einfach so ihren Schwanz raus – unter dem Tisch, während du danebensitzt. Oder sie drücken dich gegen ein Waschbecken und reißen dir das Höschen runter. Oder sie stecken dir in der kleinsten Schattenecke die Hand in den Arsch!«

Die Farbe wich aus Erwans Gesicht. Als guter Macho erfüllte er wahrscheinlich genau den tierischen Aspekt, den Gaëlle gerade beschrieben hatte, trotzdem ertrug er die Vorstellung nicht, dass jemand seiner kleinen Schwester wehtat.

Sie schien in seinem Blick zu lesen.

»Mach dir nichts draus. Ich sage dir doch, dass ich sie unter Kontrolle habe.«

Er ging zur Tür. Wütend rannte sie ihm nach.

»Genau darin liegt meine Macht. Eine Frau, die Spaß im Bett hat, kann sich ebenso gut eine Kugel in den Fuß schießen.«

Trotz der bereits geöffneten Tür schrie sie jetzt. Gaëlles Wut hatte die von Erwan vernichtet. Er vergötterte diese Frau, ihre Schönheit faszinierte ihn und ihr Zorn stimmte ihn weich. Sie war jetzt wieder so blass wie sonst. Er liebte ihren runden, glatten Puppenkopf, der ihn an eine Skulptur von Brâncuşi erinnerte, und ihre Augen, deren Farbe Packeis im Juni glich, wenn es sich nach und nach wieder zu Meer verwandelt …

Er wandte sich um und sagte sanft:

»Beruhige dich, Gaëlle. Wir beide sind aus der gleichen Wunde entstanden. Ich bin Bulle und du Escort-Girl. Ich verberge meine Gewalttätigkeit hinter dem Gesetz, und du philosophierst, um dich zu rechtfertigen. Aber die Wahrheit ist viel einfacher: Niemand kann unsere Kindheit je verändern.«

Sie wollte antworten, aber er war schneller.

»Ich bin zweiundvierzig und habe zehn Jahre Analyse und zwei Magengeschwüre hinter mir. Ich verbringe meine Freizeit beim Osteopathen und muss nachts eine Aufbissschiene gegen das Zähneknirschen tragen. Du bist neunundzwanzig und kannst nicht schlafen, wenn das Licht aus ist.«

»Woher weißt du das?«

Über ihre Wangen liefen Tränen, die so schwer und so weiß waren, dass man sie für Kerzenwachs hätte halten können.

Erwan beugte sich vor und gab seiner Schwester einen Kuss.

»Ruh dich jetzt aus. Ich rufe dich morgen an.«

68

Loïc fühlte sich wie erschlagen, konnte aber nicht schlafen. Nach seiner Rückkehr von seinem Ausflug ins Parnassium hatte er als Erstes seinen Safe geöffnet und noch einmal den 2010 erstellten Bericht über mögliche Erzvorkommen im Norden von Katanga gelesen.

Auf Drängen seines Vaters war der Bericht mit der Hand geschrieben worden. Es gab überhaupt nur zwei Exemplare, eines lag bei Morvan und eines bei ihm. Sie hatten mit konspirativen Methoden gearbeitet und keinen Computer benutzt, es gab weder Telefon- noch Internetkontakte und auch keine digitalen Spuren.

Alles war streng geheim. Die Geologen hatten den Boden untersucht und die entsprechenden Proben gleich mitgenommen, damit niemand etwas bemerkte. Die Analysen waren nicht in Afrika, sondern in den Herkunftsländern der Geologen erfolgt. Niemand auf dem Gelände konnte von der ergiebigen Goldgrube erfahren haben. Das Erz selbst war noch nicht zugänglich, und nur Fachleute konnten aus der Zusammensetzung des freiliegenden Gesteins auf den darin enthaltenen Schatz schließen.

Es war vier Uhr morgens. Loïc versuchte, den kanadischen Experten Harry Cook anzurufen, in der Nähe von Ottawa. Niemand hob ab. Loïc hinterließ keine Nachricht, schrieb aber eine weitere, recht sibyllinisch gehaltene Mail mit der »dringenden« Bitte um einen Rückruf. Gleichlautende Mails schickte er an die Geologen aus Frankreich und der Schweiz, Jean-Pierre Clau und Sylvain Dumezat.

Anschließend machte er sich auf die Suche nach Informationen über die drei Experten, beginnend mit dem Franzosen. Plötzlich gefror ihm das Blut in den Adern: Jean-Pierre Clau war zwei Monate zuvor bei einem Einsatz in Tansania gestorben. Bei einem Hubschrauberunfall während der Rückkehr zum Stützpunkt. Bislang hatte die Ursache des Absturzes, bei dem es insgesamt drei Tote gegeben hatte, nicht geklärt werden können.

In diesen Gebieten auf Kundenfang zu gehen, barg immer ein Risiko, doch der »Unfall« konnte durchaus auch mit Coltano zu tun haben. War Clau beseitigt worden, nachdem er geredet hatte? Vielleicht, weil man ihn nicht bezahlen wollte? Oder um Spuren zu beseitigen?

Loïc suchte nach den beiden anderen. Zu Sylvain Dumezat fand er außer den üblichen Einträgen bei LinkedIn oder Viadeo nichts. Ebenso wenig über Harry Cook. Beide waren Experten in Geologie, mit dem Fachgebiet Erzvorkommen, und in der ganzen Welt herumgekommen. Loïc schaltete den Computer aus. Er musste jetzt erst einmal schlafen. Unbedingt. Morgen würde alles schon ganz anders aussehen. Er stand auf, trat an die Anrichte der offenen Küche und nahm eine Schlaftablette ein. Als er sein Glas in die Spüle stellte, hörte er ein Geräusch. Ein Schaben an einem der bodentiefen Fenster.

Regungslos fixierte er die zugezogenen weißen Vorhänge. Das Kratzen kam vom mittleren Fenster. Ein Vogel? Ein Einbrecher? Loïc wohnte in der dritten Etage, aber nichts war leichter, als die Fassade eines Haussmann'schen Hauses zu erklimmen.

Instinktiv schaltete er die LED-Beleuchtung über der Arbeitsfläche und damit die einzige Lichtquelle aus und blieb starr stehen. Das Rechteck der Vorhänge hypnotisierte ihn geradezu, aber es war unmöglich, hinter dem dicken Leinen einen Schatten auszumachen.

Die Geräusche wurden vielfältiger: Zischen, Knarren, Knirschen … Jemand machte sich am Holz und am Metall zu schaffen, versuchte dabei aber, so wenig Lärm wie möglich zu machen. Der Rahmen wurde abmontiert. Loïc empfand eine vollkommene

Leere. Er war nur noch ein Resonanzkörper um seinen Herzschlag herum.

Vielleicht hätte er durch die Eingangstür fliehen können, aber seine Beine gehorchten ihm nicht. Jetzt fielen Holzspäne und Gipsstaub auf das Parkett. Das war wie ein Signal, und Loïc rannte in den Flur, blieb aber sofort stehen. Auch dort hörte er Geräusche. Säge, Bohrer, Hebel – an der Eingangstür machte sich ebenfalls jemand zu schaffen. Loïc fiel auf die Knie. Das Brummen, Klacken und Schaben schien einer Höllenmaschine zu entstammen.

Mit einem lauten Knall fiel die Tür in den Flur. Gleichzeitig ertönte hinter ihm ein schreckliches Krachen. Das Fenster! Loïc schrie auf oder glaubte zumindest zu schreien. Auf allen vieren kroch er wie ein kleines Kind unter die Anrichte. Kaum hatte er sich in seinem Versteck verkrochen, sah er, wie die Vorhänge angehoben wurden. Kühler Nachtwind wehte ins Wohnzimmer.

Er umschloss seine angewinkelten Beine mit den Armen, steckte den Kopf zwischen die Knie und lauschte. Stille. Hatte die Angst ihn etwa taub werden lassen? Er war zu keinem Gedanken und zu keinem Entschluss fähig.

Nur Sekundenbruchteile später wurde er von unsichtbaren Händen hochgezerrt, über die Anrichte geworfen und rollte über das Parkett. Reflexartig krümmte er sich zusammen und verschränkte die Arme über seinem Kopf. Die Urangst vor Schlägen. Wieder geschah einen Moment lang gar nichts. Schließlich hob er den Blick.

Der Albtraum war in die reale Welt eingedrungen.

Sie waren zu fünft oder sechst. Schwarze Männer, mit Kreide weiß geschminkt.

Einer hatte sich einen Totenschädel auf das Gesicht gemalt, ein anderer war gepudert wie ein Marquis. Ein dritter sah aus wie ein Halloween-Kürbis: riesige Augenhöhlen und Zähne wie eine Säge.

Auf den nackten Oberkörpern erkannte Loïc aufgemalte Rippen, esoterische Zeichen und eingeritzte Haut. Die Hölle hatte sich über ihn lustig gemacht und ihre Botschafter ausgesandt. Eine der Kreaturen trug eine Pluderhose, eine andere nur einen Slip. Gedanken an Karneval in den Favelas. Und er hatte doch tatsächlich Angst vor den beiden Bullen in Saint-Maurice gehabt …

Die Männer begannen miteinander zu sprechen. Ein Schwall von Zahnlauten. Mit ziemlicher Sicherheit *lingala*, die Sprache, die in Kinshasa benutzt wurde. Loïc beobachtete die Männer unter seinen gekreuzten Armen hindurch. Ihre Körpergröße und ihre Muskeln verblüfften ihn.

Einer der Zombies trat auf ihn zu.

»Du hast Mist gebaut, Boss.«

Er hatte rote Kontaktlinsen. Weitere Gespenster betraten den Raum. Einer der Eindringlinge trug einen langen schwarzen Ledermantel, einen Zylinder und eine Axt in der Hand. Ein anderer, dessen Gesicht halb von einer Frauenperücke verdeckt war, hatte fluoreszierende Tattoos.

»Aber … was meinen Sie?«

»Du hast mit diesem Mist weitergemacht, obwohl wir dich gewarnt haben …«

Sein afrikanischer Akzent klang komisch, aber Loïc war nicht nach Lachen zumute.

»Ich habe kein Geld hier im Haus.«

»Hier im Haus vielleicht nicht, aber du hast eine ganze Menge Knete. Und die gehört uns.«

»Wie meinen Sie das?«

»Wir suchen uns jetzt ein schönes ruhiges Plätzchen, wo wir gemütlich plaudern können.«

69

Ehe er sich ein paar Stunden Schlaf gönnte, fuhr Erwan noch einmal zur Wache. Vielleicht hatte sein Team ja inzwischen weitere Neuigkeiten. Er fand jedoch nur seinen Assistenten vor, der, wie eigentlich immer, in seinem Büro neben dem von Erwan vor dem Computer saß.

»Wie weit bist du?«

Kripo hob den Blick von seinem Bildschirm. Hinter ihm an der Wand hing eine große Fahne mit dem Konterfei Che Guevaras.

»Sagt dir der Name Hakim Bey etwas?«

»Nein.«

»Ein amerikanischer Dichter und Philosoph, der mit richtigem Namen Peter Lamborn Wilson heißt. Er hat viele Jahre im Orient verbracht, wurde Anhänger des Sufismus und kehrte anschließend in die Vereinigten Staaten zurück. Bekannt wurde er durch sein Konzept der TAZ, *temporary autonomous zones*.«

»Was ist das?«

»Eine Situation, in der herrschende Gesetze und Ordnungen zeitweise und lokal außer Kraft treten. Autoritäten verlieren ihre Macht und neue, unvorhersehbare Begegnungen und gemeinsame Erfahrungen werden möglich. Moderner Anarchismus sozusagen.«

Erwan winkte müde ab.

»Ich sehe keinen Zusammenhang zu unseren Ermittlungen.«

»In den 1990er-Jahren war die Ravekultur Ausdruck einer TAZ. Freie Menschen mit eigenen Regeln. So wie heute die Hacker.«

»Scheiße, Kripo, komm endlich auf den Punkt!«

»Eine TAZ organisiert No Limits. Männer und Frauen, die sich für Fetische und SM interessieren. Sie sehen sich als Sexualrebellen und pochen auf ihr Recht auf Andersartigkeit.«

Erwan war nicht der Meinung, dass di Greco und seine sadistische Indoktrinierung in diese Kategorie passten. Und die besseren Herrschaften von Bièvres noch viel weniger. Aber er wollte Kripo nicht enttäuschen.

Dieser fuhr fort:

»Es ist nicht leicht, an Informationen zu kommen, denn die Gruppen legen Wert auf Geheimhaltung. Aber so, wie es aussieht, haben sie einen Anführer, eine Art Guru. Er heißt Ivo Lartigues und ist ein sehr angesehener moderner Bildhauer.«

»Behalt das im Hinterkopf«, sagte Erwan, der endlich zum Ende kommen wollte. »Wichtig ist zunächst einmal, in der Mordsache Anne Simoni weiterzukommen.«

»Das könnte miteinander zu tun haben. Einige Mitglieder dieser TAZ gehen sehr weit. Foltern und Strafen zum Beispiel ... Warum nicht auch ein Mord?«

Dann wäre die kleine Punkerin nicht von einem Einzeltäter ermordet, sondern bei einem Opfergang getötet worden? Über einen soziologischen Umweg gelangten sie plötzlich erneut zu Erwans ursprünglicher Idee von einer morbiden Zeremonie zurück, die ihm schon in der Bretagne in den Sinn gekommen war. Zwar glaubte er nicht daran, wollte Kripo die Entdeckung aber nicht vermiesen.

»Vielleicht hat sie ihre Verbindungen zu den Pennern doch nicht gekappt. Kümmer dich mit Favini darum. Stellt fest, ob sie mit deiner Temporären Anarchie-Zone zu tun hatte.«

»Temporäre Autonome Zone.«

»Du hast mich schon verstanden.«

Kripo notierte etwas auf einem Post-it, ehe er sagte:

»Ich habe auch das Institut Charcot kontaktiert.«

»Was ist das?«

»Die Maßregelvollzugsklinik, in der Thierry Pharabot gestorben ist. Verny hatte dort bereits von Kaerverec aus angerufen, mit der Frage nach besonderen Vorkommnissen.«

Erwan spürte, dass er dabei war, sich aus dem Spiel zu kegeln. Nicht nur, dass er nicht verifiziert hatte, ob der Nagelmann tatsächlich gestorben war – immerhin eine entscheidende Frage –, nein, er hatte sogar den Namen der Klink vergessen. Wach auf!

»Und woher weißt du, dass er dort gestorben ist?«, erkundigte er sich, um Kripo abzulenken.

»Persönliche Nachforschungen. Thierry Pharabot ist kein Unbekannter. Nach seinem Tod erschienen ein paar Artikel in der Presse. Ehrlich gesagt war ich ziemlich überrascht. Die Tatsache, dass diese Klinik und die Flugschule nur wenige Kilometer voneinander entfernt liegen, kann doch kein Zufall sein.«

»Stimmt. Aber er ist doch hoffentlich wirklich tot?«

»Laut Aussage der Klinik ist er tot und eingeäschert. Er hatte 2009 in seiner Zelle einen Schlaganfall.«

»Verdächtige Umstände?«

»Der Typ war zweiundsechzig. Verdächtig finde ich, dass er bis zu seinem Tod in der Gummizelle gesessen hat. Ich warte noch auf den Totenschein. Kleines Schmankerl: Seine Asche wurde auf dem Friedhof von Kaerverec an einem eigens dafür vorgesehenen Platz verstreut.«

Wieder eine Verbindung zwischen der psychiatrischen Einrichtung und K76. Hatte der Trittbrettfahrer sich die Flugschule wegen ihrer Nähe zum Friedhof ausgesucht?

»Dieser besondere Platz auf dem Friedhof – was ist das genau?«

»Es handelt sich um eine Art Brunnen, in den man die Asche der Verstorbenen streut. Nach dem Motto: ›Denn Staub bist du, und zu Staub wirst du werden.‹«

Erwan spürte, dass sie an einem wichtigen Punkt waren, aber sie kamen lediglich tastend und nur mit einem weißen Stock ausgerüstet voran.

»Hast du mit dem Chef der Klinik gesprochen?«

»Mitten in der Nacht erreichst du da nicht viel, aber ich habe dir einen Flug nach Brest gebucht.«

»Wie bitte?«

»Dein Flug geht morgen um 11:30 Uhr ab Orly West.«

Erwan wollte schon wütend protestieren, erinnerte sich dann aber, dass genau das seine erste Idee gewesen war: Thierry Pharabot könnte Einfluss auf einen anderen Insassen der Klinik genommen haben, der in der Zwischenzeit entlassen worden war und die Mordserie weiterführte.

»Ich habe übrigens nur ein Ticket gebucht«, fügte der Elsässer hinzu. »Ich hoffe, du bist mir nicht böse, dass ich nicht mitfliege. Außerdem habe ich Muriel Damasse angerufen. Sie schickt uns die Akte noch einmal.«

Erwan stellte sich die Landung in Brest und sein Wiedersehen mit den drei Musketieren vor. Allein bei dem Gedanken überwältigte ihn die Müdigkeit. Er musste wenigstens ein paar Stunden schlafen und ein Minimum an Energie tanken, auch wenn das nur mit einer Ladung Rohypnol möglich war.

»Irgendwelche Neuigkeiten von den anderen?«

»Tonfa ist noch in der Gerichtsmedizin. Sardine zieht auf der Suche nach Freunden von Anne Simoni durch die einschlägigen Clubs und unsere Miss Flohmarkt läuft wahrscheinlich die Uferstraße entlang und wartet darauf, dass die Rollläden hochgezogen werden.«

Kripo hatte Audrey diesen Spitznamen gegeben, weil ihre Klamotten immer aussahen, als stammten sie vom Trödel. Erwan ging auf, dass seiner guten Ratschläge zum Trotz keiner aus seinem Team schlafen gegangen war, und beschloss, es ihnen gleichzutun. Ausruhen konnte er sich immer noch morgen im Flieger.

»Okay, ich gehe nur kurz duschen und dann schaue ich, was ich über den Nagelmann herausfinden kann. Wir treffen uns morgen um neun hier im Büro.«

»Gut. Bring Croissants mit.«

70

Was soll das? Glaubt ihr, es ist Karneval?«

Nachdem Luzeko ihm mitgeteilt hatte, dass der Drohbrief an seinen Sohn von Kabongo und damit aus dem Machtzentrum von Kinshasa stammte, ging Morvan im Geiste alle Männer in

Paris durch, die in irgendeiner Form mit Kabila zu tun hatten. Es dauerte nicht lange, da stand Youssouf Ndiaye Mabiala, auch der Schwarze Khmer genannt, ganz oben auf der Liste. Der Mann war fanatischer Kommunist, vom Stamm der Luba und berühmt dafür, sich nur von einigen Oliven zu ernähren und alle Reichen dieser Welt eliminieren zu wollen. Zwar war es seltsam, dass sich ein solcher Schurke mit der Regierung Kabila einließ, aber Morvan hatte schon vor langer Zeit aufgehört, die afrikanischen Widersprüche verstehen zu wollen. Seinen Informationen nach lebte der Schwarze Khmer seit vier Jahren als politischer Flüchtling in Paris (er hatte sich als Gegner des Clans ausgegeben, dem er diente, und lebte auf Kosten der Prinzessin). Während der beiden Kongo-Kriege in der Region der Großen Seen hatte er bei der Armee gedient, er galt als gewalttätig, tyrannisch und dumm.

Gerade als Morvan bei seinen Recherchen so weit gekommen war, erhielt er – als perfektes Beispiel für Synchronizität – tatsächlich einen Anruf des Kommunisten höchstpersönlich. Der Schwarze Khmer zitierte Grégoire in eine Tiefgarage in Nanterre, mit einem gewichtigen Argument: Er hatte Loïc in seiner Gewalt.

Ergeben setzte Morvan sich ins Auto. Er hatte nicht einmal Zeit gehabt, seine Erleichterung wegen Gaëlle auszukosten. Unterwegs dachte er darüber nach, Erwan zu informieren, tat es dann aber doch nicht, weil es vermutlich eher gefährlich als nützlich war. Auf dem Ringboulevard unterhalb von La Défense schleuste ihn ein weiterer Anruf durch das Straßengewirr von Nanterre bis zu einem obskuren Industriegebiet, wo ein Kongolese als Wächter positioniert stand.

Schließlich erreichte er eine verdreckte Tiefgarage, in der er von mehreren rauchenden und pichelnden Typen erwartet wurde, die wie Skelette bemalt waren. Morvan erinnerte sich an die Milizen, die er an der Grenze zu Ruanda im Kivu gesehen hatte. Soldaten, bis zu den Zähnen bewaffnet, mit Perücken und Gummimasken. Wo ist Loïc?

»Wozu diese Clownsmasken?«, wollte er wissen.

Eines der Gespenster trat vor.

»Nicht so hochnäsig, Morvan. Wir waren immerhin so nett, dich anzurufen, bevor wir deinen Kleinen in die Seine werfen.«

Morvan antwortete nicht. Er hatte seinen Sohn mit hochgezogenen Schultern im Fond eines schwarzen Mercedes entdeckt. Sein Gesicht sah aus wie ein weißer Fleck, als hätte man eine Flasche Milch gegen die Scheibe geworfen.

Instinktiv wollte er zu seiner Waffe greifen, die er am Rücken trug, ballte jedoch die Fäuste, um den Reflex zu unterbinden. Nicht bewegen, nichts versuchen. Immer mit der Ruhe, dachte er. Die lebenden Toten waren mindestens zu sechst und hatten Automatikwaffen.

»Was wollt ihr?«

Der Schwarze schüttelte den Kopf. Es war mit Sicherheit Mabiala höchstpersönlich.

»Wir haben deinem Sohn eine Nachricht zukommen lassen, aber offenbar kann er nicht lesen.«

»Und du kannst nicht schreiben.«

Der Riese lachte leise und trat noch einen Schritt vor. Morvan und er waren gleich groß. Im Kongo war Körpergröße ein Synonym für Karriere. Wäre Morvan nicht fast zwei Meter groß, hätte er sich in diesem Land der Kolosse nie behaupten können.

»Es war eine Warnung, Boss. Aber ihr habt sie einfach ignoriert.«

»Wovon redest du, verdammt? Von Coltano?«

»Tss, tss, tss! Die Mauschelei muss aufhören.«

Morvan atmete tief durch. Vielleicht konnte dieses schaurige Treffen zur Klärung der Lage beitragen.

»Wenn du glaubst, dass wir mauscheln, musst du das schon näher erklären.«

»Die Aktien, Boss, die Aktien«, sagte der Schwarze. »Ihr seid dabei, uns zu verarschen, *nquilé* …«

Das Wort »uns« amüsierte Grégoire: Er wagte zu bezweifeln, dass Mabiala mit den Bodenschätzen des Kongo und den damit verbundenen Interessen zu tun hatte. Die Solidarität von Hunden gegenüber ihrem Herrn.

»Wenn ich dir sage, dass ich nichts damit zu tun habe – hilft dir das weiter?«

»Nein.«

»Was muss ich tun, um euch davon zu überzeugen?«

Mabiala warf einen Blick zum Fahrzeug – seine Art, seine Argumente vorzubringen – und versenkte dann den Blick aus seinen Kohleaugen in den von Morvan. Mit seinem bemehlten Gesicht erinnerte er an die von Leni Riefenstahl unsterblich gemachten Nuba-Krieger.

»Du musst mit dem General sprechen. Morgen um 8:20 Uhr geht ein Flug in mein Land.« Er verneigte sich. »Siebenhundertdreizehn Euro, werter Herr. Für Ihren Geldbeutel ein Klacks …«

Allein die Vorstellung, in das Sumpfloch zurückkehren zu müssen, verursachte ihm Übelkeit. Wann würden die Kerle ihn endlich in Ruhe lassen?

»Was würde das ändern?«, knurrte er. »Um Kabongo zu überzeugen, habe ich auch keine weiteren Argumente.«

»Dann lass dir welche einfallen. Wenn du nicht kaufst, dann finde die, die es tun.« Der Schwarze rieb Daumen und Zeigefinger aneinander, wodurch eine Wolke weißen Pulvers entstand. »Such nach der Knete, Boss. Und servier uns den Feind auf einem Tablett.«

»Das wird bis morgen früh nicht klappen.«

»Wenn der General etwas nicht hat, dann Geduld. Ganz bestimmt nicht. Du kannst ihn vielleicht um einen Aufschub bitten, aber du musst es sehr, sehr freundlich tun. In der Zwischenzeit passen wir auf deinen Jungen auf.«

Mabiala legte ihm den Arm um die Schultern, zauberte sein Handy hervor und machte lachend – »Lächeln!« – ein Selfie von sich und Morvan. Dann tippte er darauf herum, vermutlich, um das Foto an Kabongo zu schicken.

»Auf diese Weise geduldet sich der General vielleicht …« Er warf einen Blick auf die Uhr an seinem Handgelenk. Die Jaeger-

LeCoultre von Loïc. »Du hast gerade noch Zeit, dein Köfferchen zu packen.«

Grégoire sah sich im Geiste die Waffe ziehen und alle erschießen. Bum-bum-bum-bum! Doch in der gleichen Sekunde hatte er eine ganz klare Vision von seiner unmittelbar bevorstehenden Zukunft: Paris – Kinshasa. Dem Gefasel des Generals im Mao-Kragen lauschen. Kinshasa – Paris. Überall herumrennen und herausfinden, wer ihnen da an den Karren pinkelte. War er nicht allmählich zu alt für solche Scherze?

»Darf ich mit ihm sprechen?«, fragte er und zeigte auf dem Mercedes.

»*Sé, sé, sé.* Pack deinen Koffer. Ich finde, wir waren wirklich sehr zuvorkommend, dass wir euch nicht alle gleich am Spieß gebraten haben, ihr weißen *nquilés*!«

Der Schwarze Khmer legte plötzlich den Ernst eines Henkers an den Tag. Vielleicht setzte er diese Miene auf, wenn er nicht linientreuen Wählern Arme oder Hände abhackte. »Kurze Ärmel, lange Ärmel«, pflegte er zu sagen.

Morvan nickte. Zwar konnte er Loïcs Augen nicht erkennen, machte aber eine Geste, die tröstlich wirken sollte. Er wandte sich zum Gehen, überlegte es sich dann aber noch einmal. Es kam nicht infrage, dass er sich derart die Hosen herunterziehen ließ.

»Zwischen dir und mir gibt es einen Unterschied«, flüsterte er, während er erneut auf Mabiala zuging. »Ich brauche mir nicht den Arsch zu pudern, um meinen Feinden Angst zu machen.«

71

Um sechs Uhr morgens war Erwan geduscht, rasiert und angezogen und fühlte sich fit für das Briefing, das vor seinem Abflug nach Brest stattfinden sollte. Aber zuvor musste er von seinem Vater mehr über den Nagelmann erfahren.

Kripo hatte ihm unbeabsichtigt den Kopf zurechtgerückt: Er

musste ganz vorn anfangen. Was genau hatte sich in Lontano, Katanga, zwischen 1969 und 1971 abgespielt? Und in den vierzig Jahren danach? Hatte man die Bestie einfach nur eingesperrt und den Schlüssel weggeworfen?

In Erwans Kindheit hatte der Nagelmann ihm die herkömmlichen Zauberer und andere Schreckgestalten ersetzt. Nachts war es nicht ein Buhmann oder Vampir, der ihn erschreckte, sondern ein junger belgischer Ingenieur mit einem Werkzeugkoffer und einem Sack voller Nägel … Unabhängig von den furchteinflößenden Skulpturen im Arbeitszimmer seines Vaters. Er war immer überzeugt gewesen, dass einer dieser Dämonen die Seele seines Vaters gefressen hatte und der Alte deshalb seine Frau verprügelte.

Erwan parkte unter den Platanen der Avenue de Messine und nahm die Hintertreppe, die direkt zum Trakt seines Vaters führte.

»Was hast du hier zu suchen?«

»Welch freundlicher Empfang!«

Seltsamerweise war sein Vater ebenfalls schon fertig. Er trug seine gewohnte Uniform: Hosenträger und zweifarbiges Hemd.

»Komm rein«, sagte Grégoire und blickte auf die Uhr.

Von der Tür aus ging es direkt in einen kleinen Flur und von dort in das Büro, das auch als Schlafzimmer diente. Erwan bemerkte den offenen Koffer.

»Verreist du?«

»Nur schnell hin und zurück. Eine Sache von zwei Tagen.«

»Wohin?«

»Kinshasa.«

»Das ist doch wohl ein Scherz!«

Morvan packte einen Stapel Hemden in den Onboard-Trolley.

»Sehe ich etwa so aus? Bei dieser Scheißhitze werde ich mich alle zwei Stunden umziehen müssen.«

»Was willst du da?«

»Business. Kaffee?«

»Gern.«

»In der Küche steht frischer. Bring mir eine Tasse mit.«

Erwan gehorchte. Er ahnte, dass der Blitzbesuch im Kongo mit Coltano und den Problemen zu tun hatte, von denen sein Vater ihm erzählt hatte. Ihm war es egal. Alles, was mit dem Geld seines Vaters zu tun hatte, widerte ihn an. Andererseits fragte er sich, ob es hier nicht eine entfernte Verbindung zu dem neuen Nagelmann gab …

In der kleinen Küche stand der Kaffee dampfend in der Maschine. Mit fast siebzig Jahren führte der Padre hier ein Studentenleben. Alles nur, weil …

Mit zwei Kaffeebechern kehrte Erwan ins Zimmer zurück.

»Danke. Wie geht es deiner Schwester?«

»Gut. Sie ist zu Hause und hat sich beruhigt.«

»Das hoffe ich. Wohin war sie denn verschwunden?«

»Ich verschone dich lieber mit den Einzelheiten.«

»Du hast recht. Sie muss mir einen Gefallen tun. Allerdings wäre es besser, wenn du sie darum bittest.«

Erwan sah im Geiste wieder Gaëlle vor sich, die in ein Handtuch gewickelt auf dem Treppenabsatz herumbrüllte, und war sich nicht sicher, ob er der geeignete Kandidat war, sie um etwas zu bitten.

»Was für einen Gefallen?«

»Heute ist Freitag. Loïc hat die Kinder dieses Wochenende, kann sie aber nicht holen.«

»Warum?«

»Höhere Gewalt.«

»Sag bitte nicht, dass …«

»Nein. Er ist einfach nicht zu Hause. Zumindest heute Abend nicht. Gaëlle soll die Kinder von der Schule abholen und in seiner Wohnung betreuen, bis er zurückkommt.«

»Wo ist er?«

»Tut mir leid, aber das kann ich dir nicht sagen.«

Morvan hatte zwar mit bedächtigem Tonfall gesprochen, aber trotz seiner Fähigkeit, seine wahren Gefühle zu verbergen, spürte

Erwan, dass sein Vater außergewöhnlich nervös war. Mit der Kaffeetasse in der Hand packte er den Koffer. Kulturbeutel, iPod, Bücher, Handtücher …

»Warum informierst du nicht Sofia …«

Der Alte ließ kopfschüttelnd seinen Elektrorasierer fallen.

»Hast du es wirklich noch nicht verstanden? Wir dürfen uns keinen Fauxpas leisten.«

»Wovon redest du?«

»Wenn sie sich wirklich scheiden lassen, darf Loïc sich nicht die kleinste Blöße geben. Diese italienische Hexe verwendet die geringste Kleinigkeit gegen ihn.«

»Aber sie hat immerhin versprochen, den Mantel des Schweigens über die Festnahme zu breiten, oder?«

»Ganz genau. Aber alles andere wird sie ausnutzen.«

Er öffnete eine Schublade seines Sekretärs, nahm eine Waffe samt Futteral heraus und ließ sie zwischen zwei Hemden gleiten.

»Damit passierst du die Kontrollen?«, wundert sich Erwan.

»Immerhin habe ich vierzig Jahre Dienst auf dem Buckel.«

»Gehst du etwa auf die Jagd?«

»Kümmer dich um deinen eigenen Kram. Was willst du eigentlich hier?«

»Über den Nagelmann reden.«

Sein Vater nahm einen prall mit Bargeld gefüllten Umschlag, blätterte die Scheine, ausschließlich Hunderter, rasch durch und steckte ihn zusammen mit seinem Pass in seine Westentasche.

»Das passt jetzt aber überhaupt nicht.«

»Zwing mich nicht, dich ins Präsidium vorzuladen.«

»Bist du mit dem Auto da?«, lächelte Morvan. »Fahr mich einfach nach Roissy, dann können wir unterwegs reden.«

72

Als ich in Lontano ankam, hatte er bereits vier Frauen getötet.«

»Du warst doch in Gabun stationiert. Warum wurdest du nach Zaire geschickt?«

»Weil das letzte Opfer eine Französin war. Ich sollte mir die Sache einmal aus der Nähe anschauen.«

»Gib mir ein bisschen Kontext. Erzähl von Lontano.«

»Lontano war ein riesiges Wohngebiet, eine neue Stadt, in der alle Ingenieure, leitenden Angestellten und Vorarbeiter des Bergwerks wohnten. Die meisten waren Belgier. Es gab Schulen und Universitäten, an denen die Elite ausgebildet wurde. Das waren damals viele, Schwarze hatten noch keinen Zugang zu qualifizierter Arbeit.«

»Als es mit den Morden anfing, gab es doch sicher Panik, oder?«

»Kein Mensch traute sich mehr vor die Tür, und niemand wollte in der Stadt bleiben. Es gab massive Abwanderungen. Die Belgier zogen es vor, nach Europa zurückzukehren. Aber auch die Schwarzen hatten Angst. Sie glaubten, ein Dämon treibe sein Unwesen, und weigerten sich, in Gebieten zu arbeiten, wo der Mörder eines seiner Opfer abgelegt hatte. In der gesamten Region herrschte Stillstand.«

Unwillkürlich musste Erwan daran denken, dass er genau dort geboren war. Sein Vater hatte recht: Dieser unselige Ort konnte einem vorkommen wie ein Fluch, und da gerade keine Feen zu Hand gewesen waren, hatte sich ein Serienmörder über seine Wiege gebeugt.

»Was hat die Polizei unternommen?«

»In Zaire gab es damals noch keine eigene Polizei. Und die Belgier haben nichts gefunden. Zu ihrer Entlastung muss ich aber sagen, dass man damals nur eine Art von Untersuchung kannte, nämlich Zeugenaussagen. Aber natürlich hatte niemand etwas gesehen, alle verbarrikadierten sich hinter ihrem ängstlichen Schweigen. Willst du nicht das Martinshorn einschalten?«

Erwan hatte die Porte de la Chapelle erreicht und bog auf die E 19 ab, die Autoroute du Nord.

»Nein. Wir haben noch genug Zeit. Ich will alle Einzelheiten wissen.«

»Dafür müssten wir allerdings zu Fuß zum Flughafen laufen.«

»Hattest du für deine Untersuchung eine Genehmigung der Regierung in Zaire?«

»Die Schwarzen erwarteten mich wie einen Messias. Die Angelegenheit war Mobutu zu Ohren gekommen, der den Exodus aus Lontano argwöhnisch verfolgte. Er fürchtete, dass die Bergwerke schon bald würden schließen müssen.«

»Haben die Belgier kooperiert?«

»Die hatten ganz andere Sorgen, die mussten irgendwie die Ordnung in der Stadt wiederherstellen. Sie hatten wegen der magischen Rituale des Mörders den Fehler begangen, die Afrikaner zu verdächtigen, was die Weißen dankend annahmen. Es gab Schlägereien und sogar Fälle von Lynchjustiz. Als ich ankam, stand die Stadt am Rand eines Bürgerkriegs.«

»Womit hast du dann angefangen?«

»Ich habe die Ermittlungen noch einmal ganz von vorn aufgerollt. Die Belgier hatten eine interessante Entdeckung gemacht: Der Nagelmann hatte sich von einer Magie inspirieren lassen, die nichts mit Katanga zu tun hatte. Die Zauberrituale stammten aus Mayombe, einer Region an der Mündung des Flusses Kongo, die mehr als fünfzehnhundert Kilometer von Katanga entfernt liegt. Daraufhin hat die Polizei diejenigen Arbeiter genauer unter die Lupe genommen, die der Ethnie der Yombe angehörten.«

»Gab es welche?«

»Hunderte. In Zaire galt Katanga damals als *das* Eldorado schlechthin: Die Leute kamen von überall her, um in den Bergwerken zu arbeiten. Natürlich war die Spur der Yombe eine Sackgasse, und nach einiger Zeit konnte man als Weißer kein schwarzes Ghetto mehr betreten, ohne Gefahr zu laufen, gelyncht zu werden. Und während der gesamten Zeit kamen immer mehr Opfer dazu.«

»Gab es ein bestimmtes Opferprofil?«

»Ja: junge Frauen aus gutem Hause, die entweder studierten oder in den Büros der Bergwerksgesellschaft arbeiteten. Nette Mädchen, die jeder kannte und die samstagabends in der Festhalle zu den Klängen von *I'm a man* und *Yellow river* tanzten.«

»Kannst du dich an sie erinnern?«

Ohne auch nur eine Sekunde des Zögerns spulte der Alte Namen und Daten herunter.

»Oktober 69: Ann de Vos, einundzwanzig, Biologiestudentin. Dezember 69: Sylvie Cornette, neunzehn, Sekretärin beim Sägewerk Fyt Kolenmijn. März 70: Magda de Momper, zwanzig, Studentin der Literaturwissenschaft. Mai 70: Martine Duval, achtzehn, befand sich im Vorbereitungskurs zu einer Elitehochschule.«

»Erinnerst du dich wirklich an jeden einzelnen Namen?«

»Sie sind für immer in mein Gedächtnis eingebrannt. Und dabei waren die gerade Genannten ermordet worden, bevor ich die Ermittlungen aufnahm. Die späteren Opfer sind fast zu einer Art Familienmitglied geworden.« Er hielt den Blick fest auf die Straße geheftet, als er mit seiner Aufzählung fortfuhr. »November 70: Monika Verhoeven, vierundzwanzig, Geologin bei Mangaan Corp. Februar 71: Anne-Marie Nieuwelandt, einundzwanzig, Übersetzerin beim belgischen Konsulat. April 71: Catherine Fontana, dreiundzwanzig, Krankenschwester in der Krankenstation bei Kilometer fünf. Mai 71: Colette Blockx, Hausfrau mit einem vier Monate alten Baby. November 71: Noortje Elskamp, zwanzig, Nonne … Gib Gas, Junge, sonst verpasse ich meinen Flieger.«

Erwan beschleunigte schweigend. Sie passierten das Stade de France in Saint-Denis.

»Der Mörder ging immer nach dem gleichen Muster vor«, fuhr Grégoire fort. »Entführung, Folter, Verstümmelungen, Entsorgung irgendwo im Busch. Nie wurden Spuren oder Abdrücke gefunden. Er mordete immer nur während der Regenzeit. Ein Regenguss, und alles war wie weggefegt.«

»Wartete er deshalb die Regenzeit ab?«

»Nein. Nach seinem Glauben führte der Monsun zu einem Andrang von Geistern. Das wiederum beinhaltete Gefahr, deshalb musste er seine Schutzmaßnahmen verstärken. Dazu aber brauchte er jeweils einen mächtigen Fetisch – ein Opfer.«

»Die Morde liegen für meine Begriffe zu weit auseinander für eine einzige Regenzeit.«

Morvan lächelte.

»Du bist wirklich ein Bulle! In Katanga dauert die Regenzeit acht Monate, von Oktober bis Mai. Du kannst dir den Matsch dort sicher vorstellen.«

Erwan musste daran denken, dass der neue Nagelmann diese Bedingung nicht einhielt. In der Nacht vom 7. auf den 8. September hatte es in Kaerverec nicht geregnet, und am Dienstag, den 11. September hatte in Paris sogar die Sonne geschienen.

»Was ist mit den Nägeln und den Glas- und Spiegelscherben?«

»Die kamen alle entweder von der Müllkippe oder aus den Lagerbeständen der Bergwerke oder Fabriken. Die genaue Herkunft konnten wir nie zurückverfolgen. Aber noch mal: Das waren andere Zeiten. Und wir befanden uns in Afrika …«

Sie erreichten das Flughafenareal. Erwan würde nicht genug Zeit bleiben, die ganze Geschichte zu hören.

»Wie hast du ihn erwischt?«, fragte er abrupt.

»Ich war damals fünfundzwanzig, und es war meine erste kriminalpolizeiliche Ermittlung. Ich hatte keine Ahnung, wie ich vorgehen sollte, aber ich habe mich – wie soll ich sagen? – in den Mörder und seinen Wahn eingefühlt. Dadurch verstand ich, dass die Magie zwar schwarz, der Mörder aber weiß war.«

»In allen einschlägigen Fachbüchern für Kriminalistik steht, dass Serienmörder sich so gut wie immer an ihrer eigenen Ethnie vergreifen.«

»Diese Bücher waren damals noch nicht geschrieben. Jedenfalls machte ich mich auf die Suche nach einem Europäer, der in der Region Mayombe entweder aufgewachsen war oder dort gelebt hatte.«

»Und so bist du auf Pharabot gekommen?«

»Nein. Es gab viele Weiße, die Gott weiß wo im Kongo und dort vor allem in Mayombe gearbeitet hatten. Ich konnte nicht alle verhören, also versuchte ich, die Liste etwas einzugrenzen, indem ich mich auf das Profil des Mörders konzentrierte.«

»Du meinst das psychologische Profil?«

»Nicht wirklich. Ich hielt mich hauptsächlich an die konkreten Fakten. Welche Fingerfertigkeit war für die Morde vonnöten, welches Wissen, welche Art von Glauben? Mein Kandidat war ein Weißer, der die Magie der Yombe kannte, also dort nicht nur gelebt haben musste, sondern auch in Kontakt mit der schwarzen Bevölkerung gekommen war. Außerdem kannte der Kerl den Busch wie seine Westentasche, das zeigten die Fundorte der Leichen. Es musste also einer sein, der im Gelände arbeitete, ein Ingenieur, Geologe oder Vorarbeiter.«

Als in der Ferne die Terminals auftauchten, drosselte Erwan das Tempo. Jede gewonnene Sekunde barg eine zusätzliche Information.

»Ich habe also alle Daten aufgelistet und sie anschließend mit Ort, Zeit und den Alibis jedes Verdächtigen verglichen«, fuhr Morvan fort. »Dabei bin ich ganz systematisch vorgegangen. Es war unendlich viel Arbeit, und das Schlimmste dabei war, dass der Täter unterdessen weitermordete. Es machte mich schier verrückt, aber es ging einfach nicht schneller. Zumal ich obendrein für die Überwachung und Wiederherstellung von Ruhe und Ordnung in den Bergwerken zuständig war.«

»Wie di Greco?«

»Ganz genau. Beim fünften Opfer flog ich nach Gabun, um einen mir bekannten französischen Arzt ins Land zu holen. So konnte ich wenigstens sicherstellen, dass eine Obduktion gemacht wurde, die dieses Namens würdig war. Dank dieser Maßnahme entdeckten wir die Fingernägel und Haare im Brustkorb des Opfers.«

»Hat dir das weitergeholfen?«

»Nein, aber es hat bestätigt, dass der Verrückte nach den Riten der Yombe handelte.«

»Und wie hast du ihn schließlich dingfest gemacht?«

»Wie immer: mit viel Glück. Das letzte Opfer, die Nonne Noortje Elskamp, arbeitete in einer Krankenstation, in der Schwarze behandelt wurden. Ich habe alle Pfleger verhört und sie gefragt, ob ihnen ein Kerl mit seltsamem Verhalten aufgefallen wäre, der durch die Gegend streifte. Oder ob es einen Weißen gab, der sich in der Station behandeln ließ. In Lontano besuchten die Europäer das offizielle Krankenhaus, die Weiße Klinik. Die Krankenstation war nur für Schwarze.«

»Und? Hat sich etwas ergeben?«

»Ein junger Ingenieur war mehrfach kurz hintereinander erschienen, um sich gegen Tetanus impfen zu lassen. Was natürlich absurd war, denn eine Impfung hält mehrere Jahre. In diesem Augenblick wusste ich, dass ich meinen Kandidaten gefunden hatte.«

»Wegen des Rosts an den Nägeln?«

»Ganz klar. Nach jedem Opfer ließ er sich eine Spritze geben. Was, nebenbei bemerkt, ziemlich dumm war, denn die Tetanus-Bakterien befinden sich in der Erde und nicht an Drahtstiften.«

»Hast du ihn festgenommen?«

»Mit welcher Begründung hätte ich das tun sollen? Missbräuchliches Impfen? Pharabot entsprach haargenau dem von mir erstellten Profil, aber er war ein ausgesprochen beliebter Kerl. Seine Chefs hielten große Stücke auf ihn, und die Arbeiter respektierten ihn.«

»Was hast du gemacht?«

»Eigentlich hatte ich vor, ihn zu erschießen, aber er floh in den Busch. Dort habe ich ihn schließlich erwischt.«

»Aber nicht erschossen.«

»Nein.«

»Warum?«

»Das frage ich mich noch heute.«

Sie näherten sich der Ausfahrt Roissy 2E. Ende der ersten Befragung. Erwan fuhr in den Abflugbereich und zeigte seine Dienstmarke, um so nahe wie möglich zur Tür vorzudringen.

»Glaubst du, du kennst ihn?«, wollte er wissen.

»Wen?«

»Den aktuellen Mörder.«

»Zumindest kennt er mich. Oder er hat sich über mich informiert. Der Mord an Anne ist der Beweis.«

»Und Wissa Sawiris?«

»Den kann ich mir nicht erklären. Allenfalls als Verbindung zu di Greco, aber das erscheint mir doch etwas weit hergeholt.«

»Über di Greco hast du mir gar nichts erzählt. War er an den Ermittlungen beteiligt?«

»Nein. Die Besitzer der französischen Schürfunternehmen suchten jemanden, der grundsolide war und die Ordnung in den Bergwerken wiederherstellen konnte. Ich habe di Greco vorgeschlagen, den ich aus Gabun kannte. Er hat zwei Jahre in Lontano gearbeitet.«

»Mehr war da nicht?«

Morvan zögerte.

»Diese Mördergeschichte hat ihn ziemlich fasziniert. Ich glaube, er war fast besessen davon. Aber darüber musst du dir nicht den Kopf zerbrechen.«

»Als du ihn in Frankreich wiedergesehen hast, habt ihr da über diese Zeit gesprochen?«

»Niemals. Es sind eher unangenehme Erinnerungen.«

Der Alte log, aber Erwan blieb keine Zeit, darauf einzugehen.

»Zwischen Kaerverec und Charcot gibt es auf jeden Fall eine Verbindung.«

»Vergiss die Klinik. Pharabot ist seit drei Jahren tot.« Er blickte auf seine Uhr. »Ich muss los, sonst kriege ich den Flieger nicht.«

»Hast du ihn jemals besucht?«

»Nein.«

»Er hat vierzig Jahre in der Bretagne verbracht?«

»Nein, er war zunächst in Kinshasa im Gefängnis und dann im Maßregelvollzug in Belgien. Erst im Jahr 2000 hat Frankreich vorgeschlagen, die Bestie zu übernehmen. Charcot hatte irgendein neues Programm – keine Ahnung, was genau. Die Belgier waren natürlich froh, ihn los zu sein.«

Grégoire nahm seinen Koffer vom Rücksitz und streckte die Hand zum Türgriff aus.

»Warte, ich habe noch ein paar Fragen.«

»Ich habe keine Zeit mehr«, protestierte Morvan.

»Warum haben die Opfer rasierte Schädel?«

»Um die Ähnlichkeit mit den Holzfetischen, den echten *minkondi*, herzustellen.«

»Und die Spiegel vor den Augen?«

»Sie stehen für die Gabe des Sehens. Ein *nkondi* dieser Art kann die Zukunft voraussehen.«

»Versuch, dich an die Rituale zu erinnern. Gibt es vielleicht eines, das den heutigen Mörder überführen könnte? Mit unseren heutigen Untersuchungstechniken?«

Morvan überlegte einige Sekunden. Er roch nach seinem Eau de Toilette von Hermès, vor allem aber verströmte er, egal, was er tat, eine dumpfe Bedrohung und eine latente Macht.

»Um seinen Fetisch zu aktivieren, spuckt der *nganga* darauf und schüttet Palmwein darüber … Pharabot ging sogar noch weiter: Er markierte seine Opfer auf Kopf und Schultern mit seinem eigenen Blut.«

»Das bedeutet, dass …«

» … die Frauen seine DNA trugen, richtig. Aber damals hat mir das nichts gebracht.«

»Glaubst du, dass unser Mörder das Gleiche tut?«

»Wenn er dem Ritual präzise folgen will – sicher.«

»Er würde seine DNA auf der Leiche hinterlassen?«

»Wenn er ebenso verrückt ist wie sein Vorbild, bleibt ihm keine andere Wahl, schließlich muss er sich vor den Geistern schützen.«

»Ich dachte, er rächt sich an dir.«

»Das eine schließt das andere nicht aus.«

»Wer weiß von diesen Details?«

»Niemand. Pharabot hat es mir während des Prozesses verraten.« Morvan lachte düster auf und versetzte Erwan einen Klaps auf die Schulter. »Jetzt hast du einiges, worüber du nachdenken kannst ...«

»Wann kommst du zurück?«

»Wenn alles gut geht, morgen früh.«

»Und wenn es nicht gut geht?«

»Steht es in der Zeitung.«

Erwan ging nicht auf den Scherz ein – falls es überhaupt einer war. Sein Vater öffnete die Tür, hielt aber noch einmal inne.

»Beinahe hätte ich es vergessen.«

Er hielt seinem Sohn einen Umschlag hin.

»Was ist das?«

»Die Liste von Gaëlles Freiern.«

»Fang nicht wieder damit an.«

»Damit es nicht wieder anfängt, wirst du sie besuchen. Vertreib ihnen die Lust auf deine Schwester. Ich will von dieser Seite keine Probleme mehr.«

73

Alle im Saal waren nervös.

Audrey saß verkrampft und mit einem Block in der Hand auf ihrem Stuhl. Sie war angezogen, als sei ihre Vorstellung von Verführungskunst darauf beschränkt, ihre Leiche der Wissenschaft zu vermachen. Tonfa sah aus wie ein Catcher, der seinen Umhang vergessen hatte. Sardine gab sich sportlich, in einem Sweatshirt in den Farben einer englischen Fußballmannschaft. Kripo fügte dem Ganzen den bohemehaften Touch hinzu: karmesinrote Samtweste, graue Seidenjacke und ein Pferdeschwanz, der ihm das Aussehen eines Wegelagerers verlieh.

Auch ein Eindringling hatte sich Zutritt verschafft, ein junger Kerl in weißem Hemd und schwarzem, schlecht geschnittenem Anzug, mit einer Umhängetasche aus Stoff. Er ähnelte den jungen Angestellten, die man morgens in Manhattan traf.

Der junge Mann, dessen Gesicht Erwan irgendwie bekannt vorkam, stellte sich als Jacques Sergent vor. Erwan schlug ihm vor, sich in eine Ecke zu setzen, was gleichbedeutend war mit: »Ich will keinen Ton hören.«

»Ich habe Neuigkeiten vom Ufer«, begann Audrey.

»Straße oder Wasser?«

»Von der Seine. Die Wasserschutzpolizei hat die Zeugenaussage eines Schiffers aufgenommen, der gesehen hat, dass gegen vier Uhr morgens ein Zodiac am Quai des Grands-Augustins festgemacht hatte.«

Das Wort Zodiac erinnerte Erwan sofort an Kaerverec. Ihm kam eine verrückte Idee: Vielleicht war der Mörder samt seinem Boot aus der Bretagne gekommen.

»Haben wir eine genaue Uhrzeit?«

»Leider nicht. Der Typ hat lediglich bemerkt, dass es in Richtung Bercy vertäut lag.«

»Registrierung?«

»Auch nicht. Sein Kahn fuhr in die andere Richtung.«

»Welches Modell?«

»Eines der größten auf dem Markt. Eines von denen, die von der Marine benutzt werden. Man nennt sie Schnelleinsatzboote.«

»Ich kenne dieses Modell.«

»Ich habe mich schlaugemacht: Es gibt Hunderte davon.«

»Nimm dir jemanden aus einer anderen Gruppe und überprüf die gesamte Liste.«

»Ich hab's geahnt …«

Erwan wandte sich an Tonfa.

»Was ist mit der Autopsie?«

»Riboise ist immer noch nicht fertig, sondern gerade erst dabei, die Leiche zu öffnen.«

Mit anderen Worten: Tonfa hatte seinen Posten in der Gerichtsmedizin verlassen, um am Briefing teilnehmen zu können, was eigentlich nicht erlaubt war.

»Was haben wir bis jetzt?«

Der Koloss griff nach seinem Notizbuch.

»Vierundsiebzig Nägel, zweiundzwanzig Scherben von Spiegeln, Flaschen und Fensterscheiben und unterschiedliche Metallfragmente.«

»Ich habe was von Fasern gehört. Welche?«

»Wie es aussieht, ist es Rosshaar oder Bast. Genaueres werden wir noch erfahren.«

»Was sagt Riboise: Wie viel Zeit hat die Verstümmelung in Anspruch genommen?«

»Möglicherweise ging es recht schnell. Mit einer Nagelpistole.«

Die Verwendung eines solchen Werkzeugs passte nicht zum geheiligten Charakter des Opfers. Dann aber kam Erwan die Chronologie der Ereignisse in den Sinn: Anne wurde gegen 18 Uhr entführt, die Leiche gegen vier Uhr morgens abgelegt. Der Mörder hatte also zehn Stunden Zeit, sein Opfer an einen sicheren Ort zu bringen, es zu foltern, zu verstümmeln und schließlich ungefähr dahin zurückzubringen, wo er es entführt hatte.

»Hast du der Spurensicherung Proben zukommen lassen?«

»Jawohl. Schon eine zweite Ladung.«

»Wer kümmert sich darum?«

»Cyril Levantin.«

Das war eine gute Nachricht, denn Levantin galt als der Beste im Labor.

»Und die Fingernägel und Haare?«

»Am späten Vormittag wissen wir mehr. Riboise kümmert sich darum.«

Erwan wandte sich an Sardine.

»Die sozialen Netzwerke von Anne Simoni?«

»Bisher nur das Übliche. Aber auf ihrem Computer ist ein verschlüsselter Ordner. Ich habe unsere Nerds um Hilfe gebeten.«

Erneut musste Erwan an Kaerverec denken. Die beiden Ermittlungen reihten sich zu schnell aneinander: Die zweite ließ der ersten keine Ruhe.

»Ist das alles?«

»Wir haben erst heute Morgen um drei miteinander gesprochen.«

»Kümmer dich um mögliche politische Aktivitäten.«

»Zum Beispiel?«

»Globalisierung. Anarchismus. Etwas in der Art.«

»Ich dachte, damit hätte sie aufgehört.«

»Trotzdem solltest du nachhaken. Und kümmer dich um sexuelle Tendenzen.«

»Ihre Festplatte ist bis auf den verschlüsselten Teil absolut koscher. Denkst du an etwas Bestimmtes?«

»An SM.«

Im Versammlungsraum ertönten die Klänge eines mechanischen Klaviers. Die Titelmusik des Gangsterfilms *Borsalino* mit Alain Delon und Jean-Paul Belmondo. Fieberhaft wühlte Sardine in seinen Taschen, fand schließlich das Handy, rannte mit großen Schritten zur Tür, während er zärtliche Worte flüsterte.

»Jetzt zu dir, Kripo. Die Telefonate?«

Der Lautenspieler schien sich unbehaglich zu fühlen.

»Am letzten Tag hat sie mehrmals die gleiche Person angerufen …«

»Hast du die Nummer?«

»Sie war geheim. Wir haben die ganze Nacht gebraucht, um …«

»Die Nummer!«

»Die deines Vaters. Sein privates Handy.«

»Wir wissen, dass sie sich kannten.«

»Das erklärt aber nicht, warum sie ihn innerhalb weniger Stunden sechsmal anrief.«

»Ich werde ihn selbst fragen.«

In diesem Moment fiel ihm auf, dass er im Auto völlig vergessen hatte, nach Anne Simoni zu fragen.

»Die Videoaufzeichnungen?«

»Nichts Neues. Die Frau scheint sich auf dem Pont d'Arcole

in Luft aufgelöst zu haben. Wir führen eine Zeugenbefragung durch.«

»Ist das alles?«

»Das ist alles.«

Erwan klatschte in die Hände, einerseits, um sein eigenes Unbehagen zu überspielen und andererseits, um sein Team anzuspornen, das ihm trotz bester Absichten ein wenig untertourig zu laufen schien.

»Audrey, du kümmerst dich um die Durchsuchung der Wohnung des Opfers. Nimm Favini mit, er kennt sich da bereits aus.«

»In Ordnung.«

»Tonfa, du gehst zurück in die Gerichtsmedizin und bleibst beim Rest der Obduktion dabei.«

»Und ich?«

Alle Blicke wandten sich der Stimme zu. Jacques Sergent hatte die Hand gehoben. Wie in der Schule. Er war knapp dreißig, hatte sehr dunkles, bereits leicht schütteres Haar und unauffällige Gesichtszüge, abgesehen von einer stark vorspringenden Hakennase, die an einen Tukan erinnerte.

»Du?«, überlegte Erwan. »Du kümmerst dich mit Kripo um die Telefonate.«

Der junge Polizist nickte. Die Aufgabe war nicht gerade toll, aber immerhin gehörte er jetzt zum Team, und das hatte schon etwas.

Erwan blickte auf die Uhr.

»Aber zuerst musst du mich zum Flughafen bringen, Kripo. Und zwar ziemlich fix.«

74

Während der Elsässer Sergent kurz in seine Aufgabe einwies, ging Erwan in sein Büro und suchte die Unterlagen zusammen. Er fand eine Flasche Wasser und leerte sie in einem

Zug. Seine Kehle brannte wie Feuer, und das Wasser tat ihm gut. Trotzdem schalt er sich, diesem Bedürfnis nachgegeben zu haben. Schon aus Prinzip verachtete er Menschen, die dem kleinsten Durstgefühl sofort nachgaben. Er sah darin die niedrige Befriedigung eines noch niedrigeren Instinkts, eigentlich schon fast ein Laster.

Erwan hatte mehrere Abneigungen dieser Art, die manchmal wirklich absurd waren. In einigen Dingen verhielt er sich fast wie ein religiöser Fanatiker, der seine natürlichen Grundbedürfnisse hasste und immer am Rand der Selbstgeißelung lavierte. Sein Problem dabei war, dass es keinen Gott gab, an den er sich wenden konnte.

Ein Blick auf die Uhr: Wo blieb Kripo bloß?

Er nutzte die Wartezeit, um Levantin anzurufen, der die Spurensicherung koordinierte.

»Morvan hier. Hast du die Proben bekommen?«

»Ich arbeite gerade daran.«

»Schon irgendwelche Erkenntnisse aus der ersten Lieferung?«

»Wenn du mir sagen könntest, wonach wir suchen, würde mir das ungemein helfen.«

»Ich will wissen, woraus die Nägel und Scherben genau bestehen und wo sie herkommen. Im Augenblick ist das unsere einzige Verbindung zu dem Mörder.«

»Auf den ersten Blick könnten die Sachen von jeder Müllkippe stammen.«

»Du gibst dich auch sonst nicht mit dem ersten Blick zufrieden. Ich bin Besseres von dir gewohnt. Der Mörder orientiert sich an einem Vorbild aus den 1970er-Jahren, der damals in Zaire sein Unwesen trieb.«

»Ja und?«

»Es wäre zum Beispiel ein Bezug zu Afrika möglich. Analysier die Zusammensetzung der Metalle, der Glasscherben und der Rostspuren.«

»Dafür brauche ich eine Anordnung.«

»Du bekommst alles, was du brauchst. Wann kannst du mir einen ersten konkreten Hinweis liefern?«

»Ich habe hier mehrere Dutzend Asservaten. Rechne bestenfalls mit mindestens zwei Tagen, vorausgesetzt, ich bekomme den tariflichen Eilzuschlag für …«

Erwan hörte nicht mehr zu. Der ewige Papierkram, die langen Analysezeiten und der Budgetkrieg gingen ihm gehörig auf die Nerven.

»Klemm dich dahinter. Ich muss noch heute wissen, wo diese verdammten Nägel herkommen.«

»Aye aye, Sir.«

»Noch etwas. Hat Tonfa dich über den Speichel informiert?«

»Nein.«

»Es könnte sein, dass der Mörder die Nägel ableckt, bevor er sie ins Fleisch drückt.«

»Es wird nicht leicht sein, solche Spuren zu finden. Noch einmal: Die Leiche ist ziemlich übel zugerichtet.«

»Ich weiß, dass du Wunder vollbringen kannst.«

»Suchen wir auch nach Sperma?«

»Nach Sperma nicht, aber nach Blut. Es könnte sein, dass der Mörder ein Ritual vollzogen hat, bei dem er sein Opfer mit seinem eigenen Blut benetzt, um … sagen wir, eine physische Verbindung zu schaffen.«

»Geht es um Hexerei?«

»Nenn es, wie du willst. Such nach einer Blutgruppe, die nicht die von Simoni ist. Und fang am Kopf damit an.«

»Das ist aber ein Riesenaufwand!«

»Nimm dein ganzes Team dazu oder frag bei anderen Labors an. Die Sache eilt.«

»Und wenn Mörder und Opfer die gleiche Gruppe haben?«

»Dann sind wir die Gelackmeierten. Hast du die Asservate aus der Bretagne bekommen?«

Erwan hatte die Haare und Fingernägel aus Wissas Bauchhöhle angefordert.

»Die Proben aus Brest stimmen mit der Frau vom Quai des

Grands-Augustins überein, daran besteht nicht der geringste Zweifel. Keine Ahnung, was das zu bedeuten hat, aber es ist ziemlich abgefahren.«

Der neue Nagelmann hatte sich also tatsächlich Annes Haare und Fingernägel vor dem Mord von Kaerverec besorgt. Aber wann? Und wie?

»Ruf mich an, sobald du was weißt.«

Mit einem Mal empfand er einen irrationalen Optimismus: Levantin würde die Herkunft der Nägel herausfinden oder auf der Leiche von Anne Simoni Blutspuren finden, deren DNA-Profil im nationalen Register aufgeführt war.

»Können wir?«

Kripo stand im Mantel vor ihm.

»Allerdings. Und zwar *full speed.*«

Sie rannten die Treppen hinunter. Erwan drückte die Aktentasche mit den Berichten seines Teams an sich. Die meisten von ihnen wurden unterwegs auf Laptops geschrieben. Die Lektüre würde ihn auf dem Flug nach Brest beschäftigen.

Eine Rückkehr in die Bretagne brauchte er so nötig wie einen Kropf.

75

Grégoire Morvan hatte sich für einen Direktflug entschieden. Nur acht Stunden bis Kinshasa.

Unruhig rutschte er auf seinem Sitz in der ersten Klasse hin und her, umgeben von schwarzen Diplomaten und weißen Unternehmern. Er hoffte darauf, endlich einzuschlafen, und hatte zusätzlich zu seinen Anxiolytika eine Schlaftablette genommen, ohne sich daran erinnern zu können, ob die beiden Medikamente kompatibel waren.

Seine Unruhe galt hauptsächlich seiner Familie. Sein Ältester hatte einen Fall geerbt, der seine Möglichkeiten überstieg. Sein jüngerer Sohn befand sich in den Händen aufgekratzter Schwarzer. Und seine Tochter war dabei, sich selbst und ihre gesamte Familie zu vernichten.

Er zwang sich zur Ruhe. Erwan war der beste Polizist, den er kannte – abgesehen von sich selbst. Loïcs Entführer würde seinem Sohn ohne einen Befehl von Kabongo kein Härchen krümmen. Und auch Gaëlle würde sicher irgendwann wieder in die Spur zurückfinden. Sogar ihre Wut würde mit der Zeit schwinden. Bis dahin aber war es seine Aufgabe, sie zu beschützen.

Um sich abzulenken, klappte er sein Laptop auf und las noch einmal die Mail, die Loïc ihm in der Nacht geschickt hatte. Der Geologe Jean-Pierre Clau war zwei Monate zuvor bei einem Hubschrauberabsturz ums Leben gekommen. Zwischen den Zeilen konnte er den Verdacht seines Sohnes erahnen. Loïc glaubte nicht an eine feindliche Übernahme, sondern tendierte eher zu der Annahme, dass die Nachricht von den neuen Vorkommen durchgesickert war und ein paar Banker sich eine goldene Nase verdienen wollten. Möglicherweise stammten die Informationen von den Geologen. Aber daran glaubte Morvan nicht. Zunächst einmal, weil er die Kameraden kannte. Versierte Profis, die ihre Mission erfüllt hatten und direkt zum nächsten Auftrag übergingen. Davon abgesehen hatte Claus Tod nichts zu bedeuten, war es doch für sich allein genommen schon ein Risiko, in Afrika zu arbeiten. Die beiden anderen würde er bei Gelegenheit anrufen und ihnen die Würmer aus der Nase ziehen. Schnell schaute er nach dem Aktienkurs: schon wieder zwei Punkte zugelegt. Scheiße! Was sollte er Kabongo nur sagen?

Seine Gedanken vernebelten sich. Die Schlaftablette. Dann fiel ihm noch etwas ein, und er rief eilig seine Vertrauten beim Geheimdienst an und befahl ihnen, die von den Entführern verursachten Schäden in Loïcs Wohnung reparieren zu lassen. Auf keinen Fall durften Milla und Lorenzo die herausgebrochenen Türen und Fenster zu Gesicht bekommen.

Er klappte sein Laptop zu und setzte die Schlafmaske auf. Wenn er es schaffte, Kabongo in ein oder zwei Stunden abzufertigen, könnte er den Nachtflug nach Paris nehmen und wäre morgen früh wieder zu Hause.

Erneut kam ihm der Nagelmann in den Sinn. Wort für Wort erinnerte er sich an die Geschichte, die er Erwan aufgetischt hatte – eine gekonnte Mischung aus Wahrheit, Lüge und Auslassungen. Er wusste, dass sein Sohn nachhaken würde. Wichtig war, dass er sich an seine Version hielt und keinen Millimeter davon abwich, sonst würden sich die Pforten der Hölle öffnen.

Im Halbschlaf kehrte er zu seinem Wahn zurück, dass die Ereignisse der letzten Tage das Ergebnis eines konzertierten Rachefeldzugs waren. Die Morde nach afrikanischem Vorbild, der auf Sirling gefundene Ring, die Wahl von Anne Simoni, die Angriffe auf Coltano … Wer steckt dahinter? Diese Frage ließ ihn nicht los.

Langsam versank er in eine Art Bewusstlosigkeit, konnte sich aber noch an ein letztes Quäntchen Klarheit klammern.

Und da waren sie wieder, die einzigen Frauen in seinem Leben.

Nackt, mit rasiertem Schädel, begraben oder auch nur zusammengekauert in trockenen Erdfurchen. Sie schrien, ohne dass ein Laut aus ihren Mündern kam. Die Hakenkreuze auf ihren Stirnen sonderten schwarzen Eiter ab, der auf den Humus tropfte und ihn fruchtbar machte.

Die Formen ihrer wie geölt wirkenden Körper waren gleichermaßen sinnlich und abstoßend, wie die berühmten, von Edward Weston fotografierten Paprika. Die Kreaturen besaßen weder Hände noch Füße, sondern Greifer und Wurzeln.

Die Ungeheuer waren nicht seine Gefährtinnen, sondern seine Mütter.

Er verdankte ihnen sein Leben.

76

Es kam ihm vor wie ein Déjà-vu. Wie beim ersten Mal wurde Erwan in der Cafeteria des Flughafens von den drei Musketieren erwartet. Allerdings trugen sie dieses Mal keine langen Regenmäntel, schienen sich aber sehr zu freuen, ihn zu sehen. Vor dem Aufbruch zur psychiatrischen Klinik tranken sie einen Kaffee. Eigentlich schuldete Erwan ihnen einige Erklärungen, aber zunächst erkundigte er sich nach Neuigkeiten bezüglich di Greco.

Die Obduktion hatte bestätigt, dass der Admiral freiwillig aus dem Leben geschieden war. Was jedoch seine Verwicklung in den Mord an Wissa betraf, so gab es keine neuen Informationen. In der Kabine waren keine Stichwaffen gefunden worden und auch sein Computer war sauber. Es hatte keine Kontakte zu Leutnant Gorce und seinen Füchsen gegeben, und nichts wies darauf hin, dass der Admiral und der Flugschüler sich in der Tatnacht getroffen hatten. Die Untersuchung war abgeschlossen. Eine Verbindung zu dem Tod des jungen Kopten gab es nicht. Die Ermittlungen zum Mord an Wissa liefen weiter, allerdings auf Sparflamme. Noch war kein Richter ernannt worden, dafür aber hatte die Staatsanwaltschaft die gesamte Akte angefordert. Verny verstand nicht, warum.

Die Überleitung war perfekt, und so ließ Erwan die Katze sofort aus dem Sack und berichtete, dass der Mörder von Kaerverec mitten in Paris erneut zugeschlagen hatte.

»Wie können Sie sich da so sicher sein?«, fragte der Gendarm erstaunt.

»Ich habe Ihnen eine kurze Zusammenfassung mitgebracht«, antwortete Erwan und verteilte Papiere. Der stets engagierte Kripo hatte schnell das Wichtigste notiert.

Die drei Musketiere lasen schweigend. Als i-Tüpfelchen zeigte Erwan ihnen die Fotos von Anne Simonis Leiche.

»Der Modus Operandi ist identisch – Nägel, Scherben, Spiegelstücke und Organentnahme. Das gilt auch für den rasierten

Schädel und die anale Vergewaltigung. Die Obduktion läuft zurzeit.«

Der nach wie vor krebsrote Le Guen griff nach einem der Abzüge.

»Das alles erklärt aber noch immer nicht, was Sie in Charcot wollen.«

Erwan verstaute die Fotos, atmete tief durch und begann, von den Verbindungen mit der Vergangenheit zu berichten. Die Geschichte des Nagelmannes. Seine Vorgehensweise. Seine Zwangseinweisung in der Bretagne in den 2000er-Jahren. Der offenkundige Wunsch des Nachahmers, in der Nähe des Ortes zuzuschlagen, an dem sein Vorbild gestorben war.

»Was wissen Sie über den Mörder? Ich meine den aus Afrika«, erkundigte sich Verny.

Erwan berichtete, was er über Lontano wusste. Sprachlos lauschten sie Worten wie »Hexerei«, »Energiefluss« und »Geister«.

»Sollen wir fahren?«, schloss Erwan, um sie aus ihrer Trance zu erlösen.

Er setzte sich auf den Beifahrersitz. Archambault lenkte, die beiden anderen nahmen hinten Platz. Es war, als hätte er das alles schon einmal erlebt. Erwan musste kurz an Wissas Eltern denken, wagte aber nicht, nachzufragen, wie es ihnen ging.

Zu seiner Rückkehr zeigte sich die Bretagne von ihrer prächtigsten Seite: makellos blauer Himmel, strahlender Sonnenschein und eine bewegte, wie vom Wind säuberlich ausgemeißelte Landschaft. Schwarze Felsen erhoben sich inmitten grauer Wiesen, erinnerten an die Osterinseln mit ihren Basaltskulpturen.

»Was wissen Sie über Charcot?«

»Jeder hier in der Gegend kennt die Klinik. Sie wird ›Käfig der Ungeheuer‹ genannt.«

»Und passt dieser Spitzname zur Wirklichkeit?«

»Ganz und gar nicht. Es handelt sich lediglich um eine Maßregelvollzugsklinik, in der sich sowohl eine Gefängnis- als auch eine Krankenabteilung befinden. In Charcot werden gefährliche Patienten behandelt, in der Hauptsache Pädophile.

Darüber hinaus werden dort auch chemische Kastrationen durchgeführt.«

»Ist die chemische Kastration in Frankreich überhaupt erlaubt?«

»Keine Ahnung. Aber ich glaube kaum, dass es Beschwerden gegeben hat.«

»Haben Sie unseren Besuch angekündigt?«

Mit einem leisen Lachen, das so ganz und gar nicht zu ihm passte, antwortete der Gendarm:

»Ich habe ehrlich gesagt nicht einmal das Wort Durchsuchung benutzt.«

»Warum?«

»Um sicherzustellen, dass wir wirklich alles zu sehen bekommen.«

Jenseits der Windschutzscheibe nahm die Landschaft Farbe an. Rostfarbene Büsche schienen aus blanken Pfützen zu wachsen, die Weiden waren sattgrün, das erste Heidekraut blühte und späte Hortensien entfalteten ihre Pracht. Erwan konnte nicht sagen, ob es ihn glücklich stimmte, wieder hier zu sein. Der Bretagne wohnte eine gleichermaßen beunruhigende und verzehrende Kraft inne. In der Ferne wölbte sich das Meer wie der Rücken eines fantastischen Tieres, dessen Schuppen sich am Licht des Himmels rieben. Er musste an einen mächtigen, regelmäßigen Atem denken. Eine ruhende Energie, die nur darauf wartete, geweckt zu werden.

Seine Gedanken schweiften ab. Gegen seinen Willen landeten sie erneut bei seiner Schwester, die wie eine Jahrmarktsattraktion mit weit geöffneten Schenkeln auf ihrem Thron gesessen hatte. Schon jetzt konnte er sich nicht mehr an die Argumente erinnern, die Gaëlle angeführt hatte – in Dialektik war sie begabter als in seelischer Ausgeglichenheit. Plötzlich fiel ihm ein, dass er sie hatte bitten sollen, die Kinder von der Schule abzuholen. Eilig schrieb er ihr eine SMS, ohne auf die Ereignisse der vergangenen Nacht anzuspielen. Bisher hatte sich Gaëlle noch nie geweigert, Loïcs Kinder zu hüten. Aus irgendwelchen geheimnisvollen Gründen hielt sie diese Aufgabe für eine ihrer Pflichten.

Als er wieder aufblickte, sah er Hinweisschilder auf Locquirec, an der Grenze zwischen Finistère und Côtes-d'Armor gelegen. Die Klinik war nur noch zwei Kilometer entfernt.

Erwans Handy piepste – eine SMS, wahrscheinlich Gaëlles Antwort.

Er warf einen Blick auf das Display. Keine Nachricht hätte er weniger erwartet.

»Habe mit meiner Anwältin gesprochen: Wir dürfen miteinander essen gehen. Heute Abend? Treffen um acht bei mir?«

Unterschrieben hatte sie lediglich mit einem S.

77

Auf den ersten Blick wirkte die Klinik für Forensische Psychiatrie Jean-Martin Charcot wie ein Hochsicherheitsgefängnis. Fünf Meter hohe Mauern. An jeder Ecke ein mit Scheinwerfern bestückter Wachturm. Doppelte Umzäunung mit Stacheldraht in einiger Entfernung. Die Gebäude standen allein auf einer weiten, leeren Ebene. Im Umkreis von mindestens einem Kilometer gab es keinen Wald. Niemand konnte sich unentdeckt nähern oder, noch wichtiger, entfernen …

Der Himmel hatte sich wieder zugezogen, aber hier und da drangen neugierige Sonnenstrahlen zwischen den Wolken hindurch und fielen auf ein bestelltes Feld, weidendes Vieh oder ein kleines Gehölz. Um die Mittagszeit stiegen noch immer Dunstschwaden von den fruchtbaren Äckern auf, die Erde schien zu atmen.

Das erste Tor war in die Stacheldrahtumzäunung eingelassen, unter den Zäunen befanden sich wassergefüllte Gräben. Die Beamten wiesen sich aus, wurden fotografiert und man nahm ihre Fingerabdrücke ab. Eine Prozedur, die ihnen weder der als

Polizeifahrzeug erkennbare Ford noch die Uniformen von Erwans Begleitern ersparte. Als alles erledigt war, rollten sie langsam weiter zum Parkplatz des Hauptgebäudes.

Hier wurden sie erneut kontrolliert. Sie verließen den Wagen und gingen zu Fuß zur gepanzerten Tür. Käfig der Ungeheuer: Die Vorstellung erschien ihnen immer weniger weit hergeholt. An der ersten Schleuse mussten sie unter den wachsamen Blicken des Wachpersonals ihre Waffen, Handys, Ausweise und sämtliche Dinge aus Metall abgeben. Auch hier war es nicht von Bedeutung, dass sie Polizisten waren, die Behandlung war für alle gleich. Die Wächter hier waren tagtäglich mit einer Gefahr konfrontiert, die weit über das normale Maß an Verbrechen hinausging: Die Insassen dieser Klinik waren verrückt.

In Begleitung dreier Wachleute betraten sie den Innenhof. Hier sah plötzlich alles ganz anders aus: frisch gemähter Rasen, Sportanlagen und hübsch renovierte Gebäude, über denen die französische und die europäische Fahne flatterten. Fast wie auf einem Universitätscampus. Zur Linken befand sich ein kompakter Block, vermutlich das eigentliche Gefängnis, mit nur wenigen Fenstern, einigen Wachtürmen und umgeben von elektrischen Zäunen. Ein Gebäude rechts wirkte mit seinen roten Kreuzen, geparkten Krankenwagen und Hinweisschildern auf verschiedene Abteilungen wie ein ganz normales Krankenhaus. Auf der Schwelle standen weiß gekleidete Pfleger und rauchten.

Ein Mann kam mit lebhaften Schritten auf die Besucher zu. Er war groß und athletisch und hatte die sechzig sicher überschritten, aber sein Lächeln fegte die Jahre unbekümmert hinweg. Er war in einen für sein Alter ungewöhnlichen Preppy-Stil gekleidet, Blazer mit Wappen, Chino-Hosen, Bootsmokassins. Seiner silbernen Mähne zum Trotz wirkte er, als käme er geradewegs aus einem Hörsaal in Oxford, er passte also genau in die Umgebung. Sein Händedruck bestätigte die Botschaft: Energie und Lebensfreude pur.

»Ich bin Professor Jean-Louis Lassay, Psychiater und Neurologe, und habe in dem Laden hier das Sagen.«

Erwan sagte verwundert:

»Und ich dachte immer, zwischen Psychiatern und Neurologen herrsche eine Art Kriegszustand.«

Sein Gegenüber lachte laut auf.

»Journalistenscherze! Sie können sich sicher vorstellen, dass wir angesichts der Komplexität psychischer Krankheiten längst alle kooperieren und unsere Fachgebiete verknüpfen. Was kann ich für Sie tun?«

Erwan stellte seine Kollegen vor und umriss mit wenigen Worten den Grund für ihren Besuch. Lassay schien keineswegs überrascht. Wie alle anderen auch hatte er am Morgen die Zeitung gelesen, und dabei war ihm natürlich die Ähnlichkeit der Vorgehensweise mit der von Thierry Pharabot aufgefallen. Den Mord an Wissa erwähnte Erwan nicht. Er wollte Informationen bekommen, keine geben.

»Kommen Sie, wir trinken erst einmal einen Kaffee«, rief der Psychiater.

Erwan nickte wenig begeistert: Das gemeinsame Kaffeetrinken war eine Art sozialer Krankheit geworden, ein Gift, mit dem zwischenmenschliche Beziehungen erleichtert werden sollten, das aber vor allem einen sauren Magen und Gallegeschmack in der Kehle hinterließ.

Einige Türen und Durchsuchungen später betraten sie eine Art Versammlungsraum, dessen Wände aus Plastik zu bestehen schienen. Auf einem langen Tisch standen Thermoskannen und Becher aus Styropor. Die Stühle waren aus dem gleichen Holz wie der Tisch. Lassay wird uns etwas bieten müssen, dachte Erwan. Er hatte nicht fünfhundert Kilometer hinter sich gebracht, um sich mit einer Reklameveranstaltung abspeisen zu lassen.

»Ich habe leider keine Idee, wie ich Ihnen helfen könnte«, begann der Arzt. »Thierry Pharabot ist vor drei Jahren gestorben, im November 2009.«

»Das wissen wir. Das Problem ist, dass sich offenbar ein Trittbrettfahrer von seiner Krankheit inspirieren lässt. Obwohl es sich um eine vierzig Jahre alte Geschichte handelt, von der hier so gut wie niemand weiß.«

»Welchen Zusammenhang sehen Sie?«

Normalerweise gab Erwan seinen Zeugen niemals Informationen, aber er wollte das Vertrauen des Psychiaters gewinnen.

»Lassen Sie uns einmal von der einfachsten Variante ausgehen«, sagte er und öffnete die Hände. »Pharabot könnte einen inzwischen freigelassenen Mitinsassen beeinflusst haben.«

»Wir bezeichnen unsere Gäste hier lieber als Patienten … Und nein, mit dieser Hypothese liegen Sie falsch. Pharabot lebte allein in seiner Zelle und hat sie so gut wie nie verlassen. Außerdem werden Patienten, die eine Gefahr für die Allgemeinheit darstellen, nicht freigelassen.«

»Befand sich Pharabot in Isolationshaft?«

»Absolut nicht. Er war ein ausgesprochener Einzelgänger und pflegte so gut wie keinen Kontakt zu den anderen. In den zehn Jahren hier ist niemand wirklich hinter sein Geheimnis gekommen.«

»Das Pflegepersonal vielleicht?«

»Auch nicht.«

»Welcher Psychiater hat ihn behandelt?«

»Nun … ich.«

»Hat er mit Ihnen gesprochen?«

»Hier muss ich Sie leider enttäuschen: Schweigepflicht!«

Erwan rückte ihm sofort den Kopf zurecht.

»Doktor, entweder machen Sie Ihre Zeugenaussage jetzt sofort und wir sparen kostbare Zeit, oder ich sorge dafür, dass Sie von Ihrer Schweigepflicht entbunden werden. Es kann doch nicht sein, dass Sie sich weigern, die Geständnisse eines längst verstorbenen Mörders zu verraten! Schließlich wollen wir einen lebenden Mörder dingfest machen.«

Lassay räusperte sich. Erwan konnte den Punkt für sich verbuchen.

»Wie soll ich zehn Jahre Gespräche, Analyse und Betreuung zusammenfassen?«

»Mir wäre schon mit einem Überblick sehr geholfen.«

»Pharabot litt unter paranoider Schizophrenie und Verfolgungswahn. Er war überzeugt, in seiner Kindheit verzaubert worden zu sein. Mächtige Geister sprachen mit ihm, bedrohten und verfolgten ihn. Seine einzige Waffe gegen sie bestand darin, mit einer Gegenmacht versehene Skulpturen herzustellen … Er nannte sie *minkondi*.«

»Hat sich sein Zustand während der gesamten zehn Jahre nicht verändert?«

»Leider nein. Die Psychiatrie ist oft nicht in der Lage, zu heilen, sondern begnügt sich damit, Erleichterung zu verschaffen.«

»Jemand hat mir von einer neuen Behandlungsmethode berichtet. Worin bestand sie?«

»Wir haben neue Wirkstoffe an ihm getestet, deren Namen Ihnen nichts sagen werden. Einige wirkten beruhigend, andere sollten ihm helfen, zwischen Realität und Fantasie zu unterscheiden. Leider waren die Resultate nicht besonders zufriedenstellend.«

Verny, Le Guen und Archambault hatten angefangen, sich Stichpunkte zu notieren.

»Woran ist Pharabot gestorben?«

»Entweder an einem Hirnschlag oder an einem Herzinfarkt. Auf jeden Fall im Schlaf. Ganz klar war es nie.«

»Wurde keine Autopsie veranlasst?«

»Wozu?«

»Zeigte er vielleicht andere Symptome körperlicher Krankheiten?«

»Absolut keine. Er war in Bestform. Wir waren alle überrascht.«

»War er aggressiv?«

»Nein. Er war immer ruhig. Sogar sanft.«

»Hat es nie Probleme mit ihm gegeben?«

»Nein. Aber das lag auch an den Medikamenten.«

»Besitzen Sie Bilder von ihm?«

»Nein. Er weigerte sich, sich fotografieren zu lassen. Irgendein afrikanischer Aberglaube.«

»Und was ist mit der Strafakte?«

»Wir führen hier nur Krankenakten.«

»Aber Sie haben seine Strafakte doch sicher erhalten?«

»Die aus dem 1970er-Jahren? Nein. Als Pharabot zu uns kam, war er schon seit Langem nur noch ein von einer Klinik in die andere verlegter Patient.«

Angesteckt von der eifrigen Atmosphäre hatte nun auch Erwan sein Notizheft hervorgeholt.

»Bekam er manchmal Besuch?«

»Nie. In zehn Jahren nicht ein einziges Mal.«

»Kümmerte sich die Justiz noch um ihn?«

»Nein. Kein Richter hat sich je die Mühe gemacht. Alle hatten Pharabot vergessen. Es war sein Schicksal, hinter diesen Mauern hier zu sterben.«

Der mitfühlende Tonfall ärgerte Erwan.

»Aber Sie wissen schon, was er getan hat?«

»Sie meinen in Lontano? Nur in Grundzügen.«

»Aber das scheint Sie nicht sonderlich zu beeindrucken.«

»Der Eindruck täuscht. Allerdings habe ich im Lauf der Jahre gelernt, seinen Wahn besser zu begreifen, und es ist uns gelungen, ihn – wie soll ich sagen? – ein wenig abzumildern.«

»Das verstehe ich nicht.«

»Pharabot lebte mit der Angst vor Geistern. Er hätte alles geopfert, um sich zu schützen. Hier aber war diese Obsession nur ein Symptom unter vielen. Er war durchaus nicht mehr die Bestie, die Sie sich vielleicht vorstellen.«

»Darf ich seine Akte einsehen?«

»Nein. Arztgeheimnis.«

»Ich denke, darüber haben wir bereits gesprochen.«

Die Miene des Psychiaters verschloss sich.

»An diesem Punkt werde ich nicht nachgeben. Erwirken Sie eine Ausnahmegenehmigung, wenn Sie wollen, und kommen Sie damit zurück, aber für den Moment müssen Sie sich mit dieser Antwort begnügen. Ich denke, ich habe Ihnen meine guten Absichten deutlich bewiesen.«

Es war sinnlos, auf der Bitte zu bestehen.

»Kommen wir also auf unser derzeitiges Problem zurück. Ein Mann, ein Mörder, lässt sich von der Vergangenheit des Nagelmannes inspirieren und schlägt hier und jetzt zu. Er scheint bestens über Pharabots Methoden informiert zu sein, und ich wage zu behaupten, dass er wusste, dass sein Vorbild hier interniert war. Haben Sie niemals jemanden bemerkt, der um die Klinik herumschlich? Jemand, der hier nichts zu suchen hatte?«

»Nein, nie.«

»Bekam Pharabot Briefe?«

»Nein.«

Erwan stand auf.

»Dürfen wir seine Zelle sehen?«

Der Professor hob die Augenbrauen.

»Was hoffen Sie zu finden? Er ist seit drei Jahren tot.«

»Ist sie wieder belegt?«

»Nein. Wir haben festgestellt, dass sie einen negativen Einfluss auf unsere Patienten ausübt.«

»Als würde es dort spuken?«

Lassay lächelte.

»Wir vermeiden es, in diese Art von Falle zu tappen. Sagen wir lieber, dass niemand vergessen hat, dass Zimmer 234 von einem der gefährlichsten Patienten hier bewohnt wurde. Gehen wir.«

78

Die Räume im Inneren der Klinik waren durch Zwischenwände unterteilt und jeweils abgeschlossen. Man konnte keine drei Schritte gehen, ohne eine Codekarte zu benutzen. Überall Gitter und verstärkte Wände. Kein einziges Fenster ging nach außen. Alles war glatt und weiß. Es gab keine Steckdosen und auch sonst keine Unebenheiten. Wie in einem riesigen Kühlschrank, in dem jedes Fach doppelt verschlossen war.

An den Decken hingen Überwachungskameras. Sicherheitsleute hielten in verglasten Käfigen Aufsicht, mit ganzen Arsenalen an Handschellen und Klebeband zu ihrer Verfügung. Genau genommen passierte nichts. Während des zehnminütigen Fußmarschs trafen sie lediglich auf zwei Wärter in weißer Dienstkleidung. In den Fluren herrschte Stille, ebenso wie hinter den Türen.

Aber es gab etwas, das nicht darüber hinwegtäuschen konnte, wo sie sich befanden. Es war der Geruch – die typische Mischung aus Urin und Medikamenten, die sowohl in Gefängnissen als auch in Kliniken herrschte.

Erwan musste an seinen Vater denken: Eine Einrichtung wie diese hier wäre der richtige Platz für ihn gewesen. Als Beweis für diesen Gedanken erinnerte er sich an den Tag, als der Alte Maggie mitgenommen und in die Familiengruft in Montparnasse eingesperrt hatte. Erst am nächsten Tag war sie zitternd und traumatisiert vom Friedhofswärter befreit worden, hatte es aber abgelehnt, ihren Mann anzuzeigen. Erwan war damals fünfzehn gewesen. Er hatte nichts machen können, sich aber den Schauplatz des Verbrechens angeschaut und dabei festgestellt, dass die Gruft leer war. Es gab weder Sarkophage noch Vorfahren. Nicht die geringste Spur von einem Morvan-Coätquen.

Sie erreichten die erste Etage, in der sich die Zellen befanden.

»Zimmer«, korrigierte Lassay. Und man hatte in der Tat alles getan, um den Anschein von Gefangenschaft vergessen zu lassen. Sogar das Guckloch in den Türen war mit einem Vorhang verhängt, um die Intimität des Patienten zu wahren.

»Ist die Einrichtung hier öffentlich?«

»Halb öffentlich, halb privat.«

»Dann bekommen Sie also Spenden von Privatleuten?«

»Ja, von einigen.«

Erwan konnte sich die Mäzene einer derartigen Einrichtung nur schwer vorstellen.

Lassay bemerkte seine Überraschung und sagte lächelnd:

»Sie würden sich wundern … Unter unseren Patienten befinden sich mehrere Pädophile. Die Familien der Opfer stellen uns

Geld für die Forschung dazu zur Verfügung. Es handelt sich um eine Verzerrung, eine Pathologie beim Mann. Daher ist es nicht weiter verwunderlich, dass die Betroffenen, in diesem Fall die Familien der Opfer, uns dabei helfen, unsere Arbeit auf diesem Gebiet zu finanzieren.«

Erwan ließ die Erklärungen an sich vorbeirauschen. Sein genetischer Code gestattete ihm nicht, Mörder und Vergewaltiger als Kranke anzusehen, die behandelt werden mussten. Hier oben begegneten ihnen dann und wann Patienten, die langsam und unsicher durch die Gänge schlurften. Alle mit rasierten Schädeln, hervortretenden Augen, alle trugen Jogginganzüge und wirkten wie Junkies. Sie wurden von niemandem bewacht, schienen aber so schwach, dass ein Kind ihnen ein Bein hätte stellen können. Erwan musste an Baumstümpfe denken, die innerlich dermaßen von Termiten zerfressen waren, dass sie bei der geringsten Berührung zu Sägemehl zerfielen.

Sie hielten vor einer Zelle. Lassay zog seine Codekarte hervor und entriegelte die Tür wie in einem Hotel.

»Bitte sehr.«

Sie blickten in einen leeren Raum von etwa sieben Quadratmetern, der weder eine Steckdose noch eine Toilette enthielt. Der Tisch war am Boden verschraubt.

»Hat Pharabot die ganze Zeit hier gelebt?«

»Die gesamten zehn Jahre.«

Erwan begann, das Zimmer so zu betrachten, wie Kripo es getan hätte. Sein Blick verweilte in jeder Ecke und vor jeder Fußleiste, auf der Suche nach einem Detail oder einem Lebenszeichen.

»Was glaubten Sie hier zu finden? Graffiti?«

»Vielleicht etwas in der Art.«

Lassay lachte.

»Sie haben keine Ahnung, wie unsere Patienten hier leben. Persönliche Kleidung, Telefon, ja sogar Toilettenartikel – alles ist hier verboten. Vor allem Stifte und ähnliche Dinge, die zu Waffen umfunktioniert werden könnten. Wenn sie allein sind, haben sie nichts, das sie anfassen können.«

Erwan stellte sich auf die Zehenspitzen und warf einen Blick durch die erhöht liegende Luke. Er sah ein mit Stacheldraht umzäuntes Grundstück.

»Pharabot hasste diesen Ausblick«, erklärte Lassay.

»Wegen des Stacheldrahtzauns?«

»Nein, wegen der wassergefüllten Gräben. Er behauptete, dass Geister sich gern an solchen Orten versteckten. Die Yombe fürchten Gräben, Pfützen und Quellen …«

Erwan erinnerte sich, dass Morvan ihm vor der Bedeutung des Wassers erzählt hatte. Pharabot mordete während der Regenzeit, wenn die Geister wanderten.

»Ging er manchmal hinaus?«

»Selten. Er hatte Angst, am Fuß eines Baumes einzuschlafen und sich in einen Ameisenhaufen zu verwandeln. Er lebte in dem, was Afrikaner ›die Zweite Welt‹ nennen.«

Erwan warf einen Blick auf die Uhr. Hier verschwendete er seine Zeit. Pharabot war einfach nur verrückt gewesen. Lassay hatte recht: Damals in Lontano mochte der Ingenieur eine Bestie gewesen sein, hier aber war er zu einem Geisteskranken unter vielen anderen geworden, ruhiggestellt durch Medikamente, im Winterschlaf bis zu seinem Tod.

Der Psychiater schien seine Enttäuschung zu bemerken.

»Kommen Sie, ich möchte Ihnen etwas zeigen.«

Nach dem Durchschreiten etlicher weiterer Flure betraten sie durch eine Schleuse einen großen, mit Tischen, Gestellen und Stehpulten ausgestatteten Raum. Niemand war anwesend, da das Mittagessen gerade serviert wurde, aber überall lagen Zeichnungen und mehr oder weniger überzeugende künstlerische Arbeiten herum. Einige waren furchterregend, andere schienen von ungeschickten Kinderhänden hergestellt zu sein.

»Sie arbeiten mit Kunsttherapie?«

»Irgendwie müssen wir sie ja beschäftigen.« Lassay trat vor eine Stahltür. »Hier bewahren wir die gelungensten Stücke auf. Irgendwann einmal wollen wir damit eine Ausstellung machen.«

In einem langen Abstellraum lagerten Stücke aus Karton,

Papier und Balsaholz – alles leichte und wenig bedrohliche Materialien. Erwan erblickte ein Regal und blieb wie vom Donner gerührt stehen.

Hier reihten sich etwa zwanzig *minkondi* aneinander, keine höher als dreißig Zentimeter. Die Skulpturen sahen aus wie die der Sammlung seines Vaters. Alle waren mit roter Farbe bespritzt. Anstelle von Nägeln und Glasscherben hatte sich der Künstler mit Wattestäbchen und Fetzen von Alufolie beholfen.

»Von diesen hier hat Pharabot jährlich mehrere hergestellt. Er war äußerst geschickt mit den Händen und dekorierte die Figuren mit dem, was er fand.«

Erwan betrachtete die Figuren genauer. Eine war mit Papierröllchen verziert, sie sah aus wie ein Brombeergestrüpp. Eine andere stellte einen mit Stacheln gespickten Kopf dar, wie ein Kaktus, der aus einem tropisch anmutenden Blättergewirr herauswuchs. Ein Mann trug mit gebeugten Knien ein ganzes Büschel Stacheln auf den Schultern.

Lassay griff nach einer anderen Figur: ein Eierkopf mit schweren Lidern, wie bei einem Menschen mit Down-Syndrom, und einem Mund wie eine Rasierklinge. Die kleine, hervorlugende Zunge verlieh dem Gesicht etwas Schalkhaftes.

»Diese Statuette soll die Zunge der Feinde heraushängen lassen.« Der Psychiater lächelte traurig. »Der *nkondi* scheint hier in Charcot besonders wirksam zu sein, den meisten unserer Patienten steht unter der Einwirkung ihrer Medikamente der Mund halb offen, und die Zunge hängt heraus.«

»Misstraute Pharabot den anderen Patienten?«

»Er hielt sie allesamt für Zauberer und musste sich vor ihnen schützen … Mit diesen Figuren.«

Erwan bemerkte eine Statuette, die einen Halsschmuck aus winzigen Schneckenhäusern trug.

»Bei dem Yombe symbolisieren Schneckenhäuser Niederkunft und Fruchtbarkeit. Wenn Pharabot tatsächlich einmal nach draußen ging, suchte er immer nach Überresten von Tieren. Eine seiner Figuren enthält ein Vogelauge, als Symbol für den bösen Blick, eine andere einen Schlangenkopf, der Stärke verleihen soll.«

»Wissen Sie, ob er Haare oder Fingernägel in diesen Figuren versteckt hat?«

Lassay nickte und lächelte.

»Gute Frage. Ja, Thierry legte Haarsträhnen und die abgeschnittenen Fingernägel seiner Mitpatienten in die Figuren.«

»Wo bekam er sie her?«

»Er wusste sich irgendwie zu helfen. In den Duschen oder Badezimmern. Manchmal tauschte er sie gegen Zigaretten oder Zeitschriften.«

»Konnten Sie ihn beobachten, während er die Figuren anfertigte?«

»Sogar recht häufig.«

»Steckte er die Wattestäbchen oder die Papierröllchen in den Mund, ehe er sie einsetzte?«

»Ja, das tat er. Er behauptete, das verstärke die Verbindung mit dem Fetisch.«

»Diese roten Spritzer, ist das Farbe?«

»Natürlich.«

»Hat er nie sein eigenes Blut benutzt?«

Lassay lächelte erneut. Er schien froh zu sein, endlich mit jemandem darüber reden zu können.

»Einmal habe ich ihn genau dabei überrascht, ihn aber gewähren lassen. Diese Figuren und die Macht, die in ihnen sah, waren die beste Therapie für ihn.«

Erwan war erleichtert, seine Zeit durch diese Reise vielleicht doch nicht vollständig vergeudet zu haben. Er hatte er sich Pharabot, seinem Glauben und seinem Wahn in gewisser Weise annähern können.

»Könnte ich die Figuren mitnehmen?«

»Bekomme ich sie zurück?«

»Natürlich, allerdings erst nach Abschluss der Untersuchungen und des Prozesses, sofern es einen solchen geben wird. Es wird also eine Weile dauern.«

»Als Sie sich vorgestellt haben, kam mir Ihr Name gleich bekannt vor. Sind Sie verwandt mit dem Mann, der Pharabot in Zaire festgenommen hat?«

»Ja, das ist mein Vater.«

Der Psychiater öffnete die Hände und fand zu seinem strahlenden Lächeln zurück.

»Unter diesen Umständen können Sie die Figuren ruhig mitnehmen. Sie bleiben ja in der Familie.«

79

Seit wie vielen Jahren begleite ich dich jetzt, Gaëlle? Zehn, zwölf Jahre sind es doch sicher.«

»Fünfzehn Jahre. Ich bin nie bei einem anderen Frauenarzt gewesen.«

»Fünfzehn Jahre. Dann gestatte mir die Bitte, dass du noch einmal darüber nachdenkst.«

Gaëlle antwortete nicht. Sie umklammerte ihre Fendi-Tasche wie ein Bündel, das ihr gesamtes Leben enthielt. Wie eine polnische Immigrantin auf Ellis Island.

»Ich habe längst darüber nachgedacht.«

»Und dir ist klar, dass es sich um eine unumkehrbare Operation handelt?«

»Das weiß ich.«

Unwillig hob der Arzt die Arme. Gaëlle mochte Doktor Biguenau, sie fand ihn witzig. Er war kahlköpfig, hatte einen Schnäuzer, aus seinem kurzärmeligen Kittel ragten haarige Arme, und er trug Cowboystiefel. In ihrer Jugend hatte sie ihn Bigorneau genannt, wie die essbare und sehr schmackhafte Strandschnecke.

»Darf ich wenigstens wissen, warum du dich so entschieden hast?«

»Damit es ein für alle Mal ein Ende hat.«

»Was soll ein Ende haben?«, rief er. »Es hat ja nicht einmal angefangen! Normalerweise bittet man mich nach einer oder mehreren Schwangerschaften darum. Aber eine solche Entscheidung, ohne je ein Kind gehabt zu haben …«

Gaëlle saß kerzengerade auf ihrem Stuhl. Er hielt sie offenbar für zu jung, sie aber hatte schon immer mit der Sterilisation geliebäugelt. Um ehrlich zu sein, hatte sie sich nie etwas anderes vorstellen können.

»Dauert der Eingriff lange?«

Der Gynäkologe legte ihr eine Abbildung der weiblichen Genitalorgane vor.

»Kaum eine halbe Stunde. Wenn es dir nichts ausmacht, bei Bewusstsein zu bleiben, reicht sogar eine örtliche Betäubung.«

»Ganz im Gegenteil.«

Er seufzte und betrachtete sie mit einem Blick, der sagen sollte: »Wann hörst du endlich auf, mir das Großmaul vorzuspielen?« Mit dem Zeigefinger wies er auf die Abbildung. Er trug eine Rolex mit winzigen Diamantsplittern.

»Wir verschmoren die Eileiter an dieser Stelle hier und an dieser. Sie sind danach nicht mehr durchlässig, und zwar für immer. Sperma und Eizellen kommen nicht mehr miteinander in Kontakt, daher kann keine Befruchtung mehr erfolgen.«

»Und das funktioniert immer?«

»Die Sicherheit liegt bei über 90%.«

Er beugte sich über seinen Schreibtisch und griff nach Gaëlles Händen. Der Anblick ihrer zarten Gliedmaßen in seinen haarigen Pranken war abstoßend.

»Bitte, überleg es dir noch einmal. Es ist nicht mehr rückgängig zu machen! Vielleicht bist du ja gerade deprimiert oder hast Schwierigkeiten, einen Freund zu finden, oder …«

Sie entzog ihm ihre Hände.

»Das hat absolut nichts mit Männern zu tun.«

»Ein bisschen aber schon, oder?«, lächelte er.

»Nein. Es ist ein Entschluss, der nur mich allein etwas angeht.«

»Wie bist du darauf gekommen?«

»Ich will mich auf gar keinen Fall fortpflanzen.«

»Aber warum?«

»Es ist besser, auf halbem Wege umzukehren, als in die Irre zu laufen.«

Er drohte ihr mit seinem dicken Zeigefinger, wie ein verärgerter Lehrer.

»Willst du dich etwa mit Zynismus aus der Affäre ziehen? Oder dich mit Antworten begnügen, die aus einer billigen Fernsehserie stammen könnten? Das Leben läuft nicht so, Mädchen. Jeder muss seinen Teil an Verantwortung übernehmen und sich engagieren. Hast du dich je gefragt, was hier auf der Erde deine Aufgabe ist? Oder was man eines Tages auf deinen Grabstein schreiben soll?«

Gaëlle antwortete nicht. Sie sah sich in einem Massengrab, in das man, wie in früheren Zeiten, die Leichen der Nutten und der Leprakranken warf. Biguenau seufzte und reichte ihr eine Broschüre und eine Einverständniserklärung.

»Ich gebe dir eine Woche, um das hier zu lesen und noch einmal nachzudenken. Es gibt keine zweite Chance, Gaëlle.«

Sie stand auf, reichte ihm nicht die Hand, bestand aber darauf, die Konsultation zu bezahlen, was er zunächst entrüstet ablehnte.

Draußen machte sie sich auf die Suche nach einem Taxi. Ihr blieb nur noch eine halbe Stunde, um die Kleinen von ihrer Schule in der Rue Paul-Valéry im 16. Arrondissement abzuholen. Dieser Spätnachmittag war wahrlich voll bitterer Ironie. Vor der Schule beobachtete Gaëlle die stolzen Mütter, die offenbar unendlich glücklich waren, ihre Sprösslinge abholen zu dürfen.

Dabei waren zwei Gruppen deutlich zu unterscheiden: auf der einen Seite die fortschrittlichen Bürgerfrauen, die sich bewusst entschieden hatten, ihr Kind eine öffentliche Schule besuchen zu lassen, auf der anderen Seite die Hausmeisterinnen und Dienstmädchen, die ebenfalls in diesem teuren Viertel wohnten, allerdings in den Dienstbotenwohnungen.

Gaëlle hob sich von beiden Gruppen ab. Sie war jünger,

schöner und origineller als die anderen Wartenden. Sie trug abgewetzte Jeans, Stiefel von Guiseppe Zanotti und einen Parka mit jeder Menge Öko-Buttons. Auf ihrem Rücken prangte der englische Union Jack wie eine Erinnerung an die seligen Zeiten von Swinging London.

Sie verachtete die Mütter, die ungeduldig vor dem Schultor ausharrten. Aber vor allem verachtete sie sich selbst. Sie fühlte sich dieser Welt nicht zugehörig und irgendwie unheilvoll. Wie ein Unglücksbringer. Sie musste daran denken, dass in der nur zwanzig Meter entfernten Rue Lauriston während des Zweiten Weltkriegs die Gestapo residiert hatte und dass gleich um die Ecke, in der Rue Copernic, am 3. Oktober 1980 am Sabbat eine Bombe vor einer Synagoge explodiert war. Die langen Mauern des Reservoirs von Passy ganz in der Nähe erinnerten an ein Gefängnis oder an ein riesiges Grabmal.

Endlich öffneten sich die Schultore. Nun musste sie aufpassen: Milla, die noch in der Vorschule war, würde links herauskommen, Lorenzo, der bereits die erste Klasse besuchte, kam von der rechten Seite. Wider besseren Wissens zählte sie auf die beiden Kinder, sie mit dem Leben zu versöhnen und ihr den Glauben an Liebe und Zukunft wiederzugeben.

Sie hatte Bonbons und Croissants gekauft, aber beim Anblick der Kinder ging ihr auf, dass diese Hoffnung sie getrogen hatte. Obwohl die beiden Kleinen sich unbändig freuten, sie küssten und sie mit aller Kraft umarmten, empfand sie nichts. Die Lebenslust und kindliche Frische der beiden waren ihr keine Hilfe.

Es war, als hielte sie in jeder Hand einen Eiswürfel, während sie in der Hölle brannte.

80

Aber das ist doch nicht möglich, verdammt noch mal! Fahr weiter!«

Bis zu den Knien im Wasser traf Morvan wieder auf Afrika, das wahre Afrika, jenes Land, das einem an den Schuhen klebt und den Nacken hinunterrinnt. Keine drei Kilometer vom Flughafen Kinshasa-N'Djili entfernt blieb sein Taxi plötzlich im Schlamm stecken, inmitten eines Chaos aus Autos, Karren und Lastwagen. »Im Schlamm stecken bleiben« war vielleicht nicht der richtige Ausdruck, denn die Straße war ganz einfach zu einem Fluss geworden. Die Fahrer saßen halb verärgert, halb amüsiert im strömenden Regen in ihren Fahrzeugen fest.

»Wenn du uns hier nicht rausholst«, brüllte Morvan seinen Fahrer an, »dann bekommst du einen Tritt in den Hintern, dass dir Hören und Sehen vergeht.«

»Da ist nichts zu machen, Chef …«

Wie oft hatte er diesen Satz schon gehört? Und immer mit dem gleichen Hintergedanken: »Was kümmert uns das?« Die Schwarzen lebten nicht in der Realität. Zwischen den tatsächlichen Ereignissen und ihrem Bewusstsein lag immer ein Schwanken, eine Unentschlossenheit, das zu den merkwürdigsten Reaktionen führte. Morvan hatte schon tausendmal kurz vor einem Nervenzusammenbruch gestanden und sich an dieser Haltung die Zähne ausgebissen, obwohl er seit Langem wusste, dass daran nichts zu ändern war.

Er warf dem Taxifahrer ein paar Euro zu, schnappte sein Köfferchen von der Rückbank und watete bis zu dem Damm, der die Straße begrenzte. Wenn er stramm vorwärtsging, würde er sicher irgendwann ein Stück befahrbarer Straße erreichen. Es war jetzt vier Uhr nachmittags. Sein Flugzeug war pünktlich gelandet, und einen Moment lang hatte er geglaubt – man lernt eben nie aus –, rechtzeitig zu seinem Treffen um 17 Uhr vor Ort sein zu können.

Nachdem er mehrere Hundert Meter mit gesenktem Kopf mit sich gehadert hatte, hob er den Blick und wurde sich seiner

Umgebung bewusst. Eine schier unendliche Reihe ramponierter Busse und notdürftig geflickter Fahrzeuge badeten in rotem Wasser. Tausende Schwarze gestikulierten im Schlamm herum oder hockten mit ihren Schuhen in der Hand geduldig auf dem Damm, mit einer Zeitung oder einer Plastikschüssel vor dem Regen geschützt. Ein je nach Geschmack danteskes oder komisches Schauspiel, dessen ungezügelte Farbenpracht ihn fast trunken machte. Das Gewitter schien im Himmel ein mit violetten Adern durchzogenes Glutnest entfacht zu haben, denn aus den dunklen Wolken traten lilafarbene Linien hervor, wie noch brennende Schmelze aus schwarzem Magma. Darüber schien, soweit das Auge reichte, ein Film abzulaufen, dessen einzige Farbe ein ins Rötliche tendierendes Sepia war, das jede andere Nuance verschluckte.

Morvan musste lachen. Im Grunde liebte er diesen Regen und das Chaos, die »wahre Ordnung, die sich in der falschen Ordnung wieder herstellt«, wie Flaubert es ausgedrückt hatte. Die Ordnung der Natur, die innerhalb weniger Sekunden jede vom Menschen arrangierte Künstlichkeit vernichtete. Im Gegensatz zur allgemein herrschenden Ansicht kann sich tatsächlich niemand über die afrikanischen Gesetze hinwegsetzen, weil sie nämlich die Gesetze der Natur sind. Die Grundstimmung in diesen Ländern ist deutlich gesünder als beispielsweise in den Vereinigten Staaten, wo der Mensch sich für allmächtig hält. Naturphänomene wie Katrina spielen sich in Afrika jeden Morgen ab, und daher kommt es unter keinen Umständen infrage, sich für päpstlicher als der Papst zu halten …

Morvan war noch mit seinen Betrachtungen beschäftigt, als er plötzlich feststellte, dass er den Verkehrsstau und den überschwemmten Bereich hinter sich gelassen hatte. Die Straße verlief wieder oberhalb des Stroms. Es bedurfte nur einer einfachen Handbewegung, um ein ziemlich mitgenommenes Allradfahrzeug anzuhalten. Das Auto war derart mit Schlamm bedeckt, dass Morvan die Marke nicht erkennen konnte.

»Wo willst du hin, Chef?«

»Ich zeige dir den Weg«, antwortete Morvan auf Lingala.

Der Schwarze verzog das Gesicht, der Satz hatte im örtlichen Dialekt auch die Bedeutung: »Da musst du schon früher aufstehen.« Missgelaunt nahm er seinen Passagier mit, würdigte ihn aber keines Wortes, wohl wissend, dass er diesem Mann seinen touristischen Bullshit nicht zu servieren brauchte. Im Übrigen hatte er genug damit zu tun, über seine Motorhaube hinaus zu spähen, denn der rote Regen prasselte mit der Wucht eines Hochdruckreinigers auf die Windschutzscheibe. Als wäre jemand dabei, auf der Motorhaube einen Ochsen abzustechen.

Kinshasa war unermesslich. Mehrere breite Verkehrsachsen erinnerten daran, dass hier vor Zeiten einmal »ein Projekt« geplant war. Winzig kleine, wie Termitenbauten ineinander verschachtelte Viertel bewiesen jedoch, dass dieses längst in Vergessenheit geraten war.

»Richtung Fluss«, befahl Morvan.

Sie fuhren auf den Boulevard Lumumba. Das Fahrzeug schlingerte wie im tiefsten Dschungel und Grégoire klammerte sich an den Handgriff über der Tür und blickte bei der Gelegenheit erneut auf die Uhr. Schon fünf. Aber Zeit bedeutete hier nicht viel. Auch Kabongo würde zu spät kommen. Allerdings ging Morvans Flieger zurück nach Paris um 20 Uhr, und den wollte er unter keinen Umständen versäumen. In Afrika konnte man sich auf nichts verlassen, noch nicht einmal auf Verspätungen.

»Jetzt auf die Avenue du Peuple, bis hinunter zum Hafen.«

Bauruinen, armselige Märkte und schlammige Sträßchen wechselten einander in einer großartigen Darbietung aus roten Schlammfontänen, durchnässten Passanten und bunten Geschäften ab.

Endlich erreichten sie ihr Ziel. Morvan bezahlte den Fahrer und rannte los. Er war in einer Schenke am Flussufer in der Nähe von Gombe, einem von Kinshasas Wohnvierteln, mit Kabongo verabredet.

Drei schwarze Mercedeslimousinen verwiesen darauf, dass die hohen Herren bereits warteten. Mindestens zehn Sicherheitsleute patrouillierten unter den triefenden Vordächern. Mit ihren Knöpfen im Ohr, Waffen und verstohlenen Blicken schienen sie Obama höchstpersönlich zu bewachen. Aber Morvan ließ sich nicht täuschen: Weder die Funkgeräte noch die Waffen würden funktionieren, und der Atem der Wachhunde roch schon jetzt nach Palmwein.

Nach zwei Durchsuchungen ließ man ihn passieren.

Die nach allen Seiten offene Tanzbar war eigentlich nichts weiter als ein auf vier Pfosten aufgestelltes Dach. Um diese Uhrzeit herrschte hier gähnende Leere. Die Tanzfläche war nackt und wurmstichig. In einer Ecke waren Stühle gestapelt. Die Bar war mit Plastiksäcken gegen das Wasser geschützt, und der Regen prasselte wie Kieselsteine auf das Wellblechdach.

»Grüß dich, Isidore.«

»Grüß dich, Grégoire.«

Mit dem Daumen zeigte Morvan auf die Leibwächter hinter ihm.

»Muss diese Armada wirklich sein?«

»Der Leopard geht nirgendwohin ohne seine Flecken.«

Kabongo hatte einen Tick: Er benutzte ständig und ohne jeden Zusammenhang sogenannte Redewendungen, die angeblich aus dem Kongo stammten, meistens aber von ihm selbst geschaffen waren.

»Wie ist das werte Befinden, Herr General?«

»Schlecht. Sehr schlecht sogar. Und alles nur deinetwegen.«

Er stand an der Balustrade oberhalb des Flusses und zog an einer hellen Zigarette, die in einem Mundstück steckte. Isidore Ntahwa Kabongo war mittelgroß, hatte krauses graues Haar und trug den Abacost, den Mobutu seinerzeit allen Apparatschiks des Regimes vorgeschrieben hatte: ein Jackett mit Mao-Kragen und passender Hose, eine Alternative zum Anzug mit Krawatte der Weißen. Heutzutage wirkte dieser Aufzug eher wie ein Anachronismus, Kabongo jedoch signalisierte damit eine Botschaft: Obwohl er in Diensten der Dynastie Kabila stand, würde er nie vergessen, dass er Mobutu so gut wie alles verdankte.

Sein Werdegang entsprach dem von Morvan. Als hundertprozentiger Luba – Kabongo ist auch der Name einer Region und einer Ortschaft in Katanga – hatte der Intellektuelle aus Zaire seine Karriere unter Mobutu begonnen und alle nachfolgenden Regierungen überlebt. Dass er überhaupt noch lebte, verdankte er seiner Erfahrung im Umgang mit dem Land. Zweimal war er Minister für Bergbau, Montanindustrie und Geologie gewesen und galt daher als Experte. Noch immer kümmerte er sich unter der Hand um die Verwaltung der Erzvorkommen der Demokratischen Republik Kongo, und es gab niemanden, der ihm auf diesem Gebiet das Wasser reichen konnte.

Morvan trat einen Schritt vor, blieb aber sofort stehen, als ihm das Hobby des Generals in den Sinn kam: Kabongo hielt sich eine Hyäne als Haustier. Er hatte eine Menge Ehefrauen und noch mehr Kinder – gerüchteweise waren es dreißig, die »Zufallstreffer« nicht mitgerechnet –, aber nichts und niemand konnte in seinem Herzen den Platz von Cocotte einnehmen, dem grässlichen Vieh, das er überall mit hinschleppte. Das Tier sah aus wie ein missglückter Entwurf zu einem Leoparden, mit asymmetrischen Läufen und schwärzlicher Schnauze. Die Hyäne humpelte um ihren Herrn herum und knurrte. Glücklicherweise trug sie einen Maulkorb. Die alte Kreatur schien halb blind zu sein, war aber immer kampfbereit.

»Ich bin in Frieden gekommen«, erklärte Morvan. »Wir sitzen doch beide im gleichen Boot.«

Kabongo lachte und stieß dabei eine Wolke Zigarettenrauch aus.

»Mag sein, aber du ruderst, während ich die Befehle erteile.«

Vorsichtig trat Morvan einen Schritt auf die Balustrade zu, auf der bereits eine Batterie Bierflaschen stand: Kabongo hatte mit dem Aperitif nicht auf ihn gewartet. Langsam atmete er den schlammigen Geruch des Flusses ein. Heute konnte man die Hauptstadt des anderen Kongo nicht sehen. Brazzaville lag genau gegenüber am anderen Ufer. Der Fluss, die Erde und der Himmel verbargen sie hinter Regen und Nebel.

»Ich wollte mit dir reden, und zwar über …«

»Nein«, unterbrach ihn Kabongo, »ich werde reden und du hörst mir zu. Setz dich.«

Morvan nahm zwei Stühle vom Stapel und stellte sie unmittelbar neben das Geländer. Aber Kabongo blieb stehen. Auch eine Art, zu dominieren. Er nahm eine Flasche des heimischen Biers namens Primus aus dem Kasten, schob den Hals mit einer geübten Bewegung zwischen die Metallstreben des Maulkorbs der Hyäne und entfernte den Kronkorken.

»Trink das«, befahl er Morvan.

Grégoire griff nach der Flasche, ohne Cocotte aus den Augen zu lassen. Ihm fiel ein, dass die Klitoris weiblicher Hyänen genau so groß ist wie der Penis der männlichen Tiere. Damit konnte selbst dem Mutigsten der Meute die Lust vergehen.

»Mitte August haben neuntausend Coltano-Aktien den Besitzer gewechselt«, begann Kabongo im Stil eines Nachrichtensprechers. »Mitte September waren es zwölftausend. Letzten Montag siebzehntausend. Damit sind wir bei fast vierzigtausend verkauften Aktien, ohne dass wir wissen, wieso und warum.«

Morvan nahm einen Schluck von der lauwarmen Brühe. Die Genauigkeit der Zahlen überraschte ihn. Sein Sohn, der immerhin in diesem Job arbeitete, hatte es nicht geschafft, eine winzige Information zu beschaffen.

»Kannst du mir das erklären?«, fragte der Schwarze mit Isaac-Hayes-Stimme.

»Nein.«

»Soll das ein Trick sein?«

»Nein.«

»Du bist nicht zufällig dabei, uns zu verarschen?«

»Ganz ehrlich: Nein.«

»Wenn es so weitergeht, hast du nämlich die Sperrminorität. Und kannst uns hier unten die Hölle heiß machen.«

»Ich sage dir doch, dass ich nichts dafür kann.«

»Und deine Freunde in Luxemburg?«

»Ich kann mich gerne mal umhören, aber ich bin sicher, dass

sie ebenfalls keine Ahnung haben. Welches Interesse hätten wir auch daran? Ihr habt bei euch das Sagen, und daran ändert sich durch ein paar Aktienpakete nichts.«

Der General nickte langsam.

»Wenn es nicht an dir liegt, dann beweis es.«

»Ich werde die Käufer finden.«

Morvan wollte einen zweiten Schluck trinken, brachte es aber nicht über sich. Er musste sogar aufstoßen, was er mit einem vorgetäuschten Hustenanfall zu verbergen suchte.

»Ist das Bier nicht gut?«

»Doch. Köstlich.«

»Ist dein Arsch etwa zu weiß, um dich mit uns an einen Tisch zu setzen?«

»Nach allem, was ich für den Kongo getan habe?«

Kabongo antwortete nicht. Die kongolesische Regierung legte in der Tat großen Wert auf Coltano, obwohl das Unternehmen weniger Steuern zahlte als die anderen. Doch die Firma stand angesichts ihrer geografischen Lage nicht im Fokus von Plünderern und der Milizen des Ostens. Ihre Steuern waren eine der wenigen Einkünfte aus dem Coltan-Abbau, die wirklich in der Staatskasse landeten.

Ein anderes Paradoxon war, dass Morvan als Weißer die Unruheprovinzen – der Norden von Katanga war nicht gerade ein ruhiges Eldorado – besser kannte als so mancher der Honoratioren in Kinshasa. Mit anderen Worten: Er wurde gebraucht.

Schließlich gab Kabongo unaufrichtig zurück:

»Das ist ganz allein dein Problem, Chef. Du glaubst immer noch, der Kongo schulde dir etwas. Dabei ist genau das Gegenteil der Fall. Immerhin hat das gute alte Zaire deine Übergriffe gedeckt, als …«

»Ich weiß, ich weiß. Lass uns lieber auf Coltano zurückkommen. Du scheinst ziemlich gut informiert zu sein. Weißt du vielleicht, über wen die Käufer gehandelt haben?«

»Über einen Trader namens Serano.«

»Woher weißt du das?«

»Glaubst du wirklich, wir verbringen unsere gesamte Zeit damit, zu ficken und Bananen zu essen?«

Genau das glaubte Grégoire, aber er setzte eine entrüstete Miene auf.

»Finde die Arschlöcher, Morvan.«

»Unter einer Bedingung.«

Die Hyäne lachte. Kabongo knurrte.

»Du lässt meinen Sohn noch heute frei.«

»Das hier wäre seine Arbeit gewesen, aber er hat Scheiße gebaut.«

»Er hat Probleme … persönlicher Natur.«

»Ich kenne seine Probleme, und ich kenne auch deine. Finde die Käufer, Morvan, und sorg dafür, dass sie wieder verkaufen.«

»Und an wen?«

»Die Abnehmer sind wir. Wir müssen jetzt unsere gesamte Energie auf Coltano konzentrieren.«

In dieser Angelegenheit würde Morvan auf jeden Fall den Kürzeren ziehen. Entweder die feindliche Übernahme wurde bestätigt und er würde hinausgeworfen. Oder die Generäle kauften die Aktien. Damit hätten sie die Sperrminorität und würden ihm sicherlich nichts schenken.

»Ihr müsst Loïc freilassen. Er ist der Einzige, der mir bei den Nachforschungen helfen kann. Er …«

Die Hyäne war näher gekommen und strich um seine Beine.

»Cocotte scheint dich zu mögen«, gluckste Kabongo.

Morvan schob das Tier mit dem Fuß von sich.

»Weil ich nach Tod rieche. Lass meinen Sohn frei.«

»Immer mit der Ruhe. Es gibt noch ein weiteres Problem.«

»Das da wäre?«

»Diese Sache mit den Aktienkäufen sorgt dafür, dass man vor lauter Bäumen den Wald nicht sieht.«

»Ich verstehe nicht.«

»Die eigentliche Frage lautet doch, warum alle Welt plötzlich Coltano will.«

Die Bemerkung verwunderte Morvan nicht. Auch die Schwarzen konnten zwei und zwei zusammenzählen.

»Keine Ahnung.«

»Vielleicht, weil die Leute etwas wissen, was ich nicht weiß. Vielleicht gibt es Gründe dafür, sich für unser altes Unternehmen zu interessieren.«

»Ich verstehe nicht die Bohne.«

»Nun, ich denke da zum Beispiel an neue Erzadern.«

Morvan stand auf. Die Hyäne lachte.

»Worauf willst du hinaus?«, gab er sich entrüstet. »Glaubst du etwa, dass ich dir Informationen vorenthalte?«

»Weißt du, was man bei uns sagt? ›Alles hat ein Ende, nur die Banane hat zwei‹.«

»Hör endlich auf, wie eine Witzfigur zu reden.«

»Wenn du versuchst, uns reinzulegen, gibt es Ärger, Morvan.«

Jetzt war der Moment gekommen, auf den Putz zu hauen.

»Wenn du meinen Sohn freilässt, serviere ich dir die Käufer auf dem Silbertablett. Aber wenn nicht, dann niete ich deine Leute einen nach dem anderen um, angefangen bei diesem Blödmann Mabiala.«

»Bleib ruhig. Ich lasse Loïc frei, nur so, weil wir Brüder sind.«

»Das wurde aber auch Zeit.«

»Und natürlich auch, weil du Knete rüberwachsen lässt.«

»Knete?«

»Ich verlange eine Provision für die Nutzung der neuen Erzadern.«

»Es gibt keine neuen Erzadern.«

Wieder lachte Cocotte. Sie war buchstäblich die Stimme ihres Herrn.

»Zwing mich nicht, mich näher mit deinen Mauscheleien zu beschäftigen, Morvan. Ich könnte dabei herausfinden, dass du Geschäfte mit den Tutsi, den Mai-Mai oder irgendwelchen anderen Schurken machst … Wir regeln die Sache ganz einfach unter uns – heimlich, still und leise hinter dem Rücken dieses dahergelaufenen Bastards …«

Es gab reihenweise Gerüchte, dass Joseph Kabila nicht der Sohn von Laurent-Désiré war. Man munkelte sogar, dass er von den Tutsi abstammte. Was Morvan aber am meisten erstaunte, war nicht etwa Kabongos mangelnde Loyalität, sondern die geradezu universelle Richtlinie: In Afrika war die Korruption das Einzige, worauf man sich wirklich immer verlassen konnte.

Er kapitulierte und streckte Kabongo die Hand entgegen.

»Ich halte dich auf dem Laufenden.«

Kabongo ergriff die dargebotene Hand und versprach:

»Dein Sohn wird noch heute Abend freigelassen.«

Damit war alles geklärt.

»Warte«, sagte der General und drehte sich um.

In seinem chinesisch anmutenden Anzug ging er zu einem verbeulten Kühlschrank, öffnete ihn und kehrte mit einem Teller *cossa-cossa*, großen Garnelen mit dunklem Panzer, und einem Schälchen Pili-Pili-Soße zurück.

Die Amuse-Bouches waren serviert. Morvan warf einen Blick auf seine Uhr. Viertel nach sechs. Mit ein wenig Glück konnte er dieses Picknick rasch hinter sich bringen und trotzdem noch seinen Flug erwischen.

Kabongo zerknackte eine Garnele zwischen den Zähnen, lachte und offenbarte dabei sein dunkelrotes Zahnfleisch.

»Mabiala – der Schwarze Khmer! Noch so ein blöder Nigger!«

Der Alte gab vor zu lachen und nahm sich eine Garnele vom Pappteller. Die Hyäne witterte den Essensgeruch und drehte sich um sich selbst, auf der Suche nach jemandem, der ihr etwas zustecken würde.

»Gib ihr ruhig eine Garnele«, meinte Kabongo. »Wir Afrikaner teilen gern. Dieser Coup mit den neuen Erzadern war ein bisschen zu groß für dich. Wie sagt man doch so schön bei uns: ›Wer eine Kokosnuss isst, vertraut seinem After‹«.

81

Neuigkeiten von Riboise!« Tonfas Stimme überschlug sich fast vor Aufregung. »Abgeschnittene Fingernägel und Haare im Epigastrium. Ich habe zwar keinen Schimmer, was das ist, aber …«

»Habt ihr die DNA überprüft?«

»Passiert gerade.«

»Wann bekommen wir die Ergebnisse?«

»Levantin sagte was von einer Stunde. Danach jagen wir sie durch die nationale Datenbank und …«

Halb sieben. Erwan war soeben mit Verspätung gelandet. Sofort hatte er versucht, sein Team zu kontaktieren, aber niemanden erreicht. Wieder einmal hatte er einen Fehler gemacht, hatte während der wesentlichen ersten Stunden einer Untersuchung einen wertvollen Tag geopfert, um eine Irrenanstalt zu besuchen und eine Sammlung Papierfiguren auszuleihen, die innerhalb der nächsten vierundzwanzig Stunden von einem Gendarmen geliefert würden.

Mit dem Handy am Ohr verließ er das Terminal. Er hatte seine Tasche umgehängt, der Gurt beeinträchtigte seine Atmung. Sein gesamter Körper schmerzte: die relativ frischen Verletzungen, seine alten Rückenprobleme und seine knirschenden Zähne. Er bemühte sich, seine Gedanken zu glätten, wie man es mit zerknittertem Papier tut.

»Irgendwelche sonstigen Resultate?«

»Levantin untersucht die Nägel. Er sagt, dass jedes Metall eine bestimmte Charakteristik aufweist, die mit dem Rost noch deutlicher hervortritt.«

»Und weiter?«

»Es gibt da eine Art Katalog. Die Nägel, die der Mörder benutzt hat, bestehen aus einer Legierung, in der mehrere Elemente verwendet wurden, die spezifisch für den Kongo sind.«

Erwan drängte sich mit gezückter Dienstmarke durch die Warteschlange am Taxistand und befahl dem ersten Fahrer:

»Zum Quai des Orfèvres 36.«

Die Adresse unterband jeglichen Kommentar.

»Dann stammen sie also von dort?«, nahm er den Gesprächsfaden im Taxi wieder auf.

»Scheint so. Aber Levantins Erklärungen sind noch ganz frisch und …«

Tonfa war der Leibwächter des Teams und bei Prügeleien hervorragend einsetzbar. Leider gab es bei der Kriminalpolizei nur selten Prügeleien … Stattdessen musste man rund um die Uhr grübeln und nachdenken …

»Genaueres gibt es noch nicht?«

»Levantin hat weitere Untersuchungen veranlasst. Auf den Nägeln sind Partikel, die er bestimmen kann. Damit kann man erkennen, ob sie benutzt wurden, um Hütten im Wald zu bauen oder Werkzeug- oder Obstkisten zuzunageln. Er hat sogar Biologen drangesetzt.«

»Biologen?«

»Die auf den Nägeln befindlichen Mikroorganismen können uns verraten, ob sie im Flugzeug oder auf dem Seeweg hergekommen sind. Bei einem Frachtschiff zum Beispiel wären da Salz oder Plankton.«

Mit Hilfe der Nägel war also einiges nachzuweisen. Wieder einmal erwies sich der Rat seines Vaters, sich an die konkreten Dinge zu halten, als richtig. Das Taxi kam gut voran, ganz im Gegenteil zur Gegenrichtung, wo sich bereits die ersten Wochenendstaus bildeten.

»Wann bekommen wir die Ergebnisse?«

»In der Nacht.«

»Wo bist du jetzt?«

»Im Büro.«

Also hatte Tonfa die Autopsie geschwänzt.

»Bin auf dem Weg.«

Als Nächste war Audrey an der Reihe.

»Ich bin's. Die Hausdurchsuchung?«

»Nichts Besonderes. Die Wohnung einer ganz normalen jungen Frau. Halb seriös, halb Rebellin. Allerdings haben wir ein paar seltsame Kostüme gefunden.«

»Was meinst du damit?«

»Ich weiß auch nicht. Ein paar orangefarbene Kittel, Mundschutzmasken, Rohre und Halteschlaufen … Wie Kostüme für einen Horrorfilm.«

Diese Einzelheit merkte er sich.

»Was ist mit den Zodiacs?«

»Wir sind dabei, alle Schnelleinsatzboote in der Île-de-France zu überprüfen, aber das sind nicht gerade wenige. Sergent hilft mir dabei. Er telefoniert die Liste der Hafenmeistereien und der Besitzer ab. Bisher noch ohne Ergebnis.«

»Was sagt die Wasserschutzpolizei?«

»Sie hält den Mörder für einen Profi. Er hat sein Boot festgemacht, die Leiche hinaufbefördert, die allerdings mit nur fünfundvierzig Kilo geradezu ein Fliegengewicht war, und hat wieder abgelegt. Fast wie ein militärisches Manöver.«

»Haben sich außer dem Schiffer noch weitere Zeugen gemeldet?«

»Jede Menge, aber alles nur Müll, den Medien sei Dank. Jeder will etwas gesehen haben, und alle kennen den Mörder von Anne Simoni. Ich habe eine extra Leitung einrichten lassen, um der Sache Herr zu werden.«

»Ich bin auf dem Weg ins Büro. Da reden wir genauer.«

»Eigentlich war es das schon.«

An der Porte d'Orléans staute sich der Verkehr. Fast hätte Erwan dem Fahrer befohlen, das Blaulicht einzuschalten, als ihm bewusst wurde, dass er in einem Taxi saß.

Blieb noch Sardine. Es war, als würde Erwan sein Netz einziehen.

»Die Verbindungsübersichten haben einiges ans Licht gebracht. Anne Simoni hatte Kontakte zu Leuten aus ziemlich zwielichtigem Milieu.«

»Welcher Art?«

»Wir stellen gerade eine detaillierte Liste zusammen. Leute

aus Problemvierteln, Junkies, Dealer und ehemalige Knastbrüder.«

»Hast du die Typen schon gefunden?«

»Noch nicht. Die meisten wohnen in besetzten Häusern und sind nirgends gemeldet.«

»Such weiter. Ich habe da so eine Ahnung. Was ist mit meinem Vater?«

»Nach allem, was wir gefunden haben, war es eine eher lockere Beziehung. Dann und wann ein gemeinsames Mittagessen, aber das war es auch schon. Trotzdem wissen wir noch nicht, warum die Kleine ihn am Dienstag sechsmal angerufen hat. Hast du ihn schon gefragt?«

Erwan dachte an seinen Vater, der vermutlich gerade im Kongo durch den Schlamm watete.

»Er ist gerade unterwegs. Aber morgen ganz bestimmt.«

Auch die Avenue du Maine war verstopft. Ob er sich an der Zentralwache ein paar Straßen weiter absetzen lassen und einen Wagen mit Blaulicht und Sirene anfordern sollte? Nein, allein der Papierkram würde vermutlich noch mehr Zeit in Anspruch nehmen.

»Sekunde mal …« Er wandte sich an den Fahrer. »Können Sie hier nicht überholen?«

»Und wie soll ich das machen? Ich will mir keinesfalls Punkte einhandeln.«

Erwan hielt ihm seine Dienstmarke vor die Nase.

»Wenn es dabei bleiben soll, solltest du lieber ein bisschen auf die Tube drücken, und zwar *pronto*. Zeig mal, was du kannst.«

Murrend lenkte der Fahrer den Wagen in die Mitte der breiten Straße auf die Gegenfahrbahn – unerklärlicherweise ging es nun in dieser Richtung flüssig voran.

Erwan widmete sich noch einmal Favini.

»Bist du im Büro?«

»Eigentlich wollte ich mich gerade auf den Weg zu den Hausbesetzern machen.«

»Warte noch damit. Ich bin in fünf Minuten da.«

»Das hättste wohl gern«, ließ sich der Taxifahrer feixend vernehmen.

Erwan legte auf. Sie befanden sich jetzt auf der Rue de Vaugirard, immer noch im Schneckentempo.

»Gib Gummi, Junge!«

»Aber …«

»Verdammt, ich werde mich nicht wiederholen!«

Der Taxifahrer überquerte die Rue de Rennes, begleitet von einem Hupkonzert. Erwan wählte die Nummer von Kripo. Wenn es so weiterging, hatte sein Team ihm bei seiner Ankunft nichts mehr zu sagen.

»Ich habe da was gefunden – vielleicht eher eine Randnotiz, aber nicht uninteressant«, berichtete der Elsässer.

»Was denn?«

»Erinnerst du dich, dass ich von dem Bildhauer erzählt habe? Lartigues, der Mentor einer Gruppe, die dem No Limit frönt?«

»Flüchtig.«

»Ich habe mir seine Homepage angeschaut und bin dabei über seine Skulpturen gestolpert. Wirf mal einen Blick drauf.«

»Warum?«

»Ich habe dir den Link geschickt. Du …«

»Ich sitze gerade im Taxi. Erzähl es mir.«

»Er stellt lebensgroße Versionen dieser Fetische her, von denen du mir erzählt hast.«

»Minkondi?«

»Genau, das war es. Gigantische, mit Nägeln und Scherben gespickte Figuren. Gruselige Gestalten, die er für sündhaft teures Geld verkauft.«

Erwan glaubte nicht an einen Zusammenhang nach dem Motto: »Der Bildhauer ist zu Menschenfleisch übergegangen«, aber es war die Bestätigung einer Art Netzwerk, das er vorausgeahnt hatte: die No Limits, eine Gruppe SM-Anhänger, der Nagelmann, die aktuellen Morde …

»Druck mir die Fotos aus. Ich bin gleich im Büro. Hast du auch etwas über die Person Lartigues gefunden?«

»Nachdem er in Paris und Rom studiert hatte, tauchte irgendwann in den 1980er-Jahren aus der Versenkung auf. Er wandte sich ab vom Mainstream und widmete sich ganz einer sehr ursprünglichen Art der Bildhauerei, die von der afrikanischen Kunst inspiriert war. Der Kerl ist richtig berühmt.«

»Ist er aktenkundig?«

»Nichts, nicht mal ein Knöllchen. Verdient sich dumm und dämlich, seit er fünfundzwanzig ist. Hat Ateliers in Paris, Rom und New York. Seine Ausstellungen sind Gesprächsthema. Lebt auf großem Fuß, allerdings eher als Bohemien. Der Typ, der Fahrrad fährt, während sein Chauffeur den Jaguar wienert.«

»Gab es bei den No Limits schon mal Ärger mit der Polizei?«

»Ich glaube, bei solchen Partys gehen die Leute meist nicht zu weit. Im Übrigen ist es nicht strafbar, sich den Arsch versohlen zu lassen. Wie war es in Charcot?«

»Die Spur ist kalt. Ich erzähle es dir später.«

Als das Taxi auf den Quai des Orfèvres einbog, zeigte Erwans Uhr 19:10 Uhr. Nach dem Meeting, wenn alle auf Stand gebracht waren, würde das Team über Nacht wieder an die Arbeit gehen. Alle, außer er selbst.

Er war für 20:30 Uhr mit Sofia bei Mimmo verabredet, einem kleinen italienischen Restaurant in der Rue Blanche. Wenn schon nicht teuer, dann wenigstens einfach.

82

Erwan stieg gerade die Treppen im Präsidium hinauf, als eine junge Frau auf ihn zustürmte. Es war die Sekretärin seines direkten Vorgesetzten, Kriminaldirektor Fitoussi.

»Er will Sie unbedingt sehen«, flüsterte sie. »Jetzt sofort. Es ist dringend!«

»Darf ich wenigstens mein Gepäck im Büro abstellen?«

»Nein, das muss warten. Er ist fuchsteufelswild.«

Die Frau schien wirklich in Panik.

»Okay, ich komme.«

Fitoussis Büro war das größte im ganzen Haus und hatte viele legendäre Polizisten beherbergt, was Erwan jedoch nicht weiter beeindruckte. Ganz gleich, in welcher Umgebung: Fitoussi war und blieb ein Blödmann. Ein dickliches Männlein, das seine Karriere der Unterstützung von Politikern verdankte und überall Komplotte witterte.

»Wo zum Teufel haben Sie sich herumgetrieben?«

»In der Bretagne, auf der Suche nach Spuren, im Interesse der Wahrheit.«

»Hören Sie auf mit dem Blödsinn. Was war das für eine Reise?«

»Der Mörder von Anne Simoni hat ein Vorbild, einen Psychopathen, der bis zu seinem Tod in einer Maßregelvollzugsklinik im Finistère interniert war. Ich musste mich dort informieren.«

»Und das Ergebnis?«

»Leider gleich null. Der Mann ist vor drei Jahren gestorben und hatte keinerlei Kontakte zu anderen Patienten. In letzter Zeit ist auch niemand aus der Klinik geflohen oder entlassen worden.«

Fitoussi stand auf und vergrub die Hände in den Taschen. Das Ausmaß seines Bauches warf die Frage auf, wie ein Organismus sich dermaßen verformen konnte.

»Die Staatsanwaltschaft hat angerufen. Der Präfekt hat angerufen. Der Innenminister hat angerufen. Und Sie fahren mal eben so in die Bretagne? Ich habe übrigens gehört, dass es eine Verbindung zu dieser Geschichte mit der Mutprobe gibt. Stimmt das?«

»Es sieht ganz danach aus. Wissa Sawiris, das Opfer aus der Flugschule, wurde höchstwahrscheinlich auf die gleiche Weise getötet. Allerdings lässt der Zustand der von einer Rakete getroffenen Leiche keine endgültige Bestätigung zu. Das Einzige, dessen wir ganz sicher sind, ist die Tatsache, dass der Mörder in der Bauchhöhle des Piloten abgeschnittene Fingernägel und Haare des Pariser Opfers hinterlassen hat.«

»Das ist ja ekelhaft.«

»Nein, es hat mit Religion zu tun.«

»Was?«

»Vergessen Sie es.«

»Sparen Sie sich Ihre Hochnäsigkeit, Morvan. Führen uns diese Hinterlassenschaften zu dem Mörder?«

»Nein. Aber der Gerichtsmediziner hat in der Leiche von Anne Simoni ebenfalls Fingernägel und Haare gefunden, die uns vielleicht zum nächsten Opfer führen.«

Fitoussi ging zum Fenster. Sein Zimmer hatte von allen die schönste Aussicht: auf die Seine, die Uferstraßen und die Gebäude aus dem 18. Jahrhundert. Leider erinnerte der Ausblick heute eher an die Leiche vom Vortag.

»Sonst noch etwas?«

»Nicht viel. Unser Kandidat hinterlässt keine Spuren. Wir sind dabei, die Nägel und Scherben zu analysieren. Sie kommen aller Wahrscheinlichkeit nach aus Afrika. Weitere Resultate stehen noch aus. Die Nägel haben möglicherweise dazu gedient, Kisten mit organischem Material zu verschließen …«

Der dicke Mann drehte sich brüsk zu Erwan um. Er trug eine getönte Ray-Ban als Korrekturbrille, die ihm das Aussehen eines Mafioso von der Côte-d'Azur verlieh.

»Sie scheinen nicht zu verstehen, Morvan: Wir haben nicht die Zeit, von jedem Fliegenschiss eine Kultur anzulegen. So etwas wird nur in Fernsehkrimis gemacht. Haben Sie nichts Konkretes? Zeugen? Verdächtige? Verdammt, es brennt!«

»Die Medienberichte haben zu einer Vielzahl von Anrufen geführt, aber das war nur heiße Luft. Ein paar Verrückte und Übereifrige, aber nichts Nützliches.«

»Scheiße!«

Fitoussi lief in seinem Büro herum wie ein übergewichtiger Bär in einem zu kleinen Käfig. Erwan spürte die Sekunden fast körperlich verrinnen, er hatte es eilig, mit seinem Team zu sprechen.

»Ich verspreche Ihnen greifbare Resultate für morgen Vormittag«, bluffte er, um endlich zum Ende zu kommen.

»Das hoffe ich. Irgendetwas muss ich den Medien schließlich erzählen.«

Erwan legte noch einen drauf. »Wir haben unsere Gruppe auf zehn Mitarbeiter vergrößert. Das Labor arbeitet auf vollen Touren. Die Vergangenheit und das Umfeld von Anne Simoni haben wir durchleuchtet und …«

»Irgendwelche Probleme von dieser Seite?«

»Welche Probleme?«

»Sie wissen schon …«

Erwan verstand die Anspielung. »Mein Vater hat sich für die Freilassung des Opfers eingesetzt und ihr bei der Wiedereingliederung geholfen. Mehr war da nicht.«

Fitoussi warf ihm einen prüfenden Blick zu.

»Grégoire hat angedeutet, dass diese Affäre möglicherweise eine Verbindung zu einer Untersuchung hat, die er in der Vergangenheit geleitet hat.«

»Richtig. Er hat den Mörder verhaftet, der unserem Kandidaten als Vorbild dient.«

»Der seine Haftstrafe in der Bretagne verbüßt hat?«

»Genau. Der Nagelmann. Mein Vater hat ihn in seinen Anfangszeiten bei der Polizei 1971 in Zaire dingfest gemacht.«

Der Kriminaldirektor rieb sich die Stirn, als könne er damit den Ärger auslöschen, der sein Gehirn belastete.

»Ich kenne die Geschichte. Lieber Himmel, das ist …«

»Entschuldigen Sie mich.«

Erwans Handy hatte sich bemerkbar gemacht. Eine SMS. Aber nicht irgendeine, sondern angekündigt per Klingelton, der seinem Team zugeordnet war.

Die Nachricht kam von Kripo.

»Komm schnell. Dringend.«

83

In dem Polizeifahrzeug, das mit Blaulicht und Martinshorn in Richtung des 12. Arrondissements preschte, überflog Erwan hastig die ersten Auskünfte über Ludovic Pernaud. Die abgeschnittenen Fingernägel und Haare hatten ihr Geheimnis tatsächlich preisgegeben. Sie gehörten einem politischen Extremisten, dreiunddreißig Jahre alt, der bereits zweimal verurteilt worden und dessen DNA daher in der Datenbank erfasst war.

Auf den ersten Blick erschienen die Informationen über ihn ein wenig zusammenhanglos. Der Mann war ein militanter Rechtsextremer. 2002 war er wegen Gewalt gegen drei linke Studenten auf dem Campus der Universität in Nanterre zu einem Jahr Gefängnis verurteilt worden, zwei Jahre auf Bewährung. Ein Jahr später folgte eine dreijährige Gefängnisstrafe wegen Gewalt mit Todesfolge, Pernaud hatte bei einer proisraelischen Demonstration auf Aktivisten von Betar und der neuzionistischen Bewegung LDJ eingeprügelt. Nach der vorzeitigen Haftentlassung war er 2006 in Französisch Guyana bei der missglückten Flugzeugentführung kreolischer Aktivisten auf dem Flughafen von Cayenne wieder aufgetaucht. Dieses Mal allerdings auf der Seite der Guten, wenn man es so nennen durfte: Er war einer der bei dem Einsatz verwundeten Fallschirmspringer. Danach verlor sich seine Spur wieder im Nichts. Inzwischen lebte er in Paris, Rue de la Voûte 45, in der Nähe der Porte de Vincennes, war offenbar arbeitslos und hatte außer einer kleinen Kriegsinvalidenrente keine Einkünfte, außerdem kein Auto, kein Telefon und weder Bankkonto noch Kreditkarte.

Dies war also der Mann, von dem Teile in Anne Simonis Körper gefunden worden waren. Erwan war überzeugt, dass er längst nicht mehr lebte, und wusste nicht, was er davon halten sollte. Warum ausgerechnet dieser Kerl?

An der Porte de Bercy erhielt er über Kripo weitere Neuigkeiten, der im Büro die Stellung hielt. Ein Foto von Pernaud bestätigte den ersten Eindruck: Faschotyp mit Bürstenschnitt.

Harte, ausdruckslose, rechteckige Gesichtszüge. Jemand, der sich während der Woche in Kaki und am Wochenende in Tarnfarben kleidete.

Für den Einsatz hatte Erwan Tomasi und seine Muskelmänner vom Sondereinsatzkommando angefordert. Er mochte sie zwar nicht, aber wenn eine Wohnung gestürmt werden musste, waren sie die richtige Wahl. Immerhin war es möglich, dass Pernaud noch lebte und irgendwie auf andere Art in die Mordserie verwickelt war. Sein Profil jedenfalls bot Anlass zur Vorsicht. Laut Kripo besaß er einen gültigen Waffenschein und mindestens fünf Feuerwaffen.

Sie erreichten den Boulevard Soult und mussten feststellen, dass die Rue de la Voûte eine Einbahnstraße war. Das Navi hatte bereits beim Start den Geist aufgegeben, und so drehten sie um und fuhren einen weiten Bogen, doch auch am anderen Ende der Verkehrsader war die Einfahrt verboten. Scheiße.

Das Martinshorn einzuschalten und die Straße in Gegenrichtung zu befahren verbot sich von selbst. Nach einigen Manövern und Anschissen über Funk hielten sie schließlich auf dem Cours de Vincennes vor der Passage de la Voûte, einer einfachen Treppe, die den Zugang zur gleichnamigen Straße ermöglichte.

Und los. Zu Fuß rannten sie die Stufen hinauf.

Es war schon fast dunkel. Die Gehsteige waren menschenleer. Generalschlüssel. Erwan ließ die Mitglieder seines Teams an sich vorbeilaufen und verspürte das Gefühl einer gewissen Sicherheit: Tonfa war ein Muskelpaket, Sardine schoss so sicher wie kein anderer und Audrey konnte problemlos als Sandinista durchgehen …

Es gab keinen Concierge, doch die Namen aller Hausbewohner standen auf einer hinter Glas gerahmten Liste. Ludovic Pernaud stand ganz oben, er wohnte in der dritten Etage links. Die Verstärkung vom Sondereinsatzkommando hatte einen zweiten Zugang über den Hof ausfindig gemacht. Kurzes Briefing im dunklen Hausflur, in dem es nach Schimmel, Müll und Bohnerwachs roch.

»Tomasi, du …«

»Im Einsatz keine Namen!«

Erwan seufzte.

»Ich gehe mit meinem Team da hoch, du sicherst das Erdgeschoss, die Fenster zum Innenhof und die umliegenden Dächer.«

Tomasi hasste es, wenn ihm Befehle erteilt wurden, aber er schien mit dem Plan einverstanden zu sein. Wortlos reichte er Erwan ein Ohrmikrofon, das der Kriminalbeamte mühsam einstöpselte.

»Wir kommunizieren auf der gleichen Frequenz«, flüsterte Tomasi.

Rosig und mit rasiertem Schädel war er den Piloten von Kaerverec näher als den Polizisten, die das Präsidium bevölkerten.

»Ich gebe Bescheid, sobald wir oben sind«, antwortete Erwan. Das Echo seiner Worte hallte durch den Flur.

Alle zogen ihre Waffen aus den Holstern, das Reißgeräusch des Klettbandes klang unglaublich laut. Die Männer von Sondereinsatzkommando wandten sich zum Innenhof, Erwan und sein Team zum Treppenhaus. Alle versuchten, sich so leichtfüßig wie möglich fortzubewegen.

Auf dem Treppenabsatz der dritten Etage trat Erwan an die Spitze der Gruppe. Sie hatten das Treppenlicht nicht eingeschaltet. Die Dielenbretter knarrten schrecklich. Links waren zwei Türen zu erkennen.

Erwan knipste seine Maglite an und hatte das seltsame Gefühl, dass die Lampe dank seiner eigenen inneren Energie brannte. Er kochte geradezu. Im Lichtstrahl erkannte er über einer der Klingeln einen unbekannten Namen, die andere Klingel war nicht gekennzeichnet. Er legte sein Ohr an die Tür. Kein Geräusch. Er machte seiner Gruppe ein Zeichen, wich einen Schritt zurück und flüsterte in sein Mikrofon:

»Wir sind da. Was ist mit euch?«

»Alles okay. Bewegung im Innern?«

»Nichts. Wir schlagen zu.«

Erwan trat wieder vor, hielt sich aber leicht rechts, um nicht in die Schusslinie zu geraten. Er spürte, wie der Schweiß zwischen seinen Fingern und dem Kolben seiner Waffe herunterrann.

»Polizei!«, rief er, nachdem er geklopft hatte. »Öffnen Sie!«

Keine Antwort. Erwan ging davon aus, dass sich in Kürze viele andere Türen öffnen würden, wie eigentlich bei jedem Mal. Mit einer Handbewegung bedeutete er Tonfa, loszulegen, und der Riese ging mit dem Türöffner zu Werk. Das Schloss leistete Widerstand, auch die nächsten Versuche blieben erfolglos. Der Rahmen war gepanzert.

Bei jedem der vergeblichen Versuche ließ Erwan Pernauds staatlich sanktioniertes Waffenarsenal Revue passieren: zwei Kleinkalibergewehre .22 Long Rifle, eine Remington Pump Gun Kaliber 12, eine 9mm-Automatikpistole von Glock, ein sechsschüssiger Revolver Smith & Wesson .357 Magnum …

Irgendwann gab die Tür schließlich doch nach und krachte ins Wohnungsinnere. Die Metallverstärkungen lösten sich und hätten um Haaresbreite Tonfa getroffen, der vom eigenen Schwung mitgerissen wurde. Erwan schob ihn beiseite und sprang schussbereit in die Wohnung.

»Polizei! Po…«

Er hielt mitten im Wort inne. Die Wände der Ein-Zimmer-Wohnung waren über und über mit Blut bemalt. Striche, Motive und Sprühmuster, die an die Gottheiten der Yombe erinnerten. Masken mit naiven Gesichtszügen. Lanzen in Penisform. Mondsicheln in Gestalt von Schlangen.

Früher einmal hatte in dieser Wohnung ein Waffennarr gewohnt, ein Rechtsradikaler, der offenbar auch als Fußball-Hooligan auftrat, wie die an die Wand gepinnten Fanabzeichen bewiesen. Jetzt aber befand sich hier nur noch ein auf den Kopf gestelltes und in alle Richtungen durchwühltes Schlachtfeld. Die Bühne für ein Massaker. Hier war so viel Blut geflossen, dass der Boden aussah wie in einem Schlachthof. Der schwere, metallisch anmutende Hämoglobingeruch verflüchtigte sich bereits, die Opferung von Ludovic Pernaud musste also mindestens zwölf Stunden zurückliegen.

Wortlos folgte das Team Erwan durch den Raum – mit der Waffe in der Hand und in der Formation einer Pfeilspitze, wie es ihnen auf der Polizeischule beigebracht worden war. In Erwans Ohr meldete sich eine Stimme.

»Was macht ihr denn da oben, zum Teufel?«

»Die Tür war gepanzert. Hier gibt es nichts Lebendiges mehr.«

»Wie sieht es aus?«

»Kommt hoch und seht es euch an.«

In der Mitte des Zimmers (das Bett war hochkant gegen eine Wand gelehnt worden) hatte man Ludovic Pernauds Leiche zusammengekauert in einen runden, etwa einen Meter hohen, geflochtenen Korb gezwängt, der steif von getrocknetem Blut war. Nur der Kopf des Opfers schaute heraus und war auf der Stirn, einer Wange und dem Kinn mit Nägeln gespickt. Trotz seiner Wunden war das Gesicht des Fallschirmspringers noch zu erkennen. Sein Mund war aufgerissen, wie zu einem qualvollen Schrei. In seinen Augenhöhlen steckten Spiegelscherben. Ganz gleich, wo er sich jetzt aufhielt, von nun an konnte Pernaud die Welt der Geister sehen.

Die Polizisten betrachteten die Leiche. Aus dem Korb hingen schwärzliche Fetzen heraus, die leicht als blutige Hautstreifen zu identifizieren waren. Erwan stellte fest, dass die Stellung des Toten einer Figur ähnelte, die er aus dem Büro seines Vaters kannte und die dazu gedacht war, die bösen Geister der Krankheiten zu neutralisieren. Auch Pharabot hatte eine solche Figur aus Papier hergestellt.

Er steckte seine Waffe ein und flüsterte den anderen zu:

»Ruft die Staatsanwaltschaft, die Spurensicherung und ein Bestattungsunternehmen an.«

Alle waren bedacht darauf, nicht auf einen der Hautfetzen zu treten. Erwan ahnte, dass sie in der entsetzlichen Umgebung kaum noch zu atmen wagten. Die gesamte Szenerie schien sich fast irreal in Zeitlupe abzuspielen.

Erwan entfernte sein Mikro und griff nach seinem Handy.

Langsam und mit dem Gefühl, dass jede seiner Bewegungen in Einzelteile zerfiel, schrieb er eine SMS an Sofia: »Tut mir leid, kann nicht pünktlich kommen.«

84

Als die Schwarzen ihn freiließen, konnte er die Arme nicht mehr bewegen. Er hatte fast vierundzwanzig Stunden mit zusammengebundenen Händen in Hockstellung im Fond eines Autos verbracht. Zwei Pausen hatte man ihm zugestanden: einmal, um zu pinkeln, das zweite Mal, um zu essen. Mehrmals war er herumgefahren worden. Dabei hatte man ihm eine Kapuze über den Kopf gestülpt und erst bei der Ankunft entfernt, manchmal auch nicht. Die Umgebung hatte zumindest immer gleich ausgesehen: leerstehende Tiefgaragen, unbebautes Gelände, Industriebrachen …

Trotz der bedrohlichen Atmosphäre hatte Loïcs Angst mit der Zeit nachgelassen. Er zweifelte nicht daran, dass sein Vater sich um ihn kümmern und seine Situation sich schließlich verbessern würde.

Sein Problem war der Mangel an Koks. Der Entzug quälte ihn schlimmer als jede Angst, Luftnot oder Erschöpfung. Die Gier nach der Droge überkam ihn schwallweise, manchmal nur kurz, dann wieder langsam und quälend. Manchmal empfand er eine derartige Panik, dass er sich nur noch den Tod wünschte. Hinzu kamen körperliche Missempfindungen: plötzliches Frieren, Bauchkrämpfe, unkontrolliertes Zittern. Dann wieder hatte er Visionen von schönen weißen Linien, denen er sich nicht nähern konnte. Sobald das vorüber war, knirschte er mit den Zähnen und wartete auf die nächste Krise.

Jetzt stand er allein in einer Tiefgarage.

Die Kerle hatten ihm die Kapuze vom Kopf gerissen und den Kabelbinder durchtrennt, mit dem seine Hände gefesselt waren.

Das letzte von ihnen benutzte Fahrzeug hatte ein Diplomatenkennzeichen. »Du kannst es ruhig aufschreiben, wir genießen Immunität«, hatten sie gesagt. Allerdings war er nicht in der Lage, sich irgendetwas zu merken, egal was. Er hob lediglich sein Handy und seine Brieftasche auf, die sie ihm nachgeworfen hatten, und massierte seine Handgelenke.

Er setzte sich auf den Boden, da sein Anzug ohnehin schon Fettflecken hatte, es war bereits der zweite innerhalb von zwei Tagen, den er getrost vergessen konnte, und kontrollierte sein Telefon. Wie durch ein Wunder war die Batterie noch nicht gänzlich leer, aber er hatte kein Netz in diesem Loch. Leicht schwankend vor Hunger, Entzugserscheinungen und Starre machte er sich auf den Weg zum Ausgang. Seine Schritte hallten zwischen den leeren Wänden. Wo bin ich?, dachte er. Er bestimmte seine Prioritäten: Zuerst musste er wissen, wo er war, er konnte sich ebenso gut vor den Toren von Paris wie auch am anderen Ende der Île-de-France befinden. Danach galt es, einen Geldautomaten zu finden, da er lediglich seine Kreditkarten zurückbekommen hatte.

Draußen erwartete ihn die tote Landschaft einer Industrievorstadt. Eine lange Straße, gesäumt von Straßenlaternen, geschwärzte Wohnblocks, Fabrikschornsteine. Das konnte sowohl in Nanterre als auch in Gennevilliers oder Ivry-sur-Seine sein. Er setzte sich in Bewegung, auf der Suche nach einem Hinweisschild, als ihm plötzlich Milla und Lorenzo einfielen. Zwischen seinen Krisen hatte er immer wieder an sie denken müssen: Es war Freitag, und an diesem Wochenende hatte er die Kinder. Wer hatte sie von der Schule abgeholt? Hatte jemand die Mutter verständigt? Hatte der Alte sich gekümmert? Doch, das hatte er getan, da war Loïc sich ganz sicher.

Er rief Gaëlle an, die sich immer um die Kinder kümmerte, wenn er es nicht konnte. Sie beruhigte ihn mit wenigen Worten. Sie war in seiner Wohnung, die Kleinen lagen bereits im Bett. Als sie ihn jedoch um eine Erklärung bat, wich er aus. Auch ihre Frage nach den Renovierungsarbeiten in seiner Wohnung beantwortete er nur vage.

»In einer halben Stunde bin ich da«, sagte er, als er ein Schild mit der Aufschrift »Stains« entdeckte. Er warf erneut einen Blick auf sein Handy. Er hatte innerhalb der letzten vierundzwanzig Stunden nicht weniger als dreißig Nachrichten erhalten. Die einzigen davon, die ihn interessierten, waren die von seinem Vater. Morvan hatte bereits zweimal angerufen. Wahrscheinlich wusste er, dass Loïc frei war, und wollte sich persönlich davon überzeugen.

Er drückte die Kurzwahl des Alten. Das Läuten klang seltsam.

»Bist du draußen?«, erkundigte sich sein Vater mit seiner beunruhigend mächtigen Stimme.

»Gerade eben. Wie hast du das geschafft?«

»Erkläre ich dir später. Das Boarding hat gerade angefangen.«

»Wohin fliegst du?«

»Nach Paris. Ich bin in Kinshasa. Verhandlungen mit der Führungsspitze.«

»Hast du … bezahlt?«

»Nein, aber wir haben nur wenig Zeit, unsere Ehrlichkeit zu beweisen.«

»Welche Ehrlichkeit? Was wird uns vorgeworfen?«

Morvan wich aus.

»Kabongo hat mir den Namen des Traders genannt, der ganze Aktienpakete kauft.«

»Wie ist er darangekommen?«

»Er ist eben nicht so blöd wie du. Es handelt sich um einen gewissen Serano.«

Loïc unterdrückte einen Fluch. Wieso war es ihm nicht gelungen, dem Kerl die Würmer aus der Nase zu ziehen?

»Kenne ich.«

»Du gehst zu ihm und bringst ihn zum Reden.«

»Er hat nicht den geringsten Grund, mir zu antworten.«

»Sieh zu, wie du klarkommst. Wir müssen die Käufer finden. Es ist unsere einzige Chance, die Neger zu überzeugen.«

Loïc fuhr sich mit der Hand über das Gesicht. Ihm war, als berühre er eine Leiche.

»Das schaffe ich nicht.«

»Dann ruf Erwan an.«

Die Erwähnung des großen Bruders erweckte Loïcs Lebensgeister zum Leben.

»Er poliert ihm die Fresse, und ich krieg die Informationen – meinst du das?«

»Er kann sehr überzeugend sein.«

»Ich weiß nicht, in welcher Welt du lebst, Papa. Diese Art von Geschäft kann man nicht mit Fäusten regeln. Wir sprechen hier von der Börse, nicht von einem Saloon.«

Schweigen auf der Gegenseite. Schon dachte Loïc, die Verbindung sei zusammengebrochen, als sich die Stimme seines Vaters wie eine Flutwelle über ihm brach.

»Ich steige jetzt in meinen Flieger. Geh nach Hause und nimm ein Bad. Gaëlle hat sich um die Kinder gekümmert. Und morgen früh gehst du zu Serano.«

»Aber ich sage dir doch, dass …«

»Und ich sage dir, dass die ganze Welt ein großer Saloon ist. Deine Banker sind nicht einmal die Kacke unter den Stiefeln meiner Cowboys wert. Erwan wird dich begleiten, und du darfst mir glauben, dein Serano wird vor dir auf die Knie fallen und sich bedanken, dass ihr ihm wenigstens seine Zähne lasst.«

85

Kariertes Tischtuch, Wasserkaraffe, billige Kerze: Erwan schämte sich, Sofia in eine solche Kaschemme eingeladen zu haben. Was in seiner Erinnerung ein netter kleiner Italiener gewesen war, stellte sich als düstere Pizzeria heraus. Im Übrigen war die Idee, eine echte Florentinerin hierhin auszuführen, ungefähr so sinnvoll, wie einem Lord Fish and Chips zu spendieren.

Nur mit größter Mühe war es ihm gelungen, seine Leute in der Rue de la Voûte just in dem Moment zurückzulassen, als die Spurensicherung und der Leichenwagen eintrafen. Sofia hatte bereits am Tisch gesessen und ihn lächelnd erwartet. Gleich zu Beginn war er das Risiko eingegangen, einen Scherz über seine Gesichtsverletzungen zu machen, was dazu führte, dass er deren Herkunft erklären musste.

Und damit fing der Ärger erst an.

Er war einfach nicht in der Lage, sich zu konzentrieren. Zwei Morde in zwei Tagen. Drei innerhalb einer Woche, wenn man Wissa dazuzählte. Zweifellos der Fall seines Lebens. Wenn er ihn löste, winkte ihm eine schnelle Beförderung, wenn nicht, würde er den Rest seines Arbeitslebens in den Archiven des Präsidiums verbringen. Erwan hörte zwar die Worte, die Sofia sagte, verstand aber ihren Sinn nicht. Ihm war, als spräche sie eine Fremdsprache.

»Hörst du mir eigentlich zu?«

»Natürlich.«

Pernaud in seinem Korb, die abgelöste Haut wie monströse Blütenblätter um ihn gebreitet. Ein Mörder, der sich in der Zweiten Welt bewegte, wo sich Dämonen und okkulte Kräfte tummelten. Erwan klammerte sich an seinen Einfall: Der einzige Unterschied zwischen dem früheren und dem heutigen Mörder war die anale Vergewaltigung, die bei Pernaud noch nachgewiesen werden musste. Möglicherweise kämpfte der Mörder gegen eigene homosexuelle oder nekrophile Triebe. Indem er seine *minkondi* vergewaltigte, befriedigte er seine Sehnsüchte jedoch nicht, sondern exorzierte sie.

»Was hältst du davon?«

Er schreckte zusammen. »Entschuldige.«

»Ich habe dich gefragt, welchen Rhythmus du bei der Betreuung der Kinder für besser hältst: eine über die andere Woche, oder jedes zweite Wochenende und jeden Mittwoch.«

»Aber so weit seid ihr doch noch gar nicht«, wich er aus. Er hatte dazu keine Meinung. »Und im Augenblick leben sie doch bei dir.«

»Auf Dauer ist das aber nicht mein Ziel. Milla und Lorenzo brauchen ihren Vater.«

Erwan legte es auf Provokation an.

»Ihr müsst euch bloß wieder zusammentun.«

»Kommt nicht infrage.«

»Bist du ganz sicher, dass es zwischen euch keine Gefühle mehr gibt?«

Sie schnitt ein Stück von ihrer Pizza ab und kaute ausdruckslos darauf herum.

»Wozu zusammenkitten? Wir sind noch jung. Uns erwarten andere Geschichten. Außerdem ist da noch immer diese Drogensache. Solange Loïc nicht clean ist, muss ich meine Kinder beschützen.«

Alles war beim Alten. Neu war an diesem Abend lediglich der zwanglose Ton von Sofia. Sie wirkte friedlich, ja fast heiter. Wie in allen Kriegen gab es auch bei Scheidungen eine Waffenruhe.

»Und du?«, begann sie von Neuem. »Wir sprechen ständig von den Problemen deines Bruders und den Eskapaden deiner Schwester, aber was ist eigentlich mit dir?«

»Ich ersticke in Arbeit.« Wie zur Bestätigung warf er einen kurzen Blick auf seine Uhr. »Ich arbeite gerade an einem Fall, der …«

Sie legte ihre Hand auf seine. Er zuckte zusammen.

»Nein. Ich spreche von deinem Privatleben. Worauf wartest du noch? Du solltest heiraten und Kinder haben.«

»Das ist doch keine Pflichtübung.«

»Aber auch keine schreckliche Bürde. Hast du jemanden? Etwas Ernstes?«

Das hatte sie ihn bereits im Jardin de Luxembourg gefragt.

»Nein. Sie kommen und gehen …«

»Na toll.«

Er hatte Angst, zu erröten. »So wollte ich es eigentlich nicht ausdrücken. Ich …«

»Wo lernst du deine Frauen denn kennen?«

Sofias Augen glänzten. Endlich ging es um ernsthafte Dinge.

»Bei der Arbeit, während meiner Ermittlungen …«

»Und welche Art Frau gefällt dir?«

Er antwortete, ohne zu zögern. An diesem Abend war er nicht

in der Lage, sich als ein anderer zu geben, er hätte auch gar nicht gewusst, als wer.

»Meist sind es Kellnerinnen oder Verkäuferinnen.«

»Weil du dich als etwas Besseres fühlen willst?«

»Ich sehe keine von ihnen als gering an.«

»Vielleicht wegen ihrer Konversation?«

»Sei doch nicht so«, protestierte er. »Ich liebe sie …, weil sie hübsch sind.«

»Sehr originell.«

»Du hast gefragt, ich habe geantwortet.«

»Aber sie sind doch nicht alle hübsch.«

»Doch, fast alle. Es gehört zu ihrem Job.«

Sofia hob die Hand, um den Kellner herbeizuholen.

»Ich bestelle mir ein Glas Wein. Du musst nicht mitziehen.«

Er hatte behauptet, nichts zu trinken, er wollte mit klarem Kopf ins Präsidium zurückkehren.

»Doch, ich trinke ein Glas mit«, meinte er.

Sie bestellten eine Karaffe Rotwein. Während er ihre beiden Gläser füllte, bestürmte Sofia ihn weiter mit Fragen.

»Gut, sie sind also hübsch. Aber das ist doch nicht alles, oder?«

»Oft wirken sie auch ein wenig verloren, und das rührt mich.«

»In welcher Hinsicht?«, erkundigte sie sich und trank einen langen Schluck.

Er senkte den Blick auf seine noch immer unberührte Pizza. Er konnte beim besten Willen nichts hinunterbekommen. Sofias Nähe. Die Leiche in der Rue de la Voûte …

»Ich habe eine Theorie über weibliche Schönheit.«

»Das klingt ja interessant.«

Sie hielt ihm ihr bereits geleertes Glas hin.

»Es wird zu viel Wirbel um schöne Frauen gemacht, und diese Lüge holt sie irgendwann ein. Wenn sie klein sind, erzählt man ihnen, dass sie eines Tages eine Prinzessin sein werden. Wenn sie älter werden, sagt man ihnen eine Karriere als Model voraus. Später dann als Schauspielerin. Nach und nach ermatten diese

Frauen in ihrem Streben nach ihren Träumen, und dann verlieren sie ihre Hartnäckigkeit.«

»Ich habe eher den Eindruck, dass es nichts Hartnäckigeres gibt als zukünftige Schauspielerinnen. Schau dir doch bloß deine Schwester an.«

»Vergiss sie. Es geht nur um Träume. Sie haben keine Kraft, dem wahren Leben die Stirn zu bieten: einem Scheißjob, einem sadistischen Chef oder einem Hungerlohn …«

»Ich bin absolut nicht deiner Meinung. Viele Models oder Möchtegern-Schauspielerinnen arbeiten in Restaurants oder nehmen einen Aushilfsjob nach dem anderen an. In New York …«

»Es sind immer nur Übergangslösungen, in der Hoffnung auf einen richtigen Vertrag.«

»Worauf willst du hinaus?«

»Das Provisorium wird zum Dauerzustand. Die angebliche Übergangslösung ist eigentlich nur die Realität, die sich langsam durchsetzt. Aber in der Zwischenzeit haben sie keine Ausbildung genossen. Keine Schule, keine Uni, kein Praktikum … Sie müssen ohne jedes Rüstzeug in den Existenzkampf ziehen.«

Sofia leerte ihr Glas ein weiteres Mal und bediente sich selbst. Sie trug einen fein gestrickten dunkelblauen Pullover mit V-Ausschnitt. Bei ihrer Bewegung konnte er zufällig – falls es überhaupt Zufälle gibt, wenn eine Frau beschlossen hat, etwas preiszugeben – einen Blick auf den Träger ihres Büstenhalters erhaschen. Sofort senkte er den Blick, wie ein ertappter Junge. Im Grunde war ihm nie bewusst gewesen, dass Sofia sowohl Brüste als auch ein Geschlecht besaß. Für ihn war sie kein irdisches Wesen.

»Dann willst du sie also retten?«

Erwan verzog das Gesicht. Es war ein Fehler gewesen, sich ihr auszuliefern. Was Begierden und Gefühle anging, war er nie über das mentale Alter eines Dreizehnjährigen hinausgekommen. Und das aus gutem Grund, denn er hatte auch nicht mehr Erfahrung als ein Jugendlicher.

»Vergiss es.«

Sofia stieß ein kehliges Lachen aus. Sie war ein wenig beschwipst und wirkte dadurch noch anziehender. Nun kreuzte sie die Arme auf dem Tisch und beugte sich vor.

»Welche hat dir am besten gefallen?«

»Eine Parfümverkäuferin bei Sephora auf den Champs-Élysées«, gab er spontan zu. »Eine kleine, sehr hübsche und sehr stolze Frau, die keinen Spaß an der körperliche Liebe hatte.«

»Ein ziemliches Handicap.«

»Mich hat es nicht gestört.«

»Dann macht sie dir auch keinen Spaß?«

»Jedenfalls nicht allzu viel.«

Sie gluckste. Leicht betrunken erschien sie ihm näher und realer zu sein. Vom Wein waren ihre Wangen rosig und ihre Mandelaugen feucht.

»Vor einigen Jahren hatte ich eine handfeste Depression«, beichtete er.

»Das wusste ich nicht. Sollen wir vielleicht noch Wein bestellen?«

»Nein. Ich denke, du hast genug getrunken.«

Der Jansenist in ihm meldete sich, aber Sofias einzige Antwort darauf war ein Lachen. Sie erwartete die Fortsetzung der Geschichte.

»Dank Antidepressiva und Anxiolytika habe ich mich ganz gut wieder gefangen. Die Medikamente haben wahre Wunder gewirkt, allerdings nicht für meine Libido.«

»Dann stimmt es also, was man darüber sagt? Man wird impotent?«

»Es hat vermutlich genügt, dass ich daran geglaubt habe, damit es sich bewahrheitet. Seit dieser Zeit ist Sex für mich eher ein Stressfaktor und mit Ängsten behaftet.«

»Lampenfieber.«

Endlich gönnte er sich ebenfalls einen Schluck Wein.

»Wenn man keine allzu hohen Ansprüche stellt, kann man nur positiv überrascht werden.«

»Das macht mir jetzt richtig Lust …«

Er spürte, dass es besser war, es dabei zu belassen. Er bezahlte an der Kasse. Der Abend war ein Fiasko gewesen. Außerdem hatte er nichts Neues gebracht. Der Bulle und die Komtess – beide waren in ihrer Rolle geblieben. Nicht schlimm, sagte er sich feige, in einer halben Stunde bin ich im Präsidium.

Er half ihr in ihre Jacke, begleitete sie zum Ausgang, stieß die Tür auf und verließ das Lokal als Erster, als wolle er einem Hinterhalt zuvorkommen.

»Bist du mit dem Auto da? Du …«

Er kam nicht dazu, den Satz zu beenden. Sofia hatte ihre Lippen auf seine gelegt. Er spürte nichts als einen leichten Schwindel tief in seinem Innern. Sein Gehirn bremste ihn aus, es gelang ihm nicht einmal, zu analysieren, was gerade geschah.

Er mühte sich, sah aber nur Pernauds wie ein Stück Obst geschälte Leiche, die leere Bauchhöhle von Anne Simoni und die spärlichen Überbleibsel von Wissa Sawiris. Er musste zurück ins Büro und sich um seine Fälle kümmern …

Erwan löste seine Lippen, besann sich aber im letzten Moment und umschlang Sofia, die in seinen Armen ganz geschmeidig wurde. Er küsste sie, fast gewaltsam. Mit einem Mal brach sich ein Gefühl Bahn, das ihn, wie er erst jetzt verstand, seit ihrem ersten Zusammentreffen nicht verlassen hatte.

Als er sie endlich losließ, lächelte sie verschämt, doch er war es, der auf der Motorhaube eines Autos in sich zusammensank. Seine Beine schienen ihn nicht mehr tragen zu wollen, und sein Mund war voll mit Sofias Weingeschmack.

Sofia fand als Erste zu ihrer Kaltblütigkeit zurück, geprägt von vielen Jahrhunderten Florentiner Adel.

»Für einen Pfaffen küsst du nicht schlecht.«

86

Gaëlle rauchte auf dem Balkon eine Zigarette. Nachdem Loïc nach Hause gekommen war, hatte sie ihn geduscht, ihm einen Pyjama angezogen, ihn gekämmt und parfümiert. Dann hatte sie ihm Nudeln gekocht, ehe sie ihn zu Bett brachte wie ein Baby. Fragen stellte sie ihm keine – Loïc unternahm öfter einmal seltsame Spritztouren.

So war also die Lage: Es war Freitagabend, ihre Mailbox floss über vor SMS, Nachrichten und Einladungen, aber sie spielte Babysitterin bei ihrem bescheuerten Bruder.

Es war immer noch recht warm. Auf der Straße einige Meter unterhalb ihrer nackten Füße ging es lebhaft zu. Sie stützte sich auf das Balkongeländer. Von hier aus konnte sie den Vorplatz des Palais de Chaillot sehen, der links und rechts vom Musée des Monuments Français sowie vom Musée de la Marine Nationale eingerahmt wurde. Ein Stück entfernt funkelte der Eiffelturm mit tausend Lichtern, was bedeutete, dass es genau 23 Uhr war. Nicht schlecht.

Während des gesamten Abends war ihr die Peinlichkeit des Vortags nicht aus dem Sinn gegangen. Die fürchterliche Party, die lächerliche Zeremonie, die lasterhaften Ehrenmänner … Am meisten schämte sie sich beim Gedanken an den Blick ihres Bruders, dem Menschen auf dieser Welt, den sie gleichzeitig am innigsten liebte und am tiefsten hasste.

Und zwar aus denselben Gründen.

Erwan, der Held. Der Untadelige.

Ihr Vater war ein Ungeheuer, die Mutter verrückt, Loïc ein Wrack. Aber bei ihnen herrschte wenigstens Klarheit. Der große Bruder hingegen … Sie dachte noch einmal darüber nach, und schließlich gelang es ihr, die Geschehnisse unter einem anderen Blickwinkel einzuordnen. Die fünf Jahre Philosophiestudium waren manchmal eben doch von Nutzen. Sie hatte ihre Familie demütigen und deren Spießigkeit geißeln wollen. Daher war das Auftauchen ihres Bruders eigentlich gar nicht so schlecht gewesen. Denn was nutzte Blasphemie, wenn der Gläubige nichts davon mitbekam?

Sie drehte sich um und lehnte sich gegen die Steinbrüstung. Der große Raum, der als Wohnzimmer diente, lag im sanften Licht der MaMo-Nouchies-Leuchten von Ingo Maurer vor ihr. Das Triptychon von Anselm Kiefer an der gegenüberliegenden Wand musste mehrere Millionen Euro wert sein, das Sofa, der Couchtisch und die wertvollen Möbel einige Hunderttausend.

Die vollkommene Schönheit der Einrichtung bestürzte sie, doch sie war wie einer der Barbaren, welche die Schönheit der römischen Städte bewundert hatten, ehe sie sie zerstörten. Bewunderung verhindert Hass nicht, sondern nährt ihn. Diese Wohnung, die Möbel und die Kunstwerke würden schon bald dahin sein.

Gaëlle ging es nicht um Geld. Nicht einmal ihre Karriere war ihr wirklich wichtig.

Sie wollte ihre Familie am Boden sehen.

Mit einem Schlag kehrte ihre gute Laune zurück.

Sollten sie doch glauben, sie könnten sie halten, kontrollieren oder gar retten. Währenddessen war sie dabei, sie mit einer Strategie zu vernichten, die sie sich nicht einmal vorstellen konnten.

87

Erwan öffnete die Augen. Der Tag war noch nicht angebrochen. Für einen kurzen Moment wusste er nicht, wo er war. Das Zimmer war weiß. Ein zarter Duft nach Räucherstäbchen hing in der Luft. An der Wand ihm gegenüber ruderte ein blauer Mann über ein Meer aus rotem Schaum.

»Italienische Transavantgarde«, hatte Sofia ihm ins Ohr geflüstert, während sie auf das Bett fielen. »Ich habe mit allen Malern dieser Stilrichtung geschlafen …« In der Dunkelheit hatte er erleben müssen, wie die rote Welle seinen Traum von der reinen

Madonna hinwegschwemmte wie eine Sandburg. Danach verwirrten sich die Erinnerungen. Gefühle, ja, aber nicht in der richtigen Reihenfolge. Lust, Angst, Wonne, Reue …

Er blickte auf die Uhr. 6 Uhr früh. Er war so überdreht, dass er nicht einmal mit Sicherheit sagen konnte, ob er überhaupt geschlafen hatte. Er stand auf, schlüpfte in Boxershorts und Hemd, nahm sein Handy aus der Jackentasche und verließ leise den Raum. Er war schon oft hier gewesen. Damals noch »bei Sofia und Loïc«, und allein diese Vorstellung hatte genügt, alles bis ins kleinste Detail prahlerisch und vulgär zu finden.

An diesem Morgen aber war es anders.

Er betrachtete den Palast mit den Augen des siegreichen Kriegers. Mit einem Mal erschien ihm alles edel und großartig. Er betrat das Wohnzimmer. Links lag die offene Küche. Es gelang ihm, die futuristische Kaffeemaschine zu bedienen, dann stellte er sich mit der dampfenden Tasse vor die raumhohe Fensterwand und blickte auf die Place d'Iéna mit dem Washington-Denkmal in der Mitte hinunter. Am Seineufer sah er das Palais de Tokyo, rechts einen Wald aus grauen Dächern, die sich bis zum Reservoir von Passy hinaufzogen. Ein geradezu kaiserlicher Ausblick.

Er stürzte den starken Kaffee in einem Schluck hinunter, und ein geradezu tierischer Stolz breitete sich in ihm aus. Er, der immer für eine saubere Trennung zwischen Sexualität und Liebe, zwischen Begehren und Gefühl gewesen war, er, der sich für einen Mann mit Prinzipien hielt, er hatte mit Sofia geschlafen – seiner unerreichbaren Fee, der Frau seines Bruders. Und er hatte seine Sache nicht schlecht gemacht, weder Erektionsprobleme gehabt noch irgendwelche Ungeschicklichkeiten an den Tag gelegt.

Im Eifer des Gefechts waren seine Schmerzen so gut wie verschwunden, die Liebesnacht hatte wie ein lindernder Balsam gewirkt. Dabei konnte er nicht einmal sagen, ob die Umarmung ihm gefallen hatte, und er weigerte sich auch, darüber nachzudenken, wie es nun weitergehen sollte. Im Augenblick war ihm nur wichtig, dass es funktioniert hatte und …

Plötzlich musste er an seine Fälle denken. Wie konnte er

es wagen, über den Dächern von Paris herumzustolzieren und von seinem Sexualleben zu fantasieren? Er hatte bereits eine Nacht mit der Suche nach Gaëlle vergeudet, einen Tag in der Bretagne und jetzt auch noch eine Nacht in den Armen seiner Schwägerin.

Erwan schaltete sein Handy ein, wartete darauf, dass es hochfuhr, und tippte seine PIN ein. Wieder musste er einen Moment warten, bis er seine Nachrichten abrufen konnte.

Die erste war um 21:30 Uhr von Loïc eingegangen und klang wie eine ironische Warnung: »Ruf mich an.« Für einen Sekundenbruchteil durchzuckte ihn die Vermutung, dass sein Bruder bereits alles wusste, doch schnell wurde ihm klar, dass es keinerlei Grund zur Beunruhigung gab. Danach folgten die Anrufe der üblichen Verdächtigen: Morvan, Fitoussi, Kripo, Audrey … Man hatte die ganze Nacht nach ihm gesucht. Ein weiterer Mord, ohne dass der Kapitän an Bord war, das hatte es noch nie gegeben.

Als Erstes rief er den Elsässer an, der sich hörbar kauend erkundigte:

»Wo warst du?«

»Erkläre ich dir später. Wie weit bist du?«

»Ich bekämpfe gerade den Drang zur Masturbation«, antwortete Kripo jovial.

»Wie bitte?«

»Ich sitze im Büro und esse Kellog's. Wusstest du, dass Doktor Kellog die Cornflakes mit dem Ziel erfunden hat, den Drang zur Masturbation bei Jugendlichen zu unterdrücken?«

Erwan seufzte. Sie hatten auch so schon zu viel Zeit verloren. »Kripo, bitte.«

»Die Obduktion ist in vollem Gang. Wieder unter Riboises Ägide.«

»Hat er schon etwas gefunden?«

»Haare im Epigastrium des Opfers. Dieses Mal wusste er ja, wo er suchen musste. Die Resultate der DNA-Analyse bekommen wir im Lauf des Vormittags.«

Es war also eine vierte Leiche zu erwarten. Noch nie hatte es in Frankreich so viele Morde so dicht hintereinander gegeben. Der Alte musste mit eingeschaltet werden …

»Außerdem haben wir die ersten Resultate der toxikologischen Untersuchungen erhalten«, fuhr sein Assistent fort. »Der Darm der Frau enthält Reste eines bestimmten Zyanids, das man in Maniok-Knollen findet.«

»Ist sie daran gestorben?«

»Durchaus nicht. Riboise geht allerdings davon aus, dass sie sich die Seele aus dem Leib gekotzt hat. Die Wirkung setzt gleich nach der Einnahme ein.«

Sein Vater hatte ihm von der Notwendigkeit erzählt, den Körper vor dem Ritual zu reinigen. Woher kannte der neue Mörder diese Details?

»Und sonst?«

»Die Spurensicherung hat in der Bude das Unterste nach oben gekehrt, sich jede Ecke vorgenommen und in jeden Abfluss geschaut. Audrey und Favini durchkämmen das Viertel. Im Augenblick ist es wie beim letzten Mal: Es gibt weder Zeugen noch Indizien. Unser Kandidat ist ein Schatten.«

»Etwas Neues über Pernaud?«

»Nichts. Keine Abonnements, keine Karten, kein Berufsleben. Das ist keine Ermittlung, das ist wie in Ghostbusters.«

»Was denkst du über ihn?«

»Ich habe den Verdacht, dass Pernaud sich der ›dunklen Seite der Macht‹ verschrieben hat, nachdem er sich als Terrorist und als Fallschirmspringer versucht hatte.«

»Versteh ich nicht.«

»Ein Spion.«

Erwan fing innerlich an zu beben, als er das Wort hörte.

»Denk doch mal nach«, fuhr Kripo fort. »2005 wird ihm aus unerfindlichen Gründen ein Teil seiner Haftstrafe erlassen. Ein Jahr später taucht er bei den Fallschirmjägern in Guyana auf. Anschließend gibt es außer der Adresse, an die ihm eine Kriegsinvalidenrente überwiesen wird, kein Lebenszeichen mehr von ihm. Ich habe nachgeforscht: Seine Verletzung in Guyana hat keine Behinderung zur Folge, also muss es sich um eine verschleierte Bezahlung handeln. Der Kerl war ein Schläfer und wurde über seine Rente hinaus pro Einsatz bezahlt.«

Jeder noch so Unbedarfte musste den Schluss ziehen, dass der Mann für Morvan gearbeitet hatte. Und aus diesem Grund hatte der Nagelmann ihn ausgewählt. Ein weiterer Hinweis auf die Rache-Theorie.

»Ich finde, du solltest mit deinem Vater darüber reden«, sagte Kripo, als ob er Erwans Gedanken gelesen hätte. »Vielleicht kannte er Pernaud …«

»Ich kümmere mich darum.«

»Nach der kleinen Simoni ist es …«

»Ich sage doch, dass ich mich darum kümmere!« Er war zu laut geworden. Mit dem Telefon am Ohr ging er in die Küche und machte sich einen weiteren Kaffee. »Wer nimmt die Durchsuchung vor?«

»Sardine und Audrey sind vor Ort, aber du weißt ja selbst, wie die Wohnung ausgesehen hat … Der Mörder hat dort ganz schön gewütet. Entweder hat er nach etwas gesucht, das ihn interessierte, oder er kannte das Opfer und hat versucht, alle Spuren der Beziehung zu verwischen.«

Auch den zweiten schwarzen und bitteren Kaffee stürzte Erwan in einem Schluck hinunter.

»Vielleicht ist ihm etwas entgangen.«

»Ich bin da eher skeptisch«, raunte Kripo. »Wir haben es hier mit einem höheren Geist zu tun.«

»Ach, wirklich? Sonst noch was?«

»Ja. Levantin kreuzt um neun im Präsidium auf. Er möchte uns irgendetwas zeigen, das mit Anne Simoni zu tun hat.«

»Was denn?«

»Das hat er nicht gesagt.«

Erwan kehrte ins Wohnzimmer zurück, öffnete eines der hohen Fenster und trat auf den Balkon hinaus. Die Luft war kühl und frisch und der Ausblick atemberaubend. Im Licht des beginnenden Tages entwickelte sich der Anblick nach und nach, wie ein Foto in der Entwicklerflüssigkeit. Die noch unscharfen, sanft von den fließenden Falten der Morgendämmerung umspielten Einzelheiten zeichneten sich immer deutlicher ab.

»Hast du dir die Links angeschaut, die ich dir geschickt habe?«, fragte Kripo.

»Welche Links?«

»Zu den Plastiken von Ivo Lartigues.«

»Dazu hatte ich noch keine Zeit.«

»Was hast du denn die ganze Nacht gemacht?«

Er wollte gerade antworten, als er sanft im Nacken gekitzelt wurde. Er sprang zur Seite, wie von einem Skorpion berührt. Sofia stand an der Tür. Sie trug ein T-Shirt von Chloé und einen mit Calais-Spitzen besetzten, fast durchsichtigen Minislip. Er bemerkte, dass er das einschlägige Vokabular aus seiner Jugend noch kannte, als er sich über in großen Kaufhäusern gemopsten Lingeriekatalogen selbst befriedigte.

Die Mischung aus Schamhaftigkeit und Einladung zur Sünde war genau das, was er liebte.

»Um neun bin ich im Büro«, sagte er mit rauer Stimme.

Er legte auf und bemerkte, dass er eine Erektion hatte.

88

Sofia wollte gleich auf dem Boden mit ihm schlafen, das aber lehnte er ab. Eine Anwandlung von Anstand? Respekt? Er wusste es nicht. Also landeten sie im Schlafzimmer. Dieses Mal war er viel klarer im Kopf und deutlich entspannter, dabei aber durchaus tatkräftig. Alles lief friedlich und ohne großes Aufheben ab, obwohl Erwan über sich ständig ein gehöriges Donnerwetter, göttliche Gardinenpredigten oder gar drakonische Strafmaßnahmen erwartete …

Eine halbe Stunde später standen sie genau an der Stelle, an der sie ihn beim Telefonieren überrascht hatte.

»Möchtest du einen Kaffee?«, erkundigte sie sich und trat an die Maschine.

»Nein danke, ich hatte schon zwei.« Er blickte auf die Uhr. »Ich muss jetzt los.«

»Halt mich nicht zum Narren, du grober Polizistenklotz!«, lachte sie.

»Aber nein, ganz und gar nicht. Ich …«

Mit einer Tasse in der Hand trat sie auf ihn zu. Ihr Parfüm überlagerte den Duft des Kaffees.

»Unseretwegen«, knurrte er. »Ich …«

»Stopp. Ich möchte etwas sagen, bevor du Unsinn redest.«

Verlegen breitete er die Arme aus. Sein Hemd war offen, er trug immer noch die Boxershorts und stand barfuß auf dem Parkett.

»Ich könnte jetzt sagen, dass ich gestern betrunken war und bereue, was geschehen ist. Aber genau das Gegenteil ist der Fall: Ich habe getrunken, um etwas zu wagen, von dem ich schon lange bereut habe, es nie getan zu haben. Kannst du mir folgen?«

»Ich glaube schon.«

»Und jetzt geh nach Hause und denk nach. Für mich ist es etwas Ernstes, und ich hoffe, dass ich auch für dich nicht nur ein One-Night-Stand bin.«

Erwan musste unwillkürlich lächeln. »Das bist du nun wirklich nicht.«

»Gut, dann küss mich.« Während sie sprach, setzte sie die Tasse ab und packte ihn an den Hemdschößen. Plötzlich hatte er ein Bild vor Augen: das seines eigenen schlagenden Herzens, das mit Honig bestrichen über einem Feuer geröstet wurde.

Er schnappte nach Luft wie ein Ertrinkender. »Für mich bist du die Frau für alle Nächte«, sagte er leise.

Wieder lachte sie ihr kehliges Lachen und antwortete mit ihrer italienischen Canzoni-Stimme.

»Nicht gleich übertreiben!«

»Ich wollte dir nur sagen …«

»Später. Und jetzt raus mit dir. Geh deine Mörder fangen.«

Er gehorchte. Schlafzimmer. Hose. Jackett. Sie stand mit verschränkten Armen hinter ihm. Er fühlte sich verpflichtet, sich zu rechtfertigen.

»Duschen werde ich bei mir. Ich muss mich … wiederherstellen.«

Sanft legte sie ihre Hand auf seinen Penis.

»Aber vergiss nicht, alles wieder an Ort und Stelle zu verstauen.«

Mit ihrem aristokratischen Charme konnte sie die obszönsten Dinge aussprechen, mit den gewagtesten Bewegungen überraschen – es würde immer elegant oder sogar raffiniert wirken und sich obendrein auch noch ganz natürlich in die Wirklichkeit einfügen.

»Und Loïc?«

Die Frage entfuhr ihm, während er sein Handy in die Tasche steckte und sein Holster befestigte. Er hatte ihn noch nicht angerufen.

»Loïc ist meine Angelegenheit.«

»Aber er ist auch mein Bruder.«

»Wir sind uns doch sicher einig, dass es besser ist, ihm im Moment noch nichts zu sagen.«

Er nickte und zog sein Jackett an.

»In dieser Hinsicht riskiere ich mehr als du«, fügte sie hinzu. »Wenn er wüsste, was letzte Nacht geschehen ist, hätte er vor Gericht einen deutlich besseren Stand.«

»Ehebruch gegen Sorgerecht. Was wiegt schwerer?«

»Ganz genau.«

Er verließ das Schlafzimmer und ging durch den Flur. Sie folgte ihm mit geschmeidigen Schritten, wie eine Katze, die sich in ihrem Territorium zu Hause fühlt.

»Ich wollte noch etwas mit dir besprechen«, sagte sie an der Tür. »Der gestrige Abend hat mir nicht die Zeit dazu gelassen.«

»Worum geht es?«

»Meine Anwältin kümmert sich wegen der Scheidung gerade um unser Vermögen.«

»Ihr lebt doch sicher in Gütertrennung, oder?«

»Nein. Zu Beginn unserer Ehe war es …«

»Die große Liebe?«

»Ja. Wir wollten alles, was wir besaßen, zusammenwerfen. Und wir wollten unseren Vätern eins auswischen.«

Erwan spürte, wie tief in seinem Innern etwas an ihm nagte. Er war immer neidisch auf seinen Bruder gewesen, und heute schien es ihm, als hätte er auch das Recht dazu. Der Schmerz war nur ein wenig deutlicher und ein wenig gerechter geworden.

»Sie hat Dokumente besorgt, um Loïcs Vermögen besser abschätzen zu können, und ist dabei über etwas Merkwürdiges gestolpert: Dein Vater hat sein Testament schon vorbereitet.«

»Aber das ist doch nichts Außergewöhnliches.«

»Er will Loïc sämtliche Anteile an Coltano vermachen. Du und deine Schwester, ihr erbt den ganzen Rest.«

»Woher willst du das wissen?«

»Du weißt doch, dass meine Anwältin ihre Nase überall hineinsteckt. Genaue Details kenne ich auch nicht.«

»Wahrscheinlich hat er eine Schenkung vorbereitet, die dich aus dem Testament ausschließt.«

»Genau das ist nicht der Fall. Er hat festgelegt, dass alles auch mir zugutekommt, und zwar nach den Regeln der Errungenschaftsgemeinschaft.«

»Hast du diese Papiere gesehen?«

»Noch nicht. Aber merkwürdig ist das schon, oder?«

Erwan legte die Hand auf die Klinke der gepanzerten Tür.

»Ich werde mich informieren und rufe dich an.«

Jetzt wäre irgendeine witzige Bemerkung gut gewesen, um den Ernst des Abschieds ein wenig abzumildern, aber ihm fiel nichts ein. Sofia entschied sich für die wortlose Version, einen langen Kuss.

So war es viel besser.

89

Seit der Landung in der Morgendämmerung hatte Morvan nur einen Gedanken gehabt: die nächste Reise.

Der Ernst der Situation erforderte ein Treffen an höchster Stelle. In Florenz. Um acht Uhr morgens war er müde und steif in seinen vier Wänden angekommen und hatte sofort mit der Vorbereitung der nächsten Geschäfte begonnen. Er hatte geduscht und sich rasiert, einen Kaffee getrunken und versucht, eine gewisse Ordnung in seine Planung zu bringen.

Das kaum gereifte Projekt mit der neuen Mine hatte sich bereits erledigt. Immer noch wusste er nicht, wo die undichte Stelle war. Nicht einer der Angestellten vor Ort ahnte etwas, und er hatte keine verräterischen Investitionen getätigt. Seine strategischen Vorstöße hatten sich Hunderte von Kilometern von Lubumbashi entfernt in einer nicht militärisch gesicherten Zone abgespielt. Geplant war, sich blitzartig zu bereichern, ehe er seiner eigenen Gesellschaft den Platz überlassen und zu einer konventionellen Abbaumethode übergehen wollte. Es wäre möglich gewesen.

In Afrika ist alles möglich.

Jetzt aber musste er mit Kabongo rechnen, und letztlich fand er diesen Umstand nicht einmal so schlimm. Die Mitwisserschaft des Afrikaners würde die Arbeiten an der Schürfstelle sicherer gestalten. Sie würden, wie beschlossen, den Anteil der Regierung abschöpfen und sich die Beute teilen. Was Morvan wütend machte war die Frage, *warum* die ursprüngliche Planung nicht funktioniert hatte.

Loïc verdächtigte die Geologen, aber er irrte sich. Clau war zwar tot, aber es gab keinen Beweis dafür, dass sein Tod verdächtig war. Was die beiden anderen betraf, so hatte Morvan von Kinshasa aus Kontakt mit ihnen aufnehmen können. Ohne Ergebnis. Die Information musste an einer anderen Stelle durchgesickert sein.

Wichtig war jetzt, dass Serano, der Trader, die Namen seiner

Kunden preisgab, um sie nach ihrer Quelle auszuquetschen. Sobald Morvan den Namen des Maulwurfs kannte, würde er wissen, wie er zu reagieren hatte.

Sein Telefon vibrierte. Erwan. Endlich!

»Ich habe dich wer weiß wie oft angerufen.«

»Entschuldige. Der Fall nimmt mich hundertprozentig in Anspruch und …«

»Darum geht es nicht. Du musst deinem Bruder helfen.«

»Und wie?«

»Er wird heute Vormittag einen Trader besuchen und befragen. Ich möchte, dass du ihn begleitest.«

»Glaubst du, ich hätte nichts anderes zu tun?«

»Es ist ungeheuer wichtig. Irgendwo bei Coltano gibt es eine undichte Stelle, und der Kerl kann …«

»Damit habe ich nichts zu tun. Ich habe bereits eine Nacht damit vergeudet, meine Schwester zu suchen, und keine Zeit, mir auch noch einen Vormittag um die Ohren zu schlagen …«

»Es dauert höchstens eine Stunde. Loïc stellt die Fragen. Deine Anwesenheit sollte ausreichen, den Kerl einzuschüchtern.«

Erwan lachte gezwungen auf. »Aha, der Unhold, der nichts sagt?«

»Wenn du es nicht machst, könnte es für Loïc böse enden.«

»Hat Loïc was mit dem Leck zu tun?«

»Nein, aber unsere afrikanischen Freunde vermuten das. Hilf ihm. Du bist es ihm schuldig.«

»Wie meinst du das?«

Am anderen Ende der Leitung bemerkte Morvan die Veränderung in Erwans Stimme. Sein Sohn hatte kein reines Gewissen. Er schwor sich, den Grund dafür herauszufinden.

»Du bist der Älteste«, erklärte er wohlüberlegt. »Der Zusammenhalt der Familie. Du bist für deinen Bruder verantwortlich, ob du es willst oder nicht.«

»Gut, ich rufe ihn im Lauf des Vormittags an«, kapitulierte Erwan.

»Wie weit bist du mit deinem Fall?«

»Es gibt einen weiteren Toten.«

»Was? Ich habe gar kein Telex bekommen.«

»Wir sind noch nicht dazu gekommen.«

»Habt ihr ihn selbst gefunden?«

»Ja, dank des organischen Materials in Anne Simonis Körper.«

»Wer ist es?«

»Ein Mann namens Ludovic Pernaud.«

Der Schlag traf Morvan völlig überraschend. Sein Faktotum. Der Mann, der Jean-Philippe Marot liquidiert hatte. Deswegen also hörte er nichts von ihm.

»Kennst du ihn?«, wollte Erwan wissen.

»Der Name sagt mir was.«

»Hör doch auf mit dem Quatsch, Papa. Der Kerl war ein Spion.«

»Das muss ich erst überprüfen.«

»Du kontrollierst seit vierzig Jahren sämtliche Geheimoperationen des Staates. Hat der Typ für dich gearbeitet – ja oder nein?«

Was nutzte es, zu lügen? Sie konnten ebensogut beide vom Zeitgewinn profitieren.

»Ja.«

»Welche Aufgabe hatte er?«

»Niedere Arbeiten.«

»Weißt du, was er in den letzten Tagen gemacht hat?«

»Nein.«

»Wann hattet ihr zuletzt Kontakt?«

»Ich habe es mir aufgeschrieben. Ich sage es dir.«

»Versuch nicht, mich reinzulegen, Papa. Immerhin habe ich dir eine Vorladung wegen Anne erspart. Aber dieses Mal könnte es gut sein, dass du dran bist.«

»Ich würde keine Aussage machen können. Staatsgeheimnis.«

Erwan lachte bitter.

»Verstehst du noch immer nicht, dass du ein ernsthaftes Problem hast? Am ersten Tatort hat der Mörder deinen Ring zurückgelassen. Das zweite Opfer war dein Schützling. Jetzt hat es einen deiner Helfershelfer erwischt. Deine Theorie von Rache ist Wirklichkeit geworden. Also lass uns offen miteinander sein.«

»Du bist heute Morgen ganz schön großmäulig. Kümmere dich um deinen Bruder. Und ruf mich dann an.«

Er beendete das Gespräch abrupt und blieb sekundenlang regungslos sitzen. Sein Sohn hatte recht: erst der Ring, dann Anne, und jetzt Pernaud. In Mayombe wurden die *minkondi* als Rachefetisch eingesetzt. Man benutzte sie, um einem Zauberer die Stirn zu bieten oder sich an ihm zu rächen. Wie es aussah, war er es, Grégoire Morvan, den der Mörder als einen zu bekämpfenden Dämon ansah.

Er schloss seinen Koffer. Die neuerliche Katastrophe bestärkte ihn in seinem Entschluss, nach Florenz zu reisen. Sollte er auf der Strecke bleiben, war es wichtig, die einzigen Angelegenheiten zu regeln, die ihm wirklich am Herzen lagen: die seiner Kinder.

Auf dem Weg über die Hintertreppe dachte er kurz an Pernaud. Sein Tod war sicher schrecklich gewesen, aber im Gegensatz zu Anne Simoni war er für ein solches Ende ausgebildet. Morvan hatte den Fascho nicht besonders gut leiden können, aber der Mann hatte keine Hemmungen gekannt. Als krimineller und ziemlich gestörter Einzelgänger war er ein nützlicher Krieger gewesen.

Sollte herauskommen, dass Pernaud für ihn gearbeitet hatte, war das nicht weiter schlimm, denn der Staat würde ihn decken. Was aber, wenn Erwan seinen Nachforschungen bis zum Tod von Jean-Philippe Marot ausdehnte? Diesen »Selbstmord« nämlich hatte niemand befohlen. Privatangelegenheit …

Auf dem Gehsteig winkte er ein Taxi herbei und zwängte sich hinein.

»Roissy. Terminal 2G.«

90

Erwan war um Punkt neun im Präsidium. Er hatte sich so gründlich abgerubbelt, dass er das Bad krebsrot verließ. Er hatte sich rasiert, parfümiert und einen frischen Anzug angezogen, schließlich wusste er nicht, wann er das nächste Mal zu Hause sein würde. Unterwegs hatte er bei einer Bäckerei angehalten und noch im Auto auf dem Weg ins Büro drei Croissants verdrückt. Trotz des Gesprächs mit seinem Vater, der ihn in Rage versetzt hatte, war er noch immer in Erobererlaune. Wie lange war es her, dass er mit einer Frau geschlafen hatte, bevor er zur Arbeit ging?

Seine Leute warteten im Konferenzraum. Tonfa war noch in der Gerichtsmedizin, aber dafür war ein neues Gesicht zum Team gestoßen: Levantin, der die Gruppe der Forensiker koordinierte. Er wirkte fröhlich. Ein hoch aufgeschossener Typ mit einem Haarschopf wie ein Apache, einem klaren Blick unter dunklen Augenbrauen und dem stolzen Gang eines Bauern, der von seinem Feld zurückkehrt. Alle mochten ihn, mit Ausnahme von Sardine, der eifersüchtig auf ihn war. Was Favini von den Frauen nur mit Hilfe vieler Einladungen und Geschenke erhielt, erreichte Levantin mit einem Lächeln.

Der Forensiker warf einen Asservatenbeutel auf den Tisch, der metallisch klirrte.

»Anne Simonis Nägel haben endlich ihr Geheimnis preisgegeben«, sagte er und streifte Latexhandschuhe über.

Vorsichtig öffnete er die Tüte, entnahm ihr einen Nagel und hielt ihn ins Licht. Erwan bedeutete Audrey mit einer Kopfbewegung, ihm ebenfalls Handschuhe zu reichen.

»Die Metalllegierung ist typisch für Zentralafrika. Aber da ist noch mehr. Hier sieht man, dass der Kopf einen Stempel trägt. Diese Nägel wurden vor mehr als fünfzig Jahren von einer Gesellschaft benutzt, die es heute nicht mehr gibt. Ihr Name lautete CBAO – eine belgische Firma, die in Westafrika tätig war und ihren Firmensitz in Zaire hatte. Genau genommen handelt es sich um … Sammlerstücke.«

»Wie sind sie nach Frankreich gekommen?«

»Bei den Untersuchungen haben wir auf dem Rost Spuren von Meersalz und Mikroorganismen aus dem Meer gefunden. Offenbar sind sie als Fracht gekommen.«

Erwan nahm einen der Nägel in die Hand: Er war krumm, benutzt und korrodiert.

»Du glaubst also, sie stammen aus der Demokratischen Republik Kongo und dass der Mörder sie sich auf die eine oder andere Weise in einem französischen Hafen besorgt hat?«

»Das wäre zumindest die wahrscheinlichste Erklärung. Aber vielleicht hat er sie auch selbst aus Afrika mitgebracht.«

Er schien die Möglichkeit eines kongolesischen Mörders instinktiv auszuschließen.

»Wo kommt diese Art von Ware an?«

»In Marseille. Ich habe mir erlaubt, ein wenig herumzutelefonieren.«

Levantin hatte eindeutig zu oft *CSI: Vegas* gesehen, denn er war keinesfalls befugt, solche Recherchen auf eigene Faust zu führen. Aber der hübsche Junge ließ ihnen keine Zeit zu schimpfen.

»Im Hafen Marseille-Fos hat man mir die Auskunft gegeben, dass eine internationale Gruppe namens Heemecht mit Sitz in Luxemburg manchmal Container mit altem Eisen importiert.« Er warf einen Blick auf seine Notizen. »Heute Nachmittag kommen in Fos-West mehrere in Matadi im Niederkongo verschiffte Container an.«

»Enthalten sie Nägel?«

»Keine Ahnung. Aber es würde sich sicher lohnen, mal nachzuschauen. Entweder bedient sich unser Mörder beim Entladen gleich an der Quelle, oder er kauft über einen europäischen Zwischenhändler. Offensichtlich gibt es einen Markt für diese Art von Metall.«

»Hast du irgendwelche Namen?«

»Dafür seid ihr jetzt zuständig«, antwortete Levantin augenzwinkernd.

»In Ordnung. Gute Arbeit. Was ist mit den Scherben und den Spiegeln?«

»Nichts. Sie können von überall herstammen.«

»Die Fasern?«

»Es handelt sich um Bast. Wir versuchen noch, die Herkunft zu klären.«

»Speichelspuren?«

»Bisher nicht.«

»Und hinsichtlich des Blutes?«

Die Mitglieder von Erwans Team rissen die Augen auf. Irgendetwas mit Blut? Erwan hatte dieses Thema ihnen gegenüber nie erwähnt.

»Wir haben ungefähr vierzig Proben entnommen, über den ganzen Körper verteilt. Bis jetzt war es in allen Fällen Blut von Anne Simoni selbst.«

»Sucht weiter. Das Gleiche gilt für die Leiche von Pernaud.«

»Wir sind dabei.«

Erwan dachte an die angekündigte Lieferung im Hafen von Fos. Es war nicht von der Hand zu weisen, dass der Mörder Wert darauf legte, afrikanische Nägel zu benutzen – entweder weil er sein Vorbild möglichst genau nachahmen wollte oder weil ihn ein anderer Aberglaube trieb. Aber konnte er davon ausgehen, dass sich diese in der Lieferung von heute befanden und dass der Mörder sich ausgerechnet heute Abend daran bedienen würde?

Trotzdem – auch wenn die Chance verschwindend gering war, durfte er sie sich nicht entgehen lassen: den Mörder auf frischer Tat zu ertappen.

»Kripo, organisierst du mir einen Flug nach Marseille?«

»Willst du selbst hin?«

»Ich fliege heute Nachmittag und komme entweder heute Abend oder morgen früh zurück.«

Das Team warf sich vielsagende Blicke zu. Seit Beginn der Untersuchungen war Erwan so gut wie nie im Büro gewesen.

»Und die Rue de la Voûte?«, erkundigte er sich bei Levantin.

»Keine Fingerabdrücke, außer denen von Pernaud. Keine organischen Hinterlassenschaften. Der Mörder ist vorsichtiger geworden.«

»Und die Analyse der Haare, die in der Leiche gefunden wurden?«

»Sie gehören einer Frau, kaukasischer Typus, blond. Sie steht nicht im Zentralregister. Die Genetiker arbeiten weiter daran. Die DNA könnte uns auf eine Spur führen wie Krankheiten oder außergewöhnliche Chromosomen, aber das ist sehr unwahrscheinlich.«

Erwan wandte sich an Audrey.

»Wie weit sind wir mit der Nachbarschaftsbefragung?«

»Niemand will etwas gesehen oder gehört haben. Die meisten Nachbarn von Pernaud haben ihn nicht einmal auf dem Foto wiedererkannt. Diskreter ging es schon nicht mehr.«

»Ihr hattet ein Foto?«

»Eine digitale Wiederherstellung der Gesichtszüge der Leiche.«

»Strafregister?«

»Eine Sozialversicherungsnummer, das war's aber auch schon. Man könnte fast glauben, dass seine Identität nach der Episode bei den Fallschirmspringern gelöscht wurde.«

»Hast du dich mit dem Inlandsgeheimdienst in Verbindung gesetzt?«

»Sie waren ungefähr so zielführend wie rückwärtsgehende Esel. Ich bin sicher, sie kennen ihn, wollten aber nichts sagen.«

Warum mit den Heiligen sprechen, wenn man sich an Gott persönlich wenden konnte … Erwan schwor sich, seinen Vater erneut zu befragen.

»Kümmert ihr euch um die Durchsuchung?«

»Sofort im Anschluss. Eine Kleinigkeit noch: Anne Simoni wohnte in der Rue d'Avron. Pernaud in der Rue de la Voûte. Dazwischen liegt kaum ein Kilometer. Könnte das etwas bedeuten?«

»Nach dem Motto: ›Der Mörder vom 12. Arrondissement‹, meinst du? Glaube ich nicht. Sein Motiv, falls es außer seinem Wahn überhaupt eines gibt, liegt woanders, es hat mit dem Viertel nichts zu tun.«

Er wandte sich an Kripo.

»Was ist mit den Telefonverbindungen von Anne?«

»Wir müssen noch einen oder zwei der Kerle verhören. Aber bisher scheint keiner von denen wirklich böse zu sein. Jedenfalls nicht *so* böse. Auch bei der Untersuchung ihres Computers haben wir nichts gefunden. Weder ihre Mails noch die sozialen Netzwerke bringen uns weiter. Um den verschlüsselten Ordner kümmern sich unsere Nerds.«

Erwan konnte nur hoffen, dass sie nicht auf einen so düsteren Briefwechsel stießen wie der zwischen Wissa und di Greco.

»Hat Tonfa euch gesagt, wann die Obduktion fertig ist?«

»Wohl um die Mittagszeit.«

»Stell bitte fest, ob man sich auch um die toxikologischen Untersuchungen gekümmert hat.«

Kripo nickte und reichte Erwan einen braunen Umschlag.

»Was ist das?«

»Die Werke von Ivo Lartigues.«

Kripo schien geradezu fixiert auf diesen Künstler. Erwan öffnete den Umschlag und verstand sofort, warum sein Assistent nicht lockerließ: Lartigues stellte überdimensionale *minkondi* aus Bronze und Eisen her, die ihren Vorbildern aufs Haar glichen.

Das erste Foto zeigte eine riesengroße, zwei Meter hohe Gestalt, deren Arme am Körper herunterhingen. Sie war in einen Mantel aus Fasern gehüllt. Die Nägelbüschel auf ihren Schultern waren schmerzlich anzusehen, ihr geschmiedetes Gesicht mit großen Augen, klaffenden Nasenlöchern und dicken Lippen war ausdruckslos.

Erwan blätterte die anderen Bilder durch: Jede Skulptur war eine moderne, leicht stilisierte Version einer Statuette aus dem Niederkongo. Die von einer Nagelaureole umgebene Schild-Frau. Der Mann mit Füßen aus Bügeleisen. Ein Stachelschwein mit unzähligen Zähnen. Erwan fand auch einen Blumen-Mann, der sich aus einem Feld von mit dem Schneidbrenner verformten Blütenblättern erhob und ihn sofort an Pernauds Leiche erinnerte.

»Sollen wir ihn verhören?«, fragte der Elsässer.

»Kümmer dich zunächst um sein Umfeld, die No-Limit-Sache und all das. Wir besuchen ihn, sobald wir mehr in der Hand haben.«

»Das könnte ich übernehmen …«

»Nein, das möchte ich selbst machen. Du übernimmst die Vorarbeiten, und morgen gehen wir gleich nach meiner Rückkehr hin.«

Kripo verzog unzufrieden das Gesicht und steckte die Bilder zurück in den Umschlag. Erwan spürte die Vibration des Telefons in seiner Tasche. Es war eine SMS von Loïc: »Boulevard de Courcelles 34, 75017.«

Im Anschluss an das Gespräch mit seinem Vater hatte Erwan sich bei seinem jüngeren Bruder gemeldet, ihm eine Stunde für den Besuch bei dem Trader zugestanden und ihn beauftragt, ihm die Adresse durchzugeben.

Erwan kündigte sein Kommen für 10 Uhr an und steckte das Handy zurück in die Jackentasche.

»Alle Mann an die Arbeit«, sagte er und stand auf. »Ich bin in spätestens anderthalb Stunden zurück.«

»In anderthalb Stunden?«, wunderte sich Kripo.

»Hab noch etwas Wichtiges zu erledigen.«

»Etwas Wichtiges?«

»Anstatt jedes meiner Worte zu wiederholen, solltest du dich lieber um mein Flugticket nach Marseille kümmern. Jeder Flug nach 14 Uhr ist okay.«

Er wartete weder eine Antwort noch einen Kommentar ab, verließ den Konferenzraum und wandte sich zur Treppe. Erneut konsultierte er sein Handy und stellte fest, dass er auf eine Nachricht von Sofia hoffte.

Was die Arbeit betraf, war er wirklich nicht ganz bei der Sache.

91

Grégoire Morvan hatte Glück: Trotz des Windes landete sein Flugzeug in Florenz und nicht, wie so häufig, in Pisa. Ansonsten jedoch war die Reise scheußlich gewesen. Seine Körperfülle erforderte einen Platz in der Business Class, sie war für die engen Billigflieger ungeeignet.

Er schulterte seine Tasche, durchquerte das kleine Flughafengebäude und nahm ein Taxi. Das Licht war golden, die Luft mild und die Temperatur angenehm. Genieß das Paradies und vergiss den Rest, dachte er.

Es war noch nicht 10 Uhr. Sein Treffen fand erst um zwölf in einem Restaurant in der Via degli Strozzi statt, was ihm Zeit ließ, in Erinnerungen an die wundervolle Vergangenheit zu schwelgen.

Zwei Stunden freie Zeit in Florenz bedeuteten zwei Stunden Leben.

Er ließ sich an der Piazza della Signoria absetzen, verschwendete aber keinen Blick an die monumentalen Statuen. Auch bei den Uffizien zu seiner Rechten verweilte er nicht, sondern wandte sich direkt den verwinkelten Gassen der Altstadt zu. Warm, geschützt und in nächster Nähe zum göttlichen Teil der Menschheit. Die florentinische Renaissance war die reinste Offenbarung dieses Funkens – und der des Teufels. Der Mensch hatte sich in allen Kunstrichtungen selbst übertroffen, gleichzeitig aber seine Hände mit Blut beschmiert. Morvan liebte die berühmte Kuckucksuhr-Rede von Harry Lime in *Der dritte Mann*: »In den dreißig Jahren unter den Borgia hat es nur Krieg gegeben, Terror, Mord und Blutvergießen, aber dafür gab es Michelangelo, Leonardo da Vinci und die Renaissance. In der Schweiz herrschte brüderliche Liebe, fünfhundert Jahre Demokratie und Frieden. Und was haben wir davon? Die Kuckucksuhr!«

Er erreichte die Piazza della Santissima Annunziata mit der herrlichen Loggia des ehemaligen Findelhauses Ospedale degli Innocenti. Die perfekte Galerie mit den zierlichen Bögen, darüber die Keramikmedaillons, welche gewickelte Babys darstellten, stammte von Brunelleschi. Seit 1987 spendete Morvan regelmäßig für das Ospedale degli Innocenti, in dessen hinterem Teil mit Unterstützung der UNICEF noch immer ein Waisenhaus betrieben wurde. Niemand wusste, warum der französische Geldgeber sich ausgerechnet für dieses Haus begeisterte. Als Grund vermutete man den Umstand, dass auch er seine Eltern schon sehr jung verloren hatte, zumindest erzählte er das. Als weiterer Grund für seine Großzügigkeit bot sich auch die Schönheit des Gebäudes an, eine Spitzenleistung des Quattrocento.

Der wahre Grund aber war die *ruota*.

Links, am Ende der Fassade, befand sich eine unauffällige Drehlade aus Holz, gerade ausreichend groß für ein Neugeborenes. Über Jahrhunderte hinweg hatten Mütter ihre unerwünschten Kinder hineingelegt und die Glocke geläutet, welche die Nonnen benachrichtigte. Diese drehten die Lade und nahmen das Baby auf der anderen Seite heraus, ohne das Gesicht der unglücklichen Mutter zu sehen.

Während die Morgensonne bereits auf den Platz brannte und die Steine Licht und Wärme tankten, stellte Morvan sich die Säuglinge vor, die durch eine einfache Bewegung der Drehlade vom Chaos in den Frieden der Religion wechselten. Ihn faszinierte dieser Mechanismus, der in seinen Augen das Roulette des Lebens symbolisierte – und seine eigene Verdammnis. Hätte die Frau, die ihn zur Welt brachte, ihn in eine Babyklappe gelegt, wäre sein Leben völlig anders verlaufen …

»Va bene, signore?«

Morvan hob den Kopf und stellte fest, dass er auf Knien vor der hölzernen Konstruktion lag wie vor einem Kirchenaltar, die Hände um das Gitter geklammert. Eine Nonne beugte sich über ihn. Ihr schwarzer Habit knisterte in dem frischen Windzug, der durch die Galerie wehte. Mit Tränen in den Augen richtete er sich auf. Verflixt, seine harte Schale wurde mit zunehmendem Alter empfindlicher, jetzt hielt er nicht einmal mehr die Erinnerung an seine Kindheit aus. Am nächstgelegenen Stand kaufte er ein Päckchen Papiertaschentücher, schnäuzte sich und machte sich hastig auf den Weg. Doch schon bald geriet er außer Atem.

Er lief nicht schnell genug, um seinen Erinnerungen zu entkommen, und brauchte ein weiteres Taschentuch, um sein schweißnasses Gesicht zu trocknen. Sein Herz schlug zum Zerspringen.

»Es ist mein Blut, das da verschwindet …«, murmelte er.

92

Loïc? Ich verstehe nicht …«

Serano stand in einem teuren Trainingsanzug auf dem Treppenabsatz. Hinter ihm öffneten sich große Räume mit glänzendem Parkett und bunten Gemälden. Nach der Wohnung von Sofia, der von Loïc und nun dieser hier hatte Erwan das Gefühl, sich mit seiner bescheidenen Zweizimmerwohnung im 9. Arrondissement am Rande der Gesellschaft zu bewegen.

»Wir müssen reden. Ich habe einen Freund mitgebracht.«

Serano musterte seine beiden Besucher, als ahne er die Verbindung zwischen den beiden Gesichtern. Mit den breiten Schultern und kurzen Beinen erinnerte er an einen sonnenbankgebräunten und unangenehmen Popeye.

»Kann das nicht warten?«

»Lass uns rein«, schnaubte Loïc.

Unmittelbar zuvor hatte er sich eine Line genehmigt, um genügend Mut aufzubringen. Erwan, der hoffte, sich auf die Rolle des Bedrohers im Hintergrund beschränken zu können, fragte sich, wie lange das Spielchen wohl dauern würde.

Misstrauisch trat Serano beiseite. Sein tonnenförmiger Oberkörper vermittelte den Eindruck, seine Arme wären zu lang.

Loïc trat ein, dicht gefolgt von Erwan, der die Tür mit seinem Rücken zudrückte.

»Bist du allein?«

»Was ist das denn für ein Ton?«, begehrte der Trader auf. »Für wen hältst du dich eigentlich?«

Erwan trat zwischen die beiden Männer und drückte Serano gegen die Wand. So ging es doch gleich viel schneller. Serano brüllte. Loïc schien zu jubilieren.

»Ich weiß, dass sämtliche Ordern für Coltano über dich gelaufen sind«, donnerte er.

»Ja und?«

»Ich will die Namen der Käufer.«

»Unmöglich. Ich …«

Erwan zog ihn ein wenig zu sich heran und knallte ihn noch einmal heftiger gegen die Wand. Die Rolle des schweigenden Typen entspannte ihn.

»Die Namen!«, schrie Loïc.

In diesem Moment betrat eine wunderschöne junge Frau den Raum, Marke ukrainisches Model. Sie trug ebenfalls eine Joggingjacke, die gerade eben über ihren Slip reichte. Erwan lächelte sie an, ohne Serano loszulassen. Das Angenehme an diesen Berufsgruppen war, dass die Klischees immer stimmten. Ein Model durfte in der Ausrüstung eines angesagten Börsenmaklers natürlich nicht fehlen.

»*What's going on here?*«

Die morgendliche Gewaltanwendung schien sie nicht übermäßig zu schockieren. Wahrscheinlich hatte sie in ihrem Land schon ganz andere Sachen gesehen. Serano antwortete nicht, er musste erst zu Atem kommen. Loïc zuckte die Schultern und stieß ein nervöses Lachen aus.

»*Don't worry*«, sagte Erwan schließlich. »*If this guy is behaving well, we will be gone in ten minutes.*«

Sie zuckte die Schultern und verschwand, vermutlich um ein Bad zu nehmen und ihr jugendliches Äußeres zu pflegen.

Sekundenlang starrte Erwan der bewundernswürdigen Gestalt nach. Wie sein Vater liebte er es, die Menschheit in flagranti bei der Sünde der Mittelmäßigkeit zu ertappen: Warum waren die schönsten Frauen immer mit den reichsten Männern zusammen? Warum vereinigte sich das, was er am höchsten schätzte, nämlich die Schönheit der Natur, immer mit dem, was er meisten verachtete, nämlich die banale Jagd nach dem Geld? Er dachte an Sofia. Nein, er hatte keine Chance.

»Na, Serano, willst du nicht lieber zu deiner Sexbombe eilen?«, begann Loïc von Neuem.

»Ich kann nichts sagen.«

Erwan hob die Faust. Der Trader schrie auf und verschränkte die Hände vor dem Gesicht.

Im normalen Leben gab es nie oder fast nie Gewalt. Erwan hätte sich sicher für eine Schule stark gemacht, in der man auf körperlichen Schmerz vorbereitet wurde, nur um derart mitleiderregende Szenen zu vermeiden.

»Angefangen hat es mit Richard Masson«, quäkte der Makler. »Vorstandsvorsitzender der spanischen Bank Diaz. Er hat mich beauftragt …«

»Für die Bank?«

»Nein, auf eigene Rechnung.«

»Ich kenne ihn. Der Kerl hat keinen Schimmer von Montangütern. Was wollte er?«

»Ausschließlich Coltano. So viel, wie ich bekommen konnte.«

»Hat er gesagt, warum?«

»Nein, aber mir war sofort klar, dass er eine Information bekommen hatte … Muss ziemlich seriös gewesen sein.«

Loïc und Erwan tauschten einen Blick.

»Wann war das?«

»Mitte August.«

»Wie viel hast du gekauft?«

»Alles, was ich kriegen konnte. Mehrere Tausend Aktien. Es war nicht schwierig, denn der Wert war ganz schön im Arsch.«

Ein schwacher Versuch Seranos, der immer noch gegen die Wand gedrückt wurde, ein wenig Oberwasser zu bekommen.

»Okay. Weiter!«

»Sergej Borguisnov. Er kümmert sich um einen russischen Fonds und ist mit eigenen Minen reich geworden. Aber plötzlich, keiner weiß, warum, wollte er afrikanische Papiere. Coltano eben. Er sprach von einer heißen Sache.«

»Hat er sonst noch was gesagt?«

»Nein, aber es war ohnehin schon zu viel. Borguisnov ist ein Großmaul.«

»Hat er von einem Expertenbericht gesprochen?«

»Nein.«

»Hat er dir erklärt, woher der Tipp kam?«

»Nein. Er hat nur Witze gerissen und erklärt, dass er sich an der Quelle informiert.«

Neuerlicher Blickwechsel der Brüder. Das afrikanische Leck wurde deutlicher.

»Wie viel hast du gekauft?«

»Weiß ich nicht mehr. Ich habe den Freefloat zusammengekratzt. Ich musste mehr hinlegen, habe aber immer noch ein paar Tausend bekommen.«

»Wann?«

»Anfang September.«

Erwan hatte zwar keine Ahnung von Börsengeschäften, konnte sich aber vorstellen, dass der Kurs nach derartigen Transaktionen pfeilschnell in die Höhe geschossen war. Er hatte die Angelegenheit nicht verfolgt, und eigentlich war sie ihm auch egal. Trotzdem vermutete er Probleme. Solche Käufe würden Morvan in eine prekäre Lage bringen, weil die Afrikaner vermuten könnten, dass er selbst der Auftraggeber war, außerdem war es möglich, dass die Veränderung auf Hinweisen basierte, die er zu verheimlichen versucht hatte. Eine weitere seiner Mauscheleien.

»Weißt du, dass Jean-Pierre Clau tot ist?«, schrie Loïc, der sich offenbar immer mehr für eine Art Tony Montana aus *Scarface* hielt.

»Ich weiß nicht einmal, wer das ist!«

»Gab es weitere Käufer?«

»Einen. Letzten Montag.«

»Wer?«

»Ein Chinese, den ich seit Jahren kenne. Johnny Leung.«

Der Name klang wie aus einem Kung-Fu-Film aus Hongkong und verlieh der ganzen Sache etwas Irreales.

»Nie gehört«, erklärte Loïc entschieden.

»Er arbeitet bei Hong Kong Securities, Abteilung Akquisition.«

»Wie viel hat er gekauft?«

»Fast zwanzigtausend.«

»Und er hat nichts über seinen Informanten gesagt?«

»Der verrät nie etwas. Aber ich weiß, dass er seine eigenen Kunden bluffen wollte. Er wollte ihnen zeigen, wozu er fähig ist.«

»Hast du dich nie gefragt, warum diese Leute plötzlich alle Coltano kaufen wollten?«

»Ich habe schon so viel erlebt …«

»Und du hast nicht versucht, ebenfalls Coltano-Aktien zu kaufen?«

»Weil drei Arschlöcher beschlossen haben, sich ins Unglück zu stürzen?«

»Bist du sicher, dass sie sich nicht kennen?«

»Nein. Im Übrigen hätte keiner von denen einem anderen einen Tipp gegeben.«

»Aber sie haben alle ihr Büro in Paris.«

»Stimmt nicht. Masson pendelt zwischen Paris und Madrid. Borguisnov kommt nur ab und zu. Leung hat zwar ein Büro in Paris, ist aber nie anwesend.«

Erwan bemühte sich vergeblich, sich ein passendes Szenario vorzustellen. Die Geologen jedenfalls konnten nichts damit zu tun haben. Unmöglich, dass sie mit ihren Berichten unter dem Arm in den Pariser Salons aufkreuzten. Seiner Ansicht nach hielt auch das afrikanische Leck einer näheren Prüfung nicht stand. Selbst wenn ein Belgier, ein Franzose oder ein Kongolese Wind von eventuellen neuen Vorkommen bekommen hätten, warum hätten sie ausgerechnet diese drei Bankiers zwischen zwei Flügen kontaktieren sollen?

»Schon gut, lass uns verschwinden«, sagte er und gab Loïc einen Klaps auf die Schulter.

Serano riss die Augen auf. Erst jetzt ging ihm auf, dass der

Boss in Wirklichkeit der war, den er für den Gorilla vom Dienst gehalten hatte.

Draußen kam Loïc noch immer nicht zur Ruhe.

»Freu dich nicht zu früh«, mahnte Erwan. »Die eigentliche Quelle kennen wir immer noch nicht.«

»Aber wir haben die Namen der Käufer. Wir müssen sie nur noch ausfindig machen und …«

Erwan packte ihn und zwang ihn, stehen zu bleiben.

»Mach, was du willst. Ich gehe zurück an meine Arbeit.«

»Papa hat gesagt, dass …«

»Halt den Mund.«

Überrascht registrierte er, wie mager Loïcs Hals war. Seine Erinnerung beschränkte sich auf den Bruder, der clean war und in seinen mehrere Tausend Euro teuren Anzügen etwa fünfundsiebzig Kilo wog. Diesem hier aber war das Hemd viel zu groß.

»Wer hatte die Berichte über die neuen Vorkommen?«

»Es gibt nur zwei Exemplare: eines habe ich, das andere Papa.«

»Ist bei dir eingebrochen worden?«

Loïc zögerte, schwieg aber.

»Ist jemand bei dir gewesen, ja oder nein?«

»Nein. Außerdem habe ich nachgeschaut. Der Bericht ist immer noch im Safe.«

»Und in Katanga?«, fragte Erwan und ließ ihn los.

»Da weiß niemand was. Es gibt nicht einmal Kartenmaterial zu den Lagerstätten. Papa hat mir erzählt, dass die Geologen mehrere Kilometer außerhalb des Gebiets vom Hubschrauber abgesetzt wurden. Danach waren sie noch einige Tage mit Trägern unterwegs, ohne zu wissen, wonach sie suchten.«

»Hat Papa schon mit der Ausbeutung angefangen?«

»Keine Ahnung, aber falls es so ist, hat er Ortsansässige beschäftigt, die keinerlei Kontakte nach Paris haben.«

»Gut, dann sieh zu, wie du jetzt klarkommst. Ich habe ihm versprochen, dir zu helfen, die Namen zu bekommen. Jetzt hast du drei. Also entschuldige mich, ich habe noch ein paar Mordfälle zu lösen.«

Er ließ seinen verdutzten Bruder an der Metrostation Courcelles stehen und stieg in seinen Wagen. 12 Uhr. Gerade genug Zeit, nach Orly zu fahren und seinen 14-Uhr-Flug nach Marseille zu erwischen.

93

Das Sträßchen, das er suchte, wirkte wie zerhackt vom Licht der Mittagssonne. Morvan strich seinen Anzug glatt und richtete seinen Hemdkragen. Eine Krawatte trug er nicht. Das Restaurant lag verborgen hinter abgebröckeltem Putz, angegrauten Vorhängen und einer sehr diskreten Karte. Zwei Bodyguards vertraten sich die Beine. Montefiori hatte sich immer als eine Art Pate gesehen oder, im Gegenteil, vielleicht auch als Richter gegen die Mafia, das hatte Morvan nie herausgefunden.

Er drückte die Klinke hinunter und spürte den gleichen Widerstand wie jedes Mal: Irgendwie gelang es ihnen hier offenbar nie, die Scharniere zu ölen oder die Schwelle abzuschleifen. Mit verhohlener Befriedigung betrachtete er den Gastraum mit der niedrigen Decke, den schwarz-weiß gefliesten Boden und die beigefarbenen Tischtücher. Leises Murmeln, dezentes Besteckklappern, wenige Gäste. Es roch nach altem Holz und Weizenmehl.

Langsam ging er im Halbdunkel voran, das Tageslicht war durch die Vorhänge gedämpft. Alles wirkte hier leicht verwelkt, was den Eindruck von alter Weisheit zur Folge hatte. Morvans Blick fiel auf die Brötchen in den Brotkörben, die auf wundersame Weise den Geschmack der altmodischen Atmosphäre spiegelten, wie Hostien den Geschmack von Kirchen.

Montefiori saß ganz hinten im Gastraum. In puncto Pünktlichkeit konnte ihm niemand etwas vormachen. Beschloss man, ihm zuvorzukommen, erriet er das und kam noch früher. Daher musste man sich, kaum dass man Platz genommen hatte, entschuldigen und Abbitte leisten.

Morvan begnügte sich mit einem Lächeln und setzte sich, wobei er die Sitzfläche des Stuhls mit beiden Händen umklammerte.

»Keine Sorge«, sagte der Italiener in akzentfreiem Französisch. »Der hält.«

Der Schrotthändler konnte kaum lesen und schreiben, beherrschte aber mehrere Sprachen so gut wie perfekt. »Ich habe ein musikalisches Gehör«, pflegte er zu sagen. Vor allem aber hatte er ein Gespür für Geschäfte und deshalb nur Sprachen gelernt, die ihm bei seinen Angelegenheiten von Nutzen waren.

»Ich weiß«, sagte Morvan und zog sein Jacket aus – es war ein Teil des Rituals, das Essen in Hemdsärmeln zu sich zu nehmen. »Danke, dass du dir Zeit für mich genommen hast.«

»Das Vergnügen ist ganz meinerseits.«

»Vor ein paar Tagen habe ich deine Tochter getroffen.«

»Glückspilz.«

»Sie hat es fertiggebracht, sich von Loïc eine Vereinbarung unterschreiben zu lassen. ›Alles in trockenen Tüchern‹, wie sie sagen würde.«

Montefiori lächelte. Er hatte ein schroffes, griechisches Profil, harmonische, immer gebräunte Gesichtszüge, in deren Falten seine blauen Augen wie zwei erfrischende Bergseen in einer Höhle wirkten. Der Condottiere entstammte zwar kleinsten Verhältnissen, hatte aber schon immer das Gesicht eines Prinzen gehabt.

»Was Sofia betrifft, bin ich dir gegenüber im Vorteil«, stellte er fest und knabberte an einem Grissino.

Morvan setzte seine Brille auf und las die Speisekarte. Eine Mahlzeit hier war für ihn immer ein Fest. Sein Herz fand zu seinem Rhythmus zurück, und die *ruota* war bereits weit weg.

»Ich kenne sie seit sechsunddreißig Jahren. Ich habe gesehen, wie sie aufwuchs, reifte und dabei abkühlte wie Metall. Sie besteht aus einer Legierung, die sich nicht mehr verändert.«

»Du redest wie ein Schrotthändler.«

»Sono ferrovecchio!«, rief Montefiori, erhob sich leicht von seinem Stuhl und grüßte ein imaginäres Publikum.

Morvan sah ihn wieder vor sich, wie Montefiori ihm Mitte der 1990er-Jahre in einem Buschcamp klargemacht hatte, dass die Zukunft nicht dem Kobalt oder Mangan, ja noch nicht einmal dem Gold oder den Diamanten gehörte. Die Zukunft gehörte dem Coltan. Morvan wusste nicht einmal, was das war. Der Condottiere hatte ihm erklärt, dass das Erz Tantal enthält, ein chemisches Element, das erst bei über dreitausend Grad schmilzt und für Superlegierungen in der Elektronikindustrie verwendet wird. Morvan verstand noch immer nicht. Daraufhin zertrat Montefiori vor seinen Augen sein tragbares Telefon, einen jener dicken Klötze, die damals produziert wurden, und nahm ein Plättchen mit gelöteten Drähten und Microchips heraus. Auf jedem dieser Stücke befand sich ein kleiner silberner Tropfen. Montefiori kratzte an einem davon, woraufhin ein anderes, schwärzliches Metall zum Vorschein kam.

»In ein paar Jahren werden sich die Elektronikindustrie und die Raumfahrt dieses Metall gegenseitig aus den Händen reißen. Die größten Vorkommen liegen hier im Kongo.«

Morvan hatte keine Ahnung von Erzen und Finanzen, besaß aber eine gute Menschenkenntnis. Coltan würde zum Gold des ausgehenden zwanzigsten Jahrhunderts werden, und so hatte der Franzose dem alten Mobutu die Konzession abgeschwatzt, der Italiener hatte das nötige Geld beigesteuert – Coltano war geboren.

»Ich nehme die Nudeln mit Sardinen«, erklärte er, zurück in der Gegenwart.

»Gute Wahl«, lobte sein Gastgeber. »Sofia fehlt mir.«

»Es geht ihr blendend. Den Kindern ebenfalls.«

»Aber die beiden Verrückten lassen sich scheiden.«

»Daran besteht wohl kein Zweifel mehr.«

»Damit fallen unsere Pläne ins Wasser.«

»Was diese Sache betrifft, ja.«

Der Kellner kam, und Montefiori bestellte. Keiner der beiden trank Wein, ein italienisches Wasser *frizzante* genügte ihnen.

»Ich weiß nicht, ob unsere Idee wirklich so gut war«, gestand Morvan.

»Immerhin waren sie ein paar Jahre glücklich. Milla und Lorenzo sind wunderbare Kinder. Was fordert der Papst?«

»Ein Volk.«

»Du verstehst, was ich sagen will. Es sind verwöhnte Kinder, und sie haben nicht die gleichen Prioritäten wie wir …«

Die beiden Männer waren seit vierzig Jahren Verbündete. Für sie gab es nur eine Sache, die zählte und die ihre Stärke ausmachte: das Geheimnis. Das Geheimnis ihres Treffens 1970 in Zaire. Das Geheimnis ihres Pakts bezüglich der Mangan- und später der Coltan-Minen. Das Geheimnis ihres Wunsches, durch ihre Kinder Sofia und Loïc ihr Blut zu vereinen.

Morvan und Montefiori waren Könige, die ihre Reiche miteinander verbündet hatten, indem sie, wie die Souveräne alter Zeiten, ihre Kinder miteinander verheirateten. Ihr Projekt war unabänderlich – nur leider hatten sich die Kinder nicht genügend geliebt. Oder nicht verstanden.

Die Nudeln kamen, Bucatini, lange, hohle Teigwaren. Morvan kannte das Rezept auswendig: Fenchel, Zwiebeln, Sardellen, Rosinen und Pinienkerne. Und natürlich die frischen Sardinen, die so lange gedünstet werden mussten, bis der Weißwein verkocht war …

Wie Montefiori steckte auch Morvan seine Serviette in den Hemdkragen, ein wenig bäuerlicher, als es sonst seine Art war. Einen Moment lang sprachen sie nicht, genossen das meisterlich zubereitete Gericht. Es liegt am Fenchel, dachte Morvan. Das Geheimnis ist der Fenchel. Man musste ihn zunächst separat in Salzwasser kochen und dieses Wasser für die Bucatini aufbewahren, davon hing alles ab. Der erste Kochvorgang verstärkte den zweiten. In Paris gelang es Morvan nie, dieses Aroma zu erreichen.

»Es gibt ein Leck«, fiel er schließlich mit der Tür ins Haus.

»Ich habe den Kursanstieg bemerkt.«

»Diese Arschlöcher kaufen alles, was sie kriegen können.«

»Ich hoffe, du hast nicht mich im Verdacht.«

Morvan taxierte sein Gegenüber, ohne zu antworten. Er hatte immer behauptet, dass nur sein Sohn und er über die neuen Erzadern Bescheid wussten. Aber das stimmte nicht, auch Montefiori war eingeweiht. Das Schweigen dehnte sich aus. Nur wenige Menschen genossen Morvans Respekt, und der Italiener gehörte dazu.

»Natürlich nicht.«

»Wie können wir das unterbinden?«

»Ich habe da so eine Idee. Aber die Hausse ist nicht das eigentliche Problem. Die massiven Käufe haben Kabongo auf den Plan gerufen. Er ist misstrauisch geworden und fängt an, mich zu nerven. Ich musste ein wenig Ballast abwerfen.«

Der Condottiere hörte auf zu essen.

»Ich habe mich auf einen Deal mit ihm eingelassen. Wir beuten die Fundorte heimlich aus und überlassen ihm seine Kommission. In gewisser Weise wird es dadurch sicherer. Er schützt das Hinterland.«

Der Italiener steckte sich noch eine Gabel voll in den Mund und nickte resigniert.

»Bist du dabei oder nicht?«

»Ich bin dabei. Wie läuft es da unten überhaupt?«

»Ich habe noch nichts gehört. Normalerweise müsste der Abbau begonnen haben, aber ich muss zuerst das Aktienproblem lösen und die Käufer finden.«

»Und wer ist schuld daran?«

»Das werde ich bald wissen.«

»Was willst du unternehmen?«

»Ich werde ihn zwingen, zurückzurudern. Die Käufer werden auf ihn hören und ihre Anteile wieder auf den Markt werfen. Wenn sie ihm einmal geglaubt haben, glauben sie ihm auch ein zweites Mal.«

»Und wer kauft die Aktien, die dann wieder auf dem Markt sind?«

»Kabongo und die anderen wollen sich bestimmt alles unter den Nagel reißen, aber wir werden schneller sein.«

»Sie werden aber sicher nicht zulassen, dass wir mehr als eine bestimmte Anzahl kaufen.«

»Wir verkaufen sie sofort nach dem Ankauf weiter. Unser größter Trumpf ist eine möglichst breite Streuung. Verteilen, um besser zu herrschen.«

Montefiori hatte seinen Teller geleert. Er stützte seine Ellbogen auf den Tisch – dieser Riese ließ das Mobiliar zerbrechlich aussehen.

»Sind wir nicht allmählich zu alt für solche Dummheiten?«

»Nennen wir es ein Scheingefecht. Wir können damit noch immer ein paar Millionen Gewinn machen, und nach unserem Tod sind unsere Kinder in Afrika sehr stark. Bist du nun dabei oder nicht?«

Der Italiener wischte seinen Teller mit Brot aus.

»Ich bin dabei. War das alles?«

Der zweite Punkt war somit auch geregelt. Blieb der letzte. Das Schlimmste zum Schluss …

»Nein. Der Nagelmann ist zurück.«

Zum ersten Mal vertieften sich die Falten des Schrotthändlers.

»Was soll das heißen?«

»Lies mal französische Zeitungen. Seit einer Woche mordet jemand genau auf die gleiche Weise.

»Wo?«

»Erst in der Bretagne, dann in Paris.«

Montefiori griff nach seinem Glas. Seine fleckige Hand war mit Narben übersät. Eigentlich war es keine Hand, sondern ein Fresko, an dem Wut, Kämpfe und Siege eines Pioniers abzulesen waren.

»Lebt Pharabot denn noch?«, fragte er, nachdem er einen langen Zug getrunken hatte.

»Nein, aber der Mörder imitiert ihn. Bisher gibt es drei Opfer, und ein viertes steht zu befürchten.«

»Hast du schon eine Idee?«

»Ich schwanke zwischen der Rache Gottes und einem Spinner aus der guten alten Zeit.«

»Es muss doch noch eine vernünftige dritte Möglichkeit geben.«

Morvan beugte sich vor und sagte mit leiser Stimme:

»Er versucht, mich da mit hineinzuziehen. Er hinterlässt Spuren, die mich beschuldigen, und sucht sich Opfer aus, die ich kenne. Er rächt seinen Meister. Hast du in deinem Umfeld etwas Verdächtiges bemerkt?«

»Nein.«

Morvan hatte die Frage nur der Form halber gestellt. Der Schrotthändler hatte mit dieser Geschichte nichts zu tun, und sein Blick sagte: Sieh zu, wie du klarkommst, zum Teufel.

»Wer leitet die Untersuchungen?«, erkundigte er sich trotzdem.

»Mein Sohn. Er ist auf Zack und wird ihn finden.«

Montefiori hob sein Glas.

»Dann solltest du hoffen, dass er nicht mehr findet als das, wonach er sucht.«

Morvan spürte, wie ihm die Angst als Kloß in die Kehle stieg. Die schlimmste Rache wäre, wenn seine Kinder die Wahrheit über ihn erführen.

»Nimmst du ein Dessert?«

»Nein, mein Flug geht um 16 Uhr.«

»Der Wind ist dir gnädig, der Flieger startet bestimmt in Florenz. Halte mich auf dem Laufenden. Ich würde gerne mal wieder nach Paris kommen und meine Enkel in die Arme nehmen, aber ich weiß nicht, ob ich Zeit dazu habe.«

Morvan stand auf und sah Montefiori vor sich, vierzig Jahre zuvor, wie er die Hand eines Arbeiters in eine Presse drückte, weil der ihm angeblich ein Kilo Eisen gestohlen hatte.

Eine Neuigkeit blieb noch zu verkünden:

»Di Greco ist tot.«

»Wir sind alle nur auf der Durchreise.«

»Er hat sich umgebracht.«

»Er war schon immer ein Spinner.«

»Ich glaube, er ist in die Fälle verwickelt.«

»Wie denn?«

»Das weiß ich noch nicht.«

Morvan zog sein Jackett an. Er schlug nicht vor, die Rechnung zu teilen: Er war Gast des Florentiners.

»Hattest du Zeit, spazieren zu gehen?«, erkundigte sich Montefiori und stand ebenfalls auf.

»Ich bin ein bisschen herumgeschlendert.«

»Die *ruota*, nicht wahr?«

Sie reichten sich die Hände.

»So traurig es klingt«, lächelte Morvan, »aber keiner kennt mich so gut wie du.«

94

Das Schiff, das Sie meinen, ist die *Apnea Gaillard*«, sagte der Bedienstete der Hafenmeisterei mit einem Tablet in der Hand. »Ein Containerschiff mit einer Kapazität von zehntausend Standardeinheiten, das zwischen Afrika und Fos-sur-Mer pendelt. Es ist gerade angekommen und wird gleich entladen.«

Sie befanden sich im westlichen Hafenterminal des Autonomen Hafens von Marseille-Fos. Der Hafenbedienstete trug einen dunkelblauen Troyer und hätte auch in Kaerverec oder auf dem Flugzeugträger *Charles de Gaulle* arbeiten können.

In Marseille angekommen war Erwan direkt von zwei Kriminalbeamten vom Zentralkommissariat in Noailles zum Hafen gefahren worden. Er hatte im Flugzeug geschlafen und nun das Gefühl, sein Kopf sei mit Wasser gefüllt, er konnte sich kaum an den Anlass seiner Reise erinnern. Eine halbe Stunde später erreichten sie ein riesiges Gelände, das von zwei Mauern aus bunten Blechkisten begrenzt war. Auf der einen Seite lagen die mit Containern beladenen Frachter vor Anker, auf der anderen Seite des Kais stand die gleiche Art von Kisten aufgereiht wie Dominosteine. Portalkräne auf Schienen bildeten die Verbindung zwischen den beiden Fronten und löschten die Fracht in atemberaubendem Tempo. Hohe Fahrzeuge, sogenannte Van-Carrier, die wie vier Stelzen auf Rädern aussahen, nahmen die Container auf und stapelten sie so ordentlich wie zuvor auf dem Schiff.

»Woraus besteht eine Ladung normalerweise?«, erkundigte sich Erwan.

In seinem makellosen schwarzen Anzug schien er Lichtjahre von dem Hafenbeamten und den beiden Polizisten entfernt zu sein.

»Feste Ware. Holz. Leder. Kräuter. Auf jeden Fall *dry bulk*, was bedeutet, dass die Ware keine Gefahr darstellt.«

»Sonst nichts?«

»In der Regel importieren wir nicht gerade viel Hightech aus Afrika.«

Erwan ging nicht auf den Scherz ein. »Welche sind die Container für Heemecht?«

Der Beamte tippte auf seinem Tablet herum. »Die mit den Nummern 89AHD34 und 89AHD35.«

»Man hat mir berichtet, dass einer davon Alteisen für Recyclingzwecke enthält«, bluffte Erwan.

»Ich hatte leider keine Zeit, die Frachtpapiere im Einzelnen zu überprüfen. Die Akte umfasst ein paar Tausend Seiten.«

»Sind die Container bereits entladen?«

»Das kann uns nur die Logistik-Abteilung sagen.«

Ein Van-Carrier mit einem sechs Meter langen Container rollte genau auf sie zu. Das Behältnis entsprach etwa einem kleinen Haus und wog sicher zwischen zwanzig und dreißig Tonnen. Der Fahrer befand sich in einer Kabine in zehn Metern Höhe. Sie mussten ausweichen und drückten sich gegen einen der Waggons, die auf die Beladung warteten. Hier spielte sich alles in einer Größenordnung ab, die den Menschen auf das Maß eines Flohs schrumpfen ließ.

Plötzlich erschien Erwan sein Plan absurd, war er doch von fragwürdigen Voraussetzungen ausgegangen. Erstens: Musste der Mörder sich tatsächlich immer neue Nägel besorgen? Zweitens: Beschaffte er sich das Material hier in diesem Hafen vom Lkw? Und drittens: Enthielten die Container wirklich genau die entsprechenden Eisenteile, und würde sich alles heute Abend abspielen?

»Werden die Container hier geöffnet?«

»Das kann man nicht so pauschal sagen. Manche werden ungeöffnet mit der Bahn weiterbefördert, andere mit dem Lkw. Wieder andere werden in den Depots geöffnet und eingelagert.«

Hundegebell ertönte. Zöllner mit Hunden gingen auf der Suche nach verdächtiger Ladung an den Containern entlang. Noch lauter als die Hunde waren die Männer mit den Funkgeräten, die schreiend die Portalkräne und Van-Carrier an die richtigen Stellen leiteten.

»Könnten Sie mir Bescheid geben, wenn die beiden Container entladen sind?«

»Das schon, aber sie dürfen nicht geöffnet werden.«

Erwan wandte sich an seine Kollegen aus Marseille.

»Wir werden die dazu nötigen Papiere schon bekommen.«

Der Hafenbeamte zündete sich eine Zigarette an. Die Flamme seines Feuerzeugs schien sein wettergegerbtes Gesicht zu vergrößern.

»So einfach ist das nicht. Auf dem Meer ist der Seepräfekt zuständig, an Land der Präfekt. Hier aber ist es der Zoll …«

Administratives Geplänkel, Erwan hörte nicht zu. Stattdessen stand ihm ein Bild vor Augen: der Nageldieb, der sich hier bedienen würde, in dieser Nacht …

»Sind die Container leicht zu öffnen?«

»Mit einem Schweißbrenner schon. Diebstähle hatten wir hier noch nie. Wenn die Wände beschädigt werden, dann meist von innen.«

»Von innen?«

»In Afrika lassen sich immer wieder Menschen mit Metallsägen in die Container einschließen. Wenn sie weit genug von der Küste entfernt sind, fangen sie an zu sägen. Manche warten damit auch bis zur Ankunft. In solchen Fällen finden wir sie in einem sehr unschönen Zustand …«

Erwan betrachtete das Containerschiff. Die ihnen zugewandte Seite sah aus wie eine Klippe aus gewelltem Metall, die aus mehreren Etagen kunterbunter, von der Sonne aufgeheizter und vom Seewind gesalzener Blechkisten bestand.

»Wissen Sie, wie lange die *Apnea* hier liegen bleibt?«

»Ungefähr zwölf Stunden. Morgen früh ist sie schon wieder unterwegs. Ein Containerschiff, das nicht fährt, kostet nur viel Geld.«

»Eine Nacht, um Tausende Container zu löschen?«

»Ein Portalkran entlädt sechzig Container in der Stunde, sie können es sich ausrechnen. Während die Ladung gelöscht wird, wird gleichzeitig vollgetankt, und schon geht es weiter.«

Erwan warf seinen beiden Kollegen einen Blick zu: Ihnen blieb eine Nacht, um alles zu regeln und den Zoll und die Staatsanwaltschaft von Marseille zu überzeugen, dass die *Apnea* vielleicht im Zusammenhang mit Mordfällen in Paris stand. Hinzu kam, dass der Frachter unter der Flagge von Antigua fuhr.

»Kann ich die Verantwortlichen von Heemecht treffen?«

»Natürlich«, gab der Beamte zurück. »Aber es handelt sich um eine luxemburgische Gesellschaft, die Leute sind also nicht gezwungen, Ihnen Rede und Antwort zu stehen. Ich kann für morgen früh ein Treffen arrangieren. Nun muss ich aber zurück an die Arbeit.« Er wandte sich an die beiden Polizisten aus Marseille. »Ihr habt jetzt ein paar Stunden Zeit, die Kopie zu prüfen.«

Erwan trat ein paar Schritte zurück, um die *Apnea Gaillard* noch einmal im Ganzen zu betrachten: Die bunte Vielfalt der Container erinnerte ihn an die berühmte, nur aus farbigen Rechtecken zusammengesetzte Bilderserie von Gerhard Richter mit dem Namen *1024 Farben*.

Ob sich die Nägel des Mörders irgendwo im Innern dieser Farbenpalette befanden?

Fieberhaft dachte er über einen Plan B nach, fand jedoch nur eine Möglichkeit: die ganze Nacht in der Nähe der Container Wache zu schieben.

»Sie haben meine Handynummer«, sagte er. »Rufen Sie mich an, sobald die Container an Land sind.«

95

22 Uhr. Auf der *Apnea Gaillard* wurde intensiv gearbeitet. Der von Erwan beobachtete Container mit der Nummer 89AHD34 war um 19:30 Uhr abgeladen worden, der Beamte von der Hafenmeisterei hatte ihn umgehend benachrichtigt. Laut Frachtpapier enthielt der TEU – kurz für *Twenty-foot Equivalent Unit*, so bezeichnete man die 20-Fuß-Container – neben vielen anderen Dingen einen Bestand an »gebrauchtem Alteisen«. Eine erste Bestätigung. Der Inhalt des anderen Containers erschien ihm weniger aussichtsreich, und so entschied er, seine Aufmerksamkeit zunächst auf diesen einen Container zu konzentrieren.

Erwans Marseiller Kollegen waren nicht vor Ort, die Wache schaffte er allein. Er hatte sein Hotel mit Dienstwaffe und Polizeimarke verlassen und ließ sich, nachdem er den Checkpoint passiert hatte, in der Nähe des Wachhäuschens an den Lagerhäusern nieder. Von dort aus hatte er sowohl »seinen« Container als auch die fortschreitende Entladung des Frachters im Blick.

Das Löschen der Fracht erfolgte im Licht stärkster Scheinwerfer. Es war ein lärmendes, kreischendes und brüllendes Schauspiel, unterstrichen vom Scheppern der Eisenteile, dem Knarren der Kabel und durch Funkgeräte verzerrte menschliche Stimmen. Trotzdem war nirgendwo ein Mensch zu sehen, nur Maschinen, die im gleißenden Licht ihre Arbeit verrichteten. Container wurden vom Schiff an die Kais und von den Kais auf die Parkplätze transportiert. Van-Carrier bewegten sich wie riesige Kellner mit gigantischen Tabletts, Hebevorrichtungen umfassten die Container wie gewaltige Zuckerzangen. Es sah aus wie beim Abbau einer Lego-Stadt.

Zu Beginn hatte Erwan noch interessiert zugeschaut. Nun aber, betäubt vom Lärm und geblendet von den Lichtstrahlen, ließ er seine Gedanken schweifen. Der Nagelmann. Sein dämonisches Ritual. Seine Opfer. Wieder kam er auf seine Doppel-Hypothese zurück: Einerseits rächte sich der Mörder an Morvan, andererseits war es ihm offenbar wichtig, die eigenen Dämonen auszutreiben, zu denen vermutlich Homosexualität und Nekrophilie gehörten.

Und noch ein weiteres Kriterium war Erwan eingefallen: Impotenz. Immerhin vergewaltigte der Mörder seine Opfer mit einem Morgenstern oder Ähnlichem, er ersetzte Fleisch durch Eisen. Vielleicht, weil es ihm anders nicht möglich war. Aber warum ahmte er den Nagelmann nach? Woher wusste er von dieser Geschichte? Hatte er es auf Morvan abgesehen, weil dieser sein Vorbild verhaftet hatte? Oder weil er in seinem persönlichen Schicksal eine hässliche Rolle gespielt hatte?

Ein Scheinwerfer drehte sich in Erwans Richtung und blendete ihn. Reflexartig drehte er sich um und sah, wie sein eigener Schatten endlos lang auf eine Reihe von Containern fiel. Sein Handy klingelte. Sofia, dachte er. Er wartete noch immer auf ein Zeichen von ihr, wollte sich aber aus Stolz nicht als Erster melden. Es war Kripo.

»Bist du da? Ich kann dich nicht hören.«

Erwan verzog sich zwischen zwei Container.

»Ich bin da«, rief er.

»Ich habe etwas Wichtiges entdeckt.«

»Nämlich?«

»Anne Simoni hatte Kontakte zu einer etwas … ausgefallenen Gemeinschaft.«

»Welcher Art?«

»SM. Fetisch.«

»No Limit?«

»Kann ich noch nicht sagen, aber laut meinen Quellen nahm sie an ziemlich speziellen Abendveranstaltungen teil, bei denen man sich möglichst abartig verkleidete. Mit Folter und allem.«

Ihr morbider Geschmack schien sie zumindest entfernt mit Admiral di Greco zu verbinden. Kultur der Qual und Schmerz als Genuss: Vielleicht hatten sowohl die Punkerin als auch der Offizier auf eine ganz bestimmte Art Kontakt zum neuen Nagelmann gehabt …

»Wie hast du das herausgefunden?«

»Durch die Verbindungsnachweise. Darunter war eine Nummer, die sie vor mehr als einem Monat angerufen hat. Ein auf Fetischismus spezialisierter Sexshop im Hallenviertel. Ich bin der Sache nachgegangen: Der Laden verkauft Latexklamotten, Krankenschwester- und Naziuniformen.«

»Konnte man sich an sie erinnern?«

»Das nicht, aber dann ist mir etwas eingefallen. Audrey und Sardine haben nach der Wohnungsdurchsuchung berichtet, dass sie seltsame Dinge gefunden haben: Mundschutzmasken, Operationskittel, orangefarbene Overalls, Halteschlaufen ...«

»Stimmt, ich erinnere mich.«

»In dem Laden hat man mir erklärt, dass es sich dabei um eine besondere Art von Fetischismus handelt: die Sucht nach allem, was mit Medizin zu tun hat. Deswegen auch die orange Farbe.«

»Wieso orange?«

»Weil es die Farbe des Desinfektionsmittels bei OPs ist. Auch die von Druckverbänden und Haltegurten. Diese Art von Fetischismus reicht von Injektionen bis hin zu Eingriffen, Finger im Hintern, Koloskopie und solchem Zeug. Im Übrigen wurden bei Simoni auch befremdliche Instrumente gefunden wie Harnbeutel, Spekula, Sonden, Küretten ...«

Erwan dachte nach. Eine junge Frau, die sich als Krankenschwester verkleidete, sich am Pinkeln hinderte oder imaginäre Abtreibungen vornahm – das war schon ein ganz besonderes Profil und verwies auf eine äußerst eigenartige Welt.

»Das passt übrigens zu einer weiteren Entdeckung«, fuhr der Lautenspieler fort. »Den Informatikern ist es endlich gelungen, den verschlüsselten Ordner auf ihrem Rechner zu knacken. Sie fanden Tausende Videoanleitungen, zum Beispiel wie man eine Darmspülung vornimmt, die Harnröhre erweitert, eine Analsonde einführt ... Ich erspare dir den Rest.«

Festplatten, die Black Boxes der Psyche.

»Morgen nehmen wir uns Lartigues vor. Sobald ich zurück bin. Ich bin sicher, es gibt eine Verbindung zu ihm.«

»Ich freue mich, dass du es endlich auch so siehst.«

»Sucht inzwischen in dieser Richtung weiter. Zum Beispiel nach Leuten, die schon mal Ärger mit der Polizei hatten.«

»Hältst du mich für einen Praktikanten?«

»Ich rufe zurück«, beendete Erwan plötzlich unvermittelt das Gespräch.

Er hatte am Ende der Containerreihen einen Schatten entdeckt. Hastig bewegte er sich in dessen Richtung, doch als er die Waggons erreichte, war nichts mehr zu sehen. Einer der Aufseher? Nein, der hätte eine Taschenlampe, einen Hund oder beides bei sich gehabt.

Irgendwer trieb sich dort herum. Vielleicht nicht der Mörder, aber jemand, der keine Aufmerksamkeit erregen wollte. Erwan wandte sich nach links und lief mit gezogener Waffe an der Containerreihe entlang. Erster Quergang: Nichts. Der zweite: Wieder nichts. Am dritten begann er sich zu fragen, ob er nicht vielleicht geträumt hatte.

Er wollte schon aufgeben, als er am Ende des vierten Quergangs eine Gestalt sah. Er sprintete los, bog um eine Ecke, rannte, bog um die nächste Ecke. Außer dem metallischen Lärm in einiger Entfernung hörte er nichts. Einem Instinkt folgend bog er links ab und rannte dann rechts einen weiteren Gang entlang.

Schon bald hatte er sich in dem bunten Labyrinth verirrt und wusste nicht mehr, wo er sich befand. Hoch über ihm strichen die Scheinwerfer und Lichter der Hebekräne durch die Nacht. Sein seitliches Blickfeld war durch die strukturierten Metallwände der Container begrenzt. Eine Bemerkung des Hafenbediensteten kam ihm in den Sinn: Illegale aus Afrika, die sich mit einer Metallsäge in die Container einschließen ließen. Ob es sich um einen solchen Flüchtling handelte? Je weiter Erwan vorankam, desto weniger konnte er sich orientieren. Er fühlte sich wie ein Gefangener, der seine Fessel mit jeder Bewegung fester zurrte. Sollte er um Hilfe rufen? Doch die nachtaktiven Roboter hatten lautere Stimmen als er.

Wütend hieb er mit der Faust gegen eine Wand und ertappte

sich dabei, zu raten, was die Container enthalten konnten. Afrikanisches Mobiliar. Kräuter. Kleinkram aus Leder. Früchte … Ein Polizist, der Bananen und irgendwelches Getreide beschlagnahmte, war wirklich eine Lachnummer.

Plötzlich fand er sich am Boden wieder. Der Flüchtende verschwand nach rechts, er war aus seinem Versteck gesprungen, hatte Erwan umgerissen und war weitergelaufen. Erwan lag auf allen vieren. Die Waffe war ihm aus der Hand geglitten. Er hob sie auf und sprintete los wie ein Athlet.

Die nächste Kreuzung. Hundert Meter weiter links huschte der Schatten des Flüchtenden über die Stahlwände. Erwan schöpfte Hoffnung. Weiter durch das Labyrinth. Fünfzig Meter. Der Lärm der Maschinen wurde lauter. Dreißig Meter. Die Gestalt war von Kopf bis Fuß dunkel. Ein Schwarzer? Oder ein Weißer mit Maske?

Ohne zu wissen wie, stand Erwan plötzlich wieder auf dem Kai. Die Entladung war in vollem Gang. Der Mann tauchte zwischen zwei Schwerlaststaplern auf. Jede Sekunde bestätigte, was Erwan längst bemerkt hatte: Der Flüchtende lief zu schnell für ihn, er war offenbar ein durchtrainierter Sportler. Aber das konnte Erwan ebenfalls bieten, er beschleunigte. Der Mann umrundete die Entladezone und tauchte auf der anderen Seite eines Güterzuges im Schatten der Waggons ab. Niemand schien ihn zu bemerken. Weder die Kranfahrer in ihren Gondeln noch die Männer, die die Van-Carrier bewegten. Auch nicht die Aufsichtsleute mit den Funkgeräten, die sich nur um die Container kümmerten, die im weißen Licht wie Mobiles über ihren Köpfen schwebten.

Erwan blieb stehen und hielt Ausschau nach dem Flüchtenden. Vielleicht konnte er irgendwie zwischen den Geräten hindurch abkürzen. Plötzlich entdeckte er ihn erneut, er galoppierte fast dreihundert Meter jenseits des Lichtkreises zwischen den Fahrwerken der Portalkräne, die Container umsetzten, auf das Hafenbecken zu.

Ohne nachzudenken, rannte Erwan mitten durch die Scheinwerferstrahlen und den weit über ihm schwebenden Containern hindurch. Trillerpfeifen gellten, Bremsen kreischten, ein Schwall von Verwünschungen folgte ihm. Die Kräne wurden mit lautstarken Befehlen angehalten, Alarmsirenen gellten. Erwan scherte sich nicht darum. Die Gestalt rannte jetzt den Steg zur *Apnea Gaillard* hinauf. Im Zickzack spurtete Erwan hinter ihm her, wich den gewaltigen Rädern der Van-Carrier aus und erreichte das Schiff. Der Flüchtende erschien am oberen Ende des Steges, und jetzt konnte Erwan ihn besser sehen: größer als eins achtzig, breitschultrig, in einen grauen Overall gekleidet. Allerdings war nicht zu erkennen, ob er schwarz war oder lediglich eine Maske trug.

Erwan rempelte mehrere Arbeiter an und machte dadurch einige Sekunden gut. Als er die Rampe erreichte, war der andere bereits an Bord. Jetzt sitzt du in der Falle, dachte er.

Allerdings war die Falle dreihundert Meter lang.

96

An Deck reichten die aufeinandergestapelten Container bis zur Reling. Nur ein schmaler Durchgang war frei. Erwan rannte jetzt nicht mehr. Vorsichtig wie ein Schlafwandler setzte er einen Fuß vor den anderen. Er war außer Atem und seine Schmerzen machten sich bemerkbar.

Vor seinen Füßen gähnte ein tiefer Abgrund. Gigantische, bereits geleerte, sechs oder gar sieben Stockwerke tiefe Frachträume. Keine Spur von dem Flüchtigen. Erwan kletterte eine Metallleiter hinunter. Ein Blick zurück zeigte ihm, wie die Container am anderen Ende des Frachters mit atemberaubender Geschwindigkeit in die Luft gehoben wurden.

Ein weiterer Gang. Stapel mit Paletten. Erwan klammerte sich an das Geländer. Plötzlich sah er den Mann wieder, der mehrere Etagen unter ihm im Laufschritt den leeren Frachtraum durchquerte. Erwan fand eine weitere Leiter und stieg Sprosse für Sprosse hinunter. Schneller ging es einfach nicht.

Unten herrschte gähnende Leere, rechts aber klappte eine Tür. Sie führte in einen weiteren Laderaum, der voller Container stand, die noch auf die Entladung warteten.

Ein neuerliches Klappen. Wieder wurde eine Tür geöffnet und geschlossen. Wenn Norden geradeaus lag, dann kam der Lärm von Nordwesten. Erwan lief durch einen Gang weiter links, dann durch einen, der rechts abbog. Die Gänge waren ebenso schmal wie die Lücke oben an Deck. Die Container waren in Eisenrahmen befestigt, die wiederum mit Metallringen fixiert waren.

Schließlich fand er die Tür, öffnete sie und stand vor einem der zahlreichen Stege, der über einen halb gefüllten Frachtraum führte. Er balancierte darüber und erreichte eine Durchgangsschleuse. Erneut ging es nach unten, bis er sich in einer rot beleuchteten, geschlossenen Zelle mit vernieteten Wänden wiederfand. Ringsum hingen Feuerlöscher, es gab eine Axt für Notfälle und Alarmknöpfe.

Erwan hatte ein merkwürdiges Gefühl. Er befand sich hier mutterseelenallein mit seinem Feind tief im Bauch eines Schiffs, wo es nach Eisen, Fett und Meer roch. Entweder blieb er auf der Strecke. Oder er fand einen unterernährten blinden Passagier. Oder den Mörder.

Im Boden war eine Art Klappe. Erwan entriegelte sie mit einer schlechten Vorahnung. Während er durch die Luke kroch, musste er unwillkürlich an di Greco denken, an seinen zerfetzten Schädel und an das Wort, das er hinterlassen hatte. Lontano. Er landete in einer rußigen schwarzen Pfütze. Der Gang ließ ihm nur eine Möglichkeit: geradeaus zu gehen. Sich in diesen gigantischen Frachträumen ein Wettrennen zu liefern war wie in die Wüste zu spucken: aussichtslos und albern.

Der Kerl, der vor ihm davonlief, kannte das Schiff. Er lockte ihn auf sein Terrain und damit in eine Falle, aus der es kein Entrinnen gab. Längst waren keine Schritte mehr zu hören. Erwan befand sich im fünften oder sechsten Untergeschoss. Hier gab es keine Möglichkeit, sich zu verbergen.

Wieder eine Tür. Wieder ein gewaltiger, leerer, von roten Lichtern spärlich erleuchteter Raum. Ein Safe von den Ausmaßen eines olympischen Schwimmbeckens. Erwan blieb stehen, hielt den Atem an und lauschte. Wenn er noch einen Schritt weiterging, war er komplett ohne Deckung.

Der andere war nicht weit entfernt, das spürte er. Die Ecken des Raums lagen im Dunkeln. Erwan drückte sich mit der Waffe in der Hand seitwärts nach links an der Wand entlang. Das hier konnte kein Frachtraum sein, denn es war unmöglich, ihn früher zu entladen als den darüber gelegenen. Aber warum war er leer? Die Vorstellung, die *Apnea Gaillard* könnte nicht voll beladen gewesen sein, war abwegig. Was aber sonst?

Erwan war noch keine fünfzig Meter weit gekommen, als er die Tür klappen hörte, durch die er nur wenige Sekunden zuvor den Raum betreten hatte. Sofort kehrte er um, sah aber nur noch, wie sich das Verschlussrad schnell drehte und mit einem dumpfen Geräusch einrastete.

Beinahe hätte er laut gelacht. Zwanzig Jahre bei der Polizei, und er ließ sich austricksen wie ein Jungspund. Er steckte die Waffe ein, griff nach dem Rad und bemühte sich, es zu bewegen. Vergeblich. Er inspizierte Scharniere und Rahmen. Alles war perfekt abgedichtet. In der Hoffnung, einen weiteren Ausgang zu finden, rannte er an den Wänden entlang.

Plötzlich ertönte ein Geräusch. Ein Donnern wie ein Wasserfall. Erwan blickte auf – und erstarrte. Zehn Meter über ihm schoss Wasser aus großen Rohren. Die herabstürzenden Wassermassen waren der Fälle von Iguaçu würdig. Er war in einem Ballasttank gefangen, einem der Reservoirs, die geflutet werden, um den Neigungswinkel eines Schiffs zu stabilisieren oder es während des Löschens der Ladung auf dem Niveau der Kaimauer zu halten.

Erwan drängte die Panik zurück. Irgendwo musste es noch einen Ausweg geben. Es musste. Langsam watete er weiter. Immer mehr Rohre öffneten sich, spuckten mit einem Höllenlärm Tausende Kubikmeter in den Tank.

Allerdings offenbar nicht nur Wasser. Die Flüssigkeit fühlte sich an wie dickes, dunkles Magma. Öl vielleicht. Außerdem sammelte sich am Austritt der Rohre eine gelbliche Masse, die an die schaumigen Rückstände von Chemiefabriken erinnerten.

Auch die nächste Tür war wie zugeschweißt. Erwan drehte sich um. Die flüssige Masse schoss auf ihn hinunter, schon reichte ihm das ölige Zeug bis zu Taille. War es kalt? Er wusste es nicht, sein Körper brannte noch von der Verfolgungsjagd. Er klammerte sich an das Rad an der Tür, um nicht von der Strömung mitgerissen zu werden. Fühlte sich wie in einem gigantischen Waschbecken, dessen Abfluss geöffnet worden war. Tatsächlich aber war das Gegenteil der Fall. Die Brühe stieg. Schon reichte sie ihm bis zur Brust, dröhnte mit dem dumpfen Donnern einer Lawine in den Tank.

Erwan war am Ende seiner Kräfte. Er schaffte es nicht, sich weiter an das Rad zu klammern und wurde sofort in die Mitte des Reservoirs abgetrieben, mitten ins Auge des Wirbels. Seine Lippen schmeckten salzig. Lange würde er nicht mehr durchhalten. Mit letzter Kraft und etwas ungeschickt drehte er sich auf den Rücken – es war ihm nie leichtgefallen, sich auf dem Rücken treiben zu lassen –, verbannte jeden Gedanken aus seinem Kopf und fixierte die Decke, die unaufhaltsam näher kam. Es war ein seltsames Gefühl, sich wie zu einem Walzer um sich selbst zu drehen und, dem eigenen Ende entgegen, in die Höhe zu streben.

Plötzlich fiel ihm ein, dass es doch sicher auch in diesem Tank eine Möglichkeit geben musste, Alarm auszulösen. Er suchte nach Überwachungskameras, fand aber keine. Feuermelder vielleicht? Nein, die würden in einem Tank nichts nützen. Die Brühe drückte ihn unaufhaltsam in Richtung Decke. Lange bemühte er sich, an der Oberfläche zu bleiben, gab sich aber schließlich geschlagen. Erwan schloss die Augen. Er kehrte zurück ins Urgewässer, er …

Die Füllanzeige! Das Becken musste eine Füllanzeige enthalten, nicht nur, um den Wasserstand zu überwachen, sondern vermutlich auch, um die Zusammensetzung der Füllung zu messen. Irgendwo hatte er gelesen, dass die Leerung von Ballasttanks oft große Umweltprobleme nach sich zog. Schiffe, die auf offenem Meer Tausende Kubikmeter verschmutztes Hafenwasser abließen, störten die Ökosysteme der Ozeane ganz erheblich. Daher waren sie gesetzlich verpflichtet, den Tankinhalt vor dem Dumping zu analysieren.

Erwan tauchte in den Wirbel. Die roten Lichter leuchteten noch immer und sorgten für ein gespenstisches Licht. Mit etwas Glück lagen die Messstellen neben den Leuchten. Er tauchte noch tiefer, um dem Strudel zu entkommen, und erreichte die erste Lampe. Tastend suchte er nach einer Sonde oder Ähnlichem.

Und fand schließlich etwas. Er hatte keine Ahnung, was genau es war, aber eine quarzgesteuerte Anzeige und ein paar Kabel ließen auf eine Verbindung mit der Außenwelt schließen. Er war noch immer im Besitz seiner Waffe, stieß sich von der Wand ab, lud und schoss auf das Ding.

Er schwamm weiter. Mühsam widerstand er dem Drang, den Mund zu öffnen, seine Lungen waren prall mit Kohlendioxid gefüllt. Ungefähr dreißig Meter entfernt leuchtete ein weiteres Licht in der trüben Suppe. Noch einmal stieß er sich von der Wand ab und schoss, in der Hoffnung, irgendwo vielleicht einen Alarm auszulösen. Oder ein automatisches System, das Wasser abließ.

Wieder wandte er sich nach rechts. Die Zeit verrann nicht, sie erstickte ihn. Ihm wurde schwarz vor Augen. Er wusste, dass er nicht mehr an die Oberfläche zurückkehren konnte, denn es gab keine Oberfläche mehr. Er wusste, dass er auf keinen Fall atmen durfte. Er wusste …

Eigentlich wollte er noch einmal den Abzug betätigen, doch stattdessen öffnete er den Mund.

97

Als Erwan das Bewusstsein wiedererlangte, glaubte er, in der Hölle zu sein.

Aber es war nur die Notaufnahme des Krankenhauses Timone, mitten in der Nacht.

Er lag isoliert in einer Kabine auf einer Trage. Man hatte ihn entkleidet und ihm ein Hemd aus Papier angezogen. Durch die halb geöffneten Vorhänge sah er, wie Patienten hin und her geschoben wurden. Hier flirteten Krankheit und Tod miteinander. Unfälle und Bronchiolitis bei den Kindern. Schlägereien, Komasaufen und Autounfälle bei den jungen Leuten. Herzstillstand, Stürze und Schlaganfälle bei den Alten. Und zwischen diesen Kranken bewegte sich eine andere Art von Menschen. Kaltblütig und im weißen Kittel stellten sie Fragen nach Krankenkasse, Bestandteilen der letzten Mahlzeit und Umständen, die zu dem Unfall geführt hatten, halfen und retteten.

Erwan verfolgte das Schauspiel wie durch einen Nebel. Die erste Viertelstunde nach seinem Erwachen hatte er damit verbracht, sich zu übergeben, die zweite damit, auszuspucken, und die dritte damit, sich den Mund mit Süßwasser auszuspülen. Trotzdem spürte er noch immer das Kratzen von Salz in seiner Kehle, seiner Lunge und in seinem Herzen. Er hatte das Gefühl, von innen verbrannt zu sein. Sein Anzug und sein Hemd hingen wie ein Symbol für seinen Untergang steif und mit weißlichen Flecken übersät an einem Kleiderhaken. Unter dem Krankenhaushemd trocknete seine Haut und wurde rissig wie der Lack eines alten Gemäldes.

Die Notärzte hatten auf Röntgenbildern bestanden, da er im Wasserwirbel mehrere harte Schläge auf den Nacken und die Hüften abbekommen hatte, und sich besorgt über die Verletzungen aus Kaerverec gezeigt. Glücklicherweise war nichts gebrochen, er hatte sich lediglich ein paar zusätzliche blaue Flecken und Abschürfungen für seine Sammlung eingehandelt.

Erwan schloss die brennenden Augen. Er genoss das Gefühl,

durch die Notaufnahme zu schweben, wo sich Schreie, Diagnosen und hastige Schritte zu einem unverständlichen Lärmteppich vermischten. Nach den schrecklichen Minuten im Ballasttank fühlte Erwan sich jetzt, als schwimme er auf einem See, über dem in Dunst gehüllte Vögel gurrten.

In diesem Augenblick wollte er weder an denjenigen denken, der ihn in die Falle gelockt hatte, noch an die Umstände des Angriffs auf sein Leben. Sein Feind musste das System der Ballasttanks gekannt haben. Erwan wurde plötzlich bewusst, dass er dieses Mal beinahe wirklich gestorben wäre, und empfand eine tiefe Dankbarkeit für die Feuerwehrleute, die ihn gerettet hatten.

Der Vorhang seiner Kabine wurde zur Seite geschoben. Vor ihm standen die beiden Kriminalbeamten aus Noailles und der Hafenbedienstete. Alle drei wirkten missmutig. Erstens hatte Erwan niemanden über seinen nächtlichen Ausflug informiert. Und zweitens hatte keiner von ihnen in dieser Nacht Bereitschaftsdienst, was bedeutete, dass seine Eskapade sie an einem Freitagabend von ihrer Familie oder einem gemütlichen Abend mit Freunden fernhielt.

Erwan richtete sich auf seiner Trage auf, bereit, sich Vorwürfe anzuhören. Unerlaubtes Eindringen in die Ladezone. Betreten eines für die Öffentlichkeit gesperrten Arbeitsbereichs. Eindringen in ein Containerschiff, das in Antigua registriert war. Er war für alle Beteiligten zum Ärgernis geworden.

Als sie ihn jedoch in seinem grünen Hemd vor sich sahen, schien ihr Ärger zu verfliegen.

»Wir haben alle Hafenbecken durchsucht«, sagte einer der Polizisten. »Keine Spur von diesem Knaben.«

»Was ist mit den Arbeitern?«

»Wir sind dabei, sie zu vernehmen. Bisher hat noch niemand etwas gesehen.«

»Hat mein Angreifer die Ventile geöffnet?«

»Nein«, antwortete der Hafenbeamte, »die Ballastaufnahme ist automatisiert. Sie hatten einfach nur Pech – es sei denn, der

Mann wusste das. Während des Löschens werden die Tanks immer geflutet, um die Wasserlinie zu halten.«

Erwan schwieg einen Moment. Sein Gehirn schien langsam in Salzwasser zu schmoren.

»Die Besatzung der *Apnea*?«

»Auch da sind wir dran«, sagte der Kriminalbeamte. »Aber von dieser Seite ist nicht viel zu erwarten. Die Hälfte der Besatzung war auf Landgang, die andere Hälfte hat geschlafen.«

»Wie viele sind es?«

»Sechzehn Mann.«

»Für ein Dreihundert-Meter-Schiff?«

»Heutzutage läuft so gut wie alles automatisiert ab«, erklärte der Hafenbeamte.

»Was sind das für Leute?«

»Die übliche Zusammensetzung. Filipinos, Nigerianer, Kroaten. Der Frachter sticht morgen früh wieder in See.«

»Trotz der Geschehnisse diese Nacht?«

»Unser Chef wird dagegen ganz sicher nichts unternehmen. Immerhin hatte er wegen Ihrer Dummheiten schon genug Ärger. Er wird garantiert keine Anzeige erstatten und das Schiff drei zusätzliche Tage hier am Kai liegen lassen.«

»Und wenn ich selbst Anzeige erstatte?«

»Davon würde ich Ihnen abraten.«

»Der Zoll lässt sie so einfach fahren?«

»Wenn Sie das Durcheinander nicht noch schlimmer machen, gibt es keine Veranlassung, das Schiff zu halten.«

»Was ist mit den Containern für Heemecht?«

»Die öffnen wir. Was, glauben Sie, hat der Kerl gesucht?«

»Alteisen. Das habe ich Ihnen doch schon gesagt.«

Der Beamte schüttelte ungläubig den Kopf.

»Warum sollte jemand gebrauchtes Metall exportieren? Und dann noch aus afrikanischen Ländern?«

»Ist das so ungewöhnlich?«

»Ja, weil dort sogar krumme Nägel ohne Köpfe noch von Nutzen sind.«

Erwan wusste, dass er recht hatte, fand aber nicht die Kraft, seinen Standpunkt zu erläutern.

»Haben Sie mit dem Kapitän der *Apnea* gesprochen? Mit dem Zoll? Mit der Hafenmeisterei?«

»Ich habe mit allen gesprochen und mich jedes Mal anschnauzen lassen. Sollte Ihre Geschichte auch nur die geringste Verspätung zur Folge haben, gibt es hier einen Riesenärger. Ganz zu schweigen von der Küstenaufsicht, die gleich morgen früh überprüft, ob alle Sicherheitsmaßnahmen eingehalten wurden. Ihr kleiner Ausflug könnte mehrere Hunderttausend Euro kosten.«

Erwan würde einen detaillierten Bericht schreiben müssen – und Kripo, der ihm solche Arbeiten immer abnahm, war nicht hier. Am besten erledigte er das sofort. Doch als er die Füße auf den Boden stellte, zwang ihn ein jäher Schmerz in der Hüfte, sich umzudrehen und abzustützen, um das Gleichgewicht nicht zu verlieren. Das Krankenhaushemd klaffte am Rücken auseinander, und er stand mit blankem Hintern vor den anderen. Alle lachten – er selbst am lautesten. Dies war nun wirklich die endgültige Niederlage der Kriminalpolizei.

»Hätten Sie vielleicht ein paar trockene Klamotten für mich?«

Einer der Polizisten warf ihm grinsend eine Plastiktüte zu.

»Ich hoffe, Sie haben nichts gegen Olympique Marseille.«

Erwan fand ein entsprechendes schwarzes T-Shirt mit den beiden ineinander verschachtelten Buchstaben im Stil der Cornu-Buchmalerei, einen Hoodie in den Farben des Clubs und eine graue Jogginghose. Perfekt, um in sein Hotel zurückzukehren. Dort würde er seinen Anzug reinigen lassen.

Die Kollegen verzogen sich diskret auf die andere Seite des Vorhangs, damit er sich umziehen konnte. Während er in die geliehenen Klamotten schlüpfte, erstellte er in Gedanken ein Profil seines Angreifers: eins fünfundachtzig, athletisch, lauftrainiert. Seine Hautfarbe war nach wie vor unbekannt. Ansonsten handelte es sich um einen Mann, der sich offenbar mit dem Seefrachtgeschäft auskannte, was wiederum durchaus zum Profil eines Zodiac-Piloten passte. Der Nagelmann?

Erwan zog den Hoodie über und nahm den Umschlag mit seinen Schlüsseln, seinem Handy und seinen durchnässten Papieren an sich. Er versuchte, sein Handy einzuschalten: vergeblich. Wahrscheinlich war es kaputt. Er steckte alles zusammen in die Plastiktüte und tastete zur Sicherheit noch einmal seine Anzugtaschen ab.

In seinem Jackett fand er ein gefaltetes Blatt, vom Meerwasser verklebt. Vorsichtig zog er es auseinander. Als sein Blick auf die gedruckte Namensliste fiel, erinnerte er sich: Es handelte sich um die »Kunden« von Gaëlle, die die Agenten seines Vaters notiert hatten, inklusive der genauen Uhrzeit des letzten Treffens hinter jedem Namen. Er wollte das Blatt schon wegwerfen, als ein Name seine Aufmerksamkeit erregte. Richard Masson. Irgendwo hatte er diesen Namen schon einmal gehört. Er nahm sich die Zeit, die Liste genauer durchzugehen, und auch beim nächsten Namen machte es klick: Sergej Borguisnov. Sein Gedächtnis kam in Gang. Er las weiter. Der dritte Name lautete Johnny Leung.

Jetzt wusste er es wieder: Das waren die Namen der drei Männer, die sich die Coltano-Aktien unter den Nagel gerissen hatten.

Es traf Erwan wie ein Keulenschlag. Halb betäubt klammerte er sich an seine Pritsche. Diese Männer waren Freier von Gaëlle gewesen. Seine Schwester war die Quelle der Banker!

Irgendwie musste sie an die Informationen gekommen sein. Entweder hatte sie ein Telefonat mitgehört, oder, was Erwan für wahrscheinlicher hielt, sie kannte die Kombination von Loïcs Safe. Der Rest war einfach: Sie hatte ihren Banker-Kunden Tipps gegeben. Erwans Verdacht wurde zudem durch ein anderes Detail untermauert: Serano hatte den letzten, von Leung selbst in Auftrag gegebenen Aktienkauf auf Montag, den 10. September datiert. Laut der Aufzeichnungen der Spürhunde hatte Gaëlle sich am Abend vorher mit Leung getroffen.

Erwan kannte seine Schwester zu gut, um zu vermuten, dass

sie die Informationen verkauft hatte. In Wirklichkeit war es viel schlimmer: Sie hatte sie ihnen bewusst zur Verfügung gestellt, um ihrem Vater und ihrem Bruder zu schaden. Wahrscheinlich war ihr die Bedeutung der Informationen nicht einmal in vollem Umfang bewusst, ihr schädliches Potenzial aber hatte sie geahnt und sie weitergegeben. Wie ein Pyromane, der Feuer an sein eigenes Haus legt, in dem sich noch seine Familie befindet.

Borguisnov hatte sogar damit geprahlt, sich »an der Quelle« informiert zu haben. Dabei hatte er nicht etwa die Gruben in Afrika, sondern den Clan Morvan gemeint.

»Kommen Sie?«

Erwan steckte das Blatt in die Tasche und trat aus der Kabine.

»Ich muss telefonieren.«

98

»Wo ist sie? Ich bringe sie um!«

Wutschnaubend stürmte Morvan in die Wohnung. Er schob Loïc beiseite, der den Grund für diesen Besuch nicht verstand. Erwan hatte ihn nicht gewarnt, das hatte der Alte ihm verboten. Im Sturmschritt fegte Morvan durch den Flur, seine Wut schien sein Gesichtsfeld einzuengen. Erwans Anruf hatte ihn aus dem Bett geholt, wo er noch über seinen eigenen Ängsten brütete. Der Bericht seines Ältesten hatte ihn endgültig zur Schlaflosigkeit verdammt.

Im Grunde war er noch nicht einmal verwundert. Was er erfahren hatte, war die Bestätigung dessen, was er schon so oft selbst hatte erleben müssen: Es kommt immer noch schlimmer als man denkt. Gaëlle, seine geliebte kleine Tochter, sein zur Hure gewordener Engel, hatte das alles eingefädelt, um ihn zu ruinieren – und möglicherweise hatte sie damit sogar Erfolg.

Er fand sie im Wohnzimmer zusammengerollt unter einer Filzdecke von Paola Lenti, die er Sofia und Loïc zur Hochzeit geschenkt hatte. Sie und ihr schwachköpfiger Bruder hatten ferngesehen. So also sah Gaëlles Leben aus: Sie hütete Loïcs Kinder, schlief mit jedem Dahergelaufenen und rammte ganz nebenbei ihrem eigenen Vater ein Messer in den Rücken.

Gaëlle sprang sofort auf, bereit, Schläge einzustecken.

»Was hast du mit diesen Bankiers ausgeheckt?«

Gaëlle antwortete nicht.

»Du willst uns ruinieren. Ist es das?«

Immer noch keine Antwort.

Mit geballten Fäusten baute sich Morvan vor ihr auf. Der Ring aus Angst, den er um sich verbreitete, wurde intensiver. Gaëlle wich zurück. Loïc erstarrte. Angst war tatsächlich das einzige Gefühl, das Morvan in seinen Kindern jemals hatte wecken können.

»Wie viel hast du dafür bekommen?«

Gaëlle stand immer noch stumm neben dem Sofa. Zwar bot sie ihm die Stirn, aber das panische Flackern in ihrem Blick strafte ihre Haltung Lügen.

»Du blöde Kuh, du hast ihnen die Infos nicht einmal verkauft, nicht wahr? Du hast es nur getan, um mich am Boden zu sehen.«

Morvan stürzte auf sie zu. Gaëlle wich ihm aus, lief zum Balkonfenster, riss es auf und sprang. Ins Leere.

Morvans Knurren verwandelte sich in einen Schrei.

»NEIN!«

Er rannte auf den Balkon, aber da waren nur abgerissene Blätter und abgebrochene Zweige. Drei Stockwerke tiefer sah er Asphalt und abgestellte Autos. Bremsen kreischten, Menschen schrien. Morvan zuckte zurück, als hätte er sich an der Brüstung verbrannt, und hastete zur Wohnungstür. Er nahm Loïc kaum wahr, der stocksteif dastand wie ein ausgestopftes Tier.

Ohne zu atmen, raste Morvan die Treppen hinunter. Er hörte seine Schritte dumpf auf dem roten Teppichbelag der Stufen, spürte das schmiedeeiserne Geländer unter seiner Hand. Sah die altmodischen Aufzugkäfige mit ihren Gittern und den glänzenden Holzpaneelen in jedem Stockwerk. Immer noch atmete er nicht, als könne er durch das Anhalten des Atems auch die Zeit anhalten und das von sich fernhalten, was ihn quälte.

Nachdem er die erste Glastür fast eingerannt hätte, durchquerte er die Eingangshalle, stürmte durch die zweite Glastür und sprang nach draußen. Er erwartete nichts, aber er wusste, dass er Blut, Reglosigkeit und Tod sehen würde. Tatsächlich aber taumelte Gaëlle barfuß zwischen zwei geparkten Autos hindurch. Sie sah weder ihn noch irgendjemand anderen, stolperte mit wirrem Haar auf den Gehsteig zu.

Ein Wunder. Nun, ganz so außergewöhnlich war es nicht, in vierzig Jahren Polizeiarbeit hatte Morvan von mindestens zwanzig überlebten Fensterstürzen gehört. Der Sturz war zweifellos zunächst von Zweigen und Blättern und danach von einem Autodach abgemildert worden. Sie war über die Motorhaube gerollt und zwischen zwei Stoßstangen gelandet, zwischen denen sie jetzt hervortrat. Sie sah aus wie eine wandelnde Leiche.

Morvan ging auf sie zu, blieb aber zwei Meter vor ihr stehen. Nun war sie es, die Wellen aussandte – Schock, Hass, Wahnsinn. Er trat beiseite, ließ sie kommen. Innerhalb weniger Sekunden konstatierte er, dass sie weder eine Verletzung noch einen ernsthaften Bruch davongetragen hatte, das zeigte ihr Gangbild, auch wenn es unsicher wirkte.

Um sie herum hatte sich ein Kreis aus Schaulustigen gebildet, die in dem Maß zurückwichen, in dem sie vorwärtsstrebte. Endlich holte Morvan erneut Luft und murmelte Dankesworte vor sich hin, ohne genau zu wissen, an wen sie gerichtet waren. Aller Ärger, den er in den letzten Tagen hatte hinnehmen müssen, war plötzlich wie ausgelöscht. Er fühlte sich sogar bereit, neuen Problemen die Stirn zu bieten: Insolvenz, Morde, Gefängnis – ganz egal was, Hauptsache, Gaëlle kam davon.

In diesem Moment torkelte sie und fiel. Ehe sie jedoch den Asphalt berührte, hatte Morvan sie schon in seinen Armen aufgefangen.

»Mein kleines Mädchen … Meine Kleine …«

Nun tauchte auch Loïc neben ihm auf. Sein Gesicht war

Zeugnis seines Platzes in dieser Welt: unangepasst, außerhalb der Zeit und weit entfernt von allen anderen. Sorgenvoll musterte Morvan seine Tochter. Sie schien kurz vor einer Ohnmacht, kämpfte aber um ihr Bewusstsein. Auf ihrem blutleeren Gesicht bildete sich in Höhe der rechten Schläfe ein großer blauer Fleck. Wie eine Wasserblume auf der Oberfläche eines Weihers.

Er wollte sie auf die Stirn küssen, aber sie fand die Kraft, ihn zurückzustoßen.

»Dich hätte ich töten sollen«, flüsterte sie ihm ins Ohr.

99

Gegen sechs Uhr morgens entlud sich über dem Hafen von Fos ein Gewitter. Erwan saß am Fenster seines Hotelzimmers und beobachtete, wie graue Striche die Straßenlaternen peitschten, in die aufgewühlte Bucht prasselten und die auf ihre Verladung wartenden Container lackierten.

Er hatte nicht geschlafen oder zumindest nur ganz wenig, als wäre er in eine Schlammgrube gefallen und sofort wieder aufgetaucht. Der Schlamm – er stand für seine Familie, seine Vergangenheit und für alle Gründe, die dazu führen konnten, dass eine junge Frau ihre Kraft dazu einsetzte, ausgerechnet die Menschen zu vernichten, die ihr am nächsten standen. Bis zwei Uhr morgens hatte er über die Gewalt seines Vaters, die Resignation der Mutter und die Ängste seines Bruders und seiner Schwester nachgedacht, über diesen Gräuel ohne Ende, der sein »Familienleben« gewesen war.

Vielleicht hätte er anschließend voller Verzweiflung und Müdigkeit in den Schlaf finden können, doch dann hatte Morvan angerufen und ihm mitgeteilt, dass Gaëlle versucht hatte, sich das Leben zu nehmen.

»Schon wieder?«, hatte er geantwortet, seinen Zynismus aber sofort bereut.

Mit tonloser Stimme hatte sein Vater ihm erzählt, was geschehen war. Das hier war anders als die Versuche in ihrer Jugend gewesen, als sie es mit Überdosen irgendwelcher Medikamente inklusive Magenauspumpen und anderer Scherze probiert hatte. Dieses Mal hatte Gaëlle sich wirklich verabschieden wollen, aber durch ein Wunder, das die gesamte Familie Morvan mit Gott versöhnen würde, war sie mit heiler Haut davongekommen.

»Wo ist sie jetzt?«

»Im Amerikanischen Krankenhaus. Sie wird untersucht.«

In Paris, besser gesagt in Neuilly-sur-Seine, besitzt jede Art von Krankheit eine Art VIP-Lounge. Wer sterben will, ohne Schlange zu stehen, oder sich einfach nur zu exorbitanten Preisen behandeln lassen will, ist in diesem Etablissement mit dem amerikanischen Akzent und Fotos von Krankenschwestern aus den 1940er-Jahren an den Wänden genau richtig.

»Wie geht es ihr jetzt?«

Morvan hatte auf seine Art geantwortet.

»Im Anschluss bringe ich sie in Sainte-Anne unter.«

Eine Spezialität des Alten. Mehrfach hatte er dort seine Ehefrau in der geschlossenen Abteilung untergebracht und sich auch selbst dort schon in Behandlung begeben. Erwan hatte nicht nachgehakt. Er musste so schnell wie möglich nach Paris zurückkehren. Um seine kleine Schwester in die Arme zu schließen, die ihm vermutlich ins Gesicht spucken würde. Um seinen Vater zu beruhigen, der ihm mit dem Finger am Abzug zuhören würde. Um den Schiedsrichter in dieser Familie von Verrückten zu spielen.

Die restlichen Stunden der Nacht hatte er damit verbracht, den Hafen Fos zu beobachten und sein Schuldgefühl zu hätscheln. Nachdem er verstanden hatte, was Gaëlle getan hatte, hatte er zunächst versucht, sie zu erreichen, aber sie ging nicht ans Telefon. Auf einen Anruf bei Loïc, dessen Reaktion vom Kokainspiegel in seinem Blut abhängig war, hatte er lieber verzichtet. Also war nur noch der Padre geblieben. Erwan hatte ihm seinen Verdacht zwar mitgeteilt, dabei aber versucht, die Angelegenheit herunterzuspielen. Verlorene Liebesmüh! Er hätte bis zu seiner Rückkehr damit warten und seinen Vater zu der Konfrontation begleiten sollen.

Im Endeffekt hatte der Clan wieder einmal allen anderen Ereignissen die Schau gestohlen. Dass Erwan heil aus einer Verfolgungsjagd herausgekommen, beinahe dabei draufgegangen und vielleicht sogar dem Mörder nahe gekommen war, spielte angesichts der familiären Ereignisse keine Rolle mehr.

Vom Fenster aus sah er, wie seine Kollegen anrückten. Das Bild hatte den Charme alter Kriminalfilme: das Terminal und seine im Regen glänzenden Container, die rot und gelb gestreiften Pfützen auf dem Kai und der Saab, der eine Ladung Polizisten ausspuckte. Das Bild gefiel ihm und er dachte, dass der Morgen vielleicht doch noch einige gute Überraschungen für ihn bereithielt.

Im Auto informierten die Polizisten aus Marseille ihren Gast. Auch sie hatten nicht geschlafen, dafür aber viel erreicht. In den wenigen Stunden hatten sie bereits alle Berichte geschrieben und alles in die Wege geleitet, um die Container mit den Nummern 89AHD34 und 89AHD35 öffnen zu dürfen. Sie hatten die Staatsanwaltschaft, die zuständigen Präfekte und die Zollbehörden informiert. Alles war bereit. Sie würden herausfinden, ob einer der Container tatsächlich die berühmten rostigen Nägel enthielt.

Die Zeugenvernehmungen allerdings hatten nichts ergeben und auch Indizien gab es keine. Alle Besatzungsmitglieder und die meisten Docker waren verhört worden: Niemand hatte etwas gesehen. Ein Team der Spurensicherung hatte an Bord nach Fingerabdrücken und organischen Rückständen gesucht. Ohne Ergebnis. Die Kriminalbeamten waren bereits nach einer Stunde vom Schiff komplimentiert worden, dabei hätte es mehrerer Tage bedurft, das ganze Containerschiff zu überprüfen. Aber mit welchem Ergebnis? Der Polizist auf dem Beifahrersitz seufzte.

»Das Schiff sticht noch heute Vormittag in See, und wir können nicht mehr hinein. Uns bleibt nichts als dieser Container.«

»Wird die Ladung schon untersucht?«

»Die Kollegen sind dabei.«

Schweigend betrachtete Erwan die leeren Kais, die sie passierten. Als sie schließlich das westliche Becken erreichten, riss er staunend die Augen auf: Nicht nur, dass die *Apnea Gaillard* wieder mit Containern beladen war, auch das gesamte Gelände war leer. Der endlos lange Güterzug hatte seinen Teil an Blechkisten mitgenommen. Der Rest war vermutlich von Lkws abgeholt oder irgendwo eingelagert worden. Nur die Container von Heemecht standen noch einsam herum. Sie waren offen, der Inhalt lag ringsum verstreut, wie der einer umgekippten Mülltonne. Zöllner durchsuchten das Innere und förderten kleinere Kisten zutage, die wiederum noch kleinere enthielten. Eine Matrjoschka des Frachtgeschäfts.

Sie traten näher. Es regnete noch immer, die auf die Regenmäntel der Zöllner treffenden Tropfen klangen wie eine Abfolge tiefer Töne, die an einen Trauermarsch erinnerten.

»Sind Sie der, dem ich dieses Tohuwabohu hier zu verdanken habe?«

Erwan drehte sich um. Ein in eine Skijacke eingemummelter Mann mit Uschanka stand breitbeinig vor ihm.

»Tut mir leid.«

»Geschenkt. Sie machen nur Ihre Arbeit. Also beeilen wir uns lieber, damit ich auch noch zu meiner komme.«

Sie wurden einander vorgestellt und schüttelten sich die Hände. Der Verantwortliche der Firma Heemecht hieß Xavier Schneider. Er wirkte ziemlich kräftig – als trüge er eine kugelsichere Weste unter seinem Anorak.

Erwan begann mit einer allgemeinen Frage.

»Sie kaufen also Alteisen im Kongo?«

Schneider musste lachen.

»Sie haben keine Ahnung vom Frachtgeschäft. Es gibt da die Verkäufer, die ihre afrikanischen Produkte verschicken, und die Käufer, die sie erhalten. Dazwischen aber haben wir noch den Reeder, der das Schiff ausrüstet, den Schiffseigner, der nicht unbedingt der Reeder sein muss, die Besatzung, die wiederum von einem anderen Unternehmen eingestellt wird, und den Bevollmächtigten, der den Reeder im Hafen vertritt … Und dieses ganze Kuddelmuddel wird von jemandem beaufsichtigt, den man ›Befrachter‹ nennt …«

»Sie?«

»Nein. Die Firma Heemecht ist ausschließlich für die eigenen Container verantwortlich und kümmert sich darum, die Ware zu ihren Käufern zu bringen. Punkt.«

»Geben Sie die Ware manchmal schon hier im Terminal heraus?«

»Nie.«

Es war sinnlos, wie die Katze um den heißen Brei zu schleichen.

»Haben Sie die Kiste mit den Eisenteilen?«

Schneider trat einen Schritt zur Seite und versetzte einer ungefähr zwei Meter langen Holzkiste einen Tritt. Erwan musste unwillkürlich an einen Sarg denken. Der Deckel war leicht geöffnet und Erwan hob ihn mit dem Absatz. Die Kiste war bis zum Rand mit verrosteten Nägeln gefüllt. Verschiedene Größen, verschiedene Modelle. Erwan nahm eine Handvoll heraus. Die meisten Köpfe trugen den Stempel CBAO.

Endlich einmal eine Spur, die heiß war.

»Kennen Sie die Lieferadresse?«

»Ist vertraulich.«

Erwan bedachte ihn mit einem langen Blick und rief die Kriminalbeamten aus Marseille zu Hilfe, aber Schneider besann sich und zog ein Tablet aus seiner Daunenjacke.

»War nur ein Spaß. Die Kiste geht nach Paris. 75012, Villa du Bel-Air 19. Der Adressat heißt Ivo Lartigues.«

Die zweite heiße Spur. Erwan betrachtete den Mann von Heemecht, hinter ihm die Docks im Regen. Die Pfützen schienen Gänsehaut zu haben. Am liebsten wäre er dem Mann um den Hals gefallen. Wer kaufte schon alte Nägel, außer einem berühmten Bildhauer, der damit seine Werke ausstatten wollte?

Erwan war klar, dass Lartigues nicht sein Angreifer gewesen

sein konnte: Warum sollte er hier etwas stehlen, das ihm nach Hause geliefert werden würde? Aber er war dabei, den Mörder einzukreisen.

»Hatten Sie schon einmal mit diesem Mann zu tun?«

»Der Name ist mir geläufig. Vermutlich handelt es sich um einen regelmäßigen Kunden.«

»Wissen Sie immer, was die Chargen enthalten?«

»Nein. Ich müsste in den Archiven nachsehen.«

Einer der Marseiller Polizisten warf ungläubig ein:

»Und Sie glauben ganz sicher, dass der Typ letzte Nacht wirklich hinter den Nägeln her war?«

»Daran besteht kein Zweifel.«

»Was ist denn so Besonderes an ihnen?«

Erwan betrachtete den Schrott in seiner Hand. Seine Handfläche war rot vom Rost.

»Sie sind verzaubert.«

100

Auf dem Rückflug kam Erwan endlich dazu, Kripos Dokumentation über Ivo Lartigues zu lesen. Jede Zeile bestätigte ihm, dass er sich bei dem Elsässer würde entschuldigen müssen. Von Anfang an hatte er, nur er allein, die interessanteste Spur verfolgt.

Lartigues war ein Künstlername. Der Mann war 1952 mit dem Namen Franciolini in der Nähe von Bozen an der italienisch-österreichischen Grenze geboren. Als Sohn eines Metallarbeiters verbrachte er seine Jugend damit, die Schläge seines alkoholkranken Vaters und die Gebete seiner bigotten Mutter zu ertragen. Kälte und Hitze, die für einen Charakter durchaus prägend sein konnten. Mit siebzehn Jahren schrieb er sich an der Ecole des Beaux-Arts in Paris ein. Er wurde vom französischen Nouveau Réalisme, insbesondere von Yves Klein und seinen Feuerbildern und der Kunstrichtung Fluxus beeinflusst. In den 1980er-Jahren fand er schließlich einen eigenen Stil. Er arbeitete mit Metallresten, die er mit Nägeln, Schrauben und Haken zusammenfügte. Später entdeckte er die traditionelle afrikanische Kunst, vor allem die der Mayombe, und begann, mit Nägeln, Glas und Fasern verbrämte Blechriesen zu gestalten. Er schuf auch mit Klingen gespickte Penisse und Fragmente von mit Scherben gefolterten Körpern. Seine Werke waren lediglich durchnummeriert, manchmal aber bezeichnete er die Serien auch mit der Herkunft der benutzten Nägel: *Congo Nr. 6, op. 13.*

Was sein Privatleben anging, so war er weder verheiratet noch lebte er in einer Beziehung. Auch Kinder hatte er keine. Abgesehen von Gerüchten hatte Kripo nichts darüber gefunden, dass Lartigues sich als SM-Guru betätigte. Sie würden sich selbst ein Bild machen müssen.

Einige Details gingen Erwan nicht aus dem Kopf. Zunächst einmal war Lartigues sehr reich – einige Kunstwerke waren für mehr als eine Million Euro an amerikanische Sammler verkauft worden. Außerdem arbeitete er mit Nägeln aus Afrika, aus dem Niederkongo, um genau zu sein. Und als Randnotiz ein weiteres Detail: Die Plastiken der mit Nägeln gespickten oder mit Klingen versehenen Penisse erinnerten an den Gegenstand, der bei den beiden letzten Opfern die Analverletzungen verursacht hatte.

Zwischen Lartigues und den Morden gab es mit Sicherheit eine Verbindung, aber Erwan ahnte bereits, dass diese nur schwer nachzuweisen sein würde. Den wahren Mörder hatte er noch lange nicht identifiziert.

Gleich nach der Landung versuchte er noch einmal, sein Handy einzuschalten, und, oh Wunder, das Display gab tatsächlich Lebenszeichen von sich. Fieberhaft scrollte er durch die Liste seiner Nachrichten. Zwischen allerlei dienstlichen Mails fand er die erhoffte Perle: eine SMS von Sofia, die ihn belebte wie eine Kokainexplosion in seiner Nase.

Die Italienerin hatte lediglich geschrieben: »Bist du sauer?«

Der übliche Kinderkram zu Beginn der Verliebtheit, der mit

der Plapperei alles auflöst und regeneriert zugleich. Plötzlich fühlte Erwan sich fit für einen langen Tag des Ermittelns. Als er am Ausgang jedoch seinen Vater entdeckte, der wartend alle anderen um Haupteslänge überragte, fiel seine Begeisterung sofort in sich zusammen.

Aber das Treffen war nun einmal verabredet. Erwan musste zuallererst einen Umweg über Sainte-Anne machen. Er erkundigte sich nach Gaëlles Zustand, doch angesichts von Morvans Ausdruck erübrigte sich jeder Kommentar. Erwans Vater schien in dieser Nacht um zehn Kilo leichter geworden zu sein, was seine Ähnlichkeit mit seinem Sohn hervorhob. Über sein Gesicht zuckten Ticks und seine rote, trockene Haut schien sich an der Luft zu zersetzen.

Bald kreiste ihr Gespräch um die technischen Aspekte der Börsenprobleme, um nach Möglichkeit der wichtigsten Frage auszuweichen: Was hatte Gaëlle zu ihrer Tat getrieben?

»Reicht es denn wirklich aus, dass irgendeine dahergelaufene Frau einem Banker einen Tipp gibt? Sind diese Männer so leichtgläubig?«

»Deine Schwester ist nicht irgendjemand. Sie ist meine Tochter und Loïcs Schwester. Ein Kind von Coltano. Sie hat sich dumm gestellt, als sie ihnen die Tipps gab. Die Kerle haben sich informiert und herausgefunden, dass die Sache Hand und Fuß hat.«

»Was wolltest du überhaupt mit den neuen Vorkommen anfangen?«

»Du brauchst gar nicht in der Vergangenheitsform davon zu reden: Ich will sie ohne großes Aufsehen und schnell ausbeuten.«

»Hinter dem Rücken der Afrikaner?«

»Es hätte keine Probleme gegeben, wenn der Kurs nicht gestiegen wäre.«

»Und jetzt?«

»Ich finde schon eine Lösung.«

Morvan fuhr ruhig. Samstagmittag, irgendwo in den Pariser Vorstädten. Eine Landschaft, in der Beton den endgültigen Sieg über das Leben davongetragen hatte. Die beiden Männer mit dem ähnlichen Äußeren muteten in ihren dunklen Anzügen im schwarzen Mercedes wie Bestatter auf dem Weg zum Friedhof an.

»Was willst du eigentlich noch in deinem Alter? Immer noch mehr Geld?«

»Es ist einfach, Geld zu verachten, wenn man keins hat. Und selbst das ist relativ. Du weißt sehr genau, dass auch du eines Tages viel Geld haben wirst. Sobald Blumen auf meinem Grab liegen.«

»Falls du überhaupt Blumen bekommst.«

Der Alte nahm eine Hand vom Lenkrad und versetzte Erwan einen freundschaftlichen Klaps in den Nacken.

»Immer diese Warmherzigkeit in der Familie.«

Erwan antwortete nicht.

»Du musst mit Gaëlle reden«, fuhr Morvan fort. »Du musst ihr zu verstehen geben, dass wir alle für sie da sind und sie lieben.«

»Ihr Problem ist nicht, ob wir sie lieben oder nicht. Ihr Problem ist, dass sie uns hasst.«

»Irgendwann wird sie erwachsen und begreift es.«

»Und du? Wann begreifst du?«

Schweigen. Porte d'Orléans. Erwan spürte die Wut in sich aufsteigen …

»Wieso schlägst du deine Frau?«, brach es plötzlich aus ihm hervor.

»Das geht nur sie und mich etwas an.«

»Wieso schlägst du *eine* Frau?«

»Maggie ist keine Frau. Nicht in dem dir bekannten Sinn. Sie ist stärker als ich.«

»Mir ist nie aufgefallen, dass sie die Oberhand hat.«

»Ihre Stärke liegt woanders.«

Erwan hieb mit der Faust gegen die Tür.

»Hast du eigentlich eine Vorstellung davon, wie unsere Kindheit ausgesehen hat?« Er tippte mit dem Finger auf seine Stirn. »Jeder deiner Schläge hat sich in mein Gedächtnis eingegraben, da drinnen.«

»Hör auf mit der Nummer. Ich hab das Gefühl, ich höre mich selbst.«

»Ich werde nie so wie du. Du hast uns zerstört. Loïc hat sein Drogenproblem, Gaëlle hat ihren Hass, und ich dröhne mich mit den Verbrechen anderer Leute zu, um die zu vergessen, die eigentlich wichtig sind – deine.«

Morvan bremste abrupt ab und kam auf dem Standstreifen zum Stehen. Erwan krachte mit dem Gesicht gegen das Armaturenbrett aus Nussbaum und fürchtete, dass die Airbags auslösen könnten.

»Spinnst du?«

Der Padre stellte den Motor ab.

»Ich werde dir die Situation erklären.«

»Halleluja«, lachte Erwan finster. Er blutete aus der Nase. »Darauf warte ich seit zweiundvierzig Jahren.«

»Mit deiner Mutter sind ein paar Sachen passiert, als wir uns kennenlernten. Unsere Beziehung beruht auf … Gewalt und Angst. Es gab da …«

Er zögerte. Erwan hatte ihn noch nie so aufgewühlt erlebt.

»Mehr kann ich dir nicht erzählen«, besann sich Morvan.

»Hat es mit dem Nagelmann zu tun?«

»Vergiss es«, schloss Morvan und reichte seinem Sohn eine Packung Papiertaschentücher.

An dieser Wand hatte sich Erwan schon einmal den Kopf eingerannt. Jetzt galt es, keine Zeit zu verlieren. Zurück zum Geschäftlichen.

»Wie hast du ihn erwischt?«

»Das habe ich dir schon gesagt.«

»Nein, du hast mir erklärt, wie du ihn identifiziert hast.«

Morvan ließ den Wagen an und fädelte sich geschmeidig in den fließenden Verkehr ein. Das Geständnis, das er dann doch nicht gemacht hatte, schien innerlich an ihm zu nagen. Ehrlich zu sein war für ihn, als würde er zum Denunzianten.

»Nachdem mein Verdacht auf Pharabot sich gefestigt hatte, habe ich ihn vernommen. Dabei kam jedoch nichts heraus. Er war nur ein sympathischer, verträumter junger Mann. Später haben die Spezialisten erklärt, dass ›seine Mordimpulse tief in seinem Seelenleben verborgen lagen‹. Auch die Zeitschiene erwies sich als Problem, denn er hatte ein Alibi für jeden einzelnen Mord.«

»Wie war das möglich?«

»Wegen der Arbeit im Wald. Egal, was er erzählte, seine Arbeiter haben es bestätigt. Ich versuchte, ihn zu bedrängen und zu destabilisieren, aber es funktionierte nicht. Schließlich beschloss ich, ihn zu töten. Das habe ich dir erzählt. Er ist geflüchtet, und ich bin seiner Spur in den Wald gefolgt.«

»Wie hast du ihn gefunden? Und warum hast du ihn verschont?«

»Tut mir leid mein Sohn, aber dieses Kapitel ist und bleibt tabu.«

»Für wen?«

»Für mich. Es gibt da Ängste, die ich nicht noch einmal anfachen möchte … Ich habe noch nie so viel Angst gehabt wie bei dieser Jagd. Er kannte den Wald wie ein Eingeborener, und ich war nur ein kleiner Weißer, der ihn verfolgte. Er hatte alle Geister auf seiner Seite, ich dagegen war nackt …«

»Glaubst du etwa an diese Geister?«, unterbrach Erwan.

»Hast du je daran gezweifelt?«

Immerhin wusste Erwan jetzt, dass die sogenannte Zweite Welt für seinen Vater weder eine Illusion noch Aberglaube war. In einer solchen Ermittlung konnte dies ein Trumpf sein. Vielleicht würde Erwan nie an den neuen Nagelmann herankommen, weil für ihn, im Gegensatz zu seinem Vater, diese Dimension nicht existierte.

Nachdem sie die Kirche Sacré Coeur in Gentilly passiert hatten, verließ Morvan die innere Stadtautobahn und bog in eines der kleinen Sträßchen rings um die Porte D'Orléans ab.

Wieder einmal blieb Erwan nicht genügend Zeit, alle Themen anzusprechen. Daher ging er gleich zum wichtigsten über.

»Wir wissen jetzt mit Sicherheit, dass Pernaud Spion war.«

»Ja, und?«

»Was hat er für dich gemacht?«

»Er war Spezialist in Sachen Klarsichtfolie.«

»Und das heißt?«

»Du kennst doch die Frischhaltefolie, die man in der Küche verwendet. Damit erstickte er seine Klienten. Nach getaner Arbeit nahm er die Folie ab. Hinterher kann nichts nachgewiesen werden.«

Die fensterlose Außenmauer der Klinik Sainte-Anne kam in Sicht. Die Einrichtung war abgeschottet wie eine Festung. Erwan war sicher, dass er seinen Vater mit dem Thema Pernaud in die Enge treiben konnte. Er musste nur auf ein Indiz warten, einer der beiden hatte sicherlich irgendwann einen Fehler gemacht.

Plötzlich fiel ihm etwas ein. Wo er schon einmal dabei war, konnte er gleich alle Fliegen mit einer Klappe schlagen.

»Die Prüfung der Verbindungsnachweise bei Anne Simoni hat ergeben, dass sie dich am Tag ihres Todes mehrmals angerufen hat.«

»Das ist richtig.«

»Warum?«

»Ich weiß es nicht. Ich hatte keine Zeit, sie zurückzurufen. Vielleicht hat sie die Gefahr gespürt. Vielleicht …«

Er beendete seinen Satz nicht, und Erwan beschloss, es ihm als Wahrheit auszulegen. Die Verbindung war immer nur wenige Sekunden aktiv gewesen.

»Sagt dir der Name Ivo Lartigues etwas?«

»Ist das nicht ein Künstler?«

»Komm, Papa. Ein Typ, der zwei Meter große *minkondi* macht, kann dir doch nicht entgangen sein.«

»Schon gut. Verdächtigst du ihn?«

»Ich werde ihn heute vernehmen.«

»Wie weit bist du überhaupt? Was sollte dieser dämliche Ausflug nach Marseille?«

Erwan lächelte. »Ich komme Schritt für Schritt voran.«

»Du solltest lieber zusehen, dass du einen höheren Gang einlegst. Der Mord an Pernaud hat es ziemlich schnell auf die Titelseiten der Zeitungen geschafft. Alle möglichen Leute rufen mich an. Du …«

»Lass mir noch den heutigen Tag Zeit.«

Sie hatten das Tor der Klinik erreicht. Auf ein Zeichen von Morvan hob sich die Schranke. Immer diese geheimnisvolle Macht, die von ihm ausging …

»Das Zimmer deiner Schwester befindet sich im Pavillon Broca.«

101

Eine Jagdgesellschaft.

Sie sah sie um ihr Bett stehen. Jäger in roter Livree, die mit dem Jagdhorn um die Schulter von ihren Pferden gestiegen waren, um eine Hirschkuh auszuweiden. Die Hirschkuh war sie selbst. Sie rissen ihr die Därme aus dem geöffneten Bauch und warfen sie den jaulenden, vom warmen Blutgeruch erregten Hunden vor.

Lange war sie nicht im Amerikanischen Krankenhaus geblieben. Sie hatte sich weder etwas gebrochen noch sich sonst irgendwie verletzt. Es war ein Wunder. Aber ein Wunder des Teufels. Jetzt war sie auf Anordnung ihres Vaters nach Sainte-Anne verlegt worden, und sie hatte nicht einmal die Kraft, sich dagegen zu wehren. Man hatte ihr genügend Beruhigungsmittel verabreicht, um sie gefügig zu machen.

»Wie geht es dir, mein Liebling?«

Maggie beugte sich über sie. Ausgeblichene rote Haare, viele Falten. Ihre hervortretenden Augen verliehen ihr das Aussehen eines Nachtgreifvogels.

Der Mörder ihrer Mutter war das Leben.

Gaëlle bemerkte, dass sie Samen von Kalifornischem Mohn in der Hand hielt, den sie auf dem Balkon wegen seiner angstlösenden Eigenschaften selbst zog. Während des Sprechens knabberte sie gierig daran, was ihre Tochter an die kleinen Pelztiere erinnerte, die man im Jardin des Plantes beobachten konnte. Es waren vor allem diese kleinen Manien von ihr, die sie störten.

»Ganz gut, Maggie«, murmelte sie. »Ich möchte mich jetzt gern ausruhen.«

»Aber sicher.«

Maggie gab Gaëlle einen feuchten Kuss. Die bohemehafte Großbürgerin erteilte ihrer Tochter die Absolution und murmelte, wie leid es ihr um die nächste sonntägliche Familienmahlzeit tat. Ein Witz!

Nachdem ihre Mutter sich aufgerichtet hatte, konnte Gaëlle auch die anderen erkennen: Erwan und der Alte standen in ihren dunklen Anzügen knüppelsteif herum und beäugten sie finster. Ein Stück weiter weg musterte ein verängstigter Loïc das freie Bett in ihrem Zimmer mit begehrlichen Blicken. Sicher hätte er es sich am liebsten an ihrer Seite bequem gemacht und ihr die Schlaftabletten geklaut …

Sie schloss die Augen, um das Bild zu verscheuchen.

Die Blues Brothers unterhielten sich leise.

»Ich traue ihnen nicht. Beauftrage einen von deinen Männern, sie zu beaufsichtigen.«

»Ich habe da einen Neuen im Team.«

»Sehr gut.«

»Aber nur für diese Nacht.«

»Klar. Morgen sehen wir weiter.«

Gaëlle lächelte mit geschlossenen Augen. Man würde sie also bewachen lassen. Umso besser. Die Ärzte hatten etwas von Schlafkur gesagt. Super. Jeder Depressive kennt das: Schlaf als einzige Zuflucht.

Dass ihr Plan nicht aufgegangen war, spielte keine Rolle. Auch nicht, dass sie entlarvt worden war. Was zählte, war, dass sie sich wieder einmal geirrt hatte. Ihr Plan hatte sie Wochen, ja Monate aufrecht gehalten. Aber Hass ist ein Engpass, eine Täuschung. Ganz gleich, ob etwas gelingt oder nicht – der Geschmack bleibt immer der Gleiche: Bitterkeit …

Sie öffnete die Augen und war angenehm überrascht. Vielleicht war sie zwischendurch eingeschlafen, aber alle hatten das Zimmer verlassen. Gaëlle genoss die mit chemischen Gerüchen und Müdigkeit beladene Stille – die Stille eines Irrenhauses, stickig, murmelnd und fast tröstlich.

Als sie nach den Untersuchungen und einem EEG am frühen Morgen hier angekommen war, hatte der diensthabende Psychiater, ein Rumäne, mit ihr die Etage besichtigt. Zimmer, Speisesaal, Getränkeautomat … Nichts Besonderes, bis auf die Tatsache, dass man nicht hinauskonnte. Das Erste, was sie gehört hatte, war das Geräusch eines Riegels. Das letzte auch.

Die Balkonszene fiel ihr ein, jetzt allerdings von Medikamenten gemildert. Sie hatte gespürt, wie die Leere sich öffnete und sie verschlang. Sie hatte sich sterben sehen. Aber das war nicht das Schlimmste, schlimmer war das Motiv. Sie hatte ihrem Leben kein Ende setzen wollen, sie hatte lediglich Angst vor ihrem Vater gehabt, eine so tief verwurzelte Angst, dass sie in ihrem Herzen geradezu explodiert war. Trotz ihrer neunundzwanzig Jahre hatte sie sie noch nicht überwunden. Sie hatte sich einen soliden Panzer zugelegt, wie ein Krustentier, das Fleisch im Innern aber war immer noch weich und zart.

Sie brauchte keinen Psychiater, sondern einen Exorzisten.

Als sie auf die Uhr schauen wollte, fiel ihr ein, dass man ihr alles abgenommen hatte. Kleider, Schmuck und Handy lagen unter Verschluss in dem Stahlspind in ihrem Zimmer. Der Verlust dieser Dinge führte dazu, dass sie sich noch weniger zurechtfand. Vielleicht war es Mittag, aber es kam ihr wie Mitternacht vor. Oder wie sechs Uhr morgens. Dank der Chemie hatte sie weder Zeitgefühl noch Schmerzen.

Ein schwarzer Schleier legte sich über ihr Bewusstsein. Schläfrigkeit übermannte sie: Wer liebt, rechnet nicht …

102

Erwan hatte Sergent angerufen und ihn als Wache vor Gaëlles Tür abgestellt. Der junge Polizist hatte es nicht wirklich verstanden. Er sollte die Schwester des Chefs beschützen, und zwar vor sich selbst. Erwan hatte keine Zeit gehabt, in Sainte-Anne auf den Kriminalbeamten zu warten, und stellte sich Gaëlles Reaktion vor, wenn sie ihn beim Aufwachen vorfand.

Vor ihnen tauchte die Place de la Nation in ihrer ganzen Öde auf. Zu groß und zu leer streckte sie die Arme nach Orten aus, die selbst nicht unbedingt Anlass zur Freude gaben: den Friedhof Père-Lachaise, das schmutzige Bastilleviertel, die falsche Ästhetik des Viaduc des Arts an der Avenue Daumesnil …

Kripo entschied sich, über den Cours de Vincennes an die Pariser Stadtgrenze zu fahren. Er hatte Erwan in Sainte-Anne abgeholt. Das Atelier von Lartigues befand sich an der Petite Ceinture, einer ehemaligen Eisenbahnstrecke, die mittlerweile verlassen war – sogar von ihren Anliegern.

Erwan schwieg. Mehr als zweiundsiebzig Stunden nach dem Tod von Anne Simoni und achtundvierzig Stunden nach dem von Ludovic Pernaud hatte er noch immer keine heiße Spur. Einen Pseudo-Nagel-Dieb im Frachthafen von Marseille, die Haare einer Unbekannten und einen Bildhauer, der im Kongo verrostetes Eisen kaufte – das war alles.

Alle Spuren waren ins Nichts gelaufen, während sich in Paris allmählich Panik ausbreitete. Die Medien sprachen vom Nagelmörder, seltsame Zeugenaussagen und spontane Geständnisse machten die Runde und der Druck von oben wurde stärker. Seit dem Morgen hatte Fitoussi bereits fünfmal angerufen, und er konnte es ihm nicht einmal verübeln. Niemand verstand Erwans Methoden. Ständig verschwand er, hatte noch keinen Verdächtigen dingfest gemacht und seit vier Tagen keinen einzigen Zeugen vernommen. Was machte dieser Kerl bloß?

Er hatte versprechen müssen, von Montag an sein Team zu verstärken und die Gendarmen vom Fort de Rosny samt seiner

Profilerinnen zu Hilfe zu rufen. Und sich etwas auszudenken, was man den Journalisten servieren konnte!

Als er aus seinen Grübeleien auftauchte, war Kripo gerade dabei, an der Kreuzung des Boulevard Soult und der Avenue Courteline zu wenden. Wieder befanden sie sich im 12. Arrondissement, nur wenige Meter von der Rue de la Voûte und der Rue d'Avron entfernt. War das immer noch Zufall?

Der Elsässer bog rechts in eine rechtwinklig verlaufende Straße ab.

»Du fährst in einer Einbahnstraße gegen die Fahrtrichtung«, gab Erwan zu bedenken.

»Der Zweck heiligt die Mittel.«

Sie erreichten die Villa de Bel-Air. Das Sträßchen lag unterhalb der erhöhten Bahnlinie und endete als Sackgasse. Die Fahrbahn war gepflastert wie in einem Zeichentrickfilm von Walt Disney, die kleinen Mietshäuser hatten verwilderte Gärten. Keine Menschenseele war zu sehen.

Erwan stieg aus und blickte sich um. Die Schienen unter den Bäumen und das viele Unkraut bildeten eine faszinierende grüne Schneise, als hätte man den Deckel von einem der Pariser Geheimnisse gehoben. Eine Mischung aus Vernachlässigung und Melancholie, die an die Romane von Henri-Pierre Roché und japanisches Unterholz zugleich erinnerte.

Die Mietshäuser auf der anderen Seite der Bahnlinie wandten ihnen ihre mit Graffiti besprühten Rückseiten zu.

Lartigues' Atelier lag ganz am Ende. Die Ruhe hier tat Erwan gut. Er schob seine Ungeduld beiseite und beschloss, es bei diesem Besuch ruhig angehen zu lassen. Nummer 19 war ein ehemaliger Bahnhof, ein eingeschossiges, hohes Gebäude, in dem sich früher die auf den Zug wartenden Reisenden untergestellt hatten.

Beim Anblick großer Plastikcontainer erinnerte er Kripo an ihre Pflichten.

»Die Mülltonnen.«

Sie kippten die Behälter um und durchsuchten den Inhalt. Lartigues schien außer Joghurt und Quinoa nichts zu essen. Darüber hinaus schien er einen hohen Verbrauch an potenzsteigernden Medikamenten zu haben: Poppers, Viagra, Cialis, Ginsengtabletten und vasodilatorische Alkaloide.

»Na, hier scheint es ja hoch herzugehen«, grinste Kripo.

In einem anderen Behälter fanden sie Metallstücke, die noch nach Feuer rochen, wie ein Körper, der nach der Liebe nach Sex riecht, Reste von chemischen Produkten, zweifelsohne Kleber, und Fetzen von Elastomer, vermutlich für Abgüsse.

»Suchen Sie etwas?«

Sie drehten sich um.

»Ivo Lartigues«, stellte sich der Mann auf dem schmalen Gehsteig vor. »Ich nehme an, Sie wollen zu mir?«

Erwan wusste zwar längst, dass der Künstler nicht der Nageldieb sein konnte, jetzt aber zerstreute sich selbst der letzte Verdachtsmoment: Der Mann saß im Rollstuhl.

Erwan überspielte seine Überraschung, indem er Lartigues seine Marke hinhielt, was ihm Zeit verschaffte, zu seiner Kaltblütigkeit zurückzufinden. Der Künstler betrachtete den Ausweis und reichte ihn mit einem forschenden Blick zurück.

»Multiple Sklerose, Kommandant. Ich kann in Ihrem Blick lesen, dass Ihre Informationen über mich nicht vollständig waren. Kommen Sie mit. Drinnen gibt es heißen Kaffee.«

103

Sechs Meter hohe Decken und mehrere Hundert Quadratmeter Fläche. Über dem eigentlichen Atelier lag noch ein Halbgeschoss. Darüber hielten hohe Eisensäulen ein mit Stahlverstrebungen stabilisiertes Glasdach, das für ein eisgraues Licht sorgte.

»Das hier ist der ehemalige Bahnhof von Bel-Air«, erklärte der Künstler sachlich, während er drei kleine Tassen auf einen mit Brandmalen und Farbklecksen übersäten Tisch stellte.

Erwan und Kripo schlenderten durch die Halle und ließen sich von deren Bewohnern beeindrucken: mehrere Meter hohe Kolosse mit der beunruhigenden Naivität afrikanischer Statuen. Rechtwinklig abgespreizte Arme, Torsi aus einem Block, Augen, so rund wie Granatenlöcher, und alles in einem Rostton, der mehr als nur eine Farbe war – er symbolisierte die Angst, die ein Herz ersticken konnte.

»Sie sind sicher wegen der Mordfälle hier«, fügte Lartigues hinzu und deutete einladend auf die gefüllten Tassen.

»Wie kommen Sie darauf?«, fragte Erwan.

»Ich lese Zeitung. Offenbar erinnert die Vorgehensweise des Mörders an meine Werke …«

Ihr Gastgeber war nicht dumm, was die Vernehmung beschleunigen würde.

»Laut unserer Quellen interessierte sich eines der Opfer, Anne Simoni, für Ihre … Gruppe.«

»Was meinen Sie?«

»Das No Limit.«

Lartigues nickte, wie für sich selbst.

»Ich kenne nicht jeden, der mitmacht. Wollte ich Sie provozieren, würde ich sogar sagen, ich kenne niemanden.«

»Wo treffen Sie sich?«

»Das hängt davon ab. Auf Industriebrachen, in Parkhäusern, manchmal auch hier …«

»Und Sie kennen die Leute nicht, die Sie hier empfangen?«

»Diese Veranstaltungen laufen anonym ab.«

»Und wie machen Sie das mit den Einladungen?«

Lartigues lachte. Sein Körper war lang und schmal. Stehend hätte er elegant gewirkt, in seinem Rollstuhl jedoch sah er eher verkümmert aus. Eine Schulter höher als die andere, X-Beine, verdrehte Handgelenke. Es schien, als hätten ihn schlimme Krämpfe heimgesucht und für immer erstarren lassen.

»Es gibt keine Einladungen. Wir agieren wie Terroristen. Hinterlassen niemals schriftliche Spuren. Und schon gar nichts im Internet.«

Erwan kippte seinen im Übrigen köstlichen Kaffee mit einem Schluck hinunter.

»Dann betrachten Sie sich also als Terroristen?«

»Wenn es darum geht, die bürgerliche Ordnung und die Intoleranz der Masse anzugreifen: ja.«

Wir lassen dieses Thema erst einmal auf sich beruhen, dachte Erwan. An der Wand bemerkte er Schwarz-Weiß-Fotografien mit überraschenden Darstellungen: ein mit Leder umwickelter Kopf, Nahaufnahmen von offenen Mündern, von Zehen und Schmetterlingen und von einer Waffe, zwischen Morphiumampullen abgelegt …

»Die sind von Jacques-André Boiffard«, erläuterte Lartigues. »Er war Arzt und Fotograf und eines der verkannten Genies der Surrealisten. Liebhaber aber ziehen seine Werke sogar denen von Man Ray vor.«

Die Fotografien strahlten ein Unbehagen aus, das zu den Werken von Lartigues und zu seinem missgebildeten Körper passte.

»Vergangene Nacht war ich in Marseille«, begann Erwan erneut.

»Ich weiß. Heemecht hat mich angerufen. Ihretwegen kommt meine Lieferung mindestens eine Woche später.«

»Darf ich Ihre Plastiken fotografieren?«, erkundigte sich Kripo mit dem iPhone in der Hand.

»Kein Problem, solange Sie sie nicht ins Internet stellen.«

»Warum kaufen Sie Nägel, Monsieur Lartigues?«

Der Künstler vollführte mit seinem Rollstuhl eine Kehrtwendung, um seinem Gesprächspartner ins Gesicht sehen zu können. Seine gequälten, fast feierlichen Gesichtszüge wirkten scharf wie ein Klinge. Erwan musste an die Härtelinie japanischer Säbel denken, die der geschickten Dosierung extremer Hitze und plötzlicher Abkühlung geschuldet ist. Auch Lartigues' Gesicht schien eine solche Behandlung hinter sich zu haben.

»Sie kennen die Antwort. Ich inspiriere mich an der Magie der Yombe. Daher erscheint es mir … authentischer, mit Nägeln zu arbeiten, die im Kongo hergestellt wurden.«

»Glauben Sie, dass sie zuvor von *nganga* benutzt wurden?«

Der Bildhauer lächelte. Seiner Behinderung zum Trotz schien er Erwan von oben herab zu mustern. Seine hellgrauen Augen waren wie mit dem Rasiermesser modelliert. Das obere Lid hing ein wenig, was ihm aber keineswegs den Ausdruck von Müdigkeit verlieh, sondern eher den eines Raubtiers vor dem Sprung.

»Ich sehe, Sie haben Ihre Hausaufgaben gemacht, bevor Sie hergekommen sind …«

Erwan wurde lauter.

»Waren Ihre Nägel in Kontakt mit der Magie des Niederkongo?«

»Natürlich nicht. Die Nägel, die von Heilern in Fetischen platziert werden, kommen dort nie wieder heraus. Die von mir gekauften Nägel stammen aus alten Beständen einer belgischen Firma.«

Ein Punkt für ihn.

»Wurden Ihnen in letzter Zeit Nägel entwendet?«

»Ja. Im vergangenen Monat. Eine ganze Kiste.«

»Haben Sie den Diebstahl angezeigt?«

»Erstens ist das nicht meine Art, und zweitens erwarte ich nicht, dass die Polizei sich ernsthaft auf die Suche nach einer Kiste mit verrosteten Nägeln macht.«

»Wurde ins Atelier eingebrochen?«

»Nein. Das ist überhaupt das Seltsamste.«

Erwan war keineswegs überrascht. Der Mörder mit dem Zodiac, der unsichtbare Mann, konnte mit Sicherheit auch unter Türen hindurchgleiten.

»Sind es denn diese Nägel, die der Mörder benutzt?«, wollte Lartigues wissen.

Erwan tat, als hätte er die Frage nicht gehört. Er schlenderte weiter zwischen den riesenhaften Skulpturen entlang und fühlte sich wie in der Werkstatt von Hephaistos, dem Gott des Feuers und der Schmiede, der ebenfalls einen Bronzeriesen geschmiedet hatte.

»Mit Ihren Werken huldigen Sie den animistischen Kulten des Kongo. Glauben Sie selbst daran?«

»Sagen wir so: Ich sehe meine Werke als Bindeglied zwischen heidnischem Ausdruck und mystischem Zauber. Ich hoffe, sie verstehen diese Art von Sprache, Kommandant.«

»Ausreichend, um zu erkennen, dass ich keine Antwort bekommen habe. Glauben Sie, dass Ihre Werke magische Kräfte haben, ja oder nein?«

»Nein. Ich bin Künstler und kein Hexer.«

Lartigues beschrieb mit seinem Rollstuhl eine Art Acht auf dem gewachsten Beton. Der Kontrast zwischen der Größe der Figuren und dem in seinen Stuhl gekauerten Behinderten hätte größer nicht sein können.

»Wie schaffen Sie es, Stücke von dieser Größe herzustellen?«

»Meinen Sie wegen meines Handicaps?«

»Unter anderem.«

»Ganz einfach: Ich beschäftige Assistenten. Ich zeichne Pläne, wähle die Materialien aus und leite die Schweißarbeiten. Mein Team ist für die grobe Arbeit zuständig, ich kümmere mich um den Feinschliff. Von einem Gabelstapler aus.«

Erwan überlegte, dass auch die Komparsen angehört werden müssten.

»Würden Sie mir bitte ihre Namen und die Adressen geben?«

»Kein Problem.«

»Schlagen Sie die Nägel selbst ein?«

»Immer. Das erfordert eine Präzision, bei der die Hand des Künstlers nicht zu ersetzen ist. Haben Sie schon einmal von Aleijadinho gehört?«

»Nein.«

»Ein Bildhauer des 18. Jahrhunderts und Meister des brasilianischen Barock. Mit richtigem Namen hieß er Antonio Francisco Lisboa. Er litt unter einer schweren Krankheit, möglicherweise war es Lepra. Sein Spitzname bedeutet ›Krüppelchen‹. Weil er so missgestaltet und hässlich war, arbeitete er nur nachts, damit niemand ihn sehen musste. Seine Assistenten transportierten ihn in einem verhängten Tragsessel und banden ihm das Werkzeug an die Stümpfe seiner Gliedmaßen. Auf Knien kletterte er die Leiter hinauf. Auf diese Weise schuf er die berühmten Propheten in der Wallfahrtskirche von Congonhas. Verstehen Sie, warum ich an ihn denke?«

Erwan nickte. Lartigues war der Aleijadinho des 12. Arrondissements.

»Zurück zu unserem Anliegen«, fuhr er fort. »Haben Sie schon einmal vom Nagelmann gehört?«

»Wenn man sich für die Kultur der Yombe interessiert, stößt man automatisch auf diesen Namen.«

»Was wissen Sie über ihn?«

»Dass er ein Serienmörder ist, der in den 1970er-Jahren in Lontano, einer Reißbrettstadt in Katanga, sein Unwesen trieb.«

»Wissen Sie, wie er vorging?«

»Er folterte und verstümmelte junge Frauen mit Hunderten von Nägeln und Scherben. Dabei orientierte er sich an den Ritualen der Yombe.«

»Genau wie Sie.«

»Genau wie ich, ja. Nur, dass ich mit Metall arbeite und dass meines Wissens noch nie ein Lebewesen durch meine Kunst zu Schaden gekommen ist.«

»Gibt es unter Ihren Bewunderern vielleicht einen, der sich für den Nagelmann interessiert?«

»Nein, aber ich habe auch wenig Kontakt zu meinen Kunden.«

»Ich dachte auch eher an die Teilnehmer der No Limits.«

»Tut mir leid, wenn ich mich wiederhole, aber bei unseren Veranstaltungen herrscht absolute Diskretion.«

Erwan trat zu Kripo, der gerade einen Riesen fotografierte, dessen einer Arm erhoben war; der andere steckte unter einem Umhang aus geflickter Jute. In seinen Augen schimmerten Glas und Spiegelsplitter. Die nackte Schulter war mit Nägeln und Klingen wie mit Pocken aus rötlichen Spitzen gespickt.

Es war Zeit, einen Gang höher zu schalten.

»Wo waren Sie am vergangenen Wochenende?«

»In Martigny in der Schweiz. Eine Stiftung organisiert gerade eine Retrospektive einiger meiner Werke. Das können Sie gern überprüfen.«

»Und am Dienstag, den 11. September um 18 Uhr?«

»Hier in meinem Atelier.«

»Allein?«

»Ja, allein. Ich gab der Skulptur, die Sie gerade bewundert haben, den letzten Schliff.«

»Und in der Nacht von Mittwoch auf Donnerstag?«

»War ich auf einer Vernissage im Palais de Tokyo und anschließend zum Essen mit ein paar Freunden. Meinen Sie das ernst? Verdächtigen Sie mich etwa?«

»Sind Sie allein nach Hause gekommen?«

»Nein. Ich weiß nicht, ob Sie es bemerkt haben, aber ich komme nur sehr eingeschränkt allein zurecht. Ein junger Filipino namens Reuben hilft mir jeden Abend. Wenn es nötig ist, wird er das sicher bezeugen.«

»Wohnen Sie hier?«

Lartigues zeigte ans Ende des Ateliers.

»Ich habe mir dort drüben eine Wohnung eingerichtet.«

»Wo waren Sie vergangene Nacht?«

»Hier. Mit Freunden.«

Plötzlich wirkte der Künstler erschöpft. Nie hätte Erwan geglaubt, dass einige Fragen ihn derart ermüden könnten. Aber vielleicht war es auch nur ein gewisser Überdruss angesichts eines bornierten Polizisten. In den Augen des Bildhauers musste Erwan der Prototyp des kleinkarierten Beamten sein, spießig und engstirnig.

»Wir werden das alles überprüfen«, sagte er, um seiner Rolle gerecht zu werden. »Aber kommen wir noch einmal auf das No Limit zurück. Wie geht es da zu?«

»Es handelt sich um sehr frei gestaltete Abende, wo jeder das tut, was ihm Spaß macht.«

»Ich war am Donnerstagabend in Bièvres auf einer solchen Veranstaltung.«

»Nie davon gehört.«

»Vielleicht eine Imitation?«

»Der Preis für den Erfolg …«

»Scherz beiseite: Wie viele Mitglieder hat Ihre Gruppe?«

»Noch einmal: Ich kenne nicht alle, und der Begriff ›Mitglied‹ ist …«

»Gut, nennen Sie mir eine ungefähre Zahl.«

»Mehrere Hundert.«

»Wie lauten die Statuten?«

»Eine richtige Gruppe existiert nicht. Nur dann, wenn wir uns treffen. Dann vereinigen wir unsere Begierden und Sehnsüchte, und die Energie, die daraus resultiert, ist … herrlich.«

»Was genau tun Sie bei diesen Veranstaltungen?«

»Wir werden wieder wir selbst. Wir kleiden und benehmen uns so, wie es unserer wahren Natur entspricht.«

»Üben Sie SM-Praktiken aus?«

»Diese Art von Begriffen benutzen wir nicht. Aber es ist richtig, dass an diesen Abenden Schmerz und Lust keine Gegensätze sind.«

»Können die Praktiken auch weitergehen?«

»Wie meinen Sie das?«

»Fließt manchmal Blut?«

Lartigues setzte wieder seinen durchtriebenen Von-oben-herab-Blick auf.

»Wie sagt das Neue Testament: ›Selig ist der Mann, der die Anfechtung erduldet‹.«

»Welche Anfechtung zum Beispiel?«

»Kommen Sie doch einfach heute Abend vorbei. Ich organisiere hier ein No Limit.«

Kripos Blitzlicht durchlöcherte das Halbdunkel des Ateliers. Zwar war es erst 16 Uhr, aber der bedeckte Himmel ließ die Dämmerung bereits erahnen.

»Gibt es einen Dresscode?«

»Der Dresscode ist die Existenzberechtigung des Abends. Kommen Sie, wie Sie sind, das wäre perfekt.«

»Machen Sie sich nicht lustig über mich.«

»Das ist kein Scherz. Unsere Gemeinschaft ist sehr uniformaffin.«

Erwan hatte eine Vision: Lartigues, der von seinem Rollstuhl aus über eine Gemeinschaft von Nazi-Offizieren und Athleten in Latex regierte. Er musste an di Greco und seine Soldaten denken. Zwei Gurus, zwei Gemeinschaften. Er spürte das Feuer, konnte aber beim besten Willen die Wärmequelle nicht ausfindig machen.

Daher versuchte er es aufs Geratewohl.

»Kennen Sie einen gewissen Ludovic Pernaud?«

»Er war das zweite Opfer, nicht wahr?«

»Genau.«

»Ehe ich den Namen in der Zeitung las, ist er mir noch nie begegnet.«

Kripo schlich um eine Seeigelfrau, als denke er darüber nach, wie er sie am besten ansprechen könnte.

»Kennen Sie Mitglieder Ihrer Gemeinschaft, die zur Tat schreiten würden?«

»Die Frage verstehe ich nicht.«

»Jemand, der weitergehen würde als Ihre … Spielchen. Der im Rausch der eigenen Gewalt töten oder verstümmeln würde?«

»Unsere Praktiken zielen auf das Gegenteil: Frieden zu finden, indem wir unseren Begierden nachgeben.«

»Und wenn es sich um die Begierde handeln würde, zu töten?«

»Kommen Sie heute Abend, dann können Sie sich selbst ein Bild machen.«

Erwan gab Kripo ein Zeichen, der sein Smartphone einsteckte und nebenher noch schnell die Namen und Adressen der Assistenten des Künstlers notierte. Für alle Fälle.

»Dann bis heute Abend«, sagte er zu Lartigues.

»Ich begleite Sie nicht hinaus.«

Draußen stolperten sie über den Abfall, den sie einfach hatten liegen lassen.

»Hilf mir«, sagte Erwan zu seinem Assistenten.

Sie streiften sterile Handschuhe über und schnüffelten erneut herum wie hungrige Nagetiere, die sich an die Stadtgrenze gewagt hatten. Es bedurfte keiner expliziten Erklärung: Sie wussten, wonach sie suchten. Keine Spur von Medikamenten. Wie wurde Multiple Sklerose behandelt? Gab es überhaupt Medikamente dagegen? Oder war Lartigues' Krankheit nur eingebildet?

Sie warfen ihre Handschuhe in den Müllbehälter und gingen zum Auto.

»Sieh zu, dass du so schnell wie möglich seine Krankenakte besorgst.«

»Okay, Chef.«

»Was denkst du? Schwul oder nicht schwul?«

Beide liebten dieses dumme Spielchen nach einer Vernehmung: die sexuellen Vorlieben des Verhörten zu erraten. Sie nannten es »rosa Roulette«. Wirklich jämmerlich!

»Ich glaube, über solche Dinge ist er längst hinaus.«

»Wie meinst du das?«

»Für mich ist es klar.«

Erwan hakte nicht weiter nach; er war sich Kripos Neigungen nicht ganz sicher. Sein Assistent hatte noch nie eine Beziehung gehabt, weder am einen noch am anderen Ufer.

»Begleitest du mich heute Abend?«, fragte er.

»Was für eine Frage! Nichts lieber als das!«

104

Ich hab da was«, verkündete Audrey mit hektischer Stimme. Sie zerrte Erwan in sein Büro und schloss die Tür. Mit ihrer olivgrünen Drillichweste sah sie mehr denn je wie eine Guerillera aus, allerdings in einer blassen und wenig erotischen Version. Aus einer Hülle zog sie ein Blatt mit einer Zeichnung, die einen Leopardenkopf unter einem Stern darstellte.

»Weißt du, was das ist?«

Erwan erkannte das Wappen einer berühmten brasilianischen Kriegsschule, die sich auf den Kampf im Wald spezialisiert hatte. Die roten und blauen Streifen über der Zeichnung trugen die Initialen CIGS, für Centro de Instruçao de Guerra na Selva.

»Es ist das Wappen der Schule in Manaus, oder?«

»Ausgezeichnet, Herr General.«

Sie legte ihm ein weiteres Bild vor. Das Foto eines verletzten Arms, auf dem das gleiche Wappen zu erkennen war.

»Pernaud trug es auf seinem Unterarm.«

»Aber wir wissen doch, dass er in Französisch-Guyana Fallschirmspringer war. Es ist also durchaus möglich, dass er beim CIGS ausgebildet wurde.«

»Ich habe das Bild heute Morgen in unsere Datenbank eingegeben und eine unerwartete Rückmeldung bekommen. Diese Zeichnung spielte in einer Ermittlung eine Rolle, die mit unserer Untersuchung nichts zu tun hat. Es geht um den Tod eines freiberuflichen Journalisten namens Jean-Philippe Marot. Er hat sich umgebracht.«

Audrey reichte Erwan die Akte. Marot hatte sich letzten Sonntag aus der neunten Etage gestürzt. Er war allein und es gab keinen Grund, an seinem Selbstmord zu zweifeln. Außerdem war er pleite und hatte keine Arbeit in Aussicht.

»Wie ist dieser Leopardenkopf aufgetaucht?«

»Ein Team vom Kommissariat im 10. Arrondissement wurde zur Überprüfung abgestellt, Fingerabdrücke, Nachbarschaftsbefragung, das Übliche. Mehreren Zeugen war aufgefallen, dass Marot während seine letzten Lebenstage offenbar überwacht wurde. Dabei wurde das Tattoo auf dem Unterarm erwähnt.«

»Und die Personenbeschreibung trifft auf Pernaud zu.«

»In allen Einzelheiten.«

Erwan blätterte die Berichte durch und dachte an seinen Vater. War es möglich, dass Pernaud, kurz bevor er ermordet wurde, noch einen Auftrag ausgeführt hatte? Einen Auftrag für den Alten?

»Ich habe mit den Kollegen vom Zehnten gesprochen«, fuhr Audrey fort. »Sie sehen kein Problem, ein eindeutiger Freitod. Für den Inlandsgeheimdienst allerdings ist die Angelegenheit weniger eindeutig. Sie sagen, dass Marot vermutlich an einem höchst brisanten Buch gearbeitet hat.«

»Wie kommen sie darauf?«

»Weil er neun Stockwerke tief gefallen ist.«

»Im Ernst.«

»Er war ein anerkannter Journalist. Früher bei AFP, später beim *Nouvel Observateur.* Er hat mehrere Bücher geschrieben, die ganz schön Staub aufgewirbelt haben. Er war Spezialist für die ehemaligen französischen Kolonien in Afrika und kein Typ, der den Mund hält oder sich aus dem Fenster stürzt.«

»Hast du mit seinem Verleger gesprochen?«

»Er bereitete etwas vor, aber kein Mensch wusste, was genau. Er wollte nicht einmal einen Vorschuss.«

»Ist das alles?«

»Ich finde, das ist eine ganze Menge für einen angeblichen Selbstmörder. Abgesehen von seinen Kindern, die er mit zwei verschiedenen Frauen hatte und an denen er sehr hing. Auch die Frauen sagen, dass sie es nicht verstehen.«

Erwan weigerte sich, dem Schlimmsten ins Auge zu sehen: dass sein Vater wieder der Auslöser für diese ganze Scheiße war.

»Gut, bleib dran. Man weiß ja nie.«

Audrey packte ihre Akte zusammen. Sie und Erwan tauschten einen Blick, der mehr als alle Worte sagte. Wenn es in Paris um Spionage ging, vor allem im Zusammenhang mit dem Schwarzen Kontinent, lief alles auf den Namen Morvan hinaus.

»Tu es«, bekräftigte er.

Um 18 Uhr verließ er das Büro, um Favini einen Besuch abzustatten, als er zufällig auf Levantin stieß, Monsieur Forensik höchstpersönlich. Der Gerichtsmediziner kam nie mit leeren Händen ins Präsidium.

»Es geht um die Haare unserer Kaukasierin …«

»Was Neues?«

»Ja und nein.«

»Bitte, Levantin! Wir haben keine Zeit für …«

»Ich war an der Datei mit den Vergleichswerten.«

Sobald die Spurensicherung an einen Tatort gerufen wurde, nahm sie auch Abdrücke und organisches Material von anwesenden Polizisten und anderen Unschuldigen auf. Um die Zeit nicht an falsche Spuren zu verschwenden, gab es für die Polizeiangehörigen eine geheime Datei mit deren Analysen, die nicht anderweitig verwendet werden durfte. In der nationalen Datenbank wurden nur die Abdrücke von Kriminellen und Verdächtigen gespeichert.

»Ich habe eine Übereinstimmung gefunden.«

»Ist die Datei nicht verschlüsselt?«

»Das nicht, aber anonymisiert. Mein Computer hat ausgespuckt, dass das nächste Opfer in verwandtschaftlicher Beziehung zu einem unserer Leute steht. Man hat mir zwar den Zugang zu den Proben ermöglicht, aber um die zugehörigen Namen zu sehen …«

»… braucht es eine Menge Papierkram, richtig?«

»Genau. Außerdem bin ich nicht sicher, ob die Staatsanwaltschaft …«

»Komm mit«, sagte Erwan und griff nach seinem Arm.

Sie betraten Kripos Höhle und erklärten ihm den Sachverhalt. Der Elsässer würde das Problem mit wenigen Anrufen und Formularen erledigen.

Im Hinausgehen bemerkte Erwan auf dem Tisch ein Buch. *Schwarze Magie im Niederkongo* von Sébastien Redlich. Eine Dokumentation, mit der Kripo sicher sein Wissen vertiefen wollte. Etwas, das Erwan selbst schon vor Langem hätte tun sollen. Er griff nach dem Buch und überflog den Klappentext. Redlich war Ethnologe, Professor an der Universität Paris-Diderot, Spezialist für das Volk der Yombe, und fasste in diesem Buch zehn Jahre Reisen und Recherchen zusammen. Erwan fiel auf, dass er eine wichtige Spur außer Acht gelassen hatte: die Leute in Paris, die nicht nur vielleicht die Geschichte des Nagelmannes kannten, sondern möglicherweise auch die Riten dieses besonderen Kults.

Neugierig blätterte er das im Jahr 2002 erschienene Buch durch und stellte überrascht fest, dass eine ausführlichere Zusammenfassung über die *nganga*, die *minkondi* und den Animismus in Mayombe kaum möglich war. Mehr noch: Redlich hatte dem Nagelmann sogar ein ganzes Kapitel gewidmet. Der Ethnologe musste hervorragend informiert sein. Hatte er vielleicht mit seinem Vater gesprochen? War er in Katanga gewesen, als die Mordserie begann? Das Foto auf der Rückseite des Buchs zeigte einen Mann, der aussah, als hätte er die sechzig überschritten.

Erwan setzte sich an den Schreibtisch Kripo gegenüber, während sein Assistent und der Forensiker noch immer darum kämpften, von der Staatsanwaltschaft die Genehmigung zur Einsichtnahme zu bekommen, und fuhr den Computer hoch. Vor dem Abend bei Lartigues blieb ausreichend Zeit für einen Besuch bei dem Spezialisten. Mit wenigen Klicks fand er die nötigen Angaben. Sébastien Redlich wohnte in Nogent-sur-Marne … auf einem Hausboot. Vielleicht hatte es ja nichts zu bedeuten, vielleicht aber doch. Jedenfalls hatten solche Hausboote häufig noch ein kleineres Beiboot. Warum nicht ein Zodiac?

Erwan ging zu Audrey ins Büro nebenan.

»Gibt es in deiner Liste von Zodiac-Besitzern einen Sébastien Redlich?«

Die Kriminalbeamtin tippte bereits.

»Ja, den haben wir, aber wir sind noch nicht dazu gekommen, ihn zu …«

»Ich kümmere mich darum.«

Im Flur fiel Erwan die Aussage des Schiffers ein, der in der Mordnacht das Zodiac in Richtung Bercy hatte davonfahren sehen – also in Richtung der Marne.

Als Erwan Kripos Büro wieder betrat, legte dieser gerade den Hörer auf. Seine Miene verriet, dass er Erfolg gehabt hatte. Jetzt musste er nur noch den Antrag für Levantin schreiben.

»Warum hast du mir nicht davon erzählt?«, fragte Erwan und zeigte auf das Buch.

Der Elsässer blickte auf. »Ich habe es erst gestern in der Buchhandlung L'Harmattan gefunden und noch keine Zeit gehabt, hineinzuschauen …«

»Der Typ wohnt auf einem Hausboot in Nogent und besitzt ein Zodiac.«

»Ja, und?«

»Wir fahren da hin, und zwar sofort.«

105

Erwan kam es vor wie eine Ironie des Schicksals, dass sie genau den gleichen Weg fuhren wie noch vor wenigen Stunden. Seine-Ufer. Gerichtsmedizin. Bercy.

Eigentlich hätten sie hier auf die A4 fahren müssen, aber Kripo bog wieder in Richtung der Place de la Nation ab.

»Fährst du nicht über die Autobahn?«

»Nein, durch den Bois de Vincennes.«

»Warum?«

»Ist netter zu fahren.«

Erwan beließ es dabei. Seit dem Aufbruch grübelte er über ein anderes Problem nach, das nichts mit ihrer Untersuchung zu tun hatte. Er hatte Sofia noch immer nicht geantwortet. Innerhalb der letzten zwei Tage hatte er seine Klarheit zurückgewonnen: Diese Geschichte war schlicht unmöglich. Sollte er es ihr per SMS mitteilen? Oder sich mit ihr treffen, um es ihr zu sagen? War er überhaupt in der Lage, sie gehen zu lassen? Oder hatte er nur Angst vor den Folgen?

Schließlich entschied er sich für die SMS, deren Form allerdings stellte ihn vor noch größere Probleme. Wie sollte er sich ausdrücken? Ernst? Zärtlich? Humorvoll? Er wählte die schlichte Wahrheit, die ihm zudem ein wenig Aufschub gewährte. »Entschuldige die lange Funkstille. Die Arbeit! Ich denke an dich.« Er berührte die Schaltfläche »Senden« und stellte fest, dass er so verkrampft auf dem Sitz saß, als erwarte er jeden Moment die Kollision mit einem Hindernis. Er richtete sich auf und bemühte sich, zu entspannen.

Kripo hatte recht: In der Dämmerung durch den Wald zu fahren hatte einen gewissen Charme. Die Sonne hatte noch einmal kurz hervorgeschaut, ehe sie endgültig verschwand wie ein Künstler nach dem letzten Vorhang. Der Verkehr war flüssig und die Bäume schienen sich um die Autos zu schließen wie Buchseiten um ein Geheimnis. Erwan öffnete sein Fenster. Goldgrüne Düfte erfüllten das Wageninnere. Innerhalb einer Sekunde fühlte er sich wie berauscht. Es reizte ihn, seine Gedanken schweifen zu lassen, aber er schüttelte das Bedürfnis ab und konzentrierte sich auf den Mann, den er vernehmen wollte.

Vor der Abfahrt hatte er die entsprechende Wikipedia-Seite ausgedruckt. Sébastien Redlich war 1961 geboren und hatte sein Anthropologiestudium in Paris absolviert, war während dieser Zeit aber so oft wie möglich nach Zentralafrika gereist. 1989 hatte er über Heiler im Niederkongo promoviert und war in die Forschung gegangen. Von diesem Zeitpunkt an veröffentlichte er wissenschaftliche Artikel, schwer verständliche Werke, und leitete Konferenzen, ehe er Anfang der 2000er-Jahre wissenschaftlicher Mitarbeiter an der Uni Paris-VII wurde. Um diese Zeit ungefähr war *Schwarze Magie im Niederkongo* erschienen, ein populärwissenschaftliches Werk, dem der Erfolg verwehrt blieb. Dem Artikel zufolge war Redlich seit 2003 nicht mehr in Afrika gewesen, hatte aber seine jungen Jahre im Busch verbracht und sich dort alle erdenklichen Krankheiten zugezogen, von der Malaria über die Schlafkrankheit bis hin zur Amöbenruhr. Der Mann war hart im Nehmen.

Nogent-sur-Marne. Hier wimmelte es von Bäumen und Beeten. Die Stadt streckte sich träge am Ufer der Marne.

»Richtung Yachthafen.«

Als sie den Fluss erreichten, wurde es langsam dunkel. Mit

Efeu bewachsene Pavillons. Trauerweiden. Boote, die in der Strömung dümpelten. Sie schienen in ein ländliches Stillleben abzutauchen, dem der Charakter der Vorstadt, die eigentlich lieber ländlich sein wollte, deutlich anzumerken war: Die Gartenlauben rochen neu, die Ufer waren mit Beton verstärkt und die Ausflugsschiffe und Boote sahen aus wie Dekoration. Der Fluss plätscherte entlang der Straße unter Eiben und Zypressen daher, bis er nicht mehr zu sehen war. Die Hinweisschilder verrieten, dass sie ihr Ziel erreicht hatten. Die Hausboote lagen ein Stück weiter unten vor Anker.

»Such einen Parkplatz. Wir gehen zu Fuß hin.«

Sie folgten dem Pfad zur Marne hinunter. Jeder Steg hatte einen Briefkasten. Das Hausboot des Ethnologen erinnerte an ein Kriegsschiff. Rumpf und Deck waren schwarz gestrichen und in der Dunkelheit fast unsichtbar. Am Heck der *Yombe*, so hieß sie wirklich, entdeckten sie das Zodiac.

Kripo fotografierte. Plötzlich bellte ein Hund, und die beiden Polizisten erschraken. Das Tier stand an Deck, war beige, sah rachitisch aus, hatte riesige Ohren und knurrte.

»Meine Herren?«

Ein hochgewachsener Mann vom Typ Seebär stand an Bord und zielte mit einer Pumpgun auf sie. Erwan kannte das Modell: die berühmte, von der amerikanischen Armee benutzte Remington 11–87. Der Mann war der von dem Foto.

»Sébastien Redlich?«, fragte Erwan ohne eine Spur von Nervosität. »Kriminalpolizei. Haben Sie einen Waffenschein für dieses Gewehr?«

»Was glauben Sie wohl?«, lachte der Ethnologe und senkte die Waffe. »Ich bin hier zu Hause und schulde niemandem Rechenschaft. Wenn Sie an Bord kommen wollen, müssen Sie einen anderen Ton anschlagen.«

Erwan lächelte und zeigte seine Dienstmarke.

»Ich bin Kommandant Erwan Morvan, das hier ist mein Stellvertreter Lieutenant Kriesler. Wir möchten Ihnen gerne ein paar Fragen stellen.«

Redlich streckte die Hand aus, nahm die Dienstmarke und studierte sie aufmerksam. Sein Gewehr hielt er in der Armbeuge. Mit der anderen Hand hatte er eine Taschenlampe aus einer der Seitentaschen seiner Drillichhose geholt. Er schien auf afrikanische Art zu leben, ohne Strom oder anderen Komfort.

Erwan beobachtete ihn. Lartigues war eine Überraschung gewesen, Redlich jedoch sah genau so aus, wie er ihn sich vorgestellt hatte: ziemlich ungepflegt und schlecht rasiert. Er versank geradezu in einem Karohemd, das er offen über einem T-Shirt mit dem Logo einer afrikanischen Biermarke trug. Das auffälligste Merkmal in seinem Gesicht war ein üppiger Backenbart, der ihn wie Wolverine nach einem Platzregen aussehen ließ.

»Morvan?«, erkundigte sich der Wissenschaftler mit besorgtem Gesicht. »Wie Grégoire Morvan?«

»Er ist mein Vater.«

»Kommen Sie an Bord«, sagte Redlich und gab die Dienstmarke zurück. »Drinnen gibt es heißen Kaffee.«

Es waren genau die gleichen Worte, die Lartigues vier Stunden zuvor zu ihnen gesagt hatte. Erwan fiel noch etwas auf, das die beiden verband: Redlich hinkte. Er hielt sich schief und zog das Bein nach, als wäre es aus Holz.

Ein weiterer Kandidat, der für die Rolle des ausdauernden Läufers im Hafen Fos nicht infrage kam. Als Erwan über den Steg ging, hatte er das Gefühl, nicht vorwärts, sondern rückwärts zu gehen.

106

Setzen Sie sich«, befahl Redlich und machte sich im hinteren Teil der Kabine zu schaffen.

Unter einem dunklen Holztisch fanden sie schmierige Schemel. Alles hier schien gebrannt zu haben: Wände, Möbel, Vorhänge … Um sie herum war alles schwarz. Auf Regalen standen afrikanische Andenken. Natürlich Fetische der Yombe, aber auch mit Muscheln verzierte Figuren, Ledermasken und Lanzen, die eine wahre Todesästhetik schufen. An allen anderen Stellen waren Bücher untergebracht. An den Wänden, in den Ecken und aufeinandergestapelt auf dem Boden, wie zur Abdichtung von Rissen.

»Ich suche doch gerade nach einer Location, um Halloween zu feiern«, flüsterte Kripo Erwan grinsend zu.

Das Schlimmste war der Geruch. Eine Mischung aus Algen, nasser Pappe und tierischen Exkrementen.

»Nehmen Sie Zucker in den Kaffee?«, erkundigte sich der Ethnologe.

»Für mich bitte ohne Katzenpisse«, raunte Kripo.

»Klappe!«

Erwan wandte sich an Redlich.

»Danke, geht so.«

Der Ethnologe kam mit einem italienischen Kaffeebereiter und angeschlagenen Kaffeebechern, die er auf den Tisch stellte, zurück. Das Halbdunkel, das Hinken ihres Gastgebers und das schwarze Wasser vor den Bullaugen erinnerten von der Atmosphäre her an das Gasthaus Admiral Benbow in der *Schatzinsel*.

»Kommen Sie wegen der Morde, über die die Zeitungen schreiben?«

Er schenkte Kaffee ein. Der Geruch von verbrannter Erde vermischte sich mit den ohnehin schon wenig angenehmen Dünsten.

»Was halten Sie davon?«, fragte Erwan, dem Redlichs wacher Geist aufgefallen war.

»Der Mörder scheint den Nagelmann zu imitieren, allerdings haben die Journalisten davon offensichtlich keine Ahnung.«

»Soweit wir informiert sind, ist Ihr Buch *Schwarze Magie im Niederkongo* das einzige, das über diesen Fall berichtet.«

»Macht mich das verdächtig?«

Seine Stimme klang nicht im Mindesten beunruhigt. Vielmehr hörte man die typische Aggressivität eines Menschen heraus, der gegen Polizisten, gegen die herrschende Ordnung und im Grunde eigentlich gegen alles war.

»Ein Psychopath hätte das Buch lesen und sich inspirieren können.«

»In diesem Fall beschränkt sich der Kreis auf wenige Verdächtige«, lachte Redlich. »Ich habe in zehn Jahren gerade mal dreihundert Exemplare verkauft.«

»Haben Leser Kontakt mit Ihnen aufgenommen?«

»Nein.«

Redlich, der noch immer stand, wühlte in seiner Tasche und förderte eine gelbe Maispapier-Gitane zutage. Erwan wusste gar nicht, dass diese Zigarettensorte überhaupt noch verkauft wurde.

»Hat Sie nie jemand nach Thierry Pharabot gefragt?«

»Nicht dass ich wüsste«, entgegnete der Wissenschaftler und zündete seine Zigarette an.

»Wen haben Sie für Ihr Kapitel über den Nagelmann interviewt?«

»Ich war in den 1990er-Jahren in Katanga und habe dort Leute kennengelernt, die die ganze Geschichte miterlebt hatten und Pharabot sogar noch kannten. Ihre Berichte habe ich aufgeschrieben.«

»Haben Sie noch Kontakt zu diesen Leuten?«

»Es waren meist Missionare, die inzwischen nach Belgien zurückgekehrt sind.«

Redlich ging um den Tisch herum zu einer Kommode. Er hinkte auf eine ganz spezielle Weise, die eine Art trägen Groll ausdrückte. Er öffnete eine Schublade, wühlte in Papieren und kehrte mit mehreren Visitenkarten und Zetteln mit Namen zurück.

»Die Leute leben inzwischen wieder in der Region Flandern.«

Erwan reichte die Karten an Kripo weiter, der sie fotografierte.

»Haben Sie auch meinen Vater kontaktiert?«

»Natürlich. Aber er hat mir nicht geantwortet.«

»Warum? Was meinen Sie?«

»Das müssen Sie ihn schon selbst fragen.«

Endlich setzte sich auch ihr Gastgeber. Mühsam verstaute er sein steifes Bein unter dem Ende des Tischs. Mehr denn je ähnelte er Long John Silver.

»Haben Sie Pharabot selbst auch getroffen?«

»Ja, Ende der 1980er-Jahre. Er lebte damals in einer Anstalt in Courtrai in Westflandern.«

»Hat man Sie mit ihm sprechen lassen?«

»Ja, völlig problemlos. Er war sehr ruhig, aber recht verwirrt. Auf jeden Fall aber wollte er weder über die Morde noch über seine Verhaftung sprechen. Stattdessen hat er mir von seiner Jugend erzählt.«

»Darüber steht aber nichts in Ihrem Buch.«

»In meinem Buch geht es um Zauberei bei den Yombe, nicht um die Biografie eines Mörders.«

Erwan gelang es nicht, seine Neugier zu zähmen.

»Gab es in seinen ersten Jahren traumatische Erlebnisse, die seinen mörderischen Wahn erklären könnten?«

»Ich denke schon. Pharabot war der Sohn einer verarmten belgischen Kolonistenfamilie. Er wurde im Distrikt Lukaya geboren. Sein Vater trank, seine Mutter ließ sich mit jedem ein. Auch mit Schwarzen. Sehr früh schon war er sich selbst überlassen und schlug sich bei den Bauern der Region durch, die meisten vom Stamm der Yombe. Im Alter von zwölf Jahren unterzogen ihn die Stammesältesten dem Initiationsritus *khimba*, der mehrere Monate dauert.«

»Was musste er dabei tun?«

»Das steht in meinem Buch. Lesen Sie das Kapitel über …«

»Jetzt sind wir hier. Fassen Sie es bitte für uns zusammen.«

Redlich räusperte sich. Es klang wie eine Drahtbürste auf einem verrosteten Gitter.

»Der erste Schritt ist die Beschneidung bei vollem Bewusstsein. Der Schmerz gehört zu den Prüfungen. Anschließend flößt man dem Jungen einen Trank ein, der ihn einschlafen lässt. Sozusagen ein symbolischer Tod. Sobald er erwacht, rasiert man ihm den Kopf und bestreicht ihn mit weißer Tonerde. Erst dann beginnt die eigentliche Lehre. Man bringt ihm bei, mit den Geistern zu sprechen, zu jagen und Dinge zu ertragen. *Khimba* bedeutet so viel wie ›Ausdauer zeigen‹, ›die Stirn bieten‹. Der Junge wird ausgepeitscht, in ein Loch voller Schlangen gesteckt, nächtelang im Wald allein gelassen …«

Erwan konnte sich die entsprechenden Auswirkungen auf ein westeuropäisches Kind, das allein und ohne Bezugspersonen war, nur allzu gut vorstellen.

»Wurde sein Verschwinden damals nicht angezeigt?«

»Das weiß ich nicht. Aber seine Eltern kümmerten sich ohnehin kaum um ihn, und der Kleine war es gewohnt, bei den Schwarzen auf den Baustellen und den Plantagen zu leben.«

»Glauben Sie, dass es die Prüfungen waren, die zu seinem Wahn geführt haben?«

»Das vielleicht nicht, aber sie haben dem Kleinen sicher auch nicht geholfen. Später dann kam er zu den Jesuiten in Katanga.«

»Nach Lontano?«

»Zunächst nach Lubumbashi. Dort machte er Abitur und wurde anschließend nach Lontano geschickt, wo er sein Ingenieursstudium aufnahm. Das war der Zeitpunkt, an dem er für die Leute zum *nganga* wurde.«

»Meinen Sie für die anderen Weißen?«

»Natürlich nicht. Sogar auf der Uni suchte Pharabot immer eher Kontakt zu Schwarzen, was zur damaligen Zeit ziemlich ungewöhnlich war. Er galt als ausgesprochen effektiver Heiler. Erstens, weil er aus dem Zentralkongo stammte, so hieß der Niederkongo damals, und zweitens, weil er ein Weißer war. Er stand in dem Ruf, sich mit den mächtigsten Geistern verbündet zu haben: Mbola Mvungu, der Bucklige, der Diebe mit Lepra bestraft, Nzazi, der zitternde Welpe, der wie ein Blitz vom Himmel fährt und Menschen dadurch tötet, dass er auf sie pinkelt …«

Erwan und Kripo blickten sich an. Diese Informationen hatten nichts mehr mit ihrer Untersuchung zu tun.

»Eines darf man nicht vergessen«, ereiferte sich Redlich. »Ein *nganga* ist Herr der Geheimnisse und ein Feind von Zauberern und Ungerechtigkeit. Er wird als Polizist des Jenseits und als Garant für Ordnung gesehen. Zu Pharabot kamen benachteiligte Familien und Kranke, auch Stammesälteste baten ihn um Hilfe … Pharabot fürchtete die Zweite Welt nicht – sie war sein Einsatzgebiet.«

»Wenn Pharabot tatsächlich so berühmt war, dann hat man bei diesen Morden doch bestimmt an ihn gedacht, oder?«

»Bei den Schwarzen sicher, aber es kam natürlich überhaupt nicht infrage, mit den Belgiern darüber zu sprechen. Das Blut von Weißen zu opfern, um die Geister zu rufen, galt ihnen geradezu als Heldentat.«

Erwan spürte das sanfte Schaukeln des Schiffs. Die Bewegung war nicht einmal stark, genügte aber, um sein Innenohr zu destabilisieren. Zusammen mit den Gerüchen führte es dazu, dass ihm übel wurde.

»Was, glauben Sie, hat den Anlass zum ersten Mord gegeben?«

»Keine Ahnung. Durch seinen Status als *nganga* musste er Eifersucht und Rivalitäten ertragen. Wahrscheinlich war er überzeugt, dass Zauberer ihn angriffen oder Dämonen seinen Geist attackierten. Um dem zu trotzen, musste er besonders kraftvolle *minkondi* herstellen.«

Redlich starrte auf den Grund seines Kaffeebechers. Mit seinem Backenbart und den wirren Haaren passte sein Äußeres zu dem, was er berichtete.

»Zum Schluss spickte Pharabot sein eigenes Fleisch mit Nadeln. Er war selbst zum *nkondi* geworden. Noch Kaffee?«

Erwan lehnte ab, ihm war speiübel. Kripo hatte sich in den Schatten zurückgelehnt und antwortete nicht. Entweder war er eingeschlafen, oder er machte sich heimlich Notizen.

»Können Sie sich vorstellen, auf welchem Weg der jetzige Mörder vom Nagelmann erfahren hat?«, fuhr Erwan fort.

»Zum Beispiel durch mein Buch. Oder er war in Katanga. Dort weiß jeder darüber Bescheid.«

»Waren Sie überrascht, als Sie die Zeitungen gelesen haben?«

»Ja und nein. Pharabots Geschichte ist hier kaum bekannt, aber sie ist faszinierend. Dieser junge, schüchterne und verträumte Mann, der in Wirklichkeit ein mächtiger Zauberer war. Ein echter Superheld.«

»Eher ein Superbösewicht.«

»Sie verstehen schon, was ich meine.«

Erwan ging es von Minute zu Minute schlechter: der Uringeruch, die Ausdünstungen von nassem Holz und Diesel, das Brennen des Kaffees in der Kehle …

»Haben Sie den Namen Anne Simoni schon einmal gehört?«

»Nein, nie. Aber wie alle anderen auch habe ich ihn in der Zeitung gelesen.«

»Ludovic Pernaud?«

»Dito.«

»Wissa Sawiris?«

»Haben Sie noch mehr davon?«

Erwan stellte die Fragen nur noch der Form halber. Weder Redlichs Fachkenntnisse über die Magie der Yombe noch die Tatsache, dass er ein Zodiac besaß, machten ihn verdächtig. Überdies war das steife Bein eine Art wasserdichtes Alibi.

»Dürfte ich ein Fenster öffnen?«, fragte er und stand auf.

»Lieber nicht. Wir sind hier unterhalb der Wasserlinie. Kommen Sie mit nach draußen.«

Erleichtert sog Erwan die frische Luft ein. Kripo folgte ihm, mit dem Handy diskret in der Hand. Er machte sich keine Notizen, sondern nahm das Gespräch auf wie ein Reporter.

»Besitzen Sie das hinten vertäute Zodiac schon lange?«

Der Ethnologe lachte ungeniert auf und schnickte seine erloschene Zigarette über Bord.

»Sie verdächtigen mich also wirklich.«

»Wir kommen Sie darauf, dass es zwischen Ihrem Zodiac und den Morden eine Verbindung geben könnte?«

»Sämtliche Zeitungsartikel erwähnen das Boot des Mörders. Das Modell Hurricane.«

Erwan erinnerte sich nicht, den Journalisten diese Information mitgeteilt zu haben, aber das Präsidium war die beste Gerüchteküche, die man sich denken konnte.

»Benutzen Sie es oft?«

»Nie. Es ist kaputt. Sollte es ihnen gelingen, es zum Laufen zu bringen, gebe ich Ihnen einen aus.«

»Wo waren Sie am Wochenende des 8. September?«

»Hier auf dem Hausboot. Ich habe Nachbarn, die können Sie fragen. Wurde an diesem Datum auch jemand ermordet?«

»Und am Dienstag, den 11. September um 18 Uhr?«

»Da habe ich meine Vorlesung in Paris-Diderot gehalten. Dafür gibt es dreihundert Zeugen.« Er lachte. »Das nenne ich mal ein Alibi!«

Ein Stück entfernt freundete sich Kripo gerade mit dem schrecklichen Hund an, der wie ein Fennek aussah.

»Und in der Nacht vom 12. auf den 13.?

»Habe ich hier geschlafen. Leider allein.«

»Gestern Abend?«

»Auch.«

Erwan blickte auf die Uhr. Schon nach acht. Wieder ein Besuch, der nichts gebracht hatte. Tief atmete er die feuchte, nach den Uferbäumen duftende Luft ein.

»Kennen Sie Ivo Lartigues?«, fragte er schließlich.

»Natürlich. Einer der wenigen, die mein Buch tatsächlich gelesen haben. Er hat mich schon mehrmals an der Uni besucht und ist inzwischen zum Freund geworden.«

»Wie würden Sie ihn charakterisieren?«

»Ein spezieller Typ. In seinem Künstlerkopf haben die Frauenopfer und die aus menschlichem Fleisch bestehenden Skulpturen einen größeren Wert als seine eigenen Rostfiguren.«

Dem konnte Erwan nur zustimmen.

Er rief Kripo und hielt sich am Geländer fest, um auf den Steg zurückzukehren.

»Vielen Dank, Monsieur Redlich.«

»Sie haben vergessen, mir eine Frage zu stellen.«

»Welche?«

Redlich stampfte mit dem Fuß auf.

»Die Sache mit meinem Bein.«

»Gibt es da eine Verbindung zum Nagelmann?«

»Nicht die geringste. Ich bin in den 1990er-Jahren mit dem Flugzeug in der Nähe von Muanda in der Kongomündung abgestürzt. Die Wunde hat sich schnell infiziert. Ein *nganga* hat mich gesund gepflegt.«

Erneut stampfte er auf, mit einer Art düsterer Freude.

»Man kann also sagen, dass die Magie der Yombe durchaus noch verbesserungsfähig ist.«

107

Sie kehrten ins Präsidium zurück.

Unterwegs tätigte Erwan einige Anrufe. Tonfa schien in der Gerichtsmedizin Wurzeln zu schlagen, Favini lief hinter dem Phantom Pernaud her, Audrey war dem Leoparden von Guerra na Selva und dem Selbstmörder Jean-Patrick Marot auf der Spur.

Auch Levantin war noch nicht weitergekommen. Er wartete nach wie vor auf die Erlaubnis zur Nutzung der Datenbank der Polizistenspuren, mit der er den Verwandten des kommenden oder vielleicht schon getöteten Opfers zu identifizieren hoffte. Die Blutuntersuchung der Leichen hatte nichts erbracht. Er war jetzt bereits bei der vierten Analyse, aber Erwan hatte ihm befohlen, trotzdem weiterzumachen. Er war sicher, dass bei einem der Tests eine andere Blutgruppe auftauchen würde, nämlich die des Mörders.

Noch schlimmer aber war, dass Sofia sich nicht meldete.

»Ist es okay, wenn ich dich hier absetze?«, erkundigte sich Kripo. »Ich will noch kurz zu Hause vorbeifahren.«

»Kein Problem.«

Eigentlich hätte Erwan das Gleiche tun sollen, denn er stank nach Schweiß und Katzenurin. Aber die Vorstellung, allein in den eigenen vier Wänden zu hocken und auf einen Anruf der Italienerin zu warten, machte ihm Angst. Lieber schmorte er im Büro im eigenen Saft. Er ging durch das Tor, wandte sich dem Aufgang A zu und stieg im Dunkeln die Treppen hinauf.

Im vierten Stock traf er auf Audrey.

»Da ist jemand für dich.«

»Wer?«

»Die Großbürgerin in Erwartung des unerschrockenen Polizisten. Ein Klassiker. Ich habe sie in den Konferenzraum gesetzt.«

Erwan war es nie gelungen, Audrey die Grundlagen der Hierarchie begreiflich zu machen. Aber er hatte aufgegeben, denn ihre Ergebnisse waren ihm wichtiger als ihre schlechten Manieren.

Er betrat den um diese Tageszeit ungenutzten Konferenzraum. In einer Ecke saß Sofia und rauchte, trotz des ausdrücklichen Verbots. Sie zitterte, war den Tränen nahe und benahm sich, als hätte man sie auf einem elektrischen Stuhl festgeschnallt.

Mit pochendem Herzen trat Erwan näher.

»Was ist los?«

»Mach die Tür zu«, sagte sie und trat ihre Kippe auf dem Boden aus.

Erwan gehorchte. Aus ihrer Balenciaga holte sie einen A4-Umschlag, häufig der Vorbote einer Katastrophe.

»Meine Anwältin hat einen Wirtschaftsinformationsdienst beauftragt.«

»Was ist das?«

»Eine Art Privatdetektiv, der auf finanzielle Dinge spezialisiert ist. Er hat herausgefunden, dass dein Vater 16 % der Anteile an Coltano besitzt.«

»Das ist mir nicht neu.«

»Eine luxemburgische Gesellschaft besitzt 18 %.«

»Wie heißt der Laden?«

»Heemecht.«

Das war ein neuer Aspekt. Das Unternehmen, das Nägel aus

Afrika transportierte, gehörte also ebenfalls zu den Aktionären von Coltano.

Sofia zündete sich eine neue Zigarette an. Noch nie hatte Erwan sie so angespannt erlebt.

»Aber das sind doch sicher ganz offizielle Zahlen«, sagte er, um ein wenig Ruhe in die Sache zu bringen.

»Nicht öffentlich bekannt ist aber, wer hinter Heemecht steht.«

»Und wer ist das?«

»Mein Vater.«

Es fiel Erwan schwer, weiter die Rolle des Unbeteiligten zu spielen. Der Boden unter seinen Füßen schien zu schwanken.

»Seit wann?«

»Seit der Gründung des Unternehmens besitzt mein Vater 18% aller Coltano-Aktien. Und davor war er Aktionär der Manganraffinerie deines Vaters.«

»Unsere beiden alten Herrschaften sind Rivalen in ein und derselben Gesellschaft?«

»Nein, sie sind Verbündete in Afrika, und zwar schon immer. Sie teilen sich die von den Afrikanern übrig gelassenen Aktien der Schürfgesellschaft, und ganz nebenher verarschen sie uns nach Strich und Faden.«

Erwan schüttelte den Kopf. Da konnte etwas nicht stimmen.

»Du kennst die Geschichte nicht«, gab er zurück. »Mein Vater hatte dank eines von ihm gelösten Falls außergewöhnlich gute Beziehungen zum damaligen Präsidenten Mobutu. Aber Zaire ist weit weg von Florenz und …«

»Mein Vater hat da unten schon immer Geschäfte gemacht. Angeblich arbeitete er in den ehemaligen italienischen Kolonien wie Äthiopien, aber das ist eine Lüge: Seine wahren Interessen lagen im Kongo.«

»Aber warum sollten sie uns etwas vorgemacht haben?«

»Um Loïc und mich zu manipulieren. Um zu bewirken, dass wir uns kennenlernen und heiraten.«

Das war keine Paranoia. Sofia sprudelte nur so über.

»Aber zu welchem Zweck?«

»Nach ihrem Tod würden beide Anteile vereint.«

Mit der Zigarette zwischen den Lippen öffnete sie den Umschlag und reichte Erwan einen Packen Papier. Die Wut verjüngte sie und intensivierte ihre Schönheit.

»Hier steht alles drin. Der Detektiv sagt, weder dein noch mein Vater hätten je mehr Coltano-Aktien kaufen können. So lautete eine stillschweigende Übereinkunft mit den afrikanischen Generälen. Weder der eine noch der andere durfte mehr als 33 % besitzen.«

»Warum?«

»Weil das die Sperrminorität ist, und weil sie damit alle nach ihrer Pfeife hätten tanzen lassen können. Wer in der Lage ist, Veränderungen abzulehnen, kann im Grunde alles entscheiden.«

»Trotzdem verstehe ich noch immer nicht das Interesse an eurer Verbindung.«

»Wir haben im Güterstand der Errungenschaftsgemeinschaft geheiratet. Wenn unsere Väter sterben, fallen ihre Anteile an uns. Loïc und ich würden damit automatisch Eigentümer von mehr als 33 % der Coltano-Aktien und lägen so über der Sperrminorität. Die Kongolesen könnten nichts dagegen tun, denn Coltano ist ein französisches Unternehmen.«

»Aber wenn das nach ihrem Tod geschieht«, hakte Erwan zunehmend besorgt nach, »wo bleibt dann ihr Profit?«

»Durch unsere Ehe hätten sie ihre Reiche vereinigt. Durch uns hätten sie endlich die Macht.«

»Aber ihr seid nicht die einzigen Erben der Coltano-Aktien. Da sind noch deine Schwestern, außerdem Gaëlle und ich.«

Mit einer Art triumphalem Zorn zerrte sie ein weiteres Dokument aus ihrer Handtasche.

»Das ist ein Auszug aus dem Testament deines Vaters. Ich hatte es dir schon gesagt: Er vermacht Loïc seine gesamten Anteile an Coltano.«

Reflexartig wandte Erwan sich ab, als handele es sich um ein Tabu oder einen heiligen Text, dessen Lektüre ihm verwehrt war.

Irgendwie empfand er es als obszön, einen Blick in die Pläne seines Vaters für die Zeit nach dessen Tod zu werfen. Gleichzeitig stellte er fest, dass Sofias Detektiv seinen Job offenbar wirklich gut machte, denn ein solches Dokument aufzustöbern war ungefähr so schwierig, wie an die Unterlagen für die Nuklearwaffen der Franzosen zu kommen.

»Das Testament meines Vaters liegt mir auch vor. Gleicher Inhalt. Glaub mir, das war eine wohlüberlegt eingefädelte Geschichte.«

Schließlich las Erwan es doch. Der Beweis für das abgekartete Spiel lag schwarz auf weiß vor seinen Augen. Jetzt verstand er Morvans unerklärlichen Ärger über Loïcs Scheidung. Die Trennung ruinierte seine Pläne.

»Aber wie konnte er sicher sein, dass ihr heiratet?«, wandte er der Form halber ein.

»Das kannst du dir doch denken. Sie brauchten uns bloß zusammenzubringen. Loïc war eine Art Halbgott, und ich war auch nicht übel.«

Voll in die Fresse.

»Und wenn ihr einen Ehevertrag gemacht hättet?«

»Unsere Väter bestanden beide darauf, dass wir unter Gütertrennung heiraten. Wir haben daraufhin natürlich genau das Gegenteil getan. Das Problem mit der Rebellion junger Leute ist, dass sie so leicht vorhersehbar ist.«

Wortlos reichte Erwan ihr das Dokument.

»Es ist sozusagen eine feindliche Übernahme über den Weg der familiären Bindung«, schloss Sofia. »Er wollte mir alles geben und hat mir dadurch alles genommen.«

Ihre sonst so glatten Haare waren wirr. Sie schwitzte. Sogar ihre Poren waren geweitet.

»Oh, beinahe hätte ich es vergessen: Das Beste kommt noch!«

Erwan betrachtete das Foto, das sie ihm reichte. Ein etwa vierzigjähriger Mann mit markantem Gesicht und Kraushaar lächelte in die Kamera. Sein Vater, wie er ihn aus seiner Kindheit kannte. Auf dem Schoß hielt er ein kleines, sehr brav wirkendes Mädchen, das wie der Inbegriff italienischer Aristokratie aussah, aber mit seinen langen dunklen Haaren und den schrägen Augen durchaus als Eurasierin oder Indianerin hätte durchgehen können. Sofia.

»Woher hast du das?«

»Aus meiner eigenen Fotoschachtel. Vermutlich ist der Abzug aus Versehen dort gelandet. Ich hatte den Beweis für ihre Lügen die ganze Zeit bei mir zu Hause. Dein Vater kennt mich seit meiner Geburt.«

Letztendlich war Erwan weder schockiert noch überrascht. Im Gegensatz zu Sofia war er vertraut mit dem Ungeheuer, das ihn gezeugt hatte.

»Hast du mit Loïc darüber gesprochen?«

»Noch nicht. Außerdem ist er seit dem ... seit der Dummheit deiner Schwester jenseits von Gut und Böse. Er murmelt Mantras, meditiert und kokst sich wahrscheinlich zu Tode.«

»Und was willst du tun?«

»Genau das, was ich vorhatte: mich scheiden lassen. Jetzt mehr denn je.«

Ohne nachzudenken, griff er nach ihrer Hand. Sie überließ sie ihm, obwohl jetzt nicht der richtige Moment für Romantik war. Ihre Finger waren eiskalt.

»Deine Schwester hat recht«, murmelte sie. »Man muss sie abschlachten. Man muss sie vernichten.«

»Hüte dich vor meinem Vater ...«

»Für wen hältst du mich? Für ein Dummchen aus dem Mädchenpensionat?«

Er wollte antworten, aber sie fügte hinzu:

»Immerhin bin ich beim Condottiere aufgewachsen. Der braucht den Vergleich mit deinem Vater nicht zu scheuen.«

Erwan hörte nicht mehr zu. Er dachte an die vergangene Nacht. Nein, er erlebte sie noch einmal. Eine dunkle, warme Kraft durchfloss ihn und verteilte Glückspartikel, die vereinzelt so ausgeprägt waren, dass sie fast schmerzten. Es fehlte ihm an

Worten, um auszudrücken oder auch nur zu begreifen, was er in Sofias Armen und zwischen ihren Beinen empfunden hatte. Es war wie eine Flut, eine wunderbare Gabe, deren Tiefe er noch längst nicht ermessen hatte. Er hätte es nie zugegeben, aber er wunderte sich jedes Mal – tatsächlich verblüffte es ihn zutiefst –, dass eine Frau ihn in ihr Inneres ließ. Es war, wie einen Tempel zu betreten, einen geheiligten Ort, der Sterblichen verboten ist.

Jemand klopfte an die Tür.

Der Besucher trat ein, noch ehe Erwan ihn dazu auffordern konnte. Er war nach der Mode des 18. Jahrhunderts gekleidet: gepudertes Gesicht, langes, zu einem Pferdeschwanz gebundenes graues Haar, Gehrock aus rotem Samt, Spitzenmanschetten, Kniehosen, weiße Strümpfe und Schnallenschuhe.

Erwan brauchte einen Moment, um Kripo zu erkennen, der mit Gehstock und auf die Hüfte gestemmter Hand vor ihm stand.

»Was machst du da?«

»Na, wegen heute Abend …«

»Heute Abend?«

»Ich gehe als Marquis de Sade. Zurück zu den Ursprüngen, Kumpel!«

108

Eigentlich hätte Grégoire sich um das Schicksal von Coltano kümmern, sich Sorgen um die Verdachtsmomente im Zusammenhang mit Pernaud machen oder sich über den Rückkehrer aus der Vergangenheit klar werden müssen, der in der Lage war, die von ihm selbst gedungenen Mörder zu killen.

Aber all das war ihm egal.

Er lag auf seinem Bett und schwebte in höheren Sphären. Als hätte er einen Joint geraucht oder seine Medikamentendosis verdoppelt. Gaëlle lebte, das allein zählte. Alles andere war gleichgültig. Die übliche Scheiße, völlig uninteressant.

Es war Samstagabend halb zehn. Im Hintergrund spielte leise das Radio. Morvan starrte an die Decke. Er empfand eine Art Trunkenheit, tief und leicht zugleich. Ihm war, als schwanke er auf seinem Bett, und plötzlich sah er sich vierzig Jahre zuvor auf einem Kahn auf dem Fluss Lualaba. Der Transistor dudelte, und er spionierte Thierry Pharabot nach.

Im Großen und Ganzen hatte sich nichts verändert. Immer noch spürte er die Bewegungen des Wassers, ebenso die Erregung in seinem ersten Fall. Und natürlich den Geschmack Afrikas … Wer einmal diese rote Erde erlebt hatte, diese Landschaften, die einem das Herz zerrissen und die Netzhaut verbrannten, diese vergnügten, brutalen und naiven Menschen, die wahre Schätze an Finesse, künstlerischer Empfindsamkeit und haarsträubendem Aberglauben in sich trugen, der erholte sich nie mehr davon. Afrika war wie chronische Malaria: Man glaubt, man ist geheilt, weil die Parasiten nicht mehr nachweisbar sind, in Wirklichkeit jedoch warten sie nur tief in der Leber versteckt darauf, wieder aufzutauchen.

Es klopfte an der Tür.

Sofort richtete er sich auf und griff nach der im Nachttisch versteckten Waffe. Doch dann besann er sich. Das Signal bedeutete drei Dinge: Der Besucher kannte den Eingangscode der Tür, besaß die Möglichkeit, auch die zweite Tür mit Hilfe der Gegensprechanlage zu öffnen, und er wusste, dass man an einen Samstagabend die Hintertreppe hinaufgehen und klopfen musste, um ihn zu finden.

Erwan.

Morvan öffnete.

»Hast du mal fünf Minuten für mich?«, fragte sein Sohn schlecht gelaunt.

Grégoire deutete auf seine Kleidung, bestehend aus Trainingsanzug und pelzgefütterten Pantoffeln, bat Erwan herein und bot ihm etwas zu trinken an. Erwan lehnte mit einer heftigen Kopfbewegung ab. Die Geste rührte Morvan. Mit über vierzig Jahren war Erwan immer noch so bockig wie früher.

Er schaltete das Radio aus und probierte es mit Freundlichkeit.

»Wir haben schon lange keinen Samstagabend mehr gemeinsam verbracht. Erinnerst du dich noch an unsere Fernsehabende? An …«

»Ich wollte dir ein Andenken vorbeibringen.«

Erwan legte ein Foto auf das Bett. Morvan nahm es auf, und sofort verschleierte sich sein Blick. Libreville 1978. Montefiori hatte ihn eingeladen, ein paar Tage in seiner Villa zu verbringen, er war gerade dabei, einen lukrativen Vertrag mit Omar Bongo über die Schienen einer neuen Eisenbahnlinie zu unterzeichnen.

Was Grégoire an diesem Bild am meisten berührte, war nicht etwa Sofia – er hatte das kapriziöse Mädchen nie besonders gut leiden können – oder seine und des Schrotthändlers verlorene Jugend, sondern der Traum von Erlösung, der über dem Bild schwebte. Damals hatten die beiden Schinder geglaubt, durch ihre Kinder gerettet werden zu können. Deren Schicksal sollte sie von ihren Sünden reinwaschen oder sie zumindest entschuldigen. Doch daraus wurde nichts. Sie setzten ihre Schweinereien fort, und ihre Kinder wuchsen in Reichtum und Misstrauen auf. Ahnten die Verbrechen, die sie ernährten. Die Unschuld war ihnen abhandengekommen, wie eine Ätherwolke, die sich schließlich in Tränen niederschlägt.

»Woher hast du das?«

»Von Sofia. Sie hat sich ein bisschen umgehört und ist auf merkwürdige Dinge gestoßen.«

»Du kennst meine Antwort, ich brauche sie nicht ständig zu wiederholen. Alles, was ich getan habe …«

»… war zu unserem Besten. Ich weiß. Aber das ist mir egal. Eure Lügen und Mauscheleien gehen nur euch etwas an.«

»Weiß Loïc Bescheid?«

»Noch nicht.«

»Hat Sofia mit ihrem Vater gesprochen?«

»Das weiß ich nicht. Sie will mit euch aufräumen.«

»Und du?«

»Ich will nur ein paar Dinge klären.«

Der Alte konnte den Blick nicht von dem Foto abwenden. Gaëlle war damals noch nicht geboren, und als er die kleine Montefiori sah, betete er insgeheim darum, eines Tages einmal eine ebenso hübsche Tochter zu bekommen. Das Wunder war geschehen, aber es war ein Teufelsgeschenk gewesen.

»Sofia glaubt, dass die Hochzeit nur ein Vorwand war, um eure Anteile an Coltano zu vereinen.«

»Das stimmt.«

»Dass ihr das Treffen der beiden arrangiert habt.«

»Stimmt auch. Bist du schockiert?«

»Nein. Trotzdem gibt es da etwas, das ich nicht begreife. Wenn ich dich richtig verstanden habe, willst du hinter dem Rücken von Coltano neue Minen ausbeuten.«

»Stimmt.«

»Warum hast du vor, ein Imperium zu vernichten, das du deinen Kindern hinterlassen willst?«

»Weil es kurzfristige und langfristige Pläne gibt. Heute ist es am besten, sich alles so schnell wie möglich unter den Nagel zu reißen. Danach werden wir sehen, wohin uns das führt und was von dem ›Imperium‹, wie du es nennst, nach dem Krieg und unserem Tod übrig bleibt.«

»Wieso setzt du ausgerechnet Sofia und Loïc zur Leitung einer solchen Firma ein? Die haben doch keine Ahnung davon.«

»Sie sind allemal besser als die Neger.«

»Du solltest mir eines Tages mal erklären, ob du Afrika liebst oder hasst.«

»Die Antwort liegt in der Frage: Mein Herz ist hin- und hergerissen. Sonst noch was?«

Sein Sohn erschien ihm außergewöhnlich selbstsicher. Er verheimlichte ihm etwas. Hatte es mit dem Fall zu tun? Oder mit Loïc? Mit Sofia? Aber er schwieg. Es war seine bevorzugte Methode: im Schatten bleiben und die Beute beobachten.

»Ich wollte mit dir noch über Jean-Philippe Marot sprechen.«

Morvan wusste, dass der Mord an Pernaud eine Kettenreaktion zur Folge haben würde. Und der Mörder wusste es auch.

»Der Journalist, der Selbstmord begangen hat?«

»Ich hatte schon Angst, du würdest so tun, als wüsstest du von nichts.«

»Ich weiß alles. Warum fragst du nach ihm?«

»Ludovic Pernaud wurde einige Tage vor Marots Tod mehrmals in der Nähe seiner Wohnung gesehen.«

»Ja und?«

»Pernaud war ein Spion. Ein Typ, der in seinem Leben eine ganze Reihe von Leuten ›geselbstmordet‹ hat, meistens auf deinen Befehl.«

»Pass bloß auf. Solche Anschuldigungen verbreitet man nicht ohne Beweise.«

»Marot: Warst du das oder nicht?«

»Warum hätte ich ihn töten lassen sollen?«

»Er war ein Schnüffler erster Güte. Vielleicht bereitete er etwas vor, das im Keim erstickt werden musste.«

Morvan stellte sich mit dem Rücken zu seinem Sohn ans Fenster. Er stand gern so da: mit den Händen in den Hosentaschen, wie ein Kapitän auf der Kommandobrücke. Unten lag die Avenue de Messine, gerade, hochmütig und distanziert.

»Du irrst dich in der Zeit, mein Sohn. Heutzutage legt man die Leute nicht mehr einfach um. Wir leben in einer Ära verweichlichter Übereinstimmung und politischer Korrektheit. Niemand glaubt mehr an etwas, außer vielleicht an Dinge, die nichts kosten, wie Ökologie und Globalisierungsfeindlichkeit. Das ist schön weit weg und nicht sehr konkret, und in der Zwischenzeit geht man bei Colette auf Schnäppchenjagd.«

»Hör auf, um den heißen Brei zu reden. Antworte mir.«

Morvan seufzte und ging zum Tisch, wo Wasserkocher und Teetassen bereitstanden. Die Teekanne war schon vorgewärmt. Er schüttete kochendes Wasser hinein.

»Bist du ganz sicher, dass du nicht doch einen ayurvedischen Tee willst? Loïc hat ihn aus Tibet mitgebracht.«

Erwan machte sich nicht die Mühe einer Antwort. Morvan schenkte sich eine Tasse ein und atmete den würzigen Duft ein. Er trank die Mixtur jeden Abend, ehe er zu Bett ging.

»Hast du den Fall übernommen?«, fragte er.

»Es gibt keinen Fall, und das weißt du auch.«

»Marot hat in der Scheiße herumgewühlt. Einer von der schlimmsten Sorte«, gab Morvan schließlich zu. »Die meisten seiner Analysen waren falsch, und die Sandale, die er ausgegraben hat, war ungefähr so brisant wie feuchte Knallfrösche.«

»Hast du ihn töten lassen, ja oder nein?«

»Du kannst mir nicht alle Toten in die Schuhe schieben.«

»Hätte Marot in eine unangenehme Richtung geforscht, hätte man dich gerufen.«

»Die Journalisten und die Mächtigen haben eine Art Abkommen: Man lässt sie Pseudoskandale entdecken. Im Gegenzug lassen sie die wirklich lästigen Themen ruhen.«

»Woran arbeitete Marot?«

»Wen schert das? Das ist doch alles Schnee von gestern.«

»Ich kann einfach nicht glauben, dass du den Kerl ohne jegliche Gewissensbisse einfach umnieten lässt.«

Morvan setzte sich in einen Sessel neben dem Sofa, auf dem Erwan Platz genommen hatte.

»Weißt du, was der vietnamesische General Lê Đúc Thọ einmal gesagt hat? ›Jede Sekunde stirbt auf dieser Welt ein Mensch: Es ist gut, wenn von Zeit zu Zeit einer dieser Todesfälle zu etwas nützlich ist.‹«

»Lê Đúc Thọ war ein Fanatiker.«

»Immerhin sollte er den Friedensnobelpreis bekommen.«

»Aber er hat ihn abgelehnt.«

Morvan hob die Tasse.

»Gut gekontert, mein Sohn.«

»Welchem Ziel hätte Marots Tod dienen können?«

»Dem einzig sinnvollen, der Ordnung im Land. Aber die Frage, die du dir stellen müsstest, lautet: Woher und wieso weiß der neue Nagelmann das alles?«

»Ich bin schlau genug, zwei Ermittlungen gleichzeitig zu führen. Und wenn ich etwas finden sollte, das deine Schuld in dieser Sache beweist, lasse ich dich hochgehen. Du wirst für deine Verbrechen bezahlen, das schwöre ich.«

»Ich bezahle jeden Tag auf meine Weise dafür, das darfst du mir glauben. Wie weit bist du mit dem Nagelmann?«

»Es gibt keinen Grund, warum ich mit einem Zeugen darüber reden sollte. Oder sollte ich sagen: mit einem Verdächtigen? Je weiter ich in diesem Fall vordringe, desto offensichtlicher wird deine Beteiligung.«

Sein Sohn legte den Finger auf die schmerzende Wunde. Morvans Erleichterung wegen seiner Tochter verflüchtigte sich wie der Dampf über dem Tee.

»Gut, dann mach dich an die Arbeit, anstatt mir hier auf die Nerven zu gehen«, sagte er ärgerlich.

»Du warst derjenige, der mir geraten hat, mich mit den Fakten zu beschäftigen, der Herkunft der Nägel und solchen Dingen.«

»Ja und?«

»Die Nägel werden von einer Firma in Luxemburg importiert. Heemecht. Sagt dir das etwas?«

Morvan wusste nicht, dass Heemecht Alteisen transportierte. Wollte der Mörder etwa auch den Itaker mit hineinziehen? Eins jedenfalls war sicher: Sein Motiv hatte etwas mit Zentralafrika zu tun.

»Meine Antwort kennst du. Wer kauft die Nägel?«

»Lartigues.«

Es gab also doch noch wichtige Fakten, die ihm entgangen waren. Der omnipotente Mann, für den er sich hielt, bekam eine Lektion in Sachen Bescheidenheit.

»War Montefiori auch in Lontano?«, fuhr Erwan fort.

»Ja.«

»Wie di Greco?«

»Worauf willst du hinaus?«

»Was habt ihr in Afrika gemacht, um so viel Hass zu ernten?«

Morvan trank einen Schluck heißen Tee, ehe er leise sagte:
»Das ist alles so weit weg …«

Erwan stand wortlos auf und ging zur Tür.

»Sieh dich vor, Erwan. Zu viele Spuren ergeben keinen Weg, sondern ein Labyrinth.«

»Ist das dein Satz des Tages?«

Er verschwand die Treppe hinunter und ließ seinen Vater im Sessel zurück.

Mühsam stand Morvan auf und legte den Riegel vor. Die Schublade seines Nachttischs stand noch offen. Ehe er sie schloss, nahm er die Waffe heraus, eine Beretta 92FS Inox, Kaliber 9mm Parabellum, mit einer Magazinkapazität von fünfzehn Patronen.

»*Si vis pacem para bellum …*« murmelte er.

Wenn du Frieden willst, bereite Krieg vor. Aus diesem lateinischen Sprichwort war der Name der Waffe entstanden. Er legte die Pistole zurück an ihren Platz.

Sein Leben lang hatte er den Krieg vorbereitet, aber nie den Frieden gefunden.

109

Die Metrostation heißt Jacques *Bon*sergent«

Der junge Polizist errötete, während er den Satz wiederholte: Zweifellos war er die ständigen Scherze über die Namensähnlichkeit längst leid. Gaëlle fand den Jungen süß. Durch die Sedativa befand sie sich in einer Art Tagtraum, und die Anwesenheit dieses Jünglings erschien ihr wie ein sanftes Wiegenlied.

Sie spürte, dass sie trotz Trainingsanzug und dicker Jacke immer noch anziehend wirkte, und hatte ihm vorgeschlagen, ein paar Schritte bis zum Ende des Flurs zu gehen. Neben dem Getränkeautomaten befand sich ein Fenster, das man kippen konnte, und Gaëlle hatte Lust auf eine Zigarette. Der junge

Mann ebenfalls. Nun standen sie da, rauchten, beobachteten mit wachsamem Blick, ob sich auf dem Flur eine Krankenschwester näherte, und plauderten wie Studenten irgendwo in der Uni.

»Findest du es nicht auch sexy, dass wir beide hier zusammen eingesperrt sind?«, neckte sie ihn.

Wieder errötete er, antwortete aber nicht. Stattdessen zog er wie ein zum Tode Verurteilter an seiner Zigarette.

»Haben sie dir erzählt, was ich gemacht habe?«, fragte sie.

»Sie haben mir von …« Er zögerte. »… von der Avenue du Président-Wilson erzählt.«

»Von meinem Sprung aus dem Fenster, kleiner Jacques. Du darfst es ruhig aussprechen.«

Sie redete mit ihm wie mit einem kleinen Kind, mit einer zärtlichen, vertraulichen und manchmal ein wenig spöttischen Stimme. Er war vermutlich nicht älter als fünfundzwanzig, hielt sich aber bereits leicht gebeugt, als erdrücke ihn sein billiger Anzug.

Er warf seine Zigarette aus dem Fenster und schaute Gaëlle in die Augen.

»Warum sind Sie … so weit gegangen?«

»Weil meine Pläne nicht funktioniert haben.«

»Aber Sie sind doch …«

Er beendete den Satz nicht. Seine Augen sprachen für ihn: Wie hatte es so weit kommen können? Sie hatte doch alles, um glücklich zu sein. Reichen Menschen traut man alles zu, nur keine Verzweiflung.

»Weißt du, womit ich mir meinen Lebensunterhalt verdiene?«

»Sind Sie beim Film?«

»Oh, das ist nur meine Tarnung. In Wahrheit bin ich Nutte.«

»Ach?«

Sergent wurde puterrot. Er wusste nicht, was er sagen oder denken sollte. Immerhin war Gaëlle die Tochter eines der furchterregendsten Polizisten Frankreichs und die Schwester seines Vorgesetzten.

»In den Anfängen habe ich geglaubt, dass es mir bei meiner

Karriere helfen könnte«, fuhr Gaëlle fort, »aber irgendwann fand ich Geschmack daran. Bei einem Verdienst von dreitausend Euro pro Nacht verständlich, oder?«

Zwar lag ihr Tarif bei höchstens tausend Euro, aber es bereitete ihr Vergnügen, den jungen Mann zu verwirren. Bestimmt träumte er davon, junge Frauen mit Anekdoten aus seinem Leben als Kriminologe zu beeindrucken. Da Gaëlle in dieses Milieu hineingeboren war, sogar auf höchstem Niveau, spielte sie jetzt die Anwältin des Bösen.

»Ich …«, stammelte Sergent. »Also, das ist wirklich interessant.«

»Und es geht auch nicht nur um die Knete, sondern natürlich auch um die Lust.«

»Weil es … na ja … vielleicht auch ganz angenehm sein kann?«

Sergent hatte Mühe, sich zu beherrschen; mit jedem Wort drohte er zu straucheln.

»Im schlimmsten Fall ist es einem egal«, fuhr Gaëlle mit hinterlistiger Verdorbenheit fort. »Und bestenfalls hat man einen Riesenspaß. Aber es ist weder schmerzhaft noch erniedrigend. Ich …«

Im Flur war ein Geräusch zu hören. Beide drehten sich gleichzeitig um, befürchteten das Auftauchen einer Krankenschwester. Aber nichts rührte sich. In der verschlossenen Etage war es totenstill. Das lähmende Gefühl einer bevorstehenden Katastrophe breitete sich aus.

»Ich werd mal eine Runde drehen«, sagte Sergent, der froh war, dem Gespräch entfliehen zu können.

»Du hast mich zu bewachen, nicht die anderen.«

»Trotzdem gehe ich lieber nachschauen. Rühren Sie sich nicht von der Stelle.«

Der junge Polizist hatte seine Autorität wiedergefunden und verschwand. Gaëlle zog die Jacke enger um sich. Ihr war kalt. Ihr war warm. Im Mund den Geschmack der Medikamente. In einem anderen Leben hätte dieser Junge ihr gefallen können. Er war sanft und freundlich, ein Wesen, das Tag und Nacht zum Streicheln und Verwöhnen verführte …

Die Beruhigungsmittel gestatteten ihr, ohne Reue zu träumen. Bis die Antidepressiva wirkten, würde es noch mindestens zehn Tage dauern. In der Zwischenzeit bekam sie Tranquilizer in höchster Dosierung.

Es war Jahre her, dass sie zuletzt eine Psychiatrische Klinik von innen gesehen hatte. Seltsamerweise war sie bisher noch nie in Sainte-Anne gewesen, denn in Frankreich wurden psychisch Kranke nach ihrer Adresse verteilt, nicht nach den Symptomen. Sie empfand einen gewissen Stolz darüber, endlich einmal hier zu sein – im Mekka der Verrückten.

Wo blieb nur Sergent? Sie hörte seine Schritte nicht mehr, er war wie vom Halbschatten verschluckt. Geduldig zündete sie sich eine weitere Zigarette an.

Bisher hatte sie ihren behandelnden Arzt noch nicht getroffen, dafür aber im Laufe des Tages einige ihrer Mitpatienten kennengelernt. Eine Paranoikerin, die ihren Arzt verdächtigte, sie mit eierstockzerstörende Wellen zu bestrahlen, einen alten Mann, der felsenfest überzeugt war, dass einer der Krankenhausgänge seinen Namen trug, und einen anderen, der einen Scanner zum Zählen seiner Hirnwindungen forderte … Das Übliche.

Mit einem Mal erlosch die Deckenbeleuchtung. Reflexartig warf sie einen Blick auf ihr Handgelenk. Keine Uhr. Wahrscheinlich Sperrstunde. Schnell gewöhnten sich ihre Augen an die Dunkelheit. Immer noch war es mucksmäuschenstill und kein Mensch zu sehen.

Aber wo blieb Sergent?

Sie warf die Zigarette fort und beschloss, ihn zu suchen.

110

Erwan hatte Kripo befohlen, sich umzuziehen, was seinen Stellvertreter derart ärgerte, dass er sich weigerte und Erwan empfahl, allein zu dem Abend bei Lartigues zu gehen. Ganz wie er wollte: Bis zum Morgen würde der Elsässer sicher etwas finden, womit er sich beschäftigen konnte, Telefonverbindungen oder Ähnliches, Erwan hatte ihn beauftragt, Redlichs Krankenakte zu besorgen.

Nun stand Erwan in einer Schlange entlang der Bahnlinie auf der Villa du Bel-Air und verstand, in welchem Maße er seinen Stellvertreter vor der Lächerlichkeit gerettet hatte. Der Dresscode dieses Abends hatte absolut nichts mit Kripos Marquis-Posse zu tun.

Neben ihm stand ein nackter, bis auf das Gesicht vollständig schwarz bemalter Mann, einschließlich eines Wolfs à la Zorro. Ein anderer trug ein Latexleibchen und ein mit Nägeln gespicktes Hundehalsband. Ein Geschöpf, das weder Mann noch Frau war, stakste auf hohen Plateausohlen daher und trug ein rosa Tutu über einem violetten Body. Und so ging die Parade weiter, bis sie sich unter den Platanen der Petite Ceinture verlor. Eine merkwürdige Gesellschaft, die auf einen Zug in ein furchteinflößendes Jenseits zu warten schien.

Das Beeindruckendste aber war die Stille. Die Wesen der Nacht wechselten kein Wort. Niemand lachte.

Endlich war Erwan an der Reihe.

»Das muss ein Missverständnis sein: In diesem Aufzug kannst du hier nicht rein.«

Der kahlköpfige, ziemlich fette Türsteher trug einen Maulkorb und über dem linken Auge eine vergitterte Augenklappe, ansonsten aber nichts als ein einfaches, mit Titan oder Karbon verstärktes Korsett mit Infusionsnadeln.

»Aber ich bin verkleidet«, antwortete Erwan.

»Als was?«

»Als Bulle.«

»Sehr witzig.«

Erwan klappte eine Seite seines Jacketts auf und zeigte seine Waffe im Holster.

»Willst du auch meine Dienstmarke?«

Der Fette zögerte. Erwan trumpfte auf.

»Ich bin ein Freund von Ivo. Das kannst du überprüfen.«

Der Türsteher jedoch scherte sich keinen Deut darum, ob er ein Intimus von Lartigues, ein Bulle oder von der Yakuza war. Ihn beschäftigte ausschließlich das Kostüm. Schließlich entschied er, dass ein mundfauler Muskelprotz mit Bürstenschnitt in Ordnung war. Der Eintritt zu dem Event war frei. Der Gastgeber gab sich die Ehre.

Das Atelier hatte sich seit dem letzten Besuch verändert. Die Plastiken waren entweder verschwunden oder mit dunklen Tüchern abgedeckt worden. Stattdessen tanzte hier jetzt eine verrückte Menschenmenge im Rhythmus der Stroboskop-Blitze, ein Völkchen, das einem Delirium tremens im Endstadium entsprungen schien. Das dumpfe Hämmern, das draußen zu hören gewesen war, wurde hier zur ohrenbetäubenden elektronischen Musik.

Latex schien hoch im Kurs zu stehen. Einige begnügten sich mit einem Accessoire, andere trugen es am ganzen Körper, einschließlich des Kopfs. Es umschloss ihre Gliedmaßen wie für eine Ganzkörperenthaarung. Geschlechts- und identitätslose Menschen wiegten elegant die Hüften und verschmolzen wie brennende Organe mit der Musik. Auch Militärs waren anwesend: Nazis, einige Fidel Castros, ein paar Rote Khmer. Diese Völkermord-Symbole tanzten im Stechschritt unter Treble und Bässe speienden Lautsprechern, die das Knochenmark zum Beben brachten.

Erwan entdeckte auch Anhänger des Medizinfetischismus, zu denen Anne Simoni gehört hatte. Es gab nur wenige Krankenschwestern (zu vulgär), dafür aber umso mehr in martialisch aussehende Metallschienen eingespannte Behinderte, nackte, von Kopf bis Fuß mit Cutasept orange gefärbte Herren und Druckverband-Damen, die wie Roastbeefs mit Gummistrippen eingeschnürt waren. Die SM-Vertreter waren in der Minderheit. Sie stellten Unterwerfungsszenen dar: Gestrenge Herren im Notarsanzug und mit Zigarettenspitze sowie dem Opiumkonsum nicht abgeneigte Dandys des 19. Jahrhunderts im Hausmantel krabbelten auf allen vieren herum und wurden ausgepeitscht oder an der Leine geführt. Die zugehörigen Dominas schienen einer Tiershow entsprungen zu sein: struppige Hündinnen, Leopardinnen mit langen Schwänzen, seidige Pantherweibchen …

Erwan bahnte sich einen Weg durch die Menge und entdeckte an jeder Ecke neue und andere Verrücktheiten: bandagierte Mumien, Kerle in Zwangsjacken, Matrosen nach dem Vorbild von Jean Genets Roman *Querelle*, Nonnen in Vinyl … Ganz zu schweigen von gepiercten Brüsten, Zungen und Gesichtern und skarifizierten Schenkeln und Schultern. Was Tattoos betraf, so waren die Untertitel dieses Abends an Hälsen, Flanken, Armen und Kehlen abzulesen …

Das hier war keine schlichte SM-Veranstaltung. Es war auch keine Orgie, ja nicht einmal eine Party. Überall hingen Schilder, die ausdrücklich auf das Verbot von Alkohol und Drogen hinwiesen, und es gab nur vegetarisches Essen. Es war eine Versammlung von Außerirdischen, die, wie Erwan zugeben musste, eine seltsame Schönheit ausstrahlten.

In einem zweiten Saal, der ebenfalls brechend voll war, baumelten Fleischerhaken von der Decke, an denen Menschen aufgehängt waren. Lebendige Menschen, die in aller Ruhe horizontal über dem allgemeinen Chaos schwebten, die riesigen Haken durch ihr Fleisch gebohrt. Auf der Tanzfläche war der Teufel los. Man schrie, schubste und drängte sich in einem höllischen Pogo. Die Rückkopplungen von Gitarren mischten sich mit dem Surren von Bohrmaschinen und dem Hämmern der Bässe. Nach jedem Kunststück der Feuerspucker rollte eine La Ola.

Erwan geriet in einen dunklen Gang, der nur von Videoinstallationen erhellt wurde, die Schreckensszenen darstellten. Eine junge Frau, die sich die Zähne mit einer Beißzange ausreißen ließ. Ein wunderschöner, sehr junger Mann, der bei lebendigem Leib gehäutet wurde. Chirurgische Eingriffe unter grellem, kaltem Licht. Es war unmöglich, festzustellen, ob diese Grausamkeiten echt oder gestellt waren.

Der nächste Saal bot eine ganz andere Atmosphäre. Hier gab es weder Musik noch Blitze. Der Raum war offenbar nach dem Vorbild japanischer Architektur eingerichtet: Holz, wohin man schaute, nichts als Holz, ohne Nägel und ohne Zement. Erwan vermutete, dass Lartigues auch seine privaten Räume für seine Gäste geöffnet hatte.

Er bahnte sich einen Weg durch die Zuschauer und entdeckte eine nackte, pummelige, gefesselte Japanerin, die mit dem Kopf nach unten hing und sich stöhnend wand, wie eine Raupe in einem Seidenkokon; soeben beendete ein Meister die Fesselung unter größtmöglichen Vorsichtsmaßnahmen. Erwan spürte, dass er eine Erektion bekam, und verdrückte sich. Dieser ganz besondere Abend hypnotisierte ihn geradezu. Schwitzend und erregt war er wie eine geladene Waffe in Kinderhand, nur allzu leicht konnte ein Unglück geschehen.

Was die Ermittlungen betraf, so verschwendete er hier seine Zeit. Was hatte er sich erhofft? Den neuen Nagelmann unter diesen Verrückten zu finden?

Im nächsten Raum breitete sich wieder ein Tonteppich aus. Funk aus den 1970ern. Leuchtende Hakenkreuze an den Wänden. In einer Ecke hatten sich Menschen versammelt. Eine riesige, fast zwei Meter große Frau hing dort an ihren Armen, ihre Beine hatte man mit Gurten weit gespreizt. Ihr in etwa einem Meter Höhe aufgehängter Körper überragte die Zuschauer. Sie war komplett in Latex gehüllt, mit Ausnahme ihrer nackten, enthaarten Scham. Ihre Schamlippen waren weit geöffnet. Wie die Blütenblätter einer Orchidee. Erwan, gepackt vom allgemeinen Wahn, musste sowohl das Innenleben einer Muschel als auch an die Doppelhelix der DNA denken … Vor den geöffneten Schenkeln der Frau tanzte ein Zwerg, dessen nackter Oberkörper mit Lederriemen umwickelt war, wie bei einem Gladiator. Er krümmte die Schultern, fuchtelte mit seinen kurzen Armen und drehte ununterbrochen den Kopf, als würde sein Hals von einem außergewöhnlichen Mechanismus bewegt. Die Scham der Frau schien bereit, ihn zu verschlingen …

Erwan hatte schon einmal von Fistfucking gehört, aber an diesem Abend ging man erkennbar über dieses Stadium hinaus. Er wandte den Blick ab und drängte sich durch die Menge, als er auf einen Mann in einem knallroten Overall traf, der sich mit einem Rollator fortbewegte. Der rote Teufel schob seine Kapuze in den Nacken. Es war Redlich. Um den Hals trug er ein großes Kruzifix mit einem lächelnden Jesus, der sich über seine Wunden zu freuen schien.

»Was machen Sie denn hier?«, fragte Erwan, nachdem er sich von seiner Überraschung erholt hatte.

»Das Gleiche wie Sie: zuschauen.«

»Gehören Sie dieser Gruppierung an?«

»Es gibt keine Gruppierung. Wenn wir uns treffen, ist sie da. Trennen wir uns, existiert sie nicht.«

Redlich entfernte sich ein Stück von der gaffenden Masse. Erwan folgte ihm und stellte fest, dass sein Rollator mit Klingen gespickt war.

»Gefällt es Ihnen?«, erkundigte sich der Ethnologe.

»Nicht schlecht als Kostümball.«

»Sie irren sich. Heute Abend ist hier niemand verkleidet. Während der Woche, wenn alle mit Krawatte und der Tasche über der Schulter zur Arbeit gehen, ist der wahre Karneval. Die Gesellschaft zwingt uns, uns zu verstellen, hier aber werden wir wieder wir selbst.«

Der Ort eignete sich nur bedingt für ein philosophisches Gespräch.

»Und was ist mit dem Blut?«, schrie Erwan. »Mit diesen entsetzlichen Videos auf den Bildschirmen?«

»Unsere Körper sind nur ein Übergang.«

»Und die an Haken aufgehängten Leute, die gefesselten Frauen?«

»Schmerz trägt uns über uns selbst hinaus. Schauen Sie sich Jesus an. Wir sind alle nur Mutanten.«

»Hat diese Maskerade etwas mit der Magie der Yombe zu tun?«, fragte Erwan müde.

Redlich ließ seinen mörderischen Rollator los und packte Erwan am Arm.

»Helfen Sie mir. Wir gehen nach nebenan.«

Erwan stützte ihn, als befänden sie sich im friedlichen Park eines Seniorenheims. Je weiter sie gingen, desto leiser wurde der Funk. Elektro machte sich breit. Redlich hatte seinen Arm um Erwans Hals geschlungen. Der Polizist spürte das Brennen von Latex in seinem Nacken.

Der nächste Raum ähnelte den vorigen: herumwirbelnde Projektionsstrahlen, Betonboden, musikalischer Blitzkrieg. Der einzige Unterschied bestand darin, dass sich die Menge in zwei Gruppen teilte. Korsetts, Harnische, Maulkörbe und Prothesen standen einander in etwa fünf Metern Abstand gegenüber. Man taxierte und bewunderte einander und schien auf den Beginn eines altmodischen Tanzes wie Menuett oder Quadrille zu warten.

Doch dann geschah etwas völlig anderes: Aus künstlichen Rauchschwaden tauchten kahlköpfige, in lange Ledermäntel gehüllte Männer auf. Auf ihren Schultern trugen sie eine mit schwarzem Stoff verhüllte Holzsänfte. Begeisterungsstürme brachen los. Es wurde so laut, dass die Musik in den Hintergrund trat. Die Fantomas-Figuren, die bärtigen Jungfrauen und die Soldaten mit gezwirbeltem Schnurrbart drängten zur Sänfte und versuchten, die Gottheit zu enttarnen, die sich hinter den undurchsichtigen Tüchern verbarg. Erwan gesellte sich zu ihnen, während Redlich sich an ein Geländer lehnte. Er fühlte sich wie bei einer Sekte, deren Guru endlich erschien.

Als endlich die Vorhänge beiseitegezogen wurden und die Leute zu schreien begannen, wich er erschrocken zurück. Im Tragstuhl befand sich eine nackte Frau, in der Haltung von Anne Simoni am Seine-Ufer: Sie kauerte mit unter das Kinn gezogenen Knien, die Arme um die Beine geschlungen. Ihr gesamter Körper war mit Nägeln, Scherben und Klingen gespickt.

Die Sänfte schwankte durch das Publikum. Die Frau war eine lebensgroße Figur aus Kunstharz, eine simple Schaufensterpuppe, und die Nägel, Spiegelscherben und die Schnur stammten mit Sicherheit aus einer ganz normalen Eisenwarenhandlung. Die Maskerade wirkte auf Erwan sowohl lächerlich als auch abstoßend, aber die Verehrung der Gefolgsleute war echt. Sie hoben die Arme, und das Gemurmel rings um die gefolterte Jungfrau verstärkte sich.

Erwan drehte sich um und wollte fliehen, als er einen Schlag gegen sein rechtes Bein bekam. Ivo Lartigues saß vor ihm im Rollstuhl und musterte ihn eindringlich. Er war zur Gänze mit Velpeauverband umwickelt, wie eine Mumie. Nur sein mit Asche beschmiertes Gesicht hatte er frei gelassen, was ihm das Aussehen eines verbrannten Gespenstes verlieh.

»Suchen Sie einen Verdächtigen?«, höhnte er. »Ich biete Ihnen dreihundert.«

111

Gaëlle hatte das gesamte Stockwerk abgesucht: Sergent war nirgends zu finden. Enttäuscht kehrte sie in ihr Zimmer zurück, um auf ihn zu warten. Sie konnte sich nicht vorstellen, dass er sie im Stich gelassen hatte. Erstens hätte er nie im Leben seinen Befehlen zuwidergehandelt, und außerdem schien er sich in ihrer Gesellschaft wohlzufühlen. Zumindest hoffte sie das.

Nächste Runde. Erneut tastete sie sich den Flur entlang. Nur der Schein der Straßenlaternen, der von außen durch die Fenster drang, sorgte für ein wenig Licht. Mit einem Mal blieb sie stehen. Aus einem der Zimmer drangen Geräusche. Sie lauschte. Es klang wie Wasser, das aus einem Gartenschlauch gluckerte. Die Tür war nur angelehnt. Dann und wann zuckte Licht durch den Spalt.

Vorsichtig spähte sie hinein. Sie brauchte mehrere Sekunden, ehe ihr Verstand erfasste, was sie dort sah. Um ein Bett war ein Vorhang aufgezogen. Auf dem Bett lag ein Mann, aus dessen

Hals in regelmäßigen Abständen Blut schoss. Am Kopfende neben ihm stand eine schwarz gekleidete Gestalt. Entsetzt stellte Gaëlle fest, dass die Lichtblitze von einem Handy stammten, mit dem der Mann den Sterbenden fotografierte.

Es gelang ihr nur sehr langsam, die einzelnen Elemente des Anblicks zuzuordnen. Das Opfer sah aus wie Jacques Sergent. Der Fotograf musste sein Mörder sein. Er war gekleidet wie einer der Spinner bei den Fetisch-Abenden. Gaëlle fiel sogar der Name des aus Japan stammenden Anzugs ein: Zentai.

In diesem Moment drehte der Mörder den Kopf in ihre Richtung. Ohne zu überlegen, rannte sie den Flur hinunter.

Nach zweihundert Metern erreichte sie die Etagentür, die natürlich verschlossen war. Ängstlich blickte sie sich um, aber der Mörder war ihr offenbar nicht gefolgt. Ob er sie nicht gesehen hatte? In derselben Sekunde entdeckte sie eine offen stehende Tür und huschte hinein. In dem leeren Zimmer standen zwei Betten ohne Matratzen und zwei Metallspinde, eine Tür führte zum Bad.

Gaëlle schlich ins Bad und duckte sich in der Dusche hinter den Plastikvorhang, bereute diese Idee aber sofort. Falls der Mörder ihr folgte, würde er hier als Erstes nachschauen. Aber sie brauchte einen geschützten Raum, um nachdenken zu können. Sollte sie um Hilfe rufen? Damit würde sie ihr Versteck preisgeben. Die anderen Patienten wecken? Sie standen unter dem Einfluss von Medikamenten und würden ihr nicht helfen können. Natürlich konnte sie auch gegen die Heizungsrohre klopfen. Psychiatrische Kliniken waren so eingerichtet, dass der Kontakt von Metall auf Metall sofort Alarm auslöste. Die Pfleger mussten ein Rohr lediglich mit ihrem Schlüssel berühren, damit ein Notruf abgesetzt wurde. Allerdings hatte Gaëlle kein Metall bei sich, man hatte ihr alles abgenommen.

Sie war in ihrer eigenen Falle gefangen. Die Sekunden schienen sich langsam in der Finsternis aufzulösen. Sie zitterte nicht nur, sie wurde geradezu von Krampfanfällen geschüttelt. Trotz ihrer Angst ging ihr auf, dass sie, die am Tag zuvor durch einen

Sprung aus dem Fenster ihr Leben riskiert hatte, jetzt keinesfalls mehr sterben wollte.

Plötzlich kam ihr eine Idee: Jacques Sergent besaß sicher einen Generalschlüssel. Sie musste aus diesem Loch heraus, in ihr Zimmer zurückkehren und seine Taschen durchsuchen.

Im schlechtesten Fall fand sie vielleicht sein Handy und konnte Erwan anrufen.

Vorsichtig öffnete sie den Vorgang einen Spalt breit. Sie fürchtete, der Mann könnte bereits mit gezücktem Messer vor ihr stehen, doch da war niemand. Leise glitt sie in den Flur und riskierte einen Blick. Niemand da.

Ob er wieder fortgegangen war? Wer mochte er sein? Ein Verrückter, der aus einer anderen Abteilung entwischt war? Nein. Sein Kostüm und die Leichtigkeit, mit der er sich Zugang zur geschlossenen Abteilung verschafft hatte, bewiesen, dass er kein Patient war. Und offensichtlich suchte er nach ihr. Sie war seine Beute. Er war nur zufällig auf Sergent getroffen und hatte ihn eliminiert. So musste es gewesen sein.

Als wäre sie dadurch weniger sichtbar, schlich sie immer an den Wänden entlang zu dem Zimmer zurück, in dem das Verbrechen geschehen war. Der Korridor war so starr wie eine mineralische Landschaft. Das Atmen fiel ihr schwer, als wäre der Luftdruck gestiegen, der Sauerstoffgehalt aber gesunken.

Schritte hinter ihr.

Sie unterdrückte einen Schrei, kauerte sich hin und hoffte, mit dem Schatten zu verschmelzen. Die Schritte kamen näher. Kreppsohlen auf Linoleum.

Und dann sah sie ihn.

Ein Krankenpfleger. Vielleicht auch nur eine Nachtwache in weißem Kittel. Mit Taschenlampe. Die Angst glitt von ihr ab wie flüssiges Wachs. Sie sprang auf und rannte auf ihn zu. Dabei schrie sie, aber kein Laut drang über ihre Lippen. Die Finsternis hatte ihr nicht alle Fähigkeiten zurückgegeben.

Als sie nur noch zwanzig Meter entfernt war, tauchte die Kreatur hinter dem Mann auf.

Bis sie das Bild verarbeitet hatte, wurde es bereits von einem anderen überlagert: ein von schwarzem Lack umhüllter Arm, eine behandschuhte Hand, eine Klinge, die in eine Kehle drang. Das nächste Bild war ein Geysir aus Blut, der aus der Halsschlagader des Pflegers schoss.

Gaëlle drückte sich an die Wand. Der Pfleger brach zusammen, zuckte in wilden Krämpfen. Der Mörder fixierte Gaëlle – zumindest erschien es ihr so, denn seine Kopfbedeckung hatte keine sichtbare Öffnung. Wieder fiel ihr ein Detail zur Verkleidung des Eindringlings ein: Diese Art Maske veränderte die Atmung, mit den Ziel, bei einem Orgasmus das Lustgefühl zu verzehnfachen.

Sie wollte fliehen, blieb aber wie angewurzelt stehen, unfähig, sich zu bewegen. Ihre Schläfen schienen in einer Schraubzwinge zu klemmen, ihre Gliedmaßen waren wie blockiert, und vor ihren Augen verschwamm alles …

Immer noch sah er sie an. Sein schwarzes Gesicht war wie ein lederner Stumpf. Würde er jetzt auf sie zukommen? Nein, er bückte sich, zog der Leiche ruhig den blutgetränkten Kittel aus und streife ihn über. Gaëlle ahnte, dass er sein neues Outfit mit jeder Faser genoss. Fetischismus. Perversion. Die seltsamen Konvulsionen einer entmenschlichten Seele.

Wozu sollte sie sich bewegen? Sie konnte nirgends hin. Jemand hat einmal gesagt: »Wenn alle Möglichkeiten ausgeschöpft sind, was bleibt dann noch? Das Unmögliche!« Sie dachte an die Schlüssel in der Tasche des Pflegers, der zu Füßen seines Mörders lag.

Ohne nachzudenken, sprang sie auf den vermummten Mann zu. Ehe er reagieren konnte, hatte sie bereits die Hosentaschen der Leiche durchwühlt. Kein Schlüssel. Der Vermummte versuchte, nach ihr zu schlagen. Gaëlle wich aus, warf sich zur Seite, versuchte es erneut. Am Gürtel wurde sie fündig, aber der Schlüsselbund war an einem elastischen Band befestigt.

Sie wurde von einer Hand hochgerissen. Das blutbesudelte Messer kam direkt auf sie zu. Sie warf sich rückwärts, brachte ihren Angreifer damit aus dem Gleichgewicht und fand sich auf dem Hinterteil wieder. Die Schlüssel waren ihr entglitten, aber der Mann hatte sie losgelassen. Sie trat zu und erwischte ihn am Knie. Ohne Ergebnis.

Die behandschuhte Hand griff nach ihren Haaren. Sie wehrte sich, trat noch einmal zu und traf ihn in der Leiste, dabei hatte sie auf seine Hoden gezielt. Dieses Mal wich der Vermummte ein Stück zurück – ausreichend für sie, um aufzuspringen und zu fliehen.

Sie saß immer noch in der Falle, und es war ihr auch nicht gelungen, die Schlüssel an sich zu nehmen. Sie rannte am Speisesaal vorbei, einem ganz normalen Zimmer, in dem die Betten durch Tische und Stühle ersetzt worden waren. Zum Fenster! Aber auch hier gab es keinen Griff.

Sie fühlte sich in die Enge getrieben, doch trotz ihrer Panik fiel ihr etwas ins Auge: ein Speisenaufzug mit einer zweigeteilten Schiebetür. Ein Gerät, das in vielen Filmen bei Verfolgungsjagden gute Dienste geleistet hatte. Sie schob die Tür hoch und stellte fest, dass sie hindurchpasste.

Als der Mörder auf der Schwelle erschien – er hatte sich die Zeit genommen, den Kittel auszuziehen –, zwängte sie sich gerade in das enge Fach und streckte den Arm aus, um den Mechanismus zu betätigen.

Das Letzte, was sie sah, war eine schwarze Hand zwischen den beiden sich schließenden Flügeln. Als der Speisenaufzug in die Finsternis hinabglitt, kam ihr, wie ein dummer Witz, ein Satz in den Sinn: »Das Essen ist serviert!«

112

Das Zwischengeschoss des Ateliers war mit einer Glaswand abgetrennt. Vermutlich war hier früher das Büro des Bahnhofsvorstehers gewesen. Zwei Mönche standen mit Kopfhörern in langen Kutten an Turntables und mixten, was das Zeug hielt. Vermutlich war der Raum schallgedämpft, denn das Wummern von unten war hier kaum noch zu hören. Erwan hatte das Gefühl, sich im Cockpit eines Bombers zu befinden, von dem aus er geschützt die Auswirkung der abgeschossenen Raketen beobachten konnte.

Nach der Prozession der Nagelfrau war Lartigues mit ihm im Aufzug nach oben gefahren.

»Für Sie ist der Nagelmann also ein Kultobjekt?«, wollte Erwan von ihm wissen.

»Das Wort empfinde ich als etwas zu weit hergeholt. Sagen wir, er ist zur einer Art Legende geworden.«

»Stört es Sie nicht, dass er neun Frauen umgebracht hat? Ich meine, neun *echte* Frauen im *wahren* Leben.«

Der Künstler lenkte seinen Rollstuhl an die Scheibe, die einen Ausblick auf weiße Schädel, glänzende Latexköpfe und goldbetresste Uniformmützen bot. Die Sänfte hatte man wie einen Altar an einem Ende des Raumes aufgestellt.

»Ich fürchte, Sie haben den Sinn des No Limit nicht wirklich verstanden.«

»Ich muss gestehen, dass ich mich schon vor einer Weile ausgeklinkt habe.«

Lartigues wandte den Kopf und blickte Erwan an. Mit seinen schwarz umrandeten Augen sah er aus wie ein Pharao.

»Kommen Sie her und schauen Sie es sich an.«

Erwan gehorchte nur widerwillig.

»Alle Spielarten sind hier vertreten: Klinikerotik, Uniformfetischismus, SM … In jedem einzelnen Fall handelt es sich um eine Machtdemonstration. In Wirklichkeit sind diese Männer und Frauen auf der Suche nach ihrer Kindheit.«

»Darauf wäre ich nie gekommen.«

»Ich spreche von den traumatischen Erlebnissen ihrer frühen Jahre. Die Spritze beim Arzt, die von Uniformträgern durchgesetzte Autorität der Gesetze, die Dominanz des Vaters, Kastrationsängste …«

Erwan ging auf, dass er sich jetzt eine Lektion Psychoanalyse anhören durfte.

»Ein Fetischist will mit der Vergangenheit abrechnen. Er will als Erwachsener die ursprünglichen Verletzungen neu erleben und dabei seine Gefühle kontrollieren und seine Angst überwinden. Hinter jeder Verkleidung steckt eine Revanche. Man wird selbst zum Arzt, zur Autorität, zur Bedrohung. Wer den Patienten, den Gefangenen oder die Zofe spielt, ist im Einklang mit sich selbst. Abende wie dieser dienen als Katharsis.«

Erwan überlegte, welche Verkleidung er wählen würde, um die Schrecken seiner Kindheit zu überwinden, und stellte mit Unbehagen fest, dass er sie bereits trug: den Anzug des Polizisten, der sein Vater gewesen war.

»Und das viele Latex?«

»Das Latex«, wiederholte Lartigues mit genüsslichem Seufzen, »ist ein Gefühlsverstärker. Beim geringsten Windhauch frieren Sie, nach wenigen Bewegungen geraten Sie ins Schwitzen. Die Tänzer dort haben mehrere Liter Flüssigkeit ausgeschwitzt, wenn sie aus ihren Anzügen steigen.«

»Das ist ekelhaft.«

»Nein, es ist eine höhere Art von Leben. Man ist gleichzeitig nackt und verborgen. Man wird zu einem von Haut umhüllten Organ.«

»Sage ich doch: ekelhaft.«

Lartigues schüttelte den Kopf. Sein bandagierter Körper sah aus wie ein in Küchenrolle gewickelter toter Baum. Erwan fühlte sich hin- und hergerissen zwischen Heiterkeit und Beklommenheit.

»Haben Sie schon einmal von Vorarephilie gehört?«

Erwan schüttelte den Kopf.

»Es handelt sich um die Vorstellung, im Ganzen verschluckt zu werden, ohne dabei gebissen oder verletzt zu werden«, erklärte der Künstler. »Plötzlich findet man sich im Magen einer Schlange wieder. Das ist Latex: die Rückkehr in die Dunkelheit des Uterus. Vom Genuss des ständigen Drucks ganz zu schweigen.«

»Oh, das hatte ich fast vergessen.«

»Sparen Sie sich Ihren Sarkasmus. Begehren hat immer mit einem Hindernis oder mit Zurückhaltung zu tun. Haben Sie die Masse an Haltegurten, Riemen und Prothesen bemerkt? Der Körper muss bezwungen werden, um im richtigen Moment zum höchsten Genuss zu kommen.«

Erwan blickte auf die Uhr. Fast Mitternacht. Der Quatsch hatte lang genug gedauert. Damit, diese Irren zu beobachten, die wie Würste in der Pelle oder mit Plastikmedaillen behängt herumzappelten, hatte er wieder einmal nur kostbare Zeit vergeudet.

»Ich sehe immer noch keinen Zusammenhang zu dem Nagelmann und seinen Opfern.«

»Der echte Nagelmann war ein Fetischist. Er versuchte, sich zu schützen, indem er seine Traumata nachstellte.«

»Aber er hat sich nicht als Aubergine verkleidet, sondern Frauen getötet.«

»Angesichts der Ungeheuer, die ihn bedrohten, waren seine Qualen unerträglich.«

»Wollen Sie ihn etwa entschuldigen?«

»Ich richte nur nicht über ihn. Wenn Sie ihren heutigen Mörder schnappen wollen, sollten Sie Ihre verachtende Vernunft vergessen und Empathie für seine Psyche aufbringen.«

»Vielen Dank für Ihren Rat.« Erwan kam vor dem Aufbruch zu konkreteren Überlegungen zurück. »Soweit wir wissen, verfolgte auch Anne Simoni recht … außergewöhnliche Praktiken. Sie bevorzugte invasive Techniken der Klinikerotik. Kennen Sie Leute, die diese Neigung teilen?«

»Ich sagte Ihnen bereits: Ich kenne niemanden.«

»Gibt es irgendwo ein Forum, in dem solche Leute Kontakt miteinander suchen?«

»Nein. Noch einmal: Wir benutzen niemals Medien, die nachverfolgt werden können. Keine Namen, keine Verbindungen.«

Für einen Moment fühlte Erwan sich versucht, ein paar Kollegen zu rufen und die ganze Versammlung in Gewahrsam zu nehmen. Doch es war nur ein flüchtiger Gedanke, denn es würde nichts nützen. Im Übrigen hätte er nicht einmal das Recht dazu, denn hier wurde nichts Verbotenes getan. Es reichte allenfalls für nächtliche Ruhestörung.

Ihm fiel ein, dass Anne Simoni ihre Ausstattung in einem Spezialgeschäft besorgt hatte. Vielleicht würde er morgen jemanden dort hinschicken und die Kundenkartei beschlagnahmen lassen, sofern eine existierte.

»Was halten Sie von Sébastien Redlich?«, erkundigte er sich zum Schluss.

»Redlich ist ein guter Freund. Ich habe ihm einen tieferen Einblick in die Magie der Yombe zu verdanken und konnte so mein Werk auf deren okkulten Energien gründen.«

»Sagt Ihnen der Name Jean-Patrick di Greco etwas?«

»Di Greco … der Ärmste. Aber immerhin hat er seine Probleme in den Griff bekommen.«

Erwan hatte die Frage aufs Geratewohl gestellt.

»Sie kannten ihn?«

»Natürlich. Er gehörte zu uns, schon seit vielen Jahren.«

»Er gehörte zu Ihnen? Ich dachte, ihre Gruppierung hat keine Mitglieder?«

»Hier geht es um einen Freundeskreis, der sich für den Nagelmann und die Magie der Yombe interessiert.«

»Gehört Redlich auch zu diesem Fanclub?«

»Ja.«

»Wer sonst noch?«

»Ich glaube, das sind alle.«

Das war natürlich eine Lüge, aber immerhin hatte Erwan seine Zeit nicht vollständig vergeudet. Zumindest wusste er jetzt, dass es da ein Trio gab, das zwangsläufig mit der Mordserie in Verbindung stand. Er verabschiedete sich von der Mumie und verließ das Gebäude.

Auf dem Rückweg über die Villa Bel-Air vibrierte sein Handy. Auf dem Display stand Levantins Name.

»Ich habe jetzt endlich Zugang zu dieser Polizeidatenbank bekommen«, sagte der Forensiker ohne großes Vorgeplänkel.

»Und wer ist mit dem nächsten Opfer verwandt?«

»Du.«

»Was redest du da?«

Levantin, der sonst immer die Ruhe selbst war, sprach mit zitternder Stimme weiter.

»Es gibt nicht den geringsten Zweifel. Deine DNA ist mehrfach registriert worden, um dich zu entlasten, wenn du an einem Tatort warst. Die Frauenhaare weisen eine hohe Chromosomenähnlichkeit auf. Du hast doch eine Schwester, oder?«

»Ich rufe dich sofort zurück.«

Erwan legte auf und rief Kripo an.

»Schick sofort jemanden in die Klinik Sainte-Anne. Und du musst auch hin. Ich bin unterwegs.«

»Was ist los?«

»Pavillon Broca. Dort ist Gaëlle untergebracht. Schick alle verfügbaren Kräfte!«

113

Kripo war als Erster da, Audrey und Tonfa kamen zehn Minuten später. Als Erwan die Klinik erreichte, hatten die drei Kriminalbeamten bereits alles unter Kontrolle. Uniformierte Polizisten sicherten die gesamte Allee Maupassant ab. Die Leute von der Spurensicherung in ihren weißen Overalls betraten den Pavillon wie ein kontaminiertes, unter Quarantäne gestelltes Gebäude.

Obwohl sich Gerichtsmediziner in Paris nicht an einem Tatort aufhalten durften, hatte Kripo auch Riboise gerufen. Patienten und Personal waren in ein anderes Gebäude gebracht worden; man würde sie später vernehmen.

Nur die Leichen waren noch da.

Ersten Angaben zufolge waren es zwei: Jacques Sergent und ein Pfleger namens Philippe Battesti.

Keiner von beiden war älter als dreißig. Beiden hatte man die Kehle mit einer Klinge mit Wellenschliff durchgeschnitten – vermutlich mit einem Jagdmesser oder einer Kampfwaffe. Beide Male hatte der Mörder mit sicherer Hand die Halsschlagader durchtrennt; die Opfer waren innerhalb weniger Sekunden verblutet. Beide waren nach der Tat an Ort und Stelle geblieben, was sehr selten ist: Selbst bei einem Stich mitten ins Herz bewegt sich der Sterbende normalerweise noch einige Meter fort.

Es handelte sich um technisch gesehen einwandfreie Exekutionen.

Erwan stand im Hof und lauschte Riboise.

»Morgen früh hast du den Autopsiebericht von Pernaud auf dem Schreibtisch.«

»Danke. Kümmerst du dich auch um diese beiden da?«

»Nein. Ich gehe jetzt ins Bett. Wegen deiner blöden Nägel habe ich seit zweiundsiebzig Stunden nicht geschlafen. Mir ist, als hätte ich drei Tage damit verbracht, Kakteen zu entnadeln. Wann machst du diesem Mist endlich ein Ende?«

Riboise, der kurz vor der Pensionierung stand, redete mit ihm wie mit einem Kind. Als er mit seinem Köfferchen in der Hand davoneilte, wandte Erwan sich an Kripo.

»Wo ist Gaëlle?«

»Wir haben sie hundert Meter weiter im Pavillon Pinel untergebracht.«

»Wo wurde sie gefunden?«

»Im Gebüsch neben diesem Pavillon.«

»Wie geht es ihr?«

»Angesichts dessen, was sie durchgemacht hat, nicht allzu schlecht.«

»Habt ihr sie schon vernommen?«

»Nein. Wir haben auf dich gewartet.«

»Wie hat sie es geschafft zu entkommen?«

»Wie im Film: im Speisenaufzug.«

Nicht einmal ein Hauch von Ironie, das hätte Kripo nicht gewagt. Erwan blickte sich um, weil er fürchtete, sein Vater könnte irgendwo zwischen den Polizeivans auftauchen.

»Ich will das volle Programm. Organisierst du das mit den anderen?«

»Schon geschehen.«

»Ist das Viertel abgeriegelt?«

»Alle Kollegen vom linken Seine-Ufer sind dabei.«

»Wer war als Erster hier?«

»Ein Kriminalbeamter der Wache am Boulevard de l'Hôpital, Remy Amarson.«

»Ist er noch hier?«

»Er ist abgelöst worden und verfasst seinen Bericht im Büro.«

»Wer hat ihn abgelöst?«

»Eine Frau vom Bereitschaftsdienst. Sie ist unterwegs.«

Erwan erkundigte sich nicht nach ihrem Namen, es spielte keine Rolle. Mit einem Zeichen bedeutete er Kripo, sich um den Papierkram zu kümmern.

»Ich gehe zu Gaëlle.«

Ohne ein weiteres Wort ging er zum Pavillon. Im zuckenden Schein der Blaulichter sah die Anlage aus wie ein Dorf in Angst. Es gab einen Kirchturm, ein größeres Steingebäude, das ein Rathaus hätte sein können, und mit roten Ziegeln gedeckte Häuser. Aus allen Fenstern blickten geisterhafte Gesichter, sämtliche Patienten waren längst wach. Erwan musste unwillkürlich an Kinder denken, die von einem bösen Mann bedroht worden waren. Im Gegensatz zur allgemein herrschenden Ansicht waren die meisten psychisch Kranken außergewöhnlich verletzlich und standen ganz oben auf der Liste der Personen, die schon einmal Gewalt erfahren hatten.

In dieser Nacht hatte ein besonders furchterregender Verrückter ihren Rückzugsort heimgesucht. Ein Werwolf, der es darauf abgesehen hatte, Erwans Schwester zu töten – daran bestand für Erwan kein Zweifel –, hatte alle Hindernisse auf seinem Weg zu ihr ausgeräumt.

Junge Polizisten vor dem Pavillon wiesen Erwan den Weg zu Gaëlles Zimmer im dritten Stock. Im gesamten Gebäude waren erstickte Laute zu hören. Die Verrückten flüsterten miteinander. Auf den Gesichtern der diensthabenden Pfleger zeichneten sich Angst und Bestürzung ab. Einer ihrer Kollegen war tot, ermordet von einer in dieser Klinik unbekannten Art von Verrücktheit. Furchtbar. Sainte-Anne würde sich noch lange an diese schlaflose Nacht erinnern.

In der dritten Etage gab es wieder einen Checkpoint. Von hier aus wurde Erwan begleitet. Die Deckenbeleuchtung war eingeschaltet, und die bleichen Wände glänzten wie Spiegel. Es herrschte eine aggressive, geradezu obszöne Traurigkeit. An Jacques Sergent hatte Erwan bisher noch nicht gedacht. Er hatte einen jungen Polizisten ohne Legitimation zur Bewachung seiner Schwester abkommandiert, auch dafür musste er geradestehen. Natürlich konnte er jederzeit vorbringen, dass Gaëlle wegen der Analysen der Haare und Fingernägel in Pernauds Körper beschützt werden musste, doch dazu würde er den Zeitpunkt der Resultate fälschen müssen. Wie auch immer, er war verantwortlich für den Tod eines jungen Mannes von siebenundzwanzig Jahren. Er dachte an das Begräbnis, die Eltern des jungen Mannes und die posthume Auszeichnung …

Erwan klopfte an die Tür von Zimmer 322, erhielt aber keine Antwort. Als er die Tür öffnete, entdeckte er seine kleine Schwester, die auf einem Bett ohne Laken und Decken saß und rauchte. Er bemerkte, dass sie Ballerinas trug, was ihre Zerbrechlichkeit noch unterstrich. Am liebsten hätte er sie umarmt, aber so etwas war bei den Morvans nicht üblich. Und wenn er nach einer versuchten Selbsttötung und einem Mordversuch schon nicht in der Lage war, seiner geliebten Schwester Zärtlichkeit zu zeigen, was für ein Ereignis musste dann noch eintreten, damit der verfluchte Clan endlich Gefühle zeigte?

Steif wie immer ging er auf sie zu und begnügte sich mit einem »Alles okay?«, in einem Ton, in dem er auch hätte sagen können: »Ihre Papiere bitte.«

Gaëlle hob den Kopf. Sie weinte.

»Nimm mich bitte in die Arme«, murmelte sie.

Erwan kniete sich vor sie und zog sie so sanft an seine Brust, als wäre sie aus gesprungenem Porzellan und drohe beim geringsten Druck zu zerbröckeln. Er hätte nicht sagen können, wie lange er sie so hielt, aber er spürte, dass zumindest dieses eine Mal ihrer beider Haut nicht gepanzert war.

Nach einer geraumen Weile stand er auf und stellte sich so ungerührt wie immer ans Fenster. Der unflexible Bulle hatte wieder die Oberhand. Nur so ging es, sonst hätte er bis zum Morgen durchgeheult.

»Wie ist es passiert?«

»Ich weiß nicht«, sagte sie und zündete mit der jetzigen die nächste Zigarette an.

Die Kippe warf sie auf den Boden und trat sie mit dem Absatz aus. Das Linoleum war schon jetzt mit Brandflecken übersät. Schließlich erzählte sie ihre Geschichte: eine Art Albtraum im Wachzustand, in dem ein Killer in Latexkombi ein wahres Blutbad anrichtete. Erwan konnte diese Duplizität der Ereignisse kaum fassen – schließlich hatte er genau zur gleichen Zeit an der Villa du Bel-Air am Tanz der Vampire teilgenommen.

Mit geradezu surrealistischer Präzision und tonloser Stimme berichtete Gaëlle:

»Diese Anzüge nennt man Zenai. Die Kopfbedeckung hat keine sichtbare Öffnung. Die Struktur gestattet einem, zu sehen und zu atmen, aber in veränderter Form.«

Die Organmenschen bei Lartigues kamen ihm in den Sinn. Die Vorarephilie. Er erinnerte sich auch der Fotos an den Wänden des Ateliers, die er mehrere Stunden zuvor betrachtet hatte. Eines davon hatte ein ganz in Leder gehülltes Gesicht gezeigt. Alles ist miteinander verbunden, dachte er.

»Hast du schon einmal so etwas getragen?«

»Hör auf. Um das zu wissen, reicht es, ab und an auszugehen.«

Sie beendete ihren Bericht mit der grotesken Flucht im Speisenaufzug. Erwan hatte Schwierigkeiten, sich zu konzentrieren.

Plötzlich schien sich alles rückwärts abzuspielen. Seine Schwester stieß den Rauch nicht aus, sondern inhalierte ihn, und ihre Worte kamen nicht aus ihrem Mund, sondern kringelten sich auf dem Grund ihrer Kehle ein.

Er fuhr sich mit der Hand über das Gesicht und verjagte die Halluzination. Zum Schluss lachte Gaëlle zwischen zwei tiefen Lungenzügen. Wie in einer Raucherzone im Bahnhof. Erwan war nicht sicher, ob seiner Schwester klar war, wie viel Glück sie gehabt hatte. Ein wahres Wunder. Das zweite innerhalb von vierundzwanzig Stunden.

»Wer ist dieser Typ?«, fragte sie plötzlich ernst.

»Es ist zu früh, um …«

»War er hinter mir her?«

Es fiel ihm schwer, ihr die Wahrheit zu sagen.

»Ich glaube, es handelt sich um den Mörder, von dem derzeit alle Medien sprechen.«

»Der Nagelmörder?«

»Genau.«

»Gibt es einen Zusammenhang mit dem Mörder, den Papa in Afrika verhaftet hat?«

»Es ist der gleiche.«

»Ist er nicht tot.«

»Doch, er ist tot, aber derjenige, der jetzt unterwegs ist, tötet auf genau die gleiche Weise. Wie eine Art Reinkarnation. Ich leite die Ermittlungen zu den Fällen.«

»Hast du schon eine Spur?«

»Einen Scheiß habe ich. Die Sache rinnt mir zwischen den Fingern hindurch.«

»Aber warum hat er es auf mich abgesehen?«

»Er will sich an Papa rächen.«

»Wegen des ersten Mörders?«

»Irgendetwas in der Art vermutlich.«

»Und was sagt Papa dazu?«

»Er glaubt, dass der Kerl nur ein Teil eines größeren Rachefeldzugs ist. Eine Geißel Gottes … Du kennst ihn ja.«

Sie betrachtete das glühende Ende ihrer Zigarette und lächelte.

»Dann wird er endlich für seine Sünden bezahlen?«

Erwan küsste sie auf die Wange. Sie glühte.

»Ob er bezahlen muss oder nicht, ist mir egal. Aber ich will unbedingt verhindern, dass eine Unschuldige wie du zur Rechenschaft gezogen wird.«

»Aber ich war noch nie unschuldig.«

Er küsste sie erneut, als hätte er ein vergessenes Vergnügen wiederentdeckt, das er nun nicht mehr missen wollte.

»Morgen komme ich wieder.«

»Ich will hier raus.«

»Mal sehen, was wir tun können. Am besten, du versuchst jetzt erst einmal zu schlafen.«

Im Korridor vibrierte sein Telefon.

»Ich habe gerade mit Amarson gesprochen«, sagte Kripo. »Dem Kriminalbeamten vom Boulevard de l'Hôpital. Sie haben dort einen schrägen Vogel festgenommen, der vielleicht unser Mann sein könnte. Übrigens reiner Zufall: Sie kamen gerade von Sainte-Anne zurück, als er ihnen auf dem Boulevard Auguste-Blanqui über den Weg lief.«

»Und warum glauben sie, dass es unser Mann ist?«

»Er trägt einen Latexanzug, ist überall gepierct und …«

»Ich bin in zehn Sekunden unten. Wir nehmen deinen Wagen.«

114

Darf ich Ihnen Doktor Hervé Balaga vorstellen?«, begann Amarson.

Vor der Begegnung mit dem Verdächtigen hatte Amarson sie in sein Büro gebeten. Ein ganz normaler Bulle in Bomberjacke, der einen schlaksigen Punker um die fünfzig im Schlepptau hatte, mit eckiger Brille und zerschlissener Lederjacke.

»Angesichts gewisser … Besonderheiten des in Gewahrsam genommenen Mannes habe ich Doktor Balaga als Spezialisten für Body-Art hergebeten.«

Erwan und Kripo sahen sich an. Die Nacht versprach offenbar noch interessante Überraschungen.

»Ich habe bei einer früheren Ermittlung schon mit ihm zusammengearbeitet und schätze seine Erfahrung auf diesem Gebiet«, fuhr der Beamte fort. »Er hat den Verdächtigen begutachtet und …«

»Vor uns?«

»Er hat nicht mit ihm gesprochen. Es war eine einfache medizinische Untersuchung.«

Er wandte sich an den Punker.

»Bitte, Herr Doktor.«

Balaga hielt ein vollgekritzeltes Blatt in der Hand. Er rückte seine Brille zurecht und begann mit schleppender Stimme zu sprechen.

»Der Mann misst einen Meter siebenundneunzig und wiegt fast hundert Kilo. Für mich ist er ein Schulbeispiel.«

»Welche Schule?«

Balaga hielt inne und wies Erwan mit einem Blick zurecht: keine Unterbrechung.

»Body-Art. Body-Hacking. Transhumanismus. Fetisch-SM-Art. Bei all diesen Strömungen geht es darum, seinen Körper zu verschönern und ihn zu modifizieren. Bei unserem Kandidaten habe ich siebenunddreißig Piercings jeder Form und Größe gefunden, unter anderem eine vertikale Nagelreihe auf der Stirn und einen metallenen Kamm auf dem Rücken.«

»Warten Sie«, unterbrach Erwan. »Sie haben ihn nackt gesehen?«

»Er ist in Polizeigewahrsam«, antwortete Amarson. »Die Feststellungen wurden während der Durchsuchung gemacht.«

Das alles war absolut illegal. Der Polizist hatte auf seinen »Experten« gewartet, um den Mann zu filzen. Warum?

»Darüber hinaus trägt der Verdächtige Implantate unter der

Haut, die an den Schläfen außergewöhnliche Formen bilden«, fuhr Balaga fort. »Und ich habe etwa vierzig Skarifizierungen und mit glühenden Eisen eingebrannte Zeichen entdeckt. Diese Technik nennt man ›Branding‹. Er trägt weiß-rote Kontaktlinsen und spitz zugeschliffene Metallzähne. Seine Ohrläppchen sind mit Titanzylindern, sogenannten ›Plugs‹ vergrößert. Das Seltsamste aber ist seine gespaltene Zunge. Das ›Tongue splitting‹ ist bei den Bodymods sehr beliebt. Mich würde nicht wundern, wenn er auch einen Spalt entlang seines Gliedes hätte, aber der Verdächtige hat sich geweigert, sich ganz auszuziehen.«

Der Festgenommene schien geradewegs von dem Abend bei Lartigues zu kommen. Ob er tatsächlich der Eindringling von Sainte-Anne war? Gaëlle hatte nur einen athletischen Mann in einem Zentai-Anzug gesehen.

»Tattoos?«

»Nein, aber dafür gibt es einen guten Grund.«

»Nämlich?«

»Er ist schwarz. Sehr schwarz.«

Erwan blickte Amarson vorwurfsvoll an. Diesen wichtigen Sachverhalt hatte man ihm vorenthalten.

»Welche Nationalität?«

»Nigerianer.«

»Haben Sie einen Alkoholtest gemacht und ihm Blut entnommen?«

»Nur einen Alkoholtest. Absolut sauber. Mehr konnten wir nicht tun. Er hat sich auf *habeas corpus* berufen.«

»Ist er noch hier oder nicht?«

»Die Angelegenheit ist ein bisschen komplizierter, als es auf den ersten Blick aussieht.«

Amarson legte einen roten Pass mit der in goldenen Lettern geprägten Aufschrift »Diplomatic Passport« auf den Tisch.

»Er ist Kulturattaché an der nigerianischen Botschaft in Paris. Joseph Irisuanga, achtundvierzig Jahre, wohnt in der Avenue Raymond-Poincaré in Paris im 16. Arrondissement. Ledig, zumindest hier in Frankreich. Wir haben alles überprüft. Man kann ihm nichts anhängen. Genaugenommen sind wir es, die gegen das Gesetz verstoßen. Sein Anwalt ist auf dem Weg hierher und wird ihn natürlich sofort frei bekommen.«

»Können wir die Immunität nicht aufheben lassen?«

»Mit welcher Begründung?«

»Wir haben ein ganzes Bündel Indizien und …«

»Wir haben gar nichts, und das wissen Sie auch. Alles, was wir tun können, ist, ihn noch einmal zu vernehmen, ehe der Schwätzer hier eintrudelt. Am besten übernehmen Sie das, schließlich geht es um Ihre Schwester. Ich wünsche Ihnen viel Glück, denn seit er hier ist, hat er die Zähne noch nicht auseinandergebracht.«

Erwan stand auf.

»Ich habe nicht genügend Informationen. Warum haben Sie ihn überhaupt festgenommen?«

»Weil er total stoned wirkte. Er lief in seinem Skaianzug in Schlangenlinien über den Gehsteig.«

»Ich dachte, er trug Latex.«

»Meinte ich auch.«

»Haben Sie sonst noch etwas herausbekommen?«

»Es war zwar um die Uhrzeit nicht ganz einfach, aber wir haben den Nigeria-Verbindungsmann hier in Paris geweckt. Er war ziemlich aufgeregt. Irisuanga scheint da unten ein sehr wichtiger Mann zu sein.«

»Und er arbeitet wirklich bei der Botschaft?«

»Er ist vor allem Eigentümer einer Kunstgalerie in der Rue de Seine.«

Die nächste Übereinstimmung. Mit etwas Glück verkaufte Irisuanga *minkondi* aus dem Niederkongo an Lartigues und Redlich.

»Eine weitere Besonderheit ist«, fuhr Amarson fort, der offenbar deutlich informierter war, als es den Anschein hatte, »dass er in seinem Land ein Star ist. Er hat mal an Olympischen Spielen teilgenommen.«

»In welcher Disziplin?«

»Als Läufer. Ich weiß nicht, über welche Distanz. 1984 hat er in Los Angeles Gold gewonnen. Damals war er zwanzig.«

Der Athlet, der so schnell über die Stege des Containerschiffs in Marseille lief. Die Galerie, die *vielleicht* Mayombe-Statuetten verkaufte. Das veränderte Profil. Der Zentai-Anzug. Die Nähe zur Klinik Sainte-Anne, nur wenige Minuten nach dem Angriff auf Gaëlle …

Erwan wandte sich an den Punker-Arzt.

»Kennen Sie sich mit Fetisch-Abenden aus?«

»Das ist mein Spezialgebiet.«

»Haben Sie schon einmal von No Limit gehört?«

»In diesem Milieu das Größte überhaupt. Unter diesem Namen versammeln sich die Verrücktesten von allen, um …«

»Wussten Sie, dass heute Abend eines stattfand?«

Der Arzt und der Polizist wechselten einen kurzen Blick.

»Beim Guru Ivo Lartigues in der Nähe der Porte de Vincennes.«

»Dann war Irisuanga vielleicht auf dem Weg dorthin. Bei der Festnahme ging er in Richtung der Place de l'Italie.«

Erwan ließ Balaga nicht aus den Augen.

»Sagt Ihnen der Name Lartigues etwas?«

»Ja. Ein Bildhauer. Und in der Tat ein Guru, wie Sie schon sagten. Im Bereich Body-Art ist er sehr bekannt.«

»Sébastien Redlich?«

»Nie gehört.«

»Sie sollten zu ihm gehen«, drängte Amarson. »Wenn sein Anwalt erst einmal da ist, dann …«

»Ich verhöre ihn allein«, verkündete Erwan. »Und dass mir niemand das Zimmer betritt, bevor ich fertig bin.«

115

Ein Wesen wie Joseph Irisuanga gab es auf dem Planeten Erde wohl nur einmal. In Höhe der Schläfen hatte er sich unter der Haut Hörner einsetzen lassen, und seine Stirn war von ganz oben bis zur Nasenwurzel mit Nieten verziert. Er hatte keine Augenbrauen, und die Iris seiner Augen war rot. Seine Ohrläppchen waren mit Zylindern stark geweitet. Das alles hätte künstlich, abstoßend oder komisch wirken können, aber Irisuanga schien hier seine wahre Natur zu enthüllen – als Mutant zwischen Eisen und Fleisch.

Erwan setzte sich ihm gegenüber und zwang sich zu einer natürlichen Haltung.

»Ist das ein Zentai?«, versuchte er sich cool zu geben.

Keine Antwort.

»Haben Sie damit keine Probleme beim Atmen?«

Wieder keine Antwort.

Erwan fragte sich, ob der Mann überhaupt Französisch verstand. Aber natürlich lag es keinesfalls im Interesse des Verdächtigen, zu reden. Ihm genügte es, auf seinen Anwalt zu warten und mit den Händen in den Hosentaschen hinauszuspazieren, falls sein Anzug überhaupt Taschen besaß.

Irisuanga griff nach seinem Kaffeebecher – eine Aufmerksamkeit des Empfangskomitees –, hob ihn hoch und prostete Erwan zu. Unter dem Latex konnte man seine spitz gefeilten Nägel erahnen. In der Rolle als Angreifers von Sainte-Anne war der Nigerianer ein außergewöhnlicher Kandidat.

»Ich weiß, wer Sie sind«, sagte er schließlich.

Offenbar eine Einladung zum Dialog.

»Kennen wir uns?«

»Ich kenne jedenfalls Sie. Sie waren vorhin bei der Abendveranstaltung.«

»Sie auch?«

»Sehe ich etwa aus, als käme ich aus der Oper?«

Bei einem Menschen dieses Aussehens hätte Erwan kein so entspanntes Verhalten und so viel Humor erwartet. Joseph Irisuangas Stimme war weich und tief. Er sprach ein perfektes, fast akzentfreies Französisch. Die einzelnen Silben klangen wie mit Samt gefüttert.

Erwan ahnte, dass es um das Alibi ging.

»An diesem Abend habe ich eine ganze Menge Kostüme gesehen.«

»Wussten Sie, dass die Kostüme unterschiedlichen Gebieten zugeordnet werden können?«

»Ja, das haben mir schon meine Freunde Lartigues und Redlich erklärt.«

»Die Zeremonienmeister …«

»Kennen Sie sie?«

»Meine Blutsbrüder.«

»Im übertragenen Sinn?«

»Nein.«

Erwan entschied sich, zum guten alten Polizistenton zurückzukehren.

»Können Lartigues und Redlich Ihre Anwesenheit in der Villa du Bel-Air zwischen zweiundzwanzig und ein Uhr bestätigen?«

»Sie wären nicht die einzigen. Mindestens dreißig Personen könnten das.«

»Als man Sie festnahm, waren Sie in die andere Richtung unterwegs. Wo wollten Sie hin?«

Der Nigerianer lächelte. Erwan begann, sich an den Mutanten zu gewöhnen.

»Ich weiß zwar nicht, was gegen mich vorliegt, aber wenn Ihr einziges Indiz die Richtung ist, in die ich gegangen bin, haben Sie schlechte Karten.«

»Antworten Sie.«

»Ich habe das Fest gegen ein Uhr morgens verlassen, am Boulevard Soult ein Taxi genommen und mich an der Ecke Rue de la Glacière absetzen lassen«, sagte Irisuanga gelangweilt.

»Damit weiß ich noch immer nicht, wo Sie hinwollten. Ihren Papieren zufolge wohnen Sie im 16. Arrondissement.«

»Ich fürchte, Sie werden sich mit dieser Antwort begnügen müssen. Ich werde sicher niemanden in diese Geschichte mit hineinziehen.«

»Von welcher Firma war das Taxi?«

»Keine Ahnung. Hören Sie sich doch einfach um. An einen Kunden wie mich erinnert man sich leicht.«

»Wo waren Sie in der Nacht von Freitag, den 7., auf Samstag, den 8. September?«

»In Lagos, Nigeria.«

»Wann sind Sie nach Paris zurückgekehrt?«

»Samstag, 19 Uhr.«

»Gibt es Zeugen, die das bestätigen können?«

»Meine Familie. Mehrere Minister. Die Fluggesellschaft. Ich glaube, Sie und ich vergeuden hier unsere Zeit.«

Erwan tat, als hätte er den letzten Satz nicht gehört.

»Sie sind Eigentümer einer Kunstgalerie?«

»Sagen wir lieber: Teilhaber und Geschäftsführer.«

»Sind Sie auf afrikanische Kunst spezialisiert?«

Irisuanga lachte und entblößte dabei seine mörderischen Reißzähne. Seine roten Pupillen musterten Erwan mit der Präzision eines Laservisiers.

»Ein Neger kann nichts anderes, als Figuren aus seinem Land importieren, nicht wahr?«

»Ich dachte …«

»Die Galerie Onyx stellt einige der derzeit bestbezahlten Maler und Fotografen aus. Und nein, es handelt sich nicht um Afrikaner.«

Der Bodymod entglitt Erwan wie ein feuchtes Stück Seife. Trotz seines Aussehens, seiner Verbindung zu Lartigues und Redlich und seiner Nähe zum Tatort gab es nichts, das eine Anklage gegen ihn gerechtfertigt hätte.

»Welche Religion praktizieren Sie?«

»Ich gehöre einer Pfingstkirche in Lagos an.«

»Sie sind also kein Animist?«

»Noch so ein Klischee. Suchen Sie etwa einen Zauberer?«

»Bitte.«

Allmählich verlor Irisuanga die Geduld.

»Wir Afrikaner sind alle Animisten. Die Religion kann man wechseln, der Busch aber ist immer da. Und mit ihm die Geister.«

»Sagt Ihnen der Kult der Yombe etwas?«

»Er stammt aus dem Kongo, oder?«

Plötzlich wechselte er spöttisch in den afrikanischen Akzent.

»Das ist wirrrklich weit weg von meinem Zuhause, Chef.«

Man konnte Irisuanga nichts anhaben, und das wusste er.

»Wo haben Sie studiert?«

»In Oxford.«

»Welches Fach?«

»Englische Literatur und Kunstgeschichte.«

»Nicht Medizin?«

»Nein.«

»Sie haben also niemals chirurgische Eingriffe durchgeführt? Vielleicht ein bisschen an Ihren kleinen Fetisch-Kumpels herumgemetzgert?«

Erwan hatte eine grimmige Miene aufgesetzt und war aufgestanden. Sein Ehrengefecht. Es war sicher das letzte Mal, dass er diesen Mann verhören konnte. Irisuanga blickte ruhig zu ihm auf. Die Hände hatte er flach auf den Tisch gelegt: Zwei Ringe unter der Haut bildeten ein beunruhigendes Relief auf dem Latex, als ob dort zirkuläre Adern verliefen.

»Ich bin Ihre Dummheiten leid«, sagte der Schwarze mit träger Stimme. »Wenn Sie mir die Morde des Nagelmannes anhängen wollen, müssen Sie schon etwas anderes finden.«

»Ich habe weder von Morden noch vom Nagelmann gesprochen.«

Der Nigerianer lachte auf. Es klang eisig wie Kristall.

»Habe ich mich jetzt etwa verraten? Nach all den Artikeln in der Presse? Und nach dem Abend bei Lartigues? Was glauben Sie? Dass wir Afrikaner keinen Grips haben?«

Erwan ging zur Tür und öffnete sie weit.

»Sie sind frei, Monsieur Irisuanga.«

»Ich war schon immer frei.«

Im Flur wartete Amarson mit besorgtem Gesicht.

»Der Schwätzer ist da«, sagte er leise.

Irisuanga trat zu ihnen und musterte sie geringschätzig. Fast automatisch steckte Erwan die Hand in die Tasche, nahm sein Handy heraus, schaltete es ein und checkte seine Nachrichten. Levantin hatte sich gemeldet. Er rief ihn sofort an.

»Okay«, begann der Experte ohne Umschweife. »Bei der zweiundsiebzigsten von Anne Simoni entnommenen Probe sind wir fündig geworden und haben eine andere als ihre eigene Blutgruppe gefunden.«

»Wo genau?«

»Hinter dem linken Ohr, wie man es mit Champagner macht.« Er lachte bitter. »Wahrscheinlich, um Glück zu wünschen.«

»Blutgruppe?«

»Null negativ. Glück gehabt, bei null positiv wären wir gelackmeiert gewesen, denn das ist die Gruppe von Anne Simoni und Ludovic Pernaud.«

»Irgendwelche Besonderheiten bei dieser Blutgruppe?«

»Sie ist zwar ziemlich selten, trotzdem gibt es davon Millionen.«

»Kommt sie bei afrikanischen Ethnien öfter vor?«

»Ich glaube nicht, aber das kann ich überprüfen.«

Am Ende des Flurs unterhielt sich Irisuanga mit seinem Anwalt, der ebenfalls afrikanische Wurzeln hatte. Er hatte nichts mit den üblichen Rechtsverdrehern gemein, die nachlässig auf der Wache aufkreuzten, um ihre Mandanten aus der Klemme zu holen, sondern schien geradewegs der *Vogue Homme* entstiegen zu sein. Und das um drei Uhr morgens.

»Kannst du mit der Probe den Karyotyp bestimmen?«

»Bin schon dabei.«

»Und dann mach bei Ludovic Pernaud mit den Analysen weiter.«

»Ernsthaft?«

In diesem Moment wandte der Mann mit den roten Augen den Kopf und warf Erwan einen amüsierten Blick zu. Ein paar uniformierte Polizisten gingen vorbei. Erwan war sich nicht ganz sicher, aber es kam ihm vor, als ob der Mutant ihm zugeblinzelt hätte.

»Und noch etwas«, fuhr Levantin fort. »Vielleicht hat es ja

nichts zu bedeuten, aber wir haben die Gruppe Null negativ schon einmal in der Datenbank.«

»Wer?«

»Thierry Pharabot höchstpersönlich. Ich habe das mit seiner Akte aus Charcot verglichen.«

Erwan weigerte sich, die irrationale Angst zuzulassen, der Nagelmann könne von den Toten auferstanden sein.

»Pharabot wurde 2009 eingeäschert, und uns bleiben noch mehrere Millionen Kandidaten für die Rolle. Ruf mich an, sobald du mehr weißt.«

Er machte sich auf die Suche nach Kripo. Der Lautenspieler sprach auf dem Gehsteig mit einigen Polizisten und drehte sich dabei eine Zigarette.

»Und?«, erkundigte er sich zerstreut.

Die Müdigkeit verstärkte seine natürliche Gemächlichkeit noch.

»Frag lieber nicht! Wie weit bist du mit den medizinischen Akten von Lartigues und Redlich?«

»Ich denke, wir bekommen sie morgen früh.«

»Ich brauche noch eine, von einem gewissen Joseph Irisuanga. Seine Adresse und alles Weitere bekommst du hier. Aber ich warne dich: Die Sache könnte heiß werden. Er ist Nigerianer und genießt diplomatische Immunität.«

Die Hürde schien Kripo nicht weiter zu stören. Er steckte sich die Zigarette zwischen die Lippen und holte sein Heft hervor.

»Willst du wissen, ob er geimpft ist?«

»Ich will wissen, welche Blutgruppe er hat. Von den beiden anderen übrigens auch. Außerdem brauche ich eine Liste sämtlicher ärztlicher Behandlungen seit ihrer Geburt.«

Irgendwie bekam Erwan die Idee nicht aus dem Kopf, dass Anne Simonis Leiche mit Pharabots Blut signiert sein könnte. Ein einfacher Zufall konnte es nicht sein, gleichzeitig aber war das Wunder völlig unerklärlich.

»Glaubst du, dass Irisuanga der Typ aus Sainte-Anne ist?«, fragte Kripo.

»Ich glaube, wir sollten die Taube auf dem Dach gegen den Spatz in der Hand eintauschen.«

»Was meinst du damit?«

»Hinter der Affäre steckt Pharabot, und zwar nicht nur als Vorbild.«

»Ehrlich gesagt habe ich keine Ahnung, wovon du redest.«

Erwan lachte auf.

»Ich muss zugeben, ich auch nicht.«

116

Gaëlle funktionierte offline, wie ein Computer bei einem Gewitter oder einem Kurzschluss. Sie zog weder Energie noch Gefühle aus der äußeren Welt. Trotzdem nahm sie im Dämmerzustand das Geräusch der sich langsam öffnenden Tür wahr. Die Gestalt auf der Schwelle erkannte sie jedoch nicht sofort. Sie musste erst das Licht einschalten, um sie zu identifizieren. Es war die letzte Person, die sie hier erwartet hätte: Sofia Montefiori.

»Darf ich reinkommen?«

Es war vier Uhr morgens – man hatte Gaëlle ihre Uhr zurückgegeben – und Sofia war schön wie immer. Sie besaß eine unveränderliche Frische, die stabile Vitalität ewigen Schnees, der weder Jahreszeit noch Ruhepausen kannte.

»Natürlich«, sagte Gaëlle mit rauer Stimme und fuhr sich mit den Fingern durch die Haare.

Die Italienerin nahm sich einen Stuhl und setzte sich neben das Bett.

»Bist du mit Loïc hier?«

»Du wirst dich daran gewöhnen müssen, mich ohne ihn zu sehen.«

»Schon klar«, sagte Gaëlle leise. »Haben die Bullen dich um diese Uhrzeit durchgelassen?«

»Vergiss nicht, dass auch ich Morvan heiße.«

Gaëlle lächelte. Nur allzu gern hätte sie sich hinter ihrer gewohnten Aggressivität versteckt, aber ihr Herz war nicht bei der Sache.

»Du weißt also Bescheid?«, erkundigte sie sich und machte einen Versuch, sich aufzusetzen.

»Loïc hat mich angerufen.«

»Ich meine … über alles?«

Sofia nickte und holte ein Päckchen Zigaretten aus der Tasche.

»Man darf doch hier rauchen, oder?«

Der Geruch im Zimmer war Antwort genug. Gaëlle sah zu, wie ihre Schwägerin sich eine Marlboro anzündete. Sie hatte Sofia immer um ihren Teint beneidet, aber jetzt aus der Nähe entdeckte sie, dass die Italienerin Ringe unter den Augen hatte und dass ihre Haut fettig glänzte. Überrascht registrierte sie außerdem die Fältchen in den Augenwinkeln, die man Krähenfüße nannte, die aber eher schon Adlerkrallen waren. Ob es an der Scheidung lag?

»Möchtest du eine?«

»Nein danke, ich habe heute schon zu viel geraucht. Nett, dass du mich besuchst.«

»Ich wollte mit dir über etwas reden.«

Jedes Mal wenn Gaëlle die Lider senkte, kehrte der maskierte Mörder zurück. Aber wenn sie die Augen öffnete, war es noch schlimmer: Auf den beigefarbenen Wänden sah sie die zuckenden Körper von Jacques Sergent und dem Krankenpfleger.

Sofia begann, eine langweilige Geschichte zu erzählen, der zufolge ihre Väter sich schon seit Ewigkeiten kannten und heimlich die Ehe zwischen ihrem Sohn respektive ihrer Tochter eingefädelt hatten, um ihre Anteile an Coltano zu vereinen. Sie schien so von ihrer Entdeckung besessen, dass sie nicht bemerkte, wie lächerlich das alles im Vergleich zu den Gewalttaten dieser Nacht war.

Am liebsten hätte Gaëlle gelacht. Die Pläne der beiden Alten überraschten sie nicht, aber die Vorstellung, dass auch sie selbst beinahe das Erbe des perfekten Paares vernichtet hätte, fand sie großartig.

»Was hältst du davon?«

Gaëlle zuckte zusammen. Sie war einen Augenblick weggetreten. Die Müdigkeit. Und die Beruhigungsmittel.

»Was meinst du?«, murmelte sie.

»Was hältst du von meiner Idee eines Bündnisses?«

»Bündnis?«

»Wir müssen sie in die Knie zwingen. Wir finden eine Möglichkeit …«

»Vergiss es. Darüber bin ich hinaus.«

»Wieso denn? Warum?«

»Vielleicht liegt es an meinem Sprung aus der dritten Etage. Oder an dem Mordversuch. Ich weiß es noch nicht«, antwortete Gaëlle verträumt.

Sofia griff nach ihrer Hand.

»Ich verstehe dich ja«, sagte sie. Ihr vorwurfsvoller Ton allerdings besagte das Gegenteil. »Aber wir dürfen nicht einfach alles mit uns machen lassen. Diese Arschlöcher manipulieren uns seit unserer Geburt und …«

»Was willst du machen? Sie ruinieren? Erstens fehlen dir dazu die Mittel, und außerdem ruinierst du gleichzeitig dich selbst. Sie denunzieren? Was genau kannst du beweisen? Dass sie deine Hochzeit arrangiert haben? Das ist selbst nach französischem Recht kein Vergehen.«

Enttäuscht lehnte sich die Komtess auf ihrem Stuhl zurück.

»Ich erkenne dich nicht wieder.«

»Ich mich auch nicht, aber ich kann nicht behaupten, dass es mir missfällt.«

Sofia stand auf, ohne sich die Mühe zu machen, ihren Rock glattzustreichen – ein Modell von Chloé, das Gaëlle in der Avenue Montaigne gesehen hatte. Für die Itakerin, hatte sie sich damals gesagt, nicht für mich.

Sofia wollte schon gehen, besann sich aber und kehrte noch

einmal zurück. Ihr Gesicht hatte sich verändert: Jegliche Wut und Enttäuschung waren daraus verschwunden.

»Ich wollte dir noch etwas anderes sagen …«

Na endlich. Von Anfang an hatte Gaëlle gespürt, dass ihre Schwägerin nicht nur gekommen war, um sie zu besuchen und eine Verschwörung gegen ihre Väter anzuzetteln.

»Ich habe mit deinem Bruder geschlafen.«

»Ihr seid ja schließlich noch verheiratet, oder?«

»Nicht mit Loïc. Mit Erwan.«

Gaëlle lachte auf. Das wunderte sie überhaupt nicht. Die Italienerin und der Fascho hatten schon immer Gefallen aneinander gefunden, ohne es zugeben zu wollen.

»Pass bloß auf«, witzelte sie, »er weiß es zwar gut zu verbergen, aber er ist noch verrückter als Loïc.«

117

Es ist die einzige Lösung.«

»Ganz sicher?«

»Anders können wir sie nicht überzeugen.«

»Gut, dann los.«

Sieben Uhr morgens. Morvan tigerte in Loïcs halbrundem Büro hin und her. Nachdem er von dem Angriff auf Gaëlle erfahren hatte, war er sofort nach Sainte-Anne gefahren, hatte dort aber niemanden angetroffen. Die Kleine schlief, und Erwan war bereits fortgefahren. Seither hatte er weder von seiner Tochter noch von seinem Sohn ein Wort gehört.

In einem Chaos widersprüchlicher Gedanken war er schließlich zu Loïc gefahren und hatte ihn geweckt, um wenigstens das Durcheinander um Coltano in Ordnung zu bringen. Auf seinen ursprünglichen Plan, Gaëlle noch einmal ins Bett der drei Bankiers zu schicken, um sie davon zu überzeugen, dass die Information ein Windei war, hatte er verzichtet. Sie durfte auf keinen Fall nochmal da hineingezogen werden, sie hatte weiß Gott genug ertragen.

Also musste er die Hilfe von Spezialisten in Anspruch nehmen. Ging es nach Loïc, so würden sie nur an ihr Ziel kommen, wenn sie den Preis der Aktie nachhaltig drückten. Zunächst würden die drei Käufer an eine Schwankung vor der großen Hausse glauben, dann aber vermuten, dass ihre Quelle nichts taugte und es wohl doch keine neuen Vorkommen gab. Und dann wahrscheinlich so schnell wie möglich verkaufen. Das Unangenehme an dieser Strategie war, dass Morvan seine eigenen Aktien mit Verlust verticken musste, um künstlich einen Kurssturz herbeizuführen. Mit anderen Worten: Er musste sich ruinieren, um seine Haut zu retten.

»Wie werden die Schwarzen davon erfahren?« erkundigte er sich beunruhigt.

»Wie immer. Über ihre Finanzberater.«

»Aber dann bricht Panik aus.«

»Wir kaufen unsere eigenen Aktien später zu einem höheren Preis zurück. Der Kurs wird sich wieder stabilisieren.«

Morvan lächelte. Das war finanzieller Harakiri.

»Kabongo wird mir die Eier abreißen.«

»Sag ihm Bescheid und weih ihn ein. Sobald die anderen nicht mehr misstrauisch sind, könnt ihr in den neuen Minen loslegen.«

Der Alte nickte. Er wollte nicht zugeben, dass die Ausbeutung bereits in vollem Gang war. Immer noch lief er mit den Händen in den Taschen hin und her. Sein Instinkt warnte ihn vor dieser Art Plan. Seit er im Geschäft war, hatte er noch nie erlebt, dass eine Vorhersage sich erfüllte. In keinem Bereich. Das Leben hatte immer schon mehr Fantasie gehabt als die Menschen.

In Wahrheit lagen die eigentlichen Beweggründe des Vaters und des Sohnes aber in anderen Bereichen. Auch wenn sie vorgaben, wie gestandene Geschäftsleute miteinander zu diskutieren, so standen sie noch immer unter Schock. In weniger als vierundzwanzig Stunden hatte Gaëlle sich das Leben nehmen wollen und war mit knapper Not einem Mordanschlag entkommen. Irgendwo lief ein Killer frei herum, der es auf den Clan abgesehen hatte. Ihre Milchmädchenrechnungen hatten im Gegenzug kein besonderes Gewicht.

»Was ist mit den Luxemburgern?«, wollte Loïc wissen. »Machen die mit?«

»Das regle ich schon.«

Er hatte Montefiori bereits angerufen, der würde sich an dem Plan beteiligen. Bei dieser Gelegenheit hatte er ihn auch gleich nach den über Heemecht verschickten Nägeln befragt. Der Italiener hatte behauptet, nichts zu wissen. Aber wieso nicht? Sicher, seine Gesellschaft verschiffte pro Jahr Tausende Container. Trotzdem durfte man als Polizist den Zufall niemals ausschließen, was eine zusätzliche Schwierigkeit darstellte.

»Was sind das überhaupt für Leute?«, erkundigte sich Loïc.

»Lass das meine Sorge sein.«

Resigniert winkte Loïc ab. Morvan beobachtete ihn aus den Augenwinkeln. Sein Sohn wirkte heute frischer als sonst. Nach dem Selbstmordversuch seiner Schwester war er in einer seltsamen Apathie versunken. Der Alte hatte sogar einen neuen Absturz befürchtet, Heroin oder Alkohol. Aber das Kokain schien genügt zu haben, ihn wieder auf die Beine zu bringen. Es sei denn, Sofia hatte schon mit ihm gesprochen, und die Wut über die arrangierte Hochzeit war drauf und dran, aus ihm hervorzubrechen …

Jedenfalls regeln wir jetzt erst einmal das Problem mit Coltano. Danach kümmere ich mich um dich, mein Kleiner. Morvan hatte bereits beschlossen, Loïc noch einmal in eine Entzugsklinik zu schicken.

Apropos Klinik: Auch für Gaëlle hatte er bereits einen Platz reserviert. Die Einrichtung Les Feuillantines in Chatou kümmerte sich um reiche Patienten, die unter einer Depression litten. Er kannte sie gut, er hatte sich dort selbst mehrfach aufgehalten. Zum Schutz seiner Tochter würde er eigene Männer postieren. Nicht Polizisten oder Beamte, diese Leute kannten sich besser mit Staatsstreichen oder terroristischen Attentaten aus.

Blieb Erwan. Er hatte noch keine Gelegenheit gehabt, seinem Ältesten den Kopf zu waschen, aber das konnte warten. Der Mörder kam der Familie immer näher, und Erwan schien nicht in der Lage, ihn zu verhaften oder zumindest seine Identität herauszufinden.

»Dann kann ich also auf dich zählen?«, fragte er und pflanzte sich vor Loïcs Schreibtisch auf.

»Vorsicht«, warnte Loïc und hob die Hände, »es gibt keine hundertprozentige Garantie dafür, dass es klappt. Wir werden auf jeden Fall Federn lassen müssen, und vielleicht bekomme ich auch nicht alle Aktien zurück. Außerdem müssen wir bei den Rückkäufen sehr langsam vorgehen, damit der Kurs nicht wieder in die Höhe schnellt. Wenn mein Plan aufgeht, sollten die Aktien bis zur Jahreshauptversammlung den normalen Kurs haben. Wir dürfen uns nur nicht erwischen lassen.«

Morvan beugte sich über den Tisch. »Das einzig wirkliche Risiko besteht darin, dass die Schwarzen Wind von den neuen Erzadern bekommen. Lenk sie ab. Sie sollen an irgendwelche Börsenturbulenzen glauben und dabei die Schürfgebiete vergessen. Und auf keinen Fall dürfen sie denken, dass wir sie bescheißen wollen. Wenn wir bei der Sache draufzahlen, ist das nicht weiter schlimm. Das holen wir locker wieder rein.«

Erst während des Sprechens ordnete er seine Gedanken. Tatsächlich lavierte er sich zwischen den Ratschlägen seines Angsthasen von Sohn, den Drohungen das Kabila-Clans und den Angriffen des Nagelmörders mehr schlecht als recht hindurch.

Loïc blickte seinem Vater direkt ins Gesicht. Seine Augen waren so blau, dass es unmöglich war, allzu lange hineinzusehen. Wie beim Blick in den Himmel konnte einem leicht schwindelig werden. Morvan war jetzt sicher, dass Sofia ihm noch nichts erzählt hatte.

»Und du bist ganz sicher, dass du es hinterher nicht bereust?«

»Ruf mich an, wenn du alles verkauft hast.«

Loïc griff zum Telefon.

»Heute ist zwar Sonntag, aber ich werde trotzdem mal ein paar Leute anrufen.«

118

Um halb neun erschien Erwan im Präsidium und trommelte sein Team zusammen. Er hatte nur zwei Stunden geschlafen, eine Dusche genommen, gegen die ein Kärcher ein sanftes Prickeln war, und sich umgezogen. Schon am frühen Morgen hatte er die vorläufigen medizinischen Untersuchungsberichte der Verdächtigen erhalten. Keiner von ihnen hatte die Blutgruppe Null negativ. Wieder eine Spur, die im Sande verlief. Die Akten würden sie im Lauf des Vormittags bekommen.

Er hatte Amarson gebeten, sich mit dem Vernehmungsprotokoll von Irisuanga nicht allzu sehr zu beeilen; der Ärger würde ohnehin von der anderen Seite kommen, nämlich über den Anwalt des Nigerianers. Was die beiden Morde der vergangenen Nacht betraf, so bereitete er sich auf ein Donnerwetter vor, wie er selten eines erlebt hatte. Fitoussi hatte bereits sechsmal angerufen, die Staatsanwaltschaft war in heller Aufregung und die Medien würden hoffentlich berichten, ohne eine Verbindung zu den früheren Morden zu ziehen.

Dem schlimmsten Rüffel jedoch war Erwan noch einmal entkommen: dem seines Vaters. Im Krankenhaus war er ihm aus dem Weg gegangen, danach hatte er sein Telefon abgeschaltet. Ihre nächste Begegnung aber würde sicher heftig werden. Sein Alter würde ihm vorwerfen, nichts zum Schutz seiner Schwester unternommen zu haben und bei den Ermittlungen jämmerlich zu versagen.

Während Erwan in seinem Büro auf sein Team wartete, überflog er den Autopsiebericht der Leiche von Ludovic Pernaud. Der Nagelmann hatte die gleichen Techniken benutzt, die gleichen Wunden zugefügt, der gleichen Besessenheit gefrönt. Der einzige Unterschied bestand in der Sorgfalt, mit der das Opfer zerlegt worden war. Laut Riboise hatte der Täter höchstwahrscheinlich chirurgische Kenntnisse, denn der arme Pernaud war nach allen Regeln der Kunst gehäutet worden.

Noch einmal dachte Erwan über das Thema der analen Vergewaltigung nach: Homosexualität? Impotenz? Rachegelüste? Erwan glaubte nicht an das Motiv einer früheren eigenen Vergewaltigung oder irgendetwas in dieser Art, und schon gar nicht an eine sexuelle Gewaltanwendung, in die sein Vater verwickelt gewesen wäre. Er legte den Bericht in einen Ablagekorb und ging in den Konferenzraum. Dabei fühlte er sich auf seltsame Weise klar und voll fieberhafter Energie.

Alle warteten schon auf ihn. Und trugen Trauer. Sardine im schwarzen Anzug, Audrey hatte ein schwarzes Band um ihr strähniges Haar gebunden, Tonfa sah mehr denn je wie der Henker von London aus und Kripo trug eine flaschengrüne Jacke zu einer dunklen Lederweste. Ihre Kleidung verriet mehr, als alle Worte es vermocht hätten, dass sie sich verantwortlich für den Tod des kleinen Sergent fühlten. Niemand hatte die Angriffe der letzten Nacht voraussehen können, und der Neuling hatte nur über Gaëlle und ihren Selbstzerstörungstrieb wachen sollen. Aber er war das schwächste Glied der Kette, also hätten sie ihm bessere Hilfestellung leisten und ihn wenigstens warnen müssen.

Und noch etwas verdüsterte die Atmosphäre: Pharabots Kunstwerke waren aus dem Labor zurückgekommen. Die ungeschlachten Skulpturen aus Pappmaschee standen, jedes in einem Asservatenbeutel, bedrohlich in einer Ecke des Raums.

Erwan beschloss, Sergents Tod mit keinem Wort zu erwähnen. Die beste Möglichkeit, dem Kollegen Ehre zu erweisen, bestand darin, seinen Mörder zu finden. Ein Blickwechsel mit Kripo diente als Nachruf. Erwan war ihm dankbar, denn der Elsässer hatte es auf sich genommen, die Eltern des jungen Mannes zu informieren.

So konzentriert wie möglich fasste Erwan die Verdachtsmomente zusammen. Als Erstes fielen die Namen Lartigues, Redlich und Irisuanga. Ohne erklären zu können, welche Rolle die drei Perversen in der Sache spielten, forderte er bis zum Mittag genauere Informationen über jeden der drei.

Seit dem Aufwachen ging ihm eine Idee durch den Kopf, über die er noch nicht sprechen konnte, weil sie noch zu undeutlich war: ein Klub von Mördern. Männer, die einer nach dem anderen zur Tat geschritten waren und dabei nach dem gleichen, vom Nagelmann inspirierten Muster vorgegangen waren. Die Methode war klassisch: Jeder Täter entlastete seine Kameraden dadurch, dass er dann zuschlug, wenn die anderen nicht verdächtigt werden konnten. Allerdings hatte Erwan nur einen einzigen Hinweis, der dieses Szenario stützte: Jedem der drei Verdächtigen fehlte ein Alibi. Lartigues hätte Anne Simoni töten können, Redlich Ludovic Pernaud und Irisuanga hätte in Sainte-Anne zur Tat schreiten können. Und wenn man schon einmal dabei war, hätte di Greco auch Wissa ermorden können. Erwan schloss keineswegs aus, dass das Trio einmal ein Quartett gewesen war.

Historisch gesehen hatte es noch nie einen Fall gegeben, in der ein Serienmörder als eine Serie einzelner Mörder enttarnt worden war, und Erwans Bezug war mehr als schwammig. Mehr als einen alten Film von Henri-Georges Clouzot, *Der Mörder wohnt in Nummer 21*, in dem ein Mördertrio sich gegenseitig entlastete, hatte er nicht. Einwände hingegen gab es mehr als genug: die chirurgischen Kenntnisse des Mörders oder seine Erfahrung als Seemann. Weder Lartigues noch Redlich, di Greco oder Irisuanga passten in dieses Profil, ganz zu schweigen von der körperlichen Beeinträchtigung der beiden ersten und der Krankheit des dritten …

Daher schwieg Erwan lieber und überließ das Reden seinen Leuten, auch wenn es wieder nicht mehr als die gleiche abgedroschene Leier war. Kein Resultat in der Klinik Sainte-Anne, weder Spuren noch Zeugen. Keine Einbruchsspuren im Pavillon Broca. Keine Videobilder des Eindringlings. Es grenzte an Zauberei.

Sardine und Kripo hingegen hatten etwas Interessantes gefunden. Der eine hatte sich mit Pernaud, der andere mit Redlich beschäftigt. Beim Vergleich ihrer Resultate war ihnen eine überraschende Übereinstimmung zwischen den beiden aufgefallen.

»Pernaud war Besitzer mehrerer Schusswaffen und Mitglied in einem Klub in Galaney im Departement Yvelines, wo auch Redlich jedes Wochenende trainierte.«

Erwan erinnerte sich, dass der Griesgram sie mit einem Gewehr in der Hand empfangen hatte.

»Redlich ist Sportschütze«, stimmte Kripo zu. »Angeblich besitzt er mindestens fünf Waffen. Seine Kollegen vom Forschungszentrum CNRS bescheinigen ihm einen schlechten Ruf. In seiner Jugend in Afrika hatte er den Finger immer gern schnell am Abzug. Außerdem gilt er in beiden Kongos als *Persona non grata*.«

»Wir haben ihre vom Computer erfassten Anwesenheitszeiten im Klub verglichen«, fuhr Favini fort. »Die beiden Vögel sind sich dort jahrelang über den Weg gelaufen. Sie müssen sich kennen.«

Redlich hätte sich Pernaud also durchaus nähern können, ohne dass dieser misstrauisch geworden wäre. Vielleicht war das auch der Grund dafür, dass Pernauds Wohnung durchwühlt worden war: um alle Hinweise auf ihre Bekanntschaft zu vernichten. Darüber war die Erkenntnis ziemlich gesichert, dass Lartigues Anne Simoni kannte, möglicherweise hatte er sie sogar als Mentor beeinflusst. So sehr, dass sie am Dienstagabend zu ihm in ein Zodiac stieg – wo auch immer er das herhatte, vielleicht von Redlich, falls es doch nicht defekt war? Blieben Irisuanga, der in der Nähe von Sainte-Anne aufgegriffen worden war, und di Grecos Spritztour in der Heide …

Die Fakten wurden präziser, scheiterten aber in jedem einzelnen Fall an mindestens einer großen Schwierigkeit: drei der Verdächtigen fehlte es an der körperlichen Fähigkeit zu derartigen Taten.

Kripo sprach genau dieses Thema an.

»Mir liegen inzwischen die medizinischen Akten des Bildhauers und des Ethnologen vor, die Unterlagen der Krankenkasse.

Lartigues wird nicht wegen MS behandelt, und Redlich hatte nie eine Infektion. Ich habe die Liste ihrer Behandlungen der letzten zwanzig Jahre ausgedruckt. Lartigues war so gut wie nie krank. Redlich nahm Medikamente gegen seine Tropenkrankheiten, aber das war's auch schon. Entweder sind ihre Handicaps erfunden, oder sie lassen sich irgendwo privat behandeln, ohne die Rechnungen einzureichen, was ich für ziemlich unwahrscheinlich halte.«

Erwan konnte ihm nur beipflichten: In Frankreich würde kein Kranker vergessen, seine Ausgaben von der Kasse erstatten zu lassen. Es sei denn, der Künstler und der Ethnologe ließen sich von einen *nganga* behandeln … Oder sie hatten ihre Behinderung erfunden. Um sich zu entlasten? Daran glaubte Erwan nicht, dafür waren die beiden Männer zu intelligent.

»Kümmer dich darum«, sagte er zu Kripo. »Find heraus, ob sie wirklich krank sind und welche Medikamente sie nehmen.«

»Soll ich eine Durchsuchung beantragen?«

»Nein, wir gehen ganz diskret vor.«

Der Elsässer verzog das Gesicht, denn das bedeutete, dass sowohl bei dem Bildhauer als auch bei dem Ethnologen die Mülltonnen durchsucht werden mussten. Vielleicht würden sie auch heimlich in der Wohnung herumschnüffeln.

»Bist du sicher, dass wir dafür Zeit haben?«

»Ich glaube nicht, dass es viel anderes zu tun gibt.«

»Können wir nicht ihr Telefon verwanzen?«

»Zu kompliziert. Und wenn sie einander etwas vorzuwerfen haben, sagen sie es bestimmt nicht am Telefon.«

»Sollen wir eine Überwachung organisieren? Oder ihre Computer hacken?«

»Weder das eine noch das andere. Wir beobachten sie so diskret wie möglich. Die Typen sind auf der Hut und obendrein außergewöhnlich intelligent. Wer hat sich um Irisuanga gekümmert?«

Tonfa klappte seinen Aktenordner auf. Seiten aus dem Internet. Eine Präsentation der letzten Ausstellungen des Nigerianers:

Bilder von allem, was zeitgenössische Kunst an Düsterem und Groteskem darstellen konnte.

»Onyx ist sauber. Glaubt man diesen Artikeln hier, dann handelt es sich um eine sehr angesagte Galerie. Ich warte noch auf die Bestätigung seines Alibis, aber die Fluggesellschaft hat die Tage und Zeiten des Fluges nach Lagos bereits für richtig erklärt.«

Sardine hob die Hand.

»Mal was anderes: Du hattest mich gebeten, die Originalmitschriften des Prozesses von Thierry Pharabot zu suchen. Also ... es gab da mal eine Akte, aber die ist verschwunden.«

»Wie – verschwunden?«

»Niemand kann sich das erklären. Die Typen im Archiv behaupten, es käme oft vor, dass ganze Ordner verschwinden.«

Sofort musste Erwan an seinen Vater denken. Damals hatte man ihn »den Reiniger« genannt. Hatte er hier etwa für den Eigenbedarf gereinigt?

»Und im Kongo?«

»Ich habe das Landgericht in Lubumbashi kontaktiert. Dort hat man mir versichert, alle Akten zu besitzen und sie mir so schnell wie möglich zuzuschicken.«

»Glaubst du daran?«

»Nicht eine Sekunde.«

»Was ist mit Belgien?«

»Unser Verbindungsmann hat mir versprochen, sich auf die Suche zu machen.«

»Ist er vertrauenswürdig?«

»Vielleicht ein ganz klein wenig mehr als der Kongolese.«

Es war neun Uhr morgens, und alles, was Erwan an diesem Tag vor sich hatte, waren ein Haufen Anschisse, zu liefernde Rechtfertigungen und Löcher, die unmöglich zu stopfen waren. Er hatte nichts in der Hand als Hypothesen und Hirngespinste, während in der Rubrik Indizien große Leere gähnte.

»Was ist mit den beiden Leichen aus Sainte-Anne?«

»Sie werden gerade obduziert, aber ...«

»Levantin?«

»Nichts Neues.«

»Weitermachen«, verfügte Erwan und stand auf. »Nächste Bestandsaufnahme um zwölf.«

Die Beamten blickten sich an. Womit genau sollten sie weitermachen? Erwan aber nickte ihnen nur zu und verschwand in sein Büro.

Er fühlte sich nicht wohl. Übelkeit, Hunger, Schwindel … Gleichzeitig aber hätte er beim besten Willen keinen Bissen herunterbekommen. Er öffnete seinen kleinen Kühlschrank, nahm eine Cola Zero heraus und vertiefte sich in die Krankenakten von Lartigues und Redlich. Die Lektüre war ungefähr so spannend wie die eines Telefonbuchs.

Es klopfte. Levantin trat ein. Er sah aus wie ein fröhlicher Pflüger, umgeben von einem sanften Licht, das des Bildes *Das Angelusläuten* von Millet würdig gewesen wäre.

»Du weißt schon, dass du auch anrufen kannst?«, knurrte Erwan verstimmt. »Du musst nicht jedes Mal hier aufkreuzen.«

Levantin warf ihm eine Akte mit Analysen auf den Schreibtisch.

»Die DNA des Fremdblutes an der Leiche von Anne Simoni stammt von Thierry Pharabot.«

119

Es gab nur zwei Möglichkeiten: Entweder Pharabot lebte noch, oder, und das war plausibler, man hatte ihm vor seinem Tod Blut entnommen und es bis heute aufbewahrt. Erwan war kein Spezialist für solche Dinge, aber vermutlich war es möglich, Hämoglobin einzufrieren, ohne dass sich die Zusammensetzung änderte.

Der Gedanke brachte ihn zurück zu der Hypothese eines Fanatikers, der sich in Charcot an Pharabot herangemacht hatte.

Ein Arzt? Ein Pfleger? Lassay, der Direktor des Instituts, hatte diese Möglichkeit zwar als unwahrscheinlich abgetan, aber was wusste er schon darüber? Oder hatte er nur versucht, einen wichtigen Fakt unter den Tisch zu kehren?

Noch eine Überlegung bot sich an: Einer oder mehrere Bewunderer des Nagelmannes hatten einen Pfleger der Klinik oder jemanden vom Bestattungsinstitut bestochen, vor der Einäscherung das Blut des Mörders zu entnehmen. Warum nicht Lartigues oder ein anderer der Verdächtigen? Der Mörderclub wollte vielleicht gern ein Andenken an sein Vorbild haben. Möglicherweise hatten auch die Bewunderer aus der Villa du Bel-Air ihren Kult so weit getrieben. »Nehmet und trinket alle davon: Das ist der Kelch meines Blutes …«

Bezüglich dieser Hypothese war Levantin eher zurückhaltend. Er erklärte, dass man Blut niemals im Ganzen einfror, sondern es zuvor in Blutzellen, Plasma und andere stabile Elemente trennte … Bei den hier entdeckten Partikeln aber war dies nicht der Fall. Im Übrigen hätte man die Blutzellen zur Konservierung mit einem Frostschutzmittel mischen müssen, dessen Rückstände er gefunden hätte – es sei denn, man hätte das Blut vor dem Gebrauch gereinigt, was wiederum die Existenz eines voll ausgerüsteten Labors voraussetzte. Levantin tendierte daher zu der Ansicht, dass Pharabot noch lebte. Erwan glaubte nicht daran. Ihm erschien die Vorstellung, dass der Mörder sich derart komplexer Methoden bediente, durchaus nicht unwahrscheinlich. Immerhin wussten sie ja bereits, dass der Killer medizinische Kenntnisse besaß.

Auf jeden Fall mussten sie dem Problem so schnell wie möglich auf den Grund gehen.

»Kripo!«, rief er ins Telefon. »Ich habe eine gute Nachricht: Wir fahren nochmal in die Bretagne.«

»Was? Aber …«

»Ich brauche meinen Lieblingsschreiber, denn ich erwarte ausführliche Geständnisse.«

»Von wem?«

»Erkläre ich dir später. Buch uns den nächstmöglichen Flug nach Brest.«

»Erwan …«

»Keine Diskussion!«

»Ich diskutiere ja gar nicht. Ich wollte dir nur sagen, dass Michel Clemente, der Gerichtsmediziner vom Cavale Blanche, mich gerade angerufen hat.«

»Und wieso nicht mich?«

»Weil er sagt, dass du nie rangehst.«

»Was wollte er?«

»Das wollte er mir nicht sagen.«

Erwan hatte die Nummer noch eingespeichert und rief sofort zurück.

»Doktor Clemente? Hier ist Morvan von der Kriminalpolizei Paris.«

Clemente begrüßte ihn liebenswürdig. Der Klang seiner Stimme verriet Erwan, dass er zu seinem gewohnten Tagesrhythmus und seiner Würde als Gerichtsmediziner in der Provinz zurückgefunden hatte. Die Zeit der zerfetzten Leichen war vorbei.

Oder vielleicht doch nicht?

»Ich wollte Ihnen von einem ausgesprochen verblüffenden Detail berichten.«

»Ich höre.«

»Ich bin gerade dabei, die Unterlagen des Falls Kaerverec zu ordnen, die Sie angefordert haben, wenn ich das richtig verstehe.«

»Ja?«

»Dabei bin ich unter anderem über die Patientenakte von Jean-Patrick di Greco gestolpert, die man mir für die Autopsie zur Verfügung gestellt hat, und …«

»Litt er doch nicht unter dem Marfan-Syndrom?«

»Doch. Sicher. Warum fragen Sie das?«

»Nur so. Reden Sie weiter.«

»Es gibt eine gravierende Abweichung in der Akte von meinen eigenen Untersuchungen bei der Obduktion. Di Grecos

Blutgruppe war anders. In den angeforderten Dokumenten hatte er A positiv, bei meinen Analysen war es null negativ.«

»Ist es möglich, die Blutgruppe zu ändern?«

»Nur in einem einzigen Fall.«

»Der da wäre?«

»Es ist schwierig, das am Telefon zu klären. Ich …«

»Gut, erklären Sie es mir persönlich. Ich bin gegen 14 Uhr im Cavale Blanche. Warten Sie in der Gerichtsmedizin auf mich.«

»Kommen Sie extra deswegen? So wichtig ist es dann vielleicht auch nicht. Ich könnte …«

»Bis später.«

Erwan legte auf und stellte fest, dass er schwitzte. Er kannte diese plötzliche Beschleunigung während einer Ermittlung. Tagelang sah es so aus, als sei man festgefahren, und plötzlich wucherten die Fakten wie Krebszellen.

Er blickte auf die Uhr. Schon zehn. Ihm blieb nicht die Zeit, zu Hause vorbeizufahren, und so schaute er in seinem Büroschrank nach, was da war. Kulturbeutel, Hemd zum Wechseln, Ladegerät – genau das, was ein kleiner Polizist unterwegs brauchte.

Wieder klopfte es.

»Herein.«

Es war Audrey, die immer noch ihr schwarzes Stirnband trug.

»Was ist?«

»Es geht um Pernaud. Wir haben eine Telefonnummer bei ihm gefunden.«

Erwan stellte die Reisetasche ab und trat zu ihr. Wer Pernaud sagte, meinte Spionage. Und wer Spionage meinte …

»Er benutzte ein gesondertes Handy, von dem aus er immer die gleiche Nummer anrief.«

Erwan steckte die Hände in die Hosentaschen. Er hatte schon verstanden.

»Die Nummer meines Vaters?«

Audrey zögerte. Noch nie hatte Erwan erlebt, dass sie aus der Fassung geriet.

»Nein. Die deiner Mutter.«

120

Der Flieger nach Brest startete um 13:40 Uhr. Erwan blieb gerade noch Zeit für einen kurzen Besuch bei Maggie. Fitoussi, der ihn zu sich zitiert hatte, schrieb er nur eine kurze SMS: »Ein Notfall.«

Unterwegs, während Kripo lenkte, produzierte Erwans übermüdetes Gehirn die verrücktesten Vermutungen. Eine der übergeschnapptesten: Ludovic Pernaud war Maggies Liebhaber gewesen. Auch nicht schlecht: Maggie war die Komplizin ihres Mannes, was verborgene Manöver im Dienst des Staates betraf. Eigentlich hätte man darüber lachen können, aber ihm war nicht danach.

Es fiel ihm nicht leicht, seine Mutter objektiv zu beurteilen. Wenn er an sie dachte, dann immer mit einer Art verhaltener Verbitterung. Natürlich liebte er sie, doch das war eher ein Reflex. Sobald er bewusst über sie nachdachte, spürte er eine irritierende Mischung aus Mitgefühl und Groll in sich aufsteigen.

Warum war sie bei dem sadistischen Irren geblieben?

Sie ertrug ihr Los mit mystischem Stolz. Es war ihr Martyrium, ihr Kreuzzug, den sie im Namen der Kinder und der bürgerlichen Ordnung ertrug. Sie, die einst ein fröhliches und pfiffiges Hippiemädchen gewesen war, das in seiner Jugend auf alle Werte gespuckt hatte, respektierte sie heute mit den Skrupeln einer Benediktinerin.

Sie hatte ihren Mann mehrmals verlassen. Sie hatte die Scheidung eingereicht. Sie hatte geschworen, ihn nie wieder in ihrer Nähe zu dulden. Aber immer hatten ein paar Versprechungen genügt, sie in ihr trautes Heim zurückzulocken. Maggies und Grégoires Schicksal ähnelte den griechischen Tragödien, in denen die Helden, ganz gleich, wie sie sich verhalten, den Voraussagen des Orakels nicht entrinnen können.

Avenue de Messine, Sonntag, 11:10 Uhr. Hier herrschte die Ruhe der wohlhabenden Viertel. Die Sonne lugte zwischen den Baumkronen hindurch. Die Stille des Parc Monceau breitete sich aus wie ein Fluss, rieselte bis zu den Haustüren.

»Warte hier auf mich«, sagte Erwan zu Kripo. »Es dauert nicht lange.«

Er verzichtete auf den Aufzug. Auf der Treppe überfiel ihn eine Erinnerung: Seine Mutter lag nach einem mysteriösen Unfall im Krankenhaus. Er selbst war neun Jahre alt, saß im Wartezimmer und las eine Zeitschrift über Kampfkunst, die sein Vater ihm gekauft hatte. Dabei hörte er, wie sein Vater dem Arzt erklärte, dass seine Frau die Treppe hinuntergefallen sei. Der Arzt antwortete, dass man den Arm trotz mehrerer Brüche glücklicherweise würde retten können.

Erwan hatte sich auf seine Zeitschrift konzentriert, sich aber gewundert, dass niemand über die andere Version sprach – jene, die zu den Schlägen und dem Kreischen passte, die er mitbekommen hatte, und zu den Schreien seiner Mutter, als das Arschloch sie die Treppe hinuntergeworfen hatte. Die Zeilen tanzten vor seinen Augen. Seine Hände krampften sich um die Seiten, bei denen es sich ironischerweise um eine Spezialausgabe über die Stars von Kung-Fu-Filmen handelte, Bruce Lee, Jackie Chan, Jet Li … Am liebsten wäre er fortgelaufen. Oder hätte alle getötet. Aber er rührte sich nicht. In seiner Verwirrung sagte er sich, dass, wenn sich an diesem Tag nichts verändern würde, wenn sein Vater nicht ins Gefängnis käme und wenn seine Mutter nach Hause zurückkehrte, der Kampf für immer verloren war.

Eine Woche später war Maggie mit einem Gipsarm wieder zu Hause gewesen.

Erwan klingelte und wischte sich die verschwitzten Hände am Jackett ab. Seine Mutter öffnete innerhalb einer Minute. Sie trug eine Schürze aus wiederverwertetem Stoff. Eine Haushaltshilfe hatte sie nie gewollt. Auch eine ihrer großartigen Ideen, die sich für sie ausgezahlt hatte, in einem Leben als Mädchen für alles.

»Erwan?«, sagte sie erstaunt. »Ist etwas passiert?«

»Alles im Lot. Darf ich kurz reinkommen? Ich bleibe nicht lange.«

Sie trat zurück und ließ ihn eintreten. Ihre Schönheit lag noch immer über ihrem Gesicht, wie ein abgenutztes Phantom.

Irgendwo lief leise ein Radio. Das Wohnzimmer sah aus wie ein Schlachtfeld: aufgerollte Teppiche, zusammengeräumte Kissen, aufeinandergestapelte Stühle. Zwar hatte sich Maggies Tochter innerhalb von zwei Tagen zuerst aus einem Fenster gestürzt und war anschließend nur knapp einem Mordanschlag entgangen, aber offenbar konnte nichts von alledem das Mandala der Hausfrauenpflichten verändern.

»Es lenkt mich ab«, verteidigte sie sich. »Und wenn wir schon nicht zusammen zu Mittag essen, nutze ich die Zeit für einen gründlichen Hausputz. Möchtest du etwas trinken?«

»Danke, ich bleibe nur ein paar Minuten. Ich muss einen Flieger erwischen.«

Für Formeln und Umschreibungen blieb keine Zeit.

»Bei meinen Ermittlungen bin ich auf deine Telefonnummer gestoßen.«

»Wie bitte?«

»Eines der Opfer hat dich am Vorabend seines Todes drei Mal angerufen.«

Sie riss ihre hervortretenden Augen auf. Erwan konnte jedes Äderchen in dem glasigen Weiß erkennen.

»Wer?«

»Ludovic Pernaud.«

»Nie von ihm gehört.«

»Wie erklärst du dir das?«

»Hat er für deinen Vater gearbeitet?«

»Das musst du mir schon sagen.«

Er drehte einen der Stühle um und setzte sich mitten in das leere Wohnzimmer. Mit dem Fuß schob Maggie den Staubsauger beiseite und setzte sich auf eine Samtchaiselongue.

»Manchmal benutzt er mein Handy …«

»Wozu?«

»Die Leute, mit denen er arbeitet, rufen meine Nummer an, um ihm zu signalisieren, dass er zurückrufen soll.«

Ihr Geständnis passte zu dem, was er im Verbindungsnachweis gesehen hatte: Pernauds Anrufe hatten nie länger als ein paar Sekunden gedauert. Trotzdem spürte er, dass seine Mutter log.

»Weißt du, was Papa an der Place de Beauvau genau macht?«

»Das interessiert mich schon lange nicht mehr.«

»Wann hast du dich … ausgeklinkt?«

Sie machte eine Armbewegung, die »Habe ich vergessen« bedeutete. Er beobachtete sie genau. An diesem Morgen entdeckte er keine der beiden Maggies: weder die in höheren Sphären schwebende Hippiefrau, die mexikanische Körner kaute und von einer besseren Welt träumte, noch die panische Kreatur, die sich an die Wand drückte, sobald ihr Mann die Schlüssel ins Schloss steckte. Plötzlich fragte er sich, ob es nicht noch eine dritte Maggie gab. Ein eiskaltes Wesen, das Macht und Geheimnisse hinter einem zerbrechlichen Äußeren verbarg.

»Was ist in Lontano zwischen euch geschehen?«

»Mit diesen alten Geschichten bringst du nichts wieder ins Reine.«

»Antworte mir.«

»Wir haben uns während seiner Ermittlungen kennengelernt.«

»Wann? 1970? Ich bin 1971 geboren.«

»1969. Es war Liebe auf den ersten Blick.«

»Liebe auf den ersten Blick? Zwischen dir und Papa?«

»Darüber haben wir doch schon gesprochen. Was jetzt zwischen uns läuft, ändert nichts an der Tatsache.«

»Er hat mir erzählt, dass eure Verbindung von Gewalt geprägt war.«

»Nicht unsere. Die des Nagelmannes. Es gab immer mehr Opfer. Es machte deinen Vater … krank.«

Morvan hatte ihm genau das gleiche Märchen aufgetischt. »Abgesprochene Aussagen« im Polizeijargon.

»Abgesehen von der Untersuchung – war er dort unten in Mauscheleien verwickelt?«

»Dein Vater hat den Mörder gesucht und sich bemüht, Recht und Ordnung in Lontano wiederherzustellen. Ansonsten hat er sich in nichts eingemischt.«

»Bis er diese Manganmine erbte.«

»Das war viel später, nachdem er alles andere geregelt hatte.«

»Was wusstest du über seine Untersuchungen?«

»Nichts. Er hat nie darüber geredet. Er misstraute jedem.«

»Auch dir?«

»Vor allem mir. Er war überzeugt, dass die Weißen den Mörder schützten, weil er einer der ihren war, ein Kolonialist und Ausbeuter. Es klingt absurd, aber damals hatte er noch ziemlich linke Ansichten. Er wollte Afrika befreien.«

»Hat er während der Ermittlungen nichts Illegales getan?«

»In Afrika ist nichts illegal, und er hatte freie Hand. Es zählte nur eins: den Mörder zu finden.«

Erwan versuchte, sie zu provozieren.

»Der Mann, der dich angerufen hat, war selbst ein Opfer des Mörders, den ich suche, und ebenfalls ein Killer.«

Keine Reaktion. Erwan stellte mit einiger Ironie fest, dass Maggie tatsächlich eine Gemeinsamkeit mit Ludovic Pernaud hatte: die Leidenschaft für Klarsichtfolie.

»Vermutlich hat er nur wenige Tage vor seinem Tod einen Auftrag ausgeführt«, fuhr er fort. »Ich glaube, diesen Auftrag hatte er von Papa.«

Sie wirkte nicht überrascht. Sie brauchte keine Verdachtsmomente, um zu wissen, dass ihr Ehemann ein Mörder war. Sie selbst war schließlich auch nur eine Überlebende.

»Bei dem Auftrag ging es um einen Journalisten, der ein Buch über Frankreichs Kolonien in Afrika veröffentlichen wollte«, hakte er nach.

»Und nur deswegen soll dein Vater seine … Eliminierung befohlen haben?«

»Er hätte ein Geheimnis über ihn ausgraben können.«

»Du bist verrückt.«

Ihre Aussage klang zwar ehrlich, aber sie war nicht echt. Maggie wusste über die finsteren Aktivitäten ihres Mannes Bescheid, und im Augenblick dachte Erwan, dass sie ihr möglicherweise nicht einmal fremd waren.

11:30 Uhr. Er musste los. Er stand auf und ging zur Wohnungstür.

»Ich verstehe nicht, warum du mir diese Fragen stellst«, sagte Maggie, die ihm folgte.

Er drehte sich abrupt um.

»Seit zehn Tagen treibt hier ein Mörder sein Unwesen, der sich für den Nagelmann hält. Inzwischen haben wir drei Opfer. Fünf, wenn wir die aus Sainte-Anne mitzählen. Fast alle haben irgendeine Verbindung zu Papa. Der Killer rächt Thierry Pharabot, verstehst du?« Er packte sie am Arm. »Bist du ganz sicher, dass du mir nichts zu sagen hast? Irgendetwas, das mir hilft, ihn dingfest zu machen und weitere Morde zu verhindern?«

»Nein, ich schwöre …«

Sie brach ab. Ihr Blick wurde starr, ihr Nacken war angespannt. Innerhalb einer Sekunde verwandelte sich ihr Gesicht in die Maske des willigen Opfers, das bereit ist, alles einzustecken. Angewidert ließ Erwan sie los: Soeben hatte er sich wie sein eigener Vater verhalten.

Während er die Treppe hinunterging, rief er Audrey an und befahl ihr, um jeden Preis etwas zu finden, das seinen Vater mit der Affäre Marot in Verbindung brachte.

»Zusätzlich zu allem anderen?«, fragte sie im Hinblick auf die laufenden Ermittlungen zum Nagelmann.

»Zusätzlich zu allem anderen. Verdammte Scheiße, brich ihm das Genick!«

Er verließ das Gebäude, ließ sich das Gespräch mit seiner Mutter noch einmal durch den Kopf gehen und beschloss, dass er irgendwie der Prozessakten im Fall Pharabot habhaft werden musste. Das einzige Mittel, mehr über die Angelegenheit zu erfahren.

Eine Minute später saß er wieder im Wagen.

»Alles in Ordnung?«, erkundigte sich Kripo.

»Gib Gas. Ich habe die Nase gestrichen voll davon, ständig meine Zeit zu vergeuden.«

121

Erwan war sich nicht sicher, in seinem Wettrennen gegen die Zeit die richtige Entscheidung getroffen zu haben. Mit der Warterei am Flughafen, den Sicherheitschecks und dem Flug selbst waren weitere zwei Stunden nutzlos verstrichen. Und, um dem Ganzen die Krone aufzusetzen, war er im Flugzeug auch noch eingeschlafen. Er hatte geschlafen wie ein Epileptiker. Ängste, Krämpfe, Aufschrecken, und dann wieder Bewusstlosigkeit bis zur nächsten Krise. Nicht eine Zeile hatte er gelesen.

Erst das Aufsetzen auf der Landebahn weckte ihn endgültig auf. Es regnete Bindfäden. Wieder warteten seine drei Partner Archambault, Verny und Le Guen in ihren unvermeidlichen schwarzen Regenmänteln auf ihn.

Erwan hatte ihnen nicht mitgeteilt, warum er und sein Stellvertreter so schnell zurückkamen. Wieder einmal fuhren sie, in ein Gendarmeriefahrzeug gequetscht, quer durch die Stadt. Erwan erklärte mit wenigen Worten die Situation. Die neuen Morde. Der Verdacht auf Fetischismus. Pharabots DNA an der Leiche von Anne Simoni.

Das Schweigen im Fahrgastraum sprach für sich. Entweder verstanden sie nicht. Oder sie verstanden, und das war noch schlimmer.

La Cavale Blanche. Kubische, auf Säulen ruhende Gebäude. Weite Rasenflächen. Familien auf Besuch. Die schaurigen Fresken an den Zementwänden im zweiten Untergeschoss.

Clemente empfing sie im Wartesaal. Goldfische. Kaffeemaschine. Alles wie vorher. Aus irgendeinem Grund funktionierte die Deckenbeleuchtung nicht, nur das Aquarium verbreitete ein flirrendes, bläuliches Licht.

»Kaffee?«, erkundigte sich der Gerichtsmediziner bei seinen Gästen.

Ohne seinen Kittel war er wieder der charmante Verführer mittleren Alters mit Silberhaar, leger und elegant gekleidet.

»Was hat es mit dieser Veränderung der Blutgruppe auf sich?«, fragte Erwan, ohne auf das Angebot einzugehen.

Clemente forderte sie zunächst auf, Platz zu nehmen. Dass Erwan kurz angebunden war, würde seine eigenen guten Manieren jedenfalls nicht beeinträchtigen. Alle setzten sich, behielten ihre Regenmäntel aber an.

»Dafür gibt es nur eine mögliche Erklärung: eine Knochenmarktransplantation.«

»Um sein Syndrom zu behandeln?«

»Nein. Solche Operationen führt man in aller Regel gegen Leukämie durch.«

»Litt di Greco denn unter Blutkrebs?«

»In seinen Patientenunterlagen steht nichts davon. Von einer Operation übrigens auch nicht, was ausgesprochen merkwürdig ist.«

»Vielleicht eine Transplantation im Geheimen?«

»Nicht unbedingt. Möglicherweise hat er sich im Ausland behandeln lassen.«

»Weshalb?«

»Keine Ahnung.«

Clemente fixierte ununterbrochen die Kaffeemaschine. Schließlich hielt er es nicht mehr aus, stand auf und nahm sich eine Tasse.

»Da gibt es noch etwas«, fuhr er fort. »Eine solche Transplantation erfordert eine geradezu drakonische medikamentöse Unterstützung, selbst wenn das Transplantat selbst gut kompatibel ist. Vor allem aber braucht der Patient Immunsuppressiva. Ich habe di Grecos Blut noch einmal daraufhin untersucht und konnte solche Medikamente tatsächlich nachweisen. Mit anderen Worten: di Greco hat eine Stammzellenspende erhalten, und zwar meiner Meinung nach in den letzten drei Jahren.«

»Haben Sie irgendwo eine Narbe gefunden?«

»Diese Art von Operation hinterlässt keine Narbe. Sie wird per Injektion durchgeführt.« Er setzte sich und trank ein paar Schluck Kaffee. »Aber es gibt da noch eine Ungereimtheit. Bei der Durchsuchung wurde in seiner Kabine kein Ciclosporin gefunden, so heißt das Immunsuppressivum. Er wollte die Behandlung offenbar aus irgendeinem Grund geheim halten.«

Erwan warf Verny einen Blick zu. Dieser bestätigte ihn mit einem Nicken.

»Wieso verändert eine solche Operation die Blutgruppe?«

»Die roten und weißen Blutkörperchen und die Blutplättchen werden im Knochenmark produziert. Vereinfacht ausgedrückt: Verändert man das Knochenmark, verändert man damit die Herstellung des Blutes.«

»Und was ist mit der DNA?«

»Die ändert sich ebenfalls. Das Knochenmark ist für alle Körperzellen zuständig. Bei einem Eingriff wird das gesamte System ersetzt, allerdings muss es erst anwachsen.«

Erwan dachte an die Blutpartikel, die man hinter Anne Simonis Ohr gefunden hatte. Vielleicht handelte es sich nicht um Pharabots DNA, sondern um die einer Person, die das Knochenmark des Mörders erhalten hatte.

Nicht zu schnell …

»Wie wird eine Knochenmarktransplantation durchgeführt?«

»Wie schon gesagt, meist geschieht es vor dem Hintergrund einer Leukämie. Das Knochenmark des Patienten produziert anämisches Blut. Es wird mit Chemo- oder Strahlentherapie zerstört und dann durch das eines Spenders ersetzt. Meistens ist es das eines Verwandten. Im neuen Knochenmark entsteht dann wieder gesundes Blut mit roten Blutkörperchen.«

»Muss der Spender grundsätzlich ein Verwandter sein?«

»Nicht unbedingt. Es gibt auch Übereinstimmungen bei Personen, die nicht der Familie angehören. Aber ganz egal, wer der Spender ist: Der Operierte muss sich grundsätzlich einer Behandlung mit Ciclosporin unterziehen, damit das Knochenmark anwächst. Darüber hinaus muss der Patient streng überwacht werden, denn sein Mangel an Antikörpern macht ihn sehr empfänglich gegenüber vielen anderen Krankheiten.«

Erwan hatte das Gefühl, sich in einem finsteren Wald verirrt zu haben, in weiter Ferne zwischen den verschlungenen Zweigen aber ein kleines Licht zu entdecken.

»Ist es ein komplizierter Eingriff?«

»Die Technik hat sich in den letzten Jahren rapide weiterentwickelt. Früher fanden medulläre Transplantationen nur auf mechanischem Weg statt. Man entnahm das Spendermark mit einer großen Spritze und injizierte es direkt ins Blut des Patienten.«

»Und heute?«

»Die Kultivierung der Zellen hat unglaubliche Fortschritte gemacht. Heute entnimmt man dem Spender nur Stammzellen, die bei Bedarf entsprechend zu Knochenmark gezüchtet werden.«

»Braucht man für diese Art Operation besondere Instrumente?«

»Nur solche, die man in jedem Krankenhaus findet.«

»Wie geht so etwas ganz konkret vor sich?«

»Man entnimmt bestimmten Körperregionen Stammzellen und friert sie bei minus hundertachtzig Grad ein, bis man sie braucht. So etwas wird heute oft gemacht, weil sich für die Zukunft geradezu fantastische Möglichkeiten abzeichnen. Inzwischen wird ernsthaft darüber nachgedacht, die Nabelschnur jedes Neugeborenen aufzubewahren.«

»Warum die Nabelschnur?«

»Weil in ihr besonders viele Stammzellen sind. Die Idee dahinter ist, dass man sie in flüssigen Stickstoff legt, und, zum Beispiel bei einer schweren Krankheit, die entsprechenden Zellen züchtet. Eine Art Lebensversicherung. Das Besondere an diesen Zellen ist, dass sie ewig leben. In Kälte aufbewahrt, sind sie für immer erhalten. Eine unsterbliche Zelllinie.«

Als Erwan das hörte, wusste er, dass er den Ansatz seiner Untersuchung gefunden hatte.

Wie wäre es mit folgendem Szenario: Vier Männer weihen sich einem ungesunden Kult, dessen Idol ein alternder Mörder ist. Bei seinem Tod schaffen sie es irgendwie, seiner Stammzellen habhaft zu werden. Sie finden einen Spezialisten, der sie zu Knochenmark heranzüchtet, das sie sich transplantieren lassen.

Warum? Ganz einfach: Um, im genetischen Sinn, zum Nagelmann zu werden.

Wenn seine Hypothese stimmte, waren die vier infrage kommenden Personen Jean-Patrick di Greco, Ivo Lartigues, Sébastien Redlich und Joseph Irisuanga. Seit dem Abend zuvor schwebte der Begriff »Reinkarnation« über dem Fall. Er klang in zunehmenden Maß richtig.

Aber Pharabot war ein mit besonderen Kräften ausgestatteter *nganga*. Medulläre Zellen genügten da nicht, man musste auch menschliche Fetische opfern, um seine Macht zu erben. Demnach hatte jeder von ihnen nach Pharabots Vorgehensweise gemordet.

Das gehörte zur Natur dieses Paktes.

Dass die Opfer aus dem Umfeld von Grégoire Morvan stammten, den man so belasten oder psychologisch treffen konnte, folgte der gleichen Logik. Auf diese Weise war es Pharabot selbst, der sich durch seine Klone rächte.

Eine Sache aber passte nicht: Wenn man davon ausging, dass di Greco Wissa Sawiris getötet und damit den Reigen eröffnet hatte, warum hatte er dann Morvan angerufen? Um ihn zu provozieren? Der Anruf war zweifellos eine Art Kriegserklärung. Aber warum hatte er danach Suizid begangen? Aus Reue vielleicht? Oder hatte er verstanden, dass Erwan nicht lockerlassen würde? Konnte es sein, dass der Eingriff schwere Schmerzen oder unerträgliche Nebenwirkungen verursachte? In jedem Fall war das Wort »Lontano« ein Hinweis an seinen Vater: Pharabot war wieder da.

Erwan verstaute diese Überlegungen in einem Winkel seines Kopfes und kam zu den praktischen Fragen zurück.

»Ist die Entnahme von Stammzellen bei einer Leiche möglich?«

»Nur, wenn sie innerhalb weniger Stunden nach dem Tod erfolgt.«

Erwan betrachtete seine Kollegen, die wie betäubt auf ihren Stühlen saßen.

»Sie sprachen eben von Spenden unter Verwandten. Wenn so etwas nicht möglich ist, dann besteht ein größeres Risiko, oder?«

»Oft funktioniert es gar nicht erst.«

»Wie sehen die äußeren Anzeichen einer Abstoßung aus?«

»Ich bin zwar kein Spezialist, aber ich glaube, es sind häufig Hautkrankheiten.«

»Keine Probleme mit den Gelenken?«

»Davon habe ich noch nie gehört.«

»Kann man unter der Einwirkung von Ciclosporin eine Knochenkrankheit bekommen?«

Clemente machte eine unbestimmte Geste. Die blaue Beleuchtung des Aquariums ließ ihn wie einen Schauspieler in einer futuristischen Inszenierung aussehen.

»Darüber muss ich mich erst informieren. Denken Sie an eine bestimmte Krankheit?«

»Irgendetwas, das den Empfänger hinken oder auf einen Rollstuhl angewiesen sein lässt.«

»Ich gehe der Frage nach.«

Die Besucher standen mit raschelnden Mänteln auf.

»Ich hoffe, ich konnte Ihnen weiterhelfen«, sagte der Gerichtsmediziner.

»Sie haben mir nicht geholfen, Sie haben meinen Fall gelöst, indem Sie mir gleichzeitig das Motiv, die Logik dahinter und die Identität der Mörder enthüllt haben.«

Die Gendarmen blickten einander an. Der Zug war ohne sie abgefahren.

»Es sind mehrere?«, wagte Verny sich schließlich vor.

»Sie bemühen sich, wie ein einziger auszusehen.«

122

Die Zeit der Diplomatie war vorüber. Erwan entschied, das Institut Charcot mit zwei Panzerfahrzeugen zu stürmen, die jeweils mit zwei Gruppen Gendarmen besetzt waren. Vierzig Männer, die an einem Sonntag im Rekordtempo versammelt worden waren. Um 16 Uhr stand das Bataillon bereit.

Erwan überließ es Le Guen und Archambault, das Manöver zu dirigieren. Die Ausgänge mussten abgeriegelt und Patienten, Pflegepersonal, Wärter und Familien bis zu ihrer Vernehmung im Innern der Gebäude festgehalten werden. Von Vorteil bei der Psychiatrischen Klinik war, dass alle bereits eingeschlossen waren.

Erwan hatte sich gemeinsam mit Kripo den Hauptverdächtigen vorbehalten: Jean-Louis Lassay, Chefpsychiater und Direktor des Instituts. Begleiten ließen sie sich von Verny, dem Garanten für Recht und Ordnung auf bretonischem Gebiet. Die gesamte Intervention war eigentlich nicht rechtmäßig, aber die vielen Uniformen ließen es zumindest so aussehen.

Lassay, immer noch wie ein englischer Student gekleidet, stellte sich ihnen kämpferisch entgegen, als die Polizisten auf dem Campus ausschwärmten.

»Was hat diese Invasion zu bedeuten?«, protestierte er mit gerecktem Kinn.

Eine Minute später befanden sie sich im Versammlungsraum, genau wie drei Tage zuvor. Erwan schubste Lassay auf einen Stuhl und zückte seine Waffe. Er war sich nicht ganz sicher, die richtige Tonart gewählt zu haben, machte aber erst einmal weiter.

»Du und ich, wir müssen uns unterhalten.«

»Duzen wir uns jetzt? Was um alles in der Welt …«

»Schnauze! Erzähl mir von Pharabots Tod.«

»Aber ich habe Ihnen doch schon alles gesagt. Ich …«

»Ich will Datum, Uhrzeit und die genauen Umstände.«

Lassay war noch immer der silberhaarige Schönling, der sie

empfangen hatte, aber er wirkte, als wäre er verstrahlt. Seine Haut war krebsrot und seine Züge aufgequollen. Er fuhr sich mit der Hand über das Gesicht und stammelte:

»Ich begreife nicht … Das hier wird Sie teuer zu stehen kommen, Sie …«

»Antworte«, donnerte Erwan, steckte aber die Waffe weg.

Mit der Pistole in der Hand fühlte er sich lächerlich.

»Thierry Pharabot ist in der Nacht des 23. November 2009 gestorben«, begann der Psychiater.

»Wo ist die Sterbeurkunde?«

»In unserem Archiv. Sie wurde noch in der gleichen Nacht von einem Arzt des Cavale Blanche ausgestellt.«

»Warum nicht von dir?«

»Weil es das Gesetz so vorschreibt. Der Tod muss von einem Arzt festgestellt werden, der nicht in der Einrichtung beschäftigt ist. Am nächsten Tag kam ein Kommissar aus Brest und hat die Todesursache bestätigt. Die Unterlagen sind alle hier. Ich kann Ihnen gerne eine Fotokopie machen.«

Erwan warf Verny einen fragenden Blick zu. Er wusste nicht, dass es in Brest ein Kommissariat gab. Der Gendarm nickte bestätigend.

»Gut, wir werden das überprüfen.«

Pharabot war also tatsächlich tot, von dieser Seite war keine Täuschung zu erwarten. War die Blutentnahme vor seinem Tod erfolgt? Oder unmittelbar danach?

Erwan beobachtete den Möchtegern-Preppy: Er konnte ihn sich gut bei ungewöhnlichem psychiatrischen Experimenten vorstellen, aber eine medulläre Transplantation war eine ganz andere Größenordnung. Darüber hinaus spürte er, dass Lassay ehrlich bestürzt war und nicht verstand, wie ihm geschah.

»Was haben Sie anschließend mit der Leiche gemacht?«

»Thierry Pharabot hatte keine Familie, deshalb haben wir ihn einäschern lassen.«

»Wo?«

»Im Krematorium von Brest, im Industriegebiet Vern. Seine

Asche wurde auf dem Friedhof von Kaerverec verstreut. Wie schon gesagt, das steht alles in seiner Akte.«

Wieder suchte Erwan Blickkontakt zu Verny, wieder bestätigte dieser. Im Hintergrund machte Kripo sich diskret bemerkbar, und Erwan fiel ein, dass der Elsässer sich schon umgehört hatte.

Trotzdem hatte es zwischen dem bestätigten Ableben des Mörders und seiner Verbrennung ein Zeitfenster gegeben, in dem die Zellen hätten entnommen werden können.

»Jetzt mal ganz genau«, fuhr er fort. »Zwischen der Feststellung des Todes durch den Arzt und der des Kommissars – war die Leiche da hier in der Klinik?«

»Ja. Warum wollen Sie das wissen?«

»Wo wurde sie aufbewahrt?«

»In unserer hauseigenen Leichenhalle.«

»Gibt es da irgendwelche Besonderheiten?«

»Was zum Beispiel?«

Erwan wischte mit einer Handbewegung die Möglichkeit einer Antwort beiseite.

»Wer hat später die Leiche transportiert? Sie selbst oder ein Bestattungsinstitut?«

»Wir. In unserem Krankenwagen.«

»Können Sie mir die Namen der Pfleger nennen, die sich darum gekümmert haben?«

»Die kann ich nachschlagen. Aber wozu diese Einzelheiten?«

»Wissen Sie, was eine Stammzellentransplantation ist?«

»Ich bin Arzt.«

»Verfügen Sie hier über die Ausrüstung, eine solche Operation durchzuführen?«

»Wir sind eine psychiatrische Klinik.«

»Bei meinem ersten Besuch haben Sie mir von ihrem Forschungszentrum erzählt.«

»Dort geht es um das menschliche Gehirn. Es hat nichts mit der Entnahme von Stammzellen zu tun.«

»Bestimmte Instrumente könnten sicher auch anderweitig verwendet werden, nicht wahr?«

»Ich denke schon …« Lassay runzelte die Stirn. »Was wollen Sie uns unterstellen?«

»Durch eine Knochenmarktransplantation kann sich nicht nur die Blutgruppe des Empfängers ändern, sondern auch seine DNA. Für gewisse Fanatiker bot die Leiche des Nagelmannes eine fantastische Gelegenheit.«

»Eine Gelegenheit wozu? Pharabot hat zwei Drittel seines Lebens im Irrenhaus verbracht. Wer würde seine Stammzellen wollen? Ich glaube, Sie spinnen wirklich.«

Erwan tigerte hin und her, ganz der grimmige Bulle, Verny behielt die Tür im Auge, und Kripo schrieb mit.

»Unsterbliche Zelllinie, sagt Ihnen das etwas?«

»Ja, das ist zurzeit in. Stammzellen einfrieren und bei Bedarf züchten.«

»Haben Sie hier in der Klinik eine Möglichkeit, Stammzellen aufzubewahren?«

Lassay hatte Angst und Wut längst überwunden. Er war durch Erwans Fragen einfach nur bestürzt.

»In welcher Sprache soll ich es Ihnen denn noch sagen? Wir sind eine Klinik für Forensische Psychiatrie. Was glauben Sie eigentlich? Dass wir hier Experimente à la Frankenstein betreiben? Wir haben schon genug Mühe damit, die Leute einigermaßen ruhig zu halten.«

Er stand auf und musterte Erwan geringschätzig.

»Mir reicht es jetzt.«

Er warf einen Blick zum Fenster. »Diese Invasion, die bewaffneten Männer, das ist doch völlig lächerlich. Sie verschwenden meine und Ihre Zeit.«

»Sonst haben Sie mir nichts zu sagen?«

»Lecken Sie mich am Arsch!«

Erwan versetzte ihm eine schallende Ohrfeige. Lassay musste sich am Tisch festhalten, um nicht umzufallen, ballte die Fäuste und ging auf Erwan zu. Er überragte Erwan um mehrere Zentimeter und war mindestens ebenso kräftig.

Es gibt zwei Arten von Menschen: diejenigen, die körperliche

Gewalt fürchten, und die anderen. Psychiater hin oder her, Lassay war bereit, Erwan die Fresse zu polieren.

Verny trat zwischen die beiden Kampfhähne und zog seine Waffe.

»Sie hören jetzt sofort auf!«

Mit einem Arm hielt er Erwan auf Abstand und wandte sich an den Arzt.

»Bitte entschuldigen Sie das unqualifizierte Benehmen meines Kollegen.«

Dieser einfache Satz entschärfte die Spannung. Der Psychiater kehrte in die zivilisierte Realität mit ihren Höflichkeitsregeln zurück. Erwan wandte sich murrend ab.

Le Guen stürmte herein.

»Einer der Pfleger ist verschwunden«, verkündete er. »Angeblich hat er sich bei unserer Ankunft vom Acker gemacht.«

»Wie heißt er?«, erkundigte sich Lassay.

»José Fernandez.«

»Plug?«, wunderte sich Lassay. »Er gehört zu denen, die am längsten hier arbeiten.«

Spitznamen sind oft verräterisch. Der des Pflegers erinnerte Erwan sofort an seine Begegnung mit dem Punker-Arzt am frühen Morgen.

»Warum nennen Sie ihn so?«

»Weil er Silikonzylinder in den Ohrläppchen trägt.«

»Also ein Anhänger der Body-Art?«

Der Psychiater lachte leise, während er sich die Wange rieb.

»Sein gesamter Körper ist mit Tattoos und Piercings bedeckt.«

Erwan lief an Le Guen vorbei in den Flur, Verny und Kripo rannten hinter ihm her. Der Gendarm hielt noch immer seine Waffe in der Hand.

»Weg damit«, befahl Erwan, »Sie schießen sich noch eine Kugel in den Fuß!«

»Sie ist nicht geladen«, gestand Verny blass.

»Wir müssen diesen Pfleger finden. Das hat oberste Priorität.«

123

Plug kam nicht weit. Er wurde gegen 17 Uhr in der Nähe von Porspoder, weniger als hundert Kilometer von Charcot entfernt, festgenommen. Vermutlich wollte er mit dem Schiff fliehen oder etwas ähnlich Dummes. Eine Stunde später befand er sich in einer Kaserne der Gendarmerie, deren Namen Erwan nicht verstanden hatte.

Sie waren dort hingefahren und saßen in einem nackten, kalten Büro mit funzeliger Deckenbeleuchtung. Wieder einmal waren sie dem Bretagne-Syndrom ausgesetzt: Bereits am Nachmittag wurde es dunkel.

José Fernandez ähnelte einer jüngeren Ausgabe von Joseph Irisuanga. Bis auf einen schwarzen Haarkamm, der seinen Schädel teilte wie ein Axthieb, war er kahlgeschoren. Darüber hinaus verfügte er über einige gut platzierte Körperzierden: Piercings, Nieten und Ringe in allem möglichen Varianten. Der bullige Kerl, dessen Handschellen an den Heizungsrohren befestigt waren, schnaubte wie ein Büffel und stand unter Dampf wie ein Druckkessel.

Erwan warf die anderen hinaus. Er wollte mit dem Krankenpfleger allein sein – und mit Verny, der ihm eine gute Verstärkung zu sein schien, sollte es zu Gewaltanwendung kommen. Selbst Kripo durfte nicht dabeibleiben – heute kein Nachtisch.

Erwan marschierte im Zimmer auf und ab und griff dann ohne Vorwarnung an.

»Du hast dich also um die Überführung von Pharabots Leiche gekümmert?«

»Was?«

Erwan bluffte, er hatte keine Zeit gehabt, seine Anschuldigungen zu überprüfen.

»Bist du mit ihm ins Krematorium nach Vern gefahren?«

»Ja. Und?«

»Was ist unterwegs passiert?«

»Na … nichts. Ich verstehe nicht, was …«

Erwan packte den Silikonzylinder in seinem linken Ohrläppchen und riss ihn heraus. Der Krankenpfleger schrie auf und griff sich ans Ohr. Erwan warf den Flesh-Tunnel auf den Boden.

»Wann hast du die Stammzellen entnommen?«

»Sie haben doch nicht alle Tassen im Schrank!«

Der Mann mit dem Kamm stöhnte, doch Erwan spürte eine gewisse Lust in seiner Klage. Sicher gehörte er zu denen, die sich wie eine Ochsenhälfte an Haken aufhängen ließen.

»Wie ist das mit der Leiche gelaufen?«, schrie Erwan den Pfleger an und packte ihn an seinem intakten Ohrläppchen. »Wer hat dich mit der Entnahme beauftragt? Wo hast du das Material abgeliefert?«

Er improvisierte, aber ein Blick auf Plug zeigte ihm, dass er auf dem richtigen Weg war. Er zwirbelte das Ohr ein bisschen fester. Quiekend knickte Fernandez ein. Durch einen roten Schleier, der ihm die Sicht vernebelte, bemerkte Erwan Verny, der auf dem Sprung war, dazwischenzugehen.

»Antworte, verdammt nochmal, oder ich reiße dir den hier auch noch raus.«

Fernandez lächelte, und Erwan ging auf, dass Quälerei kontraproduktiv war. Er gab Verny ein Zeichen, ihm seine Waffe zu reichen. Der Gendarm gehorchte zitternd. Erwan nahm die Pistole und hielt den Lauf an Plugs intaktes Ohr.

»Kennst du afghanisches Roulette? Es funktioniert wie russisches Roulette, nur mit einer Automatikwaffe.«

»Was machen Sie da? Sie sind doch verrückt! Ich habe nicht die geringste Chance.«

»Es sei denn, sie ist nicht geladen.«

Er öffnete den Verschluss, lud eine imaginäre Kugel und drückte den Abzug. Die Hose des Krankenpflegers wurde nass. Er hatte unter sich gemacht.

Erwan gab dem vor Schreck erstarrten Gendarmen die Waffe zurück. Der Pfleger hielt sich die gefesselten Hände vor das Gesicht und begann zu schluchzen.

»Die Nacht des 23. November 2009«, wiederholte Erwan. »Ich höre.«

»Es war am nächsten Tag … Ich … Ich habe die Leiche zusammen mit einem Kollegen ins Industriegebiet von Vern transportiert.«

»Der Name des Kollegen?«

»Michel Leroy. Er arbeitet nicht mehr hier, er ist inzwischen in Rente.«

»War er eingeweiht?«

»Nein. Er hat lediglich zugestimmt, an diesem Morgen etwas früher loszufahren.«

»Warum?«

»Weil ich die Sache im Krematorium durchziehen wollte, ehe die Techniker anrückten.«

»Weiter.«

»Wir waren schon bei Tagesanbruch im Krematorium, haben die Leiche entladen, und dann habe ich Michel gebeten, im Auto auf mich zu warten.«

»Unter welchem Vorwand?«

»Gar keinem. Er hat sich nicht lange bitten lassen, er wollte im Auto noch ein bisschen Schlaf nachholen. Ich habe das benötigte Gewebe mit dem Werkzeug entnommen, das ich mitgebracht hatte.«

»Aus welchen Körperpartien?«

»Den Schenkeln. Es ist die beste Stelle, um Fibroblasten zu erhalten.«

»Was bitte?«

»Zellen, die im Bindegewebe vorkommen und leicht zu dedifferenzieren sind.«

»Sprich so, dass ich dich verstehe.«

»Es handelt sich um Zellen, die man wieder ins Embryonalstadium zurückversetzen kann. Man macht sie zu Stammzellen und züchtet dann daraus die Zellen, die man braucht.«

Unsterbliche Zelllinien. Vor Erwans innerem Auge erschien das Bild vom ewigen Mark des Bösen in flüssigem Stickstoff.

»Du wusstest also, was du da machtest?«

»Ich wusste, dass es sich um Zellen handelte. Und zwar nicht um irgendwelche, sondern um die des Nagelmannes!«

Erwan fragte sich, ob das Quartett diesem Würstchen vielleicht eine Injektion zum Selbstkostenpreis versprochen hatte.

»Weiter.«

»Ich habe die Fibroblasten in einen Kühlbehälter gelegt und bin gegangen.«

»Sind die Verletzungen an der Leiche nicht aufgefallen?«

»Ich hatte Pharabot vorbereitet und ihm seinen besten Anzug angezogen. Die Leute vom Bestattungsinstitut hatten nichts dagegen. Bei achthundertfünfzig Grad spielt es keine Rolle, ob die Leiche bekleidet ist oder nicht. Sie brennt so oder so.«

Erwan konnte die Flammen geradezu vor Augen sehen. Eingefrorene Zellen. Feuer. Kälte und Hitze. Die Leiche hatte vermutlich höchstens zwei Stunden gebraucht, um rückstandslos zu verbrennen, das war die übliche Dauer, aber der Mörder war nicht tot. Seine Zellen hatten überlebt.

»Und dann?«

»Das war es.«

Erwan versetzte ihm einen heftigen Schlag in den Nacken. Fernandez fiel auf die Knie.

»Wohin hast du die Zellen geliefert?«

»In die Schweiz. Es war mein freier Tag, und ich hatte genaue Instruktionen. Ich musste bei Vallorcine über die Grenze gehen und eine Klinik in der Nähe von Verbier aufsuchen.«

»Wer hat dir die Anweisungen gegeben?«

»Und wenn Sie mir den Schädel wegpusten: Namen nenne ich keine.«

Erwan kannte sie bereits.

»Wo ist die Klinik?«

»Ich erinnere mich nicht.«

Mit einer einzigen Handbewegung zerriss Erwan das zweite Ohrläppchen.

»Welche Klinik?«, schrie er, um das Jammern des Bodymod zu

übertönen. »Ich schwöre, ich reiße dir ein Piercing nach dem anderen raus. Finden werde ich sie allemal. Also red lieber. Ich spare Zeit, und du Spinner rettest deine blöde Fresse.«

Der Pfleger schluchzte hinter seinen klirrenden Handschellen. Verny wirkte besorgt.

Erwan ergriff Fernandez bei den Schultern und setzte ihn zurück auf seinen Stuhl.

»DER NAME, VERDAMMT NOCH MAL!«

»Klinik de la Vallée … Ein Krebszentrum …«

Erwan verließ das nach Urin und Blut stinkende Zimmer. Verny folgte ihm und wollte etwas sagen, aber seine Stimme zitterte so sehr, dass er nur ein Hühnergackern hervorbrachte.

»Buchten Sie ihn ein«, befahl Erwan und bog zur Toilette ab.

Er ließ eiskaltes Wasser laufen, riss ein paar Papierhandtücher aus dem Spender und versuchte, einige Blutspritzer von seiner Krawatte zu entfernen.

»Also … Ihre Methoden sind ziemlich …«, stammelte der Gendarm.

»Vergessen Sie das alles«, gab Erwan zurück und schloss den Wasserhahn. »Nehmen Sie seine Aussage auf und informieren Sie die Staatsanwaltschaft in Rennes. Dann schicken Sie den ganzen Krempel nach Paris. Ab morgen ist die Bretagne wieder eine Oase der Ruhe.«

»Und Sie?«

»Ich fahre in die Schweiz.«

124

In seinem Zimmer überprüfte Morvan am Computer die Transaktionen, die Loïc durchgeführt hatte. Fast die Hälfte seiner Aktien hatten bereits Käufer gefunden. Er zog es vor, die Preise nicht anzusehen, aber eigentlich hatte er ohnehin nie wirklich gewusst, wie viel seine Papiere wert waren. Eines allerdings war sicher: Sein Vermögen war dabei, sich in Wohlgefallen aufzulösen. Coltano. Sein Land. Sein Erz …

Auch die Episoden des chaotischen Lebens seiner Tochter kamen ihm nach und nach in den Sinn. Ihre ekelhaften Bettgeschichten. Ihr ungeschicktes Manöver, um ihn zu vernichten. Ihr freier Fall durch die herbstlichen Baumkronen. Der Angriff auf sie in Sainte-Anne …

Wie hatte es nur so weit kommen können?

Er sah sich durchaus in der Lage, den Rest seines Vermögens zu liquidieren und den Fehler wiedergutzumachen. Jetzt, wo sein kriminelles Leben Schiffbruch erlitt, zählte nur eines: seine Verantwortung als Vater. Kein Mensch hatte ihn je wirklich verstanden, und in gewisser Weise war er darauf stolz. Seine Mission musste geheim, unsichtbar und allmächtig bleiben …

Er kannte nur einen anderen Menschen seiner Art. Einen Grobian, der nie aufgehört hatte, seine eigene Existenz aufs Spiel zu setzen, und zwar ebenfalls und ausschließlich aus einem einzigen Grund: dem Glück seiner Töchter. Dieser Mensch war der Condottiere. Morvan hatte den Italiener angerufen und ihm die Situation erklärt. Montefiori hatte keine Sekunde gezögert. Auch er war inzwischen vermutlich dabei, seine Aktien via Heemecht zu verhökern. Zwei alte Unken, die sich an ihrem Lebensabend freiwillig selbst versenkten.

Plötzlich wurde die Tür aufgerissen. Es war Maggie, nur Haut, Knochen und Augen.

»Wir müssen reden.«

Alle glaubten, dass Maggie in ständiger Angst lebte. Sie *beide* jedoch wussten, dass das nicht stimmte. Vielleicht hatte sie Angst vor seinen Schlägen, die wahre Bedrohung aber war anders, als alle dachten.

»Habe ich nicht auch so schon genug Ärger?«, murrte Morvan.

»Stimmt genau. Es hat jetzt lange genug gedauert.«

Leise schloss sie die Tür hinter sich. Wieder einmal trug sie eines ihrer lächerlichen Outfits: violette Tunika, unförmige Jeans und diverse Ketten und Armbänder.

»Erwan löchert mich ständig wegen Lontano. Er wird alles herausbekommen.«

»Genau darauf ist der Mörder aus.«

»Er hat mich auch wegen Pernaud befragt.«

»Wegen der Anrufe?«

»Was glaubst du denn? Ich habe dir doch gesagt, dass du in dieser Sache zu weit gegangen bist.«

»Wenn ich das nicht wäre, wäre unsere Vergangenheit in allen Zeitschriften breitgetreten worden.«

Maggie seufzte. Sie empfand keinerlei Mitleid mit den Toten, und sie hatte auch keine Angst vor dem Killer, der ihre Familie bedrohte. Oder vor den afrikanischen Generälen, die sie auf kleiner Flamme garkochen wollten. Ihr schauderte nur davor, dass man ihrer beider Wahrheit entdecken könnte.

»Wer ist der Mörder?«, fragte sie.

»Keine Ahnung.«

»Warum imitiert er den Nagelmann?«

»Weil er ihn verehrt und vielleicht auch, weil er ihn rächen will.«

»Rächen? Weshalb?«

»Meinetwegen. Deinetwegen.«

Sie kam ein paar Schritte näher. Ihr Schmuck klirrte.

»Erwan wird den Mörder finden, ehe es wirklich Ärger gibt«, fuhr Morvan fort.

»Wo ist er überhaupt?«

»Keine Ahnung. Er ist mir entwischt.«

Sie lächelte kalt. Ihre schmalen Lippen ähnelten einer Würgeschlinge.

»Du hast dich sehr verändert.«

Als wolle er sie ablenken, zeigte er auf den Bildschirm.

»Unser Vermögen geht gerade ordentlich den Bach runter. Dafür darfst du dich bei deiner Tochter bedanken.«

»Geld ist mir herzlich egal.«

»Weil du immer welches hattest.«

»Wir haben einen Pakt mit dem Teufel unterzeichnet«, murmelte sie. »Es geht um unsere Seelen, nicht um unser Vermögen.«

Nun war er an der Reihe zu lächeln.

»Das ist doch das Gleiche. Unsere Seelen, das sind unsere Kinder. Und ich will ihnen genug hinterlassen, dass sie sich keine Sorgen machen müssen.«

»Aber du hast doch vorgesorgt, oder?«

»Kapierst du denn nicht? Ich sagte doch gerade, dass unser Geld …«

»Du wirst die Sache schon schaukeln. Wie immer.«

Mit leiser Stimme zitierte sie Baudelaire: »Ich habe aus Schmutz Gold gemacht.«

Sie kam ihm von Mal zu Mal verrückter vor.

»Da ist auch noch das Problem mit Sofia«, fuhr er fort, um sie wieder in die Spur zu bringen. »Sie hat herausgefunden, dass wir ihre Ehe arrangiert haben, und will Giovanni und mir die Hölle heißmachen.«

»Sie wird sich schon wieder beruhigen. Sie ist eine vernünftige Frau.«

Aus unerfindlichen Gründen gab Maggie der Italienerin immer recht.

»Trotzdem halte ich sie für clever genug, um …«

»Das Problem mit Erwan ist wichtiger, das solltest du zuerst lösen.«

Sie ging zur Tür, wandte sich aber noch einmal um.

»Wenn du es nicht tust, rede ich mit ihm.«

»Du hast mir geschworen …«

Mit der Hand auf der Klinke warf sie ihm einen geringschätzigen Blick zu.

»Unsere gegenseitigen Versprechungen, mein Liebling?«

Morvan wollte antworten, doch da begann das Telexgerät des Generalstabs zu vibrieren. Instinktiv warf er einen Blick auf das Protokoll und merkte sich die Sendezeit: 19:10 Uhr. Er riss das Papier aus dem Gerät und las es aufmerksam.

»Was ist das?«, erkundigte sich Maggie, während sie auf ihn zuging.

»Vielleicht die Lösung unserer Probleme.«

125

Die beiden Kriminalbeamten kehrten gegen Abend nach Paris zurück. Keine Überlegungen während des Fluges und auch kein Schlaf. Erwan hatte zum Fenster hinausgestarrt, als könne die Intensität seines Blickes ihn schneller in die Schweiz befördern.

Er hatte Glück, in der nächsten Maschine nach Genf waren noch Plätze frei. Kripo fuhr unterdessen ins Büro, er hatte den Auftrag, die drei Verdächtigen in Gewahrsam zu nehmen und sich um Blut- und Speichelproben zu kümmern. Um 22 Uhr landete Erwan in Genf. Sofort rief er den Elsässer an, um sich zu vergewissern, dass die drei Vögel im Käfig saßen. Aber sie waren ausgeflogen.

Wahrscheinlich hatte Fernandez sie vor seiner Festnahme warnen können. Pharabots Fanclub hatte verstanden, dass sein Geheimnis keines mehr war und in Panik die Flucht ergriffen.

Allmählich drang Kripos Stimme wieder an Erwans Ohr.

»Audrey hat die Nachbarschaft unserer Freunde befragt. Wie es aussieht, bestehen die Behinderungen von Lartigues und Redlich erst seit einem Jahr. Vorher sind sie herumgehüpft wie junge Hunde.«

Erwan dachte nach. Thierry Pharabot starb im November 2009. José Fernandez entnahm die Zellen und brachte sie in die Schweizer Klinik. Die vier Fanatiker begannen mit der Behandlung. Zunächst musste das eigene Knochenmark zerstört werden. Die Zellen Pharabots wurden dedifferenziert, wurden in Nährflüssigkeit gelegt und gezüchtet. Das Ganze hatte sicher ein Jahr gedauert. Mit den Injektionen fing das Quartett dann im

Jahr 2011 an. Nicht jeder von ihnen vertrug die Behandlung. Das Ciclosporin hatte sie geschwächt. Lartigues und Redlich fingen sich einen Virus ein, der auf Dauer ihre Gelenke schädigte – irgendwie so. Di Greco hätte es nicht schlimmer treffen können. Lediglich Irisuanga blieb vollständig gesund.

Und dann war die Stunde der Morde gekommen.

Di Greco hatte Wissa unter Umständen getötet, die noch zu klären waren. Lartigues hatte Anne Simoni unter dem Vorwand einer fetischistischen Handlung gefoltert und verstümmelt. Redlich hatte sich Pernauds angenommen, den er aus dem Sportschützenclub kannte. Und Irisuanga hatte Gaëlle angegriffen … Die Mörder näherten sich in konzentrischen Kreisen ihrem wahren Ziel: Grégoire Morvan, dem Mann, der ihren Meister gefangengenommen und lebenslänglich hinter Gitter gebracht hatte.

»Ich vermute, dass sie längst nach Brasilien unterwegs sind«, meinte Kripo.

»Nein, sie sind irgendwo in Frankreich oder in der Schweiz. Einer von ihnen hat sicher irgendwo ein Wochenendhaus. Such danach.«

»Als Verteidigung nicht besonders sinnvoll.«

»Ihre Verteidigung dürfte das Arsenal von Redlich sein.«

Kurzes Schweigen. Kripo schien zu verstehen, was Erwan meinte. Er vermutete eine Art Festung, wie Sekten sie bisweilen haben: Entweder man begeht kollektiven Selbstmord, oder man lässt es auf eine bewaffnete Auseinandersetzung ankommen. Am 18. November 1978 hatte der Pfarrer Jim Jones in Guyana seiner Anhängerschaft den gemeinsamen Selbstmord mit Zyanid befohlen, dabei starben fast tausend Menschen. 1993 widersetzte sich David Koresh mit seinen Anhängern zwei Monate lang bewaffneten amerikanischen Truppen. Die Bilanz: fast hundert Tote. Zwischen 1994 und 1997 kamen beim Sonnentemplerorden durch rituelle Mord- und Suizidhandlungen mehr als siebzig Mitglieder ums Leben, während die Sekte bedroht wurde.

Erwan ahnte, dass die Männer sich nicht festnehmen lassen würden. Nicht zu kapitulieren entsprach dem Geist des Meisters.

Außerdem verfügte der Fan-Club nicht nur über die Macht von Pharabot, sondern hatte sich auch durch seine Menschenopfer gestärkt und hielt sich daher wahrscheinlich für unverwundbar.

»Finde sie und ruf mich dann an.«

Es war dunkel und kalt. Erwan betrat eine Autovermietung und entschied sich für eine mit allem Komfort ausgestattete Limousine, deren Armaturenbrett flimmerte wie das eines Raumschiffs. Er ließ den Motor an und schaltete die Scheinwerfer und das Navi ein.

Die Klinik, die sich in der Nähe des Skigebiets von Verbier befand, war schnell gefunden. Kripo hatte bereits Erkundigungen eingezogen und Erwan eine SMS geschickt: »Nichts Verdächtiges.« Die Einrichtung war einerseits auf Stammzellentransplantationen spezialisiert, beherbergte aber auch ein luxuriöses palliativmedizinisches Hospiz. Eine Adresse, die in höheren Kreisen herumgereicht wurde, ein geheimes Refugium, das mit wenigen ewigen Zellen Wunder wirkte.

Erwans Weg führte ihn über schmale Pässe, kurvige, von Nadelbäumen gesäumte Straßen und über flache, dunkle Hochebenen. Dann und wann durchfuhr er Talsohlen mit Dörfern, deren Schaufenster beleuchtet waren wie zu Weihnachten. Die Straßenlampen sahen aus wie Kugeln aus kaltem Wachs, sie verbreiteten einen weißen, erstarrten Schein.

Wie würde sein Besuch verlaufen? Gegen Mitternacht würde er vor einer vermutlich schlafenden Klinik eintreffen. Er besaß weder eine Erlaubnis noch den geringsten Beweis für seinen Verdacht. Auf den Kontakt zur Schweizer Polizei hatte er verzichtet, und er war zu ungeduldig, bis zum Morgen zu warten und den Besuch bei Tageslicht durchzuführen, wenn Ärzte anwesend waren und Patienten in den Wartezimmern saßen.

Sein Navi rief ihn in die Wirklichkeit zurück. Er hatte keine Ahnung, wo er sich befand, aber das Gerät verkündete ihm, dass es nur noch wenige Kilometer bis zum Ziel waren. Die Klinik de la Vallée befand sich, wie der Name nahelegte, in einem waldigen Tal. Falls sein Navi jetzt den Geist aufgab, würde er bis zum Tagesanbruch warten müssen, um sich orientieren zu können.

Im Scheinwerferlicht tauchten mehrere Gebäude auf. Dachterrassen und Blockhausambiente. Mehrere Innenräume waren aus unerfindlichen Gründen hell erleuchtet und warfen ihren Lichtschein in das dunkle Tal. Erwan stellte seinen Wagen auf dem Parkplatz ab und musste unwillkürlich an einen festlichen Ball denken, den alle Teilnehmer nach einem Alarm eilig verlassen hatten. Trotz der Illumination war keine Menschenseele zu sehen. Während er sich der doppelt verglasten Eingangstür näherte, zog er seine Waffe und lud sie durch. Absurd!

Die Eingangshalle war leer. Wände, Boden, Decke, alles in weiß. Die Deckenlampen spiegelten sich im Boden, verschiedene Bereiche waren durch Grünpflanzen voneinander abgetrennt. Hinter dem Tresen döste eine Empfangsdame oder Krankenschwester vor sich hin. Erwan trat näher. Die Frau richtete sich auf.

»Ein Notfall?«, erkundigte sie sich leicht beunruhigt.

Erwan versteckte seine Waffe und holte die Dienstmarke heraus. »Ich möchte Ihren Chef sprechen.«

»Sie sind Franzose?«

»Kriminalpolizei.«

»Sie wollen zu Professor Schlimé?«

»Richtig.«

Er hatte den Namen im Vorfeld auf den Internetseiten gelesen. Jean-Louis Schlimé. Internationale Referenzen. Bemerkenswerte Publikationen in renommierten Fachzeitschriften. Leiter der Klinik seit 1993, im Namen eines schweizerischen Investorenkonsortiums.

»Was wollen Sie?«

Erwan drehte sich um und wusste sofort, dass er dem Meister persönlich gegenüberstand. Zu schön, um einfach nur Zufall zu sein …

Der Mann war um die fünfzig, gedrungen, mit gerötetem Gesicht. Er trug eine Fleecejacke und eine Skihose und blickte Erwan lächelnd an. Schlimé wirkte wie ein Mensch, der Zuversicht verbreitete, auch oder gerade wenn es keine Hoffnung mehr gab.

»Ich bin Doktor Schlimé. Was wollen Sie um diese Uhrzeit?«

Wieder zeigte Erwan seinen Dienstausweis.

»Nur mit Ihnen reden.«

Der Arzt war nicht allein. Neben ihm stand ein Riese in Daunenjacke, der vermutlich eher Sicherheitsmann als Krankenpfleger war.

»Ich fürchte, man hat Sie nicht richtig informiert«, scherzte der Arzt. »Ihre Insignien funktionieren hier nicht.«

»Es ist nur ein Freundschaftsbesuch.«

»Um Mitternacht?«

»Gerade um Mitternacht. Auch in Frankreich hätte ich in meiner Eigenschaft als Polizist nicht das Recht zu diesem Besuch. Vielleicht betrachten Sie die Dinge einfach einmal aus einem anderen Blickwinkel: Wir reden jetzt und hier miteinander, und in einer halben Stunde ist alles geregelt. Wenn Sie mich allerdings hinauswerfen, komme ich morgen mit der ganzen Kavallerie, einem Richter und dem gesamten Ärger im Gepäck zurück, den ein solches Vorgehen mit sich bringt.«

»Sie bluffen«, lächelte der Arzt. »Die Schweiz würde Sie ohne wochenlanges Vorgeplänkel nie im Leben unterstützen, und so etwas würden meine Anwälte gleich im Keim ersticken. Worum geht es überhaupt? Ich habe mir nichts vorzuwerfen.«

Erwan hatte sein Selbstvertrauen und seine Orientierung wiedergefunden: den Harten spielen, gleich zum Wichtigsten kommen und sich eher auf seine Präsenz als auf die Akten verlassen.

»November 2009. Jean-Patrick di Greco. Ivo Lartigues. Sébastien Redlich. Joseph Irisuanga. Alle vier zusammen zum Vorzugspreis.«

Schlimé hob seine rosige, dickliche Hand.

»Kommen Sie mit. In gewisser Weise warte ich seit dem ersten Tag auf Sie.«

126

Die unsterblichen Zelllinien!«

Der Raum erinnerte an eine zu einem Polarlabor mutierte Bibliothek. Vom Boden bis zur Decke weiß gekachelt. Nummerierte Edelstahlkühlschränke. Neonleuchten, die Schubladen mit auf minus hundertachtzig Grad heruntergekühltem Stickstoff erhellten.

»Schon seit Jahren sammeln wir Zellen.«

»Stammzellen?«

»Nicht immer gleich zu Beginn, aber wir haben gelernt, sie zu dedifferenzieren – sie zu neutralisieren, wenn Sie so wollen – und sie dann genetisch umzuprogrammieren.«

Sie hatten Astronautenanzüge aus Papier übergezogen: einen Overall, eine Schutzhaube und Überschuhe. Bei jedem Schritt raschelte es. Außerdem trugen sie Chirurgenmasken und Schutzbrillen, denn der Stickstoff war so kalt, dass man von einem Spritzer versengt werden konnte wie von einer Flamme.

»Von wem stammen diese Zellen?«

»Von vorausschauenden Patienten, denen wir im entsprechenden Moment damit das Leben retten können.«

Sie schritten an den glänzenden Kühlschränken entlang. Seltsamerweise erinnerte dieser Hort des ewigen Lebens an ein Leichenschauhaus.

»Eines Tages werden wir bei jeder Geburt standardmäßig ein Stück der Nabelschnur zu therapeutischen Zwecken aufbewahren.« Der Arzt legte seine behandschuhte Hand auf eine der Edelstahltüren. »Auf diese Weise wird jeder Mensch über einen Vorrat an Stammzellen verfügen, die es möglich machen, sein Blut, sein Knochenmark oder irgendein anderes Teil der menschlichen Maschinerie zu ersetzen.«

Erwan musste an den Aschermittwoch denken, den Beginn der Fastenzeit, an dem katholische Pfarrer den Gläubigen ein Aschekreuz auf die Stirn zeichnen und dabei die Worte aus der Genesis sprechen: »Bedenke Mensch, dass du Staub bist und zum Staub zurückkehrst.« Die Zeiten hatten sich geändert: Der Mensch bestand nicht mehr aus Staub, sondern aus unsterblichen Zellen.

»Berichten Sie mir von di Greco, Lartigues, Redlich und Irisuanga.«

Schlimé ließ sich nicht lange bitten.

»Sie kamen mit einem völlig abgedrehten Vorschlag, den ich sofort akzeptiert habe.«

»Warum?«

»Erstens wegen des Geldes. Und dann um der Erfahrung willen. Ihre Idee war faszinierend: Sie wollten mit Hilfe einer medullären Transplantation jemand anderes werden.«

»Wussten Sie, woher die Zellen kamen? Zu wem sie werden wollten?«

»Nein. Für mich spielte das keine Rolle.«

Der Mann hatte einen Mörder in vierfacher Ausfertigung reproduziert und sprach darüber wie über ein ganz normales Forschungsprogramm.

»Ist Ihnen klar, dass ich Sie wegen Verstoßes gegen den ärztlichen Verhaltenskodex belangen könnte?«

Schlimé streifte seine Maske ab und lachte herzlich. Weißer Eishauch stieg von seinen Lippen auf.

»Sie sind wirklich unbezahlbar. Sie können mich wegen gar nichts belangen, und das wissen Sie auch. Schon gar nicht hier in der Schweiz, wo Sie keinerlei Befugnis haben.«

»Ich kann den Fall an meine Schweizer Kollegen übergeben.«

»Und wer wird Ihre Anschuldigungen beweisen? Sie etwa? Ich könnte jederzeit Dokumente vorlegen, dass die betreffenden Herren an Leukämie litten. Die Strahlen haben ihre alten Zellen zerstört, und die OP hat ihren Organismus regeneriert.«

Er hob seine kleinen Hände.

»Wo kein Kläger, da kein Richter.«

Erwans Zähne begannen zu klappern.

»Ich kann nicht glauben, dass Sie bei dem Projekt mitgemacht haben.«

»Sie haben gedroht, sich mit einer Blutkrankheit zu infizieren, um mich zu einer Behandlung zu zwingen.«

»Und das haben Sie geglaubt?«

»Nein, aber es zeugte von ihrer Entschlossenheit. Unter diesen Umständen konnte ich das Geld auch mitnehmen und obendrein neue Erfahrungen sammeln.«

»Wussten Sie, dass die Zellen von einem Toten stammten?«

»Ich habe nicht nach Einzelheiten gefragt.«

»Ich bin ziemlich sicher, dass Ihre ›Freiwilligen‹ mindestens fünf Menschenleben auf dem Gewissen haben, weil sie sich für den Mörder hielten, dessen genetisches Material Sie ihnen injiziert haben.«

Schlimé hob die Augenbrauen, fand aber sofort zu seinem Ausdruck des fröhlichen Rotschopfs zurück. Als Nachruf auf die fünf Opfer wirkte es eher armselig. Es war offensichtlich sinnlos, mit ihm über Moral und Verantwortung zu diskutieren, er wirkte ebenso kalt wie seine Kühlschränke und genau so verrückt wie seine Wiedergeborenen.

»Ich brauche die Daten, die Namen und die Umstände.«

»Warum sollte ich Ihnen antworten?«

Nun zog auch Erwan seine Maske herunter.

»Auch wenn Sie es nicht glauben: Ich kann Ihnen morgen die Schweizer Polizei auf den Hals hetzen. Sie sollten mein Störpotenzial nicht unterschätzen.«

Schlimé stieß noch immer kleine Rauchwolken aus, die in seiner Nähe rosig zu werden schienen.

»Kommen Sie mit«, sagte er schließlich. »Sonst erfrieren wir hier noch.«

Sie ließen die Papierklamotten in einer Schleuse liegen und gingen einen Korridor entlang. Der Koloss war verschwunden. Schließlich erreichten sie ein kleines, mit Büchern und Akten vollgestopftes Büro, das an den Arbeitsraum von Lassay in Charcot erinnerte.

»Sie kannten diese Kriminellen also schon, bevor das Gewebe hier bei Ihnen ankam?«

Schlimé schenkte sich eine Tasse grünen Tee ein, der in einer Thermoskanne bereitstand.

»Wenn es Sie nicht stört, würde ich sie lieber ›Patienten‹ nennen. Natürlich war alles im Voraus organisiert. Solche Therapien kann man nicht improvisieren.«

»Mussten die Zellen zu einem bestimmten Zeitpunkt bei Ihnen ankommen?«

»Schon immer war die Rede von Ende 2009. Als die Zellen schließlich da waren, haben wir sie eingefroren und parallel dazu mit der Strahlenbehandlung der … Patienten begonnen. Anschließend folgten die einzelnen Etappen der Dedifferenzierung und des Züchtens.«

Mit anderen Worten: Pharabots Tod war im Voraus geplant gewesen. José Fernandez hatte nicht nur an seiner Leiche herumgeschnipselt, sondern ihn mit ziemlicher Sicherheit auch in der Nacht zuvor erstickt und es wie einen Schlaganfall oder einen Herzinfarkt aussehen lassen. Die Fanatiker hatten ihren Mentor zum Tode verurteilt, um durch ihn wiedergeboren zu werden.

»Wann genau fanden die Eingriffe statt?«

»Im Oktober 2010.«

»Hat die Bestrahlung so lange gedauert?«

»Es ist ein schwieriges Unterfangen. Immerhin muss das gesamte Knochenmark vernichtet werden.«

»Wurden alle vier gleichzeitig behandelt?«

Schlimé nickte. Er hielt seine Steinguttasse mit beiden Händen, und diese affektierten Manieren eines Doktor Bibber gingen Erwan kolossal auf die Nerven.

»Aber zum Schluss mussten sie stationär aufgenommen werden, oder?«

»Ja, die letzte Phase ist nicht ganz ohne. Der Patient ist sehr schwach, und sein Leben hängt am seidenen Faden. Dann injiziert man ihm die neuen Zellen, und der Körper erholt sich allmählich.«

Erwan stellte sich die vier ausgemergelten und kranken Männer vor, die sich bei den Eidgenossen nach und nach in neue

Versionen des Nagelmannes verwandelten. Wer hatte dafür bezahlt? Vermutlich Lartigues und Irisuanga, die beiden Krösusse des Clubs.

»Nach meinen Informationen hat di Greco die Blutgruppe gewechselt.«

»Die anderen ebenfalls. Das Knochenmark produziert Blutkörperchen und Blutplättchen.«

»Hat sich auch ihre DNA verändert?«

»Die des Blutes: ja. Das funktioniert auf die gleiche Weise. Sie haben jetzt die Blut-DNA des Spenders.«

»Passten diese Spenderzellen denn zu unseren vier Kandidaten?«

»Nein, und genau da liegt das Problem. Ich hatte sie gewarnt, denn man kann sich seinen Spender nicht einfach aussuchen. Ich musste ihnen extrem hohe Dosen Ciclosporin verschreiben, was ihre Konstitution sehr schwächte. Deshalb haben Lartigues und Redlich eine infektiöse Arthritis entwickelt.«

Erwan hatte sich also nicht geirrt. Schlimé selbst gab den Umstand nur widerwillig zu: Die vier Männer waren sein Meisterwerk, das aber allmählich deutliche Ausfälle zeigte.

»Wie steht es um ihre Lebenserwartung?«

»Da bin ich nicht sehr optimistisch. Im Moment leben sie mit zwei massiven Bedrohungen: zum einen die Abstoßungsreaktion, und zum anderen die Krankheiten, die sie sich einfangen können.«

Erwan erinnerte sich an den Inhalt der Mülltonnen bei Lartigues.

»Wir haben bei den Leuten weder ein Rezept noch Medikamente gefunden.«

»Ich kümmere mich um alles. Kundenservice sozusagen.«

»Kommen sie dazu hierher, zu Ihnen?«

»Wir regeln das, wie es gerade passt.«

»Wann haben Sie sie das letzte Mal gesehen?«

»Vor einem Monat. Sie kamen nur zu dritt. Di Greco war nicht dabei.«

Der große kranke Mann, der, zerfressen von seiner Krankheit und seinen grausamen Spielchen, auf seinem Flugzeugträger festsaß.

»In welchem Zustand waren sie?«

»Sehr erregt. Lartigues und Redlich deuteten die Anzeichen der Abstoßung als – wie soll ich sagen? – Missbilligung ihres Idols. Sie wiederholten ständig, dass sie zum nächsten Stadium übergehen wollten, dass alles wieder in Ordnung käme, dass die Verschmelzung stattfinden würde … Ehrlich gesagt habe ich nichts davon begriffen.«

Kein Wunder. In ihrem Wahn hatten sie geglaubt, Fetische opfern zu müssen, damit die große Symbiose stattfinden konnte. Oder sie fühlten sich trotz der fehlgeschlagenen Transplantation ganz im Geist des Mörders, weil die Zellen sie neben allem anderen auch mit einem Teil seiner bösen Seele versorgten.

Erwan stand auf und betrachtete den kleinen Mann in der Fleecejacke. Er konnte seine Gefühle angesichts dieses Zauberlehrlings nicht genau zuordnen. Sollte er ihm die Zähne einschlagen, ihn in den Knast bringen oder ihm einfach nur für seine Offenheit danken?

Schließlich entschied er sich für die zivilisierte Art. »Vielen Dank, Herr Doktor.«

»Sie nehmen mich also nicht fest oder lassen mich auf der Wache verhören?«

»Das entscheidet die Polizei Ihres Landes.«

»Wie sagt man doch so schön bei euch: ›Jeder kümmert sich um seine eigene Scheiße‹.«

»Ganz genau.«

Erwan schritt durch die menschenleere Eingangshalle. Selbst die Krankenschwester war verschwunden. Draußen wehte ein eisiger Wind.

Ehe er den Wagen anließ, überprüfte er noch seine Nachrichten. Kripo hatte sich vor zehn Minuten gemeldet. Erwan rief sofort zurück.

»Es ist etwas passiert«, keuchte der Elsässer. »Gegen 18 Uhr wurden auf der N 165 kurz vor Brest zwei Gendarmen niedergeschossen.«

»Was?«

»Eine Routinekontrolle. Zwei Typen in einem Van. Der Fahrer hat sechsmal geschossen, dann sind sie geflüchtet. Wir haben das Kennzeichen. Das Fahrzeug ist auf Ivo Lartigues zugelassen. Laut Zeugenaussagen saß Redlich am Steuer und hat auch geschossen. Lartigues war der Beifahrer.«

»Und das erfahren wir erst jetzt?«

»Erst einmal herrschte das übliche Durcheinander. Die Gendarmen haben zunächst eine Rasterfahndung ausgelöst und …«

»Hat man sie gefunden?«

»Hat man. Das Kennzeichen führte zu einer Adresse im Finistère, ein Ferienhaus in der Nähe von Locquirec. Es gehört Lartigues.«

Der Ort befand sich nur wenige Kilometer von Kaerverec entfernt und noch näher an Charcot. Wie hatten sie das nur übersehen können? Auf jeden Fall war Wissa Sawiris dort getötet worden. Vermutlich hatte Lartigues das Haus wegen seiner Nähe zur Psychiatrischen Klinik gekauft. Der Bildhauer wollte seinem Idol so nahe wie möglich sein.

»Die Gendarmen sind hingefahren«, fuhr Kripo fort. »Sie wurden mit Gewehrsalven empfangen. Das Haus ist nicht zu stürmen. Auf dem Gelände steht außerdem ein Wagen mit Diplomatenkennzeichen. Er gehört der nigerianischen Botschaft, Irisuanga ist also auch dort.«

Zwei Körperbehinderte und ein Koloss mit Hörnern. Drei Knochenmarksempfänger, die sich vom Geist ihres Spenders besessen glauben. Drei Verzweifelte, in die Enge getrieben wie Ratten.

»Ist Verny dort?«

»Mit seiner ganzen Clique. Sie warten auf das Kriseninterventionsteam.«

Erwan konnte nicht glauben, dass der Fall auf diese Weise enden sollte. Es würde Tote und Verletzte geben.

»Wer hat das Interventionsteam gerufen?«

»Befehl von ganz oben. Aus Paris.«

»Wer leitet die Intervention?«

Kripo hustete.

»Dein Vater.«

Wieder einmal also übernahm der Alte den Oberbefehl. Aber wie konnte er das alles bereits wissen?

Kripo schien seine Gedanken zu ahnen.

»Ein simples Telex vom Generalstab. Die haben sofort die Zügel in die Hand genommen. Ich weiß keine Einzelheiten, aber wie es aussieht, hat der Innenminister persönlich deinem Vater die Schlüssel des Lkw in die Hand gedrückt.«

Deshalb also hatte sein Alter seit dem Spätnachmittag nicht mehr angerufen. Er wollte die Sache allein durchziehen, ohne Hilfe seines Sohnes.

»Hat er euch angerufen?«, erkundigte Erwan sich, einer Intuition folgend.

»Ja, mich. Gerade eben.«

»Und was hat er gesagt?«

»Dass er uns unter keinen Umständen auf dem Gelände sehen will.«

»Sonst nichts?«

Kripo zögerte.

»Er hat mich nach dem genauen Stand unserer Ermittlungen gefragt.«

»Hast du ihn informiert?«

»Äh … ja. Ich habe ihm alles gesagt. Die Sache mit der Transplantation, José Fernandez, die Klinik in der Schweiz. Eigentlich wirklich alles.«

Erwan nickte. Dieses Finale folgte einer tieferen Logik. Der Nagelmann war im Körper dreier Verrückter wiedergeboren worden, und auch dieses Mal kümmerte sich Morvan darum. Genau wie vor vierzig Jahren.

»Ich kann in einer Stunde in Chamonix sein. Schick mir einen Hubschrauber zur dortigen Gendarmerie.«

127

Der Tag dämmerte. Den Bauch in eine schusssichere Weste gezwängt und mit einem Ithaka-Repetiergewehr in der Hand saß Morvan in einem Erdloch und sagte sich, dass er für solche Dummheiten eigentlich viel zu alt war. Gleichzeitig aber brachte er es nicht über sich, die Operationen aus sicherer Entfernung im Schutz einer bequemen Dienstlimousine zu leiten.

Die letzten Stunden der Nacht hatte er, zusammen mit ein paar bewundernswert tollkühnen Gendarmen, in einem Graben versteckt damit verbracht, hastig zusammengestellte Informationen zu memorisieren: Vier Männer, darunter der bedauernswerte di Greco, waren von Thierry Pharabot derart fanatisiert worden, dass sie beschlossen, sich in den Geist des Bösen zu verwandeln. Sie setzten ihren Wahn in die Tat um und ließen ihr eigenes Knochenmark zerstören, um sich die Stammzellen des Mörders implantieren zu lassen. Wer bietet mehr?

Die drei Überlebenden hatten sich jetzt in einem Häuschen mit blauen Fensterläden verbarrikadiert, das haargenau dem Feriendomizil glich, das er selbst Ende der 1980er-Jahre auf der Île de Bréhat gekauft hatte. Ironie des Schicksals.

Es war ein echter Glücksfall, wenn man es so nennen konnte, dass der Generalstab ihn unmittelbar nach dem Tod der beiden Gendarmen am späten Nachmittag informiert hatte. Es bedeutete, dass Erwan erst Stunden später davon erfahren würde. So war es Morvan selbst möglich, die Maßnahmen zu kontrollieren. Als aus dem Zwischenfall schließlich eine Katastrophe wurde – belagertes Haus, Schusswechsel, anwesende Medien –, hatte der Minister ihm offiziell die Leitung der Operation anvertraut. Um Mitternacht war Morvan von Le Bourget aus gestartet, hatte mehr als zweieinhalb Stunden in einem Eurocopter Dauphin verbracht und während dieser Zeit über Funk Kontakt zum Generalstaatsanwalt in Rennes und zum Präfekten in Quimper gehalten. Zeitgleich hatte sich das Sondereinsatzkommando auf den Weg ins Finistère gemacht.

Die örtlichen Gendarmen hatten nicht untätig auf Morvans Eintreffen gewartet. Die Nachbarhäuser – das Gebiet war intensiv touristisch genutzt – waren evakuiert, die Umgebung in einem Kilometer Umkreis abgeriegelt und die Zufahrtsstraßen gesperrt worden. Außerdem hatte man bereits überprüft, dass die Umgebung des Hauses nicht vermint war, da niemand wusste, wie gefährlich die Männer tatsächlich waren. Und man hatte Gräben ausgehoben, um Soldaten und Material zu verstecken, denn das nicht umzäunte Feld rings um das Haus bot keinerlei Deckung. Jetzt war es sieben Uhr morgens und alle saßen im Graben. Die Gendarmen hatten das Haus umstellt, um eine Flucht der Männer zu verhindern.

Lektüre hatte Morvan mehr als genug. Unter den Dokumenten, die ihm zur Verfügung gestellt worden waren, befand sich auch eine Liste der auf Redlich zugelassenen Waffen. Der Ethnologe und der Bildhauer hatten das Arsenal vermutlich im Auto gehabt, als die Gendarmen sie kontrollieren wollten. Redlich hatte die Nerven verloren und geschossen. Das psychologische Profil der Männer ließ keine Zweifel: Sie waren Todesfanatiker und Terroristen.

Der Tag dämmerte in sanftem Blau heran. Es würde ein schöner Morgen werden. Morvan reckte den Kopf aus dem Graben und beobachtete das zweihundert Meter entfernt liegende stille Haus. Nichts regte sich. Die Läden waren geschlossen, die Türen verriegelt. Ringsum sah er die Köpfe von Gendarmen auftauchen, fast alle trugen die vorschriftsmäßige Kopfbedeckung mit der aufgestickten brennenden Granate. Morvan ahnte die Wut dieser Zufallskämpfer. Niemand hatte Lust, einen Schlag auf den Schädel zu bekommen, schon gar nicht für Morde, die in Paris von Killern begangen worden waren, die ins Irrenhaus gehörten. Alle warteten auf die Ankunft des Sondereinsatzkommandos, denn diese Jungs hatten wenigstens Übung mit solchen Einsätzen und gierten nach Adrenalin.

Morvan setzte sich und beobachtete seine Kameraden im Graben. Aus Paris hatte er einen Beamten mitgebracht, der psychologisch geschult und auf den Umgang mit Sektenanhängern spezialisiert war. Die Anwesenheit dieses Mannes war eine Konzession an den Minister, der darauf bestanden hatte. Abgehakt.

Drei der Kämpfer waren Morvan nicht unbekannt. Oberstleutnant Verny hatte gemeinsam mit Erwan die Untersuchungen in Kaerverec durchgeführt. Die beiden anderen waren Mitglieder des Militärs: Simon Le Guen war Ausbilder im Führungsstab von Kaerverec 76, Luc Archambault war Leutnant der Luftstreitkräfte und zuständig für die militärische Sicherheit des Stützpunkts. Auch diese beiden waren an Erwans Nachforschungen beteiligt, dies hier war nun der Abschluss ihrer Ermittlung. Sie waren die Einzigen, die nicht vor Angst zitterten, sondern entschlossen nach vorn blickten. Der Fall di Greco hatte sie frustriert, jetzt aber konnten sie sich revanchieren.

7:20 Uhr. Wo blieb nur das Sondereinsatzkommando? Morvan hatte den Weg der Truppe seit Paris verfolgt. In Brest hatte das Team einen Halt eingelegt, um den Schlachtplan festzulegen. Sie besorgten sich eine Generalstabskarte der Region, den beim Katasteramt erstellten Grundriss und Lageplan des Hauses, das psychologische Profil der Verdächtigen, eine Software, die alle Einzelheiten noch einmal zusammenfasste, und wer weiß was sonst noch. Morvan hatte genau das Gleiche getan, allerdings in seinem Schützengraben – ohne zu wissen, ob er zum gleichen Ergebnis gekommen war. Vermutlich würde sich das Einsatzkommando auf Verhandlungen konzentrieren. Verlorene Zeit, dachte er. Seitdem sie sich in ihrem Haus verbarrikadiert hatten, waren die drei Verrückten mit niemandem in Kontakt getreten. Sie hatten keine Geiseln genommen und wollten ganz sicher mit der Waffe in der Hand sterben.

Die Festung sollte vermutlich zu ihrem Grab werden: Selbstmord durch Polizeiwaffen.

Morvan war gut gelaunt. Zwar hatte er ein Vermögen verloren, das hatte ihm Loïc noch in der Nacht bestätigt, und würde sich durch die Reinkarnationen seines schlimmsten Feindes vermutlich eine gehörige Abreibung einhandeln, trotzdem fühlte er sich leicht und voller Tatendrang, mit seinem Gewehr in der Hand und einer 9mm hinten im Gürtel. Die drei Verschwörer waren identifiziert, und von einer göttlichen Rache war bisher nichts zu spüren. Eine Angelegenheit unter Männern, die hoffentlich mit diesem Kampf erledigt war. Danach könnte er sich frohen Mutes den paar Jahren widmen, die ihm noch blieben.

Er ertappte sich dabei, leise vor sich hin zu summen.

»Da sind sie ja!«

Verny konzentrierte sich auf sein Ohrmikrofon. Morvan spähte über den Grabenrand und entdeckte die Truppe in der Ferne. Die Männer bewegten sich, agil wie Tänzer, geduckt über die tauglänzende Ebene. Sie trugen Kevlar-Westen, Helme mit gepanzertem Visier, eine Glock im Gürtel und ein Sturmgewehr in den Händen. Dessen Fabrikat konnte er von seiner Position aus nicht erkennen, er war sich nicht sicher, ob es sich um Famas, Sig Sauer oder Heckler & Koch handelte.

»Wer leitet den Einsatz?«

»Wir nennen ihn Nummer eins. Im Einsatz werden niemals Namen genannt.«

Schon ging es los mit dem Blödsinn.

»Sagt ihm, er soll herkommen.«

128

Trotz der Sturmhaube mit den Augenschlitzen erkannte Morvan Philippe Gallois auf den ersten Blick. Er hatte ihn bei einer Demonstration der Kriseninterventionskräfte in Versailles kennengelernt und erinnerte sich seiner als meisterhaft schießenden Hinterwäldler und glühenden Verehrer Sarkozys. In seine schusssichere Weste gezurrt, mit eingestecktem Ohrmikrofon und seiner Waffe in der Hand verfügte der Oberst über einen ganz wichtigen Trumpf: unerschütterliche Ruhe.

Man stellte einander mit einer seltsamen Mischung aus Respekt und gegenseitiger Geringschätzung vor.

»Wie sehen Sie das Ganze?«, erkundigte sich Morvan der Höflichkeit halber.

»Es ist nicht gerade toll. Es gibt keine höher gelegene Stelle, an der ich meine Schützen postieren könnte. Und keine Deckung für eine Vorwärtsbewegung.«

»Ich meinte weniger die Umgebung als vielmehr Ihr weiteres Vorgehen.«

»Zunächst sollten wir verhandeln.«

»Einverstanden«, log Morvan.

»Unsere psychologisch geschulten Experten …«

»Vergessen Sie die Experten. Ich kenne die Arschlöcher dort drüben im Haus. Zumindest kenne ich den Mörder, der sie zu dem ganzen Zirkus inspiriert hat. Sie glauben, sie seien durch Zauberkräfte geschützt. Man muss mit ihnen in einer Sprache reden, die sie …«

»Unser Unterhändler ist gleich da.«

»Der Unterhändler bin ich.«

»Wollen Sie mich verarschen? Sie sind der Gesandte des Innenministeriums und haben auf dem Gelände nichts zu suchen.«

»Ich kenne die Akte. Ich weiß, wie die Kerle ticken. Ich …«

Gallois blickte auf seine Uhr.

»Wir warten auf unseren Mann.«

Seine Sturmhaube verlieh ihm einen dümmlichen Ausdruck. Morvan hatte das Gefühl, sich in einem Schützengraben in Verdun mit Fantomas zu unterhalten. Super.

»Laut meinem Bericht wurde seit mehreren Stunden weder eine Bewegung noch ein Geräusch registriert. Vielleicht haben die da drinnen längst Selbstmord begangen.«

»Sie haben doch nicht den ganzen Ärger auf sich genommen, um so zu enden.«

»Und was genau wollen sie?«

»Lassen Sie mich Kontakt zu ihnen aufnehmen.«

»Kommt nicht infrage. Wir werden nicht dafür bezahlt, die Verbrecher auf Zivilisten ballern zu lassen.«

»Ich gehe«, mischte Verny sich ein. »Ich leite das Team, das den Fall betreut. Ich bin also am glaubwürdigsten. Sie geben mir Deckung.«

Gallois musterte ihn, und auch Morvan warf ihm einen prüfenden Blick zu: ein gedrungener Mann mit entschlossenem Ausdruck, der nicht leichtfertig einfach nur so redete. Die Verrückten würden ihn abknallen wie ein Karnickel. Daraufhin würde die Sondereinheit das Haus stürmen und Morvan könnte endlich tun, was er für richtig hielt.

Aber dafür war das Leben des Gendarmen ein zu hoher Preis.

»Ist es möglich, dass Sie ihm Deckung geben, wenn er sich allein und ohne Waffe dem Haus nähert?«, fragte er den Oberst.

»Das Haus steht mit der Rückseite direkt an der Klippe. Von hinten können wir also nicht ran. Man könnte sie höchstens von beiden Seiten in die Zange nehmen und sie mit Rauchbomben, Tränengas und Schallkanonen außer Gefecht setzen.«

Lärm war der neueste Trend. Die Granaten verbreiteten bei der Explosion nicht nur gleißendes Licht und Gase, sie detonierten mit über hundertachtzig Dezibel – auch so konnte man einen Gegner lahmlegen.

Gallois blickte zum Haus. So allein auf freier Fläche war es wirklich schwierig einzunehmen.

»Ein weiteres Problem ist die Gartenmauer.«

Das Gebäude war von einer etwa einen Meter hohen Mauer umgeben. Sobald Verny hinter der Mauer war, würden sie ihn nicht mehr sehen, was es unmöglich machte, ihn zu schützen.

»Wollen Sie das wirklich machen?«, fragte Gallois.

Der Oberstleutnant legte seine Waffe ab und ließ sich auf die Knie fallen. Er war bereit, den Graben zu verlassen.

»Unter dem Anorak trage ich übrigens eine schusssichere Weste.«

»Ich informiere meine Männer und halte Sie über Funk auf dem Laufenden.«

Ohne Vernys Antwort abzuwarten, kletterte Gallois aus dem Graben und robbte zum Nachbarloch.

»Wir finden sicher noch eine andere Lösung«, meinte Morvan, während Verny seinen Anorak schloss.

»Nein, und das wissen Sie ebenso gut wie ich.«

Morvan wandte sich zu Le Guen und Archambault um. Angespannte Gesichter, unter der Haut spielende Muskeln. Hinter ihnen in der Ebene sammelten sich immer mehr Soldaten, überschwemmten den Boden wie schwarzer Regen.

Verny machte eine Geste, die beruhigend wirken sollte.

»Beim geringsten Anzeichen von Feindseligkeit ziehe ich mich sofort zurück.«

Er beugte sich vor, um die Anweisungen in seinem Ohrmikrofon besser hören zu können. Es ging los. Verny richtete sich auf und verließ den Graben. Gleichzeitig sprangen zwei Schatten aus einem anderen Loch und glitten durch das Gras. Über Ohrmikrofon verfolgte Morvan die Befehle von Nummer eins. Von jetzt an unterstanden alle, die sich dem Haus mit den blauen Fensterläden näherten, seinem Kommando.

Als Verny bis auf hundert Meter an das Haus herangekommen war, brachte ein Schuss ihn zu Fall. Eine zweite Kugel pfiff durch die Luft wie ein Kristallpfeil. Dann folgte eine Salve. Die Arschlöcher hatten Maschinengewehre.

Morvan wollte den Graben verlassen und den Offizier zurückholen, doch die Männer vom Einsatzkommando waren schneller. Sofort folgten weitere Salven. Morvan hoffte inständig, dass diese Verrückten keine Geschosse aus Wolframcarbid verwendeten, die selbst Kevlarwesten durchdringen konnten.

Mit eingezogenen Köpfen zerrten die Gendarmen Verny aus der Schusslinie. Morvan bemerkte, dass er bei Bewusstsein war. Keine Spur von Blut. Sie hatten auf die geschützte Brust gezielt. Als Zeichen ihres guten Willens?

Sanitäter sprangen in den Graben. Verny schnappte nach Luft. Die Sanitäter lösten das Klettband der Weste. Morvan hatte nicht richtig hingeschaut, der Gendarm war doch getroffen worden, aus seinem Hals schoss Blut. Ein Blick auf die Wunde verriet, dass die Kugel offenbar nur die linke Halsseite gestreift hatte. Wenige Millimeter weiter hätte sie die Halsschlagader durchtrennt, und Verny wäre längst tot. Der Krieg war erklärt.

Wie eine Bestätigung seiner Gedanken hörte er Gallois' Stimme über das Ohrmikrofon.

»Wir greifen an.«

Seine Stimme rauschte wie eine Turbine durch das Ohrstück.

»Schickt lieber einen Arzt her«, knurrte Morvan, während die Sanitäter Verny erste Hilfe leisteten.

Die Gendarmen würden fallen wie die Fliegen. Tote, Sanktionen und wochenlange Kritik in den Medien. Hier war wirklich die Kacke am Dampfen.

Morvan richtete sich auf und sah, wie Gallois – zumindest ging er davon aus, dass er es war – mit dem Arm Zeichen machte. Aus allen vier Ecken des Feldes setzten sich Schatten in Bewegung. Mindestens zwanzig Männer krochen paarweise vorwärts. Der jeweils erste hielt eine ballistische Schutzplatte vor sich und seinen Kameraden, der zweite ein Sturmgewehr in der Hand.

Die Befehle im Ohrmikrofon verstummten. Die Truppe war zur Zeichensprache übergegangen. Morvan hatte die Codes vor Jahren zwar gelernt, inzwischen aber alle vergessen. Er war dazu verdammt, den Einsatz als ordinärer Zuschauer zu verfolgen.

Wieder wurde geschossen. Alle erstarrten. Und setzten sich sehr langsam wieder in Bewegung, erwiderten jetzt auch das Feuer. Gewehrsalven ratterten. Erdbrocken flogen durch die Luft, am Haus splitterten Holz und Schiefer.

Erneut riskierte Morvan einen Blick. Verny wurde abtransportiert. In alle Richtungen wurde geballert. Archambault und Le Guen schossen mit der Sicherheit geübter Soldaten. Der Sektenspezialist hockte wie gelähmt tief im Graben und hielt seine 9mm mit beiden Händen fest. Auch Morvan war überholt. Sein letzter Einsatz hatte in den 1980er-Jahren stattgefunden. Was zum Teufel machte er hier eigentlich?

Nein. Die Leiche bewegt sich noch, Herr General. Morvan

richtete sich auf, riss das Ohrmikrofon aus dem Gehörgang, lud sein Gewehr und begann zu schießen. Innerhalb einer Sekunde fühlte er sich in den Kampf integriert. Vielleicht tötete er, vielleicht wurde er auch getötet, seine Zugehörigkeit aber würde er nicht mehr infrage stellen.

Die Schießerei ließ nicht nach. Die Luft roch stechend nach Pulver. Morvan lud nach und wollte gerade eine neue Salve abfeuern, als er bemerkte, dass die Angreifer die Gartenmauer erreicht hatten. Rechts und links des Gartentors kniete je ein Soldat mit dem Gewehr im Anschlag. Jetzt folgte der schwierigste Teil: das Haus zu erreichen.

Durch die Spalten der angelehnten Läden blitzten dann und wann Flammen auf, die Schützen aber waren nicht auszumachen. Kaum zu glauben, dass sie es hier mit einem Rollstuhlfahrer, einem Hinkenden und einem Mutanten mit Metallkamm zu tun hatten.

Nach und nach fielen die Zweiergruppen in den Garten ein. Einer wandte sich jeweils nach rechts, der zweite schlich links um das Haus herum. Sekunden später stiegen Rauchwolken aus dem Garten auf. Das Tränengas würde die Verrückten von den Fenstern vertreiben und den Sprengmeistern ermöglichen, Tür und Rahmen in die Luft zu jagen.

Plötzlich legte eine Explosion alles in einen Nebel. Eine gigantische Flamme stieg in die Luft empor. Die umgebende Mauer verwandelte sich in eine Fontäne aus Staub und Trümmern. Zunächst glaubte Morvan an eine Ungeschicklichkeit der Männer, dass ihnen der Sprengstoff in den Händen explodiert war oder Ähnliches. Dafür aber war die Detonation zu stark. Es regnete Trümmerstücke aus schwarzem Stein, Glassplitter, menschliches Fleisch und Fetzen von Schutzwesten.

»Verdammt!«, schrie Archambault und sprang auf.

Sekundenbruchteile später wurde sein Gesicht von einer Kugel zerfetzt, und er brach auf dem Grund des Schützengrabens zusammen. Seine Kiefer waren nur noch schwärzlicher Brei. Morvan ließ sein Gewehr fallen und presste beide Hände auf die Wunde. Seine Finger wurden rot. Die Augen des Gendarmen verdrehten sich, bis nur noch das Weiße zu sehen war. Es war vorbei.

Morvan hob seine mit Blut, Zahnpartikeln und Schleimhautfetzen beschmutzten Hände und betrachtete sie. Langsam wandte er sich den anderen zu. Le Guen hatte sich über die Leiche geworfen und murmelte Gebete. Morvan übergab sich.

Und plötzlich sah er seinen eigenen Sohn über dem verbrannten Gras im Dunst auftauchen. Erwan stand am Rand des Grabens, hielt seine Waffe mit beiden Händen und wollte gerade hinunterspringen, doch Archambaults grässlicher Tod stoppte ihn. Er blieb wie vom Donner gerührt stehen, weithin sichtbar.

»RUNTER MIT DIR!«, brüllte Morvan und packte ihn am Jackenzipfel.

Erwan strauchelte in den Graben, ohne Archambaults Leiche aus den Augen zu lassen. Der Schock war ihm in alle Gliedmaßen gefahren. Morvan drückte seinen Kopf nach unten, während ringsum Kugeln pfiffen.

Ein Blick hinüber zum Haus zeigte ihm, dass die Mauer verschwunden war. Der Gemüsegarten brannte und die ersten Flammen leckten bereits an den Hortensien und am Efeu. Ein Mann kroch durch den Rauch. Er hielt sich den Oberschenkel, der in einem Stumpf endete. Und plötzlich stellte Grégoire fest, dass Erwan nicht mehr da war.

Er nahm sein Gewehr und stopfte sich hastig Munition in die Taschen. Im nächsten Augenblick rannte er hinter seinem Sohn her, der sich auf das Haus zubewegte.

129

Die Luft bestand nur noch aus Staub und Rauch. Pfeifende Kugeln aus allen Richtungen webten ein unsichtbares Netz über ihren Köpfen. Erwan war gerade dabei, über die Trümmer der Gartenmauer zu steigen, als Morvan ihn erreichte und an der Schulter packte.

»Was willst du?«, brüllte Erwan und drehte sich um.

Morvan klemmte sein Gewehr unter den Arm, zog die Beretta aus dem Gürtel und schoss seinem Sohn in die Leiste. Die einzige Möglichkeit, ihn jetzt noch außer Gefecht zu setzen. Erwan presste beide Hände auf die Wunde und brach zwischen den Steintrümmern zusammen.

Gaëlle.

Loïc.

Milla.

Lorenzo.

Sie ohne einen Mann im Haus zurückzulassen, kam nicht infrage.

Morvan steckte die Beretta zurück in den Gürtel, lud die Ithaka und lief weiter, ohne sich noch einmal umzudrehen. Die zerstörte Eingangstür sah aus wie eine Schnauze mit spitzen Zähnen. Als er hindurchstürmte, wusste er nur eins: Keine halben Sachen mehr, nie wieder!

Der rustikal mit Terracotta-Fliesen, Deckenbalken und Möbeln aus gewachstem Holz eingerichtete Innenraum war vollständig zerstört. Gipsstaub lag auf den Trümmern. Morvan schätzte, dass er vielleicht zwei Minuten hatte, um alle Anwesenden zu töten oder selbst zu sterben. Instinktiv wandte er den Kopf nach rechts: In einer Ecke des Raums stand ein schwarzer Teufel mit einer FIM-92 Stinger auf der Schulter.

Morvan schoss, noch während er sich auf den Boden warf. Sein Gewehr war für Dauerfeuer ausgerüstet; solange er den Finger auf dem Abzug hielt, wurden in schneller Folge Schüsse ausgelöst.

Als er den Boden erreichte, war sein Magazin leer. In derselben Sekunde traf die von dem Schwarzen abgeschossene Rakete auf die Wand hinter ihm. Gefolgt von einem Big Bang aus grellen Blitzen und Steinen. Morvan sprang auf. Die Flammen verbrannten ihm den Rücken. Er ließ das Gewehr fallen und zerrte die Beretta aus seinem Gürtel. Sehen konnte er nichts. Mit dem linken Arm wedelte er den Rauch fort und tastete sich vorwärts. Der Nigerianer hatte keinen Kopf mehr und aus seinem Bauch quollen Gedärme, die in dem vielen Staub bereits trockneten.

Morvan lud nach.

»Wo seid ihr Arschlöcher?«, brüllte er und kämpfte sich zum nächsten Raum durch. »Zeigt euch!«

Er schoss in die Luft, um seinen Worten mehr Gewicht zu verleihen, und wäre beinahe von einem Stück Decke erschlagen worden, das sich dabei löste. Zwar hörte er auf einem Ohr nichts mehr, aber er war wild entschlossen, den Kampf auch in Mono fortzusetzen.

»WO SEID IHR, ZUM TEUFEL?«

Die Waffe mit ausgestreckten Armen fest umklammert, schwankte er durch den Raum, als plötzlich hinter ihm ein Schuss abgefeuert wurde. Er wirbelte herum. Niemand zu sehen. Erst ein Blick auf den Boden zeigte ihm, dass sich der Schuss aus seiner eigenen Ithaka gelöst hatte. Eine im Lauf stecken gebliebene Patrone und die Flammen, die sich immer weiter ausbreiteten, hatten den Schuss abgefeuert. Vom eigenen Gewehr erschossen – das war mal ein schöner Tod!

Im selben Moment senkte sich rechts von ihm der weiße Staub und gab den Blick auf Redlich frei. Er hielt eine 45er in der Hand, deren Lauf Morvan fast so groß erschien wie die Öffnung eines Flammenwerfers. Seine Haltung und die Stabilität seines Arms zeigten den geübten Schützen.

Morvan betätigte den Abzug, ohne auch nur einen Gedanken daran zu verschwenden, in Deckung zu gehen – seine Reflexe folgten so automatisch aufeinander, wie die Kugeln in seinem Lauf, immer schön eine nach der anderen, bitte sehr. Der Rückstoß warf ihn zurück über die Schwelle, doch er schoss einfach blind weiter. Als der Qualm sich senkte, lag Redlich mit Blut und Trümmern bedeckt weit, sehr weit von ihm entfernt der Länge nach auf dem Boden.

Der zweite Streich. Die Hexer hatten offenbar doch nicht so viel Macht.

Das Feuer zingelte ihn ein und kam näher. Er sprang darüber hinweg und machte sich an die Durchsuchung der Küche. Sie war leer. Der dritte Mann musste sich im Obergeschoss befinden. Ausgerechnet der Rollstuhlfahrer. Auch gut. Morvan rannte zur Treppe, griff in seine Tasche und förderte ein weiteres Magazin zutage. Seine Waffe war glühend heiß und er selbst erstickte fast in seiner schusssicheren Weste. Er erreichte die Galerie oberhalb des Wohnzimmers. Unten wütete das Feuer, aber im Augenblick war er noch nicht in Gefahr. *Vamos*.

Erster Raum: nichts.

Zweiter Raum: nichts.

Dritter Raum: das noch überraschend kühle Bad.

Morvan hatte die gesamte Etage abgesucht. Wo war Lartigues? Er stellte sich den Mann im Rollstuhl vor, wie er sich an ein Sturmgewehr oder irgendeine andere Waffe klammerte. Er würde ihn töten, auch wenn die einzige Möglichkeit dazu darin bestünde, sich zusammen mit ihm und seinem Rollstuhl in die Glut hinunterzustürzen.

Vor vierzig Jahren hatte er den Nagelmann verschont – das hier war das Resultat.

Er kehrte noch einmal um. Seine Augen tränten, sein Gesicht war eine Maske aus heißem Staub. Er rieb sich die Lider und blieb wie angewurzelt stehen. Unmittelbar vor ihm, am Ende des Flurs, saß Lartigues in seinem Rollstuhl. Wie Klauen umklammerten seine Hände ein Remington-Gewehr. Es hatte eine Kapazität von schätzungsweise drei bis vier Schuss und wurde von Hand geladen. Selbst wenn der Künstler wusste, wie es zu bedienen war, blieb ihm höchstens Zeit für ein oder zwei Schüsse, ehe Morvan ihn erreichte.

Grégoire näherte sich dem Behinderten. Falls das Gewehr mit Schrot geladen war, hatte Lartigues eine Chance, ihn zu treffen, allerdings nur mit wenigen Körnern. Falls es aber mit Einzelpatronen geladen war, wie sie bei der Wildschweinjagd benutzt wurden, ging die Treffsicherheit gegen null. Trotzdem: Wenn er Morvan damit am Kopf erwischte, konnte er ihn damit enthaupten.

Lartigues schoss und wurde nach hinten katapultiert. In der Wand rechts von Grégoire entstanden Dutzende kleiner Löcher. Schrot. Er stürzte sich auf den Behinderten, der hastig lud und erneut schoss. Wieder daneben. Der Bildhauer lachte böse, während ihm Tränen über die Wangen liefen. Wieder lud und schoss er. Morvan war nur noch drei Meter von ihm entfernt.

Einige Metallteilchen erwischten ihn an der linken Schulter, aber er stürzte nicht. Gerade wollte er Lartigues erschießen, als ihm eine Idee kam. Er ließ die Pistole fallen, warf sich auf den Bildhauer, griff nach den beiden Armlehnen des Rollstuhls und zog ihn zu sich, bis er den richtigen Winkel erreichte. Mit einem Fußtritt katapultierte er das Gefährt auf die in Flammen stehende Treppe – wie ein Remake der berühmten Szene in *Kiss of Death*, in der Richard Widmark eine Frau im Rollstuhl eine brennende Treppe hinunterstürzt. Lartigues schrie auf, aber Morvan hörte nur das Brüllen des Feuers, das Mann und Rollstuhl auffraß.

Doch dann blieb ihm das Lachen im Halse stecken. Unter ihm gab der Boden nach. Er stürzte.

Morvan landete an einer Stelle, die bereits niedergebrannt war und wo sich mehr Asche als Glut fand. Von irgendwoher spürte er einen kühlen Hauch. Er war auf den Knien aufgekommen, hatte sich aber kaum verletzt. Mühsam rappelte er sich auf. Durch die eingestürzte Wand direkt vor ihm lächelte ihm ein sonniger, blauer Morgen entgegen. Ohne zu wissen wie, sah er sich plötzlich den Abhang hinter dem Haus hinunterrennen. Graues Gras, grüne Felsen, rosa Steine …

Im letzten Moment blieb er vor dem Abgrund stehen.

Er dachte an seinen Sohn auf der anderen Seite des Hauses, der inzwischen sicherlich medizinisch versorgt worden war. Er dachte an Gaëlle, die in der Klinik in Chatou in Sicherheit war und von bewaffneten Polizisten bewacht wurde. Er dachte an Loïc, der jetzt vermutlich schlief, nachdem er das Familienvermögen mit Verlust verkauft hatte. Er dachte an seine beiden Enkel Milla und Lorenzo, die bei ihrer Mutter lebten – der Eisjungfrau, die für die beiden alle Wärme aufbrachte, derer sie fähig war.

Erst in diesem Augenblick bemerkte er, dass er in Flammen stand. Genaugenommen war es seine Weste, die an den Seiten und den Schultern brannte. Morvan griff mit der bloßen Hand in das kokelnde Gewebe, löste das Klettband, riss sich die Weste vom Leib und warf sie im hohen Bogen in den Abgrund. Unwillkürlich kam ihm in den Sinn, dass auf der Gebrauchsanweisung der Weste stand, dass Kevlar angeblich nicht brennbar war. Geschissen!

Morvan lachte laut auf: Man durfte wirklich nur sich selbst vertrauen.

III

DER ANDERE

130

Wenn Gaëlle es richtig verstanden hatte, war Erwan während der von den Medien genüsslich breitgetretenen Schießerei von einer Kugel getroffen worden, allerdings wusste niemand, wer sie abgefeuert hatte. Mit dem Hubschrauber war er nach Paris in eine Klinik geflogen worden, wo man feststellte, dass seine Verletzung harmlos war. Das Projektil hatte seine linke Leiste unmittelbar oberhalb des Hüftknochens nur gestreift.

Der wahre Held der Geschehnisse, ihr Vater, war ebenfalls mit einigermaßen heiler Haut davongekommen. Er hatte Erwan im Rettungshubschrauber begleitet und es dem Generalstaatsanwalt und dem Präfekten überlassen, sich zu der Erstürmung zu äußern. Es hatte viele Tote gegeben – Gaëlle erinnerte sich nicht mehr, wie viele in jedem Lager –, aber die drei Wahnsinnigen hatte es ebenfalls erwischt.

Das Tollste aber war, dass der gesamte Clan, genau wie zwei Tage zuvor, erneut in einem Krankenzimmer zusammensaß, nur dass dieses Mal Erwan die Rolle des zu hätschelnden Patienten übernommen hatte. Man hatte Gaëlle gestattet – danke, Papa –, ihre Therapie zu unterbrechen, um ihren Bruder zu besuchen. Alle waren da, und alle waren wie immer. Morvan trug den linken Arm in einer Schlinge und telefonierte. Loïc kauerte in einem Sessel und las seine SMS. Maggie, durchgeknallter denn je, sprach leise mit Erwan, der wie ein Kalif in seinem Bett thronte.

Gaëlle beugte sich zu ihm hinunter, küsste ihn auf die Wange und fragte:

»Wie fühlst du dich?«

»Wie nach einem aufreibenden Spiel.«

»Dem du von der Tribüne aus zugesehen hast?«

Sie hatte gelesen, dass Erwan vor der eigentlichen Erstürmung verletzt worden war, die ihr Vater dann im Alleingang durchgezogen hatte.

»Sehr witzig!«

Auch wenn Gaëlle ihre Pläne von Vatermord, Selbstmord und anderen Nettigkeiten inzwischen aufgegeben hatte, hieß das noch lange nicht, dass sie von einem Tag auf den anderen zum Idealbild einer kleinen Schwester geworden war. Sie drückte ihrem Bruder den Arm und entschuldigte sich für die Stichelei.

»Sind meine Männer nicht bei dir?«, erkundigte sich ihr Vater anstelle einer Begrüßung.

»Sie stehen unten und rauchen. Aber eigentlich besteht doch keine Gefahr mehr, oder?«

Morvan warf ihr einen finsteren Blick zu und widmete sich wieder seinem Telefonat.

»Du hast recht«, sagte er in den Hörer, »es ist Scheiße.«

Er wirkte angespannt, als säße er in einer Klemme. Dabei war sie davon ausgegangen, dass er die zahlreichen Glückwünsche genoss. Vermutlich war alles viel komplizierter, als sie ahnte. Trotzdem hatte der große Morvan wieder einmal bewiesen, dass er ein Held war, der mit den fragwürdigsten Methoden das beste Ergebnis erreichte.

Der Vater ein Rächer, ein Bruder verletzt. Die Ehre des Familienclans war gerettet.

Gaëlle setzte sich an den Bettrand und fragte:

»Ist es jetzt gut? Ist alles geregelt?«

»Sie sind tot, wenn es das war, was du wissen wolltest.«

»Wie viele waren es?«

Erwan gab ihr eine kurze Zusammenfassung, die von vier Bewunderern des Nagelmannes handelte (die Medien sprachen nur von dreien – di Greco hatte man unterschlagen), von Zelltransplantation, von schwarzer Magie, von Ritualmorden und von Rache … Es fiel ihr ein wenig schwer, ihm zu folgen, aber ihr großer

Bruder schien gut in Form zu sein und bereit, wieder loszulegen. Mit ihren neunundzwanzig Jahren begann Gaëlle gerade erst, sich einzugestehen, wie sehr sie ihn brauchte.

»Dann ist also jetzt alles vorbei?«, hakte sie noch einmal nach.

»Nicht für mich. Ich muss mir jetzt den Arsch aufreißen.«

»Du und deine Ausdrucksweise.«

»Ich meine damit, dass ich jetzt den ganzen Papierkram erledigen muss.«

»Es war ein Scherz.«

Erwans Grinsen kam leicht verzögert, wie üblich.

»Streng ihn nicht zu sehr an.«

Gaëlle wandte ihrer Mutter den Kopf zu, und sofort verflüchtigte sich ihre gute Laune. Sie küsste Erwan und ging hinaus, ohne sich von den anderen zu verabschieden. Im Flur musste sie an Sainte-Anne denken. Wie sie durch den abgeschlossenen Flur gerannt und schließlich im Geschirraufzug geflohen war … Sie wusste nicht, ob sie darüber weinen oder lachen sollte.

Sie drückte den Knopf des Aufzugs, der eher ein schmutziger Lastentransporter war. Die Türen gingen auf. Ein Krankenpfleger schob eine Trage auf Rollen beiseite, um ihr Platz zu machen. Glücklicherweise war die Liege leer. Den Anblick eines halb bewusstlosen Greises auf dem Weg in den OP hätte sie nicht ertragen. Aber auch die Tatsache, dass der Pfleger einen Mundschutz trug, jagte ihr Angst und Schrecken ein.

Auf dem Weg nach unten wuchs ihr Unbehagen. Schon nach wenigen Sekunden spürte sie, wie sie hyperventilierte. Was habe ich nur, verdammt noch mal? Ob sie nie wieder einen Fuß in ein Krankenhaus setzen konnte?

Im Erdgeschoss verließ sie fluchtartig die Kabine und rannte auf die Glastür zu, die in den Garten führte. Ihr Leibwächter, ein Schwarzer, der auf den Namen Karl hörte, saß draußen in der beginnenden Dämmerung und rauchte friedlich.

»Alles in Ordnung?«, fragte er sie lächelnd.

Sie nickte. Dabei hatte sie das Gefühl, als hätte ihr Herzmuskel einen Krampf. In ihrem Hals schien ein dicker Kloß zu stecken.

»Gib mir 'ne Fluppe«, befahl sie atemlos.

131

Nach zwei Stunden mit seiner Familie bekam Erwan eine grauenhafte Migräne. Es war wie damals, in seinen Anfängen, wenn er sich mit aufgesetzten Kopfhörern ganze Tage im nach Hamburgern und Pisse stinkenden Überwachungswagen um die Ohren schlagen musste. Seine Mutter mit ihren Schamanen-Mittelchen, sein Vater, der ihn anschaute, als wolle er sagen: »Auch aus dir wird noch mal ein Mann!«, und sein Bruder, der alle mit seinem Gerede über eine Fernsehdokumentation nervte, in der es um Dopingprobleme bei der Tour de France ging …

Lediglich Gaëlle hatte vor seinen Augen Gnade gefunden. Sie war ihm trotz ihrer Dummheiten in ihrer ganzen Reinheit und Vielschichtigkeit begegnet. Dazu passte ihr Parfüm, eine Mischung aus Chanel und irgendetwas anderem, das holziger, ja erdiger duftete und immer den Eindruck vermittelte, dass sie von einer Theaterpremiere und einer Beerdigung zugleich kam. Ein Lichtblick in der Finsternis.

Im Anschluss an den Familienbesuch waren die Heimsuchungen fortgesetzt worden. Fitoussi kam, um ihn zu beglückwünschen. Im Schlepptau hatte er den Präfekten und ein paar Politiker, deren Namen Erwan sofort wieder vergaß. Worthülsen, Komplimente, Beförderungsversprechungen … Erwan war besser dran als sein Vater, denn dadurch, dass er vor der eigentlichen Erstürmung verletzt worden war, konnte man ihm nichts vorwerfen.

Jetzt war er allein. Immer noch in seinem Krankenhaushemd, saß er im Bett vor einem ekelhaften Abendessen, das er kaum angerührt hatte. Der Fernseher lief ohne Ton und zeigte ununterbrochen Bilder des Hauses in Locquirec und Fotos der Toten.

Ideal, um eine düstere Bilanz der Ereignisse zu ziehen. Wieder einmal war es nach dem Muster »Operation geglückt, Patient tot« gelaufen.

Erwan hatte kein Mitleid mit den drei Knochenmarksempfängern, obwohl ihr Tod eine Reihe von Fragen unbeantwortet ließ. Trauer überkam ihn allerdings beim Gedanken an Archambault. Immer wieder musste er daran denken, wie der mit zerschossenem Gesicht im Graben gelegen hatte. Archambault, der oft leicht verwirrte lange Lulatsch, mit seiner Brille, seinem Seefahrertalent und seiner Art, sich in die Ermittlungen einzubringen. Der Mann, der ihm in der Dusche von K76 das Leben gerettet hatte. Er würde mit Sicherheit posthum einen Orden und ein großes Ehrenbegräbnis bekommen, aber dann würden seine Kameraden ihn vergessen und Kaerverec konnte endlich zur Tagesordnung zurückkehren.

Erwan dachte auch an Verny, der laut Nachrichten angeblich immer noch in Lebensgefahr schwebte, und an Le Guen, der über der Leiche seines Freundes herzzerreißend geweint hatte. Das waren Kriegserinnerungen, die er nicht ständig wiederkäuen durfte. Er war Polizist und musste sich darüber freuen, dass der Fall gelöst und die Mörder neutralisiert worden waren.

Um 19 Uhr erhielt er per E-Mail eine von Verny höchstpersönlich verfasste Bilanz der nach einem Küstenvorsprung in der Nähe bezeichneten »Operation Beg an Fry«. Der Mann war wirklich nicht kleinzukriegen. Im Anhang der Mail befanden sich eine Menge Dokumente, wie beispielsweise die Todesurkunden von Ivo Lartigues, Sébastien Redlich und Joseph Irisuanga, deren Autopsieergebnisse jedoch noch ausstanden. Außerdem fand Erwan eine Liste der Mitglieder des Sondereinsatzkommandos, die bei dem Einsatz ums Leben gekommen waren: Arnaud Savac, zweiunddreißig, Nicolas Granaudet, neunundzwanzig und Philippe Astier, dreißig Jahre alt. Darüber hinaus waren fünf Gendarmen verletzt worden, zwei davon schwer. Nie zuvor hatte es einen Zugriff mit derart verheerenden Auswirkungen gegeben.

Verny hatte auch eine kurze Beschreibung der aktuellen Situation hinzugefügt. In den Trümmern des Hauses wurde weiterhin nach Spuren gesucht. Bisher hatte man bereits ein Arsenal an Waffen entdeckt: einen Colt 45, eine sechsschüssige .357 Magnum und mehrere Sturmgewehre, darüber hinaus Brandbeschleuniger, Sprengkapseln und Granaten … Nicht auszudenken, was passiert wäre, wenn sie ebenfalls den Flammen zum Opfer gefallen wären. Die Ballistiker waren ordentlich ausgelastet.

Um das Verfahren kümmerten sich gleich mehrere Behörden. Der Generalstaatsanwalt in Quimper hatte einen Richter ernannt und die Staatsanwaltschaft in Paris hatte einen Beamten abgestellt, um die Mordserie aufzuklären, deren man die drei »Wahnsinnigen von Locquirec« – so hatte die *Le Monde* am Abend getitelt – beschuldigte.

Erwan legte den Kopf in den Nacken und schloss die Augen. Er hatte in dieser Untersuchung den Fall seines Lebens vermutet, wie es der afrikanische Nagelmann für seinen Vater gewesen war, aber die Aktenlage war weniger eindeutig und seine eigene Rolle längst nicht so ruhmreich. Zwar hatte er die Schuldigen ausfindig gemacht und ihre mutwillig herbeigeführte Veränderung enttarnt, worüber bisher niemand etwas wusste, aber das alles verblasste vor der Heldentat Grégoire Morvans, der mit seinen siebenundsechzig Jahren ganz allein die drei Mörder zur Strecke gebracht hatte.

Papierkram vermochte nichts gegen Feuer. Erwan war ein Beamter, sein Vater ein Held.

Noch weigerte er sich standhaft, an die Tat des alten Haudegens zurückzudenken, der ihn verwundet hatte, um ihm das Leben zu retten. Väterlicher Machtmissbrauch. Etwas anderes kannte Morvan nicht.

Jemand klopfte vorsichtig an die Tür.

Erwan öffnete die Augen und knipste das Nachtlicht an. Im Gänsemarsch traten Audrey, Sardine und Tonfa ein, jeder mit einem dicken Ordner in der Hand.

»Was ist das?«

»Die Prozessakten von Thierry Pharabot, zusammengestellt von seinen belgischen Anwälten«, erklärte Favini.

»Zusammengestellt?«, wunderte sich Erwan mit einem Blick auf die mächtigen Wälzer.

»Der Prozess hat mehrere Wochen gedauert. Alle Papiere lagen im Archiv von Namur, frag mich bitte nicht, warum. Unser Verbindungsmann hat sie gestern aufgestöbert, sich um die Aushändigung gekümmert, alles in sein Auto gepackt und sie heute Nachmittag höchstpersönlich im Präsidium abgeliefert. Applaus!«

Sie stapelten ihre Ordner auf dem einzigen Stuhl des Raums zu einem gefährlich schiefen Turm.

»Wir dachten, du hättest vielleicht Lust auf ein wenig Lektüre«, grinste Audrey.

»Danke. Wo ist Kripo?«

»Der kümmert sich um den Papierkram. Alles sollte fertig sein, wenn der Richter benannt wird.«

Armer Kripo. Das war sicher keine ganz leichte Aufgabe.

»Jeder von uns hat sich einen Verdächtigen ausgesucht und versucht, ihm jeweils den Mord nachzuweisen, für den er kein Alibi hat«, erklärte Audrey.

»Ich kümmere mich um di Greco«, berichtete Tonfa.

»Ich mich um Lartigues«, fuhr Audrey fort, »Nico um Redlich und Kripo um Irisuanga.«

Der Nigerianer war die richtige Aufgabe für den Elsässer. Er war im Verfahren am schwierigsten zu hantieren, man brauchte Fingerspitzengefühl, um den schwierigen Grat zwischen Diplomatenimmunität und den gespannten Beziehungen zur nigerianischen Botschaft zu meistern. Eine echte Herausforderung für den Schreiberling.

Schon wussten die Kollegen nichts mehr zu sagen. Das Nachtlicht, das zerwühlte Bett, die erkalteten Reste von Kartoffelpüree und paniertem Fisch: Um kurz nach sieben wiesen alle Zeichen in Erwans Zimmer bereits auf Nachtruhe hin.

»Gut, wir lassen dich dann mal ausruhen«, meinte Audrey. »Wann kommst du raus?«

»Ich hoffe, morgen.«

Die Kollegen tauschten Blicke aus. Niemand glaubte daran, aber keiner wollte dem Boss am Tag nach seinem abgebrochenen Kampf widersprechen.

Eine Minute später war Erwan wieder allein. Seine Lider fühlten sich bleischwer an, seine Gedanken waren sehr langsam. Er streckte den Arm aus und griff nach einem Ordner, der jedoch so schwer war, dass er unwillkürlich aufstöhnte und losließ. Der Ordner krachte auf den Boden. Erwan hatte nicht die Kraft, ihn aufzuheben.

Warum sollte er überhaupt in der Vergangenheit herumwühlen? Die Gegenwart war schon problematisch genug, denn es gab noch so viele offene Fragen: Wie hatten sich die Fanatiker kennengelernt? Wie hatten sie sich organisiert? Wie hatten ein Mann im Rollstuhl und ein Hinkender derartige Gewalttaten vollenden können? Wie hatte der stark geschwächte di Greco Wissa Sawiris getötet? Waren sie zu mehreren tätig gewesen? Wo befand sich die Folterkammer, in der die Opfer zu Fetischen wurden? Was war aus den entnommene Organen geworden?

Auch andere Fragen waren noch unbeantwortet: Warum diese Vergewaltigungen, die auf eine intime, sehr persönliche Zwangsvorstellung schließen ließen? Warum hatte di Greco den Freitod vorgezogen, obwohl der Rachefeldzug erst begann? Wer hatte in Fos versucht, ihn, Erwan, zu töten? Was genau hatten diese Gestörten gesucht? Hatten sie es darauf abgesehen, auf längere Sicht den gesamten Morvan-Clan zu eliminieren?

Erwan hatte eindeutig den Blues. Schon jetzt verabscheute er die Berichte, die er schreiben musste und in denen es nur um Zeitfenster, DNA-Analysen und Erinnerungen der Nachbarn ging. Hinzu kam, dass es nie einen Prozess geben würde, weil die Verdächtigen nicht mehr lebten.

Plötzlich blitzte eine andere Idee auf. Sofort schickte er eine SMS an Audrey: »Vergesst Marot nicht.« Sein Vater hatte ihm zwar das Leben gerettet und den neuen Nagelmann-Fall auf seine Weise gelöst, trotzdem wollte Erwan ihm noch ans Leder und ihn in die Knie zwingen. Erst nach einem kurzen Zögern tippte er auf die Sendetaste, mit einem ganz schlechten Geschmack im Mund.

Gerade wollte er das Licht löschen, als es erneut klopfte. Ehe er antworten konnte, stand sie bereits ruhig und souverän auf der Schwelle. Sofia hatte tiefe Ringe unter den Augen. Ihre Züge wirkten angespannt und sie schwitzte. Aber selbst diese nicht ganz perfekte Sofia sah aus wie eine aus Carraramarmor gemeißelte Statue.

»Ich hatte schon nicht mehr daran geglaubt«, sagte Erwan lächelnd.

»Ich wollte diesen grässlichen Leuten nicht über den Weg laufen.«

»Wen meinst du?«

»Deine Familie, Süßer.«

Erwan lächelte und zog schamhaft das Bettlaken über sein Krankenhaushemd.

132

23 Uhr, Avenue Matignon. Loïc schlief, aber es war Morvan, der träumte. Von einem netten kleinen Staatsstreich im Kongo. Einem Vorfall, der die Besitzer von Coltano-Aktien ängstigen und ihm selbst gestatten würde, sein Portfolio zurückzukaufen. Die Trader und Broker, allen voran Serano, hatten sich gemeldet und bestätigt, dass sich die Positionen verändert hatten. Der Wert der Aktie sank und Morvans Portfolio leerte sich. Noch warteten sie auf Nachricht von Heemecht, aber Morvan war deshalb keineswegs beunruhigt: Montefiori würde sicher folgen.

Zwar befand sich Grégoire jetzt im Besitz eines dicken Geldpakets, verglichen mit dem Potenzial der Gruben und einem vernünftigen Marktwert aber war der massive Verkauf finanzieller Selbstmord. Ein kompletter Ausverkauf einer Angelegenheit, die eigentlich sein Lebenswerk hätte sein sollen.

Trotzdem bereute er nichts. Die Generäle würden die Baisse bemerken und anrufen, mit der Bitte um Erklärungen. Er würde das Unschuldslamm spielen und den Wankelmut des Marktes anführen. Niemand würde ihn verdächtigen, sich selbst zu ruinieren.

Bis dahin würden die drei Bankiers, die schuld an der Ausgangslage waren, ihre Aktien wieder verkaufen. Kabongo würde zuschlagen. Montefiori ebenfalls. Und auch er selbst würde kaufen, was möglich war. Damit käme der Kurs zurück auf ein normales Niveau. Mehr nicht. Die Kongolesen würden die Angelegenheit vergessen, und Morvan könnte den Blitz-Abbau der neuen Vorkommen vorantreiben und die Milizen und die reguläre Armee in ihrem eigenen Land überholen. Er würde sich die Taschen wieder füllen und sie in sein Testament entleeren. In seinem Alter arbeitete man nur noch für das Jenseits.

Morvan stand auf – seine Armschlinge hatte er bereits abgelegt – und strich sanft über das Haar von Loïc, der in einem Sessel in seinem Büro schnarchte. Sie hatten den ganzen Tag in den Büroräumen von Firefly Capital an den Verlustverkäufen gearbeitet, und trotz des Debakels war er glücklich, diese Stunden mit seinem Sohn teilen zu können. Zwischen ihnen war eine Art Komplizenschaft entstanden, wie damals, in Zeiten des Segelns und der Regatten.

Morvan trat ans Fenster und beobachtete den Verkehr, der Kupferstreifen und Rubinaugen in die Dunkelheit zauberte. Er hatte in regelmäßigen Abständen Pausen einlegen müssen, um seinen Vorgesetzten Fragen zu den Vorfällen in Locquirec zu beantworten. Für seine Heldentaten hatte er ebenso viel Lob wie Kritik eingeheimst. Wie eigentlich immer.

Sein ganzes Leben hatte er damit verbracht, seine Taten zu rechtfertigen und dem Haufen von Stümpern auf der Ersatzbank seine Entscheidungen zu erklären. Er hatte kaltblütig drei Männer zur Strecke gebracht, die zwar Mörder, aber auch behindert waren. Immer würde es Journalisten, Politiker und andere Hochstapler geben, die ihm erklärten, dass er anders hätte handeln können (und müssen). Als er noch jung war, hatten ihn solche Kommentare verletzt. Später elektrisierten sie ihn. Heute ließen sie ihn gänzlich unbeeindruckt. Es war der Preis, den er für ein aktives Leben bezahlen musste.

Nein, die wirkliche Erschütterung war, wie immer, im Innern.

Sobald man sich aus der Masse der Menschen hervorhebt, wird man zum Monster abgestempelt. Wie hatte Nietzsche noch gesagt: »Willst du das Leben leicht haben? So bleibe immer bei der Herde und vergiss dich über der Herde.« Wieder einmal war Morvan in die eisige Tiefe abgetaucht, die ihm so vertraut war. Er hatte seine Andersartigkeit unter Beweis gestellt. Er hatte sich auf dem heiklen Grat zwischen Leben und Tod bewegt.

Auch dieses Mal hatten die anderen dran glauben müssen. Es hätte ebensogut er selbst sein können. Dabei genügte es, sich diese Vorstellung einzubläuen, um dem Schwindel zu entgehen. Wenn die Leere fest in einem verankert war, hörte man ihren Ruf nicht mehr.

Ein letztes Problem blieb: Loïcs Schweigen. Er hatte die arrangierte Ehe seit gestern mit keinem Wort erwähnt. Morvan hörte ein leichtes Rascheln hinter sich und warf einen kurzen Blick über seine Schulter

Was lange währt, wird endlich gut …

Sein Sohn saß im Sessel und richtete eine Waffe auf ihn.

133

Seit Gaëlles Rückkehr aus dem Krankenhaus hatte ihr Unbehagen nicht nachgelassen. Genau genommen seit der Episode im Aufzug. Seit der dreckigen Kabine und dem Pfleger mit der Maske hinter ihr. Im ersten Moment hatte sie sich den Ursprung dieser Angst nicht erklären können, aber jetzt wusste sie es: Der Mann im Lastenaufzug hatte sie an den Killer in Sainte-Anne erinnert. Obwohl sie von keinem der beiden das Gesicht gesehen hatte. Vielleicht war es ihr Geruch. Oder einfach nur ihre Anwesenheit …

Von der Klinik aus hatte sie, immer noch von Karl behütet, darauf bestanden, nach Hause und nicht in die Therapieeinrichtung nach Chatou zu gehen. Der Schwarze hatte zunächst Morvan angerufen, der seine Erlaubnis erteilte. Nach der Ankunft hatte sie Karl gebeten, die Wohnung zu inspizieren, anschließend hatte sie die Tür verriegelt und sich und Karl in der »Sicherheitszone« eingeschlossen. Vermutlich hatte Karl, der Gaëlles Ruf natürlich kannte, sich gewisse Hoffnungen gemacht, aber er sollte ruhig weiterträumen: Sie hatte sich verändert. Sie wurde diese Scheiß-Angst einfach nicht los.

Kaum zu Hause, schaltete sie den Fernseher ein. Stundenlang saß sie vor Nachrichten und Sondersendungen zu der Schießerei in Locquirec – manche Berichterstatter sprachen vom »Massaker an der Rosa Granitküste« –, als wolle sie sich ein für alle Mal überzeugen, dass es wirklich zu Ende war. Sie sah die Bahren, Leichensäcke und die verkohlten Ruinen. Sie verfolgte die Chronologie der Ereignisse. Jedes Mal wurde bestätigt, dass Ivo Lartigues, Sébastien Redlich und Joseph Irisuanga während des Angriffs gestorben waren, und zwar durch die Hand eines einzigen Mannes, ihres Vaters.

Aber war der Fall damit wirklich gelöst? In Wahrheit hatte es vier Mörder gegeben, das hatte Erwan ihr gesagt, aber woher wollte man wissen, dass es nicht noch mehr von dieser Sorte gab? Gaëlle versuchte, ihren Bruder anzurufen, erreichte ihn aber nicht. Auch ihr Vater ging nicht ans Telefon. Arschlöcher! Sie waren immer zur Stelle, wenn es darum ging, sie ins Irrenhaus zu stecken oder an den Pranger zu stellen, aber jetzt, wo sie sie gebraucht hätte …

Sie holte sich eine weitere Cola Zero. Nein, sie war ungerecht: Vater und Sohn Morvan waren immer für sie da, selbst wenn sie sie nicht rief.

Um in die Küche zu gelangen, musste sie an Karl vorbei, der gemütlich in einem Sessel lümmelte und Candy Crush spielte.

Ihm war offenbar aufgegangen, dass es in dieser Nacht keine neue Version des Films *Bodyguard* mit Kevin Costner und Whitney Huston geben würde.

Gaëlle nahm sich eine Dose und kehrte in ihr Zimmer zurück. Während sie einen Schluck trank, beobachtete sie den schwarzen Koloss aus dem Augenwinkel. Selbst Karls Anwesenheit beunruhigte sie: Wenn wirklich alles vorbei war, wieso war er dann noch hier?

Sie stellte sich ans Fenster und beobachtete die leere Straße. Im Schein einer Straßenlaterne meinte sie, unmittelbar vor ihrem Haus einen Schatten zu erkennen. Sie öffnete das Fenster und beugte sich weit hinaus. Sofort wurde sie von zwei Händen zurückgerissen und auf die kleine Couch in ihrem Zimmer geworfen.

»Sag mal, spinnst du?«, kicherte sie nervös.

Erst jetzt wurde ihr bewusst, dass Karl sie vor allem vor sich selbst beschützen sollte. Bedächtig und ohne zu antworten schloss er das Fenster.

»Draußen steht ein Mann, der aussieht, als würde er das Haus beobachten.«

Karl warf ihr einen misstrauischen Blick zu.

»Ich schwöre!«, rief sie und stand auf. »Ich habe Angst. Seit der Klinik habe ich das Gefühl, dass jemand uns folgt.«

Karl drehte sich langsam zu ihr um. Seine Bewegungen und sein Atem passten sich seiner Muskelmasse an.

»Willst du nicht runtergehen und nachschauen?«

»Kommt nicht infrage. Ich muss bei Ihnen bleiben.«

Seine Worte klangen wie dicke Steine, die einen Berg hinunterrollten.

»Und der Typ da unten? Gehört der nicht zu deinem Job?«

Karl nickte. Gaëlle wusste, dass er seine Befehle direkt von ihrem Vater erhielt. Der Vorteil war, dass er seine Entscheidungen innerhalb kürzester Zeit traf. Der Nachteil: Er schaute lieber erst zweimal hin, ehe er den Chef störte.

Schließlich steckte er widerstrebend die Hand in die Tasche und holte sein Handy heraus.

134

Als sein Handy klingelte, zeigte Morvan auf seine Tasche und fragte:
»Darf ich?«

Sein Sohn zielte noch immer auf ihn. Seit zehn Minuten führten sie eine ziellose Unterhaltung. Als Mediator diente dabei eine 9mm, die wer weiß woher kam.

Morvans schlimmste Befürchtungen hatten sich bestätigt: Sofia hatte bereits mit Loïc gesprochen, der, aus Berechnung oder Wunderlichkeit, seine Wut bisher nicht gezeigt hatte. Seite an Seite mit seinem Vater hatte er zunächst dessen Aktienportfolio verramscht, ehe er, benebelt von Koksdünsten, damit drohte, ihn zu töten.

Es klingelte weiter.

Morvan hatte keine Angst vor Loïc. Wie alle Kinder, denen es nie an etwas gefehlt hatte, würde Loïc nicht einmal einer Fliege etwas zuleide tun. Erst recht nicht, seit er dem Buddhismus anhing. Darüber hinaus erforderte es das Überschreiten einer gewissen Grenze, auf einen Menschen zu schießen, und von dieser Grenze war Loïc sehr weit entfernt – ohne es allerdings zu wissen.

»Darf ich jetzt rangehen oder nicht?«

Endlich nickte Loïc.

Es war Karl – der Mann, dem Gaëlle anvertraut war.

»Gibt es ein Problem?«

»Eigentlich nicht, aber Ihre Tochter glaubt, etwas gesehen zu haben.«

»Was denn?«

»Einen Mann, der das Haus beobachtet.«

Er zögerte.

»Ganz sicher ist es nicht …«

»Wo bist du jetzt?«

»Mit ihr zusammen in ihrer Wohnung.«

Fast amüsiert stellte Morvan sich die Szenerie vor: Gaëlle, wie sie halb ängstlich, halb wütend mit verschränkten Armen vor dem Sicherheitsmann stand und ihn mit ihren Eisaugen anfunkelte, und Karl, der ehemalige Legionär, hin- und hergerissen zwischen der zarten blonden Frau und ihrem furchteinflößenden Vater.

»Könnte der Mann unten ein Kollege sein?«

»Ich bin allein. Sie selbst hatten mir gesagt …«

»Ich weiß. Hast du etwas gesehen?«

»Aus dem Fenster nicht. Und ich will nicht hinuntergehen und sie hier allein lassen.«

»Steht uns noch ein Ersatzmann zur Verfügung?«

»Ortiz.«

»Sag ihm, er soll kommen. Einer von euch bleibt oben, der andere checkt die Umgebung.«

»Möchten Sie mit Ihrer Tochter sprechen?«

»Nein. Ruf mich wieder an, sobald der zweite Mann im Einsatz ist.«

Morvan legte auf und fixierte Loïc, der sich nicht gerührt hatte. Über sein Gesicht zuckten Ticks, und seine Lider senkten sich unmerklich. Es war eine seltsame Mischung aus Nervosität und Schläfrigkeit.

»Wenn du wirklich schießen wolltest, hättest du das längst getan.«

»Schnauze. Ich will endlich verstehen.«

»Was denn?«

»Wieso du deine eigenen Kinder für deine schmutzigen Geschäfte benutzt.«

Morvan ging einen Schritt auf ihn zu. Loïcs Finger krampfte sich um den Abzug. Der Alte blieb stehen. Ein Unglück war schnell geschehen.

»Hör zu«, begann er ruhig. »In einem Alter, in dem andere Jungs ihre erste Zigarette rauchen, warst du Alkoholiker. In einem Alter, in dem andere ihren ersten Joint probieren, warst du heroinabhängig. Als du volljährig wurdest, warst du schon tot.«

»Du vergisst meine Reise nach Tibet.«

»Der alte Schwule hat dich auch nicht gerettet.«

»Sprich nicht so über ihn.«

Morvan entschuldigte sich mit einer Geste.

»Was ich sagen wollte: Du bist nie wirklich stabil gewesen. Diese Ehe war eine Möglichkeit, deine Nachkommen abzusichern und dir mein Vermögen zu vererben.«

»Indem du über mein Leben verfügst?«

»Es war eine gute Idee, dafür zu sorgen, dass du Sofia kennenlernst. Dass ihr euch ineinander verliebt habt, ist der beste Beweis dafür. Sie war einfach die … Richtige.«

»Und das sagst ausgerechnet du?«

»Du warst glücklich mit ihr.«

»Du und ihr Vater, wofür haltet ihr euch? Für Götter?«

»Was macht euch das jetzt noch aus? Immerhin lasst ihr euch scheiden, oder? Und die Coltano-Aktien sind auch nicht mehr da.«

Loïcs Hand zitterte heftig. Die Wahrscheinlichkeit einer versehentlich ausgelösten Kugel stieg.

»Dieses Mal kommst du nicht mehr ungeschoren davon. Dieses Mal nicht.«

Wie zufällig war Morvan noch ein Stück näher gekommen. Mit der Handkante versetzte er Loïc einen Schlag auf den Arm. Loïc schrie auf. Sein Vater hatte auf den Karpalkanal und den Mediannerv gezielt, sein Sohn würde also ein paar Tage Probleme mit dem Schreiben haben. Die Waffe flog in die gegenüberliegende Zimmerecke und blieb kreiselnd liegen. Morvan packte Loïc am Hemdschopf und zog ihn hoch.

»Hör mir gut zu, mein Junge. Ich beschütze dich seit deiner Geburt. Vor allem vor dir selbst. Was Sofia betrifft, so hat sie das Leben bisher nur durch die Scheiben eines Mercedes gesehen. Ihr habt keine Ahnung. Und ihr habt nie kämpfen müssen, um irgendetwas zu bekommen. Ich glaube, inzwischen ist es ein bisschen zu spät, mir eine Lektion zu erteilen oder den harten Mann zu spielen.«

Er ließ ihn zurück in den Sessel fallen. Loïc kauerte sich darin zusammen und massierte sein Handgelenk.

»Ich könnte mich auch umbringen und Sofia und die Kinder töten.«

»Dazu müsstest du erst lernen, wie man eine Waffe benutzt.«

Morvan hatte die Pistole aufgehoben. Sie war noch gesichert.

»So, und jetzt werden wir das alles hier schön vergessen«, fuhr er versöhnlich fort. Von morgen an kaufen wir zurück. Du musst nur …«

»Hast du denn nicht verstanden?«, schrie Loïc ihn an. »Deine Scheißaktien gehen mir so was von am Arsch vorbei! Ich verdiene in einer einzigen Stunde mehr, als deine sämtlichen Minen dir einen ganzen Tag lang einbringen. Mit deinen Visionen eines Sklaventreibers lebst du doch im finstersten Mittelalter. Man kann auch Geld verdienen, ohne Blut zu vergießen oder ganze Generationen von Männern sich unter Tage abschinden zu lassen, du beschissener Kolonialfaschist!«

Morvan lauschte der Kritik. Vielleicht hatte sein Sohn ja recht, vielleicht gehörte er wirklich einem anderen Zeitalter an. Aber auch Loïc war nicht so dumm, nicht zu wissen, dass Börsenhandel und finanzielle Transaktionen nur auf der Grundlage von Blut, Schweiß und Tränen möglich waren.

»Jetzt beruhig dich erst einmal«, sagte er zu Loïc, wie zu einem Kind, das man auffordert, sich um Dinge zu kümmern, die seinem Alter entsprechen. »Das Kapitel Coltano ist abgeschlossen. Und weil ihr euch scheiden lasst, wird euer Erbe eben nicht zusammengefügt. Ende schlecht, alles schlecht.«

Loïc stand auf und reckte sich. Seine Wut, seine Waffe und seine Drohungen schien er bereits vergessen zu haben. Armer Kerl. In Sachen Inkonsequenz brach er alle Rekorde.

»Der Satz könnte auf deinem Grabstein stehen«, höhnte er.

»Wann hört ihr endlich auf, mich zu verurteilen? Wenigstens für einen Tag?«

Loïc griff nach der Abendzeitung, die auf dem Schreibtisch lag, und warf sie seinem Vater ins Gesicht. Die ganze Titelseite war der Schießerei in Locquirec und dem Heldentum Grégoire Morvans gewidmet.

»Du forderst es doch geradezu heraus.«

Morvan war drauf und dran, Loïc die zweite Ohrfeige zu versetzen, doch in diesem Augenblick musste er an seinen Schuss auf Erwan denken, und er fühlte sich hundeelend.

Er steckte Loïcs Waffe hinten in seinen Gürtel und zog seine Jacke an.

»Geh jetzt schlafen. Morgen früh musst du unsere Konten kontrollieren. Ich rufe dich an.«

»Leck mich am Arsch.«

Draußen inhalierte Morvan die Pariser Luft – Abgase, der Geruch von feuchtem Asphalt, Benzindünste. Seine Vorstellung von frischer Luft. Um herauszufinden, ob bei Gaëlle alles im grünen Bereich war, wählte er Karls Nummer.

Plötzlich fühlte er sich unendlich müde. Am liebsten hätte er sich schlafen gelegt, um nie mehr aufzuwachen.

135

Erwan und die Klinik hatten nur eines gemeinsam: den Stundenplan. Frühstück um sechs und Visite um sieben machten ihm nichts aus. Anschließend wartete er auf die Öffnung des Büros, um die Formulare auszufüllen, mit denen er sich selbst entließ und die Klinik von der Verantwortung für etwaige Folgen entband.

Am Vorabend hatte ein Beamter ihm seinen Wagen gebracht. Trotz der Bandage, die ihm den Bauch einschnürte, war Erwan problemlos in der Lage, selbst zu fahren. Um halb neun war er auf dem Weg. Zunächst in Richtung des Bahnhofs Gare d'Austerlitz.

Seine Erholung hatte weniger mit der Bettruhe in der Klinik als vielmehr allein mit Sofia zu tun. Die Zeit, die sie am Abend zuvor miteinander verbracht hatten, würde ein Edelsteinhändler als *flawless* bezeichnen – fehlerlos oder lupenrein. Sie hatten sich in seinem Bett geliebt. Jede Bewegung hatte ihm ein schmerzhaftes Stöhnen entrissen, aber sein Orgasmus war der intensivste seines Lebens gewesen, vielleicht der, auf den er schon immer gewartet hatte. Der Orgasmus des Jansenisten, der ohne seine kleine Schwester und die Qual der Bestrafung keine Lust erleben kann.

Nachdem Sofie gegen Mitternacht gegangen war, konnte Erwan nicht einschlafen. Er vertiefte sich in die Prozessakten und las die ganze Nacht. Neue Erkenntnisse enthielten sie kaum, aber er fühlte sich geläutert und gereinigt.

Er fuhr den Quai de Montebello entlang, als Kripo anrief.

»Wie weit seid ihr?«, erkundigte sich Erwan, ohne ihm Zeit zum Reden zu lassen.

»Wir finden überhaupt nichts. Keine einzige konkrete Verbindung zwischen unseren Spinnern und den Morden.«

»Erklär mir das genauer.«

»Bei jedem Mord kommt jeweils einer der Verdächtigen als Täter infrage, weil er kein Alibi hat. Aber damit hat es sich auch schon. Di Greco hätte in der Nacht des 7. September an Land gehen und Wissa Sawiris töten können, aber er hätte ebenso gut angeln gehen können. Lartigues war zwar am Abend des 11. September allein, aber das bedeutet noch lange nicht, dass er unter der Brücke Pont d'Arcole war. Redlich kannte zwar Pernaud, aber niemand hat ihn je in der Rue de la Voûte gesehen. Und so weiter.«

»Und materielle Indizien?«

»Weder die Durchsuchung des Ateliers von Lartigues noch die des Flusskahns von Redlich hat irgendwelche Ergebnisse gebracht.«

Quai des Grands-Augustins. Quai de Conti. Quai Malaquais. Erwan hatte keinen Blick an das Präsidium auf der anderen Flussseite verschwendet, von wo aus Kripo ihn anrief.

»Und bei dir? Was ist mit Irisuanga?«

»Ich stoße da auf eine Art Chinesische Mauer. Seine Wohnung und seine Galerie sind durch seine diplomatische Immunität geschützt. Er hat zweifelsohne am Sonntag an der Veranstaltung bei Lartigues teilgenommen, aber bis wann, das bleibt ein großes Geheimnis.«

»Ist das alles?«

Kripo wurde laut, was untypisch für ihn war.

»Ob das alles ist? Ich bin gerade dabei, dir zu erklären, dass wir uns vielleicht geirrt haben. Dass dein Vater drei Verrückte erschossen hat, von denen keiner der Nagelmann war, und dass der wahre Mörder immer noch frei herumläuft, und du fragst mich, ob das alles ist? Dir kann die Kacke offenbar gar nicht genug dampfen!«

Erwan antwortete nicht. Die neuen Fakten untermauerten seltsamerweise seine Auffassung nach der Lektüre der Prozesszusammenfassung. Er hatte Kurzfassungen von Zeugenaussagen, die hirnverbrannten Antworten von Pharabot und Resümees von Plädoyers gelesen, ohne etwas auch nur im Ansatz Wichtiges herauszufinden.

Es war nicht das Geschriebene gewesen, das zu ihm sprach, sondern eher das, was fehlte. Irgendetwas stimmte nicht. Ein Detail war ihm entgangen, und dieses Detail, selbst wenn es ein vierzig Jahre altes Verbrechen betraf, könnte ihm helfen, den aktuellen Fall zu verstehen.

»Bist du noch dran? Was sollen wir tun?«

»Macht weiter. Durchwühlt ihre Vergangenheit und sucht nach einem Motiv.«

»Damit haben wir aber keine konkreten Beweise in der Hand.«

»Geschenkt. Dann schließen wir die Akte eben mit unkonkreten Beweisen.«

»Was ist los mit dir?«

»So etwas nennt man ›das Prinzip der Realität‹.«

»Okay. Ich gebe das an die anderen weiter.«

Kripo legte auf, und Erwan überquerte den Pont Royal in Richtung der Rue des Pyramides. Im Opernviertel war die Atmosphäre anders. In der Polizeischule hatte man ihnen erzählt, dass die geraden, breiten, von Haussmann angelegten Verkehrsadern dazu gedacht waren, Volksaufstände unter Kontrolle zu halten, mit Kanonen schießen zu können und der Kavallerie Raum zu bieten. »Den Beweis dafür«, hatte sein Vater bestätigt, »bieten die Maiunruhen 1968, sie sind auf der anderen Seite der Seine ausgebrochen.«

Jetzt würde er den Alten das Fürchten lehren.

»Bist du noch in der Klinik?«, fragte Morvan mit beunruhigtem Tonfall.

»Ich fahre gerade nach Hause.«

»Haben sie dich entlassen?«

»Deine Kugel hat mich doch kaum gestreift.«

»Wir müssen reden. Es war …«

»Ich habe nicht die Kraft, dir irgendetwas nachzutragen.«

»Sieg durch Kapitulation«, lachte Morvan. »Du solltest dich ausruhen.«

»Ich verreise.«

»Ich kann dir die Schlüssel für Bréhat geben.«

»Ich fahre nach Belgien.«

Kurze Pause.

»Warum Belgien?«

»Ich habe mir letzte Nacht die Akten des Prozesses gegen Pharabot in Lubumbashi zu Gemüte geführt. Drei Ordner zu je vier Kilo.«

Erneutes Schweigen. Erwan fuhr um das pompöse, goldgeschmückte Operngebäude Palais Garnier herum und bog schräg in die Rue Lafayette ab. Eine weitere Schneise, konzipiert für die leichte Brigade.

»Woher hast du die Unterlagen?«

»Aus Namur. Sie lagen dort im Archiv.«

»Und wonach genau suchst du?«

»Einige Einträge kommen mir unvollständig, um nicht zu sagen merkwürdig vor.«

»Na und? Dein Fall ist abgeschlossen und deine Schuldigen sind tot.«

»Vielleicht auch nicht. Noch sind zu viele Fragen offen. Letztendlich ist es doch so, dass allein der Umstand, dass diese Verrückten sich einer Stammzellentransplantation unterzogen haben, noch kein Beweis dafür ist, dass sie Mörder waren.«

»Sie haben zwei Gendarmen getötet.«

»Das stimmt. Sie haben auch Waffen nach Locquirec gebracht. Aber ich will sicher sein, dass sie wirklich die Mörder von Wissa Sawiris und den anderen waren.«

»Das beantwortet aber noch immer nicht meine Frage: Warum Belgien?«

»Ich will die Zeugen des ersten Falls befragen.«

»Welche?«

»Das weiß ich noch nicht.«

Erwan zog es vor, keine Namen zu nennen.

»Du bist dabei, dich zu vergaloppieren, mein Junge. Pass bloß auf: Ich wäre über diesem Fall beinahe wahnsinnig geworden.«

Erwan beschloss, den Alten ein wenig zu kitzeln.

»Aber während des Prozesses sah es so aus, als hättest du deine Sinne ganz gut beieinander.«

»Wie meinst du das?«

»Beim Lesen deiner Zeugenaussage hatte ich den Eindruck, dass du hauptsächlich wegen deiner Fabulierkünste glaubwürdig gewirkt hast.«

»Zweifelst du etwa auch an der Schuld von Pharabot?«

»Nein. Es gab ja echte Beweise und Geständnisse. Aber was Fakten und Umstände betrifft, finden sich eine ganze Menge Löcher.«

»Was redest du da für einen Unsinn? Willst du behaupten, ich hätte meine Arbeit nicht ordentlich gemacht?«

»Ich stelle mir lediglich eine Frage. Der Nagelmann hat neunmal zugeschlagen …«

»Hätte ich ihn nicht festgenommen, wären am Ende alle Studentinnen von Lontano dran gewesen.«

»Ganz genau. Aber wie konnte er sich in dieser aufgeheizten Atmosphäre den Frauen überhaupt noch nähern? Wenn in einer Stadt wie Paris mit über zwei Millionen Einwohnern ein Mörder sein Unwesen treibt, traut sich keine Frau mehr vor die Haustür. Lontano aber hatte nur einige zehntausend Einwohner …«

»Hast du Bilder von ihm gesehen?«

»Nein, ich habe nichts gefunden.«

»Pharabot hatte Angst vor Fotoapparaten. Ein typisch afrikanischer Aberglaube. Der Junge war blond, hübsch, hatte eine Föhnfrisur und sah aus wie ein Engel. Eine Mischung aus Sanftmut und Bestürzung. Wer hätte sich schon vor so jemandem in Acht genommen?«

Die Antwort konnte nicht stimmen. Erwan stellte sich die Panik der Studentinnen und Sekretärinnen von damals vor: Selbst ein einbeiniger Greis hätte ihnen Angst eingeflößt.

Er fuhr die Rue Cadet hinauf. Die Rue de Bellefond zweigte rechts ab. Im Geiste packte er schon seinen Koffer.

»Vielleicht finde ich die Antworten ja in Belgien. Und wenn das nicht reicht, fahre ich nach Afrika.«

»Welche Antworten? Du bist doch krank im Kopf!«

»Nein, ich habe nur einen Streifschuss abbekommen. Ich glaube, dass Pharabot und seine Morde der Baum sind, hinter dem sich ein ganzer Wald verbirgt.«

»Was für ein Wald? Wann …«

Erwan fuhr in die Tiefgarage seines Hauses. Aus dem Handy drang nur noch das Freizeichen.

Beton hatte ganz entschieden auch Vorteile. Zumindest war es ihm gelungen, dem Alten den Saft abzudrehen.

136

Anderthalb Stunden im Thalys. Erwan hatte die interessantesten Auszüge aus den Prozessakten fotokopiert, um sie noch einmal in Ruhe lesen zu können. Ganz Lontano war vor den Kadi zitiert worden – Eltern, Ermittler, Arbeitgeber, Missionare, Arbeiter … Entweder hatte niemand etwas gewusst, oder die Prozessmitschrift war unvollständig. Die einzige Augenfälligkeit war Angst: Jede Leiche war mit einer Art heiligem Schrecken gefunden worden. Das Leben in der Stadt hatte offensichtlich stillgestanden, alle warteten darauf, dass dem Unhold endlich das Handwerk gelegt wurde.

Demgegenüber beschrieben Pharabots Arbeitgeber ihren Angestellten als unauffällig, beliebt und immer auf dem Sprung in den Busch. Der Ingenieur war ein Psychopath, wie er im Buche stand, ein eiskaltes Monster, das sich perfekt zu verstellen wusste. Er hatte eine Art Balance zwischen seinen Ängsten und seinen Verbrechen gefunden. Als organisierter, äußerst penibler und gewissenhafter Mörder hatte er sich mit seiner »Arbeit« ein Kraftfeld aus Ernsthaftigkeit und Abkühlung geschaffen, das ihn daran hinderte, unter dem Einfluss seines inneren Entsetzens zu explodieren.

Auf die Frage: »Warum haben Sie diese Frauen getötet?«, hatte er geantwortet:

»Ein höherer Angriff erfordert eine höhere Antwort.«

Oder: »Haben Sie die Leiche Ihres Opfers auf die Piste von Ankoro gelegt?«

Antwort: »Die einzigen Wege, denen ich folge, sind die Pfade des Geistes. Ich bewege mich in der Zweiten Welt.«

Oder: »Waren die von Ihnen getöteten Frauen Fetische?«

Antwort: »Im Innern eines Körpers ist dem *bilongo* warm. Der *bilongo* ist mächtiger.« Nachforschungen ergaben, dass es sich bei *bilongo* um den Geist handelt, der in der Statue erweckt wird, indem man einen Nagel hineinschlägt, auf sie spuckt oder sie mit seinem eigenen Blut benetzt.

Heute längst verstorbene belgische und französische Psychiater hatten sich auf den Weg zu Pharabot gemacht. Aufgrund ihrer widersprüchlichen Einschätzungen konnte nicht entschieden werden, ob der Ingenieur für seine Taten verantwortlich war. Nicht einmal, ob er im Sinne der Psychiatrie tatsächlich als krank gelten konnte, denn dann hätte man auch Johannes den Täufer oder Kobo Daishi als verrückt bezeichnen müssen. Glaubte man den Psychiatern, war der Grat zwischen Glaube und Wahnvorstellung sehr schmal.

Und genau das war der Punkt, der Erwan interessierte: der Teil des Prozesses, in dem es um Hexerei ging. Als kompetentester Spezialist hatte sich ein weißer Pater namens Félix Krauss hervorgetan, der im Niederkongo gelebt und seit 1969 in Lubumbashi gearbeitet hatte. Der junge Missionar hatte den Richtern erklärt, dass ein *nganga* ein Rächer war, der gegen böse Zauberer kämpfte – gegen Zauberer, die Schicksalslose verteilten, Krankheiten verbreiteten und Leidenschaften so anstachelten, dass sie zum Tod führten. Krauss' Darstellung Pharabots als »weißer *nganga*« im Dienst der schwarzen Familien hatte zwar allgemeines Entsetzen hervorgerufen, aber Krauss hatte recht: Unter den Arbeitern von Lontano wurde der Ingenieur hoch geachtet.

Erwan hatte Krauss über das Internet ausfindig gemacht. Der Mann lehrte inzwischen Ethnologie und Religionswissenschaften an der Katholischen Universität von Leuven. Erwan hatte seinen Besuch vor dem Besteigen des Zuges angekündigt. Der Weiße Pater sprach Französisch mit einem Akzent, der in seiner Ausschmückung an die Fassaden von Brügge oder Gent erinnerte. Er beteuerte, er wäre glücklich, helfen zu können. Der Mann war seine einzige Spur. Zwar hatte Erwan auch nach den Familien der Opfer gesucht, aber in Belgien gab es so viele de Vos, de Momper und Verhoeven, Erwan hatte keine Zeit, zu allen Kontakt aufzunehmen und sie nach eventuellen afrikanischen Wurzeln zu befragen.

Gegen Ende der Zugfahrt betrachtete Erwan das Foto von Thierry Pharabot, das er schließlich doch noch in einem der Ordner gefunden hatte. Es war ein paar Tage nach seiner Verhaftung aufgenommen worden. Sein Vater hatte recht: Pharabot war ein schöner junger Mann gewesen. Schmales Gesicht, regelmäßige Züge, vielleicht ein wenig zu dünn. Sein Haar und die Augenbrauen waren blond, sein Gesichtsausdruck verträumt. Erwan konnte selbst kaum glauben, dass er das Bildnis des Herrschers über eine Hölle in der Hand hielt, die vielleicht noch offen stand …

Brüssel, 18 Uhr. Mit dem Taxi brauchte man eine halbe Stunde bis Leuven. Schon immer hatte Erwan von Flandern geträumt, sich allerdings nie die Zeit für eine Reise dorthin genommen. Für ihn war die Region eine Schatztruhe, die alle von ihm verehrten Maler enthielt – angefangen bei den »Flämischen Primitiven« bis hin zu den Meistern des 17. Jahrhunderts wie Rembrandt oder Rubens.

Die Landschaft enttäuschte ihn keineswegs. Flache Horizontlinie, kupferfarbenes Abendlicht, lange Schatten. Dazu die Häuser und Kirchen, die alle aus dem gleichen rötlichen Material zu bestehen schienen. Eine Hochzeit von Gold und Blut …

»Fahren Sie hier nicht ab?«

Der Taxifahrer war an der Ausfahrt »Leuven/Louvain« vorbeigefahren.

»Sie fahren nicht nach Leuven.«

»Ich habe Ihnen …«

»Sie haben gesagt Louvain-la-Neuve.«

»Ist das nicht das Gleiche?«

»Nein. Das liegt im französischsprachigen Teil.«

Erwan fiel es schwer, seine Irritation zu unterdrücken.

»Erklären Sie es mir, das spart Zeit.«

»Belgien ist dreigeteilt. Abgesehen vom Osten, in dem Deutsch gesprochen wird, gibt es den wallonischen Teil, in dem Französisch gesprochen wird, und in den flämischen Teil, wo man Flämisch spricht, das ein wenig an Niederländisch erinnert.«

»Das weiß ich auch alles.«

»Bis zum Ende der 1960er-Jahre befand sich die Katholische Universität in der Stadt Leuven im flämischsprachigen Teil Belgiens, aber die Hälfte der Studenten dort sprach Französisch. Das aber konnten die Sprachpuristen nicht tolerieren. Es gab Streit und Demonstrationen, kurz: eine Sprachenkrise. *Walen buiten*!, rief man – Wallonen raus!«

Erwan dachte an Religionskriege, deren Streitobjekt die Sprache war.

»Und dann?«

»Die Universität wurde aufgespalten und in Wallonisch-Brabant in Windeseile eine neue Stadt gebaut.«

»Louvain-la-Neuve?«

»Ganz genau. Es ist ziemlich außergewöhnlich. Alles ist innerhalb weniger Jahre entstanden.«

Erwan hatte gotische Bauten, zierliche Giebel und Sprossenfenster erwartet. Stattdessen fand er eine von sachlichen Gebäuden gesäumte Fußgängerzone vor. Die Umgebung erinnerte an die bisweilen etwas schlampigen Viertel, die so häufig in Vorstädten zu finden sind, in denen sich Cafés, Reinigungen und Supermärkte mit Wohnhäusern aneinanderreihen.

»Ich bin in der Philosophischen Fakultät verabredet.«

»Die ist im Collège Erasme. Leider kann ich mit dem Auto nicht hineinfahren.«

Erwan ließ sich auf einem grauen Platz neben einem futuristischen Glockenturm absetzen. Seine Schritte hallten auf dem Pflaster wider. Das Gebäude, auf das er zuging, versuchte mit seinem Spitzbogenfenster und den Säulen mit Kapitellen die alten Formen wiederaufzunehmen. Das Resultat war befremdlich – als hätte man neuen Beton in alte Formen gegossen.

»Zu Pater Krauss, bitte.«

Am Empfang saß ein schlaffer Jüngling, der jetzt mit dem Zeigefinger nach oben deutete. Dort öffnete sich eine Bibliothek über mehrere Etagen. Die Regale bildeten lange Gänge um den zentralen Innenraum. Die Architektur, weiße Säulen und Brüstungen aus hellem Holz, spielte mit einer Wiederholung von Motiven in zwei Farben.

Erwan sah sich nach einer Treppe um. Pater Krauss würde sich vermutlich entweder in der Abteilung für Ethnologie oder der für Psychiatrie aufhalten.

137

Pater Krauss war mit Sicherheit älter als siebzig, aber sein weißer Bürstenschnitt verlieh ihm eine erstaunliche Jugendlichkeit. Er trug einen schlecht sitzenden schwarzen Anzug, und erst aus der Nähe war der makellos weiße Kragen des Kollarhemdes zu sehen. Er saß zwischen zwei Bücherregalen über eine Abhandlung der Ethnomedizin gebeugt und bot das tröstliche Bild einer geschützten Tierart, die man in ihrem natürlichen Biotop zu erhalten versucht.

Erwan fühlte sich wie gerädert von der schlaflosen Nacht, der Reise und dem ganzen Rest. Er hatte weder Zeit noch genügend Energie für Vorgeplänkel, sondern stellte sich lediglich vor und bat darum, eine ruhige Ecke aufzusuchen, um ein paar Fragen zu klären.

»Aber sicher«, sagte der Missionar und räumte sein Buch ins Regal. »Nach Ihrem Anruf habe ich mir noch einmal meine Notizen von damals angesehen.«

In seinem Akzent klang eine germanische Härte durch, die seinen Worten eine besondere Grundsätzlichkeit verlieh.

»Dürfte ich diese Notizen einsehen?«

»Leider nein. Sie unterliegen dem Arztgeheimnis. Kommen Sie bitte mit.«

Es fing gut an. Erwan folgte dem Pater. Um diese Uhrzeit war die Bibliothek menschenleer. Die Linien des Holzes schienen sich zu bewegen. Wenn man sie länger betrachtete, wurden sie lebendig und tanzten.

»Ich möchte Ihnen zuerst etwas zeigen.«

Sie gingen an einer Balustrade entlang, bis Krauss mit seiner Magnetkarte eine Tür öffnete. Dahinter öffnete sich eine lange Reihe kleiner, fensterloser Räume mit weiß gestrichenen Backsteinwänden. In jedem Raum standen afrikanische Figuren aus Holz oder Lehm, die mit Nägeln, Pflanzenfasern oder Kordeln verziert waren.

»Diese Ausstellung ist Leo Bittremieux gewidmet, einem Missionar, der Anfang des 20. Jahrhunderts die Kultur der Yombe studierte und diese heiligen Figuren nach Belgien brachte. Er war Flame von reinstem Schrot und Korn, der sich selbst vor dem König weigerte, französisch zu sprechen, und die Siedler in den Kolonien verabscheute. Er behauptete, die Weißen wären nicht nach Afrika gekommen, um das Land zu zivilisieren, sondern um es zu syphilisieren.«

Erwan hätte diesen Abstecher am liebsten schnell abgehakt, dann aber sagte er sich, dass er auf gewisse Weise auch gekommen war, um in diese Kultur einzutauchen. Er blieb vor einem Rächer-Fetisch mit Jute-Umhang, Nägeln in der Brust, kleinen spitzen Zähnen und rautenförmigem Schädel stehen.

»Das ist eines unserer schrecklichsten Stücke«, meinte Krauss und legte der Figur die Hand auf den Kopf wie ein Dompteur, der ein gezähmtes wildes Tier streichelt. »Dieser *nkondi* befreit besessene Kinder, die Erde essen.«

»Ich habe für meine Untersuchungen schon einige Glaubensformen studiert und …«

»Hier geht es um sehr viel mehr als um Glauben. Es handelt sich um Metaphysik, um die eigentliche Grundlage der Existenz. Die Schwarzen glauben weder an Zufälle noch an unerklärliche Dinge. Für sie befindet sich zwischen Gott und den Menschen ein Zwischengeschoss: die Etage der Geister und der okkulten Kräfte. Ein Westler würde zum Beispiel sagen: Der Kongolese stirbt an AIDS. Die afrikanische Wahrheit dagegen klingt ganz anders: Einer der Söhne dieses Kongolesen ist ein Zauberer und tötet ihn, indem er ihm die Krankheit schickt.«

Im weiteren Verlauf der Räume veränderten die *minkondi* ihr Aussehen. Erwan sah nur grob bearbeitete Holzstücke, mit Schellen besetzte Jutesäcke und mit Kordeln zusammengebundene Steine. Ein Detail genügte, um sie in heilige Objekte voller Macht und Bedeutung zu verwandeln.

»Ich bin sicher, Ihr Vater hat Sie in diese Sicht der Welt eingeweiht«, fuhr Krauss fort.

»Sie wissen, wer mein Vater ist?«

»Ich habe mich im Internet informiert. Ihr Name konnte einfach kein Zufall sein.«

»Haben Sie ihn damals kennengelernt?«

»Seltsamerweise nicht. Ich bin ihm erst sehr viel später begegnet, kurz nach der Jahrtausendwende, als er uns seine Sammlung für eine Ausstellung zur Verfügung stellte.«

Erwan wusste nicht, dass die *minkondi* seines Vaters schon einmal auf Reisen gegangen waren.

»Als ich ihn das letzte Mal sah«, berichtete Krauss mit erfreuter Miene, »hat er angedeutet, dass er seine Sammlung unserer Universität vermachen will.«

Eine gute Nachricht, wie Erwan fand. Weder er noch seine Geschwister würden mit diesen beängstigenden Objekten und ihrer düsteren Ausstrahlung zu tun haben. Vor einem Palmwedel, an dessen Ende eine Muschel befestigt war, blieb er stehen. Das Objekt sah wie eine Art halb mineralischer, halb pflanzlicher Dolch aus.

»Wo liegt der Unterschied zwischen Wahn und Glauben?«, fuhr Krauss fort. »Die Tatsache, dass Jesus über Wasser gelaufen sein soll, könnte von einem psychiatrischen Standpunkt aus durchaus kontrovers beurteilt werden.«

»Pharabot hat im Namen seines Glaubens neunmal gemordet.«

»Und wie viele Massaker hat es bei Christen, Muslimen und Buddhisten im Namen der Religion gegeben?«, konterte Krauss. »Wir sind da.«

Er schloss eine Tür auf und trat beiseite, um Erwan den Vortritt zu lassen.

138

Die Deckenbeleuchtung schaltete sich automatisch über einer Reihe von Lesetischen ein.

»Setzen Sie sich.«

Erwan nahm auf einem Stuhl Platz, der Pater setzte sich ihm gegenüber. Erwan holte sein Diktafon aus der Tasche.

»Stört es Sie, wenn ich unser Gespräch aufzeichne?«

»Ganz und gar nicht, aber ich möchte Ihnen vorher eine Frage stellen.«

»Bitte.«

Hier konnte er keinesfalls den wortkargen Bullen geben.

»Sie haben mir gesagt, dass Sie in einer Mordserie in Paris ermitteln.«

»Das ist richtig.«

»Heute Morgen habe ich in der Zeitung gelesen, dass die Verdächtigen bei einer Schießerei in der Bretagne getötet wurden.«

Erwan entschied sich für eine Halbwahrheit.

»Auch das ist richtig. Aber um den Bericht zu vervollständigen, muss ich mich genauer über denjenigen informieren, der diese Männer zu ihren Taten veranlasst hat: Thierry Pharabot.«

»Mit anderen Worten: Sie untersuchen die Vergangenheit des Nagelmannes, um Indizien für die Gegenwart zu finden? Vielleicht haben Sie nicht alles verstanden?«

Erwan lächelte. Er unterstellte Kirchenmännern grundsätzlich eine Art seliger Unschuld, die sich in der Wirklichkeit als an Dummheit grenzende Naivität zeigte. Krauss jedoch gehörte nicht in diese Kategorie.

»Es ist in der Tat schwieriger als vermutet. Die drei im Finistère getöteten Männer hatten sich einem Nagelmann-Kult verschrieben, und eigentlich sind wir sicher, dass ihnen die Morde der vergangenen vierzehn Tage zuzuschreiben sind. Allerdings fehlen uns konkrete Beweise. Vielleicht können wir neue Indizien finden, wenn wir ihr Vorbild besser kennenlernen.«

Das Lächeln des Belgiers erlosch nicht.

»Schalten Sie Ihr Gerät ein.«

Erste Frage.

»Erinnern Sie sich, wie Sie Pharabot kennenlernten?«

»Aber sicher. Als er verhaftet wurde, leitete ich eine Krankenstation in Lubumbashi. Ich wurde angerufen und bin nach Lontano gefahren, um ein erstes psychiatrisches Gutachten zu erstellen. Ich war genau der Richtige für diese Aufgabe: Ich war nicht nur Arzt und Priester, sondern auch mit dem Glauben der Yombe vertraut.«

»Wie war er?«

»Er befand sich im Schockzustand.«

»Wegen der Morde?«

»Wegen der Jagd, die Ihr Vater auf ihn gemacht hatte.«

Erwan spürte, wie sich sein Magen verkrampfte.

»Können Sie mir mehr darüber berichten?«

»Viel weiß ich nicht. Die Suche nach Pharabot hatte mehrere Wochen gedauert und fand in einem Gebiet statt, das man als … anstrengend bezeichnen könnte.«

Erwan dachte an das Foto des unverletzten Pharabot.

»Glauben Sie, dass mein Vater Pharabot nach seiner Gefangennahme gefoltert hat?«

»Ich glaube, allein die Hetzjagd war schon eine Folter. Psychischer Art, meine ich. Übrigens für beide. Pharabot kannte den Busch, Grégoire Morvan hingegen hatte keinerlei Erfahrung. Trotzdem hat er nie klein beigegeben. Er hat Pharabot verfolgt, ihn ausgehungert und so lange in die Enge getrieben, bis er ihn fassen und nach Lontano bringen konnte.«

Die Stimme des Missionars klang ein wenig bewundernd. Dieser Mann, der eigentlich gegen brutale Methoden (er war Psychiater) und für Mitgefühl (er war Priester) einstehen sollte, zollte der Hartnäckigkeit des Jägers einen gewissen Respekt.

»Es ging nicht allein um körperlichen Mut«, fuhr Krauss fort. »Tief im Urwald hatte Pharabot einen Heimvorteil: den der okkulten Kräfte. Ihr Vater war gegenüber dieser mächtigen, unbekannten Welt ganz auf sich allein gestellt.«

»Glauben Sie an diese Kräfte?«

»Ich glaube, dass Morvan im Nachteil war, und ich glaube, dass er unglaublich viel Mut bewiesen hat.«

Aber Erwan war nicht gekommen, um sich Lobeshymnen auf seinen Vater anzuhören.

»Haben Sie Pharabot behandelt?«

»Mit dem, was verfügbar war. Er war völlig erschöpft. Eine Art Katalepsie des Geistes. Ich musste ihm Beruhigungsmittel einflößen, die ihn gleichzeitig entspannten und zurück in die Wirklichkeit holten. Und ich hatte Gelegenheit, Zeugen zu hören.«

»Ich dachte, es hätte keine gegeben.«

»Nicht für die Morde, für die allgemeine Stimmung in der Stadt aber schon. Die Bewohner von Lontano hatten zwei Jahre blankes Entsetzen hinter sich.«

Erneut stellte Erwan sich die Frage, wie der Mörder das Vertrauen seiner Opfer hatte gewinnen können. Vielleicht war dies das Indiz, nach dem er suchte. Später.

»In den Prozessakten habe ich gelesen, dass Pharabot als *nganga* bekannt war. Die Bevölkerung hätte ihn deshalb doch von Anfang an verdächtigen müssen, oder?«

»Die Schwarzen ganz sicher, aber niemand war bereit, darüber zu reden. Nicht nur aus Angst, sondern auch aus Respekt. Über Pharabot kursierten Legenden. Man sagte, dass er nachts mit Lehm beschmiert allein durch den Wald lief und mit den Geistern redete. Man sagte auch, dass er sich in die unterschiedlichsten Tiere verwandelte. Afrikanergeschichten eben.«

»Die Leute hätten ihn denunzieren müssen.«

»Das hätten sie nie getan. Ein *nganga*, der aus weißen Menschen *minkondi* macht, weiß, was er tut und ist mit großer Macht gesegnet.«

»Man könnte meinen, Sie heißen diese Version gut. War Pharabot nicht einfach nur ein Verrückter?«

»Er fühlte sich von allen Seiten bedroht, von Zauberern und von schrecklichen Mächten. Als Psychiater habe ich bei ihm eine paranoide Schizophrenie diagnostiziert. Andere Kollegen allerdings waren nicht dieser Ansicht, für sie litt er einfach nur unter religiösem Wahn.«

Sein Akzent klang jetzt angenehmer. Ein Rubato brachte seine Sätze zum Schwingen.

»Konnten Sie ihn befragen?«

»Ich konnte sein Vertrauen gewinnen. Er hat mir seine Geschichte erzählt. Damit meine ich: die Geschichte seiner Kindheit. Kennen Sie sie?«

»In groben Zügen. Er war auf sich selbst gestellt, hat bei den Bauern im Niederkongo gelebt und kam dort mit der Magie der Yombe in Berührung.«

»Richtig. Mit zwölf oder dreizehn Jahren war er schon ein berühmter Heiler. Er konnte Zauberer zwingen, die von ihnen gefressenen Seelen wieder herauszugeben, und er konnte ihre unsichtbaren Kiefer zermalmen.«

»Was glauben Sie, wann er in den Wahnsinn abdriftete?«

»Schwer zu sagen. Durch den ständigen Kampf gegen die Geister fühlte er sich mehr und mehr heimgesucht und belagert. Er hörte Stimmen und litt unter Halluzinationen. Er musste töten, er hatte keine andere Wahl.«

Erwan beschloss, zum Kern der Sache vorzudringen.

»In meinem Fall hatte ich es mit vier Mördern und einigen Opfern zu tun.«

»In den Zeitungen war immer von dreien die Rede …«

»Die Zeitungen wissen nicht, was die Polizei weiß. Mein Problem ist, dass die Mörder sozusagen auf unsichtbare Art zugeschlagen haben. Keine Spuren, keine Zeugen. Hinzu kommt, dass die Opfer offenbar keinen Widerstand geleistet haben.«

»Und weiter?«

»Alles scheint sich genau so abgespielt zu haben wie in Lontano. Niemand hat etwas gesehen. Und die Frauen sind Pharabot offenbar ohne Misstrauen gefolgt, was in einer von Panik heimgesuchten Stadt eigentlich undenkbar ist.«

Félix Krauss antwortete nicht, er lächelte nur. Es war so still, dass Erwan den Motor der Lüftung hörte oder zu hören glaubte.

»Kennen Sie Pharabots Geheimnis?«, hakte er noch einmal nach. »Wie schaffte er es, sich seinen Opfern zu nähern und sie zu überzeugen, ihm zu folgen? Warum hat nie jemand etwas bemerkt?«

»Die Antwort ist ganz einfach: Er hatte einen Komplizen.«

»Wie bitte?«

»Vielleicht ist Komplize nicht das richtige Wort. Es war eher ein Assistent.«

»Was reden Sie da, zum Teufel?«

Krauss reagierte nicht auf den Fluch. Im Gegenteil: Er amüsierte sich über Erwans Überraschung wie jemand, der einem vorab das Ende eines Films erzählt.

»Ein Straßenjunge. Eine Waise von etwa fünfzehn Jahren.«

»Ein Schwarzer?«

»Nein, ein Weißer.«

»Lebt er noch?«

»Keine Ahnung.«

Erwan ließ sich auf seinem Stuhl nach hinten sinken. Seine Laune wandelte sich schlagartig. Plötzlich glaubte er, das große Los gezogen zu haben.

»Erzählen Sie.«

»Das Wissen eines *nganga* wird von einem Berufenen zum nächsten übermittelt. Pharabot brauchte einen Schüler, einen Nachfolger, bevor er inhaftiert oder von der weißen Bevölkerung gelyncht würde. Irgendwann traf er Nono. Einen Jungen, der ihn vermutlich an seine eigene Kindheit erinnerte.«

In den Aufzeichnungen stand davon nichts.

»Um ehrlich zu sein, habe ich diesen Teil des Falls nicht wirklich verfolgt«, fuhr der Pater fort. »Nono wurde sofort in eine Krankenstation nach Lubumbashi gebracht. Ich habe darum gebeten, mit ihm sprechen zu dürfen, bekam aber nicht die Erlaubnis. Auch seine Akte durfte ich nicht einsehen. Während des Prozesses wurde er nicht ein einziges Mal erwähnt.«

Erwan war sofort klar geworden, dass dieses Schweigen mit seinem Vater zu tun haben musste, dem Verfechter der zweiten

Chance und des Wahlspruchs: »Wer gut straft, liebt auch gut.« Immer wieder hatte Erwan erlebt, wie sein Vater verzieh, Negatives unter den Tisch kehrte und Polizeikarrieren wieder in Schwung brachte. Genau das Gleiche tat er auch mit Kriminellen.

»Es gab da eine Art Vereinbarung«, fuhr Krauss fort. »Der Junge wurde von Polizei, Anwälten und Richtern gegen die Öffentlichkeit abgeschottet. Er hat es wirklich schwer gehabt, und man wollte seine Traumata nicht noch verstärken.«

»Inwiefern hat er es schwer gehabt?«

»Zunächst einmal musste er den Initiationsritus *khimba* über sich ergehen lassen. Wissen Sie, was das ist?«

Erwan erinnerte sich an Redlichs Erklärung: Beschneidung bei vollem Bewusstsein, rohes Fleisch essen, das manchmal von Menschen stammte, Überleben im Urwald, körperliche Züchtigungen …

»Ich habe davon gehört, ja.«

»Hinzu kamen Zeremonien … magischer Art.«

»Das heißt?«

»Alles weist darauf hin, dass er bei den Morden dabei war.«

In Erwans Kopf drehte sich alles. Dieser Junge, sofern er noch lebte, wäre heute in den Fünfzigern und ein geradezu perfekter Nagelmann Nummer zwei. Warum hatte sein Vater ihm nie davon erzählt?

»Und Sie glauben, der Junge hat Pharabot geholfen, seine Opfer anzulocken?«

»Natürlich. Was ist harmloser als ein Kind? Vielleicht bestand seine Aufgabe darin, das Opfer in eine abgelegene Ecke zu locken, vielleicht hat Pharabot ihn dabei begleitet, sozusagen als großer und kleiner Bruder, vielleicht war es auch ganz anders.«

»Wissen Sie noch mehr über ihn?«

Krauss wühlte in seiner Tasche und förderte ein gefaltetes Blatt Papier zutage.

»Ich war mir sicher, dass diese Spur Sie interessieren würde.

Die Leiterin der Krankenstation, in der er behandelt wurde, war eine gewisse Schwester Marcelle. Eine Wallonin. Ich habe mich informiert: Sie lebt inzwischen in Kortrijk, das ist nur wenige Kilometer von hier entfernt.«

Erwan spürte, wie sein Herzschlag sich beschleunigte. Es war zu schön – oder zu verrückt? –, um wahr zu sein: Ein Kind, das Komplize des Nagelmannes gewesen und ein vermutlich für das ganze Leben traumatisierter Mann war, befand sich in Reichweite seiner Befragung.

Auf dem Blatt stand: »Schwester Marcelle. Beginenhof Kortrijk, Tür Nummer siebzehn«.

»Beginenhof? Was ist das?«

»Ein Beginenhof birgt eine alte belgische Tradition. Seit dem Mittelalter haben sich ledige oder verwitwete Frauen zu Wohngemeinschaften zusammengeschlossen, die Häuser standen in der Nähe der Kirche. Beginenhöfe sind eine Art Dorf innerhalb der Stadt.«

»Handelt es sich um Nonnen?«

»Nicht im eigentlichen Sinn. Sie sind Laien und unabhängig. Heutzutage gibt es so gut wie keine mehr. Aber die Beginenhöfe nehmen noch heute Nonnen im Ruhestand auf. Wie Marcelle.«

Erwan stand auf. Er hatte Mühe, seine Aufregung zu zügeln. Krauss blickte auf die Uhr.

»Um diese Zeit wird Ihnen dort niemand mehr öffnen. Wo sind Sie untergebracht?«

»Das weiß ich noch nicht.«

»Bleiben Sie hier. Wir haben Zimmer.«

Erwan hatte nicht die Kraft zu widersprechen. Außerdem erschien es ihm wie ein gutes Omen, die Nacht in dieser katholischen Universität zu verbringen. Vielleicht fand sich der Schlüssel zu dem Fall ja im Schatten Gottes – was allerdings eher paradox wäre.

Sie überquerten den Platz. In der Ferne läuteten Glocken.

»Seien Sie freundlich zu Schwester Marcelle. Sie ist sehr sensibel.«

»Ich habe nicht die Angewohnheit, ältere Damen zu brüskieren.«

»Ich meine, seien Sie wirklich freundlich. Sie befindet sich nach einer Amöbenruhr noch auf dem Weg der Genesung.«

Erwan stellte sich kleine Würmer in einem von vielen Jahrzehnten Afrika in Mitleidenschaft gezogenen Darm vor. Das hörte offenbar nie auf.

139

Nun gab es zwei Männer, die Gaëlle beschützten: Karl, der hochgewachsene Schwarze, und Ortiz, ein Weißer mit kahl rasiertem Schädel und eckigem Kinn. Zusammen sahen sie aus wie einem Comic entsprungen und hatten gegenüber einem bösartigen, allein arbeitenden Kriminellen vermutlich nicht den Hauch einer Chance.

Also genau gegenüber der Art von Mörder, vor dem sie sich fürchtete. Einem Mann, der in einem Zentai-Anzug steckte wie ein Messer im Futteral. Eine intrusive Maschine, die sich bis zum Tod ins Fleisch bohrte.

Sobald Gaëlle die Augen öffnete, sah sie ihn überall: auf der Straße, auf der Treppe und in jedem noch so kleinen toten Winkel ihrer Wohnung.

Wenn sie die Augen aber schloss, wurde es noch schlimmer. Er war da. Im Innern ihrer Augen. Sogar unter ihrer Haut. Eine schemenhafte Präsenz, die Gaëlle elektrisierte und ihre Wahrnehmung der Außenwelt vergewaltigte.

Sie hatten einen schrecklichen Tag hinter sich. Ihr Mund war trocken und sie bekam kaum Luft. Sie nahm zwar ihre Medikamente, aber die halfen nur gegen Krankheiten und Probleme im Gehirn. Mit anderen Worten: Die Gefahr musste real sein. Er war da und bereit, zuzuschlagen. Er würde auftauchen, und dann wäre alles vorbei.

Immer wieder betete sie diese Litanei herunter, wie ein Kind, das Himmel und Hölle spielte, nur dass sie statt eines Steins ihr eigenes Herz benutzte.

Eins, zwei, drei. Eine Stunde verging.

Vier, fünf, sechs. Sie erreichte den Himmel.

Der in Wirklichkeit die Hölle war.

Die anschließende Stunde verwendete sie dann jeweils dazu, sich aus dem Dunkel herauszureißen und wieder von vorn zu beginnen.

»Alles in Ordnung, Mademoiselle?«

Die beiden Muskelprotze spielten Karten im Wohnzimmer. Gaëlle hielt sich am anderen Ende der Wohnung auf.

»Erwan«, flüsterte sie leise vor sich hin, »warum rufst du nicht zurück?«

140

Braun. Schwarz. Rot.

Erwan hatte geschlafen wie ein Toter. Vermutlich hatte er geträumt, aber nichts davon war ihm im Bewusstsein geblieben. Nach einer kalten Dusche am frühen Morgen, zur gleichen Zeit wie die Gebete, gab es ein ausgesprochen sprödes Frühstück: schwarzen Kaffee aus einer Metallkanne und Gummibrot. Alles wirkte wie in einem Priesterseminar, angefangen beim Refektorium bis hin zum Mobiliar, das an die langen Tafeln der Mönche in einer Abtei erinnerte.

Nun befand er sich auf dem Weg nach Kortrijk. Brachland wechselte sich ab mit Dörfern aus rotem Backstein. Braun. Schwarz. Rot.

»Es ist nicht schwer zu finden«, hatte Krauss gesagt, als er ihm die Wagenschlüssel übergab. »Fahren Sie in Kortrijk einfach in Richtung Altstadt. Der Beginenhof liegt gleich neben der Kirche Saint-Martin.«

Als Erwan den Fluss Leie überquerte, entdeckte er den Kirchturm. Er wusste nicht, wann er die Sprachgrenze überschritten hatte, aber aus Saint-Martin war jetzt die Sint-Maartenskerk geworden, und die Straßen hießen *Straat* und *Steenweg*. Gerade wollte er das Navi einschalten, als er zufällig das Tor des Beginenhofs entdeckte. »Begijnhof Sint-Elisabeth« verkündete das Frontispiz.

Das Dörfchen in der Stadt war autofrei. Erwan parkte in der Nähe des Tors und schritt an den weiß gekalkten Häusern entlang. Ein Gefühl von Einsamkeit und Ruhe befiel ihn.

Im Gehen bemerkte er seltsam unvereinbare Einzelheiten: Die weißen Mauern erinnerten an ein spanisches Pueblo, das Pflaster sah aus wie in den Straßen von Montmartre, die Haustüren aus dunklem Holz mit ihren schwarz-weißen Nummern schienen aus London importiert zu sein. Und doch wirkte das Ganze irgendwie flämisch. Das Viertel atmete eine Dauerhaftigkeit, eine Schroffheit und etwas Handwerkliches, das vermutlich den früheren Manufakturen dieses flachen Landes geschuldet war. Erwan erreichte einen Platz, auf dem ein Taubenhaus mit Zackengiebeln davon zeugte, dass er sich wirklich in Flandern befand.

Er folgte den Hausnummern in eine weitere Gasse. Es war kalt. Erwan lief mit gesenktem Kopf und hochgeschlagenem Kragen. Kein Mensch hielt sich auf der Straße auf, trotzdem hatte er das Gefühl, von den Seelen der Frauen gestreift zu werden, die einmal hier gelebt hatten: im Mittelalter die Ehefrauen der Kreuzfahrer, in späteren Jahrhunderten die Witwen, die sich ganz ihrem Glauben und der Einkehr verschrieben hatten.

Nummer siebzehn hatte eine Sprechanlage, aber die Tür ging auch ohne deren Nutzung auf. Vermutlich hatte Krauss Schwester Marcelle Bescheid gegeben. Erwan betrat einen Vorraum. An der Garderobe hingen viele Mäntel und überall standen Gummistiefel und Regenschirme.

»Würden Sie bitte die Schuhe ausziehen?«

Eine zittrige, etwas raue Stimme. Erwan zog die Timberlands

aus, für die er sich zu dieser Gelegenheit entschieden hatte – als ginge er wandern –, und bemerkte eine Reihe von Hausschuhen, in die er allerdings nicht zu schlüpfen wagte. Auf Socken betrat er einen Raum wie aus einem anderen Jahrhundert: schwarze und weiße Bodenfliesen im Schachbrettmuster, ein hoher Kamin, dessen hintere Wand mit Keramik gekachelt war, Regale mit Kupfergeschirr. Es duftete nach Kaffee. Der Fliesenboden unter Erwans Füßen fühlte sich eiskalt an, während die Hitze des Feuers ihm das Blut ins Gesicht trieb.

Schwester Marcelle saß mit dem Rücken zu ihm vor dem Kamin. Erwan kam sich vor wie bei einem Besuch bei der Hexe aus *Hänsel und Gretel*.

»Darf ich Ihnen einen Kaffee anbieten?«

»Vielen Dank, sehr gern.«

Als die Nonne sich umdrehte, war Erwan keineswegs überrascht. Sie sah aus, als wäre sie einem Gruppenfoto von Missionaren des vorigen Jahrhunderts entsprungen.

Graues Gewand, grauer Schleier, schnörkellose Brille. Ein Gesicht mit männlichen Zügen, die Haut wie altes Leder, noch immer dunkle Augenbrauen, weiße Haaransätze unter dem Schleier. Sie wirkte wie eine Illustration zum Thema »Existenz ist Verzicht«.

»Schwester, ich möchte mit Ihnen über eine sehr alte Geschichte sprechen.«

»Sie kommen wegen Nono«, nickte sie und reichte Erwan eine Tasse. »Pater Krauss hat mich angerufen.«

»Erinnern Sie sich vielleicht noch an einige Einzelheiten dieser Geschichte?«

»Ich erinnere mich an alles.«

141

Die Nonne deutete auf einen Stuhl neben einem mit Wachstuch bedeckten Tisch. Erwan kam sich vor wie in seiner Kindheit, beim Besuch auf dem Bauernhof neben dem von seinen Eltern gemieteten Ferienhaus. Damals hatte jede Einzelheit ein wenig grob und trübselig, aber auch sehr authentisch und ausgesprochen ungewohnt auf einen kleinen Jungen aus Paris gewirkt.

»Wann genau haben Sie Nono kennengelernt?«, fragte Erwan.

»Nachdem Ihr Vater Thierry Pharabot verhaftet hatte.«

»Das wissen Sie also auch.«

Sie lächelte. Ihr ledriges Gesicht legte sich in so viele Falten, dass es sich in ein Spinnennetz zu verwandeln schien. Sie hielt ihre Tasse mit beiden Händen, wie eine Opfergabe.

»Ich lese französische Zeitungen und wusste, dass Sie eines Tages vor meiner Tür stehen würden.«

Erwan trank einen Schluck Kaffee, der so heiß war, dass seine Kehle taub wurde. Er holte sein Diktafon aus der Tasche und legte es auf den Tisch.

»Darf ich?«

»Aber bitte.«

Er drückte den Knopf und begann die zweite Befragung.

»Pharabot besaß eine abgelegene Kate etwa zwei Kilometer von Lontano entfernt«, begann die Nonne. »In dieser Hütte entdeckten zairische Soldaten sein Werkzeug, die Zutaten für seine Hexerei und seine Aufzeichnungen. Und außerdem ein elfjähriges Kind in einem bedauernswerten Zustand. Die Soldaten reagierten, wie man es in Afrika tut: Sie fackelten die Hütte ab, sperrten die Umgebung und steckten den Kleinen in eine abgetakelte Gefängniszelle. Es fehlte nicht viel, und sie hätten das Kind ebenfalls verbrannt.«

Ihr Akzent klang anders als der von Krauss: Sie sprach reinstes wallonisch, das für Pariser Ohren eher komisch klang.

»Ich dachte, alle fürchteten und verehrten Pharabot.«

»Nur, solange er auf freiem Fuß war war. Die weiße Gewalt hatte seine Macht gebrochen. Vor diesem Hintergrund war ein Kind als Komplize natürlich schlimmer als alles andere. Ein kleiner Nachwuchs-Hexer, der gelyncht werden musste. Man begann, ihn während der Messe zur Schau zu stellen. Man organisierte einen Exorzismus. Als ich ihn kennenlernte, sollte er mit einem brennenden Reifen um den Hals sterben.«

»Wo war mein Vater?«

»Er kümmerte sich um Pharabot und seine Überführung nach Kinshasa. Er wusste nichts von der Sache.«

»Sind Sie sich dessen sicher?«

»Ganz sicher. Schließlich habe ich ihn informiert.«

»Wie hat er darauf reagiert?«

»Genau wie ich. Er war überzeugt von der Unschuld des Jungen. Wir kamen überein, dass er sich um den Papierkram kümmern würde, damit ich den Jungen zu mir nehmen konnte.«

»Wie wollte er das machen? Ich meine, rein technisch gesehen?«

»Zaire ist weder Frankreich noch Belgien. Gegen den Jungen lag im Grunde nichts vor. Falls er tatsächlich geholfen hatte, die Frauen in die Falle zu locken, so waren sie nicht mehr da, um es zu bezeugen. Pharabot hat nie auch nur ein Wort über den Jungen verloren.«

Erwan senkte den Blick. Die Leuchtanzeige des Diktafons glühte wie heißes Eisen.

»Wie war der Junge? Können Sie ihn beschreiben?«

»Er hieß Arno Loyens, war blond und zierlich, Vollwaise. Er stammte aus Mons, wir haben nie herausgefunden, wie er nach Lontano gekommen war. Pharabot hat ihn zu sich genommen. Alle dachten, der Kleine wäre ein Familienmitglied, denn sie ähnelten sich ein wenig.«

Plötzlich musste Erwan an die Vergewaltigungen denken.

»Glauben Sie, Pharabot hat sich an dem Kind vergangen?«

»Ganz sicher nicht. Nono war nie einer sexuellen Misshandlung ausgesetzt. Ich habe seine Aussage gelesen. Es ging um etwas ganz anderes: Pharabot wollte seine Macht weitergeben, ehe er verhaftet wurde. Er hat Nono initiiert …«

»Das hat Pater Krauss mir bereits erzählt.«

Sie nickte, als wollte sie sagen: »Es lohnt sich aber, weiter darüber zu sprechen.«

»Nono hat mehrere Monate allein im Urwald verbracht. Jeden Tag, oder besser gesagt, jede Nacht besuchte Pharabot ihn und brachte ihm Essen. Er kam immer als *nganga* gekleidet.«

Sie griff nach einer Keksdose aus Blech, die auf dem Tisch stand, öffnete sie und entnahm ihr einige Schwarz-Weiß-Fotos. Bilder von Zauberern. Eigentlich von Heilern, aber der Unterschied war für einen Laien nicht zu erkennen. Die Männer trugen Federn auf dem Kopf, Holzmasken vor dem Gesicht und hielten geschmückte Stäbe oder bemalte Glocken in den Händen. Einer sah erschreckender aus als der andere.

»Nach dem, was Nono berichtete, trug Pharabot ungefähr eine solche Maske«, fuhr die Nonne fort und zeigte auf eines der Bilder.

Es handelte sich um ein Oval aus hellem Holz. Das Gesicht erinnerte an die Pausbacken eines Babys. Große schwarze Augen, kleiner Schlitzmund, ein Ausdruck ungezügelter, erwartungsvoll bebender Grausamkeit.

»Natürlich war Nono traumatisiert, aber er besaß eine außergewöhnliche Charakterstärke. Kinder haben oft eine Art Unschuldsreserve, die ihnen hilft, selbst über schlimmste Erniedrigungen hinwegzukommen.«

Schwester Marcelle räumte die Fotos fort. Hinter ihrer Brille, die wie aus Büroklammern hergestellt wirkte, schielte sie ein bisschen. Was niemand will, dessen nimmt Gott sich an, dachte Erwan unwillkürlich.

»Ich bin dann in Kinshasa bei ihm geblieben«, fuhr sie fort. »Nach einem halben Jahr aß er ganz normal, benutzte Besteck und schaffte es, einmal in der Woche über seine schrecklichen Jahre zu sprechen. Es war fast wie eine Psychoanalyse. Und nach und nach redete er auch über das Schlimmste.«

»Das Schlimmste?«

»Die Morde. Während der Opferungen war er es, der seinem Meister das Werkzeug reichte, das Blut fortwischte und ihm half, die toten Frauen auf den Waldpisten abzulegen.«

»Was hat er Ihnen über die Morde gesagt?«

»Daran möchte ich mich nicht erinnern.«

Erwan stellte sich die beiden vor, wie sie, mit weißem Lehm und rotem Holzpulver geschminkt, ihr Amt mit den gefolterten Leichen ausübten.

»Haben Sie kein Bild von ihm?«

»Nein, er hat es immer abgelehnt, sich fotografieren zu lassen. Er …« Sie brach ab und sprach in neutralem Tonfall weiter. »Er ist es nicht, der heute tötet.«

»Wieso glauben Sie das zu wissen?«

»Ich habe Arno erst verlassen, nachdem er vollständig geheilt war. Zwei Jahre Therapie, Zärtlichkeit und Bildung. Er war begabt, intelligent und extrem freundlich. Nur ein Opfer unglücklicher Umstände.«

»In meinem Beruf werde ich dafür bezahlt, dass ich verstehe, dass solche Umstände nie ganz ausgelöscht werden können.«

»Da gebe ich Ihnen recht, aber wir haben ihn aus Afrika und dem Dunstkreis aus Zauberei und Gewalt entfernt. Er ist im Prozess nicht als Zeuge aufgetreten.

»Wen meinen Sie mit ›wir‹?«

»Ihren Vater und mich. Grégoire hatte einen einflussreichen Freund in Brüssel, der Arno in einem französischsprachigen Heim in Belgien unterbrachte. Der Junge bekam einen neuen Namen und neue Papiere.«

»Warum?«

»Grégoire wollte vermeiden, dass man den Kleinen finden und ihn irgendwie mit dem Fall in Verbindung bringen konnte. Er sagte, dass eine neue Chance immer mit der vollständigen Vernichtung der Vergangenheit beginnt.«

»Dann kennen Sie seinen neuen Namen nicht?«

»Nein. Ihr Vater übrigens auch nicht. Ihm war vor allem wichtig, dass der Junge zu neuen Ufern aufbrach. Er sollte nie wieder zurückblicken und nie wieder mit uns Kontakt aufnehmen. Und auch wir sollten keine Möglichkeit haben, ihn zu finden.«

Erwan konnte die Geschichte fast nicht glauben. Ein auf die Menschheit losgelassener Mörder-Lehrling, dessen Namen oder Adresse niemand kannte? Das war schlimmer als eine scharfe Bombe. Außerdem kannte er seinen Vater nur zu gut: Unter keinen Umständen würde der eine solche Bedrohung auf sich beruhen lassen. Der Reiniger war berühmt für seine Säuberungskünste.

»Vielen Dank, Schwester.«

Erwan stand auf, doch die alte Dame hielt ihn am Ärmel fest.

»Suchen Sie ihn nicht. Lassen Sie ihn in Ruhe. Er kann nichts für all diese Dinge. Am Ende hat er einmal gesagt: ›Ich bin ein *nganga*. Ich kann in einer Erdnussschale davonfliegen. Ich kann mit dem Wind nach dem Regen entschwinden.‹ Ich bin sicher, er ist Arzt oder vielleicht sogar Priester geworden. Ein Mann, der sein Leben lang Gutes tut.«

142

Ja, das war eine traurige Geschichte.«

»Sag mal, willst du mich verarschen oder was?«, schnauzte Erwan.

Morvan blieb unter einer Toreinfahrt stehen. Er befand sich an der Ecke Rue Danielle Casanova und Place Vendôme, die genau an dieser Stelle zu einer kurzen Verbindungsstraße zu der ein paar Hausnummern weiter beginnenden Rue de la Paix wird. Er war gerade bei Charvet gewesen, um Hemden zu kaufen. Jahre, wenn nicht Jahrzehnte hatte er gebraucht, die Vorstellung zu akzeptieren, am helllichten Tag shoppen zu gehen. Mittlerweile war es eine Art Therapie: Wenn ihm nichts mehr blieb, gab es immer noch das.

Sein Sohn brüllte in den Hörer.

»Wie konntest du mir das verschweigen?«

»Ich habe nichts gesagt, weil es nicht wichtig war.«

»Ein Komplize des Nagelmannes, der heute etwas über fünfzig ist? Und das, wo wir seit Tagen nach einem Verdächtigen suchen, der mit Pharabots Vorgehensweise vertraut ist? Hast du Alzheimer oder was?«

Morvan seufzte. Er hatte geahnt, dass Erwan in Belgien auf die Spur des Jungen treffen würde.

»Arno Loyens kann nicht dein Mörder sein.«

»Warum nicht?«

»Weil er 1973 gestorben ist.«

Schweigen am anderen Ende der Leitung. Vielleicht hätte er wirklich mit seinem Sohn darüber sprechen sollen. Aber wozu ihn verwirren? Zu viele Spuren machen den richtigen Weg unkenntlich …

»Erzähl«, befahl Erwan.

»Schwester Marcelle kennt nicht die ganze Geschichte. In Wirklichkeit habe ich Nonos Namen nicht verändert. Falsche Papiere sind nämlich gar nicht so leicht zu bekommen. Ich habe den Jungen lediglich in einem Waisenhaus im französischsprachigen Teil Belgiens in der Provinz Hainaut untergebracht, in einer zur damaligen Zeit sehr bekannten religiösen Einrichtung.«

»Und dort ist er gestorben?«

»Im November 1973 brach in dem Heim zu Allerheiligen ein Feuer aus. Mehrere Kinder und ihre Betreuer starben.«

»Was ist das jetzt wieder für eine Geschichte?«

»Die Wahrheit. Du kannst es in den Zeitungsarchiven nachlesen. Das Unglück hat damals ziemlich viel Staub aufgewirbelt, denn der Teil, in dem das Feuer ausbrach, war ein Schlafsaal in Fertigbauweise. Stümperhafte Arbeit, bei der sämtliche Sicherheitsnormen außer Acht gelassen worden waren.«

Erwans Schweigen kam Morvan vor wie eine Vollbremsung. Seine Skepsis schien im Hörer geradezu zu vibrieren.

»Und Arno Loyens gehörte zu den Opfern?«

»Ich war bei seiner Beerdigung. Du wühlst nur schmerzliche Erinnerungen auf.«

Damals hatte Grégoire gedacht, es sei das Schicksal des Kindes gewesen sei, nach den durch den Nagelmann erlittenen Qualen einen frühen Tod zu erleiden. Aus einer solchen Geschichte konnte einfach nichts *Lebensfähiges* hervorgehen.

»Der Junge hat neun Morde mit angesehen«, fuhr Erwan unbeeindruckt fort. »Er war durch die Magie der Yombe schwer traumatisiert. Bei den Morden reichte er Pharabot den Hammer und bereitete die Nägel vor. Er wäre geradezu der ideale Kandidat für die heutigen Morde.«

Morvan überquerte den großen Platz. In den Schaufenstern funkelten Preziosen. Erwan begann, ihn mit seinen an den Haaren herbeigezogenen Mutmaßungen zu ermüden.

»Die Akte war doch gestern schon geschlossen«, schnitt er ihm das Wort ab. »Du hättest sie längst dem Richter überstellen müssen.«

»Erst muss ich ganz sicher sein, dass Arno Loyens wirklich tot ist.«

»Verdammt, Erwan, ich habe die Autopsieberichte gelesen, die Leichen im Leichenschauhaus gesehen und mit den ermittelnden Beamten gesprochen.«

»Dann zeig mir die Sterbeurkunde, die schriftlichen Berichte und die Zeugenaussagen. Bring mir den Beweis, dass bei dieser Sache alles im grünen Bereich ist. Wenn du das nicht tust, lasse ich dich wegen Behinderung der Polizeiarbeit einlochen.«

Sein Vater ging nicht auf die Drohung ein. Er erreichte gerade die Rue de Rivoli. Der Verkehrslärm hatte hier eine erstaunliche Lautstärke.

»Du scheinst ja wieder ziemlich gut in Form zu sein«, spottete er. »Wo bist du überhaupt?«

»Am Bahnhof Gare du Nord. Ich verlasse gerade den Thalys.«

»Du musst unbedingt deine Schwester besuchen.«

»Was gibt es denn jetzt schon wieder? Sie hat mir drei Nachrichten geschickt, aber ich habe nicht zurückgerufen.«

»Tu es. Die Sache hat sie ziemlich mitgenommen. Zwei meiner Männer sind bei ihr, aber sie hat trotzdem noch Angst.«

»Wovor?«

Morvan zögerte mit der Antwort, weil er die Paranoia seines Sohnes nicht noch nähren wollte.

»Sie glaubt, dass ihr jemand folgt. Eine fixe Idee.«

»Ich fahre heute Abend bei ihr vorbei.«

Erwan legte auf, ohne sich zu verabschieden.

Morvan war auf Höhe der Tuilerien angekommen. Er verließ die quirlige Rue de Rivoli und trat ein in die gedämpfte Stille des Parks. Plötzlich fiel ihm auf, dass der Herbst mit großen Schritten nahte. Die Luft war kühl, die Blätter braun und die nackten Zweige sahen aus wie versteinerte Adern. Die Natur wirkte angespannt, wie ein Körper bei Atemstillstand, der langsam den Sauerstoff verbraucht.

Morvan hatte seinem Sohn nicht alles erzählt, ebenso wenig wie damals Schwester Marcelle. Er selbst war es gewesen, der die zairischen Soldaten zu Pharabots Hütte geführt hatte. Der den Jungen gefunden hatte, der zitternd vor Angst unter den Fetischen und Werkzeugen des Mörders gelegen hatte. Damals hatte er geglaubt, einen Engel zu sehen. Lichtblondes Haar, hohe Stirn, wunderschöne Augen. Das Kind offenbarte eine ganz besondere Transparenz: Die ursprüngliche Reinheit war noch zu erkennen, darüber hinaus aber auch die Beschmutzung durch den Mann. Das Beunruhigendste jedoch war seine Ähnlichkeit mit Pharabot.

Nono.

Während Morvan die Ehrungen für die erfolgreiche Lösung des Falls entgegennahm und von Mobutu das vergiftete Geschenk der Schürfrechte erhielt, suchte er zugleich nach einem Ort, an dem er den Kleinen in Sicherheit bringen konnte. Er fand ihn in Belgien, in der Nähe der Stadt Honnelles, im religiös geführten Internat Malapense. Niemand wusste, dass sein einziger Triumph in seinen Augen damals gewesen war, ein Kind aus den Fängen des Teufels zu retten und vor jeglicher rechtlicher Verfolgung zu schützen.

Im folgenden Jahr hatte er Arno nicht besucht, hatte gefürchtet, dass sein Besuch die Wunden des Albtraums von Lontano wieder aufreißen könnte. Als er von dem Brand erfuhr, war er zwar bestürzt, aber nicht überrascht: Vom Nagelmann und seinem Komplizen konnte nichts Gutes ausgehen. Das Feuer war ein würdiger Schlusspunkt unter dieser Geschichte. *Nicht lebensfähig.*

Er schritt über einen dicken Teppich aus abgestorbenen Blättern und hatte das Gefühl, Kinderhände zu zertreten. Erinnerte sich der geschwärzten Körper im Leichenschauhaus, der Autopsieberichte und der Sterbeurkunden. Er hatte alles überprüft: Es war wirklich ein Unfall gewesen. Nein, eher fahrlässige Tötung. Die Stromleitungen waren nach dem gleichen Prinzip verlegt worden wie der ganze Rest: einfach irgendwie. Es hatte nur einer überhitzten Leitung bedurft, und alles war in Flammen aufgegangen.

In diesem Augenblick hasste Morvan seinen Sohn, dem es mit seiner Schnüffelei gelungen war, ihm den tragischen Epilog wieder lebhaft vor Augen zu halten.

Auf der anderen Seite des Parks kam das Musée d'Orsay mit seiner großen Uhr in Sicht. Am linken Seineufer gab es nichts, was Morvan interessierte. Es war das Ufer der Künstler, der Möchtegern-Bohemiens und der Gammler. Er sollte jetzt nach Hause zurückkehren, in sein Viertel im 8. Arrondissement.

Morvan war auf dem Weg zum großen Kreisverkehr an der Place de la Concorde, als ihn plötzlich ein Gedanke wie ein Blitz traf. Vor sich sah er das Kind, mit dem schwächlichen Körper und dem Kopf voll der schrecklichsten Erlebnisse und unsäglichsten Taten, das sich in der Höhle des Mörders verkrochen hatte. Und dann erinnerte er sich an die verkohlten Leichen der Internatskinder in ihren eisigen Schubladen. War da etwas durcheinandergeraten? Hatte jemand getrickst? Hatte es ein Missverständnis gegeben?

Er beschleunigte seine Schritte. Der Instinkt seines Sohnes lag vielleicht doch nicht so falsch. Auf jeden Fall würde er die

Liste der Toten jener Nacht noch einmal überprüfen, ebenso wie die der Überlebenden. Denn auch das hatte er seinem Sohn nicht gesagt: Einige Kinder aus der Gruppe waren dem Feuer entkommen.

War es möglich, dass Arno Loyens sich unter ihnen befand?

Man lernte nie aus. Als er die Place de la Concorde erreichte, zückte er seine Dienstmarke und winkte ein Taxi heran.

143

Das Erste, was Erwan auf der Treppe zu seiner Wohnung sah, war ein großer, auf den Stufen sitzender Schwarzer. Hinter ihm lehnte ein weiterer Riese an der Treppenhauswand. Er trug einen Anzug, hatte einen weißen, glatt rasierten Schädel und das Aussehen eines Fallschirmjägers. Solche Typen konnten nur von Morvan kommen. Das Erstaunlichste aber war das, was sich zwischen den beiden Kolossen befand: Gaëlle wirkte, als sei sie auf die Hälfte geschrumpft und zehn Jahre jünger. Wie ein kleines Mädchen saß sie mit zusammengepressten Knien auf der Treppe und umklammerte eine Louis-Vuitton-Tasche, die ihr als Köfferchen diente.

»Was macht ihr hier?«, erkundigte er sich freundlich.

»Ich ziehe bei dir ein.«

»Wie komme ich zu der Ehre?«

»Hast du meine Nachrichten nicht abgehört?«

»Du siehst mir ausgesprochen beschützt aus.«

Als er auf gleicher Höhe ankam, sprang der Schwarze auf und erwies ihm den Respekt, den er auch seinem Vater gezollt hätte. Erwan nickte ihm zu. Auch der zweite Mann stand stramm. Erwan empfand sofort Sympathie für die beiden. Sie hatten schon Tag für Tag den Alten zu ertragen, und jetzt mussten sie sich auch noch um die Tochter kümmern.

Gaëlle rührte sich nicht vom Fleck. Mit gesenktem Kinn und

provozierendem Blick musterte sie ihren Bruder. Ließ den kleinen Frechdachs heraus, der sie immer schon gewesen war.

»Wie seid ihr ins Haus gekommen?«, fragte Erwan die beiden Aufpasser.

»Mit den üblichen Mitteln«, sagte der Schwarze und schien nicht ganz sicher, ob er stolz auf seine Fähigkeiten oder auf der Hut vor einer Rüge sein sollte.

Erwan zog seinen Wohnungsschlüssel aus der Tasche.

»Wenn ihr schon so weit wart, hättet ihr es euch doch drinnen gemütlich machen können.«

»Genau das habe ich ihnen auch gesagt«, nickte Gaëlle eifrig.

»Ihr dürft jetzt nach Hause gehen«, erklärte Erwan den beiden Sicherheitsleuten und schloss die Tür auf.

Die Leibwächter blickten einander unentschlossen an.

»Keine Sorge, ich rufe meinen Vater an. Ab jetzt passe ich auf meine Schwester auf.«

Nach kurzem Zögern verabschiedeten sich die beiden bulligen Kerle von Gaëlle, als wäre sie die Infantin von Spanien, bevor sie mit beschwingten Schritten die Treppe hinunterliefen. Sie wirkten erleichtert und machten keinen Hehl daraus.

Gaëlle stürmte in die Wohnung, warf ihre Tasche in Erwans Schlafzimmer und ging dann ohne zu zögern in die Küche. Sie nahm ein Bier aus dem Kühlschrank und hielt es Erwan hin.

»Willst du eins?«

Er nickte. Wie ein Cowboy warf sie ihm die Dose zu. Er spürte, dass sie ihr saloppes Verhalten übertrieb, um ihre tief sitzende Angst zu überspielen.

»Was ist eigentlich los?«

Sie öffnete ihre Dose.

»Keine Ahnung. Ich habe Schiss, das ist alles.«

»Schiss vor was?«

Sie setzte sich auf die Couch und trank einen Schluck, ohne zu antworten. Der Blick, mit dem sie das Mobiliar musterte, verriet ihre tiefe Missbilligung von Erwans katastrophalem Junggesellengeschmack.

»Hast du irgendetwas gesehen?«, hakte er nach, nahm sich einen Stuhl und setzte sich ihr gegenüber.

Sie zuckte die Schultern und starrte geradeaus.

»Nein. Ich weiß nicht. Nachdem ich dein Zimmer im Krankenhaus verlassen hatte, hatte ich plötzlich ein hundsmiserables Gefühl. Im Aufzug war ein Pfleger mit einem Mundschutz.«

»Wie sah er aus?«

»Bullig. Bestimmt eins achtzig. Weißer Kittel.«

»Hat er mit dir geredet?«

»Nein.«

»Hat er irgendeine für dich unangenehme Geste gemacht?«

»Nein.«

»Und das war alles?«

»Kurz danach war mir, als hätte ich bei mir vor der Haustür jemanden herumlungern sehen. Aber meine beiden Schutzengel haben nichts entdeckt.«

»Und was glaubst du, wer das gewesen sein könnte?«

»Keine Ahnung. Vielleicht der Kerl, der in Sainte-Anne hinter mir her war. Oder einer dieser Nagelmörder, die angeblich alle tot sind.«

»Aber du weißt doch, dass sie tot sind.«

»Ich brauche doch nur dich und Papa anzusehen, um zu wissen, dass noch überhaupt nichts endgültig geklärt ist.«

Nun trank auch Erwan einen Schluck Bier. Er blickte sie so lange an, bis sie sich entschloss, seinen Blick zu erwidern. Ihre blonden Augenbrauen betonten die Stirnbögen nicht. Ihre Schönheit beruhte in der Hauptsache auf ihrem zarten Knochenbau. Der Sieg der Bildhauerei über die Malerei.

»Etwas Konkreteres hast du nicht für mich?«

»Nein. Und du?«

»Wieso ich?«

»Kannst du mir schwören, dass keine Gefahr mehr besteht?«

»Das Verfahren ist unter Dach und Fach.«

»Das ist eine Beamtenantwort. Ich will deine innerste Überzeugung wissen.«

Wieder wich er aus.

»Die Wahnsinnigen von Locquirec haben sich benommen wie Schuldige.«

»Aber schuldig in welcher Hinsicht? Bist du sicher, dass sie die Mörder waren?«

»Du musst uns vertrauen. Die Zukunft wird uns recht geben.«

»Was heißt das?«

»Es wird keine weiteren Morde geben.«

»Das klingt ja sehr tröstlich.«

Plötzlich musste Erwan an Sofia denken. Seit dem Vortag hatte sie sich nicht mehr gemeldet. War sie verärgert? Gleichgültig? Ganz von ihrer Wut erfüllt?

»Hast du Hunger?«

»Nein, ich möchte nur hier schlafen. Bei dir fühle ich mich in Sicherheit.«

»Danke.«

»Bitte.«

Er lächelte, stand auf und holte Bettwäsche aus einem Schrank.

»Du kannst in meinem Zimmer schlafen«, sagte er und reichte sie ihr. »Ich lege mich auf die Couch.«

»Darf ich ins Bad?«

»Fühl dich ganz wie zu Hause.«

Sie verschwand. Erwan rief Kripo an, den Mann, der nach Ende einer Ermittlung die Wasserhähne zu schließen und das Licht zu löschen hatte.

»Hast du dem Richter die Akte geschickt?«

»Ich glaube, es stehen noch einige Befragungen aus und …«

»Darf ich dir etwas verraten, Kripo? Eine Beweisaufnahme ist nicht das Ende einer Untersuchung, sondern erst der Anfang.«

»Der Richter wird sicher sauer, wenn …«

»Die Akte ist bereit, oder?«

»Deine Unterschrift fehlt noch.«

Wie ein Firmenchef, dem man jeden Tag die Unterschriftenmappe vorlegte, nur dass es nicht um Schecks und Rechnungen ging, sondern um Beweise, Indizien und Geständnisse.

»Ich unterschreibe morgen früh, und dann kriegt er sie.«

»Wie war Belgien?«

»Erkläre ich dir später.«

»Grund zur Beunruhigung?«

Erwan sah die bleiche Maske des *nganga* vor sich und stellte sich die Leichen der verbrannten Kinder im Leichenschauhaus vor. Er konnte nicht antworten.

»Sag den anderen Bescheid. Wir treffen uns morgen um neun.«

»Was ist das hier?«

Erwan legte auf und drehte sich um. Gaëlle stand vor ihm, sie trug einen Jogginganzug und hatte ein Handtuch um ihr Haar gewickelt. Aus einem Regal hatte sie ein Kampfmesser genommen, dessen Klinge und Griff aus demselben Metall bestanden.

»Ein Messer, an dem ich sehr hänge«, antwortete er.

»Eine Trophäe?«

»Fast. Ein Offizier der Eingreiftruppe hat es mir nach einem, sagen wir, ziemlich bewegten Einsatz gegeben.«

»Du hast ihm sicher das Leben gerettet, oder?«, lachte sie.

»Genau«, antwortete er und nahm ihr das Messer aus der Hand.

»Was ist denn so Besonderes daran?«

»Es ist aus dem Stahl des World Trade Center geschmiedet.«

»Wie unheimlich.«

Er betrachtet das Messer, das zwischen seinen Fingern glänzte.

»Es ist der Stahl der Erinnerung.«

»Die Waffe der Rache«, murmelte sie ironisch.

»Nur der Erinnerung. Niemand darf den 11. September je vergessen.«

Sie wich einen Schritt zurück, wie ein kleines Mädchen, dass plötzlich seines Spiels überdrüssig ist.

»Schauen wir uns einen Film an?«

Erwan bezweifelte, dass sie den gleichen Geschmack hatten.

Er sah sich gerne Krimiserien an, die ihm, man konnte es kaum glauben, Spaß machten. Jenseits aller Realität und fast absurd, schmückten sie seinen Beruf mit einer Fantasie aus, die er in Wirklichkeit nicht besaß. Er nannte auch eine Sammlung von Kriminalfilmen aus den 1970er- und 1980er-Jahren sein Eigentum, die er von Zeit zu Zeit genoss wie einen guten alten Wein. *Bullitt, Dirty Harry, French Connection, Marathon Man, The Year of the Dragon* …

Aber Gaëlle nahm ihm die Entscheidung ab, sie tippte bereits auf der Computertastatur herum, um nach ihren letzten illegalen Downloads zu suchen.

»Hast du *Skyfall* gesehen? Der beste James Bond überhaupt.«

144

Das Gesicht beugte sich über ihn.

Ein aus poliertem, porzellanhartem Holz geschnitztes Gesicht einer Babyleiche. Zwar wirkte es auf den ersten Blick afrikanisch, aber die blasse Stirn, die schrägen Augen und der kleine, geschwungene Mund erinnerten an eine japanische Maske. Es war ein Symbol für ein abgetriebenes Leben: das Überbleibsel eines Embryos, der nie geboren worden wäre, sich aber im Limbus entwickelt hätte. Er glänzte in der Dunkelheit wie ein eisiger Mond.

Erwan war sich bewusst, dass er träumte, doch das verringerte seine Angst keineswegs. Er fühlte sich machtlos gegenüber dem Mörder, der ihn beobachtete, und er konnte weder schreien noch fliehen, denn sein Schlaf war so tief, dass er wie ein Bleisarg auf seinen Gliedmaßen und seinen Augenlidern lastete.

Er war jetzt Nono, das *nganga*-Kind. Er reiste, geführt von Pharabot, durch die Zweite Welt und war bereit für die letzte Initiation. Sein Lehrmeister hielt das verrostete Werkzeug in der Hand – Hammer, Säge, Beißzange …

Nackt, mit Lehm beschmiert und in Trance, nahm er die Geräusche der Umgebung wahr, wehrte sich aber gleichzeitig dagegen: Nägel, die den Schädel einer Frau durchlöcherten, Spiegelscherben, die ihr in die Augenhöhlen gedrückt wurden, die Handsäge, die ihren Brustkorb öffnete, ihre Schreie … Mit zitternder Hand reichte er Pharabot die Fingernägel und Haarsträhnen, vielleicht seine eigenen. Sein Lehrmeister nahm sie vorsichtig an und legte sie in die klaffende Wunde des Torsos.

Plötzlich begann die weiße Maske zu pfeifen. Vielleicht war es auch der Schrei des Opfers.

Erwan erwachte. Sein Handy klingelte nur wenige Zentimeter neben seinem Ohr. Er tastete in der Dunkelheit auf dem Boden vor der Couch. Warf einen Blick auf das helle Display, ehe er das Gespräch annahm.

Sein Vater. Um zehn nach drei am Morgen.

»Hallo?«

»Ist Gaëlle bei dir?«

Erwan brauchte eine Sekunde, um zu sich zu kommen.

»Ja.«

»Hast du alles gut abgeschlossen?«

»Klar. Was ist los?«

»Ich habe mich noch einmal mit Arno Loyens beschäftigt und die Beamten ausfindig gemacht, die sich damals mit dem Brand beschäftigt und auch als Zeugen ausgesagt haben. Vor allem aber habe ich mir eine Liste der Jungen besorgt, die das Feuer überlebt haben.«

»Es gab also Überlebende?«

»Ja, ein paar …«

Erwan fokussierte sein Bewusstsein neu. Er ließ das Bild des *nganga* zurück, um jetzt die rauchenden Ruinen des Waisenhauses vor sich zu sehen.

»Und weiter?«

»In dieser Liste gibt es einen Namen, der mir sofort ins Auge gesprungen ist: Philippe Kriesler.«

»Was sagst du da?«

»Du hast dich nicht verhört. Es ist der Name eines deiner Mitarbeiter, richtig? Ist es nicht der Typ, den ihr alle Kripo nennt?«

Träumte er noch immer? Widersprüchliche Gefühle durchströmten ihn, er fühlte sich so durchgerüttelt, als rutsche er auf dem Rücken eine Treppe hinunter. Philippe Kriesler. Das konnte kein Zufall sein.

Der elsässische Leutnant. Der Schreiberling. Der Lautenspieler.

Sein Vater redete noch immer, aber Erwan wurde plötzlich von einem Gefühl der Bedrohung erdrückt. Die Atmosphäre in dem dunklen Zimmer war mit einem Mal dichter und schwerer geworden.

Und dann verstand er.

»Ich rufe zurück«, murmelte er und legte auf.

Vor ihm richtete sich eine Gestalt auf. Unter Tausenden hätte er den Pferdeschwanz wiedererkannt, die Figur des müden Athleten, die abgewetzte Samtweste.

Kripo stand mit der Waffe in der Hand reglos vor der Couch. Es war die Waffe, die er angeblich im Präsidium verloren hatte und die er, ebenfalls angeblich, nicht bedienen konnte.

Erwan sagte sich, dass das Profil des verträumten Polizisten und Musikers allenfalls für Kriminalromane taugte. Ein verrückter Polizist hingegen, der ein Doppelleben als Zauberer führte und nur auf den richtigen Zeitpunkt wartete, eine Familie zu vernichten, deren Zerstörung er geschworen hatte – das klang stimmig.

Polizist ist ein Beruf für Wahnsinnige. Wahnsinn konnte also durchaus ein Zustand für einen Polizisten sein.

»Als du nach Belgien gefahren bist, wusste ich, dass es aus und vorbei ist«, sagte der Schreiberling mit leiser Stimme.

Erwan dachte an Gaëlle, die nebenan schlief. Hatte er die Wohnung durchsucht? Hatte er sie vielleicht schon getötet? Hatte er die Decke, das Kissen, das Ausweichbett im Wohnzimmer bemerkt?

»Sogar noch sicherer, als du denkst«, antwortete er, während er fieberhaft überlegte. »Mein Vater hat dich identifiziert. Du kannst mich also töten. Was auch immer geschieht, morgen ist für dich alles vorbei.«

»Mag sein, aber du bist dann tot.«

Erwan verlegte sich auf die Provokation.

»Aber mein Vater lebt noch.«

»Das Blut der neuen Opfer hat große Kräfte geweckt, Erwan. Ich muss dir dazu sicher nicht mehr viel erklären. Eine fantastische Energie ist entstanden, die ausreichen wird, das Leben deines Vaters bis zu seinem Tod zu verderben. Er wird nie wieder Frieden finden.«

Inzwischen hatten sich Erwans Augen an die Dunkelheit gewöhnt und er erkannte die Hand, die die die 9-mm-Pistole umklammerte. Er zweifelte keine Sekunde daran, dass Kripo sie bedienen konnte.

Zeit gewinnen.

»Wie ist es dir gelungen, für tot erklärt zu werden?«

Kripo lachte leise.

»Wer schert sich schon um Waisenkinder? Die Erzieher, die uns hätten identifizieren können, waren tot. Als man mich im Krankenhaus nach meinem Namen fragte, habe ich einfach den eines anderen Jungen angegeben, der vor meinen Augen verbrannt ist. Ich wurde in ein anderes Waisenhaus nahe der französischen Grenze gebracht und musste nie mehr meine Identität nachweisen …«

»Aber … warum?«

»Ich hatte bereits Pläne. Verschwinden und wiedergeboren werden. In der Zweiten Welt reisen, aber unsichtbar bleiben.« Er begann leise zu singen. »Ich kann in einer Erdnussschale davonfliegen. Ich kann mit dem Wind nach dem Regen entschwinden …«

Erwan versuchte, sich zu erinnern: Wo hatte er seine Waffe hingelegt? Jedenfalls außer Reichweite. Kripo würde bei der geringsten Bewegung feuern.

»Warum bist du Bulle geworden?«

»Weil ich in der Nähe des Clans Morvan bleiben musste. Ihr seid schließlich in gewisser Weise meine einzige Familie.«

Seine Stimme klang, als käme sie von weit her, wie von einem entfernten Ufer.

»Wie ist es dir gelungen, die Wahrheit und deine Pläne über all die Jahre zu verbergen? Und warum …«

Plötzlich veränderte Kripo den Ton.

»Geständnisse sind etwas für Polizisten und die Beichte etwas für Geistliche. Ich glaube kaum, dass wir beide diese Art von Beziehung haben. Wenn wir uns in der Zweiten Welt wiedersehen, wirst du alles verstehen.«

Erwan sah, wie sich Kripos Finger um den Abzug krümmte. Sein Leben lang hatte er sich geschworen, in diesem Moment, sollte er kommen, die Augen nicht zu schließen. Und doch schloss er sie unwillkürlich.

Ein dumpfer Aufprall. Klirren. Seltsame Geräusche. Stoffrascheln. Erwan öffnete die Augen. Ringsum herrschte schwarze Nacht. Wieder brauchte er einige Sekunden, um sich an die Dunkelheit zu gewöhnen. Kripo war nicht mehr da. An seiner Stelle stand eine zerbrechliche, blasse, geisterhafte Erscheinung.

Mit einem Satz war Erwan auf den Beinen und schaltete das Licht an. Auf der anderen Seite des Couchtischs stand Gaëlle mit vor Entsetzen aufgerissenen Augen. Sie war von oben bis unten mit Blut befleckt. Vor allem ihr lichtblondes Haar klebte dunkel am Kopf.

Zu ihren Füßen zuckte Kripo in einem letzten Krampf. Durch die Wunde an seinem Hals, genau in Höhe der Schlagader, war alles Blut stoßweise aus seinem Körper geströmt. Er lag in einer riesigen ziegelfarbenen Lache.

Gaëlle war schneller gewesen als der Lautenspieler. Sie hatte mit dem aus dem Stahl des World Trade Center geschmiedeten Messer zugestoßen und es genau so gemacht, wie sie es ihren Verfolger in Sainte-Anne hatte tun sehen. Die Kleine lernte schnell.

Trotz der Wärme des Blutes, das sich zwischen Erwan und seiner Schwester ausbreitete, wurde ihm bei diesem Gedanken kalt bis ins Mark.

145

Arno Loyens, geboren am 18. April 1960 in Mons, Belgien. Seine Mutter Léonie Stutzmann ist zu diesem Zeitpunkt sechsundzwanzig Jahre alt und arbeitet als Gelegenheitsprostituierte in der Nähe von Maubeuge an der französischen Grenze. Sie lässt das Kind im Stich, um sich weiter ihren Geschäften zu widmen. Der Vater, Gérard Loyens, sechsundzwanzig Jahre alt, Frisör, Zuhälter und Betreiber einer Bar, beschließt, sein Glück in Zaire zu versuchen. Ihm schwebt eine Striptease-Bar in einer Siedlerstadt vor, in der es sonst wenig Abwechslung gibt. Das Besondere: Die Frauen sollen Weiße sein. 1965 kommt Loyens nach Lontano. Ein halbes Jahr nach seiner Ankunft infiziert er sich mit Malaria und stirbt. Arno hat seine Familie verloren, er ist lediglich umgeben von kranken Tänzerinnen, die vom Fieber zerfressen und von der Hitze verbraucht sind. Er besucht mit schwarzen Kindern die Schule und muss erleben, wie die Tänzerinnen eine nach der anderen sterben oder fortgehen. Mit sieben Jahren wird Arno von flämischen Missionaren aufgenommen, die ihn missbrauchen. Dafür gibt es zwar nach so langer Zeit keine Beweise mehr, aber in den Wochen, in denen Erwan das Leben seines bedauernswerten Stellvertreters erforschte, gab es viele übereinstimmende Aussagen in dieser Richtung. Arno ist zu diesem Zeitpunkt krank, er leidet an Anämie und Rachitis. Er spricht schlecht Französisch, nur wenig Flämisch und radebrecht Lingala.

1968 verliert sich seine Spur. Vermutlich lebt er bei Minenarbeitern in den Erzabbaugebieten oder bei Bauern, auf jeden Fall aber bei Schwarzen. In dieser Zeit nimmt sich Pharabot seiner an. Er gibt ihm zu essen, kümmert sich um seine Gesundheit und bietet ihm ein Dach über dem Kopf. Mit dieser Zeit beschäftigte Erwan sich nur am Rande, denn die besten Zeugen hatte er bereits gehört: Félix Krauss und Schwester Marcelle. Ihn interessierte mehr, was nach den Morden und der Verhaftung des Nagelmannes mit dem Kind geschah.

1971. Monate der Rehabilitation, der Gespräche und des Wohlwollens. Marcelle erfährt, was der Kleine erlebt hat, und bemüht sich, seine Geschichte zu vertuschen. Grégoire Morvan setzt alle Hebel in Bewegung und schickt den Jungen klammheimlich zurück nach Belgien.

Zurück auf Los. Arno wird in das Kinderheim Malapense bei Honnelles in der Provinz Hainaut gesteckt. Ein Jahr später brennt das Waisenhaus ab. Acht Kinder sterben, drei werden gerettet, darunter Philippe Kriesler, der in Wirklichkeit aber Arno Loyens ist.

Natürlich ging Erwan davon aus, dass der Brand Nonos Werk war. Er fuhr nach Honnelles, arbeitete sich durch die Zeitungsarchive und besuchte die noch lebenden Patres, fand aber nicht den geringsten Beweis für eine vorsätzliche Tat. Daraus schloss er, dass auch dem Teufel manchmal das Glück lacht.

Nach einigen Wochen im Krankenhaus wird Philippe im Pensionat Notre Dame de Sion in der Nähe der Stadt Overijse aufgenommen, einem französischsprachigen Institut in Flandern. Wie es scheint, erlebt er auch dort wieder sexuelle Misshandlungen. Ihn rettet schließlich der Sprachenkonflikt der damaligen Zeit. Nach der Trennung der beiden Universitäten von Leuven beschließen flämischsprachige Fanatiker die Schließung des Pensionats: *Walen buiten!* Die Schüler werden auf andere Einrichtungen verteilt. Philippe überquert die Grenze und kommt in einem Internat in Saint-Omer unter. Hier wird er nicht mehr gemobbt, denn schon mit dreizehn Jahren ist er fast einen Meter neunzig groß.

1980. Kriesler legt das Abitur mit einem guten Notendurchschnitt ab. Nach dem afrikanischen Albtraum und den Jahren bei perversen Katholiken hat er seinen Rhythmus gefunden:

Stipendium, Universität, französische Staatsbürgerschaft. An der Universität von Amiens studiert er Literaturwissenschaft und Philosophie und widmet sich gleichzeitig der Musik. Er ist Autodidakt. Zunächst erlernt er das Gitarrenspiel, danach schwenkt er um auf Laute. Mehrmals reist er mit humanitären Organisationen nach Afrika und kehrt zu den Orten seiner Vergangenheit zurück. Offenbar erlernt er in Afrika auch die Grundzüge seiner medizinischen Kenntnisse.

Erwan reiste in den Norden Frankreichs und nach Amiens. Er arbeitete sich durch Archive, sprach mit Professoren, ehemaligen Studenten und den Verantwortlichen der Uni. Das Porträt, das sich herauskristallisierte, war einheitlich: Philippe Kriesler gilt in dieser Zeit als sympathischer Träumer, der sich mit Leidenschaft der Barockmusik und traditionellen Instrumenten widmet. Doch zugleich ereignen sich seltsame Dinge. In Saint-Omer werden Pferde verstümmelt und ein Hund getötet, man findet ihn mit Spiegelscherben in den Augenhöhlen. In der Umgebung der Universität werden Schafe abgeschlachtet und Nägel in ihre Flanken gedrückt. Der Schuldige wird nie gefunden. Nichts weist auf den brillanten, ruhigen Einzelgänger Kriesler hin. Nur einmal verrät er sich. Nach seiner Volljährigkeit trifft er sich oft mit einer Gruppe junger Künstler, darunter Maler, Bildhauer und Videokünstler. Während einer Performance mit viel Blut und tierischen Eingeweiden verliert er den Kopf und versucht, eine Frau zu töten, die nackt an der Inszenierung teilnimmt. Er wird überwältigt und behauptet, eine Droge eingenommen zu haben, ohne deren Wirkung zu kennen. Danach wird er nie mehr zu solchen Veranstaltungen eingeladen.

Während all dieser Jahre pflegt er weder sexuelle noch Liebesbeziehungen. Er wird verdächtigt, unbewusst homosexuell zu sein. Er ist immer liebenswürdig und lächelt viel, bindet sich aber an niemanden und sucht keinerlei Kontakt. Nur ein Amateurensemble für Barockmusik kann von sich behaupten, ihn regelmäßig zu festen Zeiten bei Proben zu sehen.

1987 macht er seinen Abschluss und schreibt sich an der Offiziersschule der Polizei ein. Während der 1990er-Jahre arbeitet er diskret und ehrenwert als Polizist und wird 2001 ins Polizeipräsidium berufen. Ironischerweise beginnt Kriesler seine Karriere bei der Kriminalpolizei früher als Erwan, der damals noch bei einem Anti-Terror-Kommando ist. Er beobachtet seinen zukünftigen Vorgesetzten mit Sicherheit damals schon, denn die Büroräume der beiden Einheiten liegen nahe beieinander.

Erwan zeigte Pflegern und Wärtern der Institutionen in Belgien und Frankreich, in denen Thierry Pharabot eingesperrt war, Bilder von Kripo. Einige erkannten Kriesler wieder. Der Schüler hatte sich häufig in der Nähe seines Meisters aufgehalten. Abgesehen von dieser Anwesenheit und seinen Jugendsünden fand Erwan kein einziges Indiz, das Krieslers wahre Natur verriet. Er war ein guter Polizist, ein begeisterter Lautenspieler und galt als angenehmer Kollege. Das *nganga*-Kind hatte die wichtigste Kunst eines Serienmörders gemeistert: mit der Masse zu verschmelzen.

Ganz im Gegensatz zu seiner Wohnung, welche die Funktion eines Geständnisses übernahm. Ein Studio in der Rue de Bagnolet, das Kriesler zehn Jahre zuvor gekauft hatte und noch abbezahlte. Wie bei Redlich waren alle Wände schwarz gestrichen. Überall im Raum fanden sich mit Nägeln, Glas und Eisen gespickte Figuren, alle selbst hergestellt, und bunt zusammengewürfelte, mit magischen Kräften »geladene« Dinge. Eine akribische Sammlung von Zeitungsausschnitten zeugte sehr umfassend von den Großtaten des neuen Nagelmannes … mit ruhmreichen Überschriften. Auch Kripos eigener Körper war eine Art Geständnis. Bei der Obduktion fanden sich unter seiner Haut etwa fünfzig Nadeln unterschiedlichster Herkunft – Nähnadeln, medizinische Nadeln, Akupunkturnadeln –, von denen manche schon so lange und so tief dort steckten, dass der Gerichtsmediziner darauf verzichtete, sie herauszuholen.

Den Ort, an dem Kripo Anne Simoni getötet und übel zugerichtet hatte, fanden Erwan und sein Team nicht, ebenso wenig wie die Folterwerkzeuge. Auch sonst ergab sich nicht die geringste Verbindung zu den Opfern. Wann hatte er sich ihre Fingernägel und Haare besorgt? Von den entnommenen Organen entdeckten die Ermittler nicht die geringste Spur. Irgendwo musste eine Folterkammer existieren – aber wo? Auch das Zodiac-Schnellboot, das der Mörder benutzt hatte, konnte die Polizei nicht auftreiben. Dafür stellte sich heraus, dass Kripo sämtliche Bootsführerscheine besaß.

Die einzige verdächtige DNA fand sich in den von Pharabot hergestellten Objekten, die in Asservatenbeuteln verstaut immer noch im Polizeipräsidium warteten. Offenbar hatte Kripo seine eigenen Fingernägel und Haare in den Pappmaschee-Figuren untergebracht, als die bereits im Präsidium lagerten. Ob er sich schützen wollte? Oder sich verraten?

Für die Zeitpunkte der einzelnen Morde besaß Kriesler kein Alibi. Wissa Sawiris hätte er noch während seines Urlaubs töten können. Als Anne Simoni getötet wurde, befand er sich wieder in Paris. Seine Unterredung bei der Dienstaufsichtsbehörde hatte tatsächlich stattgefunden, das hatte Erwan überprüft. Auch bei Pernaud dürfte er keine Probleme gehabt haben. Kripo führte seine Ermittlungen mit verhältnismäßig viel Freiraum; er telefonierte, antwortete und informierte, aber niemand wusste je genau, wo er sich gerade aufhielt. Erwan hatte Einzelheiten seines jeweiligen Tagesablaufs rekonstruieren können. So war sein Stellvertreter ihm zum Beispiel nach Marseille gefolgt; ironischerweise hatte er beide Tickets, sowohl sein eigenes als auch das von Erwan, gleichzeitig gekauft. Er hatte sich einen Spaß daraus gemacht, Levantin den Zugang zu der Datenbank der Polizisten-DNA zu besorgen, um Erwan zu warnen, dass seine Schwester das nächste Opfer sein würde. Er hatte sich in einen grotesken Marquis de Sade verkleidet, um nach Hause geschickt zu werden. Noch schockierender war, dass er mit Erwan telefoniert hatte, während er sich in seinem Latexanzug in Sainte-Anne auf der Suche nach Gaëlle in den Büschen versteckte.

Eine wichtige Frage blieb: Wusste Kriesler um die Existenz der Mitglieder des Viererklubs? Mit Sicherheit. Wusste er, dass sie vor der Einäscherung Gewebe aus Pharabots Leiche entnommen hatten? Vermutlich ja. Die einzig mögliche Erklärung für den Fund von DNA des ersten Nagelmannes auf der Leiche von Anne Simoni war, dass Kripo sich irgendwie Blut von einem der Fanatiker besorgt und dieses auf dem Opfer angebracht hatte. Aber warum? Um Spuren zu verwischen? Um sich dem anfänglichen Ritus anzunähern? Um den Verdacht auf das Quartett zu lenken? Dieses Geheimnis hatte Kripo mit ins Grab genommen …

Was das Grab betraf, so wählte Erwan einen Platz auf dem Friedhof von Saint-Mandé – dem ersten, das eine Grabstätte frei hatte. Seltsamerweise hatte Kripo ihm seine Wohnung vermacht, und zwar ganz legal, der Lautenspieler hatte keine Familie. Diese Geste verunsicherte Erwan zutiefst. Er nahm das Erbe zwar an, verkaufte die Wohnung aber sofort und vermachte das Geld, nach Abzug der Kosten für das Begräbnis, dem Waisenhaus von Saint-Omer, dem Ort, an dem das *nganga*-Kind vielleicht am wenigsten unglücklich gewesen war …

Erwan, der normalerweise wenig Mitgefühl für Mörder aufbrachte, hatte in Bezug auf Kripo zwiespältige Empfindungen. Er hatte ihn sehr gut gekannt, Tausende Stunden mit ihm verbracht und ihn als Freund betrachtet. Der Verrat machte ihn fast krank, gleichzeitig aber gestand er Kripo nicht nur den mildernden Umstand des Wahnsinns zu, sondern entschuldigte ihn auch mit seiner furchtbaren Kindheit. Die verheerende Vergangenheit war Kripos einziges Motiv. Seit dem Erwachsenenalter hatte er tapfer durchgehalten, der Tod Pharabots aber hatte ihn aus der Bahn geworfen, er fühlte sich plötzlich allein und verloren angesichts seiner Geister und Dämonen. Er musste tätig werden und mächtige Fetische erschaffen, um sich vor seinen Feinden zu schützen. Und er sah sich gezwungen, seinen Meister zu rächen.

Warum aber hatte er mit Wissa Sawiris in der Bretagne begonnen? Erwan berief sich nicht gern auf Zufälle, aber an dieser Stelle sah er keine andere Erklärung. Kripo hatte sich auf der Suche nach einem Opfer in der Nähe von Kaerverec herumgetrieben, oder in der Nähe von Charcot, und Wissa getroffen, der nackt und am Ende seiner Kräfte durch die Nacht irrte. Die ideale Beute. Er hatte den jungen Mann auf die Insel Sirling gebracht und ihn dort geopfert, sorgfältig darauf bedacht, Morvans Ring und möglicherweise noch andere belastende Indizien zu hinterlassen. Eigentlich hätte man eine Folterkammer finden sollen, in der alles auf Morvan deutete. Doch die Rakete hatte alle Spuren vernichtet und zudem den weiteren Verlauf der Ereignisse beschleunigt. Der Lautenspieler konnte nicht ahnen, dass der Tobruk bombardiert werden würde, aber er kannte die Verbindung zwischen di Greco und Morvan, da die Geschichte Lontanos für ihn kein Geheimnis barg. Er ahnte, dass der Admiral nach dem Verschwinden Sawiris' Morvan zu Hilfe rufen würde. Mit ein wenig Glück würde der Alte im Namen der Vergangenheit seinen besten Polizisten in die Bretagne schicken – seinen eigenen Sohn. Und Erwan würde Kripo natürlich bitten, ihn zu begleiten …

Natürlich war er von der Explosion überrascht worden, aber er wusste sich zu helfen. Er verfolgte seinen Plan minutiös weiter, indem er in den Körper jedes Opfers Fingernägel und Haare des nächsten legte, immer darauf bedacht, seinen Intimfeind Grégoire Morvan entweder verdächtig aussehen zu lassen oder ihm Leid zuzufügen. Die Geschicklichkeit, mit der die Morde begangen wurden, die Präzision im zeitlichen Ablauf und die Tatsache, dass der Mörder keine Spuren hinterließ, zeugten von einer akribischen Vorbereitung. Seine Eigenschaft als Polizist erklärte auch seine Geschicklichkeit darin, das Misstrauen der Opfer zu besänftigen, Überwachungskameras zu umgehen und Gaëlle zu finden …

Erwan schloss seinen Bericht mit dem Hinweis auf die Ambiguität des Schuldigen und erinnerte daran, dass auch er selbst als hoher Beamter der Kriminalpolizei fast zehn Jahre mit dem Mörder verbracht hatte, ohne je Verdacht zu schöpfen.

Die Akte enthielt eine Menge nach wie vor ungeklärter Fragen. Warum die mit erschreckender Grausamkeit begangenen Vergewaltigungen? Hatte Kriesler seine Homosexualität verdrängt? Und fühlte er sich durch seinen verabscheuungswürdigen Trieb derart gequält, dass er ihn nur durch die Anwendung von Klingen befriedigen konnte? War er impotent? Worin bestand sein eigentliches Ziel? Wollte er wirklich jedes Mitglied des Morvan-Clans töten? Erwan suchte nicht mehr nach Antworten. Er wollte die Akte lediglich so sauber wie möglich schließen und die letzten offenen Fragen unter der Masse der Fakten begraben. Die Ironie des Schicksals lag darin, dass er seinen pedantischen Schreiberling verloren hatte und nicht wollte, dass ein anderes Teammitglied sich einmischte (mit Ausnahme von Audrey, die ihn und Gaëlle verhört hatte), also musste er den Bericht selbst schreiben. Er brauchte drei Wochen, um die genaueren Umstände der Geschichte zu ordnen, die Lücken mehr oder weniger zu stopfen und Fakten und Daten in Übereinstimmung zu bringen. Mitte Oktober übermittelte er alles dem für das Verfahren zuständigen Richter.

Tatsächlich war es natürlich so, dass das Verfahren durch den Tod des Schuldigen ohnehin schon längst beendet war, weil keine Strafe mehr verhängt werden konnte. Es würde niemals einen Prozess Kriesler geben, der dicke Ordner würde einfach in den Archiven verschwinden und vergessen werden. Außerdem hatten sich Kriminalpolizei und Behörden geeinigt, die Identität des tatsächlichen Nagelmannes vor den Medien geheim zu halten. Die Hunde hatten ihren Knochen in Form des Trios von Locquirec bekommen. Bei der Kriminalpolizei waren sich alle Kollegen einig, dass niemand zu wissen brauchte, dass der wahre Täter ein von seinen Vorgesetzten geschätzter Kriminalbeamter kurz vor der Pensionierung war.

Untersuchung abgeschlossen. Trotzdem war es Erwan unmöglich, den Kopf frei von Gedanken an Kripo zu bekommen. Er wurde nicht damit fertig, so viele Jahre in direktem Kontakt mit einem Mörder verbracht zu haben. War der Lautenspieler ein Freund gewesen? Oder ein Feind? Er wusste es nicht. Auch die Beerdigung, bei der er mit den Totengräbern allein am Grab gestanden hatte, belastete ihn sehr.

Eine letzte Frage beschäftigte ihn noch immer: Hatte Kripo tatsächlich vor dem Alter von fünfzig Jahren kein einziges Mal getötet? Die letzten Oktobernächte verbrachte Erwan damit, nicht aufgeklärte, verdächtige Todesfälle der letzten zehn Jahre zu überprüfen, die in gewissem Rahmen Kripos Stil entsprachen, und zwar sowohl in der Umgebung von Paris als auch in der Bretagne. Er hatte den Künstler, nun suchte er nach seinen Werken. Ohne Indizien und genauere Umstände allerdings gestaltete sich die Suche wie die nach der berühmten Nadel im Heuhaufen.

Ende Oktober gab er es schließlich auf. Kurz vor Allerheiligen packte er seinen Koffer, um seine Familie zu besuchen, die auf der Île de Bréhat Ferien machte.

Der Tag der Toten. Besser konnte es kaum passen.

146

Das Meer blau und dumpf, leuchtend gelbe Mimosen und warme Steine in der Sonne: Erwan hatte Bréhat schon immer verabscheut. Die Insel war so etwas wie ein Symbol für die angeblich bretonischen Ursprünge des Clans, und Erwan hatte nur missbilligende Blicke für die schmalen Sandwege, die Granitfelsen und die kleinen Häuser übrig, die viel zu schön waren, um ehrbar zu sein. Alles kam ihm wie ein Schwindel vor.

Er war ungerecht, das wusste er sehr genau, und freute sich zugleich daran, denn diese Unaufrichtigkeit war zugleich doch Teil seines ewigen Kampfes gegen seinen Vater und gegen alles, was mit ihm zu tun hatte. Der Fall hatte die Sache nicht besser gemacht. Bei den Ermittlungen gegen den Nagelmann war ein noch düstereres Bild von Morvan zum Vorschein gekommen, denn seine einzige große, bisher unbestrittene Heldentat hatte sich als ziemlich löchrig herausgestellt.

Seit Kripos Tod hatte Erwan die Akten des Prozesses gegen Pharabot mehrmals durchgelesen. Er hatte sie sogar mit auf die

Insel genommen. Es gab keinen besseren Ort, um den Fakten ein letztes Mal nachzuspüren, in unmittelbarer Nähe des wichtigsten Helden dieses Dramas. Es war, als läse man die Odyssee, während man neben Odysseus saß.

Immer noch suchte er nach dem Haken. Weder Audrey noch ihm war es gelungen, Morvan mit dem Tod von Marot in Verbindung zu bringen. Sie konnten nicht einmal nachweisen, dass Marot nicht selbst Hand an sich gelegt hatte. Also blieben nun nur noch die Vergangenheit und die Eventualität eines lange zurückliegenden Fehlers.

Alle waren nach Bréhat gekommen. Erwan brauchte sie nicht zu sehen, er konnte sie riechen, jedem einen Duft zuordnen.

Der Geruch der von der Mittagssonne erwärmten Steine war Loïc. Erwans jüngerer Bruder steckte in einem Seemannsparka, reckte den Kopf daraus hervor wie ein Vogel aus dem Nest und war wie erloschen von der Droge und zerfressen vom Geld. Angeblich hatte er die Probleme mit dem Erbe des Clans gelöst. Der Alte behauptete, er hätte die Familie ruiniert, aber das schien Loïc keineswegs Kopfzerbrechen zu bereiten. Offenbar sorgte er sich auch nicht um seine Scheidung. Er beobachtete das Meer. Er beobachtete, wie die Tage vergingen. Und vermutlich zog er sich in seinem Zimmer Lines von der Länge einer Autobahn rein.

Gaëlles Duft war der von feuchtem Gras, das in der Nacht gewachsen war. In ihrem schwarzen Rollkragenpullover, mit wirrem blondem Haar und leicht gebräuntem Gesicht sah sie wunderschön aus. Ihre Kämpfe hatten ihre Züge gemeißelt und ihre Schönheit vertieft. Von der salzigen Luft gereinigt, hatte sie nichts mehr mit dem Schmutz zu tun, in dem sie in Paris unbedingt hatte herumrühren wollen. Die Antidepressiva schienen ihr gutzutun. Sie wirkte ruhig und hatte ihr Gleichgewicht offenbar wiedergefunden. An einem Morgen ging Erwan mit ihr bei Ebbe über den Strand spazieren.

»Erinnerst du dich, dass ich dir einmal erklärt habe, dass eine Frau, die Spaß im Bett hat, sich ebenso gut eine Kugel in den Fuß schießen kann?«

»Wie könnte ich das je vergessen?«, grinste er.

»Ich hatte noch nie Spaß im Bett, aber ich habe mir schon ganze Salven in den Fuß geschossen.«

»Du hast mir das Leben gerettet.«

»Davon rede ich nicht.«

Sie rauchte immer mehr, und es stand ihr gut. Der heiße Atem verlieh ihr einen herben Ausdruck, der ihre noch jugendliche Schönheit vervollkommnete. Erwan wusste nicht, worauf sie hinauswollte. Waren es ihre verlorenen Träume von einer Schauspielerkarriere? Ihre sexuelle Provokation? Die Jahre, in denen sie versucht hatte, ihre Familie zu zerstören? Er wusste nur, dass ihre kaltblütige Tat ihn gerettet und sie befreit hatte. Der Messerstich in Kripos Halsschlagader hatte Gaëlles Flucht nach vorn gestoppt. Dass der Mörder unter ihren Händen verblutet war, hatte sie geläutert, auch wenn davon niemand wusste: Die offizielle Version lautete, dass Erwan sich in Notwehr verteidigt hatte.

Maggies Geruch war der von feuchten Steinen einer Vortreppe: Man tritt vor die Tür, gleitet auf einer Stufe aus und schlägt der Länge nach vor einem Haus hin, das von alledem unberührt bleibt. Im Verlauf der Ermittlungen hatte Erwan verstanden, dass die Position seiner Mutter nicht die des unschuldigen Opfers war und dass sie und ihr Mann eine deutlich komplexere Beziehung führten als vermutet. Eines Abends gesellte er sich zu ihr. Sie stand auf dem frischen, harten Grasteppich und schwenkte ein altmodisches Salatsieb durch die Luft. Eine Art Käfig, der den Himmel mit Tautropfen besprühte.

»Bereust du nichts?«

»Was meinst du?«

»Ich weiß nicht«, entgegnete er. »Vielleicht, dass du mir bei meinen Nachforschungen nicht geholfen hast. Dass du die Gelegenheit nicht ergriffen hast, mir ein paar Dinge über unsere Familie oder den Kongo zu verraten. Oder dass du Papas Lügen durch dein Schweigen hast glaubwürdig erscheinen lassen.«

»Du redest Unsinn.«

Auf dem Haus zeichneten sich Schatten ab. Die anbrechende

Dunkelheit fügte den dunklen Formen der Felsen noch dunklere Flecke hinzu, die aus der Erde selbst zu kommen schienen. Einen Augenblick noch beobachtete er das schwingende Salatsieb, ehe er Maggie ihrer Finsternis überließ. *Von dieser Seite wird nie etwas kommen.*

Am gleichen Abend setzte er sich nach dem Abendessen nach draußen zu seinem Vater, der sich dort postiert hatte, als erwarte er seine persönliche Flotte. Das Haus der Morvans befand sich auf der Nordinsel, »der wilderen und kühneren«, wie sein Vater sich ausgedrückt hatte. Es lag zwar nicht unmittelbar am Meer, aber man konnte den Leuchtturm sehen, dessen Licht wie ein ausgerissenes Auge durch die Nacht rollte. Der Wind trug den Geruch von Salz und Tang zu ihnen, der in der Nase kratzte und die Bronchien reinigte. Erwan hatte nie an die bretonischen Wurzeln des Alten geglaubt, die Joddüfte aber standen ihm gut.

»Wie fühlst du dich nach dieser ganzen Scheiße?«

»Glücklich.«

Erwan verstand, was sein Vater sagen wollte: Alle Clan-Mitglieder hatten überlebt, er wurde als Held gefeiert und war dem Verdacht der Verwicklung in den Tod des Journalisten Jean-Philippe Marot entkommen. Mission erfüllt.

Der 1. November fiel auf einen Donnerstag. Frankreich nahm bis zum 5. ein langes Wochenende.

Am Samstagmorgen kam Sofia mit Milla und Lorenzo. Man hätte denken können, dass sie nach Bréhat kam, um das Wochenende mit Loïc und seiner Familie zu verbringen. Oder um den anderen zu sehen, den Bruder, mit dem sie eine heimliche, fast inzestuöse Beziehung eingegangen war. Aber Erwan ahnte, dass sie weder seinetwegen noch Loïcs wegen gekommen war, sondern um den Alten zu sehen. Sie wollte ihre Beute beobachten, ihren Angriffswinkel auskundschaften und an ihrer Strategie feilen.

Nach dem Mittagessen ging er zu ihr, weil er zumindest auf eine komplizenhafte Geste hoffte. Er hatte ihre heiße Begegnung im Krankenhaus nicht vergessen. Sie aber machte nur eine ablehnende Handbewegung.

»Du weißt es noch nicht«, flüsterte sie ihm irgendwann zu, »aber du bist genau wie sie.«

In gewisser Weise war er erleichtert: Sofia würde seine Madonna bleiben. Sie war sein Liebesobjekt, und als solches musste sie unerreichbar und unnahbar bleiben. Ihr Duft war der von Marmor, tief in einer Gruft. Der Geruch von Weihrauch, der an Tod und Absolutheit erinnerte.

Erwan kehrte zu den dicken Akten des Pharabot-Prozesses zurück.

Irgendein Detail war ihm entgangen. Eine Anomalie, die er nicht hatte fassen können. Er suchte keine Antwort, sondern eine Frage.

Er fand sie am Sonntag, wenige Stunden, bevor er die Insel verließ.

147

Sein Vater belud den Handkarren, das einzige Transportmittel auf Bréhat, wo Autos verboten sind. Artischocken, rote Bete, Pastinaken und Steckrüben aus dem heimischen Garten.

»Fahrt ihr auch schon?«, wunderte sich Erwan.

»Nein, aber ich schicke das Gemüse schon einmal vor aufs Festland. Bist du fertig? Hast du deine Tasche gepackt?«

»Alles fertig.«

»Beeil dich, sonst versäumst du die Fähre, die bei Flut kommt.«

»Ich wollte mit dir noch über etwas reden.«

Morvan hob die behandschuhten Hände.

»Ich höre.«

»Catherine Fontana. Sagt dir der Name etwas?«

»Natürlich. Das siebte Opfer des Nagelmannes.«

»Laut Prozessbericht wurde sie zwischen dem 29. und 30. April 1971 getötet. Ihre Leiche wurde zwei Kilometer südlich von Lontano auf dem Gelände des Sägewerks gefunden, für das Pharabot damals arbeitete.«

Morvan baute sich mit den Händen auf den Hüften vor Erwan auf.

»Darf ich dich daran erinnern, dass es sich um meine eigene Ermittlung handelt?«

»Ich habe ein bisschen herumtelefoniert. Wusstest du, dass das Sägewerk heute noch existiert?«

»Es handelt sich um eines der größten Unternehmen in Katanga. Worauf willst du hinaus?«

»Im April 1971 befand sich Pharabot auf einer Dienstreise in der Gegend von Mwanziga, mehr als hundert Kilometer südlich von Lontano.«

»Seine Aufgabe war am 28. April beendet. Er hätte am nächsten Tag gut und gern wieder in Lontano sein können.«

Erwan lächelte.

»Laufen wir ein Stück?«

»Hilf mir lieber mit dem Gemüse.«

Zu zweit verstauten sie noch einige Kisten mit Butternut- und Hokkaido-Kürbissen sowie einen Riesenkürbis. Hinzu kamen Sträuße aus Chrysanthemen und Schmucklilien, die Maggie gepflückt hatte. Morvan streifte die Handschuhe ab und sah auf die Uhr.

»Du wirst deine Fähre verpassen.«

»Dann nehme ich eben die bei Ebbe, auch wenn ich dann weiter laufen muss.«

Sie liefen über einen Strand aus schwarzen Steinen. In der Ferne riss die Wolkendecke auf. Funkelnde Lichtstrahlen trafen das Meer.

»Ich habe Kontakt mit der Sägerei aufgenommen.«

»Nun sag nicht, dass sie noch die Register von damals haben.«

»Natürlich nicht, aber die Arbeit hat sich in vierzig Jahren nicht grundlegend verändert.«

»Und?«

»Pharabot war zu Markierungsarbeiten oberhalb von Mwanziga unterwegs. Bei neuen Projekten beginnt man damit, Pisten zu bauen, ehe man das Material hinbringt.«

Morvan reagierte verärgert.

»Junge, du brauchst mir die Arbeit im Busch nicht zu erklären. Komm endlich zur Sache.«

»Pharabot kam mit der Markierung der Strecke nach Lontano mit einer Geschwindigkeit von etwa zwanzig Kilometern im Monat voran. Zum Ende seiner Mission war er schätzungsweise noch achtzig Kilometer von Lontano entfernt.«

»Gut. Und weiter?«

»Es ist unmöglich, dass er für den Heimweg weniger als eine Woche gebraucht hat.«

»Er hätte ein Flugzeug nehmen können.«

»In der Region gab es nie einen Landeplatz.«

»Mit dem Auto hätte er nicht länger als zwei Tage gebraucht.«

»Doch. Damals war Regenzeit. Heute existiert eine asphaltierte Strecke, aber damals gab es nur Laterit-Pisten.«

»Worauf willst du hinaus?«

Erwan wollte seinen Vater provozieren.

»Du hast gesagt, ich brauche dir den Busch nicht zu erklären. Bei Regen schafft man auf solchen Pfaden nicht mehr als zwanzig Kilometer pro Tag, und das von Pannen, umgestürzten Bäumen und ähnlichen Verzögerungen abgesehen. Pharabot konnte unmöglich am 30. April in Lontano sein.«

Morvan blieb stehen und nickte. Dabei beobachtete er die Sonnenstrahlen, die sich in die Wolken zurückzogen wie die Finger einer sich schließenden Hand.

»Er hat Catherine Fontana nicht getötet«, schloss Erwan.

»Ich kapiere nicht, was du mir erklären willst.«

»Ich hingegen glaube, du verstehst es sehr gut. Du warst der Erste, der festgestellt hat, dass Pharabot diese Frau nicht getötet hat. Ich glaube sogar, dass du den wahren Mörder kennst und ihn gedeckt hast.«

Sein Vater blickte auf das Meer hinaus, auf die Horizontlinie, auf das herbe Land, in dem sich Felsen und Brandung gegen den Wind verbünden.

»Du sprichst von Dingen, die vierzig Jahre her sind. Das alles ist längst verjährt.«

»Verjährung ist etwas für Juristen. Nicht für Menschen.«

Plötzlich kam Erwan der Kühlraum der Schweizer Klinik in den Sinn. Die unsterblichen Zelllinien. Er brauchte keinen flüssigen Stickstoff, um seine eigene Zelllinie zu erhalten: In seinen Adern floss das Blut seines Vaters, und sein Stickstoff war der Hass.

»Ich habe Urlaub genommen«, fuhr er fort. »Ich fahre nach Afrika und grabe den Fall Fontana noch einmal aus.«

»Wenn du das tust, wirst du uns alle verlieren.«

»Wen?«

»Mich, deine Mutter, deinen Bruder und deine Schwester.«

»Wenn ich es nicht mache, verliere ich mich selbst. Und zwar für immer.«

Ein Höllenritt ins Herz afrikanischer Finsternis

Jean-Christophe Grangé
SCHWARZES REQUIEM
Thriller
Aus dem
Französischen von
Ulrike Werner-Richter
ISBN 978-3-431-04081-4

Gregoire Morvan, graue Eminenz des französischen Innenministeriums, ist Familientyrann und skrupelloser Geschäftsmann. Und er hütet dunkle Geheimnisse aus seiner Vergangenheit im Kongo, wo er in den Siebzigerjahren einen berüchtigten Killer dingfest gemacht hat. Als sein Sohn Erwan, ein Pariser Starpolizist, in Afrika nach Verbindungen zu einer aktuellen Mordserie sucht, ahnt dieser nicht, dass er längst erwartet wird. Von jemandem, der seit langem in Vergessenheit geraten ist. Und nie aufgehört hat, auf Rache zu sinnen …

Bastei Lübbe